TRACEY ENERSON WOOD

DIE INGENIEURIN VON BROOKLYN

ROMAN

Aus dem amerikanischen Englisch
von Janine Malz

HarperCollins

Die Originalausgabe erschien 2020 unter dem Titel
The Engineer's Wife bei Sourcebooks, Naperville.

2. Auflage 2021

Deutsche Erstausgabe

Published by arrangement with the author,
c/o BAROR INTERNATIONAL, INC., Armonk, New York, U.S.A
Gesetzt aus der Stempel Garamond
von GGP Media GmbH, Pößneck
Druck und Bindung von CPI books GmbH, Leck
Printed in Germany
ISBN 978-3-7499-0142-5
www.harpercollins.de

Klimaneutral
Druckprodukt
ClimatePartner.com/15109-2009-1001

FSC
MIX
Papier
FSC® C083411

Gewidmet allen Lesern und Schriftstellern,
ohne die alles verloren wäre.

EINS

WASHINGTON, D.C.

FEBRUAR 1864

Der leichte, süße Honigduft der brennenden Kerzen konnte den Geruch nach Blut und Schweiß in dem improvisierten Ballsaal nicht übertünchen. Der Raum, unweit des Weißen Hauses gelegen, befand sich in einem Militärkrankenhaus, das selbst nur provisorisch in einer ehemaligen Kleiderfabrik untergebracht war. In dem riesigen Saal hörte man jedes Geräusch von den Wänden widerhallen, gegen die man fein säuberlich Pritschen, Geräte und große Rollbinden gestapelt hatte. Goldenes Nachmittagslicht fiel in schrägen Rechtecken durch die hohen Fenster auf Damen in dunklen Uniformen, die Blumengestecke anrichteten. Sie wirkten ebenso fehl am Platz wie ich. In meinem Ballkleid fühlte ich mich wie eine frische Blume in abgestandenem Wasser.

Durch Doppeltüren schwärmten aus einem Vorzimmer plaudernde Gäste herein. Leise Orchestermusik erscholl, die lauter wurde, als sich Männer in akkuraten Uniformen der Unionsarmee in kleinen Grüppchen mit aufgeputzten Damen einfanden. In meiner unmittelbaren Nähe hatten sich Männer auf Krücken und in Rollstühlen an der Wand aufgereiht; jeder von ihnen hatte ein oder zwei Gliedmaßen verloren oder war in irgendeiner anderen Weise zu versehrt, um sich zu den anderen Soldaten zu gesellen.

Zurückhaltend grüßte ich mit einem Nicken. Wie die meisten jungen Damen in meiner Kleinstadt Cold Spring hatte ich abgesehen von einigen hinkenden, heruntergekommenen Soldaten nichts von den Auswirkungen des Krieges bemerkt. Hier drängten sich die verwundeten Männer, einige in Krankenhausschlafanzügen, andere halb in Uniform, und streckten ihre Arme nach mir aus, um trotz ihrer Gebrechen an den Festlichkeiten teilzunehmen.

Ich ignorierte die blutigen Mullbinden um ihre Köpfe und den stechenden Geruch heilender Fleischwunden, als ich die Reihe abschritt und Hände schüttelte, manchen die linke, manchen die rechte, manche verbunden, manche mit fehlenden Fingern. Einer nach dem anderen bedankten sie sich bei mir für mein Kommen und verliehen ihrer inständigen Hoffnung Ausdruck, ich möge tanzen und mich amüsieren.

Im Begleitbrief zu meiner Einladung war mein Bruder unmissverständlich gewesen: Der Ball soll eine Hommage an das Leben sein, ein kurzes Intermezzo für Männer, die zu viel gesehen haben, und die letzten unbeschwerten Stunden für allzu viele. Es schmerzte mich, ihnen in die Augen zu blicken und mich zu fragen, für wen dies wohl der letzte vergnügliche Abend war.

»Überaus erfreut, Ihre Bekanntschaft zu machen. Ich heiße Emily.« Ich streckte einem Soldaten die Hand entgegen, dessen Gesicht von Verbrennungen übersät war und der ein Auge verloren hatte.

Er ergriff sie mit beiden Händen. »Miss Emily, Sie erinnern mich daran, dass es doch noch Freude auf dieser Welt gibt.«

Ich lächelte. »Ob Sie mir wohl später einen Tanz gewähren?«

Der Soldat lachte.

Ich errötete. Es schickte sich nicht für eine Lady, einen Gentleman um einen Tanz zu bitten. Und vermutlich war er auch nicht imstande dazu zu tanzen.

»Mein Schlafanzug lässt es nicht erahnen, aber ich habe mir meine Sergeant-Streifen verdient.« Er tippte sich an den Oberarm. »Ich mische mich nicht unter die Butterstreifen.«

Dieser Begriff bezeichnete eher abfällig den einzelnen gelben Streifen, den frischgebackene Lieutenants trugen. Etwas zu spät fiel mir ein, dass auf meiner Einladung etwas von Offiziersball gestanden hatte, offenbar war der Sergeant als Zaungast hier. Meine Wangen glühten. Ich hatte es geschafft, mit einem Satz in drei Fettnäpfchen zu treten. Kein sehr vielversprechender Auftakt in Anbetracht meiner Mission für diesen Abend.

Immer mehr Offiziere mit untergehakten Damen strömten herein. Im Gegensatz zu den der Wand entlang aufgereihten Männern strahlten sie eine Überschwänglichkeit und Frische aus, die nicht dafürsprach, dass sie je ein Schlachtfeld aus der Nähe gesehen hatten. Ich fühlte mich ein wenig wie ein Fisch auf dem Trockenen. Ich hatte darauf bestanden, ohne Begleitung zu kommen, da ich auf meinen Bruder gesetzt hatte, doch von dem fehlte jede Spur.

In seinem letzten Brief hieß es, die Gefechte hätten im Winter nachgelassen, aber das konnte sich jederzeit ändern. Und selbst wenn nicht, war er eine Zielscheibe. Ich fegte das Bild eines Scharfschützen aus meinem Kopf. Wenn ihm etwas zugestoßen wäre, würden sie sicherlich nicht diesen Ball abhalten.

Der Soldat hielt noch immer meine Hand fest umklammert. Ich setzte ein Lächeln auf und sah mich im Raum um. War es befremdlicher, mich unter die anderen zu mischen, die alle in Zweierpaaren gekommen waren, oder war es unhöflich, es nicht zu tun?

Der Sergeant deutete mit dem Kinn in die Mitte des Saals. »Gehen Sie nur. Wir sehen zu.«

Ich nickte und entzog ihm meine Hand, verkniff es mir aber, nachzusehen, ob meine weißen Seidenhandschuhe beschmutzt waren. Mein Ballkleid entsprach der neuesten Mode: magentafarbene Seide, der Rock hinten ausgestellt, vorn eng anliegend. Meine Stiefeletten griffen diesen Stil auf; mit ihrer offenen Front und den hohen Absätzen erinnerten sie mich an den Schlitten des Heiligen Nikolaus. Ich strich die Falten von der Reise glatt und würdigte die Vorzüge des Kleids: Komfort: angemessen. Zweckmäßigkeit: sehr gut angesichts dessen, dass der Zweck war, den Augen der anwesenden jungen Männer zu schmeicheln. Mutter hatte den tiefen Halsausschnitt missbilligt, aber sie hatte mich lang genug behütet. Inzwischen war ich zwanzig Jahre alt und dürstete nach Vergnügungen.

Die stattlichen Ausgehuniformen und aufwendig gearbeiteten Kleider der Gäste strahlten eine förmliche Eleganz aus, doch schallendes Gelächter dröhnte über die zurückgenommene Klaviermusik hinweg. Scharen junger Männer forderten sich lautstark gegenseitig heraus, prosteten sich zu, stürzten Whiskeys und befeuerten ihre Lebensgeister.

Ich näherte mich einer besonders ausgelassenen Truppe, in der ein hochgewachsener, gut aussehender Captain inmitten eines Dutzends Lieutenants Hof hielt. Vielleicht konnte er mir sagen, wo ich meinen Bruder finden würde.

»Was gedenken Sie nach dem Krieg zu tun?«, erkundigte sich jemand.

»Dasselbe wie zuvor. Brücken bauen. Brücken sprengen.« Der Captain hob sein Glas, woraufhin es ihm die anderen, lachend und zuprostend, nachtaten.

Ein ernst dreinschauender junger Mann mit Brille fragte nach: »Sir, wozu Brücken sprengen in Friedenszeiten?«

Das Lächeln des Captains schwand, und er beugte sich vertraulich der Gruppe zu, als wäre eine große Verschwörung im Gange. »Es gibt nur eine begrenzte Anzahl an Stellen, die sich für eine Brücke eignen, und manchmal müssen wir eine alte, klapprige Brücke sprengen, um Platz für eine neue zu machen.«

Beschämt, das Gespräch ungewollt belauscht zu haben, trat ich einen Schritt zurück.

Der Captain fuhr fort: »Ich werde dabei helfen, dieses vom Bürgerkrieg zerrissene Land zu vereinen, indem ich ein derzeit brachliegendes Projekt zur Verbindung zwischen Kentucky und Ohio wieder aufnehme. Und dann werden wir das Unmögliche wagen. Wir werden New York und Brooklyn mit einer noch größeren Brücke verbinden, damit beide zu einer einzigen, gigantischen Stadt verschmelzen. Falls ihr nach dem Krieg eine Anstellung sucht, Jungs, seid ihr bei mir genau richtig.«

Ich schüttelte den Kopf. Dieser Captain strotzte ja nur so vor Überheblichkeit. Doch gerade als ich mich nach meinem Bruder erkundigen wollte, entschuldigte er sich und eilte davon.

***

Die Dämmerung war der Dunkelheit gewichen, und die Kerzen und Gaslampen erstrahlten hell, als ob die Energie, die die Gäste ausströmten, den Saal erleuchtete. Sämtliche Damen schienen ins Gespräch vertieft, sodass ich umherlief, immer mehr in Sorge um meinen Bruder. Jemand drückte mir ein Gläschen einer goldenen Flüssigkeit in die Hand; als ich einen Schluck davon nahm, brannte es angenehm im Hals.

Das Orchester spielte eine Fanfare, und eine tiefe Stimme erklang: »Ladies and Gentlemen, der Kommandant des Zweiten Korps, Generalmajor Gouverneur Kemble Warren – der Held von Little Round Top.«

Erleichterung durchströmte mich wie eine kühle Brise an einem heißen Tag. Ich hätte wissen müssen, dass der Kommandant, dem Tausende in die Schlacht gefolgt waren, gebührend Einzug halten würde. Offiziere nahmen Haltung an und salutierten im Vorübergehen vor der Flagge, ehe sie für meinen

Bruder strammstanden. Mein Herz schlug höher, als ich ihn sah, wie er bei seinem Gang durch die Menge Hände schüttelte und die meisten im Raum überragte. In unserer Familie nannten wir ihn G. K., da Gouverneur sich überaus befremdlich anhörte. Inzwischen war er, der dreizehn Jahre älter war als ich, über dreißig, hatte glattes schwarzes Haar und einen Schnurrbart, dessen Enden bis an die Seite seines Kinns reichten.

Nach monatelanger Sorge und kryptischen Briefen, denen ich nur entnehmen konnte, dass seine Truppen eine wichtige Schlacht im Norden Virginias gewonnen hatten, ließ mich der Anblick meines Bruders regelrecht schweben. Als er den Raum mit den Augen absuchte, winkte ich, woraufhin er mich entdeckte.

Nachdem unser Vater einige Jahre zuvor verstorben war, war G. K. für mich mehr wie ein Ziehvater denn ein großer Bruder gewesen. Von all meinen verbliebenen Geschwistern stand er mir am nächsten, ungeachtet des Altersunterschieds und der räumlichen Distanz, die uns trennten. Als er näher kam, schwand mein Lächeln beim Anblick seiner ausgemergelten, von den Kriegsstrapazen gezeichneten Gestalt, die sich in den grauen Strähnen und den hängenden Schultern widerspiegelte.

Der junge Offizier, der hinter meinem Bruder ging, blickte in meine Richtung. Ich sah hin und musste erneut hinsehen – G. K.s Adjutant war kein anderer als jener Captain, der sich zuvor gerühmt hatte, das Land mit Brücken flicken zu wollen. Sein Blick landete einen Sekundenbruchteil lang auf mir und suchte dann weiter den Raum ab, als ob der Feind jederzeit aus den Schatten hervorspringen könnte.

Ich hustete, um ein Lachen zu kaschieren. Obwohl er sich den Anschein gab, aufzupassen wie ein Schießhund, wanderte sein Blick immer wieder zu mir. Vielleicht hatte er mich zuvor beim Lauschen beobachtet.

Ich quetschte mich durch die Grüppchen hindurch, um zu G. K. zu gelangen, doch er war von Leuten umringt. Höflich begrüßte er die verwundeten Männer, wechselte ein paar Worte mit ihnen, schritt die Reihe ab und schüttelte Hände. Als Nächstes ging er in die Menschenansammlung hinein, und als die Offiziere nach vorne drängten und um seine Aufmerksamkeit buhlten, wurde ich zurückgedrängt.

»Männer des Zweiten Korps.« G.K.s dröhnende Stimme erfüllte den Saal, wie um zu beweisen, dass sie selbst über das Feuern der Kanonen hinwegtrug. »Lassen Sie uns gemeinsam diese edlen Damen begrüßen und ihnen für ihre Anwesenheit danken.«

Er gab dem Orchester ein Signal, woraufhin Hunderte junger Männer in dunkelblauen Uniformen zu tanzen begannen; ihre mit goldenen Fransen-Epauletten besetzten Schulterklappen schimmerten wie Lichter in großer Dunkelheit. Ich tanzte mit einem gut aussehenden Lieutenant nach dem anderen, von denen jeder mich mit einer Umdrehung nahtlos in die Arme des nächsten weiterreichte. Als ich zuletzt, nach Atem ringend, eine Pause einlegte, umringten mich die Offiziere und halfen mir, die Bänder wieder festzustecken, die den Kampf mit meinen Locken verloren hatten. Während die anderen Damen angesichts meiner Ausgelassenheit und meines häufigen Partnerwechsels verächtlich schnaubten, lachten die Männer und buhlten um mich. Auf die Damen achtete ich kaum. Ich würde das Versprechen halten, das ich meinem Bruder gegeben hatte, und diesen Männern Unterhaltung bieten.

Ein Lieutenant kam mit einem Tablett mit Drinks vorbei, Whiskey für die Herren, Tee für die Damen, erklärte er mir, wobei die Gläser kaum zu unterscheiden waren. Der Lieutenant reichte mir ein fast randvoll gefülltes Glas: »Für Sie, Miss …?«

»Einfach Emily.« Er brauchte nicht zu wissen, dass ich denselben Nachnamen trug wie der General.

»Für Sie, Miss Einfach Emily«, sagte er, laut genug, um ein Gekicher unter den Gästen hervorzurufen.

Ich nahm das Glas und nippte daran. Es war Whiskey.

»Sie machen das ganz falsch.« Er nahm das letzte Glas, schwenkte die bernsteinfarbene Flüssigkeit darin und atmete das Aroma tief ein. Dann leerte er ihn in mehreren Zügen.

Ich kippte den Whiskey hinunter und streckte ihm das leere Glas entgegen, wobei ich ein Husten unterdrückte. Die Menge johlte, und ich war beschwingt, wie von einem Strom aus Whiskey getragen. Ich war keine frische Blume in abgestandenem Wasser mehr. Ich war ihre Königin.

Die Menge wurde lauter, doch diesmal war nicht ich es, die angefeuert wurde. Ein kleiner, stämmiger Offizier sprang in die Luft und landete mit gegrätschten Beinen auf dem Boden. Die Menge pfiff anerkennend und forderte mich mit »Einfach Emily!« zu einer Reaktion auf.

Nun begannen sie, rhythmisch zu klatschen, um mich zu ermutigen. Mein Wettbewerbsgeist war geweckt und überwog meinen Sinn für Anstand, sodass ich mich im Takt des Klatschens immer schneller und schneller drehte, bis der Saum meines Kleides durch die Luft flog. Dann vollführte ich einen Spagat, wobei ich einen Arm dramatisch in die Luft riss und mein Ballkleid sich in einem magentafarbenen Kreis um mich herum ergoss.

Während einige Offiziere mir aufhalfen, teilte sich die Menge und gab den Blick G. K. und seinen Adjutanten frei, die herbeieilten. Mein Bruder zog warnend eine Augenbraue hoch, sein jüngerer Offizier starrte mich mit offenem Mund an. Hitze stieg mir ins Gesicht, aber diesmal war es nicht der Whiskey.

»Aufpassen, sonst verirren sich noch Fliegen hinein.« G. K. versetzte seinem Adjutanten einen Klaps gegen die Schulter.

Dieser klappte daraufhin den Mund zu; sein Adamsapfel hüpfte über dem blauen Uniformkragen. »Soll ich die junge Dame von der Tanzfläche eskortieren, Sir?«

Die buhende Menge hatte offenbar dieselbe Meinung von ihm wie ich.

G.K. rieb sich das Kinn. »Ein großzügiges Angebot.«

Der Adjutant grinste, doch sein Lächeln schwand, als G.K. hinzufügte: »Aber das wird nicht nötig sein.«

Obwohl der Captain einen selbstgefälligen Eindruck gemacht hatte, war es mir unangenehm, dass G.K. ihn aufzog. G.K. legte einen Arm um mich und führte mich davon.

»Wie ich sehe, amüsierst du dich, Emily?« In G.K.s Ausdruck lag sowohl Zärtlichkeit als auch Enttäuschung. Am liebsten hätte ich mich wie ein Igel zusammengerollt.

»Durchaus. Es freut mich, wenn ich ein wenig Unterhaltung bieten kann.« Ich verschränkte die Arme vor dem Bauch, um meine Unerschrockenheit zu demonstrieren. Es war ein Jahr her, seit ich meinen Bruder zuletzt gesehen hatte, und ich wollte ihm zeigen, wie erwachsen ich inzwischen geworden war und wie sehr mir unsere Soldaten am Herzen lagen. Doch bei allen guten Absichten bemerkte ich zu spät, dass mein Verhalten womöglich negativ auf ihn zurückfallen könnte.

Einer der Männer rief: »Ach, lassen Sie sie doch mit uns weitertanzen, Sir.«

»Nicht jetzt. Die Dame muss sich ausruhen.« G.K. hielt mich weiter am Arm fest, fest genug, um mir deutlich zu machen, dass ich aus der Reihe getanzt war.

Der Adjutant blickte mit großen Augen von G.K. zu mir. Sein dickes Haar und der säuberlich getrimmte Schnurrbart waren honigfarben, und seine ausdrucksvollen Augen erinnerten mich an das kristallklare Wasser, das bei uns zu Hause die Steingrube von Cold Spring füllte.

»Miss Emily Warren, darf ich dir Captain Washington Roebling vorstellen?« G.K. nahm meine rechte, behandschuhte Hand und reichte sie seinem Adjutanten. »Ich verdanke diesem Captain mein Leben, und dieser zauberhaften Elfe hier verdanke ich das Gefühl, einen Sinn im Leben zu haben. Insofern erscheint es mir nur folgerichtig, dass ihr euch kennenlernt.«

Der Captain räusperte sich. »Sie ... Ihre Frau? Ich dachte, sie sei verhindert ...«

»Grundgütiger, nein.« G.K. lachte. »Meine Schwester. Meine Frau und sie haben nur zufällig denselben Vornamen. Würden Sie nun also bitte so freundlich sein, die Ehre von Miss Emily Warren zu beschützen?«

Mir tat der arme Mann leid, der mich nun musterte, von den wild abstehenden Locken bis hin zum zerknitterten Saum, und mich gedanklich neu einsortierte. Vielleicht war es etwas weniger beschämend, dass er versucht hatte, die Schwester seines Kommandanten vom Ball zu entfernen als dessen Frau. Meine hingestreckte Hand hing unbeholfen in der Luft, bis der Captain seine Fassung wiederfand und sie entgegennahm.

»Es wird mir eine Ehre sein, Sir.« Dann richtete er sich erstmals an mich: »Miss Warren, Captain Roebling, zu Ihren Diensten.«

»Bestens.« G.K. warf mir einen letzten Blick zu und neigte leicht den Kopf, wie um mich daran zu erinnern, mich anständig zu benehmen. Dann kehrte er zu seinen Gastgeberpflichten zurück, signalisierte dem Orchester, wieder aufzuspielen, und bedeutete den Offizieren, auf die Tanzfläche zurückzukehren.

Mein neuer Beschützer nahm erneut meine Hand, deutete einen Handkuss an und betrachtete mich einige unangenehme Sekunden lang. Trotz meiner Seidenhandschuhe wurde meine Hand unter seiner Berührung warm. Mir seiner Blicke überaus bewusst, strich ich mein Haar glatt und richtete mein Kleid.

Ich war keine zierliche Schönheit. Da ich mein ganzes Leben lang geritten war und mit meinen Geschwistern Fangen gespielt hatte, war ich von robuster Gestalt, insofern waren mir stramme Männer lieb. Der Captain machte einen durchaus standhaften Eindruck; gewiss würde ich ihm beim Herumtollen nicht den Arm brechen, wie es einem meiner glücklosen Verehrer passiert war.

Anders als die meisten Männer überragte er mich um einige Zentimeter. Seine tadellose Uniform war reich ausgestattet mit einem in einer Schwertscheide steckenden Schwert, roter Schärpe, goldener Tresse und goldenen Epauletten. G. K. hatte mir beigebracht, wie man eine Uniform las: Truppengattung: Ingenieur. Rang: Captain. Position: Adjutant. Erscheinungsbild: Ausgezeichnet. Letztere Beobachtung würde indes als höchst inoffiziell eingestuft werden.

Dennoch, ich brauchte niemanden, der meine Ehre beschützte, und dieser Mann hatte sich unerträglich aufgeführt. »Sie müssen mich nicht den ganzen Abend begleiten«, sagte ich. »Mir scheint, mein Bruder hat Sie in eine eher undankbare Situation gebracht.«

»Es gibt schlimmere Aufgaben.«

Während ich mir ob seiner wenig eleganten Antwort auf die Zunge biss, erhaschte ich den Blick eines Offiziers hinter ihm. »Es hat mich gefreut, Sie kennenzulernen, Captain Roebling, aber ich gehe meiner eigenen Wege.«

Ihm fiel die Kinnlade herunter – ob aus Erstaunen, Erleichterung oder Panik ließ sich nicht sagen.

»Sorgen Sie sich nicht. Ich werde bei General Warren wohlwollend über Sie berichten.« Ich machte auf dem Absatz kehrt, um Reißaus zu nehmen, doch der Captain hielt mich sanft am Ellenbogen zurück.

»Warten Sie.«

»Ja?« Ich sah stirnrunzelnd auf seine übergriffige Hand, woraufhin er sie wegzog.

Das Orchester spielte einen langsamen Walzer.

»Ich denke, der General erwartet von uns, dass wir mit gutem Beispiel vorangehen. Darf ich Sie um einen Tanz bitten, Miss Warren?«

Ich nickte. Es wäre unhöflich gewesen, abzulehnen.

Der Captain führte mich zur Tanzfläche, wo er mich leichtfüßig, eine Hand sanft an meinem Rücken, in anmutigen Kreisen übers Parkett führte. »Ich verrate Ihnen ein kleines Geheimnis.«

»So?«

Seine Augen hefteten sich auf meine; irgendetwas an ihm war enorm liebenswürdig.

»Der General hat mich dabei erwischt, wie ich Ihnen verstohlen Blicke zuwarf.«

Eine mitfühlende Seele, die zugab, mich beobachtet zu haben. Das Stück war zu Ende, und die anderen Paare verließen die Tanzfläche. Captain Roebling besaß eine Präsenz, ein Selbstbewusstsein, das ich zunächst für Überheblichkeit gehalten hatte. Andere Offiziere riefen nach ihm, doch er ließ meinen Blick keine Sekunde lang los. Diese eisblauen Augen schienen alles zu sehen, doch selbst nichts preiszugeben.

Meine Nackenmuskeln entspannten sich, als die Scham, die ich vor meinem Bruder empfunden hatte, abebbte. Mein Fluchtreflex war ebenfalls verschwunden, und an seine Stelle war der Wunsch getreten, mehr über diesen interessanten Mann zu erfahren. »Wieso sagte der General, er verdanke Ihnen sein Leben?«

»Diese Geschichte erzähle ich Ihnen besser ein anderes Mal. Oder nie.« Er fasste sich an den Hals und nestelte gedankenverloren am Kragen herum.

Es wurde still im Saal, als die Paare sich für Erfrischungen zurückzogen, und ich befürchtete, dem Captain die Stimmung verdorben zu haben, indem ich auf ebenjenen Krieg zu sprechen kam, den G. K. an diesem einen Abend ausgeblendet wissen wollte.

Der Pianist spielte die ersten Takte von Liszts Liebestraum Nr. 3. Flackernde Kerzen warfen sanfte Schatten im goldenen Lichtschein.

»Würden Sie mir erneut die Ehre eines Tanzes erweisen, Miss Warren?« Seine Hand ergriff warm und fest die meine.

»Einfach Emily, bitte.«

Er zog mich heran und flüsterte mir ins Ohr. »So hörte ich bereits. Ich bin Washington. Beziehungsweise nur für Sie: einfach Wash.«

Wir tanzten erneut, ohne auf den gebührlichen Abstand zwischen uns zu achten. Die Wolle seiner Uniformjacke roch erdig und rieb angenehm an meiner Wange. Ich konnte mir ein Lachen nicht verkneifen, als die anderen Offiziere uns zupfiffen und zuriefen. Allerdings nur, bis Wash mir sanft einen Finger unters Kinn legte und mein Gesicht zu sich drehte, während er mich durch den Saal wirbelte. Bei jedem anderen Mann hätte ich dies als respektlos erachtet. Doch die Art, wie er mich hielt – wie ein kostbares Geschenk –, bezauberte mich.

All die anderen Anwesenden verblassten an diesem Abend, während wir redeten und tanzten und uns über unsere großen Familien und unsere noch größeren Träume austauschten. Während ich hoffte, mich an der Kampagne zur Erlangung des Frauenwahlrechts beteiligen zu können, beabsichtigte er, das Antlitz der Großstädte unseres Landes nachhaltig zu verändern, indem er Brücken baute. Sein Atem roch wie eine exotische Mischung aus Anis und Zimt, und selbst als das Schwindelgefühl vom Whiskey nachließ, schwebte ich beim Zuhören auf einer duftenden Wolke dahin. Als es Zeit wurde zu gehen, verlangte es mich danach, ihn und diesen Abend festzuhalten.

Ihm schien es ebenso zu gehen. »Es war mir eine große Freude, Sie kennenzulernen, Emily. Ich hoffe, wir werden uns bald wiedersehen.«

»Die Freude ist ganz meinerseits, Captain Roebling. Ich meine, Einfach Wash.«

ZWEI

Ich übernachtete im Historic District, nahe der National Mall, bei G. K. und seiner Frau. Ihr kleines, heruntergekommenes Reihenhaus aus Backstein schien eines Generals unwürdig, aber natürlich war er nur selten hier. Nun aber hatte er eine ganze Woche Urlaub, und ich war voller Vorfreude, diesen mit ihm verbringen zu dürfen.

Als wir uns am nächsten Morgen gerade zum Frühstück gesetzt hatten, klopfte es an der Tür, und G. K. öffnete. Ich spähte um die Ecke. Captain Roebling, in schwarzem Wollmantel und Rollmütze, überreichte ihm eine Mitteilung. An den Fingern zählte ich ab, dass es keine sieben Stunden her war, seit wir uns verabschiedet hatten. Offenbar verstand er unter bald etwas anderes als ich. Dann schalt ich mich für diesen Gedanken. Wash war G. K.s Adjutant, wahrscheinlich war er nur gekommen, um meinen Bruder zu sprechen.

G. K. las den Zettel und reichte ihn zurück. »Captain, ist das ein Trick?«

»Ja, Sir.« Wash stieß den Picknickkorb, der neben ihm auf der Treppe stand, mit dem Fuß an.

»Verstehe.« G. K. drehte sich um und erwischte mich, wie ich lauschte. »Emily, würdest du Captain Roebling bitte zeigen, wie man seinen ersten Urlaubstag anständig verbringt?«

Nachdem er sich G. K.s Segen für den Ausflug gesichert hatte, half mir Wash in meinen Mantel. Als er die Tür öffnete, strömte bitterkalte Luft herein.

»Ein Picknick? Im Februar?«, fragte ich.

»Es ist immer ein guter Tag für ein Picknick, solange man die richtige Begleitung wählt«, bemerkte G. K.

»Ich glaube, das habe ich«, entgegnete Wash.

G. K. sah nach draußen, wo der Kutscher wartete, der mit den Füßen aufstampfte und dampfende Atemwolken ausstieß. »Sucht euch einen Unterschlupf, damit ihr drei nicht erfriert.«

Wash und ich lächelten einander zu. G. K.s Sorge galt dem Umstand, dass wir einen Aufpasser hatten, wenigstens dem Anschein nach, sowie dem Wetter. Wash hielt mich am Arm, als wir die Stufen zu seiner Kutsche hinunterstiegen. Der Schnee hatte die rußigen Straßen weiß gepudert, sodass die Nachbarschaft erstrahlte.

Schneeflocken tanzten umher, als wir in die Kutsche stiegen, wo Wash eine rote Karodecke über unseren Schoß ausbreitete. Er zog an der Glockenkette, um dem Kutscher das Signal zur Weiterfahrt zu geben, woraufhin die Pferde die überdachte, aber ansonsten offene Kutsche über die Straße zogen. Der Schnee dämpfte das Klipp-Klapp der Hufe und erzeugte eine völlige Stille unter der schwachen Sonne. Ab und zu blitzten durch das Schneegestöber graublaue Flecken Himmel hindurch.

»Es tut mir leid, ich weiß, es ist relativ eng.« Wash winkelte seine Beine seitlich an, um auf dem schmalen Ledersitz mehr Platz zu machen. »Normalerweise sitzt nur der General hier.«

»Und wo sitzen Sie?«

»Ich bin der Kutscher.« Er grinste. »Und manchmal Koch.« Er tippte auf den abgedeckten Korb in seinem Schoß.

»Ich hoffe, ein guter. Wohin fahren wir?« Ich rubbelte an meinen Ohren, da meine Haube wenig Schutz gegen die Kälte bot.

»Ist Ihnen warm genug?« Er zog eine braune Felldecke aus einer Kiste hervor.

Die schwere, aber überraschend weiche Decke vertrieb die Kälte aus meinen Knochen. »Bärenfell?«

»Büffelfell. Die Armee ist in der Hinsicht eine echte Fundgrube.« Er reckte den Hals, um einen Blick auf die Straße vor uns zu werfen. »Es gibt da ein hübsches Plätzchen am Flussufer, das vom Wind abgeschirmt ist. Von dort kann man bis hinüber nach Virginia sehen.«

»Virginia?« Die Vorstellung von wild durch die Luft sausenden Minié-Geschossen ließ mich erschaudern.

G.K. hatte mir inzwischen erzählt, wie Wash sein Leben gerettet hatte. Dieser hatte den sich nähernden Beschuss gehört und G.K. aus dem Weg gestoßen, sodass die Patrone nur knapp seinen Hals streifte.

»Wie nah sind die Gefechte?«

»Ziemlich weit weg, zum Glück. Zwei Tagesritte mindestens.«

Für meinen Geschmack nicht weit genug.

Unter der Felldecke ergriff seine behandschuhte Hand meine und drückte sie. Für ihn war es eine gewagte Situation, immerhin machte er der Schwester seines Vorgesetzten den Hof, doch er schien unbekümmert und plauderte fröhlich vor sich hin. Er hatte mich noch nicht geküsst, und ich stellte mir vor, wie sich seine Lippen auf meinen anfühlen würden. Seine Körperwärme unmittelbar neben mir vermittelte mir abwechselnd ein Gefühl von Ruhe und Aufregung, als würde man ein Pferd erst im vollen Galopp reiten und dann gemächlich über eine sonnige Wiese traben.

Die Stadt hatte sich verändert, seit ich hier zur Schule gegangen war, und hatte sich von einem Ort zum Zuhausefühlen zu einem Ort zum Geschäftemachen gewandelt. Dunkle Baracken kauerten neben den Marmorgebäuden mit korinthischen Säulen. Breite Boulevards verliefen sich in dreckigen Straßen mit tiefen Wagenrinnen und Pfützen, die berüchtigt waren, weil man mit der Kutsche stecken blieb. In der Ferne ragte der Obelisk des Washington Monument mit seinen feinen geometrischen Linien in den blauen Himmel, nur um auf halbem Wege zum anvisierten Punkt unvermittelt abzubrechen.

Wie von Wash angekündet, stiegen wir in einem kleinen Park am Ufer des Potomac aus, ungefähr zwei Meilen vom Haus meines Bruders entfernt. Nachdem die Uhrzeit für die Rückfahrt vereinbart war, schickte er den Kutscher fort. Meine Haut begann, vor lauter Unwohlsein zu kribbeln, sowohl angesichts des gefährlich breiten Flusses als auch des Verschwindens unseres Aufpassers. Andererseits, wenn ich mich nicht bei jemandem sicher wähnen konnte, der meinem Bruder das Leben gerettet hatte, bei wem dann?

Wir breiteten die Karodecke aus und begannen uns, zusammengekauert unter der Felldecke, an dem Festmahl aus dem Picknickkorb zu laben: schottische Eier, Buttermilchplätzchen und eingelegte Pfirsiche – ein Luxus, den ich in Kriegszeiten bitterlich vermisst hatte.

Ich griff nach dem Wasserkrug, den wir uns teilten. »Wo haben Sie all das herbekommen?«

»Ich bin gut im Schnorren.« Er zog eine Feldflasche aus der Manteltasche und wackelte damit vor meinem Gesicht herum. »Wie wär's mit einem winzigen Schlückchen?«

Es war noch nicht einmal neun Uhr morgens. »Eine etwas unziemliche Uhrzeit für ein Schlückchen.« Ich nahm die Flasche entgegen und trank einen kräftigen Schluck. Heiß, heiß, heiß. Es war Kaffee. Ich spie eine Wolke der heißen Flüssigkeit aus. »Aua, meine Zunge.«

»Das tut mir furchtbar leid. Ich konnte ja nicht ahnen …« Er nahm die Flasche wieder an sich und tupfte mir mit einer Stoffserviette die Tropfen im Gesicht weg.

Ich trank etwas Wasser und lachte. »Mir geht's gut, keine Sorge. Und bitte duzen Sie mich doch.«

»Sind Sie, ich meine, bist du sicher?«

Ich nickte. Die Sorge in seinen Augen weckte in mir das Bedürfnis, diesem starken, schönen Gesicht nahe zu sein, die Arme um ihn zu schlingen. Ein Teil von mir hingegen warnte mich, um mir künftigen Kummer zu ersparen. Natürlich würde er schon bald in den Krieg zurückkehren, und am liebsten hätte ich einen dicken Panzer um mein Herz gelegt. Doch Gefühle, die zu mächtig waren, als dass ich sie hätte zurückdrängen können, bahnten sich einen Weg.

Er zog seinen Handschuh aus und fuhr mir mit dem Finger über die Lippen, dass es kitzelte. Ich ergriff seine Hand und drückte sie.

Wash beugte sich näher. »Emily …«

Eine Hälfte von mir wollte ihn wegschubsen, wegrennen und mich vor Liebeskummer bewahren. Die andere Hälfte hingegen wollte keinen Zentimeter von dieser Decke weichen. Eine gefühlte Ewigkeit verstrich, ehe sein Mund meine Wangen berührte und dann meine geöffneten Lippen fand, die begierig warteten, verlangten. Die Kombination aus süßen Pfirsichen, dem bitteren Kaffee, seiner sanften Zungenspitze und seinem kitzelnden Bart war überwältigend und blendete die Welt und jeden Verstand völlig aus. Die Felldecke rutschte vom Schoß herunter, und ich schloss die Augen und ließ mich von seinem Mund, seiner Seele, mit einer Wärme füllen, die einen Kontrast zur klirrenden Kälte ringsum bildete. Die Hand an meinen Hinterkopf gelegt, bettete er uns beide auf den Boden, ohne auch nur meine Lippen loszulassen, und schirmte mich mit den Armen vor der Kälte ab. Schließlich rollte er sich zur Seite und ließ mich atemlos und nach mehr verlangend zurück.

Ächzend setzte er sich auf, nahm ein paar Schlucke vom Kaffee und klopfte mit den Knöcheln gegen mein Bein. »Da scheint ja alles bestens zu funktionieren.«

Ich warf ihm einen sinnlichen Blick zu. »Redest du von dir oder von mir?«

Er begann zu husten. »Sie benehmen sich überaus unsittlich, Miss Warren. Ich fürchte, ich muss Sie dem General melden.«

»Soll ich dann melden, dass du unseren Aufpasser fortgeschickt hast?« Ich setzte mich neben ihm auf.

Er schlang mir einen Arm um die Schulter. »Man würde uns bestimmt beide in den Kerker werfen.«

Wellen schwappten ans Flussufer, um sich Schnee einzuverleiben. Ich fühlte mich, als würde das Wasser mich hineinziehen, doch es war nur die Feuchtigkeit vom Boden, die durch die Decke hochzog und meinen Hintern verkühlte.

Wash gab mir noch einmal die Chance, mir meine Zunge zu verbrennen, schraubte den Kaffee dann zu und steckte die Flasche ein. »Wir sollten lieber gehen, ehe wir selbst zu einem Monument gefrieren.« Schwerfällig kam Wash auf die Füße und zog mich hoch, gerade noch rechtzeitig, bevor mein Körper taub wurde.

Ich packte den Korb ein, während er die Decke zusammenfaltete. »Hast du schon darüber nachgedacht, was du nach dem Krieg machen willst? Bleibst du bei der Armee?«

»Bitte sag jetzt nicht, dass meine feierliche Rede über die ›Vereinigung des Landes‹ völlig umsonst war und mir lediglich ein paar Butterstreifen zugehört haben.«

»Du hast gesehen, wie ich gelauscht habe?« Ich warf eine Stoffserviette nach ihm.

»Ich bekenne mich schuldig. Normalerweise bin ich kein solcher Angeber. Aber als ich dich gesehen habe …«

»Na schön, also ich habe gelauscht, und du hast angegeben und Geschichten erfunden.« Ich nahm seine Hand, während wir am Fluss entlang zum vereinbarten Treffpunkt liefen. »Wie wäre es, wenn du mir mehr über deine Pläne erzählst, sofern sie real sind, damit wir bestimmen können, wer von uns beiden der Schuldigere ist?«

»Oh, sie sind durchaus real.« Er blinzelte zum Fluss hinüber, in dem sich die Sonne nun spiegelte, und kramte dann in seinen Taschen nach seinem Zeitmesser. »Er sollte jeden Moment hier sein.« Er legte die Decke auf einem Felsbrocken ab. »Ein Platz zum Sitzen für meine Liebe und eine Geschichte, um ihr die Zeit zu vertreiben, während wir warten.«

»Meine Liebe … Sie spricht. Jedoch sagt sie nichts. Gut, was tut's?«

»Hamlet?«

»Romeo.« Oje. Hatte ich uns soeben mit Romeo und Julia verglichen? »Nicht, dass du …«

»Mich mit Shakespeare messen zu wollen ist zwar etwas verwegen, aber ich werde mein Bestes tun.« Wash breitete die Arme aus und verbeugte sich wie vor großem Publikum. »Ich war ein junger Bursche von gerade einmal zehn Jahren, als ich mit meinem Vater auf einer Fähre unterwegs war.« Er nahm einen flachen Kieselstein hoch und ließ ihn über das von Eisschollen überzogene Wasser springen. »Wir fuhren von New York nach Brooklyn an jenem Januartag, der so bitterkalt war, dass es heute regelrecht mild dagegen ist. Passagiere kauerten sich neben die Pferde, um sich auf dem Boot zu wärmen, das kein Dach hatte und somit keinerlei Schutz bot. Vater hingegen lief auf und ab, als ob ihm die Kälte nichts ausmachte. Ich versuchte, mit ihm Schritt zu halten, und schlitterte über das vereiste Deck. Schneeregen brannte in meinen Augen, und ein scharfer Wind pfiff durch meinen Mantel und fuhr mir in den Rücken.«

Er stellte seinen Kragen auf, wie um die Kälte von damals abzuwehren. »Der Fluss war von Eisbrocken blockiert. Wir hatten die Hälfte der Strecke geschafft, als das Boot langsamer wurde. Der Schneeregen fiel immer heftiger und überzog alles mit einer Eiskruste, auch das Schaufelrad. Der Bug stieß gegen eine massive Eisscholle, worauf die Fähre mit einem Ruck zum Halten kam.«

Die Arme ausgestreckt, blickte Wash über den Fluss, wie um die Erinnerung an dieses einschneidende Erlebnis herbeizurufen. Fast schon unheimlich, wie er damit auch bei mir Erinnerungen weckte. Doch hier ging es um seine Geschichte, und es war ihm sichtlich ein Bedürfnis, sie zu erzählen, und so konzentrierte ich mich wieder auf ihn.

Wash hielt sich die Ohren mit den Händen zu und zuckte zusammen. »Das Eis kreischte am Bug. Rings um uns herum standen seekranke Passagiere an der Reling und stöhnten mit jeder Neigung des Bootes. Da sagte mein Vater zu mir: ›Wir müssen helfen.‹

Das Boot geriet durch eine Welle in Schieflage, sodass ein Mann übers Deck rutschte und gegen die seitliche Reling knallte. Aus Angst, selbst den Halt zu verlieren, packte ich den Arm meines Vaters. Ich war so klein, dass ich unter der Reling hindurch ins Wasser gerutscht wäre.«

Als ich mir vorstellte, wie er in die eisigen Fluten stürzte, zuckte ich zusammen und krallte mich in die Decke.

»Am Bug zitterte die Mannschaft, starrte aufs Eis und begann, mit einer Stake darin herumzustochern. Mein Vater schnappte sich die Stake, beugte sich über die Reling und stieß mit seinem ganzen Gewicht gegen das Eis, direkt vor der Bugspitze. Die Eisscholle löste sich, und er dirigierte sie mit der Stake nach Steuerbord.

Die Sonne ging derweil unter. Es blieb uns nur noch wenig Tageslicht. Die Männer stellten sich am Bug des Bootes mit allerlei Werkzeug auf. ›Eins, zwei, drei‹, zählten sie und stießen zu. Nach ein paar Stößen gab ein großer Eisklumpen nach, und das Boot schlingerte vorwärts.

Da begann auch das Schaufelrad sich quietschend vorwärtszubewegen, die Eiskruste zersprang wie Glas, und alle jubelten. Dann legten wir Decken auf die armen, verängstigten Pferde.« Er ging neben mir in die Hocke und legte mir eine Hand aufs Knie. »Ich hätte mich auch gerne unter einer der Decken verkrochen.«

Mein Anstand und mein Herz rangen miteinander, da ich einerseits seine Berührung und den glücklichen Ausgang der

Geschichte begrüßte und andererseits das tadelnde Ts, ts, ts meiner Mutter in den Ohren hatte. Aus Angst, der Kutscher oder jemand anderes könnte auftauchen, entzog ich mich seiner Hand.

Meine Hände und mein Gesicht waren so eisig, als wäre ich selbst auf jener Fähre gewesen, und ich war enorm erleichtert, als der Kutscher kam. Wir stiegen ein und schlüpften unter die Felldecke. Als die Kutsche anfuhr, lehnte ich meinen Kopf gegen seine warme, stabile Schulter. »Erzähl mir, was als Nächstes geschah.«

»Jetzt kommt der beste Teil.«

»Oh, los, erzähl schon.«

»Papa sagte: ›Niemand sollte so etwas erdulden müssen. Eines Tages sind Fähren wie diese Geschichte, Junge. Komm, ich will dir etwas zeigen.‹ Aber meine Zähne klapperten, und ich konnte mich nicht bewegen, sodass er mir seinen Mantel gab. Ich schlüpfte also in die viel zu großen, vorgewärmten Ärmel, und er führte mich zur Reling. ›Wie lange wird es noch dauern?‹, fragte ich.

›Zehn Jahre vielleicht.‹ Letzteres sagte er auf Deutsch, er kommt nämlich aus Deutschland. Dann deutete Papa hinüber zur Küste von Brooklyn. ›Siehst du die Landzunge dahinten? Da könnte ich eine Brücke bauen. Dann könnten Züge, Kutschen und Mütter mit ihren Kinderwagen das ganze Jahr über schnell und sicher den Fluss überqueren.‹«

Wash blickte aus dem Fenster der Kutsche, wo der Potomac in der Ferne verschwand. »Dann zog Papa sein Tagebuch und einen Bleistift aus der Manteltasche und zeichnete Wellen und darüber eine zwischen zwei Türmen gelegene Fahrbahn. ›Wenn du einmal ein erwachsener Mann bist‹, sagte er mir, ›werden alte Klapperkisten wie diese Fähre auf dem Trockendock vor sich hin rosten.‹

Dann gab er mir das Tagebuch, und ich zeichnete ein kaputtes Boot. Ich sagte, ich würde ihm helfen, und wenn die Brücke fertig war, würden wir oben auf dem Turm stehen und den Klapperkisten beim Rosten zusehen. Daraufhin sagte Papa: ›Sehr gut, mein Sohn. Das ist die richtige Einstellung. Wir kämpfen nicht gegen den Fluss an, wir überwinden ihn.‹ Das ist der Grund für meinen Traum. Der Grund, weshalb ich Ingenieur geworden bin und Brücken baue.«

»Wirst du sie bauen, wenn der Krieg vorbei ist?«

»Mein Vater wird sie bauen, mit meiner Hilfe. Aber es ist eine ziemliche Herausforderung, und zuerst müssen wir die Brücke in Cincinnati fertigstellen.« Er starrte auf seine Finger, während ich mich fragte, ob ich ihn bitten sollte, das näher zu erklären. Dann wandte er sich mit besorgtem Blick nach mir um. »Habe ich dich gelangweilt mit meinen Geschichten?«

»Ganz und gar nicht.« Ich rutschte näher und beantwortete die Frage, die eigentlich dahinterstand, mit einer Gegenfrage: »Erzählst du mir morgen mehr davon?«

Wie um mir darauf sein Versprechen zu geben, drückte er meine Hand.

***

Wash und ich verbrachten während seiner Urlaubswoche so viel Zeit wie möglich miteinander. Wir spielten Schach und puzzelten jeden Abend zusammen, um uns von unseren langen Spaziergängen und Picknicks tagsüber auszuruhen, bei denen wir stets entweder in Begleitung des Kutschers, von G.K. oder seiner Frau waren, die wir Millie nannten. Millie war optisch das genaue Gegenteil von mir und zierlich, ja zart.

Jeden Morgen traf Wash ein wenig früher ein und blieb jeden Abend ein wenig länger. Der Gedanke daran, dass er in den Krieg zurückkehren würde, lag mir, je mehr Zeit verflog, immer schwerer im Magen. In meinen Träumen verfolgten mich Bilder davon, wie er auf einer explodierenden Brücke um sein Leben rannte. Bei Tagesanbruch an seinem letzten Morgen, ich saß gerade noch zusammengesunken über meiner Tasse Tee, hörte ich, wie es an der Tür klopfte und Millie öffnete. Washs tiefe Stimme lockte mich in meinem Morgenmantel zur Tür.

»Captain Roebling«, tadelte ihn Millie. »Sie versuchen, so viel wie möglich aus einem Tag herauszupressen, wie?«

»Ganz meine Philosophie«, strahlte ich ihn an.

Rosa Streifen am Himmel verliehen Wash mit dem Picknickkorb in der Hand rosig leuchtende Konturen. »Sonnenaufgänge sind ohnehin viel schöner als Sonnenuntergänge, findest du nicht?«

DREI

COLD SPRING, NEW YORK

So plötzlich wie Wash in mein Leben getreten war, forderte der Krieg ihn wieder zurück. Einige Tage, nachdem er abgereist war, traf ein Brief ein, der meine Sehnsucht nach ihm nur noch verstärkte.

Mein Liebling Em,
G. K. und ich sind sicher angekommen, mit nur einem kleineren Vorfall. Mein dämlicher Gaul fiel heute hin, sodass ich einen Purzelbaum über seinen Kopf schlug. Doch ich war eher wieder auf den Beinen als er und musste ihm einen Tritt versetzen, damit er wieder hochkam.

Der nächste Brief traf eine Woche später ein, als ich gerade erwog, mir Wash aus dem Kopf zu schlagen und stattdessen für das Frauenwahlrecht zu kämpfen. Doch ich war hin- und hergerissen und fragte mich, ob meine Chancen, ihm zu begegnen, besser standen, wenn ich im District übernachtete oder in Cold Spring blieb, wo G. K. am anderen Flussufer in West Point an Lagebesprechungen teilnahm.

Wash schrieb weiter:

Nachts kann ich mich nur wenige Stunden ausruhen, ausgestreckt auf zwei Stühlen oder zusammengekauert auf dem Boden. Wenn ich von diesem furchtbaren Ort zu-

rückkehre, werde ich zwei Jahre lang durchschlafen, unterbrochen nur von meinen Besuchen bei dir.

Aber Uncle Robert Lee ist noch lange nicht am Ende, und wenn wir nicht mächtig aufpassen, könnte er uns immer noch schlagen … Kürzlich bin ich mit einem Heißluftballon aufgestiegen. Von dort oben hatte ich einen guten Blick über das Schlachtfeld, allerdings hatte der Feind auch einen guten Blick auf mich.

Ich las seine Briefe jeden Abend vor dem Schlafengehen und legte sie dann unter mein Kissen, in dem Aberglauben, dass er dann einen ruhigeren Schlaf finden würde.

Manchmal ließ er mehr als nur die Belastung und Frustration durchblicken: *Die Truppen unter Leitung von diesem Nichtsnutz Grant sind müde und erschöpft. Mir ist glücklicherweise nichts geschehen; eine Kugel, die für mich bestimmt war, traf meinen Ordonnanzoffizier und tötete ihn augenblicklich.*

Was soll man auf so etwas erwidern?

Ich zerknüllte Dutzende angefangene Antwortschreiben, in denen ich ihn meiner Unterstützung und Anteilnahme versicherte, ehe ich befand, dass das, was er wirklich von mir bräuchte, zuversichtliche, hoffnungsvolle Worte waren. *Ich kann nur deine Worte wiederholen: Meine Liebe zu dir ist mächtiger als jedes andere Gefühl, und die zeitliche und räumliche Entfernung vertiefen dieses Gefühl nur noch.*

Gelegentlich konnte er mich kurz besuchen, doch in den langen Zeiträumen dazwischen kehrte ich zu meinen üblichen Beschäftigungen zurück und besuchte Freunde, unternahm Ausritte, lebte bei meiner Mutter und wartete darauf, dass mein eigenes Leben endlich begann.

Gleichzeitig wehte ein Wind, dem ich mich nicht widersetzen konnte und der mich unweigerlich in eine Richtung trug, die mehr Schicksal denn freie Wahl zu sein schien. Ich war rastlos und gereizt, sodass meine Freunde immer öfter Ausreden fanden, mich nicht zu besuchen. Ja, ich ertrug mich selbst nicht einmal mehr.

***

Mutters Nachbarin und Freundin Eleanor White hatte mich zum Tee zu sich eingeladen, vorgeblich um sie aufzuheitern, nachdem ihre Tochter das Nest verlassen hatte. Doch insgeheim hegte ich den Verdacht, dass es in Wirklichkeit darum ging, mein Interesse an einem gewissen Captain zu ergründen.

Eleanor war eine rundliche, liebenswürdige Dame, die ich bereits mein ganzes Leben kannte. Ihr Salon war ähnlich dem von Mutter, nur etwas kleiner. Ein großer grüner Diwan mit einem geschwungenen Rahmen aus Eiche, flankiert von zwei passenden Polsterbänken, bildete eine gemütliche Konversationsecke. Der mit Ornamenten verzierte Marmorkamin wurde von Bücherregalen aus Walnussholz umrahmt.

Wir saßen auf dem samtenen Diwan und tranken Tee. Zwischen uns fragte die Tageszeitung in großen Lettern: »Frauenwahlrecht – ein hoffnungsloser Fall?« Ich kniff die Augen zusammen, um den kleingedruckten Text darunter lesen zu können: »Frauen widmen ihre Energie kriegswichtigen Diensten.« Meine kurze Betätigung beim Rollen von Binden und Packen von Paketen hatte einen deutlichen Mangel an Energie für Aufgaben dieser Art erkennen lassen.

Eleanor folgte meinem Blick zur Zeitung. »Der Krieg wird nicht ewig dauern. Und was dann?«

Bilder davon, wie ich die Proteste der Frauenbewegung anführte, zogen vor meinem inneren Auge vorbei und ließen mein Herz höherschlagen. Eine geeignetere Rolle konnte ich mir für mich selbst gar nicht vorstellen.

»Wenn der Krieg vorbei ist, werden die Suffragetten wieder

aktiv werden, und diesmal werde ich mit der Schule fertig sein und mich ihnen anschließen«, sagte ich.

Eleanor zog ihre Stola enger. Das Kaminfeuer war heruntergebrannt, sodass ich aufstand und ein Holzscheit nachlegte. Mit den Fingern fuhr ich über die gusseisernen Statuen auf dem Kaminsims und den Bücherregalen.

Ihre Familie lieferte der Gießerei Eisen, und sie machte aus den Bruchresten Kunst. Gelegentlich bekam ich von ihr ungewöhnliche Geschenke, wie den Buchstaben N, der an meiner Wand hing. Unterstützt von einem Arbeiter hatte sie den backsteingroßen Eisenklotz erhitzt, dann mit einem Hammer in Form gebracht und ihn mir anlässlich meiner Frauwerdung geschenkt. Irritiert hatte ich sie daran erinnert, dass mein Name gar keine solche Initiale enthält.

Eleanor hatte daraufhin gelacht. »Nein, Liebes. Dieses N sollst du dir an die Wand hängen, damit du immer weißt, wo rechtweisend Nord liegt.« Als Kind hatte sie mir bei vielen ihrer Besuche ihre Kunstwerke gezeigt, mir erklärt, wie sie zusammenpassten und sich veränderten, wenn man sie aus einer anderen Perspektive betrachtete. Es war ein ganz und gar ungewöhnlicher Anblick in einem Salon und gefiel mir dadurch umso mehr.

»Was ist los, Schätzchen? Du schleichst umher wie eine Katzenmama, die ihre Jungen verloren hat.« Eleanor spähte über ihre Schildpattbrille, die Teetasse an den Lippen.

»Ich schleiche nicht. Ich studiere.« Vorsichtig berührte ich das Perpetuum mobile – eine Art gusseisernes Zahnrad mit Speichen, die, sobald sie die Spitze erreichten, umklappten und dadurch eine ewige Vorwärtsbewegung auslösten.

Sie unterdrückte ein Lächeln. »Hast du plötzlich ein Interesse an Thermodynamik entwickelt?«

»Vielleicht. Wäre daran etwas Schlimmes, Mrs. White?«

Sie zuckte mit den Achseln. »Ganz und gar nicht. Im Gegenteil, das wäre ein gutes Zeichen, würde ich sagen.«

Ihr Grinsen irritierte mich ebenso sehr wie meine Korsettstäbe. »Wieso fragen Sie mich nicht frei heraus nach dem, was Sie zu wissen wünschen?«

»Weil es sich nicht gehört, meine Liebe. Du musst noch viel lernen, was die höfliche Konversation angeht, und das trotz des guten Vorbilds deiner Mutter.« Sie stellte die Teetasse ab und seufzte. »Aber mir ist bewusst, dass junge Damen heute manches anders sehen.«

»Es war nicht meine Absicht, unhöflich zu sein.«

»Die eigene Absicht und die Worte, die man wählt, sind zwei Paar Schuhe, meine Liebe.« Sie verschränkte ihre Finger ineinander. »Nun, wie soll ich es formulieren? Welche Absichten verfolgst du mit deinem jungen Gentleman?« Sie zog eine Augenbraue hoch. »Oder sollte ich deutlicher werden – nehmt ihr Handlungen vor, die man besser für die Ehe aufspart?«

Meine Wangen begannen zu glühen, und ich räusperte mich, gleichzeitig war ich bemüht, meine Fassung wiederzufinden. »Offenbar hat meine Frage diese Unterredung in unerwünschte Bahnen gelenkt. Aber ich will versuchen, dennoch darauf zu antworten.« Ich zupfte am Kragen meiner Bluse, der mir den Hals abschnürte. »Captain Roebling ist ein überaus einnehmender Gentleman, der mich mit Aufmerksamkeit und unverdienten Komplimenten bedacht hat.«

»Davon habe ich mich mit eigenen Augen überzeugen können.«

»Leider sind wir einander zu einem höchst ungelegenen Zeitpunkt begegnet, denn er befindet sich natürlich im Krieg, während ich gerade erst herausfinde, wer ich bin.«

»Meine Liebe, den Zeitpunkt kann man ebenso wenig beeinflussen wie die Liebe.«

»Das stimmt. Aber es gibt manches, was ich tun muss – oder zumindest versuchen muss –, bevor ich mich in die Welt eines anderen begeben kann. Eines habe ich über diesen Captain gelernt: Sein Leben ist in einem Maße strukturiert und zielgerichtet, wie es meines nicht ist, und wenn ich mich in seine Welt begebe, werde ich gewiss nicht mehr dieselbe sein wie zuvor. Deshalb muss ich so lange wie möglich widerstehen, wenn Sie verstehen, und mit offenen Augen alle Möglichkeiten in Betracht ziehen.«

Es versetzte mir einen Stich, wenn ich Wash mit einem sich ausbreitenden blutigen Fleck auf der Brust vor mir sah. »Auch die ziemlich reale Möglichkeit, dass …« Ein Schluchzen drohte meine Worte zu ersticken, sodass ich meine Hand auf ihre legte und fortfuhr. »Was Ihre zweite Frage anbelangt …«

»Lass nur.« Sie senkte den Blick. »Ich denke, die hast du hinreichend beantwortet.«

***

Doch sosehr ich auch versuchte, über diese Welt voller Möglichkeiten zu lesen oder daran teilzuhaben, so ertappte ich mich doch oft dabei, wie ich von einem gewissen Captain mit honigfarbenem Haar träumte, dessen tiefe Stimme alle anderen auslöschte. Eines Tages, im Spätsommer, öffnete ich die Tür in der Erwartung, die Freundinnen meiner Mutter wären zum Tee gekommen. Stattdessen stand Wash in seiner Ausgehuniform vor mir. Sofort flog ich in seine Arme, wie von einem Heißluftballon in die Lüfte enthoben.

»Komm herein.« Ich winkte ihm, nahm seine Hand und führte ihn an ein ungestörtes Fleckchen in unserem Garten. Unter einem Spalier nahmen wir auf zwei Schaukeln Platz. Ich wollte ihn ganz für mich haben, geschützt vor den neugierigen Blicken meiner Mutter und ihrer Gänseschar an Freundinnen.

Weinreben und Rosen umrankten uns und boten uns in diesem feinverflochtenen Nest Schutz vor der Spätnachmittagssonne. Er schloss mich in die Arme. »Du wirktest überrascht, mich zu sehen. Hast du denn meinen Brief gar nicht bekommen?«

»Nein, aber es ist eine freudige Überraschung.« Wir küssten uns, und seine Haut kitzelte meine Lippen. Viel zu bald schon löste er sich von mir, woraufhin ich protestierte und seine Uniform an der Schulter festhielt.

»Uns bleibt nicht viel Zeit«, sagte er.

»Wie lange habe ich dich für mich?«

»Es tut mir leid, das stand alles im Brief. Nur etwa eine Stunde, fürchte ich.« Er strich mir mit dem Handrücken über die Wange und verursachte mir Gänsehaut, als er mir eine Ringellocke hinters Ohr schob.

Am liebsten hätte ich lauthals geschrien über die Ungerechtigkeit der Welt und mich dann mit ihm auf eine einsame Insel geflüchtet, einsam – bis auf uns zwei. Doch ich versuchte, mir meine Enttäuschung nicht anmerken zu lassen.

»Ich liebe dich, Em.« Wash nahm meine Hände in seine, rutschte von der Schaukel herunter und ging vor mir auf die Knie. Mit großen, tiefblauen Augen sah er mich an. »Womöglich wirkt das etwas überstürzt, aber ich weiß, was ich fühle.« Er hob eine meiner Hände an seine Bartstoppeln. »Ich möchte mit dir zusammen sein, nur mit dir, und die Zeit ist nicht auf unserer Seite.«

»Wash? Was …?«

»Ich versuche gerade, dir eine wichtige Frage zu stellen.«

Hitze stieg mir ins Gesicht. Meine unbändige Freude darüber, dass er da war, wurde von dem Schutzpanzer gedämpft, der mein Herz umgab. Ja, ich wollte ihn sehen, so viel Zeit wie möglich mit ihm verbringen. Doch vor dem nächsten Schritt galt es zunächst ein großes, finsteres Hindernis zu überwinden. Ich wollte sie hinauszögern, die Liebesbekenntnisse, die Gedanken an eine gemeinsame Zukunft, denn der Krieg würde mit aller Wahrscheinlichkeit dafür sorgen, dass mein Herz in Fetzen gerissen würde. Mutter hatte mich wenig taktvoll daran erinnert, dass G. K. als General im Visier des Feindes stand und seine Adjutanten ihr Leben geben würden, um ihn zu schützen. Die Schreckensvorstellung, meinen Bruder oder Wash zu verlieren, verfolgte mich bei Tag und brachte mich bei Nacht um den Schlaf.

»Wir haben alle Zeit der Welt, Wash. Ich werde mich in deiner Abwesenheit mit keinem anderen treffen. Das versichere ich dir.« Ich versuchte, das Zittern in meiner Stimme zu kontrollieren, und klopfte auf den Platz neben mir. »Jetzt komm schon.«

Lachend schüttelte er den Kopf. »Emily, ich knie nicht vor dir, um dich zu fragen, ob du meine Angebetete sein willst. Ich frage dich, ob du meine Frau werden willst.«

»Oh!«, kreischte ich. »O Gott.« Im Eiltempo hatte er die Liebesbekenntnisse hinter sich gelassen, ohne meine Antwort abzuwarten, hatte die Ungewissheit des Krieges umschifft und war lächelnd und unwiderstehlich an dem Punkt angelangt, den ich herbeigesehnt und zugleich gefürchtet hatte. Ich brauchte ein wenig, um mich zu sammeln.

»Das ist nicht die Antwort, auf die ich gehofft hatte.« Er ließ meine Hand los und schloss die Augen.

»Gib mir eine Sekunde, Wash. Ganz offensichtlich hast du dir das gut überlegt, aber mich trifft es völlig unvorbereitet.«

»Verzeih mir meine Anmaßung«, sagte er steif. »Ich dachte, du empfindest dasselbe wie ich.«

Ich kannte diesen Mann gerade einmal sechs Monate. Wir hatten nur wenige Tage miteinander verbracht, und dennoch war ich hoffnungslos verliebt. Trotzdem hatte ich mir immer vorgestellt, er würde mir irgendwann an einem romantischen Abend in ferner Zukunft einen Antrag machen, nachdem er mir gebührend den Hof gemacht hatte. Alles ging so schnell.

Ich fegte ein einsames Rosenblatt aus meinen Kleiderfalten. Sag nein. Sag, wir sollten warten, zumindest bis der Krieg vorbei ist und wir mehr Zeit miteinander verbringen können. Sag ihm, wir sollten nichts überstürzen und darüber reden, wenn wir den Kopf frei haben und uns nicht der Krieg und das

Getrenntsein die Sinne vernebeln. Ich dachte an die verwundeten Soldaten, an die sich ausdehnenden Friedhöfe allerorts. Ich wusste, der Schmerz wäre unerträglich, wenn ich Wash verlieren würde …

»Ja.« Ich ignorierte meine innere Stimme, aber ich konnte ihm einfach nicht in die Augen schauen und ihm einen Korb geben, um ihn dann zurück in den Krieg zu schicken. Insbesondere, da ich tief im Innersten wusste, dass er recht hatte – ich konnte mir ein Leben ohne ihn nicht mehr vorstellen. Wie auch immer meine Welt voller Möglichkeiten aussehen sollte, sie musste ihn beinhalten. »Ja, ich will.«

Er ergriff meine Hand, und als wir über das Gras und die Blumenbeete stolperten, verdrängte ich meine Sorgen.

***

Am nächsten Morgen streifte ich mir den Verlobungsring über, den Wash mir gegeben hatte: ein zarter goldener Ring mit blauen und kristallklaren Steinen, die in Form einer Blume angeordnet waren. Obwohl ich mich darüber freute, brachte er wieder ein tiefes Gefühl von Verlust zutage, den ich Jahre zuvor erlitten hatte.

Doch ich verdrängte den Gedanken daran und lief hüpfend und Liebestraum Nr. 3 summend die Treppe hinunter. Vielleicht verriet ich mich dadurch. Mutter brauchte ungefähr dreißig Sekunden, bis sie den Ring entdeckt hatte. Als ich gerade zum Frühstücksraum strebte, ergriff sie meine Hand, setzte die Brille auf, die sie an einer Kette um den Hals hängen hatte, und begutachtete den Ring. »Möchtest du mir etwas erzählen, Emily?«

»Er hat mir einen Antrag gemacht«, sagte ich freudestrahlend, woraufhin sie mich umarmte.

Mutter betrachtete erneut den Ring. Die Edelsteine warfen einen sternförmigen Lichtschein auf ihr Gesicht, als sie meine

Hand in der Sonne drehte und wendete. »Grundgütiger, ich glaube, das sind Diamanten. Dein Verlobter scheut wirklich keine Kosten. Ganz Cold Spring wird aus dem Häuschen sein.« Sie nahm mich am Handgelenk. »Komm, lass uns reden.«

Beim Frühstück referierte ich alles, was ich über die Roeblings wusste. »Washingtons Vater heißt John Roebling und ist aus Deutschland hierher in die Vereinigten Staaten immigriert, nachdem er vom ›Land der unbegrenzten Möglichkeiten‹ gehört hatte.«

»Das hattest du mir bereits erzählt. Außerdem habe ich über ihn gelesen. Wahrscheinlich weiß ich mehr über ihn als du.«

Ich verengte meine Augen zu Schlitzen. Wenn es nach Mutter ging, hatte ich nie genug oder das Richtige gelesen. »Wash beabsichtigt, nach dem Krieg in den Familienbetrieb einzusteigen. Sein Vater baut Brücken für die Armee.« Er sprengte sie gelegentlich auch, doch ich ging davon aus, dass das wohl kaum für ihn sprach.

***

Einige Monate später hegte ich Zweifel daran, einen Mann zu heiraten, den ich erst seit Kurzem kannte. Als ich ihm meine Bedenken anvertraute, antwortete er:

Du befürchtest, unsere Zuneigung könnte nach der Hochzeit schnell erkalten; ein kurzzeitiges Getrenntsein von meinem Liebling wäre ein Mittel dagegen, doch leider ist dieses Heilmittel genauso schlimm wie die Krankheit selbst. In jedem Fall verleiht es den Dingen ein wenig Würze, wenn sie nicht so leicht zu kriegen sind.

Unser letztes Treffen vor unserer Hochzeit war ebenso herrlich wie herzzerreißend. Wir genossen es, zusammen zu sein, während die Uhr erbarmungslos tickte. Zwei Tage lang wichen wir einander kaum von der Seite, wie um zu verhindern, dass sich irgendetwas zwischen uns drängte.

Als der gefürchtete Tag seines Abschieds gekommen war, verharrten wir bis zur letzten Sekunde auf dem Bahnsteig, als der Schaffner warnend pfiff. Er umarmte mich fest, und ich schloss die Augen, um all das festzuhalten: das Gefühl, wie ich sicher in seinen Armen lag, das Kribbeln seines Barts, wenn wir uns küssten, den harzigen Duft seines Rasierschaums. Ich wollte diesen Moment konservieren wie Rosenblüten, die man in einem Buch presst.

Ein Soldat trat an seine Seite. »Sir, es wird Zeit.«

Wash flüsterte mir ins Ohr: »Diese Trennung ist nur ein Wimpernschlag im Laufe unseres gemeinsamen Lebens. Halte durch, Liebling.«

Ich starrte auf seine Stiefelspitzen, damit er die Tränen in meinen Augen nicht sah. Dann küsste er meine Stirn und ließ meine Hand los. Hochgewachsen und stattlich ging er schnurstracks zum Zug und plauderte mit Soldaten. Ihm schien es leichter zu fallen, die eine Tür im Kopf zuzumachen und eine andere zu öffnen, wie wenn man von einem Zugabteil ins nächste tritt. Vielleicht musste man das können, um die Grausamkeit des Krieges zu überleben. Ein letztes Mal drehte er sich um, um mir zu winken, dann stieg Wash in den Eisenbahnwagon. Ich warf ihm eine Kusshand zu, doch zu spät. Die schwarze Schlange hatte ihn mit Haut und Haar verschlungen.

***

Es wurde ein furchtbares Jahr für die Potomac-Armee, und ich betete dafür, dass der Krieg bald enden würde. Mein Bruder und Wash hatten in ihren Briefen erwähnt, in Petersburg und Spotsylvania gewesen zu sein, doch ihr aktueller Standort wurde für gewöhnlich als »irgendwo in Virginia« angegeben. Anfangs kamen Washs Briefe täglich, dann nur noch wöchentlich, und zuletzt erhielt ich im Herbst nur noch eine Handvoll Briefe. Darin versuchte er, mich mit unbekümmerten Geschichten zu beruhigen, doch die Zeitungen zeichneten ein anderes Bild, nämlich dass Virginia besonders schwer vom Krieg getroffen war.

Wash und ich erzählten einander in Briefen von unseren Familien, ehe wir den Mut fanden, sie einander vorzustellen. Mutter hat früh mehrere Kinder verloren und stellt sich deshalb schützend vor die verbliebenen sechs wie eine Bärenmama, die von einem Wolfsrudel bedroht wird, schrieb ich. Seine Briefe verrieten mir, dass seine Familie groß, laut und anstrengend war, nur gemildert durch den schelmischen Humor, den sie teilten. Ein wenig fürchtete ich mich davor, sie zu treffen. Er hingegen schien überhaupt nicht besorgt darüber, dass sein Vater meine Mutter erstmals treffen würde. Vielleicht war ich bei meinen Schilderungen nicht genug ins Detail gegangen.

In jenem Herbst beschlossen wir, es sei am besten, wenn sich zuerst unsere verbliebenen Elternteile treffen würden und unsere Geschwister bei der Hochzeit aufeinandertreffen würden. Für das Treffen wurde neutrales Terrain gewählt. Da Mutter und ich aus Cold Spring kommen würden, und Wash und sein Vater aus Trenton, entschieden wir uns für einen Ort ungefähr in der Mitte. Auf meinen Wunsch hin entsandte G. K. Wash deshalb zu einer Eisengießerei in Ringwood, New Jersey, um über Verträge zu Munitionslieferungen zu sprechen.

Abram Hewitt, ein Geschäftspartner von Mr. Roebling, bot an, das Treffen auf seinem Grundstück bei den Eisenminen stattfinden zu lassen. Die Hewitts und ihre Partner waren der größte Eisenlieferant der gesamten Ostküste, wenn nicht gar des gesamten Landes. Da John Roebling ein Erfinder und Hersteller von Drahtseil war, waren sie gut miteinander bekannt.

Die dreistöckige Villa der Hewitts war ein Mix verschiedener Baustile: die klaren, kastenförmigen Linien des Federal

Style, in der Mitte des Dachs eine Kuppel im italienischen Stil sowie Erker mit vielen Fenstern. Das Mansardgiebeldach und die Dachgauben erinnerten mich an das Haus meiner Kindheit.

Mr. Hewitt, ein großer, hagerer Gentleman, führte uns über das Anwesen mit seinen weitläufigen französischen Gärten. Gepflegter Rasen und Teiche in allen Größen, in denen sich die ganze Pracht des Gartens spiegelte, umgaben die Villa, sowie allerlei kuriose Gebilde aus Eisen. Eine riesige Kette, deren Glieder je einen halben Meter lang waren, lag im Vorgarten ausgebreitet.

»Das Eisen stammt aus dieser Mine; die Kette wurde eingesetzt, um die britischen Schiffe davon abzuhalten, den Hudson River hinaufzusegeln«, erklärte Hewitt.

»Nein, soweit ich weiß, stammt das Eisen für die Kette von unserem Flussufer und wurde in Cold Spring gegossen«, sagte Mutter, die sichtlich in Diskutierlaune war.

Da sich die anderen beiden freudig auf die Diskussion einließen, streifte ich ein wenig im Garten umher und bewunderte die duftenden Blüten. Schon bald kündete der knirschende Kies an, dass sich eine Kutsche näherte.

Wash sprang als Erster heraus und hielt seinem Vater die Tür auf. Ich hatte zwar eine Fotografie gesehen, doch nichts hatte mich darauf vorbereitet, dem leibhaftigen Mann zu begegnen. John Roebling hatte leicht schütteres Haar und dieselben eisblauen Augen wie Wash, nur waren seine von einer Furcht einflößenden Intensität. Sein grau melierter Bart ragte bis zu seinem Hemdkragen hinunter.

»Vater, das ist meine geliebte Emily.«

Ich streckte die Hand aus, die Mr. Roebling so fest drückte, dass es beinahe schmerzte. »Willkommen in unserer Familie. Sie müssen die junge Dame sein, die einen solchen Eindruck auf meinen Sohn gemacht hat.« Abgesehen von seinem deutschen Akzent war sein Englisch flüssig und nahezu perfekt.

Wash streckte die Arme nach mir aus. Mich schockierte, wie

seine sonst so gut sitzende Uniform an ihm hing und kleine Fältchen sich in sein Gesicht geschlichen hatten. Wir gaben uns ein kurzes Küsschen, ehe wir den anderen in die Sitzecke folgten. Wash stellte Mutter seinem Vater vor.

Mr. Roebling begrüßte sie mit ausgestreckter Hand: »Mrs. Warren, es ist mir eine Freude.«

Mir stockte der Atem. Er hatte nicht abgewartet, bis sie ihm zuerst die Hand anbot. Doch Mutter nahm Mr. Roeblings Hand entgegen und musterte ihn von oben bis unten. »Nennen Sie mich doch Phebe. Wir sind ja künftig eine Familie.«

Wir nahmen auf verschnörkelten, natürlich gusseisernen Gartenstühlen Platz. Mr. Hewitt öffnete eine Ledermappe, die am Boden stand, und zog ein Kassenbuch heraus. »Wenn die Damen die Geschäftsangelegenheiten entschuldigen. Hier sind die Preise, die ich für Sie aufgelistet habe, Captain.«

Mr. Roebling und Hewitt beugten sich über die Listen und fuhren mit den Fingern die Zahlenreihen entlang. Seltsamerweise gab Wash kaum acht, obwohl er auf Befehl der Armee hergeschickt worden war. Diese Zerstreutheit sah meinem zielorientierten Verlobten so gar nicht ähnlich.

Die Pferde, die von den Kutschen losgemacht worden waren und ein paar Meter weiter weg auf einer Koppel standen, bäumten sich plötzlich auf und begannen laut zu wiehern. Wash zuckte zusammen und verbarg das Gesicht hinter den Armen.

»Was ist los, Sohn? Du hast einen Krieg überlebt, und nun fürchtest du dich vor einem Pferd, das von einem Kaninchen aufgescheucht wurde?«, schmunzelte Mr. Hewitt, doch mir drehte sich der Magen um.

»Sollen wir uns zum Tee hineinbegeben, nun, da wir den geschäftlichen Teil hinter uns gebracht haben?«, schlug Hewitt vor.

Die anderen standen auf und strebten auf das Herrenhaus zu, während Wash sitzen blieb und auf den Teich starrte.

Ich tippte ihm leicht gegen die Schulter. »Wash, sollen wir reingehen?«

»Hmm? Ich … Wir … Nein. Uns bleiben nur ein, zwei Stunden … und wir müssen die Hochzeit planen.« Er starrte auf seine Finger, die er abwechselnd streckte und zu Fäusten ballte.

»Wollen wir ein wenig im Garten spazieren?« Ich wollte unbedingt dafür sorgen, dass dieser leere Blick verschwand. Er war schon den ganzen Nachmittag still und abwesend gewesen. War er immer so in Anwesenheit seines Vaters? Oder steckte etwas anderes dahinter?

Mr. Roebling war zurückgekommen. »Washington, komm jetzt.«

»Ja, Vater. Ich meine, nein, wir sind …«

»Es ist Ihre Schuld.« Mr. Roebling sah mich geradewegs mit strenger Miene an.

»Wie bitte?« Bei seinem Blick wich mir alles Blut aus dem Gesicht.

»Du bist schon die ganze Fahrt über so.« Diesmal deutete er auf seinen Sohn. »Genauer gesagt, seit du Miss Warren kennst. Schau dich doch nur an: unbeholfen, unschlüssig; ich erkenne meinen Sohn kaum wieder. Hat sie das angerichtet?«

Mutter kam mir zu Hilfe. »Kommen Sie, Mr. Roebling. Lassen Sie den beiden Turteltauben einen Moment für sich.«

Ich erschauderte und zog meine Stola fester. Offenbar lag es nicht daran, dass Wash sich in Gegenwart seines Vaters anders verhielt. Aber es lag doch nicht etwa an mir?

Der Geruch des Holzfeuers wehte vom Schornstein des Herrenhauses herüber. Eine heiße Tasse Tee klang überaus verlockend, aber die Aussicht auf ein wenig Zeit mit Wash übertrumpfte die warme Stube. Während die anderen zum Haus gingen, führte ich Wash durch den Garten Richtung Wald, der von der tief stehenden Herbstsonne gesprenkelt dalag.

»Ich fürchte, dein Vater hält nicht viel von mir.«

Wash zuckte mit den Achseln. »Er kennt dich kaum.«

»Das ist alles, was dir dazu einfällt?«

Er trat gegen den Boden, dass die Blätter vor uns hochstieben. »Gute Güte, Emily, wir versuchen, einen Krieg zu gewinnen. Ich sollte in diesem Moment an der Front sein und das Leben deines Bruders beschützen. Er hätte seinen Quartiermeister schicken sollen, aber er schickte mich, damit wir ein wenig Zeit miteinander verbringen können.«

Trotz seiner harten Worte durchflutete mich Erleichterung. Immerhin schien er seine seltsame Stimmung überwunden zu haben, und ein übellauniger Mann war mir lieber als ein Trübsal blasender. Ein kleines Lächeln umspielte meine Lippen.

Er blitzte mich zornig an. »Verstehst du nicht, in was für eine unangenehme Situation mich das bringt? Ich hätte niemals um einen solchen Gefallen gebeten. Aber du! Deshalb bin ich hergekommen und habe mich in eine Situation gebracht, die meinen Ruf und den meiner Familie aufs Spiel setzen könnte.«

»Wieso bist du gekommen, wenn es dich so sehr stört? Wieso hast du mir deine Vorbehalte nicht geschrieben? Und außerdem … das erklärt noch lange nicht …« Es war mir unangenehm, darauf zu sprechen zu kommen, wie er vorhin zusammengezuckt war, wie seine Hände zitterten oder dass er innerhalb weniger Monate mehrere Kilo abgenommen zu haben schien. Es schien mir, wir bewegten uns ohnehin schon auf dünnem Eis. Ihm zu sagen, dass ich mir Sorgen um ihn machte, würde ihn nur noch zusätzlich belasten.

Er zuckte mit den Achseln und brach einen toten Zweig vom Ast, als wäre das Knacken Antwort genug. Ich lief hinter ihm her, einen schmalen Weg entlang, dann über Felsen, um einen kleinen Bach zu überqueren. Schon bald traten an die Stelle unserer Stimmen das Zwitschern von Rotkardinälen und Meisen und das Knirschen unserer Schuhe auf dem Laub.

Er hielt so abrupt an, dass ich beinahe in ihn hineinlief.

»Weil ich dich sehen wollte.« Den Rücken mir immer noch zugewandt, drehte er den Kopf mal hier-, mal dorthin, als würde er nach etwas suchen.

»Das ist alles, was ich hören wollte«, sagte ich sanft. »Es hat nämlich eher so gewirkt, als sei das Gegenteil der Fall.«

Als er sich zu mir umdrehte, lag eine undurchdringliche Mischung an Emotionen in seinem Gesicht. »Das Gegenteil wird nie der Fall sein.«

Seine Schwermut machte mir meine Vorfreude der letzten Tage auf ein hoffentlich schönes, wenn auch kurzes Treffen zunichte. Um seine humorvolle Seite hervorzukitzeln, wechselte ich das Thema. »Es macht fast den Eindruck, als würdest du dich in diesen Wäldern auskennen. Bin ich nur eine der unzähligen Frauen, die du in deine Höhle lockst?«

Ein Lächeln schlich sich auf sein Gesicht. »Ein Gentleman genießt und schweigt.«

***

Nach diesem Treffen schrieb ich Wash beinahe täglich, bekam innerhalb von drei Monaten aber nur eine einzige Antwort. Ich war außer mir vor Sorge und malte mir die schlimmsten Dinge aus. Eines Morgens, kurz vor Weihnachten, stand ein Bote in Unionsuniform vor unserer Tür. Ich musste mich am Türknauf festhalten, da meine Knie nachgaben. Ich holte tief Luft, ehe ich den versiegelten Umschlag entgegennahm, auf dem meine Adresse hastig in einer mir unbekannten Handschrift hingekritzelt war. »Ein netter Mann«, sagte der Bote mit irischem Akzent, tippte sich an den Hut und kehrte auf die Straße zurück.

Als ich den Brief herauszog, erkannte ich mit Erleichterung Washs Handschrift. Darauf stand lediglich folgende kurze Botschaft:

Meine Lippen haben sich von deinen Attacken vollkommen erholt und sind in bester Kampfbereitschaft, um dich zu empfangen.
Dein dir treu ergebener Wash

Kurz darauf erhielt ich eine Nachricht von G. K., die mich gleichermaßen erleichterte wie beunruhigte.

Meine liebste Emily,
mit großer Freude kann ich dir verkünden, dass ich meinen aufrichtigen und treuen Assistenten in deine Hände übergebe. Auch wenn unser Kampf noch nicht vorbei ist, ist das Ende doch nah genug, dass wir einigen unserer besten Soldaten die Ruhe gönnen können, die sie so sehr verdienen und brauchen. Ich versichere dir, er ist so gesund und munter, wie es nach einer solchen Kraftanstrengung zu erwarten ist.

Nach beinahe vier Jahren im Krieg verließ Wash den Militärdienst, kurz nachdem er zum Colonel befördert worden war. Auch wenn er körperlich völlig unversehrt wiederkehrte, war sein Blick leer, und ich nahm eine Distanz zwischen ihm und seiner Umgebung wahr. Es war ein furchtbares Gefühl, dem Menschen, den man liebt, nicht helfen zu können. Es gibt kein Heilmittel, das man verschreiben könnte, wenn es der Geist ist, der verwundet ist. Also ging ich weiter meinen Aufgaben nach, erstellte eine Liste der Hochzeitsgäste, plante den Ablauf der Feier und erstattete dann einem Mann Bericht, der Interesse vortäuschte und sich, sobald niemand hinsah, allein in ein Zimmer verkroch. Und die ganze Zeit über fragte ich mich, ob der Mann, der aus dem Krieg heimgekehrt war, noch derselbe war, in den ich mich verliebt hatte.

VIER

1865

Wash und ich heirateten im Januar 1865 in Cold Spring und konnten es kaum erwarten, endlich unser neues gemeinsames Leben zu beginnen. Mr. Roebling war inzwischen freundlicher zu mir und wiederholte nie mehr, was er mir in Ringwood vorgeworfen hatte. Und es schien, als ob es Wash besser gelang, sich zusammenzureißen oder seine Launen zumindest besser zu verbergen.

Mutter hatte sich mit Mr. Roebling zusammengetan – der darauf bestand, dass ich ihn Papa nannte – und auf zwei Hochzeitstorten bestanden, für jeden eine. Diese waren durch eine Zuckerskulptur verbunden, die Wash als »erstaunlich maßstabsgetreue Brücke« bezeichnete. Zitrone kitzelte an unseren Nasen und Buttercreme klebte an unseren Lippen, als wir die Torte bis zum Letzten vertilgten und glückstrunken nichts davon ahnten, welche Prophezeiung diese zerbrechliche Zuckergussfigur bereithielt.

***

Ein paar Wochen nach der Hochzeit verreisten wir übers Wochenende nach Maine, anschließend war ein Besuch beim Roebling-Clan geplant. Am Bahnhof rückte Mutter meine Stola zurecht, mehr aus elterlicher Gewohnheit denn aus echter Notwendigkeit. »Herrje, nun hat auch mein letztes Küken das Nest verlassen. Dann gute Fahrt euch beiden.« Sie wischte mir einen imaginären Schmutzfleck von der Wange und warf mir eine Kusshand zu, als wir in den Zug stiegen.

Drinnen ließ ich den Blick über die vollen Sitzreihen mit plaudernden Passagieren gleiten. Wash kam hinter mir hergestolpert, die Arme voller Handgepäckstücke, die er dem Gepäckträger nicht hatte überlassen wollen.

»Das wird eine lange Fahrt. Würde es dich stören, wenn ich nachher meinen Kopf auf deinen Schoß lege, um ein wenig zu dösen?«, fragte ich ihn.

Seine Augen funkelten. »Ich weiß noch etwas Besseres. Da wären wir.«

Am Ende des Eisenbahnwagens war jeweils eine dünne Schiebetür zu beiden Seiten des Ganges befestigt. Wash stellte das Gepäck ab und prüfte seine Fahrkarte. »Diese hier.« Als er die Tür auf der rechten Seite aufschob, lag ein kleines Abteil mit einem ausziehbaren Bett vor uns.

»Wie wunderbar!« Die Aussicht auf ein wenig Platz und Privatsphäre hob meine Stimmung.

Kichernd wie zwei Zehnjährige kletterten wir auf unsere Pritsche und schlossen die Tür und den Samtvorhang hinter uns. Wir waren keine zwei Minuten drin, als Wash mein Kleid aufknöpfte.

»Wash, man wird uns hören.«

»Pscht.« Er zog sich die Hose und das Hemd aus und schlüpfte unter das Laken. »Komm her.«

Ich rückte näher.

»Wir werden ganz leise sein«, flüsterte er mir ins Ohr. Dann schob er mein Kleid hinunter, küsste meine Schulter und legte mir einen Finger auf die Lippen. »Meinst du, du kriegst das hin?«

»Mm-hmm.«

Seine Hände zogen meinen Rock hoch und ertasteten meinen Hintern. Er küsste meinen Hals und fuhr mit der Zunge bis hinunter zu meinen Brüsten.

Ich stöhnte.

»Keinen Mucks«, ermahnte er mich.

»Ich versuch's ja«, sagte ich lachend, als ich mit ihm unter der Decke verschwand. Es fühlte sich verwegen an, aber ich presste die Lippen zusammen, während seine Lippen und Hände meinen Körper entlangwanderten. Durch die erzwungene Stille fühlte sich jede seiner Berührungen noch intensiver an, sein Körper drängte sich warm gegen meinen, sein Duft nach Anis und Zimt hüllte mich ein wie Morgennebel. Er küsste mich, begierig und innig, hinüber zu meinen Ohren und an meinem Hals hinunter, umgriff sanft meine Brüste und brachte mich zum Erschaudern.

Ich fuhr mit den Fingern über die kräftigen Muskeln an seiner Brust und seinen Armen, glitt über seine Hüften und kratzte über die Haut seiner Oberschenkel. Begierig darauf, endlich mit ihm vereint zu sein, konnte ich nicht länger warten. Ich glitt mit den Händen an seinen Hintern und zog ihn zu mir.

Wash blickte zum Vorhang. »Wir sollten …«

»Pscht.« Ich schloss die Augen und neigte ihm meine Hüfte entgegen. Mit jeder Ruckelbewegung des Zugs stiegen wir höher und höher, bis ich befürchtete zu explodieren. Wir waren eine Einheit – nicht einfach nur zwei Liebende in einem Zug, sondern im Geiste vereint und auf dem Weg zu einem Ort, der nur uns gehörte. Ich biss ihm in die Schulter, damit mein Schrei uns nicht verriet. Befriedigt sanken wir in den Armen des anderen zurück zur Erde.

»Fahrkarten.« Die Stimme des Schaffners drang durch unseren schützenden Vorhang, als er den Gang entlangkam.

Blitzartig hatte sich Wash Hemd und Hose übergezogen und war von der Pritsche heruntergesprungen.

Mit verlegenem Grinsen kehrte er zurück, und wir lachten darüber, dass wir um ein Haar erwischt worden wären. Das Bett war etwas klein für uns beide, aber das störte uns nicht.

So lagen wir einander zugewandt, während das rhythmische Tuckern des Zuges gleichsam den Takt zur Melodie unserer Stimmen bildete. Als es dunkel wurde, zündete Wash den Wandleuchter über unseren Köpfen an. Das warme Licht und die Schatten, die er warf, betonten seine anmutigen Gesichtszüge: die breite Stirn über den weit auseinanderstehenden Augen, die kräftige, gerade Nase und die vollen Lippen, die unter seinem honigfarbenen Schnurrbart hervorlugten.

Wash griff in seine Hosentasche. »Ich habe etwas für dich.«

»Darf ich?« Ich versuchte hineinzugreifen, doch er schlug spielerisch meine Hand weg. Dann öffnete er ein kleines Samtkästchen und brachte ein Paar Kamee-Ohrringe zum Vorschein. »Die habe ich in Fredericksburg gefunden.« Er strich mein Haar zurück und befestigte einen Anhänger an meinem Ohr. »Ich habe sie die ganze Zeit bei mir getragen, einen in jeder Hosentasche. Oft, wenn ich die Hände in den Taschen hatte, habe ich sie befühlt und daran gedacht, wie hinreißend sie an dir aussehen werden.«

In seiner Handfläche leuchtete die sich auf einem Edelstein reliefartig abhebende Silhouette einer Dame im Lichtschein. Er drückte mir den zweiten Ohrring in die Hand und umschloss sie dann mit beiden Händen. »Und daran, dass dieser Tag kommen würde …« Er schluckte, und plötzlich waren seine Augen leer.

»Sie sind wunderschön.« Ich berührte seine Wange, um ihn zurückzuholen. »Ich werde sie für einen besonderen Anlass aufbewahren.«

Tatsächlich widerstrebte es mir, sie zu tragen. Diesen Gesichtsausdruck wollte ich bestimmt nicht jedes Mal sehen, wenn ich sie trug, und ich wollte lieber nicht wissen, wie er während einer blutigen Schlacht in ihren Besitz gelangt war. Ich öffnete den Clip an meinem Ohr und legte beide Ohrringe wieder in das Kästchen. Wenn sie ihm irgendwie geholfen hatten, den Krieg zu überstehen, war ich dafür dankbar. Aber nun war es an der Zeit, den Schrecken und das Elend hinter sich zu lassen und nach vorn zu schauen.

Wir übernachteten in Papas Haus in Trenton, zusammen mit einigen von Washs Geschwistern. Nicht unbedingt das, was man sich unter Flitterwochen vorstellt, aber immerhin. Bei seiner Familie ging es zu wie im Bienenstock, alle waren eifrig zugange, Wash und Papa mit ihrem nächsten Projekt, die anderen Söhne damit, die Firma am Laufen zu halten. Die Firma, die Papa gegründet hatte, stellte Eisen her sowie Drahtseil, indem lange Drähte von einer Maschine zu sogenannten Litzen geschlungen wurden. Diese Litzen wurden dann zu Seilen unterschiedlichen Durchmessers verdreht, also geschlagen. Die Drahtseile kamen in unterschiedlichsten Branchen zum Einsatz, unter anderem auch beim Brückenbau.

Papa hatte Wash für die Fertigstellung der Cincinnati-Covington Bridge angeheuert, die wegen des Krieges brachlag. Beide Männer waren begierig darauf, endlich ans Werk zu gehen. Im mittleren Westen sorgte das Projekt, das Ohio und Kentucky verbinden sollte, für große Begeisterung, und in den landesweiten Zeitungen wurden Papas Name und Bild abgedruckt. Schlagzeilen verkündeten: »Berühmter Ingenieur und aus dem Krieg als Held heimgekehrter Sohn bauen Brücke über Ohio River!«

Am Abend ließ die Familie Wash und mich allein im Arbeitszimmer zurück, das mit seiner hohen Decke, an der sich Holzbalken kreuzten, eine Aura von Bedeutsamkeit verströmte. Eine Polsterbank und ein paar kleinere Tische, die von einem verwitterten Eichentisch überragt wurden, standen im Raum. Auf dem Tisch lagen schematische Zeichnungen einer Hängebrücke sowie Seiten über Seiten detaillierter Baupläne mit sorgfältigen Notizen zu Materialien und Maßen.

Mir gefielen die Zeichnungen, die sich wegen ihrer Kunstfertigkeit zum Einrahmen eigneten. Die anmutigen Linien und die Symmetrie der Brücke, die Kabel, die wie Harfensaiten gen Himmel strebten, das alles sprach mich an. Das Einzige, was das ästhetische Gesamtbild störte, war der gemauerte Zugang zur Brücke.

»Wieso wird das aus Stein gebaut?«, fragte ich Wash.

»Das ist ziemlich wichtig, damit die Leute nicht von der Brücke in den Fluss fallen.«

»Und was, wenn dieser Teil aus Drahtseilen gefertigt wäre, sodass er den Blick auf den Fluss und die Brücke nicht verstellte?« Ich fertigte eine grobe Skizze an. »Mehr wie ein Zaun denn eine Mauer. Wäre das nicht ansprechender?«

Er studierte meine Skizze, dann die schematische Zeichnung. »Interessant.« Er tippte mir an den Kopf. »Schönheit und Verstand. Eine fabelhafte Kombination. Wenn du jetzt auch noch Kochen lernst, kann ich mich mit gutem Gewissen in den Ruhestand begeben.«

Neckend tippte ich ihm ebenfalls gegen den Kopf.

***

Als sich unsere Tage im Haushalt der Roeblings allmählich dem Ende zuneigten, packte ein Diener Washs Gepäck in dessen großem Schlafzimmer unter Aufsicht von Papa und Wash. Die beiden beabsichtigten, in dieser Woche gemeinsam eine dreitägige Zugreise zu unternehmen und mich zurückzulassen. Die Fahrt hatte sich zu einer heiklen Angelegenheit entwickelt, und Wash war meinen Nachfragen ausgewichen, wann ich nach Cincinnati nachkommen könne.

Auf dem Himmelbett sitzend, sagte ich fröhlich: »Bei meinem Gepäck wird es einige Zeit dauern, bis es nachkommt.«

Papa lief, die Hände in die Hüften gestemmt, auf und ab, murmelte etwas über »diese neumodischen Ideen« und fuhr sich durch das schüttere Haar. »Ihr werdet noch genug Zeit zusammen verbringen, aber dies ist nicht der richtige Augenblick dafür. Meine Frau Johanna, Gott segne sie, hatte dafür Verständnis.«

Mit John Roebling zu streiten war, als würde man sich mit einem roten Tuch in der Hand einem Stier stellen. Doch obwohl mein Herz heftig pochte, widersprach ich ihm: »Mein Platz ist an der Seite meines Ehemannes.«

Ich hatte gehofft, mein Mann würde mir beipflichten, doch der nickte nur und reichte dem Diener eine Handvoll Uniformen. »Würden Sie die bitte wegbringen?«

Papa wartete, bis der Diener das Zimmer verlassen hatte. »Washington erzählte mir, dass du ihm unlängst bei einer schematischen Zeichnung geholfen hast.«

»Ich habe einen winzigen Vorschlag gemacht, um die Ästhetik der Brücke aufzuwerten.« Es gelang mir immer mehr, gelassen zu klingen.

Papa lief rot an. »Diese Arbeit ist nichts für Damen. Im Brückenbau gibt es komplexe Prinzipien zu beachten, für die du nicht ausgebildet bist. Du bist im besten Fall eine Ablenkung, im schlimmsten Fall eine Gefahr.«

Ich warf meinem Mann einen Blick zu.

»Meine Liebe, das ist eine Angelegenheit zwischen dir und Papa. Ich werde mich da nicht einmischen.« Wash legte ein Paar Stiefel in eine Kiste.

Papa und ich blickten uns finster an.

Wash verzog das Gesicht wie unter Schmerzen. »Ähm, Papa hat recht. Unser Beruf ist gefährlich. Ich mache mir jeden Tag Sorgen, dass ein Arbeiter aus großer Höhe herunterfällt, ein Drahtseil reißt und jemandes Hand abtrennt – oder Schlimmeres.« Er nickte zu Papa hinüber. »Und es wird nicht besser dadurch, dass ich meinen eigenen Vater diesen Gefahren ausgesetzt weiß.«

Papa rollte ein paar Landkarten zusammen. »Diese Risiken sind unvermeidlich, und ich lebe seit Jahrzehnten mit ihnen. Genau wie mein Sohn. Mein einziger Trost ist, dass Washington von meiner Erfahrung profitiert und die beste Ausbildung auf diesem Gebiet genossen hat.«

»Ich habe gar nicht vor, dir an deinen Arbeitsplatz zu folgen wie ein Schoßhündchen«, sagte ich zu Wash, als dieser Bücher aus dem Regal nahm und sie mir reichte. »Ich habe meine eigenen Bücher, mit denen ich mich beschäftigen kann, und es macht mir nichts aus, allein zu sein, nicht einmal in einer fremden Stadt.«

»Erzähl ihr, wie wir dort leben, Sohn.«

»Das ist kein Leben, wie du es gewohnt bist, Em. Wir übernachten dort in Schlafsälen, einen Katzensprung von der Baustelle entfernt. Die Mahlzeiten werden im Speisesaal eingenommen, nur wenige Meter vom Armeelager entfernt.«

Ich legte die Stiefel in einen Überseekoffer, beharrte aber auf meinem Standpunkt. »Bestimmt lässt sich in einer so großen Stadt wie Cincinnati eine Privatunterkunft finden.«

»Vielleicht. Aber es wird schwierig, etwas so nahe der Baustelle zu finden. Und am Ufer stinkt es nach Schlachthäusern und Fabriken. Das ist nichts für dich.«

»Wir könnten es zumindest probieren. Ich gebe gerne ein wenig Komfort auf, um mit dir zusammen zu sein.«

Papa schaltete sich ein. »Es geht nicht nur um deinen Komfort, wir machen uns auch Sorgen um deine Sicherheit. Lieber Gott, Cincinnati ist nicht Cold Spring.« Er lief wieder auf und ab. »Und wie solltest du in einer winzigen Wohnung eine Köchin und ein Dienstmädchen unterbringen? Du solltest hierbleiben, wo du alles hast, was du brauchst. Oder bei deiner Mutter. Wenn dir weder das eine noch das andere zusagt, kann ich ein anderes Haus für dich anmieten.«

»Du könntest jeden Monat zu Besuch kommen«, sagte Wash. »Wir werden das Wochenende zusammen verbringen, nur wir zwei.« Zufrieden über diesen Kompromiss nickten beide Männer sich zu. Wash legte mir eine Hand auf die Schulter. »Natürlich hätte ich gerne, dass du mitkommst, aus ganz eigennützigen Gründen. Aber dein Wohlergehen ist wichtiger.«

Papa breitete die Arme aus. »Emily, mein liebes Kind, du hast so viele Talente. Es gibt da etwas, was du in der Zwischenzeit für uns in New York tun kannst. So kannst du auch bei deiner Mutter übernachten, wo du sicher bist.«

»Für euch tun? Was meinst du?« Ich entzog mich Washs Hand, klappte den gepackten Koffer zu und schloss die Messingbeschläge.

»Diese Brücke« – Papa deutete auf ein Modell der Cincinnati Bridge – »ist nur ein Prototyp. Die richtige Herausforderung wartet am East River auf uns. Darauf arbeiten wir hin.«

»Ich fürchte, ich kann nicht ganz folgen.«

»Wir brauchen Unterstützung, um die Brücke in New York bauen zu können. Politische, finanzielle und gesellschaftliche Unterstützung. Da kommst du ins Spiel.«

»Ich?« Meine Augen wurden groß. Das klang nicht nach Aufgaben, zu denen ich imstande war. Vor allem aber wollte ich mit Wash zusammen sein. »Wie kann ich euch denn dabei helfen?«

Papa zuckte mit den Achseln. »Zum Beispiel, indem du Reden hältst, Treffen arrangierst, Galaempfänge organisierst, was auch immer nötig ist. Wir müssen ungefähr sieben Millionen Dollar sammeln.«

Meine Kinnlade klappte herunter. Sie waren nicht nur dafür zuständig, die Brücke zu bauen, sondern auch, sie zu finanzieren? Und sie wollten, dass ich ihnen dabei half? Und Reden hielt! Allein das bestärkte mich in meinem Entschluss, nicht zurückgelassen werden zu wollen. »Es macht mir nichts aus, in einer kleinen Wohnung zu leben oder über einem Lagerfeuer zu kochen. Ich komme auch ohne Dienstmädchen zurecht. Aber ich bin bestimmt keine Frau, die sich beiseitestellen lässt wie eine Porzellanpuppe.«

Beide Männer standen mit verschränkten Armen da.

»Vielleicht kann ich dabei helfen, Gelder in New York zu sammeln, wenn wir alle aus Ohio zurückkehren?« Ich brachte ein mattes Lächeln zustande. »Was meinst du, Wash?«

»Ich habe nichts dagegen.«

Ich warf ihm einen Blick zu, der besagte, dass ich mir etwas mehr erhofft hatte.

Wash schmunzelte. »Siehst du, Papa, ich habe nicht nur die hübscheste, sondern auch die resoluteste Frau geheiratet. Emilys Anwesenheit wird meine Arbeit nicht beeinträchtigen. Im Gegenteil, sie ist meine talentierte Muse. Und ich kann uns direkt nach unserer Ankunft eine Unterkunft suchen.«

Papa löste die verschränkten Arme. Ich wandte mich direkt an ihn: »Mit deiner Erlaubnis, Papa, werde ich Wash nach Ohio begleiten. Und sobald wir zurückkehren, kümmere ich mich um Unterstützung für die East River Bridge. Versprochen.«

Er betrachtete mich lange und anerkennend und erklärte dann nickend: »Sehr gut.«

FÜNF

CINCINNATI, OHIO

Nach Lincolns Ermordung trauerte das ganze Land um ihn. Cincinnati zollte ihm mit seinem traditionellen schwarzen Trauerflor Tribut. Wo man auch hinsah, überall war Ruß; man konnte keine Straße entlanggehen, ohne so viel Kohlenstaub mit nach Hause zu schleppen, dass man damit die Stube hätte heizen können. Asche aus Fabrikschornsteinen rieselte durch die Luft wie schwarzer Schnee.

Auf meiner Entdeckungstour von unserer kleinen Wohnung zum Fluss folgte ich einer merkwürdigen Schlängellinie durch den Schmutz. Nachdem ich ein paar Tage lang die Ratten beobachtet hatte, wie sie durch Ritzen unserer Kellertür geschlüpft waren, wusste ich, woher diese Spur stammte.

Aus irgendeinem Grunde störten mich die Ratten in unserem Keller nicht so sehr wie die Vorstellung, dass Tausende von ihnen unbemerkt und wendig im Fluss schwammen und sich mit der Strömung treiben ließen. Im Keller konnte ich diesem Ungeziefer wenigstens eine Falle stellen. Ein Fluss hingegen war eine unkontrollierbare Bestie. Vor vielen Jahren hatte mir eine solche Bestie etwas Unersetzbares für immer genommen. Und nun hätte mir eine andere solche Bestie beinahe meinen Ehemann weggenommen. Beim Gedanken an meinen Triumph in dieser Auseinandersetzung musste ich lächeln.

Unser Viertel war voll von Männern, die morgens mit ihren Henkelmännern zum Schlachthaus oder zur Werft zogen und ihre Frauen zurückließen, die auf die Kinder aufpassten. Trotz meiner Versuche, mich mit den Frauen anzufreunden, indem ich ihnen Muffins oder Tee vorbeibrachte, schien niemand Zeit zu haben für eine vorübergehend hier gestrandete Ehefrau. Obwohl wir alle Amerikanerinnen waren – oder die meisten zumindest –, schienen wir nicht dieselbe Sprache zu sprechen. Ich fühlte mich wie eine Außenseiterin, die auf ihr echtes Leben blickte, während ich nur ein Scheindasein führte.

Zum Zeitvertreib las ich mich zweimal durch sämtliche Bücher meiner Sammlung sowie alle interessanten Titel, die die örtliche Bibliothek zu bieten hatte. In dem kleinen Raum, der Wash als Arbeitszimmer diente, wurde jeder freie Zentimeter von seinen Lehrbüchern in Beschlag genommen, die ordentlich in Reih und Glied standen wie Soldaten. Calculus. Trigonometrie. Konstruktionswesen. Alles Fächer, die für Frauen als ungeeignet erachtet wurden. Ob das im Gesetz stand oder ein ungeschriebenes Gesetz war, hätte ich nicht sagen können, in jedem Fall verführte mich diese Ungerechtigkeit – oder womöglich die schiere Langeweile – dazu, mir die verbotenen Früchte einmal näher anzusehen. Ich zog ein Buch mit einem dunkelgelben Einband heraus. Eine dahinschwebende Feder auf dem Umschlag sollte über den gewichtigen Titel hinwegtäuschen: Traktat zur Differentialrechnung. Ich schlug das Buch auf einer beliebigen Seite auf und wurde sogleich mit Gleichungen, griechischen Symbolen und offenbar griechischen Texten traktiert.

Im Anhang des Buches fanden sich Erläuterungen zu den Symbolen. Nachdem ich sie gelesen hatte, blätterte ich zur ersten Seite zurück. Nach und nach erschlossen sich mir die Inhalte, und ich war erstaunt, wie leicht es mir von der Hand ging.

Ich hatte noch nie von einem Mädchen gehört, das man dazu angehalten hätte, wissenschaftliche oder mathematische Inhalte zu studieren. Papa glaubte, Frauen besäßen für so etwas keinerlei Sinn, aber woher auch, wenn sie nie darin unterrichtet wurden? Die Schulen schienen kein Interesse daran zu haben, den Lehrplan für Mädchen zu ändern; es wären schon Gesetze nötig gewesen, um sie dazu zu zwingen. Was erneut die Notwendigkeit bekräftigte, Frauen das Wahlrecht einzuräumen und die Möglichkeit, für politische Ämter zu kandidieren.

Ich überlegte mir, wie ich dieses Anliegen vorantreiben könnte, während ich meinem vielbeschäftigten Ehemann hinterherreiste. Neue Zeitschriften erschienen, die von Märschen und kämpferischen Reden berichteten, aber das alles schien im Moment so unkonkret und weit weg. Aber vielleicht konnte meine Mithilfe beim Sammeln von Geldern für den Brückenbau in New York einen Beitrag leisten.

***

Als ich im Spätsommer wieder einmal frustriert darüber war, dauernd die anderthalb Quadratmeter Küche zu schrubben, und meine Kleidung schon wieder an mir klebte wie ein heißer Waschlappen, beschloss ich, mich hinunter zur Baustelle zu schleichen. Nachdem ich den Arbeitern einen Korb mit Obst und Brot dagelassen hatte, versteckte ich mich zwischen zwei Meter hohen hölzernen Drahtseil-Kabeltrommeln, die auf einer Freifläche oberhalb der Baustelle gelagert wurden. Das Versteck bot einen spektakulären Ausblick und schützte mich gleichzeitig vor den Blicken von Dutzenden Arbeitern. Eine mechanische Vorrichtung aus Rädern und Seilrollen, Kabelspinnrad genannt, spannte Draht über zwei majestätische steinerne Brückentürme hinweg von einem Flussufer zum anderen. Diese großen, oben flachen Portalbauten wurden Pylone genannt.

Papa brüllte seinen assistierenden Ingenieuren und den zahlreichen Vorarbeitern, Lieferanten und neugierigen Schaulustigen Anweisungen zu. Es war ein ziemliches Spektakel, mit anzusehen, wie er den Zeigefinger abwechselnd mahnend in die Luft oder jemandem gegen die Brust stieß. Ich hatte Mitleid mit einem ahnungslosen Passanten, der offenbar nur höflich eine Frage stellte und Papas Wut zu spüren bekam, der sich wild gestikulierend den Hut vom Kopf riss und zu Boden warf. Ein Assistent geleitete den unglückseligen Besucher daraufhin von der Baustelle und deutete auf die Warnschilder, die dieser entweder übersehen oder ignoriert hatte.

Mit Washs Erlaubnis besuchte ich die Baustelle fortan täglich und brachte manchmal Essen für uns beide mit, aber hielt mich stets abseits. Eines Nachmittags zerrissen Explosionen die windstille Luft, als die Fahrbahnrampen freigesprengt wurden. Bauarbeiter hielten mitten in der Arbeit inne und stopften sich die Finger in die Ohren. Ein rothaariger Mechaniker, von dessen breitem Ledergürtel Werkzeug baumelte, rannte über den Platz und kniete sich neben einen Mann, der am Boden kauerte, die Arme um den Kopf geschlungen. Ich kniff die Augen zusammen, um zu erkennen, ob er verletzt war. Der Mechaniker half ihm hoch. Mir stockte der Atem. Es war Wash.

Als er aufstand, fegte er sich den Staub von der Kleidung und schien unverletzt. Erleichtert seufzte ich auf, aber es erinnerte mich an sein seltsames Verhalten, als er aus dem Krieg zurückgekehrt war. Irgendetwas in ihm war nicht vollständig geheilt.

Der Mechaniker blieb an Washs Seite und strich sich den Bart, während sie ausgerollte Pläne betrachteten. Obwohl er vermutlich bereits um die vierzig war, machte er mit seiner schmalen Gestalt und seinem rüstigen Auftreten einen jungen Eindruck.

Später knabberte ich an einer Birne, während ich John

Roeblings Theater beiwohnte, und wischte mir mit der Hand den Saft weg, der mir das Kinn hinunterrann.

»Aha! Das versteckt der Chef hier also!«, gluckste eine unbekannte Stimme hinter mir. »Ich hatte mich schon gefragt, was er hier hinten versteckt.«

Vor Schreck ließ ich die Birne fallen.

Als ich erkannte, dass es der Mechaniker war, der Wash zuvor aufgeholfen hatte und der mich nun angrinste, war ich beruhigt. Er lupfte seine Melone. »Tut mir leid, wenn ich Sie erschreckt habe, Ma'm. Ich bin Edmond Farrington.« Er zog ein Stofftuch aus der Tasche, deutete ein Tupfen am Kinn an und reichte mir das saubere Taschentuch. »Sie haben da noch etwas am Kinn.«

»Sie werden mich doch hoffentlich nicht verraten?« Ich schielte nach hinten zu Papa und den anderen Männern, aber keiner schien von uns Notiz zu nehmen.

Farrington setzte sich auf einen Stapel Steinblöcke und stellte seine Stiefel auf einem anderen ab. »Das kommt ganz darauf an, was Sie mir als Bestechung mitbringen.«

Damit brachte er mich zum Lachen, und schon bald bildeten wir einen Dreierbund, Farrington, Wash und ich. In ihren Pausen kamen beide mich besuchen, um mich über den Fortschritt auf dem Laufenden zu halten, während sie sich über die Apfelkonserven hermachten, die ich für sie reingeschmuggelt hatte.

Nicht nur fühlte ich mich in ihrer Gesellschaft sehr viel wohler als unter meinen distanzierten Nachbarinnen, es interessierte mich auch mehr, die Fortschritte auf der Baustelle zu verfolgen, als mich unter die Frauen zu mischen, die im Einkaufsviertel ihre Kinderwagen vor sich herschoben.

Abends erklärte mir Wash dann, welche baulichen Schritte an diesem Tag erfolgt waren, damit ich das, was ich bei meinem Besuch gesehen hatte, einordnen konnte.

Wash machte sich einen Spaß daraus, mich bei diesen Pausen vor Farrington abzufragen, und dank unserer Gespräche am

Vorabend wusste ich immer eine Antwort. »Pass bloß auf«, zog Wash Farrington auf, »sonst wirst du noch von jemandem ersetzt, der deutlich besser aussieht als du.«

»Klar«, konterte Farrington und deutete mit seinem halb gegessenen Apfel auf Wash. »Pass lieber du auf!«

***

Als der Sommer in den Herbst überging und die Frist näher rückte, wuchs die Arbeitsbelastung, und Wash kehrte jeden Abend erschöpft und gereizt nach Hause zurück. Dann hörte ich mir seine Klagen an, bemühte mich, es ihm zu Hause gemütlich zu machen, und versuchte mich sogar am Kochen, doch irgendwie kam ich mit dem eigensinnigen Herd nicht zurecht. So geschah es allzu oft, dass Wash mich für meine Mühen lobte, während er auf verkohltem Fleisch herumkaute. Wir mussten dringend eine Köchin anstellen, waren aber beide zu stur, uns das einzugestehen.

Eines Abends im Spätherbst trafen Vater und Sohn gemeinsam in unserer Wohnung ein. Wash trat steif durch die Tür und brachte eine Wolke kalten Winds und Staubs von draußen mit herein, während Papa hinter ihm auf Deutsch eine Schimpftirade losließ. Als er mich sah, wie ich an unserem kleinen Küchentisch saß, wechselte er ins Englische.

»Es ist wichtig, dass ich nach Trenton zurückkehre«, sagte Papa und wedelte bekräftigend mit dem Hut.

»Um nach deinen Drahtseilen zu schauen, und das obwohl du für den Brückenbau einen anderen Lieferanten auswählst«, entgegnete Wash. »Du produzierst selbst einwandfreien Stahl und gibst der Konkurrenz in Übersee den Auftrag.«

»Der Draht ist aufgrund seiner höheren Zugfestigkeit besser geeignet. Wir müssen das Projekt in seiner Gesamtheit betrachten und nicht nur, was für uns am besten oder rentabelsten wäre.« Papa runzelte die Stirn und wedelte vorwurfsvoll mit dem Zeigefinger in Washs Richtung. »Du beschämst mich.«

Wash trat seinem Vater von Angesicht zu Angesicht gegenüber. »Es ergibt keinen Sinn, den Draht aus Übersee zu importieren. Der Unterschied in der Festigkeit ist minimal, durch den Import entstehen lediglich zusätzliche Kosten und Lieferverzögerungen, und das völlig grundlos. Es ist nichts beschämend daran, umsichtig zu sein und Profit zu machen.«

»Ich werde es nicht dulden, dass sich unsere Firma auch nur dem Anschein nach an diesem Projekt bereichert. Unser guter Name steht auf dem Spiel! Unser guter Ruf!« Papa haute mit der Faust auf den Tisch und brachte die Platzdeckchen – und mich – zum Beben. »Für Halsabschneider wird man uns halten!«

Wash verzog keine Miene und blieb seelenruhig. »Niemand würde dir dergleichen unterstellen. Wir haben die Mittel, um das erforderliche Drahtseil zu produzieren, und unsere Fabrik ist nur Hunderte statt Tausende Meilen entfernt. Außerdem nimmst du uns die Möglichkeit, neue Einsatzgebiete für unseren Stahl auszuloten, wenn du unsere Firma bei diesem Auftrag übergehst.«

Papa fixierte Wash mit seinem Adlerblick, der schon manch unbedeutenderen Mann in die Knie gezwungen hatte. »Und dennoch beschwerst du dich, weil ich nach Trenton fahre.« Er stützte sich mit geballten Fäusten auf dem Tisch auf und schlug nun einen irritierend ruhigen Ton an. »Verhalte dich gefälligst wie der Mann, den ich großgezogen habe, oder such dir deine eigene Arbeit.«

Schockiert von seinen Worten versuchte ich, mich aus der Küche zu schleichen. Ohne den Blick von Wash zu wenden, packte mich Papa am Arm. Ich erstarrte, und meine Nackenhaare stellten sich auf, als ich mich für seinen Zorn wappnete. Ein paar Stunden zuvor hatte ich kurz den Verdacht, er könnte mich zwischen den Kabeltrommeln entdeckt haben.

Zu müde, um sich die schlammbedeckten Stiefel auszuziehen, ließ sich Wash auf einen Stuhl plumpsen. Mit dem Ärmel seines Hemds wischte er sich den Schmutz aus dem Gesicht. »Fahr nach Trenton, Papa. Wir kommen auch ohne dich zurecht. Vielleicht stellst du dort ja fest, dass die beste Art, die Produktionsleistung der eigenen Firma im Blick zu haben, darin besteht, sie aktiv zu nutzen.«

»Wir werden sehen.« Papa, der meinen Arm immer noch umklammert hielt, richtete seinen durchdringenden Blick auf mich. Doch die Fältchen um seine Augen vertieften sich, als seine Gesichtszüge weicher wurden. »Danke, liebes Kind.«

»W… wofür?«

»Für das Brot und das Obst. Die Männer waren äußerst dankbar.«

Ich blinzelte. »Gern geschehen.«

Papa breitete seine Arme aus. »Na, bekommt ein verschrobener alter Brückenbauer zum Abschied eine Umarmung?«

Irritiert von seinem plötzlichen Sinneswandel umarmte ich ihn zögerlich. Wash stand auf, umarmte ihn fest, und beide klopften sich gegenseitig auf den Rücken, als ob nie etwas gewesen wäre.

»Morgen früh Punkt sechs, mein Sohn.« Papa setzte seinen Hut auf den kahlen Schädel, und als die Tür hinter ihm zuschlug, hallten seine barschen Worte in mir nach.

Wash stöhnte und hielt sich mit einer Hand den Rücken, als er sich hinabbeugte, um die Stiefel auszuziehen.

Ich ging in die Knie, um ihm zu helfen. »Wie ist es möglich, dass er dich im einen Moment wie einen Untergebenen schikaniert, und im nächsten bist du der geliebte Sohn?«

Er zuckte mit den Achseln. »Wenn man in einem Familienbetrieb aufwächst, lernt man, zwischen diesen beiden Welten hin- und herzuwechseln. Mach dir keine Sorgen. Er ist einfach ein sturer alter Kerl.«

Trotz des langen Arbeitstags und der anhaltenden Erschöpfung arbeitete Wash noch bis spät in die Nacht hinein an seinen Zeichnungen und Zeitplänen, die auf jeder freien Fläche ausgebreitet lagen. Alle paar Stunden schlich ich mich auf Zehenspitzen in sein Arbeitszimmer und brachte ihm eine Tasse Tee. Dann sah er jedes Mal mit einem schwachen Lächeln und dieser furchtbaren Leere in den Augen zu mir hoch. Wenn ich meinen tapferen Soldaten dann wieder seiner Arbeit überließ und allein zu Bett ging, verfolgte mich das Schuldgefühl bis in den Schlaf.

Bei der Women's League hatte ich einmal einen Vortrag über das »Soldatenherz« gehört, und bei Wash erkannte ich zahlreiche Anzeichen dieser unter Kriegsveteranen üblichen Erkrankung wieder, wie zuletzt, als er bei den Explosionsgeräuschen am Boden gekauert hatte. Nach Aussage des Arztes war das einzige Heilmittel dagegen körperliche Anstrengung, gefolgt von ausgedehnten Erholungsphasen. Ich musste seinen Geist schützen, denn das konnte er genauso wenig für sich selbst tun, wie er die Sonne davon abhalten konnte, einen Schatten zu werfen. Also stand ich auf, schlang die Arme um seinen Nacken und flüsterte: »Komm ins Bett.«

*

Nachdem ich auf der Baustelle genug Mäuschen gespielt hatte, beschloss ich, das Beste aus meinem Aufenthalt in der Stadt zu machen. Fortan trug ich schwarze Kleidung, passend zum Kohlenstaub in den Straßen, und schloss mich den örtlichen Frauengilden an. Indem ich lernte zu akzeptieren, dass ich auch allein, ohne Wash, etwas unternehmen konnte, eröffneten sich mir völlig neue Möglichkeiten.

So besuchte ich in einer sternenklaren Nacht eine Sternwarte auf einem Hügel mit Blick über die Stadt und spähte durch ein riesiges Teleskop auf die gigantische Vielzahl an Sternen und Planeten. Ein andermal besichtigte ich am anderen Flussufer in Kentucky zum Verkauf stehende Ranches mit ihren Hektar um Hektar sich ausdehnenden, von weißen

Lattenzäunen umrahmten saftig grünen Weiden. Der Traum, eine solche Ranch zu kaufen, lag momentan noch in ferner Zukunft, aber bis es so weit war, unternahm ich Ausritte, bis meine Oberschenkel brannten und mein Herz im Rhythmus der Pferde galoppierte.

SECHS

1867

Champagnerkorken flogen durch die Luft, während die Band Sousa-Märsche für die applaudierende Menge am Flussufer spielte. Nach jahrelanger quälender Arbeit war die Cincinnati-Covington Bridge endlich fertiggestellt. Tausende nahmen an der Einweihung im April teil und stiegen auf die Stühle, um den Roeblings zuzujubeln.

Papa, Wash und ich wurden zu unseren Stühlen in der ersten Reihe geleitet – weiße Holzstühle, die man mit unseren Namen beschriftet hatte. Ein städtischer Beamter überreichte mir einen Strauß Rosen. Eine schöne Geste, doch ich errötete darüber, für die Leistung eines anderen geehrt zu werden. Papa sprang auf wie ein Springteufel und schüttelte die Hände seiner Bewunderer.

Als wir saßen, blätterte ich durch das Programm, auf dem das Konterfei von Papa und Wash abgedruckt war.

»Ein ziemliches Spektakel.« Wash streckte seine langen Beine vor sich aus und sah entspannter aus als in den ganzen letzten zwei Jahren.

»Ihr könnt wirklich stolz auf euch sein.«

»Ich bin einfach froh, dass es geschafft ist und Papa und ich noch miteinander reden. Wir haben viel gelernt.« Wash faltete das Programm sorgfältig zusammen und verstaute es in seiner Sakkotasche.

»Ja, die nächste Brücke werdet ihr ratzfatz hochziehen.«

Papa sah mich mit belustigt funkelnden Augen an. »Hast du es ihr nicht erzählt?«

Wash zuckte mit den Achseln.

Mir rutschte das Herz in die Hose. Das klang nicht sehr vielversprechend.

Papa deutete mit dem Kinn auf die neue Brücke vor uns. »Die East River Bridge wird deutlich schwieriger als diese hier. Der Spannweitenabschnitt ist länger, und die Brücke muss wegen der größeren Schiffe höher werden. Außerdem ist der East River nicht so gemächlich wie der Ohio, sondern tief und Gezeitenströmungen ausgesetzt, die häufig die Richtung wechseln und mitunter hohe Geschwindigkeiten erreichen.«

Er zog Notizkarten aus seiner Tasche und reichte sie Wash. »Deutschland, Frankreich und England erproben derzeit neue Unterwasser-Gründungen. Fahr hin. Studiere die neuesten Techniken.«

Wash versuchte, ihm die Karten zurückzugeben. »Papa, wie gesagt, wir …«

»Du kannst Emily mitnehmen.« Papa zwinkerte mir zu. »Betrachtet es als verspätete Flitterwochen, auf meine Kosten.«

»Und was ist mit der Spendensammlung für die East River Bridge?« Mir graute davor, meinen Teil der Abmachung einzuhalten. Auch wenn die Dinnerpartys sicher amüsant werden würden, wäre ich lieber mit den Ratten flussaufwärts geschwommen, als eine Rede zu halten. Eine Reise nach Europa war schon mehr nach meinem Geschmack.

»Dafür ist noch genug Zeit, wenn ihr zurückkehrt. Ich werde unterdessen ein paar hohe Tiere zusammenscharen und ihnen all meine bisherigen Projekte präsentieren. Solange das Konzept noch keine solide Unterstützung hat, kannst du ohnehin nicht viel machen.«

Trotz der Tausenden Zuschauer sprang ich vom Stuhl auf. Aus Verwirrung und Höflichkeit erhoben sich beide ebenfalls, und ich umarmte sie so stürmisch, dass sie beinahe umkippten. »Danke, Papa!«

Wash hielt mich am Oberarm fest und flüsterte mir ins Ohr: »Lass uns später darüber reden.«

***

Nach der Feier packten Wash und ich unsere Habseligkeiten zusammen, begierig darauf, endlich unserer kleinen, tristen Wohnung zu entfliehen. »Du freust dich also auf Europa?« Washs Stimme verriet keine Emotion.

»Natürlich! Du nicht?« Ich versuchte, das feine Kleid, das ich bei der Brückeneinweihung getragen hatte, in den Koffer zu stopfen, doch es lugte heraus. Ich konnte es kaum erwarten, endlich wieder ein richtiges Zuhause mit Dienstmädchen und Koch zu haben.

»Ist dir klar, was das heißt?« Wash war dabei, Arbeitskleidung zu sortieren. Die noch brauchbare landete in einer Kiste, die ausgefranste oder verdreckte auf einem Haufen auf dem Boden. Da er für jede noch so simple Entscheidung ewig brauchte, kam er nur schleichend voran.

Ich nahm ihm eine zerschlissene Hose aus der Hand, warf sie beiseite und legte seine Arme um mich. »Dass wir ein ganzes Jahr nur für uns allein haben, weit weg von deinem Vater und dem erbarmungslosen Terminplan, in den er dich einspannt. Du wirst allerhand Neues lernen, und wir werden Orte sehen, von denen andere nur träumen können.«

Wash löste sich aus meiner Umarmung. »Dass ich erneut eine Brücke bauen werde, nur dass es diesmal deutlich gefährlicher und langwieriger wird.«

»Das ist nun einmal dein Beruf.« Ich versuchte, in seinen Augen zu lesen, doch er wich meinem Blick aus. »Habe ich mich zu sehr beklagt?«

»Natürlich nicht.«

»Was ist es dann, Liebling? Ich möchte dich unterstützen, so gut ich kann.«

»Das weiß ich.« Endlich erwiderte er meinen Blick. »Aber was, wenn ich das nicht mehr will? Was, wenn ich lieber in Maine am Meer leben und Möwen malen oder in Kentucky ein Stück Land kaufen und Rennpferde züchten möchte?«

»Das sind meine Träume. Du hast für Pferde doch gar nichts übrig. Diese Brücke zu bauen war von Kindesbeinen an dein Traum.«

»Das ist es nun mal, was die Roeblings tun: Brücken bauen.«

»Das war mir bewusst, als ich dich geheiratet habe.« Ich fuhr ihm mit den Fingern durchs Haar. Noch immer wusste ich nicht, was ihn umtrieb. Aber so, wie er sich in meinen Armen entspannte, machte es den Anschein, als würde er dasselbe wollen wie ich: seine Träume verwirklichen und mich dabei an seiner Seite wissen. Für einen Moment erwog ich, ihm eine aufregende Neuigkeit zu verkünden, doch der Zeitpunkt schien mir nicht ideal.

SIEBEN

EUROPA

Vom Schiff im Hafenbecken aus bot sich ein völlig neuer Blick auf die Skyline von New York. Die Gebäude in der Stadtmitte übertrumpften sich gegenseitig und erinnerten mich an Kinder, die sich auf die Zehenspitzen stellen und rufen: Jetzt bin ich der Größte! Von Pferden oder Menschen gezogene Karren, die mit Waren beladen waren, strömten zwischen den Booten und den am Hafen kauernden Lagerhäusern hin und her.

Ganze Horden von Menschen hatten sich an diesem warmen Junitag versammelt, um dem Dampfschiff zum Abschied zu winken. Viele Male hatte ich selbst dazugehört und den Glücklichen zugewunken, die an Deck standen. Nun zählten wir zu den Glücklichen, lehnten uns an die Reling der RMS Scotia und bliesen den Schaulustigen Kusshände zu, während das Schiff sein Abschiedshorn blies. Mutter winkte abwechselnd mit einem Stofftuch oder tupfte sich damit die Augen. G. K., der einen Kopf größer war als alle anderen, wedelte mit einer amerikanischen Flagge.

Der Anblick von G. K. versetzte mir einen besonderen Stich ins Herz. Während unseres zweijährigen Aufenthalts in Cincinnati hatte das Leben ihm übel mitgespielt. Um ihre eigenen Fehlurteile zu verschleiern, hatten die Generäle Grant und Sheridan ihm vorgeworfen, im Krieg feige entschieden zu haben. In der Schlacht von Five Forks hatte General Grant G. K. befohlen, seine Truppen abzuziehen, um Sheridan zu unterstützen. Gleichzeitig hatte er Sheridan eine so baldige Verstärkung versprochen, dass es menschenunmöglich war, diesen Zeitplan einzuhalten. Zu allem Überfluss musste G. K. dazu erst einmal seine Einheiten aus anderen Scharmützeln herausholen und einen Fluss überqueren, nachdem die Brücke zerstört worden war. Doch für Sheridan zählte lediglich, dass G. K. nicht rechtzeitig aufgekreuzt war, und er warf ihm Unentschlossenheit vor.

Meinen Brief an meinen Bruder hatte ich begonnen mit den Worten: *Mein lieber General.*

In seiner Antwort schrieb er: *Da muss ich dich erneut korrigieren, liebste Em. Die korrekte Anrede lautet nun »Mein lieber Major«.*

Schuldgefühle nagten an mir, da ich zu einem großen Abenteuer aufbrach und nichts tun konnte, um seinen Schmerz zu lindern.

Nach einem letzten Abschiedsgruß führte ein Portier uns über das Schiff zu unserer Kabine. »Das ist der zweitgrößte und schnellste Ozeandampfer der Welt«, verkündete er stolz über das Tuckern der Maschinen und das Rauschen des Wassers im Schaufelrad hinweg.

Während wir den Hafen hinter uns ließen und mir salzige Meeresluft über die Wangen strich, diskutierten Wash und der Portier über Schaufelräder im Vergleich zu Schiffsschrauben.

In unserer Kabine zierten Diagramme, Modelle und Karten des New Yorker Hafens die Wände. Ich bahnte mir einen Weg durch die Überseekoffer und Bücherstapel und schob sie beiseite, um in dem ganzen Chaos etwas Ordnung zu schaffen.

»Oh, sieh nur, Champagner!« Wash zog den Korken mit einem angenehmen Plopp heraus, füllte zwei Gläser und reichte mir eines. Er hob seins zum Toast. »Auf Europa!« Wir stießen an, und er küsste mich. »Schatz, ich weiß, ich war furchtbar beschäftigt, aber ich verspreche, du wirst die ganze Reise über meine ungeteilte Aufmerksamkeit haben.«

Mein Blick wanderte über all die Beweisstücke, die dagegensprachen. »Du musst dich nicht entschuldigen. Du wirst die neuesten Entwicklungen im Brückenbau studieren, und ich werde mir Europa anschauen – ein fairer Deal, findest du nicht?« Kalte Blubberbläschen kitzelten meine Nase, als ich am Glas nippte. Trotz seiner wenige Sekunden alten Beteuerungen fiel sein Blick auf die Holzmodelle, die prominent auf dem kleinen Tisch standen.

Nicht schon wieder. Ich musste eine Wahl treffen: Entweder musste ich mich mit seiner Welt vertraut machen oder aber mit dem Gefühl der Entfremdung leben. Es entsprach nicht meiner Natur, mich aufs Häusliche zu verlegen – den Haushalt zu führen und mit meinem Mann lediglich über neue Vorhänge oder Ratten im Keller zu reden. In Cincinnati hatten wir uns auseinandergelebt. Doch ich wollte seine Sorgen kennen, ihm als Partner mit Rat und Tat zur Seite stehen. Seine Arbeit war ein so zentraler Bestandteil seines Daseins, dass ich mich darin auskennen musste.

Ich nahm ein Modell mit der Aufschrift Caisson hoch. Es ähnelte einer hölzernen Schuhschachtel ohne Deckel mit scharfen Kanten, in der mehrere kleinere Schachteln befestigt waren. »Das Angebot, mir deine ungeteilte Aufmerksamkeit zu widmen, nehme ich gerne an. Kannst du mir dieses Gerät hier erklären?«

Zu meiner Überraschung umarmte er mich von hinten. »Die Caissons können warten«, murmelte er in mein Ohr. Er zog an den Bändern, mit denen ich meine Haare hochgebunden hatte, sodass sie herunterfielen. Wir küssten uns, dann führte er mich zum Bett mit seinem blütenweißen Laken.

Ich presste eine Hand gegen seinen Brustkorb und hielt ihn zurück, auch wenn ich auf diesen Moment viele einsame Nächte lang gewartet hatte. »Nur eine kurze Lehrstunde. Ich möchte gern verstehen, was dich den ganzen Tag so sehr beschäftigt.«

Er seufzte. »Wie du willst, Liebling, dann gebe ich dir eine kurze Lehrstunde, wenn auch widerwillig.« Er führte mich zum Tisch zurück, wo ich das Modell hochnahm. »Zuerst bauen wir hölzerne Senkkästen, sogenannte Caissons, die in Form und Größe dem jeweiligen Fußabdruck der beiden Pylonen, also Brückentürme, entsprechen.« Wash schlang von hinten die Arme um mich.

»Einen großen, leeren Kasten?«

Er nickte, legte die Hände auf meine, um das Modell umzudrehen, sodass die offene Seite nach unten zeigte. »Ein nach unten offener Kasten von dreißig mal fünfzig Metern – das entspricht ungefähr einem Drittel eines Häuserblocks.«

»Schier unvorstellbar.«

»Allerdings. Wir kitten die Fugen mit Werg, eine Art Hanffaser, und ummanteln es mit Eisen, damit es wasserdicht und luftdicht ist, dann wird das Ganze raus auf den Fluss geschwommen, mit der offenen Seite nach unten, so wie der hier. Die Caissons bilden dann das Fundament für die Pylonen.«

»Geschwommen? Wenn der Kasten mit Eisen ummantelt ist, dürfte er doch ziemlich schwer sein, nicht?«

»Ungefähr dreitausend Tonnen. Aber das spielt keine Rolle. Wir pumpen komprimierten Sauerstoff hinein, damit er obenauf schwimmt. Und wenn er dann abgesenkt ist, pumpen wir weiterhin Sauerstoff hinein, damit die Männer, die darin arbeiten, atmen können.« Er drückte mir einen Kuss in den Nacken, während er mit einer Hand das Modell losließ und die Knöpfe am Rücken meines Kleids öffnete.

»Wenn wir dann obenauf den Brückenturm aus Stein bauen, buddeln wir den instabilen Schlamm darunter weg und transportieren ihn mittels einer Materialschleuse nach oben.« Wash fuhr mit dem Finger meine Wirbelsäule hinauf und hinunter. Seine Lippen strichen über mein Ohr, sodass mir ein wohliger Schauer über den Rücken lief. »Die nach unten zeigenden Kanten, der sogenannte Schneidenschuh, schneiden in den Boden hinein und sinken weit unter das Flussbett hinab, bis zur Felssohle.« Sanft drückte er meine Hände hinunter, bis ich das Modell auf dem Tisch abstellte.

»Komprimierter Sauerstoff ... hält ... während die Arbeiter graben ... Nein, ich kann das nicht.« Er trat einen Schritt zurück. »Mein Kopf und gewisse Körperteile haben gerade nur eine Mission. Ich kann entweder über Brücken reden oder Liebe machen, nicht beides gleichzeitig.«

Ich drehte mich um und pikste ihm in den Bauch. »Aha, selbst ein Wash Roebling stößt mal an seine Grenzen.«

»Ganz recht. Also, was nun? Eine Lehrstunde ... oder Liebe?« Er schlang die Arme um mich. Die Entscheidung war gefallen.

Von dem Moment an, in dem er in unserem Garten auf die Knie gegangen war, hatte Wash stets gesagt, man müsse sich immer für die Liebe entscheiden. Als ich ihn darauf hinwies, dass er sich stattdessen oft für seine Arbeit entschied, entgegnete er: »Durch meine Arbeit bringe ich meine Liebe zum Ausdruck. Oder wäre es dir lieber, wenn ich meine Zeit mit Dingen verbringen würde, die deinen Unterhalt nicht sichern können?« Aber war ihm bewusst, wie zerbrechlich und schmerzhaft Liebe war? Vielleicht war seine emotionale Verfasstheit robuster, als ich dachte. Das musste sie wahrscheinlich auch sein, um den Krieg zu überstehen, unter großem Druck zu arbeiten, noch dazu mit dem eigenen Vater, und um eine Frau zu lieben, die ihm regelmäßig die Stirn bot und aufbegehrte, wenngleich sie nicht sicher war, wogegen eigentlich.

***

Während Wash vor sich hin döste, verrieten mir das Schlingern des Schiffes und das Gefühl von Übelkeit in meiner Magengrube, dass wir uns auf offener See befanden. Ich konnte nur hoffen, die Seekrankheit würde nicht die gesamte Reise anhalten – falls ich denn seekrank war. Es war nicht richtig, es noch länger hinauszuzögern. Ich musste es ihm sagen.

»Liebling.« Ich strich mit dem Handrücken über sein Gesicht. »Es gibt da noch etwas zu feiern.«

»Hmm?«

»Ich habe eine aufregende Neuigkeit für dich.« Ich legte meinen Kopf an seine Brust und horchte auf seinen beruhigenden Herzschlag. »Ich erwarte ein Kind.«

Gähnend blinzelte er. »Was für ein Kind?«

»Deins und meins.«

Fragend hob er den Kopf.

»Wir bekommen ein Baby.«

Seine Augen wurden immer größer. »Das ist nicht dein Ernst!«, sagte er ungläubig und wenig erfreut.

Ich nickte lächelnd. Wash sprang auf und strauchelte durch die vollgestellte Kabine, während er sich die Unterhose überzog.

»Aber wir sind gerade unterwegs nach Europa, Herrgott nochmal! Du brauchst ärztliche Betreuung!« Er raufte sich die Haare.

»Der Zeitpunkt ist vielleicht nicht ideal, aber in Europa gibt es auch Ärzte, sogar einige der besten. Und wir haben Verwandte, die uns vor Ort unterstützen können.«

Unruhig lief er auf und ab und warf meine Kleider zurück in den Koffer. »Du musst auf der Stelle runter vom Schiff. Wir werden den Kapitän bitten, umzudrehen. Was hast du dir nur dabei gedacht?«

»Liebling, das Baby kommt erst in ein paar Monaten. Bis dahin haben wir uns eingerichtet.« Ich nahm ihm eines meiner Schuhpaare aus der Hand. Meine Stimme klang zittrig, sodass ich ein paarmal tief einatmete. Jetzt bloß nicht weinen. »Ich möchte doch nur, dass wir zusammen sind.«

Er beäugte die kleine, aber offensichtliche Wölbung meines Bauches. »Warum hast du mir nichts gesagt? Hast du den Verstand verloren?«

Instinktiv wanderten meine Hände zu meinem kleinen Bauch, der über Nacht entstanden zu sein schien. »An Bord gibt es einen Arzt. Das habe ich in der Passagierliste nachgeschaut.« Was nicht stimmte. Damit hatte ich erneut etwas Furchtbares getan: Ich hatte ihn angelogen. Wo hatte ich angefangen, alles falsch zu machen? Was war so schlimm daran, dass mir so sehr daran lag, bei meinem Mann zu sein, dass ich ihm wichtige Neuigkeiten vorenthielt? Zumal die Tatsache, dass ich ein Baby bekommen würde, noch nicht ganz in mein Bewusstsein vorgedrungen war.

Wash knallte den Überseekoffer zu. »Du hast mich ausgetrickst! Du hast es die ganze Zeit über gewusst. Und mir trotzdem nichts davon erzählt. Wieso, in Gottes Namen?«

»Ich dachte, du würdest dich freuen. Wir hatten doch darüber geredet, dass wir uns Kinder wünschen.«

»Du wirst sofort von Bord gehen und unser Baby auf amerikanischem Boden zur Welt bringen. Unser Kind wird kein Immigrant!«

»Was ist mit deinem Credo: Man muss sich immer für die Liebe entscheiden?«

Er blinzelte und schüttelte den Kopf. Natürlich interpretierte ich seine Worte damit in meinem Sinne.

»Wir sind verheiratet. In guten wie in schlechten Zeiten, weißt du noch? Ich habe mich mit deinem Vater angelegt, um bei dir sein zu können. Ich bin mit dir in ein rattenverseuchtes Loch von einer Wohnung gezogen, um bei dir sein zu können. Das ist unser Leben. Das macht uns beide aus.«

»Verstanden.« Sein Tonfall wurde weicher, und er sprach ruhig und klar, wie wenn er einem Bauarbeiter Ratschläge gab, der einen Fehler gemacht hatte. »Aber jetzt ist alles anders. Deine Sicherheit und die unseres Kindes müssen oberste Priorität haben. Du musst hierbleiben.«

***

Ich ging nicht von Bord und brachte auf der achttägigen Überfahrt so viel Zeit damit zu, im Bett zu liegen und mich zu übergeben, dass Wash nicht wagte, irgendetwas zu sagen, was mich aufgeregt hätte. Das Schiff ging in England vor Anker, von dort aus ging es weiter nach Preußen, wo wir in Mühlhausen wohnen würden, jenem Ort, aus dem Papa stammte und wo noch heute viele Roeblings lebten.

Die Kleinstadt in der Mitte Preußens besaß eine Vielzahl gut erhaltener mittelalterlicher Bauten mit gotischen Kirchtürmen, die das Stadtbild prägten. Von den umliegenden Hügeln hatte man einen herrlichen Blick auf die Felder und die historische Altstadt, die wie ein kostbares Juwel geschützt hinter der Stadtmauer lag. Es war ein friedlicher, gar idyllischer Ort. Alle Bürgersteige und Straßen waren gefegt, die Fenster geputzt. Selbst die Felder waren präzise angelegt; von Unkraut keine Spur.

Die deutschen Frauen waren ebenso fleißig wie freundlich. Jeden Tag kam eine Nachbarin vorbei, die mir eine sorgsam eingepackte Wurst und ein Brötchen vorbeibrachte. Je weiter meine Schwangerschaft fortschritt, desto mehr kümmerten sie sich um mich, während ich mir im Vergleich regelrecht faul vorkam.

Mein riesiger Bauch behinderte mich selbst bei den einfachsten Dingen. Wollte ich vom Diwan aufstehen, musste ich mich ungelenk zur Seite rollen, auf alle viere auf den Boden gehen, um mich dann abzustützen und hochzuziehen. Glücklicherweise hatten wir einen Koch. Von den vielen Brötchen und Schnitzeln wurde ich kugelrund. Washs Verwandte halfen mir beim Abliefern und Abholen der Wäsche. Die Leute sprachen kaum Englisch, sodass wir uns mit den wenigen Brocken Deutsch, die ich sprach, und mit Händen und Füßen verständigten. Ich fand es bemerkenswert, dass sich die Deutschen mehr Mühe gaben, mit mir zu kommunizieren, als es die Amerikanerinnen in Cincinnati getan hatten.

Unsere zweistöckige Pension war so vollgestopft wie ich und platzte vor lauter Koffern und Möbeln beinahe aus allen Nähten. Der Geburtstermin war für Ende Oktober angesetzt, doch einen Monat später ließ das Baby immer noch auf sich warten. Wash fragte mich alle zwei Minuten, ob es mir gut ginge. Oder er lief unruhig auf und ab, was das Warten noch unerträglicher machte. Damit beunruhigte er mich jedes Mal so, dass ich aufstand und nach ihm sah. Wenn er mich dann erblickte, schien er im ersten Augenblick nicht zu wissen, wen er vor sich hatte. Er verhielt sich zwar nicht so seltsam wie direkt nach dem Krieg, aber dennoch machte ich mir erneut Sorgen um ihn. Deshalb versuchte ich, mein eigenes körperliches Unwohlsein zu verbergen, damit es ihm nicht noch schlechter ging.

Als ich schon dachte, die Schwangerschaft würde nie enden, bekam ich statt eines Kindes eine große Wäschelieferung. Ich blickte auf den Korb mit sauberer Kleidung und die steile Treppe nach oben zum Schlafzimmer. Kurz erwog ich, ihn Wash hochtragen zu lassen, doch letztlich siegte meine Sturheit. So trug ich den Korb in einem seltsamen Winkel seitlich vom Körper die Treppe hinauf. Als ich oben angelangt war, blieb ich stehen, um nach Luft zu schnappen.

Ein Schmerz fuhr mir in den Rücken, sodass ich den Korb fallen ließ. Instinktiv griff ich nach dem Geländer, um mich festzuhalten, verfehlte es, verlor das Gleichgewicht und polterte die gesamte Treppe hinunter, um auf dem harten Schieferboden im Eingangsbereich zu landen.

Mein gesamter Unterarm brannte, und mein Rücken tat weh, als hätte mich ein Pferd getreten, aber ich dachte einzig und allein an das Baby. Ich hielt mir den Bauch, der sich mit meinem Atem hob und senkte. Minuten fühlten sich an wie Stunden, ehe ich ein erstes Treten und weitere Tritte spürte. Als ob das Baby seine verängstigte Mama beruhigen wollte. Da ich zu zittrig und schmerzgeplagt war, um mich zu bewegen, wartete ich auf dem Schieferboden, bis Wash heimkam.

Mit fast schon unheimlicher Ruhe untersuchte er mich nach sichtbaren Wunden und legte mir ein Kissen unter den Kopf. »Ich lauf schnell nach nebenan, damit sie einen Doktor holen. Ich bin gleich zurück.«

Kurz nachdem er zurückkam, traf auch der Arzt ein. Er horchte mit einem Hörrohr an meinem Bauch, während Wash in der Nähe stand und auf seine Schuhe hinabschaute. Der Arzt sagte etwas auf Deutsch zu ihm, woraufhin er nickte und mich anlächelte.

»Er sagt, dem Baby gehe es gut, und du hättest nur ein paar Beulen und Blutergüsse. Em, du solltest doch nicht …«

Meine Antwort darauf war lautes Stöhnen, als in meinem Unterleib ein plötzlicher Schmerz einsetzte und sich mein Magen zusammenzog. Unser Baby war endlich unterwegs.

Ein Kind zur Welt zu bringen war mit Abstand die schwierigste Aufgabe meines Lebens. Wie in Gottes Namen hatte meine Mutter das ganze zwölf Mal ausgehalten? Der Arzt sagte, ich hätte durch den Sturz eine beträchtliche Menge an Blut verloren, und gab mir eine Spritze, um den Schmerz zu betäuben. Doch selbst durch den Nebel der Benommenheit hindurch war mir, als würde man mir ein Messer in den Eingeweiden umdrehen.

Als es vorbei war, überreichte mir der Arzt unseren in eine Baumwolldecke gehüllten Sohn. Vor lauter Erschöpfung schaffte ich es nicht einmal, den Arm zu heben, um nach ihm zu greifen. Der stechende Geruch von Alkohol und der Moschusgeruch von Blut lagen in der Luft und bereiteten mir Übelkeit. Die vier Bettpfeiler verwandelten sich in Pferdefiguren, als sich das ganze Zimmer um mich herum zu drehen begann wie ein Karussell. So unwirklich, als würde ich träumen. Oder ertrinken.

In den letzten Monaten hatte ich mir immer vorgestellt, wie wir auf unser winziges Baby hinabblicken und über das Wunder staunen würden, einen neuen Menschen geschaffen zu haben. Stattdessen war ich über seine enorme Größe verblüfft. Unser kleiner Sohn baumelte gefährlich in einem kleinen dreieckigen Stofftuch, das an einem Haken über der Waage befestigt war. »5440 Gramm«, verkündete der Arzt. Das Baby hatte speckige Beinchen und Arme und rosa Pausbacken. Und ein enormes Lungenvolumen. Wir nannten ihn John, nach seinem Großvater.

Am nächsten Tag lief Wash hilflos auf und ab, während das Baby nach Milch schrie. Doch ich war zu erschöpft, um auch nur meinen Kopf zu heben, geschweige denn Johnny an meine Brust zu lassen.

»Ich kann nicht …«, stöhnte ich und wollte nur schlafen.

Wash stapelte ein paar Kissen übereinander als Stütze für das Baby, sodass Johnny letztlich an meiner Brust andocken konnte und besänftigt war.

»Ich muss für ein paar Tage weg, wegen einiger wichtiger Termine, aber das Kindermädchen wird sich um dich kümmern.« Durch die um sich greifende Schwärze hindurch fühlte ich, wie er meine Stirn küsste.

Das war das Letzte, woran ich mich erinnern konnte, ehe der Schrei des Kindermädchens mich aus dem Schlaf riss: »Du lieber Gott!« Als ich die Augen aufschlug, sah ich das Baby neben mir in der Wiege.

»Was?«, versuchte ich mit Lippen zu formen, die mir nicht gehorchten. Sie zog scharlachrote Bettlaken unter mir hervor, während ich erneut in dem tiefen, dunklen Fluss versank.

***

Meine Hand wurde hochgehoben und an eine feuchte, kratzige Wange gepresst. Ich spürte seine Anwesenheit mehr, als dass ich ihn sah.

»Wash.«

»Ich bin hier, Liebling.«

Ich öffnete meine Lider einen Spaltbreit und sah Washs gequältes Gesicht vor mir. Eine schreckliche Befürchtung befiel mich, und mein Herz fing an zu rasen. »Das Baby!«

»Dem geht's gut, Liebling.« Wash legte eine warme Hand auf meine und holte zitternd Luft. »Aber der Arzt sagt, du musst operiert werden. Wir sollten auf ihn hören.«

»Mmm … nn Ornung …« Selbst durch den Nebel hindurch wusste ich, alles, was zählte, war, dass es dem Baby gut ging.

»Es tut mir so leid, dass ich dich allein gelassen habe. Das … das werde ich mir nie verzeihen.«

Sein Gesichtsausdruck war so leidgeplagt, dass ich versuchte, ihn zu trösten.

»Mir gut.« Ich spürte ein Ziehen an meiner Stirnhaut, als er verfilztes Haar beiseiteschob.

»Da ist noch etwas.« Er ließ den Kopf hängen. »Wir können keine mehr kriegen.«

»Mehr was?«, fragte ich und döste bereits wieder weg.

»Mehr Kinder.«

***

Die Operation stoppte die Blutung, dennoch war ich noch einen ganzen Monat lang schwach und entkräftet ans Bett gefesselt. Mir blutete das Herz bei dem Gedanken an all die Kinder, die wir nie kriegen würden. Ich stellte mir vor, wie Johnny mit den Schwestern, die er nie haben würde, über die Felder rennen würde. Ich erinnerte mich an meine eigene Kindheit mit beinahe einem Dutzend Geschwister und wie wir um die beste Schaukel, die meiste Aufmerksamkeit, das größte Stück Brot kämpften. Doch ein Teil von mir war auch froh, nie wieder die Schmerzen einer Geburt erleben zu müssen. Johnny würde Freunde und Cousins und Cousinen sowie zwei liebende Eltern haben.

Johnny brachte uns enorme Freude, und Wash machte mir keine Vorhaltungen mehr, dass ich ihn nach Europa begleitet hatte, wohl wissend, dass ich in freudiger Erwartung war. Genauso wie ich es unterließ, ihm vorzuhalten, dass er mich und seinen neugeborenen Sohn im Stich gelassen hatte, als mein Leben am seidenen Faden hing.

***

Als ich wieder zu Kräften gekommen war, begleitete ich Wash auf seinen Forschungsreisen und ließ Johnny dazu gelegentlich beim Roebling-Clan zurück. Wörter wie »Caisson« und »Widerlager« waren mir inzwischen so vertraut wie »Katze« und »Hund«. Beziehungsweise le chat und le chien. Als sich die Gelegenheit ergab, eine Brücke über die Seine zu besichtigen, brachte ich meine Französischkenntnisse ins Spiel, damit ich mitkommen durfte.

Wir genossen die Zweisamkeit, liebten uns häufig und leidenschaftlich, wie um all die einsamen Nächte wiedergutzumachen, die ich mit Warten und er mit seiner Arbeit verbracht hatte. Endlich konnten wir die Flitterwochen nachholen.

Washs gelegentliche Soldatenherz-Anfälle traten immer seltener auf, und seine Liebenswürdigkeit und sein Humor kehrten gemeinsam mit unseren Schäferstündchen wieder zurück. Hin und wieder überraschte er mich mit ungewöhnlichen Geschenken von fragwürdigem Geschmack. Einmal zahlte er einer Bäuerin ein paar Francs, um ihr Eier abzukaufen, malte dann karikaturhafte Skizzen der Frau darauf und überreichte sie mir in einem hübschen Körbchen.

Er besaß ein Talent dafür, Bauweisen zu analysieren und sagen zu können, wieso sie dem menschlichen Auge so gefielen, wie etwa, als wir Versailles besuchten. Die angelegten Gärten mit ihren präzise geschnittenen Hecken und den romantischen Wegen waren schlicht atemberaubend.

Wash wies mich auf Details des wundersamen Palasts hin, wie etwa die sich über zwei Etagen erstreckenden venezianischen Fenster, die sich in exakt demselben Abstand voneinander befanden. »Das Geheimnis liegt in der Symmetrie und der Balance – zwei Elemente, die miteinander zu tun haben, jedoch völlig unterschiedlich sind. Die Großzügigkeit in den Dimensionen, die Zurückhaltung in der Ausgestaltung und die Einheitlichkeit der Steinfarbe ergeben zusammen ein harmonisches Gesamtbild.«

Besonders schön war unser Besuch in England, wo wir die Architektur von Sir Christopher Wren studierten. Im Königlichen Observatorium in Greenwich bewunderten wir die perfekte Balance aus Eleganz, Symmetrie und Zweckmäßigkeit, die die Kuppel der Sternwarte in sich vereinte.

Backsteine und Fenster wechselten einander in harmonischen Abständen ab, und wundervolle Gravuren am höchsten Punkt lenkten meinen Blick gen Himmel. Ein riesiges Teleskop ragte durch eine Öffnung aus dem Dach, ähnlich wie beim Cincinnati-Observatorium. Erneut hatte ich Gelegenheit, über unsere Welt hinauszusehen. Wie klein und unbedeutend unser Leben im Vergleich wirkte. Dies war das Leben, das für uns vorgesehen war; eine höhere Macht hatte uns unseren Platz im Universum zugewiesen. Je mehr sich meine Perspektive weitete, desto mehr schrumpften meine Sorgen. Körperlich war ich wieder so stark wie vor der Schwangerschaft und emotional sogar noch stärker.

Auf einem Trockendock in Schottland sahen Wash und ich Arbeitern dabei zu, wie sie den neuen Klipper Cutty Sark für den Stapellauf vorbereiteten. Wash brannte darauf, sich das neuartige Rumpfdesign aus nächster Nähe anzusehen. Für das Gerippe des Schiffes waren verschiedene Holzarten in eine anmutig geschwungene Form gebracht worden, um dadurch eine höhere Geschwindigkeit zu erreichen. Wir beide staunten, wie man den Rumpf wasserdicht gemacht hatte – mit einer Außenhaut aus Messing, was viel eleganter war als seine Pläne für den Senkkasten.

Das Schiff stand auf einer Holzvorrichtung aufgebockt. Wir mussten uns ducken, um unter dem beeindruckenden Rumpf hindurchzugehen. Diese spezielle, biegsame Messingbeschichtung, Muntzmetall genannt, war eine präzise Mischung aus korrosionsfreiem Kupfer und Zink. Diese Legierung wird auf 400 Grad erhitzt, auf den unteren Rumpf aufgebracht und dann vorsichtig ausgekühlt. Ich fuhr mit der Hand über die atemberaubenden goldenen Kurven und konnte nicht anders als staunen und ein Gefühl tiefer Ruhe empfinden. Es war ein Privileg, dieses Meisterwerk der Handwerkskunst und Wissenschaft zu sehen, ehe es für immer unter den Wellen verborgen liegen würde.

***

Wir befanden uns in einer abgelegenen Region Frankreichs, als ich erstmals Gelegenheit hatte, Wash wirklich bei seiner Arbeit zu helfen, und versagte. Er beabsichtigte, unter Wasser zu tauchen, um sich die Gründungen anzusehen, und bat mich, das Seil zu halten, das er sich um die Taille gebunden hatte, für den Fall, dass er in Not geriet. Anstatt seinen Vater darum zu bitten, für einen Assistenten zu zahlen, bat er mich um Hilfe.

Das Forschungsobjekt war eine kleine Brücke mit mehreren Steinbögen, die sich in perfekter Symmetrie über das Wasser schwangen. Es war, als seien wir inmitten eines Gemäldes gelandet. Der Duft von Flieder lag in der Frühlingsluft, die Äpfel- und Kirschbäume standen in voller Blüte.

Eine kühle Brise kühlte meine nackten Füße, während ich am Flussufer auf einer Bank saß, einen Bildband mit Frankreichs Landschaften in der einen, das Ende von Washs Seil in der anderen Hand. Das Seil zog an, und Wash kam aus dem Wasser hochgeschossen.

»Em! Das musst du dir ansehen!« In seinem Badeanzug, der verführerisch an seiner breiten Brust klebte, kam er zu mir herübergestapft. Er zog sich seine aus runden Gläsern und Gummi bestehende Schwimmbrille ab, die schwarze Ringe um seine Augen hinterließ.

»Du siehst aus wie ein Pandabär«, sagte ich lachend.

Er begann zu knurren und rieb das Gesicht an meinem hauchdünnen weißen Rock.

Ich stieß seinen Kopf weg. »Mon Dieu, das ist die neueste französische Mode.«

»Du bist ganz schmutzig«, sagte er und grinste. »Jetzt musst du mit reinkommen.« Er reichte mir seine Hand und führte mich über das schmale Ufer hinunter. »Es ist auch nicht allzu kalt.«

Er zog mich sanft mit sich, doch ich rammte meine Ferse in das flache Kiesbett.

»Das reicht mir schon, hier fühl ich mich wohl«, sagte ich, obwohl das nicht stimmte. Am liebsten wäre ich wieder umgedreht. Allein bei dem Gedanken, tiefer ins Wasser zu gehen, lief mir ein Schauer über den Rücken.

»Was ist denn? Du sagtest doch, du kannst schwimmen.«

»Ich kann mich über Wasser halten.«

Er legte den Kopf schräg. »Und was hättest du getan, wenn ich Hilfe gebraucht hätte?«

»Es ist nicht so, als ob ich es überhaupt nicht könnte, physisch.«

»Wie denn dann? Metaphorisch?« Wash deutete in Richtung der untergehenden Sonne. »Ich habe die ganze Nacht Zeit. Erzähl schon.«

Vielleicht hätte ich ihm diese Geschichte schon vor langer Zeit anvertrauen sollen. Die Erinnerungen daran hatte ich in die hinterste Ecke meines Gedächtnisses gestopft, wo sie ab und an mit oder ohne Anlass hervorsprangen. Womöglich könnte ich endlich damit abschließen, wenn ich sie mit meinem Liebsten teilte? In meinem Magen breitete sich ein dumpfer Schmerz aus, wie um mich zu überzeugen, das Geheimnis lieber begraben zu lassen. Immerhin war es schon so lange her. Ich starrte auf das sich kräuselnde Wasser zu meinen Füßen, und die Schreie der Todesangst von damals hallten in meinen Ohren wider. Er hatte recht. Es war an der Zeit.

***

Meine Erinnerungen beginnen, wie alles beginnt, mit Wasser. Der Fluss, der heiter zwischen den Felsen entlangplätscherte und so freundlich, so einladend wirkte. Ich befand mich in meinem fünften Frühling, und wir Kinder erkundeten die aufblühende Welt rings um uns.

Mein Bruder G. K. führte meine Schwester Elizabeth und mich auf einem schmalen Pfad durch den Wald zum Fluss, wobei er die Äste zurückbog, die mir ins Gesicht schlugen. Wir durften zwar nicht im Fluss schwimmen, aber Kieselsteine hineinwerfen und den vorbeiziehenden Booten zuschauen.

»Wartet auf mich«, rief Elizabeth von hinten. Sie war der Liebling unserer Eltern, das goldene Kind, der blonde Engel mit himmelfarbenen Augen unter all den dunkelhaarigen Kindern mit schlammfarbenen Augen. Sie war schwerer und langsamer, obwohl sie sechs und somit ein Jahr älter war als ich. Wir Geschwister standen immer im Wettbewerb miteinander: Wer war mutiger, schlauer, größer? Während sie Mühe hatte, nachzukommen, und hinter uns hergestampft kam, kicherte ich und rannte weiter vor.

Gleißendes Sonnenlicht blendete uns, als wir aus dem Wald heraustraten, und der erdige Pfad ging in einen glatten Felsvorsprung über. Wir kletterten auf die Klippe, hoch über dem Wasser.

»Siehst du das, Emily?« G. K. deutete über den Fluss hinweg auf einen kahlen Berg, der so pockennarbig war wie sein Gesicht. Mein Bruder war dreizehn Jahre älter als ich und veränderte sich in letzter Zeit quasi täglich, was mich sehr faszinierte. Wir krochen bis an den Rand des Felsens, um einen Blick auf die Eisengießerei tief unter uns zu werfen. »Von hier aus schießen sie mit Kanonen, um sie zu testen.«

Hinter uns raschelte es im Unterholz, als Elizabeth aufholte und aus dem Wald trat. »Geht weg da!«, schnaufte sie, und ihre Schultern hoben und senkten sich.

Doch ich beachtete sie nicht weiter und war völlig gebannt von dem Fluss, der sich wie eine glitzernde Schlange zwischen den abgerundeten grünen Bergen entlangwand.

»Da kommt der Zug.« G. K. deutete auf den Zwilling des Flusses, jene schwarze Schlange, die sich daneben durchs Tal schlängelte.

Elizabeth zog ihn am Arm. »Ich meine es ernst. Geh einen Schritt zurück.«

»Hört auf«, rief ich und ging dazwischen.

»Es ist viel zu gefährlich, so nah am Rand.« Elizabeth stemmte die Hände in die Hüften.

»Klappe. Du bist hier schließlich nicht der Boss. Wir waren zuerst hier«, sagte ich.

»Hört auf, ihr beiden!« G. K. drängte uns von der Klippe zurück, aber ich trat sie in die Kniebeuge.

Elizabeth wirbelte herum und zog mich am Haar. »Hör auf, du kleines Baby.«

Ich schlug ihr ins Gesicht, und sie wehrte mich mit dem Ellenbogen ab. Mein Bruder versuchte uns zum Wald zurückzutreiben, doch wir wichen ihm aus und waren nur damit beschäftigt, alte Rechnungen zu begleichen.

Wir rauften uns, hier wurde ein Knie getreten, da ein Ellenbogen ins Kinn gerammt. G. K. packte sie an ihrem honigfarbenen, seidenen Haar und einen Schopf meiner braunen Locken und zog uns auseinander, während wir in die Luft boxten. Als Erstes ließ er sie los, die Ältere, die Besonnenere. Mit wild abstehendem Haar und rosigen Wangen trat sie einen Schritt zurück.

»Du siehst aus wie eine Hexe«, sagte ich.

Sie schubste mich, oder versuchte es zumindest, denn ich wich aus, sodass sie ein paar Schritte nach vorne stolperte, auf den Rand zu. Sie versuchte noch zu bremsen, rutschte aber auf Schotter aus. Ich wollte zu ihr hinrennen, um sie festzuhalten, doch G. K. hielt mich zurück und versuchte selbst, sie zu fassen zu bekommen.

Doch er verfehlte sie.

Elizabeth schrie, als sie über die Kante kippte und den Felsen hinunter in zartgrüne Baumkronen fiel, die ihren Körper betteten. Für den Moment war sie in Sicherheit.

»Halt dich fest!«, schrie G. K.

Sie wand sich im Baum. Kein kleines Vögelchen, sondern ein kleines Mädchen, das versuchte, Boden unter die Füße zu kriegen. Die Äste gaben nach, und plötzlich war sie verschwunden, während ihr Echo im Canyon nachhallte.

G. K. hob mich hoch und trug mich, schlitternd und nur schwer Halt findend auf dem steilen, schmalen Pfad hinunter. Im Zickzack bahnten wir uns im Angesicht des grauen, felsigen Bergs einen Weg von der Klippe hinunter, während ich mein Gesicht an G. K.s Schulter vergrub. Ungefähr auf halbem Weg setzte er mich an einem umgestürzten Baum ab. »Du bleibst hier. Ich bin gleich wieder da.«

»Nein, lass mich nicht zurück!«

Er zögerte einen Moment. Elizabeth schrie wie ein Bärenjunges nach seiner Mutter.

»Du bist hier in Sicherheit, Emily.« Er nahm mein Kinn in die Hand. »Ich muss unserer Schwester helfen.«

»Nein, nein, nein.« Ich umklammerte seine Beine.

Kummervoll stöhnend hob er mich wieder hoch und warf mich über seine Schulter, wo ich mich an seinem braunen Hemd festhielt, während wir hinunterpolterten. Am Fuße der Schlucht setzte er mich auf dem Kiesbett am Rand des Wassers ab.

»Hilf mir!«, schrie Elizabeth, die im Fluss lag und sich mit blutüberströmtem Gesicht an einen Ast klammerte.

Das Wasser rauschte viel schneller dahin, als es von hoch oben den Anschein hatte. Allerlei Zweige und Äste trieben in hohem Tempo vorbei. Da ich keinerlei Erfahrung mit Wasser hatte, ging ich hinein, um zu helfen, und wurde von den Fluten eiskalt erwischt. Ich begann hektisch zu paddeln und streckte meinen Hals, um meinen Kopf über Wasser zu halten, doch vergebens.

Die Strömung zog mich hinunter, und ich sah, wie das Sonnenlicht durch einen Filter aus Wasser waberte. Da wurde ich von starken Armen herausgezogen und holte tief Luft. Der Fluss zerrte an uns, und G. K., der hüfthoch im Wasser stand und von meinem Gewicht und unserer nassen Kleidung hinabgezogen wurde, strauchelte. Als wir das Ufer erreichten, setzte er mich ab und wies mich an, dort zu bleiben. Klatschnass und zitternd vor Kälte gehorchte ich, während das Flehen meiner Schwester zu hören war.

Schnell sprang er wieder hinein und schwamm zu Elizabeth hinüber, die noch immer den Ast umklammert hielt. Er streckte gerade den Arm nach ihr aus, als eine Strömung sie fortriss. Sie schlug ins Wasser und krallte sich an ihn, während er sie am Kleid festhielt und sie zu sich zog, doch dann glitt ihm der Ast aus der Hand.

Ich hörte ihre gedämpften Schreie und sah zu, wie beide mit rudernden Armen abgetrieben wurden und untergingen, bis zuletzt nur ein Kopf wieder auftauchte.

***

Nun wusste Wash um den schrecklichsten Tag meines Lebens, die Tragödie um meine Schwester und meine Angst vor Wasser.

Er nahm mich in den Arm und legte das Kinn auf meinen Kopf. »Das tut mir so leid, Liebling.«

Ich stieß mit dem Fuß gegen die nassen Kieselsteine. »G. K. nahm sich deshalb fest vor, mir Schwimmen beizubringen. Monatelang weckte er mich vor Tagesanbruch, und wir schlichen uns aus dem Haus zu einem Teich, in dem Seerosen trieben. Dann nahm er mich hoch und watete ins Wasser, bis es meine Füße berührte. Sobald er tiefer hineinging, schrie ich wie am Spieß. Allmählich half er mir, meine Angst zumindest so weit zu überwinden, dass ich ihn losließ und paddelte wie ein Welpe. Mit der Zeit wurden meine Schwimmzüge kräftiger, aber ich war enorm erleichtert, als er den Unterricht für beendet erklärte.«

»War das das letzte Mal, dass du geschwommen bist?«

»Ich war noch ein-, zweimal schwimmen seither, aber ich wäre überaus froh, wenn ich nie mehr schwimmen müsste. Jedes Frühjahr gehen wir zur Klippe und werfen Blumen im Gedenken an sie hinunter.«

G. K. und ich, die schuldbewussten Überlebenden, hatten einen Pakt geschlossen. Wir hatten ein Leben auf dem Gewissen. Egal ob wir es Unfall, Schicksal oder Leichtsinn nannten, damit gaben wir unserem Schmerz lediglich einen Namen, wussten jedoch nicht, wie wir damit leben sollten. Wir haben nie jemandem die ganze Geschichte dessen erzählt, was sich an jenem Tag zutrug. Es war ein Geheimnis, das uns ebenso sehr zusammenschweißte wie verfolgte.

Ich legte meine Hand an Washs kühle, nasse Brust. »Jedes Jahr erneuern wir unseren Schwur, doppelt so hart zu arbeiten, doppelt so gut zu sein und das Leben doppelt so sehr zu genießen – für Elizabeth.«

Er zeigte den Anflug eines Lächelns. »Das erklärt so einiges.« Er hob mich hoch. »Aber das reicht leider nicht für die Frau eines Brückenbauers. Wir werden unser ganzes Leben am Wasser verbringen.« Er beugte sich näher. »Komm schon. Mit mir zusammen wird es dir gefallen.«

»Lass mich runter!« Ich strampelte mit den Beinen.

»Emily, du musst dich dem früher oder später stellen.«

»Aber nicht heute.« Ich machte einen Schritt zurück. »Ist das der Grund, weshalb du mich hergebracht hast? Hat G. K. es dir erzählt? Wusstest du es schon die ganze Zeit?« Es war, als wäre mein Inneres entblößt wie eine frisch ausgeweidete Forelle.

»Nein, ich wollte dich einfach dabeihaben. Ich dachte, wir könnten den Tag genießen, und du assistierst mir. Aber jetzt denke ich, du bräuchtest selbst Hilfe.« Seine Finger beschrieben Kreise im Wasser, das um uns herum plätscherte und nach altem Fisch stank. »Dir geschieht nichts.«

»Ich bin noch nicht so weit. Du musst dir eine andere Assistentin suchen.« Ich stapfte durch das trübe Wasser zurück zum Flussufer. Doch beim Hinaussteigen rutschte ich auf den glitschigen Steinen aus und hielt mich an einer Baumwurzel fest.

Mit schwappenden Schritten war Wash sofort zur Stelle und legte mir eine warme Hand auf den Rücken. »Warte. Lass mich dir helfen.«

Mit ausgebreiteten Armen klammerte ich mich an das Steilufer und atmete den Geruch von Schlamm, Gras und Würmern ein. Tränen rannen mir übers Gesicht.

»Schon in Ordnung.« Sanft zog er an meiner Schulter.

Als ich endlich wieder atmete, ohne zu zittern, wiederholte ich seine Worte: »In Ordnung.« Mit verschränkten Händen formte er einen Sitz für mich, und ich schlang meine Arme um seinen Hals und meine Beine um seine Hüfte. Dann watete er langsam, ganz langsam ins Wasser. Ich hatte das Gesicht an seinem Hals vergraben, während er tiefer hineinging und das kalte Wasser meine Beine berührte. Die Galle stieg mir hoch, und ich hatte Mühe zu atmen.

Doch ich atmete, zunächst abgehackt, dann gleichmäßiger und langsamer, als sein Moschusduft mich beruhigte. Der Halt seiner Hände an meinem Hintern und seine schützende Brust, die sich an meine drückte, verdrängten die Bilder eines reißenden Stroms aus meinen Gedanken. »Werden dir die Arme schwer? Du kannst mich jederzeit zurücktragen.«

»Ich kann dich so lange halten wie nötig.«

Zitternd tauchte ich meine Beine Zentimeter für Zentimeter in den hüfthohen Fluss und wünschte, er würde mich forttragen von dieser tückischen Schlange, die meine Schwester verschlungen hatte. Doch er wiegte mich sanft mit der Strömung hin und her und wiederholte: »Keine Angst, ich hab dich.«

Mein Zittern hörte auf, und die Korsettstäbe aus Angst und Schuld, die all die Jahre mein Herz eingeschnürt hatten, lockerten sich. Wir küssten uns, während der Fluss gemächlich an uns vorbeifloss. Es wurde allmählich dunkler, und die Grillen zirpten. Ich tauchte meine Fingerspitzen ins Wasser, um Frieden mit ihm zu schließen.

»Alles gut?«, fragte er.

Ich nickte, woraufhin er mit einem Arm hinab in die Strömung griff und einen schlammigen Brocken herausholte. »Aha. Das war es, was ich dir zeigen wollte.«

Mit hochgezogenen Augenbrauen betrachtete ich ihn.

Er wirbelte im Wasser damit herum, um den Schlamm abzuwaschen, und zog dann einen weißen Keramikkrug mit edlen Konturen und in gutem Zustand heraus. Er hielt ihn wie eine Trophäe in die Höhe. »Ein Artefakt der Antike.«

Ich wischte mir über mein tränenverschmiertes Gesicht, um auszusehen wie ein ganz normaler Mensch. »Oder einfach eine Kanne, die jemandem letzte Woche bei einem Bootsausflug ins Wasser gefallen ist.«

ACHT

NEW YORK

1868

Nachdem wir in die USA zurückgekehrt waren, lebten wir vorübergehend in Manhattan bei G. K., Millie und deren Sohn. Millie und ich passten abwechselnd auf die Kinder auf, was mir Gelegenheit gab, New York ein wenig auf eigene Faust zu erkunden.

Die Straßen waren überfüllt, und ich stellte fest, dass es sehr mühselig war, sich mit dem Pferdegespann durchzukämpfen, da ich am liebsten selbst fuhr.

Im Herzen war ich noch immer ein Mädchen vom Land, und es fehlte mir, im Sattel zu sitzen. Als ich meinen Wunsch äußerte, rief ich eine ziemliche Aufregung hervor, Millie war entsetzt, Wash dafür und G. K. amüsiert.

»Emily widersetzt sich allen Regeln«, sagte G. K. und borgte mir netterweise sein Pferd und einen Damensattel, sodass ich schon bald durch die Straßen ritt und mich am Anblick und dem Trubel der wachsenden Stadt erfreute. Falls die Einwohner an mir Anstoß nahmen, zeigten sie es zumindest nicht. Stattdessen lächelten mir einige Damen zu, und die Herren hoben grüßend den Hut. Das Pferd durch die Straßen zu lenken erforderte höchste Präzision, da überall Schmutzwasser über den Boden lief und den Abfall des Lebens zum Fluss trug. Ich hatte in Harper's gelesen, dass die Errichtung eines besseren Abwassersystems geplant war. Je eher, desto besser.

Neue Gebäude schossen allerorts aus dem Boden, und immer mehr Immigranten siedelten sich in der Stadt an, sodass es ganze Viertel gab, in denen nur die jeweilige Muttersprache oder ein Englisch mit charmantem Akzent gesprochen wurde.

Eine meiner Lieblingsrouten führte mich an einer Reihe von chinesischen Metzgereien vorbei. Im Schaufenster baumelten gerupfte Enten und Hühner mit traurig hängenden Köpfen und faltigen Krallen von den Haken. Wenn ich zu lange davor verweilte, kam es vor, dass ein Ladenbesitzer einem Vogel den Hals mit einem Hackbeil durchtrennte und ihn mir zum Verkauf anbot.

Der Duft nach brutzelndem Knoblauch und Zwiebeln, die angeregten Diskussionen in einem melodischen Singsang und die lebensfrohe Musik, die aus den Läden im italienischen Viertel drangen, waren ein Genuss. Wie langweilig meine eigene Kultur dagegen wirkte. Angelockt von einer Dame, die im Schaufenster Teig knetete, betrat ich den Laden.

Sogleich winkte mich die Ladeninhaberin mit einem mehlbestäubten Geschirrtuch herbei und demonstrierte mir, wie man den Teig auf einem Holzbrett zu einer Rolle von Fingerdicke dreht. Sie bestäubte meine Hände mit Mehl und ließ dann einen festen Teigball in meine Hand plumpsen. Während ich meinen Teig mit den Handflächen rollte, schnitt sie ihre Rolle in Stücke. Als Nächstes nahm sie meine Hand und drückte meinen Daumen in eines der Teigstücke. »Orecchiette.« Sie zupfte sich am Ohr.

Ich blickte auf das eingedellte Teigstück und sah sie verwirrt an.

Sie lachte, reihte die Pastastücke vor sich auf und drückte dann jedes Mal mit einer überschwänglichen Geste ihren Daumen hinein, sodass kleine Muscheln entstanden, die Ohren ähnelten. »Orecchiette, yes?«

»Yes!« Ich versuchte, ihre Technik nachzuahmen, doch meine Pasta sah mehr aus wie ein flacher Kreis denn wie ein hübsches kleines Ohr. Nachdem ich mich für den Pastakurs bedankt hatte, kaufte ich einen Sack getrocknete Orecchiette, um sie nach Hause mitzunehmen.

Als ich so durch die duftenden, bunten Straßen lief, fühlte ich mich wie eine Botschafterin des guten Willens, die die Kulturen zusammenbrachte und das Zusammenleben für alle in der Stadt verbesserte. Bislang enthielt meine Diplomatentasche ein abgeurteiltes Huhn und Hunderte kleine Ohren. Ein ziemlich beeindruckender Auftakt für eine aufstrebende Botschafterin und grauenhafte Köchin.

***

Die Roebling-Familie in Trenton war mir beinahe ebenso fremd wie die Einwanderer, die vom Immigrationszentrum Castle Garden aus ins Land strömten. Wash als Ältester wurde von seinen sieben Geschwistern innig geliebt, sie hingen überall an ihm wie Seepocken an einem Schiff, sobald er durch die Tür trat. In meiner eigenen Familie herrschte ebenfalls ein liebevoller Umgang, doch im Vergleich zu den Roeblings wirkten die Warrens regelrecht kratzbürstig. Insgeheim hegte ich sogar die Vermutung, dass zwei seiner Schwestern Männer von Staten Island geheiratet hatten, nur um näher bei ihrem Bruder sein zu können.

Wash umarmte seinen Vater und seine Geschwister mehrfach am Tag. Er liebte es so sehr, andere zu umarmen, dass ich ihn meinen Washbär nannte. Als seine kleinen Schwestern das hörten, begannen sie zu kichern. Dieser Spitzname erinnerte mich daran, wie er mit schwarz umrandeten Augen aus dem Fluss gestiegen war, nachdem er seine Schwimmbrille abgesetzt hatte.

***

Wash kaufte uns ein dreistöckiges Backsteinhaus mit Dachgarten im Brooklyner Viertel Columbia Heights. Von dort hatte man einen sensationellen Ausblick über den Fluss und die Stelle, wo einmal die East River Bridge stehen sollte.

Sobald er den Vertrag unterzeichnet hatte, eilten wir nach Brooklyn, um einen Rundgang durch das leer stehende Haus zu machen. Während er mit seinem Feldstecher die neue Perspektive aus jedem Fenster erkundete, drehte ich beglückt den Wasserhahn in der Küche auf. Endlich mussten wir nicht mehr nach draußen rennen und von Hand Wasser pumpen oder Fässer an der öffentlichen Zapfstelle auffüllen – nun kam das Wasser direkt aus den unterirdischen Rohren der Stadtwerke. Unser kohlenbetriebener Boiler produzierte Dampf, der das Haus wärmte und Wasserpumpen antrieb, die eine Zisterne auf dem Dach befüllten. Die ehemaligen Eigentümer hatten eines der oberen Schlafzimmer zu einem Bad umgewandelt. Dort stand ich gerade und träumte von einem luxuriösen Bad in der großen gusseisernen Badewanne, als mich Wash von unten rief.

»Em, schau dir das mal an!«

Auf dem einen Arm Johnny, mit der freien Hand das Geländer umklammernd, eilte ich die lange Wendeltreppe hinunter und fand Wash im Salon vor.

»Bereit?« Er entriegelte die mittleren Mahagoni-Paneele der Rückwand und drückte, bis sie sich wie ein Akkordeon zusammenfalteten und den Weg zum Esszimmer freigaben. »Et voilà!«

»Wie schön!« Meine Stimme hallte von den nackten Wänden wider, als ich in dem leeren Raum vor Freude eine kleine Umdrehung machte. »Hier werden wir Gäste empfangen!« Der Koch der Voreigentümer blieb Gott sei Dank bei uns.

Johnny, den ich auf seiner Steppdecke auf dem Boden abgesetzt hatte, sah uns klatschend und glucksend zu, wie Wash mich an der Hand herumwirbelte und dazu eine Melodie trällerte. Wir tanzten und lachten und träumten von all den schönen Momenten, die wir in diesem Haus erleben würden.

Es gab sogar ein Innenklo. »Da haben wir verdammtes Glück«, sagte Wash. Ich war weniger begeistert, da der Gestank vom Abflussrohr sich im gesamten Haus ausbreitete, sodass ich es vorzog, das Plumpsklo draußen zu nutzen. Wash murmelte daraufhin etwas von unzureichender Lüftung und beauftragte seinen Bruder damit, in der Fabrik der Familie maßgefertigte Eisenrohre anzufertigen, für deren Installation Wände und Decken eingerissen werden mussten. Monatelang lebten wir zwischen frei liegenden Rohren.

Glücklicherweise war immerhin noch unsere Bibliothek intakt. Sie war zwar klein, doch die wandhohen Bücherregale aus Walnussholz und der mit Ornamenten verzierte Marmorkamin entschädigten allemal. Ich stellte mir vor, wie ich zusammen mit Wash auf einem herrlich gepolsterten Diwan kuscheln, Dickens und Oliphant lesen oder gemeinsam mit Johnny Alice ins Wunderland folgen würde.

Doch mein Mann kam mir zuvor. Innerhalb kürzester Zeit nahmen seine Lieblingsbücher und die Texte vom Rensselaer Polytechnic Institute, sorgfältig nach Fach und Studienjahr sortiert, drei Wände ein, und sämtliche Schubladen waren mit Landkarten und Plänen vollgestopft. Da ich Verständnis dafür hatte, dass er ein Arbeitszimmer brauchte, richtete ich mir stattdessen eine Leseecke im Salon ein und stellte jeden Zentimeter mit meinen Büchern und liebsten Kunstwerken zu. Dadurch büßte ich zwar an Privatsphäre ein, hatte gleichzeitig aber einen optimalen Blick auf alle, die durch die Haustür ein und aus gingen.

Wash hatte nur wenig Zeit für gesellschaftliche Anlässe, aber ich wurde regelmäßig zum Tee, zu Stickrunden und Ähnlichem eingeladen. Doch schon bald wurde ich dieser Treffen müde. Es erschien mir sinnlos, endlos Fäden durch Musselin zu ziehen. Ich wollte mehr sehen, mehr erleben. Es war an der

Zeit, dass ich meinen Traum wieder verfolgte und mich an der Frauenbewegung beteiligte; Zeit, Leute zu treffen, die neue Wege einschlugen.

An einem schwülen Junitag begleitete ich Papa und Wash mit der Fähre nach Manhattan; für Johnny hatte ich eine Betreuung organisiert. Die Männer wollten eine Bodenprobe von der Stelle nehmen, an der die Brücke vorgesehen war, und ich wollte ein wenig Abenteuer schmecken.

Als wir anlegten, bot mir Wash beim Aussteigen seinen Arm, und dann standen wir zu dritt am Kai. Es war so schwül, dass ich meine Handschuhe auszog und mir damit Luft zufächelte.

Wash kramte in seinem Ranzen und zog einige zusammengerollte Papiere heraus. »Em, bitte überbring das G.K. und richte ihm und Millie schöne Grüße von mir aus.«

»Was ist das?«, fragte Papa. Stirnrunzelnd beobachtete er, wie Wash die Rollen in meiner Handtasche verstaute.

»Die alten Pläne.«

»Ich hatte dir doch befohlen, sie zu vernichten.«

»Das sind Papiere von künstlerischem und historischem Wert, Papa. Vielleicht findet G.K. Gefallen daran, und falls nicht, kann er sie immer noch vernichten.«

»Hauptsache, sie kommen mir nicht mehr unter die Augen und erinnern mich an dieses törichte Komitee.«

»Welches Komitee?«, wollte ich wissen.

»Das Brückenkomitee, das dafür gestimmt hat, die Schienen auf der Brücke zu streichen, um Geld zu sparen«, sagte Wash.

»Kurzsichtige Idioten«, grummelte Papa.

»Noch etwas, Em.« Wash zog einen zusammengefalteten Zettel aus der Tasche. »Hier ist eine Adresse, bei der du bitte für mich vorbeifahren sollst. Dort entsteht gerade ein aufwendiges Bauwerk. C.C.Martin sagt, dieser Bursche sorgt in gesellschaftlichen Kreisen für ziemliche Furore. Vielleicht ist das jemand, den wir an Bord holen sollten.«

»Zu Befehl!« Ich steckte den Zettel ein und gab ihm einen Kuss.

»Pass auf dich auf. Und nicht mit Fremden reden!« Wash wedelte mit einem Streifen seines Lieblings-Zimtkaugummis vor meiner Nase, ehe er ihn sich in den Mund steckte.

Ich lachte. »Ich? Niemals.«

»Diesmal meine ich es ernst.« Der warme, würzige Zimtduft seines Atems überlagerte die salzige, fischige Luft. »Wir sind hier nicht in Brooklyn. Ich bringe dich besser zur Kutsche.« Er sah auf seinen Zeitmesser.

»Warum kommst du nicht mit? G. K. und Millie würden sich freuen, dich zu sehen. Und G. K. muss bald schon wieder nach Iowa zurück. Es ist schon so lange her, dass wir uns einfach nur zum Plaudern getroffen haben.«

»Ich fürchte, meine Zeit reicht nur dafür aus, dich zur Kutsche zu bringen.«

Seine Antwort überraschte mich nicht. Seine Arbeitszeit war ihm heilig. »Das schaffe ich schon alleine, es ist ja nur ein paar Häuserblocks entfernt.«

Ich lief den Hügel hinauf, so schnell es ging, ohne dass mein Kleid hochrutschte, ein wenig enttäuscht darüber, dass Wash mich nicht begleitete, gleichzeitig jedoch hocherfreut über die Freiheit, auf Erkundungstour zu gehen.

Beim Kutscher angekommen, überreichte ich ihm Washs Zettel mit den Worten: »Zur Take Park Avenue, bitte.« Es war zwar nicht der kürzeste Weg, aber ich hatte keine Eile und wollte gern die wunderschönen Häuser sehen, die dem Abriss entgangen waren. In dieser sich beständig wandelnden Stadt schossen überall neue Firmen aus dem Boden und verdrängten so manche Wohnsiedlung.

Die Kutsche hielt an einem großen Eckgrundstück, wo gerade ein außergewöhnliches Gebäude entstand. Ausgeklügelte steinerne Fundamente füllten beinahe das gesamte Grundstück. Steinerne Bögen ragten in den Himmel, die stark an die

Pylonen der Cincinnati Bridge erinnerten. Arbeiter wuselten über die Baustelle, hämmerten und sägten und benutzten allerlei dampfbetriebene Maschinen. Obwohl ein eiserner Zaun das Privatgrundstück umgab, stand das Tor sperrangelweit offen.

In der Toreinfahrt stand ein großer Mann und studierte architektonische Zeichnungen. Mit seinem Zylinder, der weißen Krawatte und den Handschuhen war er zwar für diesen schwülen Juninachmittag viel zu warm angezogen, dennoch lief ihm nicht eine einzige Schweißperle über die Stirn, während er einem Grüppchen Arbeiter Anweisungen zurief.

Die der Straße zugewandte Fassade war beinahe fertig. Ein muskulöser Maurer kletterte mit Hammer und Meißel eine große Leiter hinauf und sprang anmutig auf einen Steinsims. Er schien mit seinem schweren Werkzeug ganz eins zu sein, während er mit dem Meißel den Stein am Giebel abstemmte. Als er mich entdeckte, tupfte er sich mit einem Lappen das schweißbedeckte Gesicht und deutete fragend auf seine Arbeit. Lächelnd machte ich mit der Hand eine anerkennende Geste, welche er mit einem freudigen Johlen und einem angedeuteten Kuss belohnte.

Anstatt mich wie eine anständige Dame umzudrehen, wie es mir meine Mutter beigebracht hatte, ging ich geradewegs auf ihn zu. Lachend wackelte er mit den Augenbrauen, machte Kussgeräusche und tat so, als verlöre er das Gleichgewicht.

Seine Albernheiten erregten den Unmut des Herrn in der Toreinfahrt, der sogleich seine Zeichnungen zusammenrollte und herüberkam. Der Gentleman war ungefähr fünfzehn Jahre älter als ich, hatte leicht ergrautes Haar, buschige Koteletten und ein gewinnendes Lächeln im Gesicht.

»Ich habe um sechs Feierabend, bella signora«, rief mir der Maurer mit starkem Akzent von hoch oben zu.

Die Blicke beider Männer waren auf mich geheftet, als ich zu der schweren Holzleiter ging und sie mit aller Kraft anhob und einen guten Meter beiseiteschob, sodass der Maurer nicht mehr herankam. Meine schneeweißen Handschuhe sahen aus, als hätte ich einen Schornstein damit gefegt, sodass ich sie auszog und dann auf dem Absatz kehrtmachte.

»Ciao bella, du bist wirklich stark. Stell das zurück.«

Der elegante Herr im Frack klemmte sich die Pläne unter den Arm und richtete die Diamant-Anstecknadel an seiner bauschigen Krawatte, ehe er auf mich zukam und mir jeden Fluchtweg verstellte. Er zog den Hut, dessen feine Seide in der Sonne schimmerte.

»Nun denn. Mit wem habe ich die Ehre?«, rief er über den Baulärm hinweg. »Wenn Sie nicht eine solche Augenweide wären, hätte ich Eintrittsgeld von Ihnen verlangt.«

»Guten Tag, Sir. Dieser Arbeiter und ich haben ein kleines Problem miteinander.«

Er spähte zur Leiter hinüber. »Mir scheint, Sie haben es inzwischen gelöst.«

Der Maurer über uns verschränkte die Arme vor der Brust und warf mir finstere Blicke zu.

»Das ist ein beeindruckender Bau. Sind Sie der Architekt?«

Der Gentleman lachte schallend, nahm den Zylinder ab und verbeugte sich tief. »Phineas Taylor Barnum, zu Ihren Diensten. Unternehmer, Philosoph und Philanthrop. Meister der Festlichkeiten und Hofnarr der Könige. Ich bin jemand, der von stattlichen Häusern träumt und dann Architekten und rüpelhafte Arbeiter wie diesen hier anstellt, um sie zu verwirklichen.«

»Mrs. Washington Roebling.« Ich reichte ihm die Hand und sah zu dem gestrandeten Maurer hinauf. »Verzeihen Sie mir. Ich schätze gutes Handwerk sehr, aber Respektlosigkeit dulde ich nicht.«

»Erfreut, Sie kennenzulernen.« Mr. Barnum zog sich einigermaßen theatralisch den Handschuh aus und deutete einen Handkuss an. Er hielt sie einen Moment zu lang fest, sodass ich mich unter seinem Griff wand, doch sein verschmitzter

Blick ließ meinen nicht los und zog mich in den Bann. »Mir scheint, wir sind geistesverwandt. Sie haben sich meinen Respekt verdient, denn ich schätze couragierte Frauen. Erlauben Sie mir, Ihnen eine Führung durch das neue, fantastische American Museum zu geben, Madam.« Er legte mir federleicht eine Hand aufs Kreuz. »Sie werden die Erste von Millionen Besuchern sein, die diese Schwelle überschreiten.«

Seine Stimme war beruhigend, tief und melodisch, sein Gesicht geradezu hypnotisch mit seinen ernsten, tiefblauen Augen und seinem unbekümmerten Lächeln. Ich war vollkommen fasziniert, wie eine Schülerin, die ihren Lehrer bewundert.

Da durchbrach ein Gedanke meine Trance, und ich erinnerte mich an Washs ernste Ermahnung. »Ihr Angebot ist überaus großzügig, Mr. Barnum, aber vielleicht sollte ich die Führung lieber in Begleitung meines Mannes wahrnehmen?«

»Papperlapapp! Sie sind bei mir in sicheren Händen, und wir werden in Sichtweite aller anderen bleiben, nicht wahr, Luciano?« Letzteres schrie Mr. Barnum zu dem Maurer empor, während er mich zum Eingang geleitete.

Meine Neugier siegte über meine Bedenken in puncto Anstand, und so nahm ich sein Angebot an und hakte mich bei ihm unter, sehr zum Missfallen des festsitzenden Luciano.

Mr. Barnum und ich stiegen die breite Marmortreppe des immerhin fünf Stockwerke hohen Baus zum Flachdach hinauf. Als ich oben ankam, war ich außer Atem von der Anstrengung, und mir schwindelte von der Höhe. Mein Korsett schien um zwei Größen geschrumpft zu sein und presste mir die Luft ab. In meiner Tasche kramte ich nach einem Fächer.

Vor uns eröffnete sich ein sagenhafter Ausblick auf den Fluss, doch ich hielt gehörigen Abstand vom Rand.

»Geht es Ihnen gut?«, fragte er mit Blick auf meinen sich hebenden Brustkorb.

»Prima, danke.« Wenn ich nur das Korsett lockern könnte. »Fahren Sie gerne fort.«

»Natürlich ist es im Augenblick nur ein Rohbau, aber wenn er einmal fertig ist, wird er zwanzig Ausstellungsräume beherbergen. Erstaunliche Tiere und Pflanzen aus aller Welt, einige lebend, einige konserviert.« Begeistert redete er drauflos und gestikulierte ausladender als nötig. »Forscher – Anthropologen, Biologen, Historiker – werden das Museum besuchen, sowie die neugierigen Laien.« Er streckte die Arme gen Himmel. »New York wird ein Anziehungspunkt sein; das Paris Amerikas.«

»C'est magnifique, Mr. Barnum.«

»Ah, Sie sprechen Französisch? Dann habe ich etwas, das ich Ihnen zeigen möchte. Aber Sie dürfen niemandem auch nur ein Wörtchen verraten.« Er steckte die Hand in die Hosentasche. »Versprochen?«

»Versprochen.«

»Etwas Derartiges hat man in diesem Land noch nie gesehen; es wurde mir von König Louis-Philippe überreicht.«

Ungläubig schürzte ich die Lippen und verschränkte die Arme vor der Brust.

»Wirklich. Er amüsierte sich prächtig über meinen kleinwüchsigen Zirkuskünstler General Tom Thumb und schenkte mir zum Dank diese Spielerei.« Mr. Barnum öffnete die Faust und streckte mir eine Kristallkugel von ungefähr zwei Zentimeter Durchmesser entgegen. In der Kugel befand sich eine kleine Nachbildung der Pariser Kathedrale Notre-Dame. »Möchten Sie sie mal halten?«

Die makellose Kristallkugel erwies sich als sehr viel schwerer, als es den Anschein hatte, und darin schwebte die winzige Kathedrale in einer Flüssigkeit, die die kunstfertigen Details wie unter einer Lupe hervorhob.

»Wir haben versucht, sie in meiner Glasblaswerkstatt nachzuahmen, aber leider kamen nur klebrige Klumpen dabei heraus; immerhin sind uns einige Weingläser gelungen.« Er deutete in die Mitte des Dachs. Zwischen Holzstapeln stellte ein

Kellner feines Porzellan und Kristall auf einem kleinen Tisch mit zwei nebeneinanderstehenden Stühlen ab.

»Es scheint, Sie erwarten Gäste?« Ich gab ihm die Kugel zurück. »Ich sollte jetzt gehen.«

Zwei asiatische Männer mit Halbglatze kamen, in einer fremden Sprache streitend, die Treppe herauf und gingen auf den Tisch zu. Sie glichen einander wie ein Ei dem anderen, bis hin zu Verhalten und Kleidung. Meine Augen wurden immer größer: Die beiden Männer waren von der Brust bis zur Taille zusammengewachsen. Sie nahmen Platz, wobei sie die Arme hinter dem Rücken verschränkten, und nun kam zu ihrem Geschnatter das Geklapper von Besteck hinzu.

»Es gibt keinen Grund, zu gehen. Die beiden werden uns gar nicht beachten.« Mr. Barnums Augen funkelten vor Freude über mein sichtliches Staunen. »Sie haben nie die siamesischen Zwillinge Chang und Eng gesehen?«

Ich schüttelte den Kopf.

»Während ihrer aktiven Zeit waren Sie wohl noch zu jung, um sie zu kennen.«

»Ich glaube, mein … ähm … Ehemann hat sie gesehen.«

»Ah ja, Ihr Ehemann. Schade, dass ich Sie nicht zuerst gefunden habe.« Er zwinkerte mir zu. Seine Aussage war unerhört, aber er sagte es mit einem so lausbubenhaften Charme, dass ich es ihm wohl kaum verübeln konnte.

»Sie übertreten die Regeln des Anstands, Sir. Ist es Ihnen gar nicht wichtig, was andere von Ihnen denken?«

»Wenn ich die Gedanken anderer Menschen kontrollieren könnte, wäre ich wahrhaftig ein Zauberer. Meine eigene Frau hätte nicht mit der Wimper gezuckt. Aber offenbar liegt Ihnen an der Meinung anderer?«

»Ich wünschte, mir läge weniger daran, aber es ist mir in Fleisch und Blut übergegangen.«

»Manche Dinge, die einem in Fleisch und Blut übergegangen sind, muss man herausziehen wie einen Splitter.« Er wackelte vielsagend mit den Augenbrauen und brachte mich zum Lachen. »An Ihrer Meinung jedenfalls ist mir gelegen.«

Mein Eindruck war, dass er doppelt so viel Spaß hatte, weil er mit doppelt so viel Eifer ans Werk ging. Ganz anders als mein Wash, bei dem Ersteres allzu oft auf der Strecke blieb.

Mr. Barnum zog wie von Zauberhand ein brennendes Streichholz hervor und entzündete damit eine Zigarre, die gleichfalls wie aus dem Nichts aufgetaucht war. »Also, was bringt Sie zu mir, Mrs. Roebling?«

Ich kramte in meiner Tasche nach Washs Zettel. »Mein Mann und sein Vater beabsichtigen, in Brooklyn eine Brücke zu bauen.« Ich blickte zum Fluss hinüber. »In diesem Augenblick nehmen sie unten am Ufer Bodenproben. Es heißt, Ihr Unternehmen sei enorm gewachsen und …«

»Hervorragend! Abgesehen davon, dass ich Ihre reizende Gesellschaft genieße, bin ich begierig darauf, mehr über diese Brücke zu erfahren. Kann meiner Firma nur nützen.« Er steckte sich das noch immer brennende Streichholz in den Mund. »Wie wäre es, wenn wir diesen Mr.-Barnum-Quatsch hinter uns lassen? Nennen Sie mich P. T.«

Mir schnürte sich der Hals zu. »Wie machen Sie das?«

»Mich meines Nachnamens entledigen?«

»Nein, ein brennendes Streichholz schlucken.«

Er zwinkerte, klemmte sich die Zigarre zwischen die Lippen und versteckte beide Hände hinter dem Rücken. Dann streckte er sie zu Fäusten geballt nach vorn. »Wählen Sie eine«, murmelte er an der Zigarre vorbei.

Ich tippte auf seine rechte Faust. Als er sie öffnete, lag darin die Kristallkugel. Diesmal rieselte darin Schnee. Winzige Schneeflöckchen wirbelten rings um Notre-Dame und schufen eine atemberaubende Winterszene.

»Die Welt ist voller Magie, meine Liebe. Man muss nur wissen, wo sie zu finden ist.«

NEUN

NIAGARAFÄLLE, NEW YORK

1869

Trotz jahrelanger Planung und des dringenden Bedarfs hatte die Brooklyn Bridge erbitterte Gegner. Der East River war eine der meistbefahrenen Wasserstraßen der Welt; die Brücke müsste also höher und länger als alle bisherigen sein. Dennoch gab es Segelschiffe, die die geplante Brücke nicht mehr würden passieren können. Der New York Council of Reform sagte voraus, die Brücke werde dem Handel im Hafen erheblichen Schaden zufügen, die Finanzen beider Städte beschneiden und entweder letztlich per Gerichtsbeschluss abgerissen oder vom Wind fortgerissen werden.

Um für die Finanzierung zu werben und die Öffentlichkeit auf seine Seite zu ziehen, lud Papa die Reichen und Mächtigen zu verschiedenen Treffen und auf eine zweimonatige Expedition zu seinen bisherigen Brückenbauten ein. Dazu gehörte auch ein Kernteam aus verschiedenen Beratern: Ingenieure, Lokalpolitiker und der mächtige Bauunternehmer William Kingsley. Ausgeschlossen wurden hingegen William M. »Boss« Tweed und viele Mitglieder seiner politischen Seilschaft Tammany Hall. Mit der negativen Publicity des korrupten Politikers wollte Papa nicht in Verbindung gebracht werden. Dennoch gelangte Tweed an private Anteile an der New York and Brooklyn Bridge Company, nachdem er Beamten Bestechungsgelder zukommen ließ, damit sie das Projekt genehmigten. Laut der Firmenlizenz des Bundesstaats New York kam die Aufsicht über das Projekt den Aktionären zu, sodass sie den Großteil des Brückenkomitees bildeten.

Der letzte Halt auf der Expedition galt Papas Meisterwerk: eine zweistöckige Holzhängebrücke über den reißenden Niagara River. Dort sollte ich auf Papas Wunsch das Komitee treffen, denn: »Mit deinem Charme leierst du diesen Idioten den letzten Dollar aus den Taschen.«

Wash war die letzten zwei Monate bei der Expedition dabei gewesen, und ich vermisste ihn, deshalb ließ ich Johnny bei Millie und fuhr nach Norden. Im Zug nach Buffalo lief ich nervös im Gang auf und ab. Die Aussicht darauf, die Niagarafälle zu besuchen, war aufregend und beängstigend zugleich. Auf Bildern wirkten sie beeindruckend, aber ich wusste nicht, wie ich auf den reißenden Fluss und den tosenden Wasserfall reagieren würde. Wenn ich vor allen Leuten eine Panikattacke bekäme, wäre das peinlich und sicher nicht sehr hilfreich für Papas und Washs Mission. Ich lief langsamer, umarmte meine Ellenbogen und beruhigte mich selbst mit dem Gedanken an Washs Arme, die mich hielten.

Nachdem ich in Buffalo umgestiegen war, holte mich Farrington am Bahnhof in Niagara Falls ab und brachte mich mit der Kutsche zur Brücke. Als wir ausstiegen, machte es den Eindruck, als seien wir spät dran. Ein Dutzend Männer hielten ihre Zylinder fest, während beißender Wind ihre Mäntel peitschte. Sie hatten sich auf dem unteren Brückendeck versammelt, hoch oben über dem aufgewühlten Fluss, während die Wasserfälle nur ein Stück weiter flussabwärts donnernd in die Tiefe stürzten. Der Lärm war ohrenbetäubend, die Höhe furchterregend, und der Anblick des rauschenden Sturzbaches ließ mir das Blut in den Adern gefrieren. Washs breites Lächeln hielt mich gerade so davon ab, vor Schreck einen Satz zu machen.

»Gentlemen, darf ich Ihre Aufmerksamkeit einen Moment

von dem grandiosen Ausblick ablenken und Ihnen meine bezaubernde Frau Emily vorstellen?«

Einige Männer reckten die Hälse nach den Zuggleisen über ihnen, andere blickten auf die Stromschnellen unter ihnen. Als plötzlich ein Pferdegespann vorbeirauschte, klammerte sich einer der Männer an die Brüstung, mit Fingerknöcheln so weiß wie der Schnee auf den Bäumen in der Ferne. Farrington und ich wechselten einen Blick. Das Brückendeck bebte, was meine ohnehin schon angespannten Nerven nicht unbedingt beruhigte. In der Hoffnung, sein Unbehagen zu mildern und mich von meinem eigenen abzulenken, ging ich auf den Mann zu. Farrington stellte mich ihm vor.

»Benjamin Stone«, sagte der Mann mit abgehacktem britischen Akzent und zog den Zylinder. Er trug einen flotten dreiteiligen Anzug und in seiner Brusttasche eine Taschenuhr, deren Kette sich über seinen dicken Bauch spannte. »Eisenbahntechniker und Berater.«

»Wollen wir näher rangehen?« Mit der Hand geleitete ich ihn sanft vom Geländer weg. »Ich glaube, es geht los.«

Papa und Wash versammelten die Investoren unter allerlei Händeschütteln und Schulterklopfen um sich.

»Das ist ein Fiasko.« Mr. Stone tupfte sich die Stirn.

Ich blinzelte verdutzt. »Wie bitte?«

Stone nickte zu einem hochgewachsenen Mann hinüber, der mit den Armen wedelte, um sich Gehör zu verschaffen, und sich vor allen anderen aufbaute. »Das ist William Kingsley, ein Bauunternehmer. Bei ihm können wir darauf zählen, dass er unsere Bedenken vorbringt.«

»Ah ja?«

Stone warf mir einen ungeduldigen Blick zu. »Es sind schließlich seine Männer, die beim Bau ihr Leben aufs Spiel setzen.« Sein Ausdruck wurde sanfter. »Verzeihen Sie, es hätte mir klar sein müssen, dass eine Dame von derlei Dingen keine Kenntnis hat.«

Kingsley musste sich anstrengen, damit seine Stimme über das Getöse der Wasserfälle hinweg trug. »Wie können Sie diese Brücke, die gerade einmal 244 Meter lang und zwischen zwei stabilen Felsen befestigt ist, mit einem Projekt vergleichen, das eine sehr viel größere Entfernung ganz ohne eine solche Absicherung überbrücken soll?«

Stone beäugte schwitzend das Fachwerkgitter, das das obere Eisenbahndeck trug, während ich fröstelte.

»Haben Sie daran gearbeitet?«, fragte ich und nickte zu den Gleisen über uns.

»Um Himmels willen, nein. Ein tollkühnes Unterfangen. Wenn Sie mich fragen, wird die gängige Praxis, Züge über Brücken zu leiten, ein katastrophales Ende nehmen.«

»Wie ich höre, wurden derartige Pläne bei der East River Bridge vereitelt.«

»Es hat einige Überzeugungsarbeit gekostet, aber letztlich haben wir uns durchgesetzt.« Stone senkte vertraulich die Stimme. »Es gibt ein paar einflussreiche Kräfte, die die Idee mit den Gleisen wiederaufnehmen wollen. Wir müssen also weiterhin auf der Hut sein.«

Er redete, als hätte er völlig vergessen, wen er vor sich hatte, und blickte mit starrer Schreckensmiene auf die Wassermassen hinab.

Ich konnte es ihm gut nachfühlen; er hatte mein ganzes Mitgefühl.

»Zweihundertvierundvierzig oder zweitausendvierhundertvierzig Meter, wo ist da schon der Unterschied?«, winkte Papa ab. »Ich berechne, was eine Brücke aushalten muss, und plane sie sechsmal widerstandsfähiger, als sie sein müsste.«

Die Menge drehte sich kollektiv um, als der Pfiff einer Lok in der Ferne ertönte. Wash zeigte Papa seine Taschenuhr und nickte zu den Gleisen und Schwellen hinauf.

C. C. Martin, Papas zweiter assistierender Ingenieur, trat heran. Er war von großer, schlaksiger Gestalt und hatte so spitze

Ellenbogen und Knie, dass es schien, als könnte er damit Löcher durch seinen herunterhängenden Anzug bohren. Sein dunkler Zottelbart tat das Übrige dazu. »Sehen Sie sich das an.« Martin deutete auf die Zuggleise direkt über unseren Köpfen. »Ein Eisenbahnexperte wie Sie wird das zu schätzen wissen.«

Doch Stone bahnte sich, seinen Zylinder in die Luft haltend, mit den Ellenbogen einen Weg durch die Menge nach vorn. »Eine Brücke über den Ohio River ist kürzlich erst bei starkem Wind eingestürzt. Ich vermute, der zuständige Ingenieur war ebenfalls überzeugt, seine Brücke sei sechsmal stabiler als nötig.«

Die Menge wurde unruhig und rief: »Hört, hört.«

»Das Blut derer, die auf Ihrer Brücke umkommen, wird an unseren Händen kleben!«, schrie Stone über das Gemurmel der Männer, das Rauschen der Wasserfälle und die sich nähernde Lok hinweg. »Vier Arbeiter starben in Wheeling. Wie wollen Sie eine solche Tragödie bei einem noch größeren Projekt verhindern?«

»Für die Tragödie bei der Wheeling Bridge war ein fehlerhafter Entwurf verantwortlich …«

In diesem Moment donnerte ein Zug über uns hinweg, der das Gebälk zum Zittern brachte, und eine Ladung Dreck und Kies rieselte auf uns herab.

Jubel brach aus, aber Stone riss lediglich in Todesfurcht die Augen auf und hielt beide Arme abwehrend vors Gesicht. »Nein, nein«, rief er, rückwärtsstolpernd. Doch das Quietschen der Bremsen übertönte sein Wehklagen.

Bibbernd stand Stone abseits der anderen und deutete auf Papa und Wash, die breit lächelnd dastanden. Die Gruppe verstummte, als Stone mit vorgeschobenem Kinn, geschwollener Brust und Feuer statt Furcht in den Augen laut zu keifen begann: »Sie scheinen das auch noch witzig zu finden! Was wissen Sie schon von den Gefahren der Lokomotive? Haben Sie die ungeheuren Kräfte von Gewicht, Dynamik und Natur berücksichtigt?«

»Gentlemen.« Papas gelassene Reaktion stand in direktem Kontrast zum Beben der Brücke, dem Klappern des sich entfernenden Zuges und der schrillen Kritik Stones. »Die East River Bridge ist eine Notwendigkeit. Seit über einem Jahrzehnt befindet sie sich in Planung, und sie wurde ausgiebig studiert und diskutiert.« Er fegte sich Schmutz vom Revers. »Wir dürfen uns nicht von der Angst lähmen lassen. Wer Fortschritt will, muss auch Risiken eingehen.«

Wash trat nach vorn. Sein Haar und sein Bart hoben sich golden von seinem schwarzen Hut und Mantel ab; mit seinen eisblauen Augen fing er die Aufmerksamkeit aller ein. Es schien, als verstummten selbst die Wasserfälle, als seine leidenschaftliche Ansprache erklang: »Wir haben die Brücken meines Vaters besichtigt, angefangen bei soliden, zweckmäßigen Brücken wie dieser bis hin zu wahren Kunstwerken wie in Pittsburgh. Keiner seiner Entwürfe ist je gescheitert, nicht einmal, wenn Dampflokomotiven eine so tiefe Schlucht wie an dieser Stelle überqueren. Wir haben gemeinsam die neueste Brückenbautechnik in Europa studiert und die dort erlernten Techniken verfeinert. Wir hegen keinerlei Zweifel an unseren Fähigkeiten. Keine. Gentlemen, die Zeit ist gekommen. Wenn nicht wir die East River Bridge bauen, wird es ein anderer tun – womöglich mit desaströsem Ergebnis.« Er ließ den Blick über seine Zuhörer schweifen. »Und in diesem Fall machen wir uns wirklich mitschuldig.«

Das Komitee johlte, womöglich weil der Zug in der Ferne verschwunden war. Farrington stellte sich neben Martin und mich. »Keine Sorge. Wir werden uns durchsetzen. Die Männer wissen, dass Stone etwas, nun ja, meschugge ist.«

Ich nahm an, dass Stones Beklemmung einen persönlichen Hintergrund hatte, und empfand Mitgefühl mit ihm. Flüsse machten mich ebenfalls meschugge.

ZEHN

MANHATTAN, NEW YORK

Papas Tour war ein großer Erfolg, was die Zusicherung von Unterstützung und Startkapital betraf, doch der Großteil der Finanzmittel war noch nicht beschafft. Kurz nach meiner Rückkehr von den Niagarafällen sprach ich deshalb bei weiteren möglichen Wohltätern vor. Als Erstes stattete ich Phineas Barnums American Museum (Sehen Sie Riesen! Zwerge! Fleißige Flöhe, wohlerzogene Hunde und menschenfressende Tiger!) einen Besuch ab.

Wash hatte ein ein Meter langes Miniaturmodell der Brücke gebaut, um das Interesse des Showman zu wecken, das ich P.T. als Geschenk für sein Museum überreichen würde. Ich ging allein, da Wash offenbar weniger auf seine Gesellschaft erpicht war.

»Gegen einen Showman sieht man immer alt aus«, hatte er gesagt.

Ich zerrte das Modell in einem Karren auf die Fähre, wo es große Aufmerksamkeit erregte. Nach etlichen neugierigen Blicken und Nachfragen enthüllte ich es, damit es alle sehen konnten. Es wurde laut gestaunt, und jemand kommentierte, welche Ironie eine auf einer Fähre stehende Brücke doch sei, was allgemeines Schmunzeln hervorrief. Derweil nutzte ich die Gelegenheit und stellte das Projekt in groben Zügen vor. Danach hatte ich zahlreiche Helfer, die mich dabei unterstützten, den schweren Karren samt Modell für den Rest der Reise in eine Kutsche zu hieven.

Als die Kutsche zum American Museum abbog, lag ein starker Geruch nach Kohlenfeuer in der Luft, doch ich konnte mich nicht erinnern, irgendwo in der Nähe eine Fabrik gesehen zu haben.

Der Kutscher öffnete mir die Tür. »Sind Sie sicher, dass das die richtige Adresse ist, Ma'am?«

Der Wind drehte, und stechender Rauch nahm uns den Atem. Hinter der Aschewolke lag das Museum, von dem nur ein verkohltes Skelett übrig war. Graue Wolken stiegen von den Trümmerhaufen auf. Eilig hastete ich durch das Tor, während mir der Rauch in den Augen brannte. Gott, hoffentlich war niemandem etwas zugestoßen.

Mehrere Arbeiter stocherten in dem Schutt herum, mit völlig verrußten Kleidern und Gesichtern.

»Wissen Sie, wo ich Mr. Barnum finde?«, fragte ich mit Mühe ob der stickigen Luft, die in meinen Lungen brannte.

»Gleich hier um die Ecke.« Der Arbeiter deutete mit einem verkohlten Brett in die Richtung.

Auf dem, was einmal die große Treppe gewesen sein musste, kauerte P. T. in einem schwarzen Umhang mit rotem Satin-Innenfutter wie ein schwarzer Vogel mit roten Flügeln über einem gerodeten Wald.

Er beantwortete die naheliegende Frage, ehe ich sie stellen musste. »Eine Laterne, die von einem Windhauch umgeweht wurde.« Er schüttelte den Kopf. »Ein Windhauch.«

Ich wartete auf einen Wutausbruch oder eine gewitzte philosophische Bemerkung, doch er grollte nur still vor sich hin, mit leeren Augen und trägen Bewegungen.

»Das tut mir furchtbar leid. Geht es Ihnen – geht es allen – gut?«

»Ein paar meiner Arbeiter haben sich Verbrennungen zugezogen. Glücklicherweise sind die meisten Tiere dem Feuer entkommen. Anders als das hier.« Er hielt seinen angesengten und ramponierten Frackschwanz in die Höhe, wobei

Verbrennungen und Blasen an seinem Unterarm sichtbar wurden.

Ich tätschelte ihm behutsam den verletzten Arm. »Das ist nur ein Frack. Ich mache mir mehr Sorgen um Sie.«

Die Augen verengt, beugte er sich zu mir vor und knurrte: »Ich bin der große P. T. Barnum, Schöpfer von fantastischen Museen und Dingen jenseits Ihrer Vorstellungskraft.«

Alarmiert von seinem Ton wich ich zurück.

»Machen Sie sich um mich keine Sorgen. Ich werde aus der Asche aufsteigen wie ein Phönix.« Mit einer theatralischen Geste drehte er sich weg. Es hätte komisch gewirkt, wären die Umstände nicht so ernst gewesen.

***

Einen Monat später erhielt ich einen Brief von P. T.: *Derzeit nimmt der Wiederaufbau und die Suche nach einer Unterkunft in New York all meine Zeit in Anspruch, aber ich würde gerne mehr über Ihr Brückenprojekt erfahren.*

Wir verabredeten ein Treffen in seiner vorübergehenden Bleibe nahe The Battery, zu dem ich einige Entwürfe, nicht aber das Miniaturmodell mitnahm, das ich aufheben wollte, bis er ein festes Zuhause hatte. Der Frühling hatte mit Tulpen und Narzissen Einzug gehalten, also schnappte er sich seinen Zylinder, und wir gingen an die frische Luft. Wir spazierten entlang der Küste an der Südspitze von Manhattan Island, die wie der große Zeh einer Ballerina an der Stelle ins Wasser ragte, wo der Hudson auf den East River trifft. P. T. lief ziemlich zügig, sodass ich froh war, mit meinen langen Beinen Schritt halten zu können. Obwohl er kein Wort über den Brand oder seine Verbrennungen verlor, war er offenbar auch nicht in der Stimmung, mir seine neuesten Zaubertricks zu zeigen.

»Was benötigen Sie?«, fragte er in brüskem, geschäftsmäßigem Ton.

»Wir brauchen alle Unterstützung, die wir kriegen können, zu beiden Seiten des Flusses. Mr. Roebling schätzt, dass der Bau der Brücke sechs bis sieben Millionen Dollar kosten wird.«

»Ihr Ehemann oder Ihr Schwiegervater?«

Ich geriet ins Stolpern, als mein Absatz im Schotter stecken blieb. »Letzteres.«

Schnell streckte er den Arm aus, um mich zu stützen. »Eine ziemliche Herausforderung.«

»Mein Schwiegervater?«

»Das Geld.«

Ich faltete eine Landkarte auf. »Wir sind noch ungefähr acht Häuserblocks von der Stelle entfernt.«

Er hielt mir seinen Arm hin. »Wollen wir hinlaufen?«

Während wir untergehakt weitergingen, platzte ich mit den Baudetails heraus, die ich auswendig gelernt hatte.

P. T. zog derweil eine entzündete Zigarre aus seiner Jackett-Tasche. Offenbar konnte er sich eine Prise Magie nicht verkneifen. Genüsslich zog er an der Zigarre und zog einen Mundwinkel zu einem Lächeln hoch.

Meine Wangen glühten, obwohl es recht kühl war. Aus irgendeinem Grund schaffte er es, mich nervös zu machen.

Er griff in die Hosentasche und holte eine Handvoll Brotkrumen hervor. Wie gerufen kamen sofort kreischende Möwen und gurrende Tauben angeflogen, denen er das Futter in einem Halbkreis hinwarf. Ein paar Krumen streute er sich auf den Zylinder, wo eine Taube landete und sie wegpickte.

Nachdem ich einer dreisten Möwe ausgewichen war, fuhr ich unbeirrt fort, auch wenn er offenbar einen Mini-Zirkus veranstaltete. »Stellen Sie sich nur einmal vor, wie aufregend das wäre, beide Städte zu verbinden – die Infrastruktur von New York auf der einen und die charmanten Wohnsiedlungen von Brooklyn auf der anderen Seite!«

»Ein wirklich guter Vorstoß«, sagte er. »Wenn sich die Strecke schneller überwinden ließe, würde sich mein Publikum womöglich verdoppeln. Das Glück ist mit den Mutigen und hilft nur jenen, die sich selbst helfen.«

»Das habe ich schon mal gehört. Von wem ist das?«

»Von mir.«

Ich drehte an meinem Ehering und überlegte, wie man mit jemandem über Finanzen diskutierte, der große Töne spuckte, aber nichts Konkretes von sich gab, das ich Wash und Papa hätte berichten können. Er schien Gefallen daran zu finden, die Grenzen des guten Anstands auszuloten. Vielleicht konnte ich ihn damit locken. »Sie könnten Ihren Firmensitz nach Brooklyn verlagern. Wie ich höre, haben Sie dort eine große Anhängerschaft. Eine Dame im Besonderen.«

»Ah, Ihr führt mich in Versuchung, holde Dame, aber ich fürchte, meine Geschäfte zwingen mich, hierzubleiben.« Er nahm den Zigarrenstummel aus dem Mund und gluckste. »Aber ich hätte da einen Maurer, den ich Ihnen ausleihen kann.«

ELF

COLD SPRING, NEW YORK

An einem warmen Nachmittag ein paar Wochen später versammelten sich gut gekleidete Damen auf dem gepflegten Rasen meiner Mutter; die wenigen anwesenden Männer, darunter G. K. und P. T., hatten sich unter sie gemischt. Mutter hatte nie zugelassen, dass ihr Dasein als Witwe sie ausbremste. Ob Gartenpartys oder Tee- und Kartenspielnachmittage; alles war weitergegangen, auch ohne Kompagnon an ihrer Seite. Die Sonne, die es nie gewagt hätte, bei einem ihrer gesellschaftlichen Ereignisse nicht zu erscheinen, strahlte am wolkenlosen Himmel. Der Gärtner hatte Hunderte Stühle aufgestellt, die vor einer improvisierten Bühne standen.

Vom Fenster meines alten Kinderzimmers in der oberen Etage beobachtete ich, wie Mutter durch die Hintertür das Haus betrat. Das Klackern ihrer Absätze auf dem Eichenparkett bewegte sich vom Flur zum Esszimmer.

»Emily? Em-i-ly!«

Ich ignorierte ihre Rufe. Ohne mich vorher einzuweihen und ohne meine Zustimmung hatte Mutter mich für eine Rede eingeplant. Papa und sie unterhielten mittlerweile eine angeregte Brieffreundschaft, und wahrscheinlich machten sie gemeinsame Sache. Er hatte sie darum gebeten, die Nachricht von seiner Suche nach Startkapital zu verbreiten; und sie war hocherfreut darüber, mich dafür einzuspannen.

Fast den gesamten Vormittag hatte ich damit verbracht,

meine Rede zu schreiben, und mir grauste davor, sie halten zu müssen.

P. T. hingegen besaß ein Talent für öffentliche Auftritte. Tatsächlich reichte seine Bekanntheit weit über das hinaus, was mir bei unserer ersten Begegnung bewusst gewesen war. Zudem schien er die Aufmerksamkeit zu genießen, ja regelrecht dafür zu leben. Als ich erneut aus dem Fenster spähte, sah ich ihn, wie er die anwesenden Gäste um den Finger wickelte. Ich konnte zwar nicht verstehen, was er sagte, aber seine Bewunderer standen in einem Halbkreis um ihn herum und hingen gebannt an seinen Lippen.

Anstatt hinunterzugehen, trödelte ich herum, lümmelte mich auf dem Bett und blätterte ein Album mit Zeichnungen und Daguerreotypien durch. Eines war den Enkeln meiner Mutter gewidmet und enthielt verschwommene Bilder von lächelnden Babys mit Hauben. Entsetzt fiel mir auf, dass kein einziges Bild von Johnny darin war und ich meiner Mutter unbedingt eins schicken musste.

Ein anderes, vergilbtes Album umfasste zwölf Seiten, eine für jedes von Mutters Kindern. Fünf davon hatte sie durch Kinderkrankheiten verloren, bevor ich kam. Und dann hatten wir Elizabeth verloren.

G. K. besaß ein Talent für Portraits, und ein kurzer Blick auf die Zeichnungen hätte selbst einem Außenstehenden die ganze Leidensgeschichte offenbart – robuste, gut genährte Kinder mit einer gewissen Aura des Unbehagens und der Unglückseligkeit. Nach dem Unfall waren bei uns zu Hause strenge Regeln eingeführt worden, da Mutter fest entschlossen war, sich nicht noch eines ihrer verbliebenen Kinder nehmen zu lassen.

Pa war immer mein großer Held gewesen; jeden Abend wartete ich sehnsüchtig darauf, seine Schritte auf der Treppe zu hören. Wenn er mich dann begrüßte, wickelte er sich eine meiner Locken um den Finger und sagte: »Deine Augen glänzen wie Geld«, was ihm einen bösen Blick vonseiten meiner Mutter und ein Lachen der anderen einbrachte, woraufhin wir Geschwister ihn anbettelten, uns in der Kutsche mitzunehmen oder an den See angeln zu gehen.

»Ruderboote sind nichts für Kinder«, sagte Mutter dann und gab uns stattdessen ein Buch oder eine Aufgabe.

Wir durften auch nicht mehr barfuß über die Wiese rennen, da Mutter Angst hatte, wir könnten uns Hakenwürmer holen, und Geburtstagsfeiern waren Brutstätten für Typhus und Schwindsucht. An Lianen zu schwingen war ebenfalls strengstens verboten.

Jubelgeräusche von draußen zogen mich wieder zum Fenster, wo ich sah, wie eine Traube von Menschen sich am Brunnen versammelte. »Oooh! Aaah!«, staunten sie im Chor.

Lange, riesige Seifenblasen schwebten über sie hinweg und verformten sich zu großen Kugeln, die in der Sonne glitzerten. P.T. tauchte zwei mit einem lockeren Strick verbundene Stöcke in einen Eimer. Dann zog er sie heraus und wedelte mit den Stöcken in der Luft herum, sodass herrliche Blasen entstanden. Ein kleines Äffchen in roter Weste kreischte und begann, ihnen abwechselnd nachzujagen und sich in vorgetäuschter Furcht hinter den Gästen zu verstecken.

Plötzlich hallten Mutters Rufe von der Treppe wider, und ich sah mit pochendem Herzen zu den Notizen für meine Rede hinüber, die auf dem Schreibtisch verstreut lagen. Mein Impuls war es, zu fliehen, doch stattdessen fand ich Trost, als ich die nächste Albumseite umschlug – und G.K.s Zeichnung von mir mit einem langen Zweig in der Hand fand. Dieses Portrait war ein Jahr nach dem tragischen Tod meiner Schwester entstanden, als mich mein Impuls zu fliehen fast das Leben gekostet hätte.

Meine Klassenkameraden und Geschwister hatten mich aufgezogen, weil ich das s, z und den th-Laut nicht richtig aussprechen konnte. Anstatt Mitleid mit mir zu haben, zwang mich meine Mutter, vor immer größeren Gruppen zu sprechen und schwierige Wörter zu wiederholen.

»Deutlich ar-ti-ku-lie-ren«, hatte mich Mutter eines Tages nach dem Abendessen ermahnt, als ich das Tischgebet vor mich hin stammelte. Meine Geschwister und selbst mein geliebter Vater hatten gelacht. Da hatte ich es nicht mehr ausgehalten und war raus auf die Straße gerannt. Der Wald hinter der Straße war verbotenes Terrain. Der Herbst hatte die Blätter in leuchtende Orange-, Rot- und Gelbtöne gefärbt. Schon bald würden kalte, klare Nächte das Laub herunterfegen und die Bäume nackt und kahl dem Winter überlassen.

Der Hudson River funkelte durch den Wald hindurch. Elizabeth fehlte mir, und ich verspürte das Bedürfnis, hinunter zum Fluss zu rennen, um bei ihr zu sein. Ich wollte mit ihr vereint sein, den Flussdampfern zuschauen, die die Weiten des Wassers durchpflügten. Aber die Erinnerung an die tückische Strömung und die Peitschenhiebe zur Bestrafung setzten mir augenblicklich Grenzen.

Ich fand einen langen Zweig, den ich über dem Knie brach, damit er eine scharfe Spitze hatte. Damit zeichnete ich auf der Schotterpiste eine Spirale, die immer größer und größer wurde; ein Spiel, das ich früher mit Elizabeth gespielt hatte. Dabei war ich so in meine Gedanken vertieft, dass ich nicht hörte, wie sich eine Kutsche näherte, und konnte gerade noch in letzter Sekunde beiseitespringen, um den donnernden Hufen und Rädern zu entrinnen. Die wütenden Schreie des Kutschers hallten immer noch nach, als ich in der Staubwolke zurückblieb.

***

Die Treppen knarzten, als Mutter hinaufkam und mich in meinem stickigen Zimmer in Unterkleid und Unterrock vorfand, das Kleid beiseitegeworfen. Ich würde dieses kratzige Stoffungetüm und den unbequemen Reifrock nicht eher anziehen, als es notwendig war.

»Emily! Was soll das? Wir fangen gleich an!«

»Wieso habe ich mich dazu eigentlich bereit erklärt?«, murmelte ich in mich hinein. Jahrelang hatte ich erfolgreich jede öffentliche Ansprache vermieden, aber es schien, das Glück war mir nicht mehr hold.

»Das sind wichtige Leute«, ermahnte sie mich und steckte eine verirrte Haarnadel in ihrem straffen, ergrauten Dutt fest.

»Das glaube ich gern. Aber ich bin nicht die Expertin, die sie zu hören hoffen.«

»Du hast in Europa allerhand dazugelernt. Da kannst du doch sicher erklären, wieso diese Brücke so bedeutsam ist und welche Vorteile sie den Menschen bringen wird.«

»Mir liegen Reden einfach nicht, Mutter. Kannst du mich nicht beim Publikum entschuldigen?«

»Na schön. Dann bitte ich eben G. K., den Vortrag zu halten. Er wird das Publikum bestimmt bezaubern. Auch wenn ich ihn als Major Warren vorstellen muss, einen Ingenieur, der gar nichts mit der Brücke am Hut hat.« Sie polierte ihre Lesebrille mit einem Taschentuch. »Aber er wird gewiss nicht von dir enttäuscht sein.«

»Also gut, ich komme gleich runter.« Ich beeilte mich, zog hastig den Unterrock herunter und nur den Reifrock an – zum Teufel mit modischen Konventionen.

Als ich rausging, freute ich mich, Mutters Freundin Eleanor zu treffen.

»Emily, wie schön, dich zu sehen. Wie geht es dem kleinen Johnny?«

»Er wächst beständig und hat mit seinen anderthalb Jahren bereits einen starken Willen. Allmählich beginnt er, alle zu terrorisieren.«

»Oh ja. Wenn du mich fragst, hat Gott Kleinkinder so niedlich gemacht, damit man ihnen all die Zerstörungswut verzeiht.

Wo ist er denn eigentlich? Wir haben den kleinen Knirps schon ewig nicht mehr zu Gesicht bekommen.«

Bei diesen Worten stellten sich mir die Nackenhaare auf, da ich meinte, Missbilligung herauszuhören. Doch ich ließ mir nichts anmerken und sagte fröhlich: »Im Moment ist er in Trenton bei seinem Vater. Wir sind davon ausgegangen, dass er nicht sonderlich erpicht darauf ist, sich Reden anzuhören.«

»Wer ist das schon?« Eleanor sah sich um, wie um sicherzugehen, dass uns niemand hörte. Dann holte sie mehrere kleine, schmale Eisenstäbchen hervor. »Die habe ich dir zum Ausprobieren mitgebracht – das ist eine Art neue Haarnadel. Ich dachte mir, du wärst das perfekte Testobjekt.«

Ihre eigenen Haare hingen in Strähnen aus ihrem walnussgroßen Dutt heraus. Kein Wunder, dass sie mich als Modell brauchte.

Anders als bei Haarnadeln waren diese Metallstäbchen doppelt und am Ende miteinander verbunden. Mit den Zähnen bog sie eines auf und steckte es in meine Locken. »Ich überlege mir, es patentieren zu lassen. Was meinst du?«

Ich rieb mir die Stelle, an der sie mit dem Stäbchen über meine Kopfhaut geschabt hatte. »Es kratzt ein wenig.«

Mutters älteste Freundin, Henrietta VanDrie, stieß zu uns; auf ihrem Kopf türmte sich eine Masse grauer Haare gefährlich auf, und der Ausschnitt ihres violetten Kleids war nur bis zur Hälfte zugeknöpft. Aufgrund ihres losen Mundwerks kam sie als Eleanors »Testobjekt« vermutlich nicht infrage.

»Wie geht es dem Roebling-Clan?«, fragte sie mit einem nasalen Akzent, der ihre Brooklyner Herkunft verleugnete.

Glücklicherweise kam in diesem Moment auch Carrie Beebe hinzu und ersparte es mir, die Eskapaden meiner großen, komplizierten angeheirateten Verwandtschaft darzulegen. Wenn Carrie nicht dabei war, nannte Henrietta sie aufgrund ihrer leisen Stimme, der tristen Haarfarbe und ihrer Angewohnheit, unbemerkt durch die Gegend zu huschen, »das Mäuschen«.

Carrie teilte vervielfältigte Drucke ihres unvollendeten Manuskripts mit dem Titel *Violets* aus. »Ich wüsste gerne, was Sie davon halten, Ladys. Sie alle werden sich in der einen oder anderen Form darin wiederfinden.«

Ein paar Augenbrauen wurden hochgezogen. Aus Höflichkeit nahm ich es entgegen und täuschte Interesse an Seite siebenundfünfzig vor. Mehr noch als ihre Erzählung interessierte mich der Entstehungsprozess des Manuskripts, denn Carrie hatte sich den Prototyp einer Schreibmaschine besorgt und war seither damit beschäftigt, fröhlich ihre Geschichten abzutippen und den Herstellern etwaige Probleme mit dem Gerät zu melden.

Da ertönte eine männliche Stimme: »Welch reizende Schar junger Damen!« Kichernd hielten sich die Frauen die Hand vor den Mund und machten Platz für P.T., der die Runde mit einigen Zaubertricks begeisterte, ehe er meinem Blick begegnete und die anderen bat, uns kurz zu entschuldigen.

»Sie haben kaum etwas gesagt und bei meinen besten Tricks kaum reagiert.«

»Es tut mir leid, ich bin mit den Gedanken woanders.« Ich wedelte mit meinen Notizen, die von der Luftfeuchtigkeit und meinen feuchten Handschuhen durchgeweicht waren.

»Ah. Lampenfieber.«

»Bitte nehmen Sie Platz.« Mutter scheuchte die Gäste zu den Stuhlreihen und stellte sich hinter das Pult auf der Bühne; wie immer hatte sie alles unter Kontrolle. Ich wedelte mir mit dem Papier Luft zu, während mein Herz mir bis zum Hals schlug.

»Beachten Sie die Leute einfach gar nicht«, sagte P.T. »Sehen Sie mich an.«

Ich drehte mich zu ihm. In seinen warmen blauen Augen lag eine Zärtlichkeit, durch die augenblicklich alle Anspannung von mir abfiel. »Ich werde mich in die Mitte setzen, und dann schauen Sie zu mir. Für die Zuschauer sieht es dann so aus, als würden Sie sich direkt an sie wenden. Und wenn Sie hängen bleiben, denken Sie sich einfach alle anderen weg.« Er hob mein Kinn an. »Tun Sie so, als würden Sie nur zu mir sprechen.«

Nach ein paar Begrüßungsworten verkündete Mutter: »Deshalb bin ich sehr stolz, Ihnen meine Tochter, Mrs. Washington Roebling, präsentieren zu dürfen.«

Schmetternder Applaus begrüßte mich, als ich nach vorne ging.

Ich holte tief Luft und blickte ins Publikum, das mich erwartungsvoll ansah. Ein Rinnsal lief mir den Rücken hinab. Meine Hände zitterten, als ich das Papier sortierte. Schweiß rann mir von der Stirn und trübte meine Sicht; das Publikum verschwamm vor meinen Augen, als befände ich mich unter Wasser. Das Flüstern spülte wie Wasser durch meine Ohren, von dem ab und an Gesprächsfetzen hängen blieben.

Um mich zu sammeln, schloss ich die Augen. Als ich sie öffnete, sah ich G. K. in der ersten Reihe, der mir ermutigend zunickte.

Das Pult mit beiden Händen umklammernd, setzte ich an: »Eine Brücke, die New York mit Brooklyn verbindet, wird unseren Bundesstaat und unser Land voranbringen. Ist sie erst einmal vollendet, wird sie ein Denkmal der …«

Zwischenrufe ertönten.

»Und was soll das kosten? Das sind unsere Steuergelder!«

»Das ist doch wieder nur eine von Boss Tweeds faulen Betrügereien!«

Meine Sicht trübte sich ein. Ich wischte mir die Hände am Kleid ab und fächelte mir mit meinen Notizen Luft zu. Mein Blick wanderte durchs Publikum, bis ich P. T. fand. »Im Interesse aller würde ich Sie bitten, etwaige Fragen bis zum Schluss aufzuheben, dann beantworte ich sie gerne.«

Bestärkt durch P. T.s steten Blick, brachte ich meine Rede anstandslos zu Ende, woraufhin das Publikum höflich applaudierte. Ob ich damit irgendwen umstimmen konnte, stand auf einem anderen Blatt Papier.

Meine Erleichterung am Ende meines Vortrags war nur von kurzer Dauer, da mir das Versprechen einfiel, das ich Papa gegeben hatte. Bei dem Gedanken, diese Rede wieder und wieder halten zu müssen, drehte sich mir der Magen um, und mein Geist suchte händeringend nach Möglichkeiten, dieser Aufgabe zu entfliehen. Vielleicht könnte ich mich in meine Rolle als Mutter flüchten. Oder in die Magie.

ZWÖLF

BROOKLYN, NEW YORK

Ich war spät dran. Wash hatte mich gebeten, um Punkt neun Uhr am Flussufer zu sein, doch während Johnny und ich auf dem Boden liegend mit einem Gummiball spielten, hatte ich die Zeit völlig vergessen.

Inzwischen war er in einem Alter, in dem er auf speckigen Beinchen umhertorkelte und zu sprechen anfing, wobei man sich als Mutter aufs Neue in sein Kind verliebte. Sein Quietschen erwärmte mein Herz und brachte mich ebenfalls zum Lachen.

Mutters Fingerschnippen holte mich in die Realität zurück. »Emily, in fünfzehn Minuten sollst du dort sein.« Mit einer ausladenden Geste deutete sie zur Tür. »Und jetzt spute dich!«

Ich nahm Johnny hoch, herzte und küsste ihn und atmete seinen seifigen Babyduft ein. »Danke, Mutter.«

»Du solltest dir wirklich ein Kindermädchen suchen.« Sie nahm mir das strampelnde, protestierende Kind ab.

»Wir schaffen es auch ohne«, presste ich zähneknirschend hervor. Innerlich stimmte ich ihr zu, fühlte mich aber verpflichtet, Wash beizuspringen, der der Ansicht war, es sei moderner, die Erziehung unseres Sohns selbst zu übernehmen. Zum Abschied küsste ich die zarten rosa Händchen, die Johnny mir entgegenstreckte.

Nachdem ich Hut und Handschuhe angezogen hatte, eilte ich durch die Haustür nach draußen. Der Kutscher lief auf dem Kopfsteinpflaster auf und ab. Ein Windstoß fegte mir meine kleine grüne Kappe vom Kopf, sodass der Kutscher sich danach bückte und sie aufhob. Offenbar konnten Eleanors Haarnadeln eine richtige Hutnadel nicht ersetzen.

Ende Juni kann es in New York ziemlich nasskalt oder herrlich sonnig sein, ein Vorgeschmack auf wärmere Tage. Dieser Tag zählte zur ersteren, unangenehmeren Kategorie. In der Luft lag der Geruch nach Winter und Kohlen, und ich ärgerte mich, meine Stola nicht mitgenommen zu haben.

Das Klick-Klack der Räder schien jede Sekunde der kurzen Fahrt zu zählen und trieb mich in den Wahnsinn. Dichter Nebel hatte sich über Nacht übers Land gelegt, doch der aufziehende Wind, der blaue Löcher in den Himmel riss, versprach einen Wetterwechsel. Auf einem schmalen Grat über der Küstenlinie trieben weiße Nebelfetzen wie Gaze auseinander und gaben den Blick auf Kinder in kurzen Mänteln frei, die dort spielten.

Kurz darauf tauchte der schlammig braune East River wieder auf mit seinen weißen Schaumkronen, die sich auf den Wellen tanzend zu den Narrows bewegten.

Wir hielten am Ufer, wo kleine Wellen an den Strand schwappten. Der Kutscher half mir beim Aussteigen und schien erleichtert, seine Fracht mehr oder weniger rechtzeitig abgeliefert zu haben. Als ich die unverkennbare Silhouette meines Schwiegervaters mit dem energischen Gang auf der Seebrücke entdeckte, die parallel zum Fährsteg verlief, atmete ich tief ein und wappnete mich.

Jahrelange harte Arbeit, Vorträge und Termine waren nötig gewesen, bis endlich genug Geld beisammen war, um das Projekt in Angriff zu nehmen. Eigentlich hatte ich ein paar Zuschauer und Zeitungsreporter erwartet, fand jedoch nur Wash und einen Arbeiter vor, die ein Stativ aufstellten.

»Ah, da bist du ja, mein Liebling.« Wash strahlte zu mir hoch, als ich über ihm auf der Seebrücke stand. In gewisser

Weise war er seinem Vater überaus ähnlich: ruhig, bedacht, methodisch. Doch fehlte diesem der Humor, die Wärme und Offenheit, die mich an seinem Sohn anzog. Wenn die Arbeit gut lief, war Wash glücklich und besaß ein einnehmendes Wesen. Im Moment war er bis zu den Schienbeinen in Schlamm eingesunken und schaufelte Erde zu kleinen Haufen auf. »Darf ich dir vorstellen: Mr. Young, Vaters Landvermesser.«

»Und seit gestern Vorarbeiter«, korrigierte ihn Mr. Young und zog den Hut. Er war von mittlerer Größe und Gestalt, hatte straßenköterblondes Haar und ein von jugendlichen Hautunreinheiten vernarbtes Gesicht. Viele Männer, darunter G. K., verbargen diese hinter einem Bart, doch Mr. Young war offenbar nicht eitel. Er steckte Stativ, Kompass und Teleskop zusammen und schraubte an den Einstellungen herum.

»Bitte verzeiht, dass ich zu spät komme.« Ich sah mich um. Es war niemand da, bis auf die Möwen, die mich mit ihren Schreien für mein Fehlen bei diesem wichtigen Anlass zu rügen schienen. »Habe ich die Feier verpasst? Ich habe mit Johnny gespielt und darüber ganz die Zeit vergessen …«

Wash lachte. »Es ist zwar ein großer Moment für uns, aber nicht genug Tamtam für die Öffentlichkeit.« Sein Blick suchte Papa, der am Ende der Seebrücke stand und durch ein Fernglas über den Fluss sah. »Vater war nicht einmal an einer kleinen Feier unter uns interessiert«, sagte Wash, und dann an Young gewandt: »Auch wenn er vom Bau dieser Brücke besessen ist, seit ich zehn Jahre alt war.«

»Ich weiß«, sagte Young. »Ich kenne ihn beinahe ebenso lang. Es war klug von dir, in den Krieg zu ziehen.«

»Die Flucht ist mir allerdings nur vorübergehend gelungen.«

Der Nebel verzog sich, und ich konnte am gegenüberliegenden Ufer in Manhattan ein rotes Blitzen ausmachen.

Wash winkte Young vom Vermessungsgerät weg und spähte selbst durch das Teleskop. »Vater hat Kontakt aufgenommen.« Er drehte sich zu uns um und streckte die Schaufel in die Höhe.

In feierlichem Ton verkündete er: »Hiermit erkläre ich vor zwei Zeugen das Projekt zur Errichtung der New York and Brooklyn Bridge offiziell für eröffnet.« Damit rammte er seine Schaufel tief in den Schlamm, und ich klatschte Beifall.

»Ich sage besser Mr. Roebling Bescheid«, murmelte ich halb an Young gewandt. Ich sah zum Ende der Seebrücke, wo er bis eben noch gestanden hatte, doch nur Nebelfetzen waren zu sehen. »Wo ist er …?«

»Wahrscheinlich ist er auf die Felsen geklettert, um einen besseren Ausblick zu haben.« Wash zuckte mit den Schultern, den Fuß auf die Schaufelkante abgestellt.

Ich eilte die verwitterten grauen Holzbohlen der Seebrücke entlang und nahm den Rock hoch, um nicht zu stolpern. Bei der Vorstellung, ich müsste in das braune Wasser springen, um Papa zu retten, erschauderte ich. Trotz meiner Schwimmversuche in Europa stand ich mit Flüssen noch immer auf dem Kriegsfuß. Doch ich schob den Gedanken beiseite. Ich konnte schließlich nicht zulassen, dass eine persönliche Tragödie eine weitere auslöste.

Als ich das Ende der Seebrücke erreichte, entdeckte ich Papa, der von einem freistehenden Pfahl zum anderen hüpfte. Die Panik verebbte, und Erleichterung durchflutete mich. Ich rief nach ihm, der zwischen schlammüberzogenen Steinen herumkletterte, die hinter den Pfeilern aus dem Wasser ragten, doch meine Stimme wurde vom Nebel geschluckt.

Er war so beschäftigt, dass er mich nicht sah. In der Hand trug er eine ungefähr drei Meter lange Stange mit einer roten Signalflagge daran. Da riss eine Windböe an der Fahne, und er geriet auf dem glitschigen Stein ins Wanken. Er ging in die Knie, um Halt zu finden, während die Wellen an seine Hose schwappten, und blickte durch das Fernglas, das er an einem Riemen um den Hals trug, ans andere Ufer hinüber.

Als Papa die Signalflagge hob, tauchten die geisterhaften Schemen einer doppelstöckigen Fähre im Nebel auf und blockierten den Blick auf den Fluss. Schwarze Rußwolken strömten aus den Zwillingsschornsteinen, und Pendler drängten sich vor und hinter dem Schaufelrad. Papa sah auf die Uhr und schüttelte den Kopf. Vermutlich hielt sich die Fähre nicht so präzise an den Zeitplan wie er.

Da Papa mich weder hören noch sehen konnte, kehrte ich zu Wash zurück. Eine salzige Windböe ließ mich erschaudern, sodass ich mir die Arme rieb und mich nach der Wärme des Kinderzimmers sehnte. Wenn ich jetzt heimkehrte, wäre immer noch genug Zeit, um vor Johnnys Nickerchen mit ihm zu spielen.

Wash war gerade dabei, mit der Schaufel Linien im Sand zu ziehen, und sprach mit Young. »An dieser Stelle haben wir Probebohrungen durchgeführt und sind bei rund zwölf bis fünfzehn Metern Tiefe auf Felsuntergrund gestoßen.« Als er mich näher kommen sah, grinste er. »Hast du es ihm gesagt?«

»Nein, er war vollauf damit beschäftigt, auf der Pfahlkonstruktion herumzuturnen, und jetzt ist er offenbar wütend, weil ihm die Fähre in die Quere kommt.«

Wash strich sich den Bart. »Ha! Er hasst Fähren.«

Die Fähre näherte sich mit immer lauter dröhnendem Motor. Irgendetwas stimmte nicht. Die Fähre fuhr viel zu schnell, als ob sie nicht mit der Landzunge gerechnet hatte, die vor ihr aus dem Nebel aufgetaucht war.

Ich rannte wieder die Seebrücke hinunter. Einen Moment später polterten mir die schweren Stiefel von Wash und Young hinterher. Die Fähre drehte sich zur Seebrücke und versperrte erneut die Sicht über den Fluss.

»Mal wieder zu spät, du blödes Ding!«, rief Papa, noch immer auf einem schlammig schwarzen Felsen hockend. »Bald wirst du durch eine anständige Brücke ersetzt, du alter Schrotthaufen!« Er schüttelte die Faust zum Boot hinüber, wo ihm die Passagiere zurückwinkten.

Ich hielt mir die Hände wie einen Trichter vor den Mund und rief: »Papa, geh weg da!« Eine Vorahnung erfüllte mich; ich spürte eine Gefahr, die Papa nicht sah.

Er winkte mir zu und begann, von den Felsen herunterzusteigen und über die Pfähle zurück zum Steg zu klettern. Die vom Kurs abgekommene Fähre raste derweil weiter auf die Pfähle statt auf die Anlegestelle zu.

»Drosselt das Tempo!«, rief Papa. Der Wind wurde stärker und peitschte die Wellen gegen die Pfähle, sodass er durchnässt wurde.

Die Passagiere schrien auf, als der Dampfer mit einer abrupten Wendung den Kurs korrigierte. Die Fähre kam nun geradewegs auf Papa zu und blies ihr Signalhorn. Eilig warf er die Flagge beiseite und stieg über die Pfähle. Als er an den Metallstreben am Eckpfosten der Seebrücke hochkletterte, blieb sein rechter Stiefel zwischen einer Metallstrebe und der Slipanlage hängen, sodass sein Fuß in der Luft baumelte. Das Horn dröhnte erneut, diesmal lauter. Wie erstarrt sah ich zu, ohne zu wissen, wie ich ihm helfen konnte, ohne mein eigenes Leben zu gefährden.

Wash hatte mich eingeholt. »Vater! Geh weg da!«, rief er und dann an mich gewandt: »Zurück!«, ehe er zu seinem Vater hinunterkletterte.

Ich machte mich daran, ihm zu folgen, damit wir zu zweit Papa sicher aus der Gefahrenzone ziehen konnten, doch Young hielt mich an den Schultern zurück.

»Bitte, Ma'am, bleiben Sie hier.« Er eilte zu Wash.

»Papa! Lauf!«, rief ich angsterfüllt und fühlte mich so nutzlos wie eine Ameise unter einem umstürzenden Baum.

Das Fährhorn blies lang und laut und ging dann beinahe im Knirschen der Zahnräder unter, als das Schiff den Rückwärtsgang einlegte. Das Schaufelrad schäumte das Wasser auf, als es mit Mühe versuchte, gegenzusteuern. Passagiere an der Reling schrien und gestikulierten wild. Mit einem Mal war ich wieder das kleine Mädchen, das gegen eine unberechenbare Strömung ankämpfte.

Papa mühte sich vergebens, seinen Stiefel aus dem Spalt zu ziehen, verlor das Gleichgewicht und fiel beinahe ins Wasser. Er versuchte, den Schuh auszuziehen, bekam aber den Knoten nicht auf. Die Fähre rammte derweil die frei stehenden Pfähle, die unter ohrenbetäubendem Splittern barsten. Durch den Aufprall scherte das Schiff seitlich aus und knallte gegen das Ende der Seebrücke, deren Bretter unter mir bebten. Holzbohlen wurden angehoben und zerdrückt und quetschten Papas Fuß noch weiter ein. Ich schrie nach ihm. Ich schrie nach Elizabeth. Nein! Der Fluss durfte nicht schon wieder jemanden holen!

Die Passagiere schrien ebenfalls, als sie durch die Wucht nach hinten geschleudert wurden, während der Dampfer sein unkontrolliertes Anlanden fortsetzte und gegen die Slipanlage knallte, nur wenige Meter von Papa entfernt.

Beherzt kletterte Young durch die zerborstenen Holzbretter, packte ihn unter den Schultern und zog ihn vom Wasser weg. Wash hatte sich neben Papa gelegt, um seinen Fuß herauszuziehen, und war nun ebenfalls der Fähre im Weg. Mein Verstand setzte aus. Alles, was ich sehen konnte, waren ein honigfarbener und ein silbergrauer Haarschopf und ein kräftiger Rücken in einem dunklen Hemd.

Zusätzlich zu seinem Fuß war auch der Riemen des Fernglases, das er um den Hals trug, in einem zerborstenen Brett eingeklemmt. Youngs Ermahnung missachtend, ging ich auf Hände und Knie und kroch an klaffenden Löchern und gebrochenen Holzbohlen vorbei über die Seebrücke. Mit seltsam ruhigem Blick drehte Papa den Kopf zu mir und hakte den Daumen unter den straff um seinen Hals sitzenden Riemen, bis ich ihn aus dem zersplitterten Holz befreite.

»Geh zurück«, keuchte Papa, und ich gehorchte. Wash und Young bogen derweil flink, aber ruhig die zerbrochenen

Bretter beiseite, ohne auf die Schreie der Passagiere und die Geräusche des berstenden Holzes und Metalls zu achten.

»Wash!«, schrie ich, als die Fähre nur noch wenige Meter von seinem Kopf entfernt war. Mit einem qualvollen Schrei packte er Papas Stiefel und zog kräftig, wobei das Schiff seinen Kopf nur knapp verfehlte, als er rückwärtstaumelte. Hilflos hob er die leeren Hände in die Höhe, als die Fähre auf seinen Vater prallte.

***

Drei Wochen später lag Papa in unserem Gästebett, das geschwollene Bein auf einen Kissenstapel gebettet. Kein Tag verging, da ich nicht die Bilder vor Augen hatte und mich fragte, was gewesen wäre, wenn ich im entscheidenden Moment etwas früher da gewesen und nicht wie eine Statue erstarrt wäre. Hätte ich auch so gezögert, wenn es sich um Wash oder Johnny gehandelt hätte?

Schuldgefühle schnürten mir die Brust ab wie ein zu enges Korsett. Ich hatte Elizabeth im Stich gelassen – und nun auch Papa. Mir war, als spürte ich die Präsenz meines eigenen, geliebten Vaters, und ich fühlte den tiefen Wunsch, mich auszuweinen, all meinen Schmerz rauszulassen und mich von ihm trösten zu lassen, so wie früher.

Doch ich behielt meine Gewissensbisse für mich, dafür war jetzt keine Zeit. Im Augenblick kam es auf nur eines an: Papas Bein und möglicherweise sein Leben zu retten. Also verdrückte ich mir die Tränen, krempelte buchstäblich die Ärmel hoch und goss, seine gequälten Anweisungen befolgend, Wasser über seinen zermalmten, zehenlosen Fuß. Eine Aufgabe, der ich Tag und Nacht ohne Unterlass nachging, sodass die Erschöpfung mich allmählich auffraß, während ich wie betäubt all meine Reue und Pein über den feuerroten Fußstumpf ausschüttete.

»Es hilft nichts«, flüsterte mir Wash ins Ohr, als ich den Krug in der Küche nachfüllte. »Aber es bedeutet mir viel, dass du es dennoch tust.« Er schlang seine Arme um meine Taille und legte sein Kinn auf meinem Kopf ab.

Es wäre unhöflich gewesen, zu sagen: Immerhin lindert es den Geruch nach verfaultem Fleisch. Stattdessen nickte ich und legte meinen Arm auf seinen, um darin Trost zu finden.

Washs Schwester hatte Johnny mit nach Staten Island genommen, wofür ich unendlich dankbar war. Unser Haus war im Moment nicht der richtige Ort für ein kleines Kind. Ständig gingen Arbeiter, den Hut in der Hand, bei uns ein und aus, um Anweisungen einzuholen und sich zu erkundigen, ob John Roebling noch das Sagen hatte. Während wir befürchteten, Papa zu verlieren, befürchteten sie, dass das gesamte Bauprojekt – und somit ihr Job – auf dem Spiel stand. Dunn, ein großer, rotgesichtiger Arbeiter, kam jeden Tag vorbei, um zu fragen, ob er noch gebraucht wurde.

Mr. Young saß derweil mit tränenüberströmtem Gesicht neben Papa und wich ihm nicht von der Seite. Seine tröstlichen Worte waren eine willkommene Abwechslung zum Eigennutz der anderen. »Diesen Mann haut so schnell nichts um. Der alte Kauz hat sogar noch Befehle gebrüllt, als man ihn abtransportiert hat.«

»Das hoffe ich doch«, erwiderte Dunn. Hoffentlich hörte Papa ihn nicht, als er hinzufügte: »Ich brauche den Job.«

Wash, der noch nie viel von solchem Rummel gehalten hatte, scheuchte sie hinaus. »Leute, die Zusammenkunft ist vorbei. Wir sehen uns in Kürze auf der Baustelle.«

Papas Gesicht war zu einer bizarren Maske erstarrt, und sein Mund stand leicht offen. Seit zwei Tagen hatte er kein Wort gesagt. Kiefersperre, hatte der Arzt uns erklärt. Auch wenn Papa von Natur aus herrisch war, war er zu mir immer gütiger gewesen als zu den meisten, und ich hätte alles darum gegeben, ihn noch einmal herumkommandieren zu hören.

Vorsichtig kämmte ich seine Haare zu einem Scheitel, wie er es getan hätte, und hielt ihm einen Spiegel hin. Als ich sah, wie er vor seinem eigenen verzerrten Gesicht zurückschreckte, legte ich den Spiegel schnell beiseite. Wie musste es wohl für einen Mann sein, der es gewohnt war, seine Arbeiter und schwere Maschinen im Griff zu haben, wenn er sich nun nicht einmal mehr allein kämmen konnte.

Wash tupfte Sabber vom Kinn seines Vaters. »Du musst die Männer nicht treffen. Ich werde ihnen künftig einfach deine Nachrichten überbringen.«

Papa war seit dem Unfall beinahe vollständig gelähmt und stöhnte vor Schmerz, gleichzeitig war sein Geist hellwach. Mit viel Mühe konnte er einen Arm bewegen. Nun griff er nach einem Stück Papier und umklammerte einen Stift, wie ein Vogel mit den Klauen einen Ast. Du schaffst das, schrieb er.

Wash las die Notiz, die sein Vater noch immer in den Händen hielt. »Natürlich, Papa. Ich werde dich über jedes Detail auf dem Laufenden halten. Wenn es sein muss, renne ich hundertmal hier rauf.«

Papa schrieb ein weiteres Wort auf den Zettel.

»Was willst du damit sagen?«

Ungeduldig kritzelnd, unterstrich Papa das Wort Du.

Wash hielt inne und verzog die Miene. »Nein, Papa. Ich schaffe das nicht ohne dich.«

Papas Augen funkelten. Stöhnend schlug er mit dem guten Arm gegen das Bett.

»Ganz ruhig. Nicht, dass du noch einen Anfall kriegst. Emily, hilf mir!«

Papa stöhnte lauter und wurde unruhig, als ob er einen Schüttelkrampf bekäme. Er packte mich am Arm.

Ich streichelte seine Hand und sprach beruhigend auf ihn ein: »Papa, nicht. Wir hören dir zu.«

Das besänftigte ihn, und er deutete zu der Zeichnung der Brücke hinüber, die ich ihm reichte. Er betrachtete sie lange

Zeit, dann drückte er sie mit steifem Finger gegen Washs Brust. Mit hängendem Kopf bedeckte Wash die Hand seines Vaters mit seiner. »In Ordnung, Vater. Ich baue deine Brücke zu Ende.«

***

Ein paar Stunden lang lag Papa friedlich da, bis ihn ein so heftiger Krampf schüttelte, dass er zu Boden fiel. Ich half Wash und Young, ihn wieder ins Bett zu legen und seinen erstarrten Körper so gut es ging auf Kissen zu betten. Zu guter Letzt war sein enormer Energievorrat erschöpft und er entschlief.

Wash und ich saßen stundenlang da und hielten uns an den Händen. Ich rief Erinnerungen an meinen eigenen Vater wach, an gemeinsame Bootsausflüge und Picknicks, in der Hoffnung, Wash damit zu verstehen zu geben, dass ein geliebter Mensch in der Erinnerung für immer weiterlebt. Daraufhin erzählte er mir, wie er als kleines Kind auf dem Bauernhof herumgetollt war und später mit seinen Geschwistern auf dem Gelände ihrer Eisenfabrik Fangen gespielt hatte. Er erzählte mir von den gemeinsamen Arbeitsprojekten mit seinem Vater, den Aquädukten und Brücken, all den Abenteuern, die nun zu Ende gingen. Als die Tränen schließlich kamen, legte er den Kopf an meine Schulter, während ich ihn festhielt und so verzweifelt und untröstlich erlebte wie nie zuvor. Das Einzige, was ich tun konnte, war, bei ihm zu sein, während mir ebenfalls Tränen übers Gesicht strömten.

Später am Abend standen wir Arm in Arm, als die Bestatter die zugedeckte Leiche seines Vaters hinaustrugen. Einer kam noch mal zurück, überreichte Wash die Zeichnung der Brücke und verabschiedete sich mit einem Lebewohl.

»Befehl vom General«, sagte Wash und tupfte sich die Augen mit einem Taschentuch.

Als wir ins Zimmer zurückkehrten, wirkte es, als sei ein Sturm hindurchgefegt und habe uns alles genommen. Ich wusste nicht, wie ich meinen Mann aufbauen sollte, da ich selbst auseinanderfiel. Doch ich verbannte meine Trauer in das tiefe, finstere Loch, das sich unter mir auftat. Darum konnte ich mich später kümmern. Im Moment musste ich vor allem Wash ein Fels in der Brandung sein.

»Kannst du die Brücke allein bauen?«, fragte ich und fuhr mit dem Finger die Linien auf der Zeichnung nach.

Aber ich musste mir gar keine Sorgen machen. Solange der Raum noch nach Papa roch, hüllte mein Mann sich in die Präsenz seines Vaters wie in einen Mantel: »Ich habe es ihm versprochen, und ich beabsichtige, mein Versprechen zu halten.« Er nahm meine Hand und strich mit den Lippen über meine Finger. »Außerdem habe ich dich.«

Mein Inneres überschlug sich vor Trauer und Angst. Er war zweiunddreißig und ich gerade einmal fünfundzwanzig – ich konnte seinen Vater nicht ersetzen. Wie sollte ich ihm helfen? Ich verschränkte meine Finger in seinen. »Sehr gut.«

DREIZEHN

Im Gegensatz zu Washs Andeutung, mich künftig stärker einzubeziehen, verbrachte ich letztlich meine Zeit damit, den Haushalt zu führen, ihm zu den unmöglichsten Zeiten Essen auf den Tisch zu stellen und mir geduldig die Sorgen und Nöte eines Mannes anzuhören, der besessen war. Es machte den Eindruck, als hätte er die Trauer um seinen Vater mechanisch abgehandelt, als könne er ihr keinen Raum geben. Stattdessen stürzte er sich kopfüber in die Arbeit und weigerte sich, darüber zu reden. Ob er dieselbe innere Leere empfand wie ich? Manchmal fühlte es sich an, als lebte nur meine äußere Hülle, als wäre mir mein Inneres abhandengekommen wie bei einer Muschel am Strand.

Ich sehnte mich nach meinem Leben in Europa und selbst dem in Cincinnati zurück. Dort hatte Wash zwar auch viel, aber immerhin zu festen Zeiten gearbeitet, und ich hatte das Gefühl gehabt, ihm als Reisebegleitung von Nutzen zu sein. Natürlich hatte es auch damit zu tun, dass ich mich nach Papa sehnte, nach unserer gemeinsamen Zeit, da Vater und Sohn gemeinsam arbeiteten, bauten, stritten.

Aber in New York waren wir genau in die gesellschaftlichen Rollen verfallen, vor denen ich mich immer gefürchtet hatte. Für manche Frauen sind Heim und Herd, die tägliche Aufgabe, für den häuslichen Frieden zu sorgen, von großer Wichtigkeit. Und obwohl ich Johnny über alle Maßen liebte und gerne Zeit mit ihm verbrachte, musste ich mir eingestehen, dass mir das nicht genügte. Der Gedanke, allein dafür zu leben, das Haus sauber zu halten und ein Baby zu bespaßen, wurmte mich. Wie sollte ich seinen süßen Duft genießen, wenn ich den halben Tag damit zubrachte, Windeln zu wechseln und zu waschen? War es nicht besser, meinen Wunsch, die Welt zu verändern, in die Tat umzusetzen, und sei es in noch so geringem Maße, und dann zufrieden mit meiner Leistung zu Mann und Sohn zurückzukehren?

Mutter hatte mir dazu geraten, und ich stimmte ihr zu: Wash und ich konnten eine Haushaltshilfe gut gebrauchen.

»Tu, wonach dir ist«, lautete Washs Antwort dazu.

***

Diese Worte hallten in mir nach, als einige Tage später ein Brief von P. T. eintraf. Darin sicherte er mir finanzielle Unterstützung für den Brückenbau zu, verlangte aber, auf dem Laufenden gehalten zu werden; eine Aufgabe, der ich gerne nachkam.

Als wäre ich ein närrisches Schulmädchen, machte mein Herz einen Sprung, als ich seine elaborierte Handschrift auf dem Umschlag erkannte. Es war eine Einladung zu einem privaten Rundgang durch seinen neuesten Geniestreich: ein Zirkus mitten in Manhattan. Ob Wash mit »Tu, wonach dir ist« auch Besuche bei einem anderen Mann meinte, ließ ich mal dahingestellt. Schließlich wusste ich um seine insgeheime Abneigung gegen P. T., und unser Sohn würde die magische Atmosphäre sicherlich ebenso sehr genießen, wie ich sie brauchte.

Und so kam es, dass wir mit der verhassten Fähre nach Manhattan reisten und Johnny verzückt war über die ihm ins Gesicht spritzende Gischt und das Schaufelrad. Es war ein glücklicher Moment, wenngleich er so eng mit einer Tragödie verflochten war. Ich drehte das Gesicht in den Wind und genoss die salzige Gischt. Es war gut, mal aus Brooklyn herauszukommen.

In Manhattan angekommen, rief ich uns ein Hansom-Taxi, das uns zu Barnums Zirkus brachte, wo riesige Zelte, Tierbehausungen und kleinere Gebäude inmitten von Manhattan angesiedelt waren.

P.T. öffnete höchstpersönlich das schmiedeeiserne Tor und begrüßte uns mit ausgebreiteten Armen und euphorischem Gesichtsausdruck. Sofort stieg meine Laune, als hätte mich ein Heißluftballon aus meinem Alltag entführt. Auf seiner Schulter hatte er ein Kapuzineräffchen sitzen, das ab und an sein Gesicht in den grau melierten Haaren seines Herrchens verbarg, wo es wunderbar getarnt war.

Da er selbst vier Töchter hatte, ging er mit Johnny so selbstverständlich um, dass es eine Freude war. P.T. bückte sich zu ihm hinab: »Möchtest du die Elefanten sehen?«

Auf Johnnys schüchternes Nicken hin hob er ihn sich auf die Schultern, sodass das Äffchen flink an ihm hinabkletterte und vorausrannte.

Wir hielten an einer Vorratstonne und füllten Erdnüsse in einen großen Jutesack. Das Äffchen quietschte, und P.T. warf ihm eine Nuss hin. Dann setzten wir unseren Weg fort, vorbei an großen Tierscheunen sowie einer Schar Hühner, Enten und dem ein oder anderen Kätzchen.

Der Gestank von Heu und Mist wies uns darauf hin, dass wir uns den Elefanten näherten, noch bevor ihr lautes Trompeten erklang. P.T. setzte Johnny ab, der die Ställe entlangrannte, so schnell seine Beinchen ihn trugen. Ich lächelte, und es war, als würde mein gebrochenes Herz ein Stück weit heilen, während es von einer leisen Freude erfüllt wurde.

Während wir an den Ställen vorübergingen, half Johnny mit, die Tröge der riesigen Tiere mit Erdnüssen zu befüllen. Johnny machte große Augen und hielt sich jedes Mal mit seinen pummligen Händchen die Ohren zu, wenn sie tröteten. Ein Elefant stieß mich mit dem Rüssel an. Johnny lachte, und ich nahm ihn hoch, damit er ihm über die Stirn streicheln konnte.

»Die schmecken übrigens köstlich«, sagte P.T.

»Die Elefanten?«, fragte ich entsetzt.

Kichernd deutete er auf den Trog voller Erdnüsse.

»Sie essen Tierfutter?« Bei diesem Mann überraschte mich nichts mehr. Erst vor Kurzem hatte ich meine erste Erdnuss gesehen, als eine Lieferung Pferdefutter hereinkam. Erdnüsse waren ein neues Erzeugnis aus den Südstaaten.

P. T. griff sich eine Handvoll und hielt sie mir hin. »Probieren Sie eine.«

Ich runzelte die Stirn, biss aber hinein, und spuckte sie sogleich wieder aus. Es schmeckte furchtbar – staubig, trocken und geschmacklos. Schnell nahm ich Johnny die Nuss aus der Hand, die er sich in den Mund stecken wollte.

P. T. lachte schallend. »Nein, nicht so.« Er knackte die Schale und strich mit der bloßen Nuss über meine Lippen. »Na, kommen Sie schon. Nur Mut.«

Ich bekam Gänsehaut. Es war schwer vorstellbar, dass P. T. so etwas machen würde, wenn Wash dabei wäre. Mir war klar, dass wir die Grenzen des Sittlichen ausloteten. Das gefiel ihm natürlich, und ich verspürte einen Anflug von Aufregung. Ich nahm ihm die Nuss aus den Fingern und steckte sie mir in den Mund, während ich den amüsierten Ausdruck auf seinem Gesicht genoss. Er hatte recht: Sie schmeckte. Knusprig und weich zugleich. Aber ich fragte mich, ob sie sich nicht wie eine Haselnuss geröstet und mit etwas Salz noch verfeinern ließe.

Als Nächstes liefen wir zwischen Zelten hindurch, wo Poster mit den Zirkusattraktionen hingen: bärtige Damen, Zwerge, Kontorsionskünstler. Für mich wäre es undenkbar gewesen, meinen Lebensunterhalt mit öffentlichen Auftritten zu verdienen. Mir hatte schon die Rede in Mutters Garten zugesetzt. »Haben sie sich dieses Leben selbst erwählt, oder sind sie aufgrund der Umstände dazu gezwungen?«

Seine Augen verengten sich. »Ich habe sie alle gerettet, Menschen wie Tiere, und vor einem weit schlimmeren Schicksal bewahrt.«

Sein Tonfall ließ mich instinktiv meinen Griff um Johnnys Hand verstärken. »Natürlich. Ich wollte damit keineswegs Ihre Arbeit infrage stellen.«

Sein Gesicht hellte sich blitzartig auf, und ich hatte Mühe, mit diesem Stimmungswechsel mitzukommen. »Die edelste Kunst besteht darin, andere glücklich zu machen.« Mit diesen Worten teilte er einen goldenen Samtvorhang, hinter dem ein Zirkusring zum Vorschein kam. Das Zirkuszelt war so hoch wie ein dreistöckiges Haus. Kabel, Seile und Schaukeln hingen von der Decke wie ein riesiges Spinnennetz. Akrobaten probten ihre Stücke und liefen über Drahtseile oder schwangen sich vom Trapez. Ein Mann trieb kleine Hunde dazu an, durch Feuerringe zu springen. Entzückt hüpfte Johnny auf und ab und klatschte in die Hände.

Der Anblick eines Eimers mit Tierfutter brachte mich auf eine Idee. »P. T., warum verkaufen Sie den Zuschauern nicht Erdnüsse? Als kleiner Snack bei der Vorstellung?« Ich zog ein Zirkusfaltblatt vom Stapel, rollte es zu einem Kegel zusammen, befüllte ihn mit Erdnüssen und reichte ihn ihm. »Das macht dann fünf Cent, bitte.«

»Hmm. Hervorragende Gewinnmarge. Sie besitzen wirklich Geschäftssinn.« Sein Lächeln erwärmte mein Gesicht.

»Ich würde sie aber vorher noch rösten und salzen«, schlug ich vor, als ich nach der nächsten Nuss griff.

Danach führte er uns zu einer Schaukel, die groß genug für Erwachsene war und aus einer an vier Eisenkolben hängenden Holzplatte bestand. Die Kolben waren an einem sechs Meter hohen, kreisförmigen Eisengestell befestigt. Er stieß die Schaukel an, die in einem Bogen hin- und herschwang, wobei die Sitzfläche von den Kolben fixiert wurde. »Meine Akrobaten machen die gesamte Runde, aber das ist womöglich etwas zu viel für ein Baby. Zumindest beim ersten Mal.« Er setzte Johnny auf die Schaukel. Dann kletterte er selbst hoch und half mir hinauf. Als P. T. anfing, uns höher zu schwingen, kreischte ich auf, woraufhin wir alle herzlich lachen mussten. Mit Johnny sicher in der Mitte zwischen uns, begann nun auch ich, uns höher zu schwingen, bis wir drei Meter hochflogen. Bei jedem Aufschwung ging mir die Seele auf, ehe wir von der Schwerkraft hinabgezogen wurden und dann erneut hinaufflogen, wie ein Vogel, der die Flügel ausbreitet.

»Hoch genug?«, rief P. T. über Johnnys Quietschen hinweg.

»Ja!«, lachte ich, und wir hörten auf, Schwung zu nehmen. Während die Schaukel langsamer wurde, kletterte ein Akrobat katzengleich an einem Seil bis hinauf zur Zirkuszeltspitze, wo er an nur einem Arm hing und ein Trapez befestigte.

»Äußerst geschmeidig«, kommentierte P. T.

»Allerdings«, pflichtete ich bei.

»Er heißt Harry Supple. Bevor ich ihn gerettet habe, war er Takler auf einem Schiff.«

Johnny drehte sich auf den Bauch, um P. T.s Versuche zu vereiteln, ihn von der Schaukel herunterzuholen.

»Matrosen sind hervorragende Akrobaten, da sie auch in dreißig Metern Höhe furchtlos zwischen Masten und Seilen herumklettern.«

Ich erinnerte mich an die Dutzenden Kabelverleger, die beim Bau der Cincinnati Bridge ebenfalls akrobatische Kunststücke vollführt hatten. Solche Männer brauchten wir für die neue Brücke. New York verfügte über mehrere Werften. Das bot eine große Auswahl an Arbeitskräften, noch dazu welche, die preislich nicht an unseren aktuellen Personalvermittler Kingsley gebunden waren.

Er reichte mir den strampelnden, sich zur Wehr setzenden Johnny.

»P. T., Sie haben einmal erwähnt, Sie hätten ein hervorragendes Kindermädchen in Ihrem Dienst?« In meinem Brief hatte ich ihm von meinem Frust erzählt.

»Ah ja. Ich glaube, Miss Mann ist die ideale Kandidatin.« P. T. zog eine Erdnuss hinter Johnnys Ohr hervor und belustigte ihn, als er sie ihm plötzlich in der anderen Hand bereits geschält entgegenstreckte. »Meine Kinder hingen sehr an ihr. Sie sucht eine neue Anstellung, nachdem mein Jüngstes dem Gröbsten entwachsen ist.«

»Mr. Barnum, Sir?«, erklang die geisterhafte Stimme seines Assistenten. »Mr. Otis wartet auf Sie.« Doch obwohl sein Assistent zu hören war, konnte ich ihn nirgends entdecken. In seiner Welt war einfach nichts gewöhnlich.

»Wir lassen Sie dann mal weiterarbeiten. Danke für die Führung.« Es stimmte mich traurig, gehen zu müssen, und als ich Johnnys Hand nahm, widersetzte sich dieser, indem er einfach stehen blieb.

»Was haben wir denn da?« P.T. zog aus Johnnys Kragen einen Spielzeugelefanten hervor und reichte ihn dem Jungen, der große Augen machte. Dann pflückte er aus seinem Ärmel eine rosa Rose für mich.

Ich nickte zum Dank und atmete ihren Duft ein, während Johnny seinen kleinen geschnitzten Elefanten streichelte.

»Was sagt man da, Johnny?«

»Danke«, sagte mein kleiner Schatz.

»Wenn Miss Mann zu uns käme, wäre das ein echter Segen. Der Brückenbau nimmt Mr. Roebling vollkommen in Beschlag …« Ich hielt inne, als mir die Kritik an meinem eigenen Mann auffiel. »Vielleicht kann ich ihn so schon bald unterstützen. Wir stehen zutiefst in Ihrer Schuld.«

»Papperlapapp, Peanut, es ist mir eine Freude.«

Bevor ich meine Handschuhe anziehen konnte, nahm P.T. meine Hand und drückte seine warmen Lippen darauf. Ein Schauer lief mir über den Rücken. Als er mir in die Augen sah, verspürte ich den Drang, ihn zu küssen. Ich entzog ihm meine Hand. Langsam, viel zu langsam. Was war nur in mich gefahren? Ich liebte meinen Mann und würde ihm nie absichtlich wehtun. Dennoch, wenn er wüsste, was ich in diesem Moment empfand, wäre er zutiefst verstört.

P. T. hielt sich nicht an die Regeln, also musste ich Grenzen setzen. Ich war hin- und hergerissen: Einerseits genoss ich seine Gesellschaft, und wir benötigten seine finanzielle Unterstützung für die Brücke. Andererseits gab es da die gesellschaftlichen Regeln – ich hätte ihn eigentlich gar nicht ohne Begleitung besuchen sollen. Auch wenn ich mir sicher war, dass ich der Versuchung widerstehen würde, weiter zu gehen, kam es mir falsch vor, mich in eine solch heikle Situation zu begeben.

Ich musste mich auf meinen Instinkt verlassen, doch der schien in einem Meer von Emotionen unterzugehen. Die Lösung bestand deshalb darin, die Emotionen von meinen Handlungen loszukoppeln. Gegen meine Gefühle kam ich nicht an; über meine körperlichen Bedürfnisse hatte ich keine Kontrolle. Es war nur dann Sünde, wenn ich danach handelte, zumindest mit jemandem, der nicht mein Mann war. Plötzlich wollte ich nur so schnell wie möglich zurück zu Wash.

»Wie die Zeit verfliegt. Ich muss dann mal heim.« Mit diesen Worten schnappte ich mir Johnny und hastete so schnell durch die Vorhänge aus dem Zirkuszelt, dass ich in meiner Eile einen Handschuh fallen ließ.

VIERZEHN

BROOKLYN, NEW YORK

1870

In der Abenddämmerung bot sich von unserem Schlafzimmerfenster ein atemberaubender Ausblick auf das Flussufer, wo sich das Zusammenspiel aus Licht und länger werdenden Schatten im Verlauf des Tages beständig wandelte. Ohnehin hatte sich unser Ausblick in den letzten Wochen enorm verändert. Ein paar baufällige Häuser oben am Hang waren abgerissen worden, sodass wir einen ungehinderten Blick auf den Caisson hatten, der Anfang des Frühlings auf den Fluss hinausgeschwommen worden war.

Als ich durch das Spektiv spähte, das Wash zu Hause aufgestellt hatte, um die Bauarbeiten zu beaufsichtigen, beobachtete ich, wie die Arbeiter mitsamt dem Senkkasten verschwanden, als er unter die Wasseroberfläche sank. Ich schwenkte das Fernrohr herum, vorbei an mit Steinhaufen, Kränen und Generatoren beladenen Lastschiffen, und nahm die Kinder in den Blick, die dort oben auf den Schuttbergen ihrer ehemaligen Häuser spielten. Ich würde Wash fragen, wohin die Familien umgesiedelt wurden. Vielleicht konnte ich ihnen irgendwie behilflich ein.

Direkt vor uns auf der Straße zog ein Tross Arbeiter vorbei, ihre leeren Henkelmänner in der Hand. Einige gingen normal aufrecht, andere steif und gebückt. Ich versuchte, Wash zwischen ihnen auszumachen. Einer, den ich erkannte, weil er öfter als Bote mit mehreren seiner Kinder bei uns vorbeigekommen war, O'Brien, schien besonders gebeutelt zu sein. Normalerweise wirkte der muskelbepackte Ire, als könne er das Doppelte seines Gewichts tragen. Doch nun taumelte er vorwärts und ließ Eimer und Werkzeug fallen. Vornübergebeugt, die Hände auf den Oberschenkeln aufgestützt, atmete er schwer. Sein großer Sohn, Patrick, und ein weiterer Mann kamen herbeigerannt. Sie betteten O'Brien auf den Boden und legten seine Beine hoch. Nach ein paar Minuten konnte er wieder allein aufstehen.

»Mama.« Johnny, der inzwischen zwei war, zupfte an meinem Rock, ein Bilderbuch an die Brust gepresst. Ich nahm ihn hoch und machte es mir mit ihm auf einem Stuhl bequem, um ihm vorzulesen. Ich hatte Johnny gerade ins Bett gebracht, als Wash zurückkam, völlig verdreckt und nach Sumpf riechend. Ich erkundigte mich nach O'Brien.

»Er leidet an der Caissonkrankheit. Die bekommt man, wenn man unter Druckluft arbeitet.«

»Wird er sich davon wieder erholen?«

»Bestimmt, er braucht nur etwas Ruhe.« Er knöpfte sein Hemd auf, während ich Wasser in die Wanne einließ.

Ich fuhr zusammen, als ich sah, dass er seine Pistole im Holster trug. »Ist die geladen?«

»Nicht mehr.« Er grinste.

Ich musste mich noch daran gewöhnen, wie anders er aussah, seit er sich den Bart abrasiert hatte, da er es leid war, dass »ständig der ganze Kies darin hängen bleibt«.

Beim Anblick seines gelassenen Grinsens und der Waffe bekam ich schwitzige Hände. »Wieso trägst du eine Waffe bei dir, Wash?«

»Ich hatte gehofft, dass wir endlich auf Felsuntergrund stoßen, aber auf dem Grund des Flusses liegen doch mehr Steine, als wir erwartet hatten.«

»Ihr zerschießt Steine?« Ich holte Seife und einen Waschlappen. Als er die Hose fallen ließ, ging ein Geruch von ihm aus, der mich an eine Flussratte erinnerte. Schnell hielt ich mir die Seife an die Nase und fragte mich, ob er unter solch erschwerten Bedingungen überhaupt in der Lage war, sicher zu zielen.

»So was in die Richtung. Als ich heute durch die Luke hinuntergeklettert bin, ist mir aufgefallen, wie lang die Leiter inzwischen ist. Bestimmt zehn Meter. Das heißt, uns fehlen noch zehn bis fünfzehn Meter.« Er nahm das Holster ab und legte es auf seinem Kleiderstapel ab.

Mein dreckiger, stinkender Ehemann stieg in die Wanne, wo er das Wasser in eine Schlammsuppe verwandelte. »Die Männer werden immer gereizter dort unten. Ständig brechen Streitereien aus, sodass ich die Hälfte der Zeit damit beschäftigt bin, sie zu schlichten.«

Meine Augen wurden größer und sahen zur Waffe.

»Ha. Keine Sorge. Dafür ist sie nicht da. Ich verstecke sie immer unter meinem Hemd, damit niemand sie sieht. Nicht jeder kommt mit dem Caisson zurecht. Er hat zwar hohe Decken, ist aber relativ dunkel und hat einen feuchten Kellergeruch. Das Kalklicht sorgt zudem für ein gespenstisches Leuchten.«

Ich versuchte, mir vorzustellen, wie es wohl war, an einem solchen Ort zu arbeiten. Nicht, dass es mich reizte, aber ich war neugierig: »Wie ergeht es einem da unten?«

»Geht schon. Man versucht, nicht über das Gewicht der Erd- und Wassermassen nachzudenken, die von allen Seiten auf den Senkkasten einwirken, aber der Körper spürt es trotzdem.« Er schrubbte sich Gesicht und Arme mit dem Waschlappen. Die Seife rutschte ihm aus den Händen und fiel in seinen Schoß. »Würdest du die für mich rausholen?«, sagte er mit einem verschmitzten Grinsen.

Ich sah in das trübe Wasser. »Nur über meine Leiche.«

Er spritzte mich nass, woraufhin ich aufschrie und mich mit einem Handtuch abtupfte. »Erzähl mir noch ein wenig darüber, wie es da unten aussieht.«

»Also, im Moment …« Er sah auf seinen Schoß hinab.

Ich warf das Handtuch nach ihm, das ihn am Kopf traf und auf seine Schultern fiel. »Ich meinte, im Caisson. Was hört man da drin?«

»Ach sooo.« Er fischte die Seife heraus und schrubbte sich den Nacken. »Unter Druckluft klingt alles merkwürdig – irgendwie gedämpft. Ungefähr so, wie wenn man sich die Finger in die Ohren steckt. Probier's mal.«

Ich kam der Aufforderung nach.

»Und jetzt wackle mit dem Finger hin und her. So klingt es da unten. Stell dir den dumpfen Schlag vor, wenn die Männer mit der Spitzhacke Steine zerschlagen. Das Zischen der Druckluftkompressoren, das Quietschen von Zahnrädern und Flaschenzügen, das Schaben von Metall auf Metall.« Mit den Händen schöpfte er Wasser und kippte es sich über den Kopf.

»Warte.« Ich goss ihm mit dem Krug Wasser über den Kopf.

Er wickelte den Finger um die Stöpselkette und zog daran. »Ich horche immer auf das Surren der Generatoren und der Luftpumpen auf dem Dach. Sobald sich da etwas ändert, gehe ich rauf. Der Sauerstoff muss mit immer größerem Druck reingepumpt werden, damit die Wände dem wachsenden Wasser- und Erddruck standhalten … und wir am Leben bleiben.«

Ich schlang die Arme um den Körper, als ich mir vorstellte, in diesem nach unten hin offenen Kasten tief unten am Grund eingeschlossen zu sein. Zum ersten Mal machte ich mir nicht nur Sorgen um seine Gesundheit, sondern um sein Leben. »Was, wenn die Kompressoren ausfallen?«

Offenbar hatte er das Zittern in meiner Stimme gehört. »Keine Angst. Vier Kompressoren laufen kontinuierlich, und dann gibt es noch zwei zur Absicherung. Selbst wenn alle vier ausfallen sollten, würden die Wände lang genug standhalten, bis wir sie wieder zum Laufen brächten.«

Um mir Albträume von näher rückenden Wänden zu ersparen, wechselte ich das Thema: »Und worauf lauft ihr?«

Wash stand auf, mit tropfendem Körper und eindeutig angenehmerem Geruch. Ich begann, ihn mit dem Handtuch abzureiben. Seine Begeisterung war so ansteckend, dass ich mich mit ihm freute, ganz wie in unserer Anfangszeit. Seine Energie und die Wärme seines Körpers beruhigten mich. Ich hatte das Gefühl, ganz mit ihm verschmelzen zu können, sodass wir beide sicher wären.

Er schnappte sich das Handtuch und schlang es sich um die Taille. »Du bringst mich ganz durcheinander.«

»Offensichtlich.« Ich war bereit, ins Schlafzimmer zu wechseln, aber er war ganz in seine Geschichte vertieft.

»Es gibt Laufstege aus Holzbrettern und ringsum Haufen aus Steinen und Schlick – die sehen aus wie Stalagmiten. Manchmal entdeckt man etwas Glitzerndes, einen Teekessel, eine Mistgabel oder sogar Schmuck, Dinge, die irgendwann mal in den Fluss gefallen sind. Aber wir verbringen nicht allzu viel Zeit damit, auf Schatzsuche zu gehen. Meistens ebnen wir den Grund für den Schuh.«

»Den Schuh?«

»Das ist die Metallschicht, die unten um die Außenwände und bis zu einem Meter hoch um die Innenwände gewickelt ist.« Mit den Händen formte er ein Dach. »Die Wände laufen spitz zu – wie eine Reihe scharfer Zähne –, um in den Grund einzudringen.«

Ich wischte kleine Pfützen auf, wo er Wasser verspritzt hatte. »Und wie ebnet ihr den Grund?«

»Indem wir Gräben an den Innenwänden schaufeln. Wie im Gefängnis oder bei der Armee.« Er lachte. »Die Steine werden mit der Hacke oder der Schaufel herausgeschlagen und der ganze Schutt in die Materialschleuse geschaufelt. Auf dem

Caisson-Dach steht jemand, der ihn hoch an die Oberfläche bringt, wo Männer bereitstehen, die ihn wegkarren.«

»Und was, wenn die Steine zu groß sind für die Schleuse?«

»Da kommt die Pistole ins Spiel.«

»Das musst du mir erklären.«

»Gestern haben sich O'Brien und Dunn abgewechselt, um einen Steinbrocken aus dem Boden zu stemmen: Einer hat mit einer Eisenstange von unten gehebelt, der andere mit einem Vorschlaghammer auf den einen Meter dicken Stein eingeschlagen. Aber die Stange ist immer weggerutscht. Also hat sich Dunn auf den Steinbrocken gesetzt, die Stange zwischen den Beinen, und O'Brien hat drauflosgehauen, bis Dunn aufschrie vor Schmerz.« Wash lachte.

»Oje, das ist gar nicht witzig.«

»Nein, er hat ihn nur auf den Arm genommen. Später hat mir mein Vorarbeiter Young erzählt, dass O'Brien am Vorabend schlecht war und dass er vom vielen Bücken nichts mehr gespürt hat. Er hat sich wohl Sorgen gemacht, dass er sich auf den Fuß hauen könnte oder so. Der Luftdruck lag deutlich über dem Normalwert und stieg weiter an. Also bin ich mit O'Brien nach oben gegangen, um kurz zu verschnaufen. Mir selbst wird auch immer ein wenig schwindelig, wenn ich das erste Mal wieder rauskomme.« Wash hob beschwichtigend die Hand.

Ich verschränkte meine Finger mit seinen, die wie immer schön warm und kräftig waren, aber ich spürte ein seltsames Vibrieren darin. Beunruhigt sah ich ihn an.

»Mach dir um mich mal keine Sorgen, du weißt, ich bin ein zäher Kerl.« Er schüttelte meine Hand ab. »Jedenfalls habe ich beschlossen, dass wir einen anderen Weg finden müssen, wie wir die Steinbrocken rausholen, denn uns läuft die Zeit davon. Unter normaler Atmosphäre könnten wir Schießpulver benutzen, um sie zu sprengen, aber da unten ist der Sauerstoffgehalt größer und die Explosion könnte nirgendwohin. Das könnte uns das Trommelfell kosten ... oder Schlimmeres. Also überlegte ich mir ein Experiment.« Er nahm den Revolver aus dem Holster, drückte die Trommel raus und ließ sie rotieren. »Die Luft hätte explodieren können. Und hätte ich durch die Wände oder die Decke geschossen, wäre Luft entwichen. Dennoch musste ich es testen. Nur ein einziger Schuss. Young war jedoch der Meinung, das sei viel zu gefährlich. Wie zum Beweis entzündete er ein Streichholz, und wuuuusch.« Er warf die Arme in die Luft.

»O Gott, der viele Sauerstoff!« Ich biss mir auf die Lippe. Wieso ging mein normalerweise enorm vorsichtiger Ehemann ein solches Risiko ein?

»Ich habe ihn also gebeten, die Männer zu evakuieren. Nachdem alle den Caisson verlassen hatten, habe ich meinen Revolver geladen, auf den Boden gezielt und abgefeuert. Ich hatte mit einem heftigen Knall und Rückstoß gerechnet, aber der Nachhall war seltsam leise, wie das Echo, wenn man in einen Brunnen hineinruft. Wir haben eine Weile gewartet, aber es passierte nichts. Ich steckte mir einen Finger in die Ohren, um zu überprüfen, ob ich blutete, aber nichts.«

Mit spitzen Fingern hob ich seine verschmutzte Kleidung vom Boden auf. »Wash, möchtest du nicht vielleicht einmal eine Auszeit nehmen? Du hast zuletzt ununterbrochen gearbeitet. Nicht, dass du noch eine unkluge Entscheidung triffst.«

Wash warf lachend den Kopf zurück, auf eine mir völlig unbekannte Weise. Seine Leichtsinnigkeit, seine merkwürdige, beinahe übermütige Reaktion auf meine Besorgnis, bereiteten mir Magenschmerzen.

Amüsiert sah er mich an. »Wir mussten es ein zweites Mal testen. Diesmal habe ich auf den Steinbrocken gezielt, aber in einem solchen Winkel, dass die Kugel nach dem Aufprall an einer harmlosen Stelle landen würde. Als ich abgefeuert habe, ist ein großes Stück Stein abgesplittert und die Kugel beim

Rückprall gegen einen Stützbalken geprallt. Keine Explosion, keine Druckwelle, keine Probleme.« Seine blauen Augen leuchteten vor Begeisterung, als er mich an beiden Armen packte. »Also habe ich Young gebeten, mir Dynamit zu besorgen.«

Sein fester Griff und seine Entschlossenheit beruhigten mich ein wenig. Aber mir schwirrte der Kopf bei dem Gedanken an eine Sprengung in diesem beengten Kasten. Obwohl Wash schelmisch das Handtuch fallen ließ und verführerisch duftete, lockte mich nichts mehr ins Schlafzimmer.

***

Ein paar Wochen später kam Millie mit ihrem Sohn zu Besuch, der ein wenig älter war als Johnny. Sie versprach, auf die beiden Jungs aufzupassen, sodass ich Wash die Plätzchen vorbeibringen konnte, die sie gebacken hatte.

Wash war begeistert über den raschen Fortschritt beim Absenken des Caissons, nun, da er alle Hindernisse einfach sprengte. Ich war weniger begeistert, ein Risiko mehr zu haben, um das ich mir Sorgen machen musste. Laut ihm fehlten nur noch etwa drei Meter, was in dem aktuellen Tempo ungefähr einen Monat dauern würde. Von außen war dieser Fortschritt weniger ersichtlich. Während das Fundament durch das Gewicht jeder neuen Schicht an Steinblöcken sank, ragte der Turm weiterhin gerade so aus dem Wasser.

Ich trug den Henkelmann über den improvisierten Steg, der vom Ufer zum Caisson führte, und umrundete den riesigen hölzernen Kran, der Steinblöcke von einem Lastenschiff hob und sie auf dem Turm aufsetzte. Auf der Baustelle herrschte emsiger Betrieb, obwohl der Abendhimmel sich bereits lila färbte. Die gigantischen metallenen Kiefer eines Schaufelbaggers senkten sich durch eine Luftschleuse in den Caisson. Als er wieder hochkam, rutschten Steine und Matsch aus seinem metallenen Maul, sodass ich schnell auswich.

Ich ging zum Eingang des Caissons, eine in einer kleinen Hütte befindliche versiegelte Luke von der Größe eines Gullydeckels. Davor ein Schild mit der Aufschrift GEFAHR. KONZENTRIERTER SAUERSTOFF. Rauchen verboten.

Ich begrüßte den bulligen Wachmann, auf dessen Hemd der Name EINAR geschrieben stand. Er verschränkte die Arme vor der Brust. »Es tut mir leid, Ma'am, aber ich darf Sie nicht runtergehen lassen.« Angesichts seines melodiösen Akzents und seiner glatten blonden Haare nahm ich an, dass er Skandinavier war. »Ich werde aber das Abendessen mit der nächsten Schicht runterschicken. Vielleicht mit ein paar Gramm weniger«, fügte er glucksend hinzu.

Mit stolzer Haltung, den warmen Henkelmann an mich gedrückt, sah ich streng drein. »Ich bleibe auch nicht lang. Bei Besuchern, die nur ein paar Minuten geblieben sind, wurden keine negativen Auswirkungen festgestellt.«

Einar sah zur Turmkante hinüber, wo Männer Wagen mit Steinen, Unrat und bewusstlosen Arbeitern über die Gleise zum Ufer fuhren. Ein paar blasse, verschwitzte Männer lagen auf Pritschen und hielten sich den Kopf. Andere würgten.

»Das ist kein Ort für eine Frau, auch wenn Sie die Frau vom Chef sind.« Er musterte mich von Kopf bis Fuß. »Vielleicht gerade deshalb.«

»Verstößt das gegen irgendein Gesetz?« Ich versuchte weiterhin streng zu schauen, doch meine Gesichtszüge fielen beim Anblick der gepeinigten Männer in sich zusammen.

»Vermutlich.«

Ich zog die Augenbraue hoch. »Steht es Ihnen denn zu, mit der Frau des Chefs herumzudiskutieren?«

Einar zuckte mit den Achseln. »Ihr Risiko.« Er drehte ein Rad an der Luke und wartete, bis Luft herauszischte. Dann warf er einen prüfenden Blick auf ein Messgerät und überließ es mir, die Luke zu öffnen. »Gute Übung. Die Luke unten in der Kammer müssen Sie auch allein öffnen.«

Ich biss die Zähne zusammen und kämpfte mit der Verriegelung, bis die Luke aufflog und ein Schwall warmer Luft herausströmte. Was würde ich da unten wohl sehen? Und wie konnte ich meine Haltung wahren? So weit hatte ich nicht gedacht. Dem Augenmaß nach zu urteilen, würde ich mit meinem Kleid gerade so durch die schmale Öffnung passen. Ich stellte den Henkelmann ab und versuchte, mich durch die Pforte zu quetschen, aber mit meinem voluminösen, steifen Rock blieb ich mit einem Bein draußen und einem Bein drinnen stecken. Ich war eine jämmerliche Brücke zwischen zwei Welten, die selbst nirgendwohin kam. Wie sollte ich meinen Mann je verstehen, wenn ich seine Welt nicht einmal betreten konnte? Ich zerrte an meinem Kleid und war so beschämt, dass es mir egal war, ob es riss. Doch es nützte alles nichts, und so reichte ich Einar meine Hand.

Sich auf die Lippe beißend und ein Hüsteln vortäuschend, nahm er meine Hand und zog mich raus. »Wie gesagt, Ma'am, Sie können nicht da runter. Warten Sie, ich nehme Ihnen den Henkelmann ab.«

***

Später am Abend saß ich vor meiner Frisierkommode und versuchte, meine wilden Locken mit einer Bürste zu bändigen.

Wash goss Wasser aus der Kanne in eine Schüssel. »Es tut mir leid, Liebes, aber ich fürchte, es wäre keine gute Idee für dich, in den Caisson hinabzusteigen.«

»Ich wollte dich sehen und dir Millies Plätzchen vorbeibringen«, sagte ich seinem Spiegelbild. Hätte Einar nicht gepetzt, hätte ich nichts von dem Vorfall erzählt.

Er kämmte sich sein vom Baden feuchtes Haar, trocknete die neuen Bartstoppeln und ging langsam und steif zum Bett.

»Es wird immer schlimmer.« Der vertraute Knoten im Magen war wieder da. »Warst du beim Arzt?«

»Interessanterweise hat Dr. Smith gleich mehrere Behandlungen vorgeschlagen.«

Ich musste ihm ins Bett helfen. Er stöhnte, als ich versuchte, seine Beine durchzustrecken.

Wash warf einen Blick auf den Whiskey und die Medizinflasche auf seinem Nachtschrank. »Keiner weiß, was genau die Ursache ist, aber der Doktor wollte mir unbedingt eine Behandlung verschreiben, die letztlich nur die Sinne betäubt. Ziemlich rückständig, findest du nicht?«

»Dr. Smith ist der Betriebsarzt und für so etwas nicht speziell ausgebildet.« Mein Mund verzog sich. »Vermutlich ist das niemand.« Ich schenkte Whiskey in ein Glas und zählte die verschriebenen drei weißen Pillen ab. »Und auch wenn die Ursache unbekannt ist, kann er zumindest beobachten, welche Behandlung anschlägt und welche nicht.« Ich legte ihm ein Kissen unter das angewinkelte Bein.

»Ah ja. Die altbewährte Methode des Herumprobierens der sogenannten medizinischen Wissenschaft. Stell dir mal vor, Ingenieure würden so handeln. ›Schauen wir mal, ob die Brücke das Gewicht eines Menschen tragen kann.‹« Er warf sich eine Pille in den Mund und zuckte mit den Achseln.

»Oder eine Kutsche.« Er warf sich die zweite Pille ein und zuckte mit den Achseln.

»Oder einen Zug.« Er warf die dritte Pille ein und täuschte Würgegeräusche vor.

»Ups, nein, keinen Zug.« Er kippte den Whiskey.

»Du bist unmöglich.«

»Verzeih mir meinen mangelnden Respekt vor Ärzten. Die trennen einem Mann den Zeh ab, um den Fuß zu retten, können aber nicht den Wundstarrkrampf heilen, der ihn letztlich trotzdem umbringt.«

Ich stieg aufs Bett, stieß den wärmenden Backstein beiseite und schlang die Arme um ihn. »Dein Vater würde nicht wollen, dass es dir schlecht geht …«

»Mir geht's gut, wenn ich unter der Erde im Caisson bin, und den Schmerz über der Erde halte ich schon aus.«

»Den Schmerz, ohne deinen Vater weiterleben zu müssen, nicht im Caisson zu sein, oder beides?«

»Ach, Liebste, lass uns einfach den Moment genießen.« Er küsste mich und schob eine Hand unter mein Nachthemd. »Siehst du? Schon geht's mir besser.«

Wir liebten uns, und für einen Augenblick vergaß ich die Caissons und ihre Gefahren. Doch als er danach mit unter der Bettdecke aufgestellten Beinen langsam eindöste, hielten mich die Bilder der auf Pritschen liegenden Männer noch so manche Stunde wach.

***

Da ich mich nicht von einem blöden Kleid abhalten lassen wollte, fasste ich am nächsten Morgen einen neuen Entschluss. In aller Früh stand ich auf und suchte in Washs Schrank nach Arbeitskleidung. Da mir nichts auch nur annähernd passte, zog ich mir ein Hemd und eine Hose an – eine leichte Aufgabe im Vergleich zu meiner üblichen aufwendigen Garnitur aus Unter- und Überkleidern. Wie schön es doch wäre, innerhalb von Sekunden fertig angezogen zu sein; bereit, einen neuen Tag zu begrüßen.

Ich war gerade damit zugange, die Hosenträger zu fixieren, damit die Hose nicht herunterrutschte, als ich Washs amüsiertes Gesicht im Spiegel entdeckte.

»Erklärst du mir, was du da machst?« Er drückte mir im Vorbeigehen ein Küsschen auf die Wange und ging zum Waschbecken hinüber, wo er mit dem Rasierpinsel seinen Hals einschäumte. Es freute mich, dass er beschlossen hatte, sich wieder einen, wenn auch weniger aufwendigen Bart wachsen zu lassen.

»Ich ziehe mich für die Arbeit an. Ich kann nicht hier herumliegen, während du dich abrackerst.« Aus den viel zu langen Ärmeln ragten nur meine Fingerspitzen hervor.

»Verstehe. Und was für eine Arbeit soll das sein?« Er rasierte sich den Hals und wischte den restlichen Schaum ab. »Hoffentlich keine außerhalb dieses Schlafzimmers. Übrigens, das da«, er deutete mit dem Rasierer auf mein Outfit, »findet das Publikum ganz sicher nicht erregend.«

»Gute Neuigkeiten: Dir geht es zwar schon besser, aber dafür bist du ein echtes Schwein.«

»Grunz. Was soll dieser Aufzug, Em?«

»Ich kann nicht in meinem üppigen Kleid und meinen empfindlichen Stiefeln auf die Baustelle kommen.« Ich krempelte die lästigen Ärmel hoch. »Außerdem hattest du nichts gegen meine Hilfe, als wir unter den Brücken in Europa herumgekrochen sind.«

»Das war etwas anderes.«

Ich stopfte das Hemd in die zu große Hose. »Wieso?«

»Klar, das war riskant. Aber dort waren wir Unbekannte. Wir hätten behaupten können, ahnungslose Fremde zu sein.« Er teilte sein Haar in einen sauberen Scheitel. »Du bist meine Frau. Du kannst nicht einfach so in Männerhosen herumturnen, ohne blöde Kommentare zu provozieren oder Schlimmeres.«

»Ich ziehe mich doch nur aus Sicherheitsgründen so an. Dagegen kann ja wohl niemand etwas haben. Du bist doch der Chefingenieur. Kannst du nicht eine Regel für zweckmäßige Arbeitskleidung erlassen?«

Wash hielt mit dem Kamm inne und sah mich an. »Aber, Liebling, eine solche Regel gibt es bereits: Alle Männer haben sich mit angemessener Arbeitskleidung und Stiefeln auf der Baustelle einzufinden. Haare nicht länger als Kinnlänge, Bärte nicht länger als …«

»Wo. Ist. Dann. Das. Problem?«, sagte ich und stopfte mit jedem Wort meine Locken unter einen Bauhelm.

»Liebling, ich mache zwar die Regeln, nicht aber die Gesetze. Du könntest verhaftet werden, wenn man dich als Mann verkleidet erwischt.«

»Das ist doch absurd. Wenn Frauen nicht die vorgeschriebene Arbeitskleidung tragen können, sind sie de facto ausgeschlossen.« Ich wollte nicht mit ihm streiten, aber es regte mich auf, wie unlogisch das war, und ich wollte, dass er sich ebenfalls empörte.

»Dann würde ich dir vorschlagen, dass du unverzüglich deinen Kongressabgeordneten kontaktierst.«

»Du weißt genau, dass sie einer Frau nicht zuhören. Meine Güte, wir dürfen ja nicht einmal wählen!«

»Sag das nicht mir. Wenn es nach mir ginge, dürften Frauen wählen, Brunnen bohren, im Krieg kämpfen, für politische Ämter kandidieren und tun, was ihnen beliebt.«

»Ha! Vielleicht sollte ich das Undenkbare tun und mich in Männerkleidern verhaften lassen!« Meine Locken sprangen hervor, als ich den Helm beiseitewarf.

»Bitte nicht. Dein Wunsch zu helfen ehrt dich, und du solltest Hosen tragen können, wenn du das möchtest. Aber das liegt nicht an mir; ich muss an anderer Front kämpfen.«

»Was sollte ich also deiner Meinung nach tun? Schau dir das an.« Ich öffnete meinen Kleiderschrank und zog einige Kleider heraus, deren Säume ganz verdreckt und zerrissen waren von diversen Missgeschicken. »Es ist völliger Irrsinn, dass Frauen keine Hosen tragen dürfen.«

»Tu, was du willst. Aber versprich mir, dass du dich nicht verhaften lässt.« Er knöpfte sein maßgeschneidertes Hemd zu.

»Vielleicht wäre aber genau das nötig. Wenn ich die Aufmerksamkeit der Presse bekäme …« Ich sprudelte vor Ideen.

»Emily, bitte lass dich nicht verhaften. Negative Schlagzeilen wären schlecht für unser Bauprojekt. Denk an unseren Ruf. Wir würden alles verlieren. Bitte, das musst du mir versprechen.«

»Ich weiß nicht, ob ich das versprechen kann.«

Sein Blick sagte mir, dass ich besser nicht weiter darauf herumritt. »Na schön. Aber du musst mir helfen, eine Lösung für das hier zu finden.«

Er rieb sich das angegraute Kinn und nestelte an den ausgefransten Kleidern herum. Dann leuchteten seine Augen auf. »Ich hab's! Bloomers! Du weißt schon, wie die Bergarbeiterinnen sie tragen.« Er blätterte durch ein paar alte Zeitschriften und zeigte mir ein Bild einer freudlos wirkenden Frau in einer improvisierten Uniform mit Spaten in der Hand. Ihr schlichtes, gerades Kleid endete abrupt am Oberschenkel und hing über einer Schlabberhose, die bis zu den Knöcheln reichte. Der Gesamteindruck war etwas unvorteilhaft, fast komisch.

»Liebster, keine Schneiderin würde so etwas nähen. Damit würden sie sich den Ruf ruinieren. Und leider bin ich selbst eine Katastrophe im Nähen.« Dennoch sah ich bereits ein Foto von mir in der Zeitung, auf dem ich ein viel schickeres Bloomer-Kostüm tragen würde.

Er küsste meine Stirn. »Tja, siehst du, und so lerne ich nach all den Jahren deine Grenzen kennen.«

***

Meine wichtigste Grenze schien darin zu bestehen, nicht zu wissen, wohin ich gehörte. Beziehungsweise kein Interesse an dem für mich vorbestimmten Ort zu haben. Pflichtbewusst plauderte ich mit anderen jungen Müttern, spürte jedoch bald, wie schwer ich mich tat, das Gespräch am Laufen zu halten, und wie ich geistig abdriftete. Doch ich hütete mich davor, P. T. ohne konkreten Anlass oder eine Begleitung aufzusuchen. Und für regelmäßige Besuche bei meiner Mutter in Cold Spring war die Reise zu weit.

Also begann ich, führenden Köpfen der Frauenbewegung zu schreiben, um mich zu erkundigen, wie ich mich einbringen könnte. Doch da Wash Tag und Nacht auf der Baustelle beschäftigt war, wurde bald klar, dass er ein Büro brauchte, um die Lieferanten zu koordinieren, Sponsoren und Unterstützer zu treffen und seine Finanzen zu regeln, und plötzlich hatte ich eine neue Beschäftigung.

Nachdem ich ganz Brooklyn abgesucht hatte, fand ich Räumlichkeiten im Erdgeschoss eines dreistöckigen Gebäudes. Durch die vielen Fenster fiel reichlich Licht, und man hatte einen Ausblick auf die Straße, während das Hinterzimmer als Lagerraum genutzt werden konnte. Nachdem wir den Mietvertrag unterschrieben hatten, schalteten wir eine Anzeige, um eine Büroleitung einzustellen. Nach mehreren missglückten Bewerbungsgesprächen stellte Wash fest, dass ich am besten für die Stelle geeignet war.

Doch was für Wash und mich nur logisch erschien, war der Öffentlichkeit nicht so leicht zu erklären. Als Frau hatte ich zu Hause bei meinem Kind zu sein und nicht einer Männertätigkeit nachzugehen. Meine eigene Mutter hatte mir dies äußerst knapp in einem Brief mitgeteilt, und die Frauen in der Nachbarschaft, mit denen ich sonst plauderte, hatten alle plötzlich keine Zeit. Millie war nach Iowa gereist, um Zeit mit G.K. zu verbringen. Und obwohl ich mich nach einem Besuch bei P.T. sehnte, wusste ich, dass das zu nichts Gutem führte, also beschloss ich aus Einsamkeit und Langeweile, die Kritik an mir abprallen zu lassen und mich als Büroleitung zu betätigen.

Es war ein schwüler Spätsommertag, und ich saß im Büro. Der kleine Johnny spielte mit einer Spielzeugeisenbahn vor sich hin und nahm kaum Notiz von dem steten Zustrom an Männern, die in geschäftlichen Angelegenheiten kamen. Am Nachmittag waren es schließlich so viele, dass ich mit der Bearbeitung kaum hinterherkam. Schon bald kochten in dem kleinen, stickigen Büro die Gemüter hoch. »Wo ist denn der Chefingenieur?«, gefolgt von »Der ist nicht da, aber da sitzt irgendeine Dame!« Daraufhin begannen die Männer zu schubsen und zu schieben, um sich mit eigenen Augen davon zu überzeugen. Johnny saß sicher in der Ecke, insofern ignorierte ich die Drängelei. Vor mir stand ein Lieferant, der über die New York Bridge Company erzürnt war, jene Gruppe von Politikern und Finanzgebern, die die Aufsicht über das Projekt innehatten. »Tammany Hall, diese gierige Bande!«, ereiferte er sich und heizte den wachsenden Unmut der anderen an. Das Gedränge lief allmählich aus dem Ruder und kam Johnny bedrohlich nahe, der inzwischen die Anspannung spürte und angefangen hatte zu weinen.

»Was ist das, ein Kindergarten?« Die Männer gerieten in ein Handgemenge und warfen mit Beleidigungen und Vorwürfen der Profitgier um sich.

»Ein Skandal! Kingsley bereichert sich auf unsere Kosten!«, schrie der Lieferant.

Meinen Rock raffend, stieg ich auf den Schreibtisch. »Gentlemen! Ich bin hier, damit das Projekt sicher, rechtmäßig und fristgerecht weitergeht.«

»Wieso reden wir eigentlich mit diesem Weib? Die reinste Zeitverschwendung«, spottete ein Mann.

»Wenn Sie mit dem Rathaus uneins sind, würde ich vorschlagen, Sie wenden sich direkt dorthin. In diesem Büro handle ich mit der Vollmacht des Chefingenieurs, und meine Entscheidung ist endgültig. Wenn es nicht nach Ihrem Geschmack ist, mit einer Frau zu verhandeln, schlage ich vor, Sie marschieren direkt durch diese Tür und kommen nie wieder. Denn ich werde morgen und übermorgen immer noch hier sein. Habe ich mich klar genug ausgedrückt?«

Es gab einiges Murren und Spötteln vonseiten derer, die sich damit abfanden, mit mir vorliebnehmen zu müssen, während andere ihre Hüte nahmen und zur Tür strebten. Ein paar Männer brachen in Gelächter aus und ließen wie Schuljungen einen Zettel herumgehen. Einer knüllte ihn zusammen und warf ihn auf meinen Schreibtisch. Die Augen verdrehend über dieses kindische Benehmen, faltete ich ihn auf und strich ihn glatt. Die grobe Zeichnung zeigte eine Figur in einem am Hintern enorm aufgebauschten Kleid, das so unförmig war, dass sie vornübergebeugt am Stock gehen musste. Der Bart ließ keinen Zweifel: Es handelte sich um Wash.

Es war wie ein Schlag ins Gesicht, dass jemand sich so unfair über Wash lustig machte und mich für eine lächerliche Hochstaplerin hielt. Vielleicht war ich das ja.

Die Glocken an der Eingangstür läuteten, und eine schlicht gekleidete Frau mit hellbrauner Haut kam herein. Die Männer tuschelten vor sich hin, machten ihr aber Platz. Johnny zupfte an meinem Kleid, sodass ich ihn hochnahm.

Immer noch verärgert, klang ich etwas barsch: »Guten Tag, Miss – wie kann ich Ihnen helfen?«

»Miss Muriel Mann, ich wurde von meinem ehemaligen Dienstherrn hergeschickt.« Ihr Blick fiel auf Johnny, als sie mir einen Umschlag mit einem verschnörkelten B als Monogramm überreichte. »Ich könnte nächste Woche anfangen.«

»Ah, Mr. Barnums Kindermädchen. Es freut mich, Sie kennenzulernen, Miss Mann.« Ich bot ihr die Hand an, doch sie senkte lediglich bescheiden den Kopf.

»Keine Sorge. Ich beiße nicht.« Es tat mir leid, dass sie einen falschen ersten Eindruck von mir hatte. »Das ist mein Sohn, Johnny.«

Sie streckte die Arme nach ihm aus. Johnny warf mir einen Blick zu, und auf mein Nicken hin rannte er zu ihr, was mir einen kleinen Stich ins Herz versetzte.

***

Am selben Abend knallte ich zu Hause in unserer Bibliothek den Zettel Wash auf den Schreibtisch hin und erwartete eine wütende Reaktion. Doch er lachte nur.

Die Arme vor der Brust verschränkt, kochte ich innerlich. »Die Leute halten dich für eine gebrechliche alte Frau, die mich vorschickt, um die Arbeit zu erledigen. Was ist daran so witzig?«

»Das ist es nicht.« Sorgsam strich er das Papier glatt und steckte es in ein Buch. »Das ist der griechische Bückgang.«

»Der was?«

»Du weißt schon, damit beschreibt man Damen mit Tournüren, die unterm Rock so ein Polster am Hintern tragen. Der griechische Bückgang ist auch ein Spitzname für die Caissonkrankheit. Siehst du nicht die Ähnlichkeiten zwischen dem gebückten Gang dieser modischen Frauen und den Caissonarbeitern?« Er machte ein paar Schritte mit einem übertrieben vornübergebeugten Gang, wobei er nicht sehr übertreiben musste.

»Die Leute amüsieren sich über deine Gebrechen. Das ist respektlos und …«

»Seit wann bist du so ernst, meine Süße? Ich glaube, ich muss mal nachschauen, wo sich dein Sinn für Humor versteckt. Und deine Tournüre …«

Spielerisch wehrte ich seine Annäherungsversuche ab, bis wir schließlich beide halb nackt waren und er es geschafft hatte, mich zum Lachen zu bringen.

***

Ein paar Tage später, als es morgens angenehm ruhig im Büro war und Johnny mit Kisten voller Eisenwaren spielte, stattete mir die Polizei einen Besuch ab. »Ich möchte Sie ja nur ungern verhaften, nun, da ich sehe, dass Sie ein kleines Kind haben.«

»Verhaften? Weswegen denn?«

Der Polizist in seiner schnittigen dunkelblauen Uniform zog ein kleines Notizbuch aus der Tasche. »Ausgeben als Mann.« Er klappte die Seite um. »Vernachlässigung der Kindesaufsicht.« Er blätterte weiter. »Einer Dame unangemessenes Verhalten. Erwerbstätigkeit einer Frau von mehr als sechzig Stunden pro Woche.« Er steckte das Notizbuch wieder weg, wippte auf den Fersen und sah sich ausgiebig im Raum um. Die Glocke an der Tür schellte, und ein Klient kam herein, machte aber sofort wieder kehrt.

Der Polizist winkte Johnny zu. »Soll ich dir mal was zeigen?« Er ließ den Schlagstock zwischen den Fingern wirbeln wie ein Tambourmajor seinen Stab. Dann wandte er sich wieder mir zu und schlug mit dem Schlagstock in die Handfläche.

»Wollen Sie damit andeuten, dass Sie mein Kind für meine sogenannten Vergehen verprügeln wollen? Oder nur mich?«

Er klemmte sich den Stock unter den Arm und gluckste. »Ich gehe nur einer Beschwerde nach. Aber ich könnte das alles verschwinden lassen. Einfach so. Pfff.« Er machte eine Geste, als würden imaginäre Blasen explodieren.

»Und wie könnten wir das alles verschwinden lassen?«

»Eine kleine Spende an eine gewisse gemeinnützige Organisation hat schon so manchen Beschwerdeführer besänftigt.«

Mir stieg das Blut in den Kopf, als mir klar wurde, worauf er hinauswollte, und ich wog meine Optionen ab. Doch keine davon war gut. Also öffnete ich eine Schublade und zog das Kassenbuch heraus.

Er beugte sich vor, um mir zuzusehen, wie ich einen Scheck ausstellte. »Ein Zehner im Monat dürfte reichen.«

Der Polizist kam daraufhin am Ende jedes Monats und verlangte stets höhere Summen. Mir graute vor der Vorstellung, dabei erwischt zu werden, wie ich einen Beamten bestach. Am liebsten hätte ich Wash davon erzählt oder G. K. geschrieben, aber ich befürchtete, dass ich sie damit zu Mitwissern machte. Gegen meinen Willen war ich zur Kriminellen geworden, aber ich sah keine Alternative. Zumindest waren die Männer, die unser Büro betraten, fortan höflicher, nun, da wir für Polizeischutz zahlten. Einige kamen regelrecht hereingeschlichen.

Ich konnte mir die Bestechungsgelder leisten. Aber was war mit jenen, die das nicht konnten? Die korrupten Mitglieder von Tammany Hall hatten in sämtlichen städtischen und staatlichen Regierungsbehörden ihre Finger im Spiel. Wir brauchten dringend eine neue Führung, dabei hatte die Hälfte der Bevölkerung nicht einmal das Wahlrecht. Vernachlässigte ich meine wahre Berufung als Frauenrechtlerin, wenn ich den Bau der Brücke vorantrieb?

FÜNFZEHN

COLD SPRING, NEW YORK

Mutter, ihre Freundinnen und ich saßen an Henrietta VanDries massivem Eichentisch. Der heiße, stickige Sommer wurde endlich von frischen, windigen Herbsttagen abgelöst, und überall standen Körbe gefüllt mit Äpfeln. Zeitungen und Flugblätter kämpften stapelweise um einen Platz zwischen Teetassen und Nähmustern. Miss Mann war genau zum rechten Zeitpunkt gekommen, um mir mit Johnny auszuhelfen, da mein Leben eine neue Wendung nehmen sollte.

Henrietta schenkte uns nach. »Ladies, es wird Zeit, dass wir beim Frauenwahlrecht eine aktive Rolle übernehmen.« Eine entfernte Cousine dritten Grades von ihr hatte in die berühmte Eisenbahnunternehmerfamilie Vanderbilt eingeheiratet. Jedenfalls hatte sich ihre wohlhabende Cousine der Bewegung angeschlossen, und Henrietta besaß ein untrügliches Gespür dafür, wann die Zeit für Veränderung reif war. »Die mutigen Frauen auf Kaution rauszuholen, die wegen Verletzung der Männlichkeit eingesperrt werden, verschleiert nur das eigentliche Problem.«

Mutter faltete derweil Flugblätter mit Titeln wie: Frauen sind auch Bürger, Gebt Frauen das Wahlrecht und Freiheit für Frauen. Sie richtete ihre Lesebrille, las Vorder- und Rückseite und wedelte dann damit zu Carrie Beebe hinüber. »Das hast du fabelhaft geschrieben.«

Carrie errötete. »Ach was. Das hätte jede von uns schreiben können.«

Eleanor zog Nadel und Faden durch einen quadratischen weißen Stoff, der auf einen runden Holzrahmen gespannt war. »Aber keine von uns hat es getan. Ich besitze vielleicht ein Talent dafür, Metall zu biegen, aber du hast ein Talent dafür, mit Wörtern umzugehen. Und letztlich sind es Worte, die, wenn sie am richtigen Ort gegenüber den richtigen Leuten mit Nachdruck wiederholt werden, etwas ändern werden.«

»Letzten Endes.« Mutter häufte die Flugblätter fein säuberlich auf einen Stapel, den ich auf meinen setzte. »Es liegt noch ein langer Weg vor uns.«

Meine Hände nähten emsig, und mein Herz schlug freudig, während ich diesen Damen zuhörte, die von künftigen Triumphen träumten und sich gegenseitig von ihren Begegnungen mit den Astors, Carnegies und natürlich den Vanderbilts erzählten. Im Lauf der Jahre hatten sie einander beigestanden, bei der Geburt von Kindern und Enkelkindern sowie beim Verlust derselben. Sie diskutierten über die Politik des Landes ebenso wie über die Probleme in der Nachbarschaft, wodurch ein enges Band zwischen ihnen entstanden war, das sie stärkte. Schlagartig wurde mir klar, dass ich keine Freundinnen in meinem Alter hatte, mit denen ich zusammen alt werden konnte. Die Nadel stach mich in den Finger, und ein Blutstropfen hing daran.

»Ich habe Neuigkeiten«, sagte Henrietta mit gesenkter Stimme. »Aber ihr müsst schwören, es geheim zu halten.«

Eleanor und Carrie legten die Hand an die Brust. Mutter verdrehte die Augen, und ich zog die Wangeninnenseite ein, so sehr amüsierte mich Henriettas Verständnis von Geheimhaltung.

»Kennt ihr den Bahnhof an der Kreuzung Madison Avenue und 26th Street? Der zieht um. Mit allem Drum und Dran.« Obwohl wir fünfzig Meilen entfernt in Cold Spring saßen, wussten wir alle, dass sie Manhattan meinte. Für sie das Zentrum des Universums.

»Neiiiin!«, riefen wir im Chor, sahen uns aber schulterzuckend an.

Henrietta schüttelte den Kopf über so viel Ahnungslosigkeit. Sie hielt den Teelöffel in die Höhe. »Er zieht in den Norden. In den Norden von Manhattan! Dort müssen wir demonstrieren – und Immobilien erwerben.«

Ein paar Tage später traf ich die anderen Damen auf den Straßen Manhattans. Die Kälte wurde durch den Duft von gerösteten Maroni, der von den Verkaufsständen herüberwehte, gemildert. Der Wind wirbelte den Staub auf, den die Ladenbesitzer vom Kopfstein fegten.

Ich zog eine von Eleanors weiterentwickelten Haarnadeln aus meinem Dutt und reichte sie ihr. Sie waren unser kleines Geheimnis, denn Eleanor war seit einiger Zeit dabei, sich eine zweite Identität als Mann zuzulegen.

»Einen weiblichen Erfinder nimmt sowieso keiner ernst«, hatte sie mir erklärt.

»Das weichere Material an den Enden hilft tatsächlich, dass sie nicht so auf der Kopfhaut schaben«, sagte ich, »aber durch den Rost sind sie ein wenig spröde geworden.«

Aufgeregtes Gemurmel erklang, als wir zu den rund zwanzig anderen Suffragetten stießen und Flugblätter austauschten. In Reihen marschierten wir die Straße hinunter und wurden mit jedem Häuserblock mehr, da sich Dutzende zu uns gesellten, die Schilder in die Höhe hielten, mit Flugblättern wedelten oder mit Parolen das Wahlrecht einforderten. Als sich Passanten spontan dem Demonstrationszug anschlossen und unsere Reihen aufbrachen, wurde es immer enger. Ladenbesitzer kamen heraus, um uns begeistert zuzuwinken oder empört ihren Protest kundzutun. Die einen waren den anderen zahlenmäßig unterlegen, doch nicht weniger laut.

Ein Handgemenge brach aus, ein Stein flog über meinen Kopf hinweg, und immer mehr kamen nach, als die ersten ihr

Ziel trafen. Ein dichtes Gedränge und Geschubse entstand. Ich reichte einer Frau mit einer bösen Platzwunde an der Stirn ein Taschentuch.

Die Polizei knüppelte die Menge zurück, sodass wir nur noch entschlossener protestierten. Einige Frauen wurden zu Polizeiwagen abgeführt, womöglich zu ihrem eigenen Schutz, denn es sah nicht danach aus, als würden sie irgendjemanden verhaften. Zumindest entdeckte ich keine Handschellen. Einige der Frauen ließen die Flugblätter fallen und flohen.

In meinem Kopf läuteten die Alarmglocken, als uns die Polizei einkesselte. Wash wäre außer sich, wenn ich zu weit ginge. Ich begann, in meinem Kleid zu schwitzen, als ich in Gedanken die Verstöße durchging, die man mir anlasten könnte. Das konnte ich ihm nicht antun, schon gar nicht in dieser Situation.

Die Frauen, die nicht geflohen oder in die Polizeiwagen verbracht worden waren, wurden von den Beamten von der Straße gescheucht. Sobald die Polizei vorüber war, kehrten viele augenblicklich wieder zurück. Doch meine Lage war heikler; mich kannten sie, beziehungsweise ein Polizist kannte mich. Ich sah mich um, ob ich eines der Gesichter unter den flachen blauen Mützen erkannte. Wir hatten gewissermaßen eine Abmachung – eine illegale, natürlich, aber ich war in einer schwachen Position. Das hier war eine Herzensangelegenheit, und ich wollte unbedingt daran teilnehmen. Mir kam es fast so vor, als gehörte ich hierher, in diese Bewegung, womöglich sogar an ihre Spitze.

Ich straffte die Schultern und ordnete meinen Stapel Flugblätter. Das hier war eine Chance, die Aufmerksamkeit der Zeitungen zu erregen. Wenn man mich verhaften und meine Bestechung herauskommen würde, wäre das wirklich so schlimm? Ich schluckte schwer, fest entschlossen weiterzugehen, als Washs Stimme durch meinen Kopf geisterte.

Das ist nicht der richtige Zeitpunkt.

Sosehr ich für die Sache kämpfen wollte, sosehr ich daran glaubte, dass dies meine Bestimmung war, so standen dennoch zu viele Dinge auf dem Spiel. Dies war nicht der richtige Moment, nicht für mich. Ich musste der Arbeit meines Mannes Rechnung tragen. Unser Unterhalt, sein Lebenstraum und die Zukunft der Stadt hingen von der Brücke ab; wir konnten nicht riskieren, dass uns sämtliche Unterstützer aus Wirtschaft und Politik absprangen.

Ernüchtert reichte ich meine übrig gebliebenen Flugblätter weiter. »Mutter, ich kann nicht …«

»Ich weiß. Geh schon.«

Ich umarmte meine Freunde, und während mir die Ohren noch von dem Geschrei und Gejubel der Menge klingelten, ging ich heim; Bedauern und der Rauch der Maroni-Stände schnürten mir die Luft ab.

***

Als ich nach Brooklyn zurückkehrte, stand ein mir unbekanntes Pferd vor unserem Haus angebunden. Die braune Stute hatte ein glänzendes Fell und wackelte lediglich mit den Ohren, als ich näher kam. Da fiel mir ein kleines auf die Satteldecke gesticktes Logo ins Auge: Metropolitan Police.

Wie angewurzelt blieb ich mitten auf der Straße stehen. Die Erleichterung darüber, entwischt zu sein, schwand, und zu dem Knoten im Bauch, den ich schon kannte, gesellten sich weiche Knie.

Am Ende der Straße lag ein ruhiges Café, in das ich mich hätte zurückziehen können. Doch dann stellte ich mir vor, wie Wash drinnen saß und völlig überrumpelt war von den Neuigkeiten oder den Drohungen, die der Beamte womöglich bereithielt. Ich musste reingehen.

Als ich die wenigen Stufen zur Veranda hochstieg, überlegte

ich mir, was ich Wash auf seine unvermeidlichen Fragen antworten würde. Streng genommen hatte ich nicht gegen seine Bitte verstoßen, mich nicht verhaften lassen oder die Aufmerksamkeit der Presse erregt. Noch einmal tief Luft holend, wappnete ich mich für seinen Zorn, denn bestimmt würde er das anders sehen.

Als ich nach dem Knauf griff, flog die Tür auf. Vor mir stand der Polizist, mit dem ich bereits allzu bekannt war. Offenbar reichten meine Bestechungsgelder nicht mehr.

»Guten Tag, Officer.« Ich versuchte, ein unbekümmertes Lächeln aufzusetzen. »Kann ich Ihnen helfen?«

»Ma'am.« Der Officer mied meinen Blick, tippte sich an die Mütze und eilte die Stufen hinunter.

Es war zwar verlockend, von ihm in Erfahrung zu bringen, was mein Mann herausgefunden hatte, aber ich wollte nicht noch mehr Konfrontation. So ging ich hinein.

Von der Bibliothek zog Rauch herüber, und schon bald roch ich Zigarren. Ein Raucher? Zwei? Mehr? Es waren keine Stimmen zu hören, und dem Geruch nach konnte es sich nur um Washs Lieblingstabak handeln.

Wash war allein und saß auf seinem Lieblingsledersessel. Als er mich erblickte, löschte er die Zigarre, um sich den Rest aufzuheben. Ich versuchte seine Haltung zu deuten. Er lief zwar nicht, wie ich befürchtet hatte, wie ein Tiger im Käfig hin und her, aber Washs größte Wut verbarg sich meist hinter einer ruhigen Fassade.

Ohne aufzuschauen, fragte er: »Und, war es interessant in der Stadt?«

»Könnte man wohl so sagen.«

»Könnte man wohl so sagen?« Er wurde lauter, ein erster Hinweis auf seinen Gemütszustand.

»Wieso war der Polizist hier?« Ich stellte meine Handtasche ab.

»Dafür hätte ich gerne zuerst von dir eine Erklärung.«

Das hätte ihm so gepasst. Aber ich würde mir nicht in die Karten blicken lassen, wenn es nicht notwendig war. Wer weiß, was, und ob der Polizist überhaupt über die Proteste in Manhattan Bescheid wusste. Womöglich erklärte sich sein Besuch einfach damit, dass er künftig mehr Bestechungsgeld wollte? »Ein Polizist hat gerade unser Haus verlassen, ohne mir ein Wort zu sagen. Ich glaube, ich habe ein Recht darauf, zu erfahren, wieso. Wo ist Johnny? Geht es ihm gut?«

»Ihm geht es gut. Aber ich respektiere deinen Wunsch. Setz dich.«

Ich unterdrückte mein Bedürfnis, auf und ab zu gehen, nahm Platz und nahm mein Strickzeug auf.

»Offenbar hast du versäumt zu zahlen.«

»Ah ja?« Die Nadeln klickten. Ich zählte Maschen.

»Tu nicht so, als wüsstest du von nichts.«

»Ich tue gar nicht so. Vielleicht könntest du mich darüber in Kenntnis setzen, was du weißt, damit ich dir sagen kann, wie ich dafür gesorgt habe, dass das Projekt weiterläuft und keiner von uns im Gefängnis landet.«

»Verdammt nochmal, Emily, ich hatte dich gebeten, keine Gesetze zu übertreten.«

»Was hätte ich denn deiner Meinung nach tun sollen? Das gesamte korrupte System bekämpfen?«

»Du hättest zu mir kommen können.«

»Ich dachte, es wäre besser, wenn ich dich da raushalte. Mit dir hätten sie kurzen Prozess gemacht, das ganze Projekt eingestellt und dich unter irgendwelchen fadenscheinigen Vorwürfen ins Gefängnis gesteckt. Aber bei mir? Ich glaube kaum, dass die Polizei als brutal dastehen möchte, wenn sie gegen eine unschuldige Frau vorgehen. Und sie hätten schon Gewalt anwenden müssen, um mich mitzunehmen.«

Er überraschte mich, indem er lachte.

»Also, was ist nun?« Ich legte meine Stricknadeln ab. »Machen wir weiter wie bisher mit den … ähm, Zahlungen?«

»Nein, Emily. Ich habe Freunde im Rathaus. Man wird deinen Beschützer bei der Polizei ersetzen.«

»So einfach ist das? Hätte ich das geahnt …«

»So einfach ist das nicht. Das wird etwas kosten.«

Mein Herz, das kurzzeitig höhergeschlagen hatte, rutschte in dunkle Tiefen. »Das hatte ich befürchtet.«

»Ich bin nicht wütend auf dich, weil du zur Demonstration gegangen bist, auch wenn es ohne mein Wissen und meine Billigung geschah.«

Oh Gott. Davon wusste er also auch. Ich zählte die Maschen auf meiner Stricknadel. Zählte erneut, doch die Zahl entfiel mir immer wieder. Als ich hochsah, stellte ich erschrocken fest, dass Wash sich vor mir aufgebaut hatte. Tränen stiegen mir in die Augen. Inzwischen fürchtete ich weniger seine Wut denn seine Enttäuschung. »Du hast mir gesagt, dass ich mich nicht verhaften lassen soll. Und es ist nichts passiert. Ich bin gegangen, damit es nicht so weit kommt.«

Er hielt mir eine Hand hin. »Komm her, Liebling.«

War es möglich, dass er weder verärgert noch enttäuscht war? Ich stand auf und fiel ihm in die Arme; die Tränen liefen mir nun übers Gesicht. »Es tut mir leid, Wash. Ich versuche nur, das Richtige zu tun, aber ich weiß nicht mehr, was das Richtige ist.«

»Das wird sich schon zeigen. Es ist ja nichts weiter geschehen. Aber eines muss sich ändern, zumindest vorerst.«

»Ich bin bereit, mich vom Projekt zurückzuziehen. Inzwischen läuft es wie am Schnürchen, und wir können bestimmt einen Mann für das Büro anstellen.«

»Nein.« Wash hob mein Kinn, wie vor all den Jahren im Ballsaal. Aber diesmal sah ich keine Sterne in seinen kristallblauen Augen tanzen, meine Haut kribbelte nicht unter seiner Berührung. Stattdessen spürte ich die Kraft seiner Arme, sah die ernste Sorge in seinem Blick.

»Was dann?«

»Die Vereinbarung lautet, dass die Drohungen und die Schutzgeldzahlungen aufhören. Im Gegenzug musst du versprechen, nicht mehr an Protesten gegen die Regierung teilzunehmen.«

»Aber ... habe ich da noch ein Wörtchen mitzureden?«

»Ich schätze, schon.«

Ich musste mich also entscheiden. Sollte ich meinem Herzen folgen und mich gegen diese Vereinbarung wehren, die meine Rechte als Amerikanerin beschnitt? Oder sollte ich meinem Verstand folgen, der mir sagte, dass ich hinter den Kulissen am Bau mitwirken und so einen Beitrag leisten sollte, mit dem ich womöglich viel mehr erreichen konnte? Welcher Weg würde mich an mein Ziel führen – das Wahlrecht für Frauen?

***

Frustriert über meine Unzulänglichkeit als Suffragette, stürzte ich mich Hals über Kopf in ein anderes Projekt: das Bloomer-Kostüm. Eines Nachmittags, während ich einem alten Baumwollrock mit der Schere zu Leibe rückte, spielte Johnny inmitten von ausgemusterter Spitze und Stoffen im Salon. Ich hatte gerade eine Bloomerhose und den zerfetzten Rock darüber an, als es an der Haustür klopfte und sie aufging.

»Emily?«, rief Wash schwach. Er warf den Hut auf den Kleiderhaken, verfehlte ihn aber, sodass er zu Boden fiel.

Schnell eilte ich zu ihm, als er in den Salon schlurfte und sich dabei auf den Möbeln abstützte. Er schwankte, und ich legte seinen Arm um meine Schultern und führte ihn zur Polsterbank. Nachdem ich tief Luft geholt hatte, um meine Nerven zu beruhigen, legte ich seine Beine hoch. Es würde ihm bestimmt bald besser gehen, wenn er sich ein wenig ausruhte.

Johnny versuchte auf seinen Schoß zu klettern, doch als Wash schmerzerfüllt stöhnte, nahm ich unseren kleinen Sohn, der sich strampelnd wehrte, schnell hoch und lenkte ihn mit seinem Spielzeugelefanten ab.

»Danke.« Wash griff nach meiner Hand.

»Das war ein langer Tag, was?« Mit den Fingerspitzen fühlte ich, wie stark seine Hände zitterten. War es schlimmer als gestern? Aus Furcht, er könne meine schwitzige Handfläche bemerken, entzog ich sie ihm.

»Ein Meisterwerk der Schneiderkunst.« Er lächelte.

»Wie bitte?«

Er deutete auf meine merkwürdige Aufmachung.

Ich strich den zerknitterten Rock glatt und verbarg meine Sorge hinter einem Lächeln. »Mon Dieu, das ist jetzt der neuste Schrei in Brooklyn.«

Er klopfte auf die Polsterbank, und ich nahm neben ihm Platz.

»Halt dich an deinem Petticoat fest. Oder was auch immer du da anhast.« Wash atmete flach. »Ich habe Neuigkeiten.« Er drückte kraftlos meine Hand. »Der Caisson hat aufgehört zu sinken. Wir haben endlich den Felsuntergrund erreicht.«

»Gott sei Dank!« Ich warf mich Wash an die Brust, während Johnny unsere Beine umarmte. Ich hob ihn mit Tränen in den Augen zu uns hoch. Alles würde gut werden. Wash würde nicht mehr in den Caisson hinabsteigen. »Ehrlich gesagt glaube ich, du hältst keinen weiteren Tag dort unten aus.«

Johnny tippte an meine feuchten Wangen. »Mama weint.«

»Ja, vor Freude, mein Schatz.«

Wash tätschelte Johnnys Locken. »Jetzt können wir mit dem Caisson drüben in Manhattan anfangen, während wir den Rest der Brooklyn Bridge bauen.«

Mir war, als hätte man mir den Boden unter den Füßen weggezogen. Natürlich mussten sie auch die Fundamente in Manhattan legen.

»Wenn wir erst einmal über Wasser bauen, wird es spannend, und die Leute werden staunend zuschauen. Den Turm haben wir im Nullkommanichts hochgezogen. Das wird ein größeres Spektakel als Barnums altes Museum.« Er gab ein raues Husten von sich.

Wash fuhr mit dem Finger meine schiefe Knopfleiste entlang. »Du wirst ein schickeres Kleid brauchen, wenn wir erst einmal auf dem Titelblatt des Brooklyn Eagle erscheinen.«

»Kriegen Johnny und ich dich künftig mehr zu sehen, nun, da der Caisson endlich abgesenkt ist?«

»Habt ihr nicht schon genug von mir?« Er zeigte mir ein schiefes Grinsen.

»Ich meine es ernst. Lass uns mit Johnny die Tierschau im Central Park besuchen.« Aus Angst, Johnny könne mit seinem Hüpfen Washs Unwohlsein verstärken, setzte ich ihn auf dem Boden ab.

»Ich habe leider keine Zeit, Em. Warum nimmst du nicht Miss Mann mit?«

»Schon wieder?« Ich verzog das Gesicht. »Wash, was ist mit unserem Familienleben? Es gibt jede Menge, was wir gemeinsam mit unserem Sohn entdecken könnten. Er braucht ...«

»Ganz wie du meinst, Liebling.« Washs Blick fiel auf einen Stapel Unterlagen, die ein Bote gebracht hatte.

»Hier.« Ich klatschte ihm die Papiere in den Schoß.

Er nahm sie hoch und blätterte sie durch, während ich mit in die Hüfte gestemmten Händen dastand und darauf wartete, dass er seine Frau und seinen Sohn wahrnahm. In der Zeit, die er dafür brauchte, wuchsen mir erste graue Haare.

»Ach so, ja, danke.« Er tippte auf die Papiere und winkte dann abwesend. »Natürlich, nimm ihn gern mit zur Tierschau. Das wird ihm gefallen.«

Ich fiel in mich zusammen. Wash widmete jede freie Minute dem Traum seines Vaters, aber was war mit meinem? Ich wollte ihm gerne sagen, wie sehr mich das verletzte, aber ganz offensichtlich hatte er mich mit einer Handbewegung entlassen. Wenn es eines gab, was ich über die Ehe gelernt hatte, dann, dass ich – wenn sich wirklich etwas ändern sollte – den richtigen Moment abwarten musste, um meine Bedürfnisse zu artikulieren.

So ging ich allein zu Bett, nachdem Wash in den Armen seiner Papierfrau eingeschlafen war.

SECHZEHN

Wash hatte sich zu früh darüber gefreut, dass sie auf Felsuntergrund gestoßen waren. In den nächsten Wochen musste er immer noch in den Caisson hinabsteigen, da Brückenpfeiler installiert werden mussten, um das unter der immensen Last der Steine ächzende Dach zu stützen. Erst wenn das erledigt war, konnte durch die Materialschleuse Beton eingefüllt und der Senkkasten versiegelt werden.

Unterdessen fand ich immer mehr Gefallen an meinem Bloomer-Projekt. Wash hatte mir eine Nähmaschine besorgt, und wenn ich so dasaß und das Pedal bediente, hatte ich das Gefühl, etwas geleistet zu haben, auch wenn das, was ich produzierte, nicht tragbar war. Ein paarmal entwischten mir äußerst undamenhafte Wörter, als ich mit zwischen die Lippen geklemmten Nadeln versuchte, die Maschine von einem Wirrwarr an Fäden und Stoffen zu befreien.

Das erste Mal, als ich die Alarmglocken draußen auf der Straße vernahm, drangen sie kaum zu mir vor. Der Lederriemen an der Maschine war gerissen und schlingerte umher wie eine wild gewordene Schlange, bis das Getriebe zum Stehen kam. Mein Kostüm war fast fertig, und so zog ich erst den Rock an und schlüpfte dann durch die Beine der Hose, die mit ihrer verdrehten Naht ungewöhnlich saß.

Ich vollführte eine kleine Drehung vor Johnny, und wie jedes Mal machten wir ein Ringelreihe-Spiel daraus, bis wir von einem Tumult vor der Tür unterbrochen wurden. Lautes Glockenschlagen und Pferdegalopp lockten mich ans Fenster. Draußen sah ich, wie Pferde einen Löschwagen durch den aufwirbelnden Schnee in Richtung Fluss zogen, gefolgt von einer aufgeregten Menge. Mir lief ein kalter Schauer über den Rücken.

»Miss Mann!«

Sofort eilte sie herbei und nahm Johnny hoch, während ich mir den Mantel überwarf und durch die Tür stürmte.

Ein Nachbar erzählte mir, dass es ein Problem auf der Baustelle gegeben habe, und bot an, mich in seiner Kutsche mitzunehmen. Da mir nicht nach Plaudern zumute war, schwiegen wir während der Fahrt. Als ich bemerkte, wie er gelegentlich verstohlene Blicke auf meine Hose warf, die unter meinem Mantel hervorlugte, zog ich ihn fest zu.

Als wir ankamen, rollten Feuerwehrleute Schläuche vom Fluss zu den Pumpen zurück, während sich die rußverschmierten, hustenden Bauarbeiter zum Ufer schleppten. Ich ging auf O'Brien zu, der Einars Platz am Eingang zum Caisson eingenommen hatte, und fragte ihn, was passiert sei.

»Nur 'n kleines Feuer, Ma'am. 'n paar kleinere Verletzungen.« Er fegte sich Asche und Schneeflocken vom Mantel.

»Wurden alle wohlbehalten geborgen?«

»Colonel Roebling geht's gut.«

Nun kam auch Farrington dazu. Ohne Mantel, in sauberer, gebügelter Kleidung. Offenbar war er nicht unten im Caisson gewesen.

»Guten Abend, Farrington. Wie ich höre, ist alles unter Kontrolle.« Die Bohrer in verschiedenen Längen und andere Werkzeuge, die ihm über die sehnigen Schultern hingen, sprachen nicht gerade dafür.

Er tippte sich an den Hut. »Freut mich, Mrs. Roebling. Muss nur ein paar Löcher bohren.« Grinsend entblößte er seine Zähne. »Haben Sie Obst für mich dabei?«

Da öffnete sich die Luke, und Young stieg heraus.

»Geht es Ihnen gut, Young?«, fragte ich. »Wie sind die Bedingungen da unten?«

Noch ehe er antworten konnte, traten seine Augen hervor, und er schnappte vornübergebeugt nach Luft. Farrington und O'Brien halfen ihm, sich auf den Boden zu legen. Blut tropfte aus seinen Ohren. Ich hielt seinen Kopf und betrachtete sein blasses, narbiges Gesicht. O'Brien rannte derweil los, um eine Trage zu besorgen.

Nachdem Young versorgt und Farrington hinuntergestiegen war, löcherte ich O'Brien mit so vielen Fragen, dass er schließlich einen Boten hinunterschickte, um sich nach der Situation vor Ort zu erkundigen. Da ich trotz der Kälte weder Hut noch Handschuhe trug, schmiegte ich mich in meinen Mantel und lief gefühlt stundenlang auf und ab. Ich hatte viel zu viel Zeit, mir vorzustellen, wie das Feuer wieder ausbrach und die Männer unten in der Falle saßen.

Doch nicht der Bote tauchte aus der Luke auf, sondern Farrington, der eine Rauchwolke hinter sich herzog und stirnrunzelnd die schwarzen Streifen besah, die die Asche auf seinem Hemd hinterließ, als er sie hinunterfegte. Mir zuliebe rang er sich ein halbes Lächeln ab. »Mr. Roebling lässt sich entschuldigen, es wird wohl später.«

»Er kommt nicht hoch?«

»Er sagt, Sie sollten heimgehen, und dass er bald nachkommt.«

Ein Schauer lief mir über den Rücken, aber da meine Ohren und Finger bereits steif gefroren waren, schlurfte ich durch den Schnee nach Hause, um dort auf ihn zu warten.

Stunden später hielt eine Kutsche vor dem Haus, und Stimmen ertönten. Als ich die Tür aufmachte, fegte ein kalter Windstoß herein. Das Licht der Straßenlaternen fiel auf drei Männer, die Wash auf einer Trage hereintrugen. Er sah blass aus, hob aber die Hand zum Gruß. Die Männer – O'Brien, Luciano und Dunn – kämpften sich durch den zentimeterhohen Neuschnee auf den Stufen und brachten ihn auf meinen Wunsch hin in den Salon.

»Mir geht's gut, Liebling. Ich hab diesmal keine Schmerzen«, beruhigte mich Wash mit kratziger Stimme.

»Hat dir der Rauch so zugesetzt?«

»Nein, eher eine Art Lähmung.«

Dunn schlug die Wolldecke zurück, die über seinen Beinen lag. Unter der hochgekrempelten Hose waren Washs Beine grau-weiß meliert, mit ein paar rosa Flecken. Die Männer massierten sie mit Meersalz und Whiskey.

»Ich hab versucht, ihn zu überreden, früher rauszugehen, Ma'am«, sagte O'Brien.

»Das war's dann, Jungs.« Wash entließ sie mit einem schwachen Winken.

Die Männer hörten auf zu reiben und sahen mich fragend an.

»Der griechische Bückgang hat ihn schwer erwischt, Ma'am. Der Arzt meinte, wir sollten reiben, bis er seine Beine wieder bewegen kann.«

»Ich kenne das Verfahren«, sagte Wash. »Ihr könnt jetzt gehen.«

Ich nickte, geleitete die drei zur Tür und drückte ihnen zum Abschied noch ein wenig Geld in die Hand, auch wenn sie sich zunächst weigerten, es anzunehmen. Sie waren lediglich besorgt um ihn, aber Wash konnte niemanden außer mir um sich ertragen, wenn es ihm schlecht ging.

Bevor ich die Tür schloss, drehte sich O'Brien noch einmal zu mir um. »Ma'am, ich möchte Ihnen nicht noch mehr Sorgen bereiten, aber …«

»Was denn, Mr. O'Brien?«

Er senkte die Stimme. »Es gab Arbeiter im Caisson, denen … ähm … es nicht halb so schlecht ging wie dem Colonel.«

»Und weiter?«

»Ich meine, die hatten keine Probleme mit den Beinen oder so. Nur bisschen Probleme mit dem Atmen.«

Ich drehte mich nach Wash um und zog die Tür weiter ran.

»Nun, sagen Sie ihnen, es freut mich, dass es ihnen gut geht. Ich weiß, es ist eine sehr schwere Arbeit.«

»Ma'am, genau das ist der Punkt«, er legte seine Hand auf die Außenseite der Tür. »Sie machen alle möglichen Dinge dafür verantwortlich, sie behaupten, es sei Meningitis, schwache Nieren, ein Unfall. Aber das waren alles gesunde Männer, bevor sie in den Caisson stiegen. Und jetzt«, er hielt inne und blickte nach oben, »sind fünf Männer tot.«

»Danke, Mr. O'Brien. Gute Nacht.« Nachdem ich die Tür zugemacht hatte, ließ ich mich schwer dagegenfallen. Die Neuigkeit lastete auf mir wie eine Tonne Steine. Irgendwas sollte man, musste man doch für diese Männer tun. Und was Wash anbetraf – offenbar war er kränker als die anderen. Was, wenn sein Körper dem nicht mehr standhielt?

Schnell schob ich den Gedanken beiseite. Wash würde alles tun, um weitere Verletzungen und, wie ich soeben erfahren hatte, weitere Todesfälle durch die mysteriöse Caissonkrankheit zu verhindern.

Ich kniete mich neben ihn auf den Diwan und begann, energisch seine Beine zu massieren.

»Ach, das hilft nix«, grummelte er. »Hör auf, den Whiskey zu verschwenden, und schenk mir lieber einen ein.«

Ich kam seiner Bitte nach und schenkte mir selbst auch einen Fingerbreit ein. Als ich neben ihm Platz nahm, setzte ein Gefühl der Erschöpfung ein und verdrängte meine Sorgen. »Wie ist das Feuer ausgebrochen?«

»O'Brien verträgt die Arbeit im Caisson ja nicht gut, wie du weißt. Also habe ich ihn mit Einar tauschen lassen, der noch nie unten war. Wir hatten die Henkelmänner mit dem Abendessen an langen Seilen an die Deckenbalken gehängt, damit sie nicht im Weg standen. Einar konnte seinen nicht finden und zündete ein Streichholz an. Er muss bei der Einweisung geschlafen haben.

Jedenfalls sah ich Young gerade fasziniert dabei zu, wie er

eine dritte Hähnchenkeule verdrückte, und fragte mich, wie er so viel essen konnte, als sein Gesicht seltsam gelb angeleuchtet wurde. Hinter mir lief eine Flamme die Wände zur Decke hoch.«

»Oh Gott!« Ich nahm Wash das leere Glas ab.

»Daraufhin haben die Männer eine Eimer-Kette gebildet und sich den Schlauch geschnappt. Ich hab den Wasserhahn voll aufgedreht, aber der Rauch und die Flammen hatten innerhalb kürzester Zeit die Decke und einen tragenden Balken erfasst.« Seine Augen huschten hin und her, während er offenbar mit sich rang, wie viel er preisgeben sollte. »Einar füllte gerade einen neuen Eimer, als ein Dachbalken über seinem Kopf brach und Flammen wie wild hervorschossen, bis der Balken herabstürzte und ihn unter sich begrub. Dunn und ich haben uns dann schnell Lappen um die Fäuste gewickelt, um die Flammen zurückzudrängen, und haben den Balken von ihm heruntergehoben.«

»Und? Geht es Einar gut?«

»Er hat ein paar Verbrennungen im Gesicht und an den Händen, und seine Haare sind ziemlich angesengt, aber ansonsten geht es ihm gut.« Wash rieb sich die Schläfen. »Dann hörten wir einen lauten Knall, und plötzlich entwich Luft durch das Brandloch nach oben. Die Caissonwände haben sich laut ächzend und knackend gebogen.«

Mir wurde schlecht. Mit zittrigen Händen verschloss ich das Salz und schenkte mir Whiskey nach.

»Also hab ich einen Boten hochgeschickt, um sie anzuweisen, alle sechs Kompressoren anzuwerfen. Wir verloren rasch Druck, und die Decke begann zu zittern. Ich schickte alle raus, bis auf die vier Männer, die den Schlauch hielten. Die Ziegel auf den neuen Stützpfeilern waren verrutscht, und ich befürchtete, dass das Ganze einstürzen würde. Ich stieg also auf eine Leiter, um das Loch zu inspizieren, sprühte Wasser in die Dachstruktur, und dann haben wir das Loch abgedichtet, sodass sich alles wieder einigermaßen stabilisiert hat.«

»Das heißt, Feuerwehrmann bist du künftig auch noch.«

»Um Himmels willen, bitte nicht.«

»Und ist der Caisson jetzt sicher?« Noch während ich sie aussprach, kam mir meine Frage selbst blöd vor. Nichts war sicher an diesem verfluchten Caisson.

Er schwieg, streckte die Finger und ballte sie zu Fäusten. »Das werden wir überprüfen. Farrington hat bereits ein paar Löcher gebohrt.«

»Das verstehe ich nicht. Eben sagtest du doch noch, ihr musstet das Loch abdichten, um ihn zu stabilisieren.«

»Das Dach ist keine ebene Fläche, sondern besteht aus mehreren, im rechten Winkel angeordneten Holzstreben mit Luft dazwischen.« Er hustete und wartete, bis er wieder Luft bekam. »Ich mache mir Sorgen, dass sich oberhalb der Decke unbemerkt Flammen durch die Holzstreben fressen, bis sie die Metallbarriere des Dachs erreichen. Dann würde sich das Feuer auch seitlich ausbreiten.« Er drückte die Hände wie zum Gebet aneinander, hob sie in die Höhe und zog sie auseinander. »Deshalb habe ich Farrington gebeten, kleine Gucklöcher zu bohren, um etwaige Brandherde zu beobachten. In der Zwischenzeit laufen zum Ausgleich alle Kompressoren auf Hochtouren, bis wir alles wieder versiegeln können. Aber genug davon.« Er beäugte mein ramponiertes Bloomer-Outfit. »Was zum Henker hast du da an?«

»Gefällt es dir?«, fragte ich erleichtert über den Themenwechsel. »Das ist mein neues Bloomer-Kostüm. Selbst genäht, weil sich keine Näherin gefunden hat.«

»Allerdings hat der Schnitt ein paar Mängel.« Er betastete den offenen Saum. »Wieso lässt du mich nicht eins für dich schneidern? Es wird kaum schlimmer werden.« Sein Lachen ging in ein Husten über.

Ich legte die Stirn in Falten. »Mach dich nicht über meine Arbeit lustig. Das ist ein ernstes Anliegen.«

»Ich mach mich nicht lustig. Ich näh dir dein Kostüm. Das

Nähen hab ich in der Armee gelernt. Da haben wir zwar meist nur geflickt, aber im Grunde ist es dasselbe.«

»Sei nicht albern. Wann willst du denn die Zeit dafür finden?«

Er nahm Tagebuch und Stift vom Tisch und begann, mit zitternder Hand zu zeichnen. »Im Grunde macht es keinen Unterschied, ob ich ein Bekleidungsstück entwerfe oder eine Brücke. Letztlich muss man das Problem analysieren und eine technische Lösung dafür finden. Dann muss man nur noch das richtige Material auswählen und alles entsprechend nach Maß anfertigen«, murmelte er vor sich hin.

»Du arbeitest achtzehn Stunden am Tag. Da solltest du nicht auch noch meine Probleme lösen.«

Meine Bedenken wegwischend, zeichnete Wash weiter, und seine Hand wurde zusehends ruhiger. Mit kräftigen, sicheren Strichen fertigte er eine Skizze an. Nachdenklich hielt er inne, als sein Blick auf Carries Manuskript *Violets* fiel, das auf meinem Lesesessel lag.

»Jetzt noch ein paar hübsche Elemente für meine hübsche Frau«, sprach's und fügte ein Blumenmuster hinzu. »Die Zeit habe ich. Der Baustellenarzt hat mir Bettruhe verordnet.«

Er sagte das so beiläufig, dass ich es fast überhört hätte. Mich an seinen Ton anpassend, hakte ich nach: »Was genau hat Dr. Smith denn gesagt?« Heimlich stach ich mit dem Finger in sein wächsernes Bein. Spürte er noch etwas? Ich stach fest zu – zu fest –, bis er sein Bein bewegte.

»Dass ich die Caissonkrankheit habe, was wenig überrascht. Er hat mir verboten, die nächste Zeit in den Caisson hinabzusteigen. Ich soll mein Hirn und meine Gelenke schonen, um dauerhafte Schäden zu vermeiden – so ein Unfug.«

»Dauerhafte Schäden? Wie kannst du so ruhig bleiben? Du ruinierst dir deine Gesundheit!«

»Jetzt mal langsam. Das geht wieder vorüber. Das tut es immer. Aber ich muss vorerst zu Hause bleiben. Das heißt, eine ganze Weile.« Er mied meinen Blick.

»Wie lange, Wash?« Ich rieb mir meine pulsierenden Schläfen.

»War das nicht das, was du wolltest?« Er zog die Augenbrauen hoch. »Vier Wochen, vier Monate, für immer, was weiß ich. Das konnte er mir nicht sagen.«

»Aber was ist mit dem zweiten Caisson? Wie soll das Projekt ohne dich weitergehen? Wird der Vorstand einen anderen Chefingenieur bestimmen?«

»Dafür ist niemand qualifiziert genug. Aber ich kann von zu Hause aus weiterarbeiten. Auf jeden Fall wird mir das Nähen guttun, vor allem meinen Händen und Beinen. Der Doktor wird es bestimmt gutheißen.«

Mein Blick wurde sanfter. Was er jetzt brauchte, waren meine Liebe und meine Unterstützung, nicht meine Ermahnungen. Und ganz sicher wollte ich ihm nicht das Gefühl geben, zu Hause nicht willkommen zu sein. »Es ist schön, dich zur Abwechslung mal ein wenig bei uns zu haben.« Ich nahm sein Gesicht in beide Hände und küsste seine Stirn.

Er legte die Finger auf die Lippen. »Du hast danebengeküsst.«

Ich küsste ihn erneut und kniff die Augen zu, um die Tränen zurückzuhalten, als ich an den Brand dachte.

»Hey, nicht doch.« Er wischte mir eine Träne weg, die mir entwischt war. Dann hielt er mir die Skizze seines Bloomer-Kostüms entgegen, die besser war als alles, was ich zustande gebracht hatte. »Das wird sich noch als nützlich erweisen, wirst schon sehen. Du wirst den Männern in meinem Namen Nachrichten überbringen müssen.«

***

Und so wurde ich zur Botin. Schon bald ließ ich die umständliche Kutsche stehen und ritt zu Pferd mehrere Male pro Tag zwischen unserem Heim und der Baustelle hin und her, um ein

Tagebuch mit Zeichnungen und Anweisungen sowie nicht wenige erzürnte Antworten zu überbringen. Zum Glück hatte mir Wash die Grundlagen des Brückenbaus erklärt, sodass es mir leichter fiel, seine Anweisungen zu deuten. Je komplexer die Informationen wurden, die ich dennoch zuverlässig interpretierte, desto mehr Vertrauen fassten die Männer zu mir und hielten sich mit ihren Kommentaren in meiner Nähe weniger zurück.

Natürlich gab es Auseinandersetzungen, immerhin stand viel auf dem Spiel. Eines Abends überbrachte ich Beschwerden von der Firma, die andernorts den Caisson für die Seite in Manhattan herstellte, doch Wash nahm meine Bedenken nicht ernst und warf das Tagebuch beiseite: »Der Entwurf ist solide.«

»Aber er berücksichtigt viele Aspekte nicht.« Ich tippte mit dem Finger auf ein Detail seiner Skizze der abgeänderten Materialschleuse. Diese sollte nun nicht mehr viereckig, sondern rund sein. »Das zum Beispiel passt nicht mehr zu dem hier.« Grob skizzierte ich die Schleuse, die aus dem Caisson nach oben führen sollte, aber nicht ganz in die Öffnung am oberen Ende hineinpasste.

»Verstehe.« Kurzerhand nahm Wash ein paar Änderungen an der missratenen Schleuse sowie einigen anderen Details vor, und bezog dabei Erkenntnisse zu Materialien und Technologien mit ein, die zu Lebzeiten seines Vaters noch unbekannt gewesen waren. Er musste dem aktuellen Baustand ständig ein paar Schritte voraus sein, damit alle Vorbereitungen getroffen werden und die richtige Zusammenstellung von Handwerkern, Werkzeug und Materialien herangeschafft werden konnten.

Diese Aufgabe war bei einem so großen Projekt enorm schwierig, selbst wenn man es vor Ort beaufsichtigte. Aber sie war noch schwieriger, wenn man sie mittels eines Boten ausführen musste. Mir qualmte nur so der Kopf vor neuen Informationen, und nachts träumte ich von lauter Zahlen und Diagrammen und Männern, die mit dem Finger auf mich zeigten und mich anschrien.

Jeder Tag, an dem im Brooklyner Caisson gearbeitet wurde, war eine tickende Zeitbombe, weshalb ich Young drängte, die Schichten so kurz wie möglich zu halten und die Männer so schnell wie möglich rauszuholen. Außerdem führte ich die Regel ein, keine Kerzen in den Caisson mitzunehmen, und ließ weitere Kalklichter hinunterbringen.

Niemand war mehr erpicht darauf, die Arbeit im Caisson endlich zu Ende zu bringen, als Young, der jeden Abend an Übelkeit und Kopfweh litt, wenn er die Baustelle verließ. Er und C. C. Martin, die Washs Rolle übernommen hatten, kamen am Ende der Schicht zu uns nach Hause, wo sie mir im Salon Bericht erstatteten, während Wash unten blieb.

Eines Abends bot ich ihnen einen Drink an, als mir auffiel, wie Martin mit fester Hand zugriff.

»Mr. Martin, die Arbeit im Caisson scheint Ihnen gar nichts auszumachen«, sagte ich.

»Ah, das liegt daran, dass er den ganzen Tag oben ist.« Young lehnte den Drink ab und verbarg die Hände unter den Achseln.

Mich konnte er nicht täuschen; sie zitterten.

»Wir müssen achtgeben, Mrs. Roebling, dass wir den Caisson nur betreten, wenn es absolut notwendig ist, und auch nur so lange wie nötig. Mr. Young geht unnötige Risiken ein und bekommt die Konsequenzen zu spüren.« Martin stellte sein Glas ab, stand auf, um sich zum Gehen anzuschicken, und strich sich die Hose glatt, die rätselhafterweise vom Arbeitstag verschont geblieben war.

»Das ist großer Bockmist, und das wissen Sie auch.« Young senkte den Blick. »Entschuldigen Sie, Ma'am, aber er regt mich auf.«

»Schon gut. Mr. Martin, heißt das also, Sie sind der Meinung, Mr. Roebling geht unnötige Risiken ein?«

Martin, der gerade den Hut aufsetzen wollte, drückte ihn sich an die Brust. »Um Gottes willen, nein, das würde ich niemals behaupten.«

»Gute Nacht, Gentlemen.« Ich begleitete beide zur Tür. Das Leiden und die Risiken, die die Arbeiter auf sich nehmen mussten, lasteten schwer auf mir. Ich nahm mir fest vor, sie bald zu besuchen und mit Wash und dem Doktor zu sprechen, wie wir ihnen helfen konnten. Dennoch hallten O'Briens Worte in mir nach. Fünf Tote. Fünf Tote. Fünf Tote.

SIEBZEHN

1871

Der Turmbau musste den Winter über pausieren, wohingegen die Reparaturen der Brandschäden unten im Caisson fortgesetzt wurden. C. C. Martin hatte größtenteils das Tagesgeschäft übernommen, und ich arbeitete eng mit ihm zusammen, um sicherzustellen, dass Washs Anweisungen genauestens ausgeführt wurden. Obwohl er ein fähiger Ingenieur war, fehlten ihm Washs unbedingter Wille und die Leidenschaft für das Projekt.

Mitte Januar kletterten Martin und ich zwischen den Granitblöcken und der Ausrüstung umher, um einen guten Aussichtspunkt auf den Pylonen zu finden, der inzwischen über fünf Meter aus dem Wasser ragte. Kräne wuchteten schwere Steinblöcke von Booten an Land, damit sie verlegt werden konnten, sobald es wärmer wäre.

»Wie viel Gewicht trägt der Caisson?« Martin musste ob des Windes schreien, obwohl er direkt neben mir auf einem Granitstein saß.

»Mr. Roebling sagt, er wird standhalten.«

In meiner Stimme schwang Stolz mit, und Martins Lippen umspielte ein kleines Lächeln. Wash und ich hatten stundenlang die Widerstandskraft und Beanspruchung am Fundament berechnet und dabei die Stützpfeiler, die Wände und den unbeschadeten Teil der Decke mit einkalkuliert. Ich war unzählige Male hin- und hergeritten, um die Stabilität jedes einzelnen tragenden Balkens zu bestätigen oder zu verneinen. Zwei gesattelte Pferde standen stets für mich bereit, damit sich eines zwischenzeitlich ausruhen konnte. Bisweilen unternahm ich ein Dutzend solcher Botengänge, die sich oft bis in den Abend hinzogen.

Zufrieden mit meiner Antwort öffnete Martin gerade den Mund, um eine weitere Frage zu stellen, als die donnernde Stimme von Benjamin Stone erklang. Ein Arbeiter, der bei ihm stand, deutete auf uns, und ich erstarrte. Mit zielgerichtetem Schritt und blitzenden Augen kam er wie ein heraufziehender Sturm auf uns zu.

»Vielleicht rede ich besser allein mit ihm«, sagte Martin und nahm mir das Tagebuch aus den Händen.

Stone zog den Hut und reichte mir ein offiziell aussehendes Dokument. »Mrs. Roebling, Mr. Martin. Ich will direkt zur Sache kommen. Das Komitee ist überaus unzufrieden mit der Situation.«

Ich überflog kurz die Seiten. Erneut ein ellenlanges Schreiben des Brückenkomitees bezüglich seiner Zweifel an Washs Fähigkeit, das Projekt noch leiten zu können. »Ich kann Ihnen versichern, Mr. Roebling hat alles unter Kontrolle.«

Martin kletterte vom Steinblock herunter und hielt mir seine knöcherne Hand hin, um mir herunterzuhelfen.

Stone schnaubte, blickte sich eine gefühlte Ewigkeit nach allen Seiten um und wandte sich wieder uns zu. »Aha. Ich kann ihn aber nirgends sehen. Das ist eine Anordnung vom Brückenkomitee. Wenn Mr. Roebling innerhalb der nächsten zwei Wochen nicht genesen ist und seinen Pflichten nachgehen kann, werden die Bauarbeiten ausgesetzt, bis wir einen Ersatz gefunden haben.«

***

Als ich heimkehrte, waren Johnny und Miss Mann längst zu Bett gegangen, dennoch wurde ich von einem wohligen Duft nach Schmorbraten begrüßt. Wash saß über die Nähmaschine gebeugt, umgeben von goldgelben Stoffballen.

Sanft umarmte ich ihn von hinten und spürte, wie seine Wärme meine kalten Wangen und Hände wärmte. »Das sollte eigentlich meine Aufgabe sein.«

»Nicht, wenn du damit in der Öffentlichkeit herumlaufen willst.« Er hielt einen tadellos geschneiderten kurzen Rock mit aufgestickten Blumen in die Höhe. »Die kürzere Länge ist viel praktischer. Als Zierde habe ich Pfingstrosen und Veilchen genommen. Wie findest du es?«

Mit den Fingern fuhr ich die feine Stickarbeit nach. »Woher weißt du so viel über Blumen?«

»An der Rensselaer habe ich unter anderem auch Botanik studiert; ich hatte Freude daran.« Er legte die Nadeln, das blaue, das lila und das grüne Stickgarn beiseite. »Probier's mal an.«

Während ich in den Rock schlüpfte, der mir bis zur Hälfte des Oberschenkels reichte, machte er sich Notizen in seinem dicken Skizzenbuch. Es schien, ich besaß weder die Fähigkeit zu kochen noch zu nähen, während Wash sich problemlos auf sämtlichen Gebieten zurechtfand.

»Also, hier sind alle Details dessen, was morgen ansteht, und …« Er hielt inne, um mich in meinem kurzen Rock zu begutachten, und grinste. »Hinreißend. Vor allem ohne Bloomerhose darunter.«

Ich fegte seine Bemerkung mit einer Hand beiseite, doch innerlich strahlte ich. »Das wäre ein Skandal. Also, das Kostüm ist wunderhübsch geraten, Liebster, aber …«

»Zu viele Pfingstrosen?«

»Nein, liebster Washbär, das ist es nicht.« Ich ließ mich auf den Diwan plumpsen. »Die Forderungen, du mögest auf die Baustelle zurückkehren, reißen nicht ab. Benjamin Stone kam heute höchstpersönlich im Namen des Komitees vorbei, um uns ein Ultimatum zu stellen.«

»Ach, nichts als Getöse. Hör auf, dir Sorgen zu machen. Martin weiß, was er tut, und ich bin über alles im Bilde.«

Ich wedelte mit Stones Drohschrift. Wash legte das Notizbuch hin und kam herüber, um sie zu lesen.

»Ich bin das alles so leid. Ich möchte endlich wieder anständige Kleider tragen und zu Teenachmittagen gehen und ein wenig Spaß haben. Für Johnny habe ich auch keine Zeit, und G. K. und Millie haben uns eingeladen, zu ihnen in den Westen zu kommen und sie dort zu besuchen.« Ich vergrub mein Gesicht in einem Gobelinkissen. »So hatte ich mir mein Leben nicht vorgestellt.«

»Ich kann mich nicht erinnern, dass du eine Vorliebe für anständige Kleider und Teenachmittage hattest.« Er reichte mir den Stapel zurück und hob dann meine Beine an, damit er sie sich auf den Schoß legen konnte. »Spaß und Abenteuer, das ja. Und das alles ist Teil des Abenteuers.«

»Aber es ist dein Abenteuer. Wann haben wir endlich Zeit für die Familie und dafür, für Anliegen zu kämpfen, die mir wichtig sind?«

Wash grinste schelmisch und fuhr mit der Hand unter meinen kurzen Rock. »Geduld, meine Liebe. Es verleiht den Dingen ein wenig Würze, wenn sie nicht so leicht zu kriegen sind.« Er beugte sich zu mir herüber und fuhr federleicht mit den Lippen über mein Ohr, als er flüsterte: »Hast du eben etwas von einem anständigen Kleid gesagt?«

***

Am nächsten Tag trug ich mein neues Bloomer-Kostüm auf der Baustelle. Es war deutlich schöner und bequemer als mein langes Kleid mit Unterrock, und ich war Wash unendlich dankbar dafür. Die Blicke und das Gelächter der Arbeiter ließ ich deshalb an mir abprallen.

Während ich mich auf der Suche nach Martin an den großen

Steinhaufen und schweren Geräten vorbeischlängelte, begegnete ich Farrington, der mit Luciano stritt, dem Maurer, den er sich von P. T. ausgeborgt hatte. »Hör mir gefälligst zu, wenn ich was sage, Spaghettifresser.« Farrington stand direkt vor ihm, ihre Nasenspitzen berührten sich.

»Wie bitte schön soll ich einen zehn Tonnen schweren Ziegel in ein Loch verfrachten, das für acht Tonnen ausgelegt ist, du irischer Hornochse?«

»Lass dir was einfallen. Das ist dein verdammter Job.«

Da ich eine Handgreiflichkeit fürchtete, wollte ich dazwischengehen, wurde aber ausgebremst, als der Ausleger eines großen Seilderricks einen Granitblock an mir vorbeischwenkte. Die zwei Arbeiter, die an den Kranhebeln saßen, wurden langsamer, als sie mich entdeckten. Ich musste schmunzeln, als einer von beiden mir nachpfiff und der andere ihm daraufhin in die Seite knuffte.

Endlich war der Weg vor mir frei, und ich gelangte zu den beiden Streithähnen. »Gibt es ein Problem, Mr. Farrington?«

»Nein, Ma'am. Vielleicht könnten Sie Luciano daran erinnern, dass …«

»Was? Soll ich mir jetzt von einer Frau sagen lassen, was ich zu tun habe? Gehen sie lieber heim und wechseln Sie den pannolino Ihres Babys.« Luciano spuckte auf den Boden, öffnete den Ledergürtel und ließ sämtliches Werkzeug klirrend fallen, ehe er davonstürmte.

Beim Gedanken an unsere erste Begegnung zuckte ich mit den Achseln. »Er ist immer noch sauer wegen der Leiter.«

»Was meinen Sie?« Doch noch ehe ich es ihm erklären konnte, war er schon weitergegangen, um das Verladen der Steine zu beaufsichtigen. Die Kranführer beäugten mich noch immer neugierig. Als sie den nächsten Stein anhoben, schwenkten sie zu weit nach rechts, mitten in den Gehweg. Farrington riss die Hände hoch und schrie: »Stopp!«

Unter lautem Knirschen und Knarzen rissen sie die Hebel um, doch zu spät. Durch den Schwung landete der riesige Felsbrocken direkt vor Luciano, rammte in ihn hinein und schleuderte ihn an mir vorbei quer über die Baustelle, bis sein Kopf an einer Steinwand aufschlug und er in grotesker Haltung erstarrt liegen blieb. Der Mund offen wie vor Erstaunen, die Augen starr ausgerichtet nach einem für uns unsichtbaren Ort. Ich wandte mich ab, doch der Anblick seines zerschmetterten Körpers blieb, und ich ging hinter einen Steinstapel, um mich zu übergeben.

Dort hockte ich, während die anderen sich um die Leiche kümmerten, und wischte mir mit zitternder Hand Nase und Augen ab.

»Die müssen Sie unterschreiben«, forderte mich eine Stimme grob auf und streckte mir Papiere entgegen.

»Nicht jetzt.« Ich vergrub das Gesicht in den Händen und wünschte mich weit weg. Nicht weit entfernt hörte ich einige Arbeiter, die Luciano als »aufbrausend« und »Hitzkopf« bezeichneten. Am liebsten hätte ich sie zum Schweigen gebracht, ja, am liebsten hätte ich ihnen eine Ohrfeige verpasst. Aber das war ihre Art, mit dem Schock umzugehen, mit dem Verlust. Jemand tippte mir an die Schulter – über mir schwebte Farringtons freundliches Gesicht. Er reichte mir die Hand, um mir aufzuhelfen.

»Kommen Sie.« Farrington legte mir sanft eine Hand aufs Kreuz und führte mich zu Lucianos Leiche, die inzwischen mit einem Tuch bedeckt auf einer Trage lag.

Farrington rekonstruierte noch einmal den Ablauf des Vorfalls und fragte mich, ob ich noch etwas hinzuzufügen hätte. Ich schüttelte den Kopf und trocknete meine Tränen.

»Nehmen Sie es sich nicht so sehr zu Herzen, Mrs. Roebling. Es war ein Unfall, Sie tragen keine Schuld.«

Ich wünschte nur, ich könnte ihm Glauben schenken. Ich unterschrieb die Papiere und reichte sie Martin. Einige Arbeiter standen, den Helm in der Hand, im Kreis um Luciano und erwiesen ihm die letzte Ehre.

Martin steckte die Papiere ein und bestätigte meine Vermutung. »Ihre Anwesenheit, Ma'am, stellt eine Gefahr dar.«

***

Es dauerte einige Tage, bis ich Gelegenheit hatte, den Vorfall mit Wash zu besprechen. Er war nach Trenton gefahren, um mit seinen Brüdern Geschäftliches zu besprechen. Den reibungslosen Betrieb der John A. Roebling's Sons Company zu gewährleisten war eine beständige Herausforderung für Wash und seine Brüder Ferdinand und Charles – mehr noch für Wash, der zudem das Bauprojekt von ihm geerbt hatte.

Meine Erleichterung über seine Rückkehr wandelte sich bald schon in Sorge und ein wenig Genervtheit, als er ins Haus hereingeschlurft kam und geradewegs auf seinen Lieblingsplatz in der Bibliothek zusteuerte.

»Was machen die hier?«, fragte er und knallte einen Papierstapel auf den Boden, ehe er sich in seinen Ledersessel plumpsen ließ, dessen gepolsterte Rücklehne seinem gebeugten Rücken ebenso Halt bot wie die Armlehnen seinen zitternden Armen. Genüsslich rieb er über die aus Walnussholz gefertigten runden Enden der Armlehnen. Mehr als ein Sessel war dies sein Kommandoposten, von dem aus er Befehle erteilte.

»Ich freue mich auch, dich zu sehen«, stichelte ich.

»Entschuldige, Liebling. Ich bin heute nicht gut aufgelegt.« Er zog sein Hosenbein hoch; das Knie darunter war auf die doppelte Größe angeschwollen. »Der Doktor meint, die Caissonkrankheit sei wieder aufgeflammt.«

Ich unterdrückte mein Entsetzen. »Aber du warst monatelang nicht mehr auf der Baustelle.«

Johnny kam ins Zimmer getaumelt. »Pa!«

Unser kleiner Junge hielt freudig sein Lieblingsbuch in die Höhe, doch Wash warf mir einen flehenden Blick zu, sodass ich den Kleinen schnell hochnahm, ehe er auf seinen Schoß klettern konnte.

»Können wir irgendetwas tun?« Ich versuchte, mir nichts von meiner Beunruhigung anmerken zu lassen, als ich ihm ein Glas Whiskey einschenkte. Offenbar war sein Körper so nachhaltig geschädigt, dass die Symptome selbst dann auftraten, wenn er monatelang keinen Fuß in einen Caisson gesetzt hatte. Insgeheim hegte ich Schuldgefühle, da sich ein Teil von mir nicht darum scherte, wie übellaunig oder müde er war oder welche Probleme es in der Fabrik gab. Alles, was ich wollte, war ein Ausweg aus dieser furchtbaren Situation.

»Da kann man nichts machen. Nur ausruhen.«

Die nächsten Tage ruhte er sich aus, und ich dachte darüber nach, wie ich es angehen sollte. Es war spät abends, und wir machten uns gerade bettfertig, als ich das Thema ansprach. »Das geht so nicht weiter. Wir müssen ein paar Dinge ändern.«

»Und was genau stellst du dir vor?« Er öffnete das Korsett, das seine Rückenschmerzen im Zaum hielt.

Doch darauf war ich vorbereitet; ich würde beim Anblick seiner Gebrechen nicht einknicken. Ich wedelte mit der Zeitung, die unter der Schlagzeile »Tödliche Baustelle« von Lucianos Unfall berichtete. »Ich brauche deine Unterstützung. Alleine schaffe ich das nicht.«

»Glaubst du, mir macht das Freude? Glaubst du, mir fällt es leicht, aus der Ferne zu arbeiten und den Rest meiner Familie im Stich zu lassen, während du meine Brücke baust?«

»Deine Brücke? Ist dir klar, wie lange du keinen Fuß mehr auf die Baustelle gesetzt hast? Wieso übergibst du das Projekt nicht an Martin?«

»Schau mich doch an! Meine Gelenke gehorchen mir nicht mehr. Ich stecke in einem unbeweglichen Panzer fest wie eine verfluchte Krabbe!«

Wir beide verstummten, als ein Klopfen an unserer Schlafzimmertür ertönte und uns klar wurde, dass man uns womöglich bis in den Flur hören konnte. »Herein!«

Miss Mann steckte ihren Kopf durch die Tür. »Entschuldigen Sie die Störung. Johnny ist jetzt gebadet und bettfertig.«

»Geben Sie uns noch eine Minute und bringen Sie ihn dann bitte.« Nachdem sie gegangen war, senkte ich die Stimme. »Bitte komm zur Baustelle. Ich helfe dir auch. Nicht, dass du in den Caisson steigen sollst, ganz sicher nicht, aber allein deine Anwesenheit würde viele beruhigen.«

»Glaubst du wirklich, es wird sie beruhigen, wenn sie das hier sehen?« Er setzte sich aufs Bett, den Rücken zu einem C gekrümmt, die Hände auf den noch immer geschwollenen Knien abgelegt. Er überflog den Zeitungsartikel. »Wie ist das passiert?«

»Dazu gäbe es vieles zu sagen. Ich kann einfach … Ich habe nicht die Ausbildung dafür, Wash. Ständig müssen vor Ort Entscheidungen getroffen werden. Manchmal versuche ich dann, mir vorzustellen, was du entscheiden würdest. Wenn ich danebenliege, gibt es Tote. Ein kleiner Fehltritt kann Dutzende Menschen das Leben kosten.«

Da klopfte es erneut. Miss Mann brachte mir Johnny, und ich atmete seinen frischen Badeduft ein. »Danke, Miss Mann. Ich bringe ihn dann ins Bett.« Ich nahm ihn an der Hand und ging mit ihm zum Schaukelstuhl. »Ich bin eine Gefahr.«

»Was meinst du damit?« Wash stand auf, humpelte zu uns und drückte Johnny einen Kuss auf den Scheitel.

»Abc!« Johnny suchte ein Bilderbuch heraus und kletterte auf meinen Schoß.

Der Schaukelstuhl knarzte, und die Federn ächzten unter unserem Gewicht. Mit den Fingern fuhr ich durch seine seidigen Locken, die mit jedem Tag dunkler wurden. Ich verbrachte viel zu wenig Zeit mit unserem nun schon dreijährigen Baby und versuchte, mir alles an ihm einzuprägen: seinen süßen Duft, seine weichen Wangen.

»Auf der Baustelle bin ich ein ungewohnter Anblick und lenke die Arbeiter nur ab. Das kann unter Umständen gefährlich sein«, sagte ich und nickte zur Zeitung.

»Em, natürlich werfen sie dir bewundernde Blicke zu. Gib ihnen Zeit. Sie gewöhnen sich schon daran. Aber egal was du tust, Unfälle passieren nun einmal. Ja, auch tödliche. Es gibt für nichts im Leben eine Garantie.« Er strich mir eine Strähne aus dem Gesicht. »Ihr beide hättet bei deinem Sturz von der Treppe umkommen können.«

»Das ist nicht dasselbe.«

»Doch. Wir können noch so viele Vorkehrungen treffen, solche Dinge passieren. Es ist nicht deine Schuld.« Er rieb sich die Knöchel. »Für den Moment musst du mich auf der Baustelle vertreten. Das bedeutet auch, dass du Entscheidungen treffen musst genau wie ich auch. Manchmal schneller und mit weniger Informationen, als uns lieb ist. Hör auf dein Bauchgefühl, triff eine Entscheidung und schau nach vorn.«

»Abc, Mama.«

»Ja, mein Schatz. ›A wie Alligator.‹«

Nachdem wir zusammen das Bilderbuch angeschaut hatten, brachten wir Johnny ins Bett, und Wash sang ihm etwas vor:

»Guten Morgen auf der Erde
heißt im Himmel Gute Nacht«,
sagte der Stern und löschte sein Licht,
mit dem er über deinen Schlaf gewacht.

Aber wenn du morgen zu Bett gehst,
halte Ausschau nach mir, mein Kind,
denn ich hänge meine Lampe raus,
sobald deine zu brennen beginnt.«

Wash löschte Johnnys Lampe, und wir schlichen auf Zehenspitzen zurück in unser Schlafzimmer.

»Woher kennst du dieses Lied?« Mit schweren Augenlidern schlüpfte ich aus meinem Kleid.

»Kurioserweise von einem Gefangenen der Armee der Konföderierten, der das Gedicht geschrieben hat. Die Melodie dazu habe ich selbst erfunden.« Wash nahm eine gekrümmte Haltung auf dem Bett ein und rieb sich die Knie.

»Kann ich irgendetwas tun?« Ich berührte sacht seine Schulter.

Er zuckte zurück, als sei ich elektrisch geladen.

»Nein, Liebling. Lass mich einfach.«

***

Da ich inzwischen gelernt hatte, die meisten Berechnungen selbst vorzunehmen, musste ich immer weniger Zeit damit zubringen, hin- und herzureiten, um mir Anweisungen zu holen. Die Wissenschaft vom Brückenbau faszinierte mich, regte meinen Geist an und verschaffte mir nie gekannte Erfolgserlebnisse.

In dem Maße, in dem meine Expertise und mein Interesse an dem Projekt wuchsen, ließ Washs Engagement nach. An vielen Abenden traf ich ihn an, wie er Landschaften malte – seine »Therapie«, wie er es nannte –, sich seiner Steinsammlung oder seiner wachsenden Menagerie widmete. Meist waren es Hunde, aber gelegentlich schmuggelte er auch Katzen und Kaninchen ins Haus. Johnny hatte eine Faszination für Segelschiffe entwickelt, und die beiden fertigten gemeinsam Buddelschiffe an.

»Er hat den Verstand der Roeblings und zudem geschicktere Finger«, sagte Wash und tippte sich an die Schläfen.

Ich bewunderte ihre Bastelarbeit. »Johnny, du hast ja die Cutty Sark gebaut!«

Wash verließ nur noch selten das Haus. Obwohl ihm das Gehen mittlerweile weniger schwerfiel, gaben seine Beine manchmal ohne Vorwarnung nach, sodass er zu Boden stürzte, wenn er sich nirgends abstützen konnte. So wurde ein Gehstock zu seinem steten Begleiter, bisweilen auch zwei, für jede Hand einer.

Angesichts meines Arbeitspensums wurde ich seiner wachsenden Liste an Gebrechen und Leiden zusehends leid. Manchmal wünschte ich mir, er könnte einfach eine ordentliche Dosis Laudanum nehmen und eine Woche durchschlafen. Es würde ihm so viel besser gehen. Ständig musste ich aufpassen, ihn nicht zu erschrecken, sei es durch eine Berührung, eine plötzliche Bewegung oder auch nur, indem ich sprach, ohne ihn durch ein Räuspern vorzuwarnen. Jedes Mal zuckte er zusammen und wurde nur noch gereizter. Mit ihm zusammenzuleben war, als würde man auf einem dünnen Seil über Alligatoren balancieren.

»Könnte ich kurz deine Aufmerksamkeit haben, Liebling?«, fragte ich nach einem besonders anstrengenden Arbeitstag.

»Worum auch immer es geht, du bist gewiss vernünftig genug, um eine Lösung zu finden«, antwortete Wash, der auf Händen und Knien umherrutschte, um nach einer Rattenschlange zu suchen, die erneut aus ihrem Gehege ausgebüxt war. Das Tier erinnerte mich mit seinem kohlenschwarzen Körper und den gelben Augen an den Teufel aus meinen Sonntagsschulbüchern. Seine Angewohnheit, an den unwahrscheinlichsten Orten aufzutauchen, versetzte mich ständig in Angst und Schrecken.

Als ich später am Abend so vernünftig war, mir ein schönes warmes Bad zu genehmigen, tauchte plötzlich der Kopf der Schlange aus dem Badeschaum auf. Während ich hastig aus der Badewanne stieg und beim Versuch zu fliehen auf dem rutschigen Boden ausglitt, waren meine Schreie bestimmt bis hinaus auf die Straße zu hören. Nach einiger Recherche kam Wash später zu dem Ergebnis, dass das Tier falsch bestimmt worden war; es handelte sich in Wirklichkeit um eine Wasserschlange, die »ein angemessenes Zuhause suchte«.

Mit der Zeit fiel mir auf, dass ich meinem Mann bei konkreten Fragestellungen besser eine Zeichnung oder eine Landkarte oder einen konkreten Gegenstand vorlegte, damit er sich ein Bild machen konnte. Es schien fast, als fände er mehr Gefallen an der kniffligen Fragestellung selbst als daran, sich meine Erklärungsversuche anzuhören. Daraufhin erläuterte er mir detailliert seine Analyse des Problems sowie die einfachste Lösung, es aus dem Weg zu schaffen. Leider wandte er diese Methode nicht auf die Schlange an, denn sie blieb.

***

Nachdem er mit seiner Show eine ausgedehnte landesweite Tour absolviert hatte, erweiterte P.T. seinen Zirkus und zog damit nach Brooklyn, wo er den dringend benötigten größeren Platz zu einem günstigeren Preis fand. So war er auch seinem Publikum näher, einschließlich Johnny und mir. Manchmal, wenn ich ein paar Stunden ausbrechen konnte, begab ich mich in seine Welt: die der Kuriositäten der Natur, der Kontorsionskünstler und Akrobaten. Dann nahm er sich Zeit für mich und brachte mir jedes Mal ein kleines Geschenk für Johnny mit. Welche anderen Gründe ihn nach Brooklyn gebracht haben mochten, darüber dachte ich nicht nach. Ach ja, hinterher ist man immer klüger.

Eines Tages, als ich gerade mit Abgabefristen aller Art kämpfte und sich die Papiere auf meinem Schreibtisch stapelten, kam P.T. in mein Büro spaziert. Mit erhobenem Zeigefinger bedeutete ich ihm, kurz zu warten, und er studierte derweil die Landkarten und Diagramme an den Wänden. Nachdem ich die drängendsten Aufgaben erledigt hatte, rief ich ihn zu mir.

Er griff in das Glas mit Jelly Beans auf meinem Schreibtisch. »Nach Ihrem Hinweis auf das Grundstück an der Madison Avenue habe ich sofort zugeschlagen.«

Mit Henriettas Erlaubnis hatte ich ihm die Information über den baldigen Umzug des Bahnhofs gesteckt.

»Ich werde das Grundstück von den Vanderbilts pachten, und schon bald werden Zehntausende mein Hippodrom besuchen. Sie haben mich inspiriert, Peanut.«

»Wie das?«

»Ich habe beschlossen, mich auf Familienunterhaltung zu spezialisieren. Nichts, was für Frauen oder Kinder unangemessen wäre. Wieso also nicht auch Maßnahmen ergreifen, die ihre Sicherheit garantieren, falls sie ohne männliche Begleitung zu kommen wünschen?« Er beugte sich auf dem Stuhl vor. »Ich habe eine ganze Horde von Wachmännern angeheuert, einer pro Tür, Flur und Raum.«

»Das wirkt womöglich ein wenig einschüchternd, als ob Sie Ihren Gästen Diebstahl unterstellten.«

»Hmm. Dann sollten vielleicht einige wie Gäste gekleidet sein und unauffällig umhergehen, Türen aufhalten und so was. Oder als Kellner Drinks verteilen.«

»Dagegen hätte ich nichts einzuwenden.« Mein Blick wanderte zu meinem Stapel an unerledigter Arbeit. »Ihr Hippodrom klingt wunderbar, P. T.«

»Ich will Sie nicht länger aufhalten, aber ich habe einen überaus interessanten Vorschlag für Sie.« Er grinste schelmisch.

»Wenn dieser vorsieht, dass Sie sich um das Bauprojekt kümmern und ich wieder zu etwas wie Normalität zurückkehren kann, dann immer raus damit.«

»Um Himmels willen, nein! Etwas Ermüdenderes könnte ich mir nicht denken! Vielmehr halte ich es für meine Pflicht, Sie mit spannenderen Aktivitäten aufzumuntern.« Er streckte mir beide Hände hin. »Wählen Sie eine!«

Ich tippte auf die linke, und als er sie umdrehte, lag darin ein kleiner elfenbeinfarbener Umschlag. Darin war eine wunderhübsche, an mich persönlich gerichtete Einladung.

»Eine kleine Soiree, die Charity für die Abstinenzbewegung der Frauen veranstaltet.«

»Hmm, und was ist in der anderen Hand?«

Lachend drehte er auch die andere um. Sie war leer.

Er griff erneut nach dem Süßigkeitenglas, das ich für ihn öffnete. »Welche Organisation nennt sich denn einfach Charity? Klingt ja wenig einfallsreich.«

Er griff sich eine Handvoll regenbogenfarbener Geleebonbons und schlug beide Fäuste aneinander. Als er sie öffnete, lagen in der einen nur gelbe, in der anderen nur lila Bonbons. »Meine Frau Charity würde sich freuen, wenn Sie kämen.«

Ich schlug mir mit der Hand an die Stirn. »Das tut mir leid. Ihre Frau, natürlich. Bitte entschuldigen Sie mich bei ihr.« Mit dem Stift tippte ich auf den Stapel Rechnungen vor mir, der nicht kleiner wurde. »Es war schön, Sie wieder einmal zu sehen. Vielleicht können wir uns ein andermal zu viert treffen?«

»Oh, da lassen Sie sich aber etwas entgehen!« Er stand auf und lud die Geleebohnen in zwei kleinen Haufen auf meinem Schreibtisch ab: einer gelb, einer lila, passend zu den Farben meines Kleides. »Musik! Tanz!« Er wirbelte umher, als tanzte er Walzer. »Der Soiree wird ein ausgelassener Protest der Abstinenzbewegung vorausgehen, direkt vor meinem Museum. Stellen Sie sich das doch einmal vor, Peanut – all der Trubel!« P. T. rieb sich freudig die Hände. »Jede Menge Vertreter der Elite werden da sein. Anführerinnen der Frauenbewegung, Reverend Beecher, vermutlich auch ein paar Bürgermeister und Kongressabgeordnete. Das ist Ihre Chance, sich …«

»Ich fürchte, meine Tage als Demonstrantin sind vorerst gezählt.« Ich tauchte meinen Füllfederhalter ins Tintenglas und überlegte, ob ich meinem guten Freund von Washs Abmachung mit der Polizei erzählen sollte.

P. T. trat einen Schritt zurück, als plötzlich Mr. Stone, gefolgt von zehn unterwürfigen Männern in schmierigen Anzügen, hereinpolterte.

»Mrs. Roebling.« Seine Stimme war so schmeichlerisch wie die einer Schlange. Er platzierte zwei fleischige Hände auf meinem Schreibtisch; auf seiner linken Hand prangte eine sternförmige Narbe. »Und wo finden wir Mr. Roebling?«

»Guten Morgen, Mr. Stone, Gentlemen.« Zähneknirschend rang ich mir ein Lächeln ab.

Hinter den Männern grinste mir P. T. zu und zog zum Abschied den Hut, ehe er sich zur Tür hinausschlich.

Wie gern hätte ich mich mit ihm davongestohlen. »Wie kann ich Ihnen behilflich sein?«

Stone sah P. T. skeptisch hinterher.

»Wie Sie wissen, arbeitet er auf ärztlichen Rat hin vorerst von zu Hause aus.«

»Dann werde ich ihn dort aufsuchen. Ich habe Neuigkeiten von der Society of Civil Engineers«, sagte er und zog ein kleines Paket hervor.

»Er empfängt keine Besucher, aber ich werde es ihm mitteilen lassen.«

»Die Frist ist längst abgelaufen, und dennoch ist der Chefingenieur noch immer nicht zur Arbeit zurückgekehrt.«

»Dem möchte ich widersprechen. Mein Mann arbeitet sehr wohl. Haben Sie die Fortschritte nicht gesehen?«

»Doch. Aber wir lassen uns nicht länger hinhalten. Ich gebe Ihnen noch zwei Wochen.« Er beugte sich ein wenig weiter vor; Spucke sammelte sich in den Winkeln seiner schmalen Lippen. »Der Vorstand wünscht, einen schriftlichen Beleg Ihrer Qualifikationen zu sehen, junge Dame. Sehen Sie lieber zu, dass Sie den rechtzeitig besorgen.«

***

Ganz gleich, was auch geschehen war, in der Beziehung zu meinem Mann hatte ich mich immer geborgen gefühlt, sowohl im Schlafzimmer als auch außerhalb. Als ich ihm einen leidenschaftlichen Gutenachtkuss gab und mit dem Finger seine Brust hinabfuhr, war ich deshalb überrascht, als er meine Hand wegschob.

»Tut mir leid«, entschuldigte er sich.

Ich dachte darüber nach, was ihm zusetzte. »Ich weiß, ich war zuletzt keine besonders gute Gesellschaft.« Ich streichelte seine Wange, spürte seinen weichen Bart.

Er umklammerte mein Handgelenk. »Bitte hör auf. Wenn es dir nichts ausmacht.«

Und ob es mir etwas ausmachte. Wann hatte er mich je zurückgewiesen? Noch nie. »Habe ich etwas getan, das dich verärgert hat?«

»Das ist es nicht. Gute Nacht, Liebling.« Er drückte mir einen keuschen Kuss auf die Wange und streckte seine bebende Hand nach der Lampe aus, um sie auszuschalten.

Die Kränkung und die Sorge um ihn ließen meine nächsten Worte barscher klingen als beabsichtigt. »Auf der Baustelle sind Gerüchte über dich im Umlauf – dass du dich gar nicht mehr kümmerst, und Schlimmeres.«

Wash zog sich seufzend zurück, ließ die Lampe brennen.

»Einige behaupten, du wärst invalide – dass du deine geistigen und körperlichen Fähigkeiten verloren hättest, völlig am Ende seist.« Meine Stimme war kontrolliert. Ich wusste, ich begab mich in heikle Fahrwasser. Ich streckte meine Hand nach seiner aus, zog sie wieder zurück, meine Berührung war unerwünscht. »Deine Anweisungen stehen in meiner Handschrift da, was ihre Fantasie nur noch mehr anheizt. Wieso ziehst du dich so von ihnen zurück – und von mir?«

»Körperlich bin ich am Ende. Ich kann dir nicht einmal ein richtiger Ehemann sein.« Er deutete an sich herab.

»Das ist nicht wahr.«

»Es ist wahr. Du bist nur zu beschäftigt, um es zu bemerken.«

***

In unserem großen Esszimmer, das einst zum Empfang von Gästen gedacht war, hallten am nächsten Morgen nur unsere angespannten Stimmen wider.

Wash tunkte seinen Toast in das flüssige Eigelb. »Ich habe beschlossen, zur Baustelle zu kommen. Auch wenn das nichts ändern wird.«

»Eine prestigeträchtige Institution fordert inzwischen deinen Rückzug.« Ich tippte auf den großen Umschlag auf dem Tisch, den er bislang geflissentlich ignoriert hatte.

»Wäre nicht das erste Mal.«

Ich nippte an meinem Tee, während ich versuchte, ihm den Ernst der Lage begreiflich zu machen. »Der Brief ist von der American Society of Civil Engineers.«

Wash öffnete den Brief, überflog ihn und warf ihn beiseite. »Das ist nicht auf dem Mist der Gesellschaft gewachsen – sondern auf dem einiger Idioten im Vorstand.«

»Stone.«

Er nickte. »Zum Beispiel. Außerdem sitzt er in diversen Brückenkomitees. Offenbar hegt er einen Groll gegen mich.«

»Wieso das?«

Er zuckte mit den Achseln. »Einige Leute haben ein Interesse daran, alles zu verzögern und Zweifel zu säen. Stone und Kingsley machen damit enorme Profite.«

»Aber mir kommt es eher so vor, als wolle Stone das Projekt abbrechen, nicht nur verzögern.«

»Keine Sorge. Die Gesellschaft weiß um meine Fähigkeiten und die Verlässlichkeit des Entwurfs.« Er nahm die Zeitung hoch.

»Dann musst du sie daran erinnern.«

»Ich werde meine Arbeit gewiss nicht gegenüber diesen Schuften verteidigen!« Er knallte die Zeitung auf den Tisch.

»Wende dich direkt an die Gesellschaft, Wash. Sag ihnen, du wirst diese Hetzkampagne nicht akzeptieren, und dass der Bau der Brücke fortgesetzt werden muss, denn genau das erwarten die Bürger von New York von uns.«

»Ich glaube, ich habe gerade die Antwort auf dein Dilemma gefunden.«

»Du wirst also mit ihnen reden? Gut.« Erleichtert atmete ich aus und verstaute das Schreiben wieder im Umschlag. »Wahrscheinlich müssen wir ihnen auch kein genaues Datum für deine Rückkehr nennen …«

»Ich werde der Baustelle einen Besuch abstatten. Aber ich werde mich an die Anweisungen des Doktors halten und weiterhin von zu Hause arbeiten. Und du wirst beratende Chefingenieurin.«

»Das ist absurd. Ich bin keine Ingenieurin.«

»Eads hat auch keine formelle Ingenieursausbildung, und trotzdem baut er eine Brücke über den Mississippi. Wusstest du das?«

»Eads hat keinen Abschluss?« Ich griff um ihn herum nach seinem Teller und streifte ihn dabei wie zufällig. Ich wollte noch einmal über den gestrigen Abend reden.

Normalerweise ließ Wash es sich nicht nehmen, mich hier oder da ein wenig zu zwicken, doch nun rutschte er mit dem Stuhl zurück und strich sich den Bart. »Ganz recht. Eads ist Autodidakt, genau wie du. Außerdem wirst du mit deinem weiblichen Charme und mit der geballten Kraft deiner Intelligenz die Gesellschaft für dich einnehmen.«

»Niemals, das kann ich nicht!«

»Und ob du das kannst. Du wirst die Menschen viel mehr begeistern, als ich das je vermocht habe.«

Offenbar war ihm nicht klar, was er da von mir verlangte.

Meine Knie wurden weich, und mein Mund war staubtrocken. Sprechen? Vor dem Vorstand?

Ich hatte ihm nie erzählt, welch große Angst ich hatte, vor Publikum zu sprechen. Und diese Rede konnte ihn entweder retten oder für immer ruinieren.

Wenn ich ihm erzählen würde, wie ich einmal als Kind in einer solchen Situation weggerannt und fast von einer Kutsche überfahren worden wäre, würde er über diese Ausrede nur schmunzeln. Wenn ich ihm erzählen würde, wie P. T. mir bei meiner Rede in Cold Spring geholfen hatte, mein Lampenfieber auszutricksen, wäre er sicher eifersüchtig. Wie konnte ich einem Mann, der selbst völlig furchtlos war, etwas erklären, das in seinen Augen gar nicht so weit von meinen normalen Aufgaben entfernt war? Ich wusste mich nicht zu erklären.

ACHTZEHN

Das neue P.T. Barnum Grand Traveling Museum, Menagerie, Caravan & Hippodrome in Brooklyn war eine Fundgrube an Kuriositäten und eine willkommene Flucht aus dem Alltag. Hier reihte sich ein bizarres Exponat ans andere: eingelegte Tierorgane, ausgestopfte Tiere mit zwei Köpfen sowie jede Menge Kostüme, die ohne die Clowns darin schrecklich aussahen. In einer Ecke stand in sich zusammengesackt etwas wie eine ausgestopfte Meerjungfrau; sie hatte einen haarigen Oberkörper und einen Fischschwanz und starrte mit braunen Knopfaugen ins Leere.

Henri, der über eins achtzig große Wachmann mit der sanften Stimme und dem leichten Humpeln – ein Überbleibsel aus seiner Zeit als Sklave –, hatte mich dankenswerterweise nach den regulären Öffnungszeiten eingelassen.

»Mr. Barnum ist in seinem Büro, Ma'am.« Henri machte eine Kopfbewegung zu der riesigen Eichentür hin, in die in verschnörkelter Schrift P.T.s Initialen eingraviert waren. »Die hat er aus dem alten Museum retten können.«

Er deutete auf die Skulptur neben mir. »Nicht den Riesen anfassen«, sagte er grinsend.

Eine zehn Meter hohe Statue eines nackten Mannes wachte über das Büro. Der Nackte hatte die Hände keusch über die Genitalien gelegt, scheiterte jedoch kläglich, da sich sein riesiges Glied direkt auf meiner Augenhöhe befand. Ein Plakat verkündete: Der Riese von Cardiff – eine Mumie, angefertigt in grauer Vorzeit. Entgegen Henris Warnung tippte ich mit der Fingerspitze an seine gesprenkelte graue Oberfläche. Sie hinterließ Kalk auf meinem Handschuh. Ganz offensichtlich war die Statue aus Gips.

Henri beugte sich verschwörerisch zu mir. »Ein riesiger Betrug ist das.«

Ich nickte. Die Statue war zwar beeindruckend, aber wie irgendjemand glauben konnte, es handelte sich um eine echte Mumie, entzog sich meiner Vorstellungskraft.

Henri klopfte, und auf P. T.s gedämpftes »Herein« öffnete er die schwere Eichentür.

P. T. saß hinter einem stattlichen, mit Löwen- und Elefantenschnitzereien verzierten Schreibtisch, auf einer Art königlichem Thron aus Walnussholz und rotem Samt. Alles andere hätte in diesem Raum auch deplatziert gewirkt. Jeder Zentimeter Wand war mit gemalten Postern gepflastert, die den Zirkus und das Museum bewarben. Selbst der Teppich war in knalligen Blau-, Rot und Goldtönen gehalten.

P. T. hielt den Füller in der Hand. »Hast du nach Feierabend alles abgeschlossen, Henri?«

»Ja, Sir«, erklang Henris sanfter Bariton, gefolgt vom Klang der Tür, die er hinter mir zumachte.

Ich räusperte mich und zog meine Handschuhe aus. »Störe ich?«

Seine Miene verriet Überraschung, ehe er ein breites Lächeln zeigte und mich von oben bis unten musterte. »Sieh an, sieh an, Peanut. Wie komme ich zu der Ehre?« Er steckte den Füller in seine aufwendige Halterung und zog einen Frack über, ehe er hinter seinem Schreibtisch hervorkam. »Haben Sie es sich mit der Soiree anders überlegt?« Seine Lippen berührten meine dargebotene Hand.

»Ich fürchte, nein. Aber es ist immer eine Freude, Sie zu sehen, Phineas.«

»Argh. Phineas klingt so förmlich und steif.«

»P. T.« Ich entzog ihm meine Hand. »Ich muss Sie in einer privaten Angelegenheit um einen großen Gefallen bitten.«

»Stets zu Diensten.« Als er zur Tür eilte, um nachzusehen, ob die Bürotür auch wirklich geschlossen war, war mir meine Wortwahl auf einmal unangenehm.

»Entschuldigen Sie. Wo sind meine Manieren geblieben? Kann ich Ihnen etwas zu trinken anbieten?« Mit einem Handgriff zog er das Sideboard auf, hinter dem eine gut sortierte Bar zum Vorschein kam.

»So viel zur Abstinenzbewegung«, stichelte ich. »Na gut, vielleicht einen kleinen Schluck.«

»Sie dürfen mich nicht mit meinem öffentlichen Image verwechseln. Das eine ist echt, das andere verkauft Tickets.« Er schenkte reichlich Whiskey in zwei Kognakgläser.

»Es geht um die Brücke. Wir haben einen kritischen Punkt erreicht.«

»So hörte ich, ja.« Wir stießen an. »Auf dass dieses große Abenteuer von Erfolg gekrönt sein möge!« Er nippte an seinem Glas. »Ich weiß, Ihr tüchtiger Ehemann ist nach wie vor verhindert. Und auch wenn Gerüchte über Sie im Umlauf sind, bin ich mir sicher, Sie tragen nicht halb so viel Schuld daran, wie man uns glauben machen möchte.«

Selbst durch das Glas hindurch sah ich sein Grinsen. »Ach herrje, Gerüchte. Wie Sie wissen, fungiere ich als Koordinatorin für das gesamte Projekt.«

»Mir sind da schlüpfrigere Details zu Ohren gekommen.«

Ich atmete tief ein. Das Aroma des Whiskeys war sogar noch besser als sein Geschmack. Ich nahm einen kräftigen Schluck. »Ich habe meinen Mann weder aus seiner Rolle verdrängt noch mir einen Liebhaber gesucht, falls Sie darauf hinauswollen. Durch meine Arbeit bin ich ständig von Männern umgeben. Muss man sich deshalb das Maul zerreißen?«

»Schockierend, oder?«, schmunzelte er.

»Ich möchte Mr. Roeblings Ehre und die meine verteidigen. Deshalb bitte ich Sie um Ihre Hilfe.«

Er schwenkte die bernsteinfarbene Flüssigkeit. »Vielleicht

sind Sie der Ehre und der Brücke Ihres Mannes ein wenig zu sehr verpflichtet.«

Ich leerte meinen Drink und genoss die angenehme Wärme, die mir vom Hals ins Gesicht stieg. »Ich weiß genau, dass Sie nicht halb so ein Halunke sind, wie Sie vorgeben.«

Er nahm mein leeres Glas und zog die Augenbraue hoch. »Voll und ganz ein Halunke trifft es wohl eher. Aber Sie haben mich mit Ihrem Charme vom ersten Moment an verzaubert, da mir selbst jegliche Form von Raffinesse abgeht. Nun, worin besteht der große Gefallen?«

»Eigentlich ist es ganz simpel und entspricht Ihren Talenten.«

»Ah, Sie wollen eine Show abhalten! Vielleicht eine Zirkusshow am Flussufer? Denken Sie nur an die positive Publicity, die das bringen würde! Wieso nicht? General Tom Thumb und der Riese von Cardiff könnten auftreten.«

»Oh Gott, nein, das hatte ich nicht im Sinn. Ich möchte, dass Sie mir einige Ihrer Fertigkeiten beibringen.«

Seine Augen funkelten. »Da gibt es jede Menge. Was soll es sein? Tierdressur? Magie? Lukrative Wohltätigkeit?«

»Nein.«

»Ah, Tanzen!« Er summte eine Melodie. »Ich bin ein ziemlich leichtfüßiger Tänzer«, sagte er und hob meinen Arm, damit ich mich darunter drehen konnte, aber ich blieb stehen. »Nein? Was dann?«

»Ihr berufliches Können. Ihre Showman-Qualitäten.«

Er hämmerte mit der einen Faust auf die andere. »Sie wollen ins Showgeschäft einsteigen!«

»Um Himmels willen, nein!«, lachte ich. »Ich muss mit dem Vorstand reden und dafür bürgen, dass mein Mann imstande ist, das Projekt zu leiten. Aber allein der Gedanke, vor Publikum zu sprechen, macht mir Angst.«

»Ich erinnere mich.«

»Und ich muss die heikle Frage seines Gesundheitszustands erklären.«

»Wie es der Zufall will, bin ich ein Experte auf dem Gebiet. Das heißt, darin, vor Publikum zu sprechen. In Gesundheitsfragen kenne ich mich nicht besonders aus.«

»Sie werden mir also helfen?«

»Unbedingt. Es ist mir stets eine Freude, Zeit mit Ihnen zu verbringen, Peanut.« Er nahm meine Hände in seine und sah mir intensiv in die Augen. »Sie erleuchten einen Raum, sobald Sie ihn betreten. Sie sind eine Freude für die Sinne, eine frische Brise in meinem chaotischen Leben.«

Ich räusperte mich und brach den Bann, in den er mich gezogen hatte. »Ich bezahle Sie natürlich auch.«

»Natürlich, ich bin schließlich vom Fach.« Er wühlte in einem Humidor nach einer Zigarre, klemmte sie sich zwischen die Zähne und tastete seine Taschen nach Streichhölzern ab. Dann fummelte er an einer blauen Glasflasche herum, die eine kleine Flamme produzierte, die jedoch nicht ausreichte, um seine Zigarre zu entzünden. »Offenbar sind Sie die Einzige in diesem Raum, bei der der Funke sofort überspringt.«

»Welchen Preis schlagen Sie also vor?«

»Fünfhundert Dollar. Bar im Voraus.«

»Fünfhundert Dollar!« Ich zog einige Geldscheine aus meiner Bluse hervor. »Ich gebe Ihnen fünfundzwanzig.«

Er nahm das Geld entgegen und zog es langsam unter der Nase hindurch. »Wenn mein Honorar zu stattlich ist, kann ich mich auch anderem zuwenden.«

Mir rutschte das Herz in die Hose. Die Bridge Company. P. T. zählte bereits zu unseren Geldgebern. »Möchten Sie, dass die Brücke nach Ihnen benannt wird?«

»Ha! Ein herrlicher Vorschlag. Aber nein, Peanut. Ich werde aus Ihnen eine überzeugende und eloquente Rednerin machen. Und ich will weder Geld noch eine nach mir benannte Brücke im Gegenzug.«

»Wollen Sie mich etwa kompromittieren?«

»Ich bin ein fehlerbehafteter, aber mehr oder weniger moralischer Mann. Wie das Schicksal so spielt, sind wir beide verheiratet. Ich erbitte mir also lediglich einen Kuss. Ein schlichter Kuss, der unsere Abmachung besiegelt und an den ich insgeheim für immer zurückdenken kann.«

»Ein Kuss. Oder fünfhundert Dollar.« Meine Lippen kribbelten vom Whiskey, und mein zunehmend umnebeltes Hirn versuchte, den Sinn dieser Abmachung zu begreifen. Aber natürlich ergab das keinen Sinn. Es war schließlich P. T.

»Das ist mein Angebot. Nur heute gültig.«

Er schenkte uns beiden ein weiteres Glas ein. Ich dachte über die Abmachung nach, während ich am Whiskey schnupperte und ihn dann in einem Zug hinunterkippte. Als er nachschenken wollte, schüttelte ich den Kopf. Er wischte unsere Gläser aus und stellte sie zurück in die Bar.

Ich deutete auf meine Wange, wie um zu fragen: Reicht das?

Er schüttelte den Kopf. Sein Angebot war eindeutig.

Meine Bluse war mit einem Mal so verschwitzt, dass ich sie ein wenig lüften musste. Was konnte es schon schaden? Ein schneller Kuss, an den er sich immer erinnern konnte. Niemand würde es je erfahren. Ich drehte an meinem Ehering. Was hatte Wash gesagt? Mein vernebeltes Hirn ratterte, bis es sich erinnerte: Hör auf dein Bauchgefühl, triff eine Entscheidung und schau nach vorn. Die Bürotür war geschlossen. Henri konnte uns nicht hören. Und ein Teil von mir, aufgelockert vom Whiskey, sehnte sich nach dem verbotenen Kuss.

»Sie sind ein Halunke.«

Mit einem Grunzen verstaute er seine Zigarre im Humidor. »Wohl wahr. Vor allem aber bin ich Geschäftsmann, und ich kenne den Wert meiner Dienstleistung. Die Entscheidung liegt bei Ihnen.«

»Und ich bin Geschäftsfrau. Insofern nehme ich Ihr Angebot an.«

Lächelnd raffte er die Geldscheine in der einen Hand zusammen und streckte die andere aus, um seinen unverschämten Gegenpreis einzufordern. Ich nahm ihm die Geldscheine aus der Hand und steckte sie zurück in ihr Versteck, dicht an meiner Brust. Seine Augen wurden groß, und er nahm meine Hand. Ich schloss die Augen, bereit für seinen Kuss. Sanft strich er mein Haar zurück, küsste meine Stirn und Wangen. Dann berührten seine Lippen hauchzart die meinen.

Vor Überraschung öffnete ich die Lippen und seufzte erleichtert, woraufhin er seine Lippen fester auf meine presste und seine Zunge meine suchte; ein Mix aus Whiskey und Nelke. Er küsste mich erneut, eine Hand streichelte meine Wange, die andere presste sich fest gegen meinen Rücken. Ich klammerte mich an seine Schultern und erwiderte seine Leidenschaft, genoss das Gefühl der glatten Seide unter meinen Fingern und das Kribbeln vom Scheitel bis zu den Zehen. Ich brauchte ihn. Ich musste aufhören. Aber meine Vernunft taumelte machtlos umher, während er mich so küsste, wie es Wash nicht tat.

Seine Hände wanderten zu meiner Brust, seine Lippen streiften meinen Hals, seine Koteletten kitzelten mich. Ich trat zurück, doch er folgte mir, lehnte mich gegen seinen Rolladensekretär.

Meine Alarmsirenen schrillten, und ich presste die Hände gegen seinen Brustkorb. »Bitte …«

Doch er hielt mich nach wie vor fest. Ich schob ihn sanft weg. »Bitte aufhören, meinte ich.«

Er ließ mich los und schüttelte den Kopf. »Es ist einfach mit mir durchgegangen.«

Meine eigene Beteiligung war mir nur allzu bewusst. Ich wollte es so sehr wie er, mein Körper reagierte auf ein Bedürfnis, mein Kopf auf die Anziehungskraft des Verbotenen. Washs Gesundheitszustand verwehrte mir die Freuden, nach denen ich mich so sehnte, doch das war keine Ausrede.

Eine Mischung aus Scham, Hitze und Kälte ließ mich Reißaus nehmen. Mit beiden Händen riss ich die schwere Bürotür auf und rannte durch die gruseligen Attraktionen des dunklen

Museums hindurch. Klatsch! Ein Glas fiel zu Boden, und ein Fisch mit zwei Köpfen schwappte heraus. Schnell lief ich darum herum und rannte weiter. Die Vordertür war verschlossen, und ich hämmerte mit den Fäusten dagegen, bis Henri herbeigeeilt kam, um mich hinauszulassen.

»Gute Nacht, Mrs. Roebling.«

***

Am nächsten Tag brachte mir ein Kurier eine weiße Schachtel mit den Handschuhen, die ich wieder einmal verloren hatte. Sauber und makellos lagen sie auf einem Bett aus Seide, neben ein paar Veilchenzweigen und dem Buch *Violets* von Carrie Beebe. Auf der beigefügten Karte stand: Um es mit Blumen zu sagen, Sie inspirieren mich: »Veilchen für Aufmerksamkeit, Treue und das Versprechen, immer da zu sein.« Bitte erweisen Sie mir die Ehre, auch meinen Teil unserer geschäftlichen Vereinbarung einzulösen. – PTB

Ich dachte an den ersten Handschuh, den ich bei ihm verloren hatte, als ich Hals über Kopf aus dem neuen Zirkus gestürzt war. Und nun schon wieder. Offenbar wusste P.T. um die Wirkung, die er auf mich hatte, war aber bereit, diese zugunsten des Geschäfts beiseitezuschieben. Was genau das war, was ich ebenfalls vorhatte.

***

Das Museum machte bei Tag einen ganz anderen Eindruck, als ich zu meiner ersten Rhetorikstunde eintraf. Warme Sonnenstrahlen sorgten für verspielte Lichteffekte, und es gab keine dunklen Ecken, in denen sich fürchterliche Kreaturen verbergen konnten. Einige Besucher streiften umher, darunter auch unbegleitete Frauen. Henri plauderte mit Miss Mann, die auf Johnny aufpasste.

»Mach nichts kaputt.« Ich küsste Johnnys süßes Gesicht. Seine blauen Kulleraugen blinzelten erstaunt darüber, dass ich so etwas von ihm annahm. Ganz der Vater.

Widerstrebende Gedanken regten sich in mir, und ich fragte mich, wie klug es gewesen war, wieder herzukommen, und ob es nicht andere Wege gab, mein Dilemma zu lösen. Auf der Suche nach den wahren Motiven für mein Handeln beschloss ich, es auf einen Moment der Schwäche sowie auf den Whiskey zu schieben. Ich straffte die Schultern. Um in dieser Männerwelt erfolgreich zu sein, musste ich stark sein.

P.T. erschien pünktlich zur vereinbarten Zeit und führte mich in eine ruhige, aber von Anderen einsehbare Ecke. »Verzeihen Sie mir?«, fragte er mit beschämtem Grinsen.

»Ich war selbst nicht ganz unschuldig.« Ich öffnete meine Handtasche und holte Reisetintenglas, Tropfenzähler und Füllfederhalter heraus. Zuletzt zog ich zwei Geldscheine hervor und reichte sie ihm. Er legte seine Hände über meine, aber ich entzog sie ihm. »Das hier ist eine Geschäftsvereinbarung.« Meine Hände zitterten, als ich den Füller befüllte; Tinte kleckerte auf den Eichentisch.

Er ging hinter mir auf und ab. »Nervös?«

Ich nickte, versuchte, die Tinte mit einem Lappen aufzuwischen, richtete aber nur noch mehr Chaos an.

»Spüren Sie, wie Ihnen das Blut in den Kopf steigt? Sind Ihre Hände schwitzig, und Ihre Nerven spielen eine Symphonie von hier« – er berührte meinen Hals und fuhr dann an meiner Wirbelsäule hinab – »bis in unbekannte Gebiete?« Er beugte sich näher und flüsterte in mein Ohr: »Denken Sie an unseren Kuss?«

»Ich hätte nicht wiederkommen sollen.« Ich schob den Stuhl zurück, doch er hielt mich mit fester Hand zurück.

»Merken Sie sich dieses Gefühl!«, verkündete er mit der Stimme eines Agitators. »Das sind dieselben Gefühle, die Sie haben werden, wenn Sie vor Publikum stehen. Stellen Sie es sich wie eine Kleideranprobe vor, akzeptieren Sie das Unwohlsein, ja, genießen Sie es gar, als Zeichen Ihrer Leidenschaft.«

Ich blieb sitzen.

Er klatschte in die Hände und erschreckte mich. »Sie müssen die Bühne beherrschen.«

Bühne beherrschen, schrieb ich in mein Tagebuch.

»Nein, nein, legen Sie das weg.«

Ich hielt seinem Blick stand und versuchte, Seriosität und Willensstärke auszustrahlen.

Für einen Moment blickte er mich verwirrt an. Oder verletzt. Oder womöglich gleichgültig, denn innerhalb einer Sekunde war es fort, und er lief im Kreis um mich herum. »Blicken Sie Ihrem Publikum furchtlos ins Auge, einem nach dem anderen.«

***

In den nächsten Wochen trafen wir uns viele weitere Male. P. T. zeigte mir Redetechniken, bei denen ich seinen Stil imitierte und lachte und wild gestikulierte. Er korrigierte meine Haltung und Handbewegungen, bis ich meinen eigenen Stil fand, und ließ mich meine Rede vor ihm, Henri und Miss Mann als Publikum üben.

Bei einer seiner Übungen konnte ich testen, inwiefern ich Versuchungen widerstand.

»Das haben mir die chinesischen Akrobaten beigebracht.« Er ließ mich Platz nehmen, stellte sich hinter mich und massierte in kreisförmigen Bewegungen mit dem Daumen verschiedene Punkte an Nacken und Schultern. Dabei sagte er jedes Mal: »Spüre den Muskel. Und lass los.« Am liebsten hätte ich immer so weitergemacht. Dieses Gefühl irgendwo zwischen Schmerz und Behagen erzeugte eine nie gekannte Hitze in mir.

Als er aufhörte, musste ich mich zusammennehmen, um ihn nicht anzubetteln weiterzumachen. Das wäre gegen die Regeln gewesen, die ich mir selbst auferlegt hatte. Hätte ich mich jemandem anvertrauen können, dann wäre vielleicht meine innere Stimme verstummt, die mir ständig sagte, dass ich etwas Falsches tat. Dann hätte ich die Aufmerksamkeit und die angenehme körperliche Erfahrung einfach genießen können, ohne mich darum zu scheren, wie das auf Außenstehende wirken könnte. Aber ich wusste, es gab niemanden, mit dem ich über meine Situation hätte reden können, und niemanden, der mir geraten hätte weiterzumachen, selbst wenn es etwas so Harmloses war und im Beisein von Henri und Miss Mann geschah.

***

Der Hörsaal, in dem ich mein – beziehungsweise Washs – Anliegen vor der American Society of Civil Engineers vortragen sollte, war voll besetzt und voller Leben. Beziehungsweise voller Tod: Vor mir saßen reihenweise Männer in schwarzen Anzügen, so ernst dreinblickend wie Bestatter. Als ich neben der Bühne wartete, schlug mir das Herz bis zum Hals. Meine Wangen glühten, und ich legte meine vor Nervosität kaltschweißnassen Hände darauf. P.T.s Worte hallten in meiner Erinnerung nach: Akzeptieren Sie das Unwohlsein, ja, genießen Sie es gar.

Nachdem mich der Präsident der Akademie vorgestellt hatte, bestieg ich das Podium. Es fühlte sich an, als starrten mich Tausende Gesichter an. Diesen Moment hatte ich mir so oft ausgemalt und geprobt, und ich wusste, ich durfte meine Sprechmuskulatur nicht von meiner Angst lähmen lassen. Wie ich es gelernt hatte, konzentrierte ich mich daher zunächst auf das, was ich kontrollieren konnte: meine Atmung. Man braucht eine kraftvolle Atmung, um Worten Leben einzuhauchen. Außerdem sah ich das Publikum nicht als einschüchternde Masse an, sondern jeden als Einzelperson, mit der ich von Angesicht zu Angesicht reden würde.

Ich begann also die Rede, die ich auswendig gelernt hatte: »Es ist mir eine große Ehre, als erste Frau vor diesem geschätzten Berufsverband sprechen zu dürfen. Vielen Dank dafür. Zugleich hoffe ich, durch meinen Vortrag Ihre Befürchtungen ein für allemal ausräumen zu können …« Die Worte kamen zu gepresst aus mir heraus. Die Männer lehnten sich derweil zurück, besahen ihre Fingernägel und warfen einen Blick auf ihre Taschenuhren.

Meine Wangen glühten, und meine Eingeweide drehten sich um. Egal. Dann brannte ich eben vor Leidenschaft, was meine Botschaft betraf. Dann protestierte mein Inneres eben. Ich suchte mir einen Menschen im Publikum heraus, begegnete seinem Blick und sprach ihn direkt an, der daraufhin zustimmend nickte. Dann wanderte mein Blick zu dem Mann neben ihm, und dahinter, und direkt vor mir. Nun klangen meine Worte nicht nach dem auswendig gelernten Tischgebet eines Kindes, sondern kamen direkt aus meinem tiefsten Inneren, waren getragen von meiner Arbeit.

Die Zuhörer beugten sich vor, als ich unsere bisherigen Erfolge aufzählte. Ich stand erhobenen Hauptes da, als schwebte ich leicht über dem Boden. Vielleicht war es dieses Triumphgefühl, das P. T. so an der Bühne gefiel.

»Insofern, Gentlemen, können Sie sich auf den messerscharfen Verstand und die technische Brillanz meines Mannes verlassen. Ich bin zutiefst dankbar für Ihre Besorgnis und Ihre Nachfrage.« Aus dramaturgischen Gründen setzte ich eine Pause und ließ den Blick durchs Publikum schweifen. »Aber wenn Sie, trotz jeglicher fehlenden Beweise für technische Mängel oder Fehleinschätzungen meines Mannes, noch immer der festen Meinung sind, er solle ersetzt werden, dann liegt es in der Hand Gottes, worauf ich trotz all meiner wohlmeinenden Bemühungen keinerlei Einfluss habe.«

Ich schloss die Augen, holte tief Luft, und als ich sie öffnete, sah ich, dass das Publikum aufgestanden war. Donnernder

Applaus erfüllte den Saal und mein Herz. Und da, in der ersten Reihe, stand P. T., die Arme zu einer Siegerpose hochgerissen, die Hände ineinander verschränkt. Ich nickte ihm zu und verzieh ihm, welch ehrrührigen Preis er für seinen Unterricht verlangt hatte. Doch mich selbst konnte ich nicht so leicht von Schuld freisprechen.

NEUNZEHN

Nach meiner Rede vor der American Society of Civil Engineers blieb immer noch das Problem mit der Bridge Company und ihrer Drohung, Wash vom Projekt abzuziehen. Den ganzen Frühling über stattete Benjamin Stone unserem Büro regelmäßig zunehmend bedrohlichere Besuche ab und forderte Belege über Washs Gesundheitszustand und meine Qualifikation.

Nach einigen Wochen waren Washs Symptome so weit abgeklungen, dass er an einem Stock kurze Distanzen zurücklegen konnte, sodass er sich bereit erklärte, der Baustelle einen Besuch abzustatten, während ich Stones Büro besuchte.

»Nur ein letztes Mal, damit Stone uns endlich in Ruhe lässt. Bei der Gelegenheit kannst du dir auch selbst ein Bild von den Feuerschäden machen.«

Wash hatte als echter Gentleman darauf bestanden, einen der Ranzen mit den Unterlagen zu tragen. »Es wird zwar nicht notwendig sein, aber ich tue es für dich, Liebling.«

Wir hielten vor Stones Bürogebäude. Wash reichte mir den Ranzen, sah dann aber stirnrunzelnd zu, wie ich mich mit dem Extragewicht abmühte. »Ich komme mit dir rein.«

»Nein. Es ist bestimmt nicht hilfreich, wenn er dich so sieht …« Ich verstummte. »Stone soll wissen, dass du auf der Baustelle bist.«

Er verlagerte das Gewicht von einem aufs andere Bein.

Die Schuld nagte an mir. Ich verlangte ihm zu viel ab. Wir hätten die Kutsche nehmen sollen. »Ist dir klar, welche Macht er besitzt?«

»Wegen ihm mach ich mir keine Sorgen.« Er drückte mir einen Kuss auf die Wange, ehe er die Straße hinunterhumpelte.

Dasselbe konnte ich von meinem Erzfeind nicht sagen. »Bleib nicht so lang im Caisson, nicht mehr als fünf Minuten am Stück, hörst du!«, rief ich Wash hinterher. Dann schnappte ich mir die schweren Bündel und stieg die Treppe zu Stones Büro empor.

***

Benjamin Stone saß in seinem elegant eingerichteten Büro hinter einem massiven Schreibtisch. Zu seiner Rechten große Fenster, durch deren dicke grüne Samtvorhänge schmale Lichtstreifen fielen. Ihm gegenüber, am anderen Ende des Raumes, stand ein verzierter Marmorkamin, über dem ein Gemälde in einem edlen Goldrahmen hing. Eine Wand war von Bücherregalen bedeckt, auf denen sich bis zur vier Meter hohen Decke hinauf dicke Bände aneinanderreihten.

Ich ignorierte die einschüchternde Umgebung und ließ mich von P. T.s Showtalent inspirieren, als ich die zwei Ranzen auf seinem Schreibtisch entleerte und dabei einen meterhohen Stapel Dokumente aufschichtete. Der Anblick des Unterlagenstapels war beeindruckend; umso mehr als einzelne Sonnenstrahlen, in denen der Staub umherwirbelte, darauffielen, was dem Ganzen die Anmutung eines Schatzes verlieh. P. T. wäre stolz auf mich gewesen. »Meine Referenzen, Sir. Wie Sie feststellen werden, fehlen offizielle Zertifikate. Unglücklicherweise sind diese Frauen in unserem Land nicht zugänglich.«

Trotz seiner bisherigen Drohgebärden schien ihn eine plötzliche Lethargie befallen zu haben, und er ignorierte sowohl meine Bemerkung als auch den Stapel. Stattdessen nickte er nur, rieb die kuriose Narbe an seiner Hand und starrte auf irgendetwas hinter mir. Ich folgte seinem Blick zu dem Gemälde über dem Kamin. Das Portrait zeigte eine Frau mit braunen Locken sowie ein kleines Mädchen mit ähnlichen Löckchen.

»Es wird Sie freuen, zu hören, dass Mr. Roebling sich in diesem Moment auf der Baustelle befindet, falls Sie ihn sprechen möchten.« Ich nahm die Ranzen wieder an mich.

Erneut nickte er, den Blick noch immer auf das Gemälde fixiert. »Meine Frau und mein Kind.«

»Äußerst liebreizend. Wie alt ist Ihre Tochter?«

Er warf mir einen gereizten Blick zu. »Wissen Sie es denn nicht?«

»Nein, ich …«

»Setzen Sie sich.«

Es war mehr ein Befehl als ein Angebot, also nahm ich ihm gegenüber auf dem grünen Samtstuhl Platz, verschränkte die Hände im Schoß und machte mich gefasst auf eine neuerliche Lektion.

Unruhig lief er auf dem persischen Teppich auf und ab, ehe er am Fenster stehen blieb. »Ich finde es jämmerlich, dass Sie hier auftauchen, Ihre Kenntnis und Kompetenz beteuern und nicht einmal über die jüngste Geschichte des Brückenbaus im Bilde sind. Sagt Ihnen der River Dee etwas?« Mit hochrotem Gesicht kam er auf mich zugestapft.

Ich kniff die Augen zusammen. Wie sollte ich mich konzentrieren, wenn er sich wie ein Bär vor mir aufbaute.

»Vor zwanzig, dreißig Jahren ist dort eine Brücke eingestürzt«, sagte ich. »Eine ziemlich ungewöhnliche Brücke, wenn mich mein Gedächtnis nicht trügt.« Sein Gesicht war nun nicht mehr wutverzerrt, sondern voller Trauer. Ich betrachtete noch einmal das Gemälde. In mir tat sich ein Loch auf, und Mitgefühl trat an die Stelle, wo meine Überheblichkeit ins Nichts verschwunden war. »Es tut mir leid. War Ihre Familie betroffen?«

»Das war 1847.« Er wischte sich mit dem Taschentuch Augen und Brille. »Ich war Bauinspektor, und überall in Europa wurden Schienen verlegt. England, Schottland, Wales – mein Team musste jeden Zentimeter der Trassen abnehmen, jede neue Maschine genehmigen und die Stabilität der Brücken sicherstellen. Wie oft habe ich ihnen gesagt, dass es zu viel war, alles viel zu schnell ging? Änderungen wurden genehmigt, ohne die Sicherheit zu gewährleisten. Dann hatten wir eine neue Route zum Prüfen bekommen, eine Eisenbahnstrecke nach Ruabon in Wales. Auf die erste Reise für Passagiere nahm ich meine Frau und meine Tochter mit, da sie mir so fehlten. Es war ein grauer, regnerischer Frühlingstag. Typisch England. Aber der Eisenbahnwagon war eine Augenweide. Geschnitzte Mahagoniwände, Sitze mit Samtüberzug.« Er malte mit der Hand einen Kreis in die Luft. »Meine kleine Tochter wischte ein Loch an der Scheibe frei, damit ihre Stoffpuppe rausschauen konnte. Dann hielt sie sie mir hin und sagte: ›Gib Gertrude einen Kuss von mir‹, und ich täuschte vor, das versiffte Ding zu küssen.«

»Das war süß von Ihnen.« Was zum Henker das alles mit meiner Qualifikation zu tun hatte, war mir ein Rätsel. Es kam mir vor, als sei das nur eine Vorwarnung, das entfernte Donnern vor dem Unwetter.

»Hmpf. Jedenfalls, als wir die Brücke überquerten, setzte ein Vibrieren ein, das auf uns zukam und sich zu einem Beben steigerte. Dann ging eine wellenartige Bewegung durch die Brücke wie bei einem Erdbeben, die Eisenstreben wurden heftig erschüttert und rissen sich von den Pfeilern los. Dann hörte man das Pling, als die Zugkräfte auf die Verbindungselemente einwirkten und Nieten wegschossen wie Patronenkugeln. Eine flog mir direkt durch die Hand.« Er massierte die Narbe mit dem Daumen.

»Wir flogen vorwärts durch den Wagon. Man hörte ein lautes Krachen, als die Holzbrücke brach. Genau in dem Moment, als ich die Arme um beide legen wollte, um sie zu beschützen, wurden wir auseinandergerissen.«

»Haben sie sie wiedergefunden? Konnten alle sicher den Zug verlassen?«

»Ich habe das Fenster eingeschlagen, um einen Fluchtweg zu schaffen. Aber der Zug stürzte in den Fluss, und kalte, graue Wassermassen spülten mich vom Fenster fort. Ich kämpfte gegen die Strömung und um Luft und versuchte gleichzeitig, meine Familie zu erreichen. Doch sie waren zu weit weg, und tosendes Wasser stürzte auf mich ein. Der erste Schock wich einer Art Starre, und ich wurde immer tiefer in dunkles, eiskaltes Wasser hinabgezogen. Ein Strudel zog mich hinab, ich war ganz und gar überwältigt und nutzlos.« Er lehnte sich mit geschlossenen Augen zurück, niedergeschlagen und erschlafft wie ein leerer Luftballon. »Ich wartete auf die Erlösung, darauf, mit den anderen in der reißenden Strömung für immer fortgespült zu werden.«

Instinktiv schlang ich die Arme um mich, als die Erinnerung, wie ich selbst einmal beinahe ertrunken wäre, mich wieder einholte. »Aber Sie haben überlebt. Und Ihre Frau und Tochter?«

Er schüttelte den Kopf.

»Was für eine Tragödie. Ich weiß, was Verlust bedeutet.« Das Portrait über dem Kamin wirkte nun sehr viel realer; die junge Mutter war mir nicht einmal unähnlich. Ich erzählte ihm vom frühen Tod meiner Schwester. Es entstand ein Moment des Respekts füreinander und für die Kräfte der Natur, die der Mensch nicht immer bändigen kann. Doch innerhalb von Sekunden war seine sensible Seite verschwunden.

»Wie ich höre, beabsichtigt das Brückenkomitee erneut, eine Eisenbahnlinie über die Brücke zu verlegen«, schnauzte er mich an. »Sagen Sie mir, junge Dame, wissen Sie, wie viel so ein Zug wiegt?«

»Ähm, ich bin keine ...«, stotterte ich.

»Sie haben nicht die leiseste Ahnung. Wie hoch muss die zusätzliche Zug- und Druckfestigkeit sein? Wie wird der Gegenverkehr gesteuert, damit die Züge nicht mit anderen Fahrzeugen kollidieren?«, fauchte Stone.

»Wir …«

Mein Hirn ratterte, um Antworten auf seine auf mich einhagelnden Fragen zu finden, als er lospolterte: »Sparen Sie sich Ihre Antworten! Narren! Glauben Sie, das wäre ein Spiel? Es wird höchste Zeit, dass der Vorstand diesem Projekt ein Ende setzt, ehe wir das Leben all jener gefährden, die einen Fuß auf dieses kolossale Desaster setzen!«

»Sie beleidigen kluge Ingenieure, die diese Brücke entworfen haben, sowie die Arbeiter, die sie bauen.« Langsam, kontrolliert atmete ich ein. »Sie können alle Skizzen überprüfen. Falls Sie konkrete Beanstandungen haben, werde ich mich selbstverständlich mit den Ingenieuren beraten. Ansonsten haben Ihre Drohungen bislang nur dazu geführt, wichtige Arbeiten an dem Projekt zu behindern. Denn sie werden durchgeführt werden, ob Sie nun mit uns kooperieren wollen oder nicht.«

Ich schnappte mir die Ranzen. Entgegen meiner selbstsicheren Ansprache hatte mich die Neuigkeit, dass nun doch Gleise geplant waren, eiskalt erwischt. Vermutlich verbarg sich die entsprechende Mitteilung irgendwo in dem Stapel von Briefen auf meinem Schreibtisch. »Es tut mir furchtbar leid, was mit Ihrer Frau und Ihrer Tochter passiert ist. Aber vergangene Unfälle sollten die Wissenschaft um neue Erkenntnisse reicher machen, nicht den heutigen Fortschritt behindern.« Mit gestrafften Schultern und hocherhobenem Kopf marschierte ich aus seinem Büro. Aber es brach mir das Herz, dass ich Elizabeth erneut mit zwei weiteren Menschen in der Wasserströmung verschwinden sah.

ZWANZIG

Der Vorfall mit Stone war bereits vergessen, als Miss Mann, Johnny und ich die Straße hinabgingen, um Mutter von der Fähre abzuholen. Es machte fast den Eindruck, als besuche sie uns nun öfter, um Johnny zu sehen, da sie wusste, dass wir ein Kindermädchen hatten und sie nicht jederzeit zum Kinderhüten einspannen würden.

Miss Mann hob Johnny in den Bollerwagen, da er sonst alle paar Meter staunend vor Bäumen, Hunden, Orgelspielern und anderen Kindern stehen blieb. »Meinen Sie, Sie könnten mich für heute Abend vielleicht entbehren, Mrs. Roebling?«

»Geht es etwa um einen Herrenbesuch namens Henri?« Ich lächelte. Es ging mich natürlich nichts an, aber ein wenig war ich an ihrer Verkupplung ja beteiligt gewesen.

»Ja, Ma'am, aber bitte erzählen Sie es niemandem.«

»Wieso denn nicht?« Meine Neugier siegte über meinen Respekt für ihre Privatsphäre. War Henri zu alt für sie? Verheiratet? Wir näherten uns dem Ufer, als von der nahenden Fähre ein trillernder Pfiff ertönte.

»Nennen Sie mich doch Muriel, Mrs. Roebling.«

»Nur, wenn Sie mich Emily nennen. Aber ich bin vor allem auf Ihre Antwort gespannt«, sagte ich mit einem Lächeln, das meine Neugier hoffentlich nicht dreist erscheinen ließ.

»Das würden Sie ja doch nicht verstehen.«

»Wieso das?« Ich nahm Johnny hoch, damit er einen besseren Blick auf das Boot hatte, das nun anlegte. »Seit wann bist du eigentlich so schwer?« Ich zog ihn höher, damit er etwas bequemer auf meiner Hüfte saß.

»Darf ich?« Miss Mann streckte die Arme nach Johnny aus, doch anstatt ihn ihr zu überlassen, legte ich den Kopf schräg und wartete auf eine Antwort auf meine Frage.

Sie senkte den Blick. »Ich gehöre zu den Mountain People; da bleibt man normalerweise unter sich.«

Wir standen an der Brüstung, während die Passagiere von Bord gingen.

»Mountain People?«

»Ramapo Mountains in New Jersey. Da komme ich her, aus Ringwood.«

»Da war ich schon. Hübsche Gegend.«

»Aber in meinem Ringwood waren Sie noch nicht.«

»Vermutlich nicht. Aber was hat das mit Henri zu tun?«

»Das verstehen Sie ja doch nicht.«

Mutter trat aus der Menge, schnipste mit den Fingern und rief über den Lärm hinweg: »Gepäckträger!«

Als ich ihr zuwinkte, begegnete sie meinem Blick und sah dann an uns vorbei. »Wo ist eure Kutsche?«

Miss Mann und ich türmten ihr Gepäck auf Johnnys Bollerwagen.

»Für die paar Häuserblocks hätte sich das nicht gelohnt, außerdem habe ich mir gedacht, dass du dir nach dem langen Sitzen bestimmt gern die Füße vertrittst.«

Nach ein paar Blocks machten wir eine Verschnaufpause, ehe es den Berg hochging, und Johnny gesellte sich zu ein paar Kindern, die Gitterlinien auf die Erde gezeichnet hatten und Hüpfkästchen spielten. Obenauf auf Mutters Gepäckstapel lag eine Ausgabe von *Violets*. Bestimmt dachte sie, sie sei die Erste, die das neue Buch von Carrie Beebe mitbrachte. Ich blätterte darin, ohne preiszugeben, dass ihr P.T. mit seinem Geschenk zuvorgekommen war.

»Willst du es dir nicht in Ruhe anschauen?«, fragte Mutter.

»Mehr als überfliegen ging in letzter Zeit nicht.«

»Dann lass es lieber gleich.« Sie nahm mir das Buch aus der Hand, die Lippen missbilligend zusammengepresst.

»Was ist denn los?«

»Weißt du, Emily, es ist eine Sache, sich für die Arbeit seines Mannes zu interessieren, aber eine völlig andere, sie sich komplett zu eigen zu machen.«

»Et tu, Mater?« Sie war kaum eine halbe Stunde da und schaffte es bereits, mich zu verärgern. Ich seufzte erleichtert, als Johnny mich aus der Situation rettete.

Er zog mich an der Hand. »Komm spielen, Mama.«

»Darf ich?«, fragte ich ein süßes Mädchen in einem schmutzigen Kleid, das barfuß dastand. Schüchtern reichte sie mir einen kleinen, flachen Stein. »So macht man das. Guck, Johnny.« Ich warf den Stein und hüpfte einmal bis zum oberen Ende der Hüpfkästchen und zurück.

Meine Lehrstunde endete abrupt, als wir von einer Explosion überrascht wurden. Die Kinder schrien und hielten sich die Ohren zu, als eine heiße Druckwelle über uns hereinbrach. Aus der Richtung der Baustelle schoss eine braune Fontäne über hundert Meter in die Höhe.

Fensterscheiben barsten. Dann ein erneuter donnernder Schlag, und Steine, Dreck und Schutt hagelten auf uns ein. Ein Pferd, dessen Reiter sich an seine Mähne klammerte, bäumte sich wiehernd auf und galoppierte davon.

Schnell scheuchte ich die Kinder, von denen einige schreiend umherirrten, in einen Hauseingang. Ich suchte sie nach Wunden ab, stellte aber erleichtert fest, dass alle unverletzt waren. Verzweifelte Mütter rannten aus den Häusern und riefen nach ihren Kindern.

Da fuhr mir der Schreck in die Knochen. »Wash ist da unten!«

Mutter nahm Johnny in den Arm. »Geh ruhig.«

So schnell ich konnte, rannte ich hinunter zum Fluss und bahnte mir einen Weg durch die Trümmer. Eine alte Frau kroch auf allen vieren neben ihrem umgestürzten Bollerwagen mit Gemüse, und ich half ihr hoch. Als ich fast an der Baustelle war, knickte mein Knöchel um, ich stürzte, und mein Kopf knallte auf den Steinuntergrund.

Einen Moment lang nur Schwärze und das Galoppieren eines Pferdes. Blinzelnd öffnete ich die Augen; ein Zweispänner kam direkt auf mich zu. Die Kutsche hielt, und der Fahrer stieg aus.

»Mrs. Roebling!« Dunn, mit blutenden Wunden und Schürfungen an Gesicht und Händen, kniete sich neben mich. Er griff unter meine Achseln und half mir in die Kutsche, wo ich O'Brien vorfand, der Washs bandagierten Kopf hielt. Ich musste mehrfach blinzeln, um klar zu sehen; mein Knöchel und mein Kopf pochten vor Schmerz.

»Momentan is' er ausgeknockt, aber bald isser wieder auf dem Dampfer«, sagte O'Brien.

Ich nahm Washs steife Hand und hielt sie fest, als sich die Kutsche holpernd in Bewegung setzte. Es zerriss mir das Herz, und ich wünschte mir inständig, all das hätte endlich ein Ende. O'Brien schilderte mir, was sich zugetragen hatte, aber seine Worte gingen an mir vorüber wie Treibgut auf dem Meer. Das alles war bedeutungslos, verstand er das denn nicht? Ich war im Begriff, meinen Mann zu verlieren.

***

Stunden später kam Farrington bei uns zu Hause vorbei, um nach Wash zu sehen, und schilderte noch einmal den Unfallhergang. »Es war ein sogenannter Blowout. Wir haben einen ohrenbetäubenden Knall gehört, dann wurden sämtliche Ziegel und Werkzeuge und alles, was nicht niet- und nagelfest war, in den Versorgungsschacht gesogen. Ich habe mich auf den Boden gelegt, damit ich nicht wie zwei andere Kollegen mitgerissen und vom Sog in den Schacht geschleudert wurde. Die

Kalklichter haben geflackert, bis einige ausgegangen sind und wir fast im Dunkeln saßen.«

Wash, der auf der Couch lag, stöhnte, den Arm übers Gesicht gelegt.

»Vielleicht sollte er sich ausruhen«, sagte ich.

Wash setzte sich auf. »Nein. Muss es hören. Muss daraus lernen.«

Mir kam es nicht so vor, als ob er je etwas daraus lernte, zumindest nicht, was seine eigene Belastbarkeit betraf. Wieso war er geblieben? Er wusste, er sollte nicht lange im Caisson bleiben, aber er hatte es getan.

Farrington fuhr fort. »Inzwischen wissen wir, was der Grund war. Die Luke war von ein paar Ziegeln blockiert und stand offen, und durch den Druck schoss die Luft hinaus.«

Ich hörte nicht hin. Mochte sein, dass es für Farrington und Wash wichtig war, den Moment noch einmal Revue passieren zu lassen. Ich wickelte den dicken Verband über Washs linkem Auge ab. Die fünf Zentimeter lange Wunde blutete nicht mehr, aber es würde eine Narbe zurückbleiben.

»Young und Dunn haben uns geholfen, die Ziegel wegzuräumen, während der Schutt auf uns heruntergeprasselt ist.«

»Dabei ist das passiert.« Wash deutete auf sein Auge.

»Als der Durchgang frei war, klappte die Luke zu, und Dunn konnte sie verriegeln. Damit war das Problem behoben«, erzählte Farrington.

»Aber was hat es ausgelöst?«, fragte ich.

»Die Männer oben haben jede Menge Ziegel nach unten geschickt, und die Männer unten sind mit ihrem Timing durcheinandergekommen«, erklärte Wash. »Plötzlich haben beide Luken gleichzeitig offen gestanden.«

»Du warst also viel zu lange im Caisson. Was ist passiert, als du wieder draußen warst?« Ich legte einen neuen Verband an und wickelte so lange Mull um seinen Kopf, bis er hielt.

»Erst ist mir ein Schmerz in die Beine gefahren, und sie

haben unter mir nachgegeben. Dann hatte ich das Gefühl, Feuer würde durch meinen Oberkörper schießen und in meinen Lungen explodieren.«

Erneut wog das Schuldgefühl schwer wie Blei auf meinen Schultern. Das alles hatte ich zu verantworten. Ich hatte meinen Liebsten im Stich gelassen.

***

Tage später hatte sich Washs Gesundheitszustand verschlechtert. Er lag im Bett, Kissen stützten seine gebeugten und bewegungslosen Glieder, die Knie und Ellenbogen waren auf das Doppelte ihrer Größe angeschwollen, seine Augen Schlitze im geschwollenen Gesicht. Ab und an murmelten seine dicken Lippen zusammenhanglose Worte. Ich hielt Dr. Smith eine Lampe hin, als er ihn untersuchte.

Der Doktor horchte Washs Brust mit einem Hörrohr ab. »In seinen Lungen ist ziemlich viel Flüssigkeit.«

Ich biss mir auf die Lippe, um die Tränen zurückzuhalten.

»Bitte etwas näher.« Dr. Smith deutete auf die Lampe in meiner Hand. Dann zog er Washs Augenlider mit dem Daumen hoch und prüfte seinen leeren Blick. »Ich habe mit einem gewissen Dr. Reed am Brooklyn Hospital gesprochen.«

»Und? Was sagt er? Was können wir tun?«

Dr. Smith holte eine Spritze und Fläschchen mit weißem Puder und Flüssigkeiten aus seiner schwarzen Tasche. »Mrs. Roebling …«

Mein Blick verengte sich; alles, was ich sah, war Washs regungsloser Körper vor mir.

»Ich möchte Sie nicht beunruhigen, aber er sagt, es besteht die Möglichkeit, dass sein Gehirn geschwollen ist.«

Trotz seines ruhigen Auftretens war ich alarmiert. Ich klammerte mich an den Bettpfosten, als mir das Blut absackte. »Was heißt das?« Ich beobachtete, wie Washs Brust sich hob und senkte, langsam, aber stetig.

»Das ist momentan schwer zu sagen.« Er mischte eine Arznei und zog sie mit der Spritze auf. »Morphium wird ihm helfen, während sein Körper sich erholt.«

Während. Nicht falls. »Also wird er wieder gesund? Falls er diese … Hirnschwellung hat, was passiert dann?«

»Das Einzige, was wir sicher wissen, ist, dass er eine ganze Weile nicht mehr wird arbeiten können, ganz sicher nicht im Caisson.« Er packte seine Tasche. »Ich kann hier bei ihm übernachten, wenn Sie möchten, aber im Augenblick gibt es nichts, was ich für ihn tun kann.«

»Danke, Doktor. Ich werde allein bei ihm bleiben.« Ich drückte Washs geschwollene Hand. Er würde nicht wollen, dass irgendjemand außer mir bei ihm war.

Die ganze Nacht über lag ich wach neben ihm und lauschte seinen steten, kratzenden Atemzügen. Kurz vor Sonnenaufgang wurde sein Atem langsamer und setzte dann aus. Ich zählte. Zehn Sekunden. Zwanzig. Ich schüttelte seine Hand, aber er blieb regungslos.

»Wash.« Ich schlug ihm auf die Wange. Nichts. »Wash!« Ich rüttelte ihn an den Schultern, trommelte auf seine Brust. Wieso hatte ich den Arzt gehen lassen? Mein Verstand fiel aus, aber meine Hände arbeiteten fieberhaft. Ich zog die Decke von ihm herunter und schüttelte ihn erneut. Schließlich griff ich unter sein Nachthemd und drehte fest an seiner Brustwarze, bis er gurgelte und hustete. Wie ein Ertrinkender holte er einmal tief Luft und atmete dann weiter, während ich erschöpft neben ihm zusammensank und mein Herzschlag in meinen Ohren dröhnte.

Um sieben Uhr kehrte der Arzt zurück. Wash, der sich die ganze Nacht nicht gerührt hatte, schlief weiter. Dr. Smith prüfte seine Temperatur und legte ihm dann das Hörrohr an die Brust. »Gute Neuigkeiten. Es ist keine Lungenentzündung. Seine Lungen leeren sich.«

»Aber was … was ist mit seinem Gehirn?«

»Es wäre verfrüht, dazu etwas zu sagen, aber wir haben Grund, optimistisch zu sein. Ich werde die Morphium-Dosis verringern. Er sollte bald aufwachen.«

»Wird er nicht fürchterliche Schmerzen haben?«

»Falls ja, geben wir ihm mehr.«

»Was kann ich tun?«

»Mit ihm reden. Über irgendwas. Damit er aufwacht.«

Also erzählte ich Wash von unseren gemeinsamen Picknicks und Kutschfahrten im Mondenschein. Von unseren Abenteuern in Europa und Cincinnati und Trenton. Doch er schlief weiter. Ich erzählte ihm von der Brücke zwischen Brooklyn und New York, dem Lebenstraum seines Vaters, wie sie gemeinsam auf der Fähre davon geträumt hatten. »Schade, dass Papa die fertige Brücke nicht mehr zu sehen bekommt«, sagte ich, und dann, aus einem gemeinen Impuls heraus: »Und du vermutlich auch nicht.«

Stöhnend öffnete Wash die Augen einen Spalt. Er sah mich an, und ein Lächeln huschte über sein Gesicht.

»Du bist wach.« Ich hielt seinen Kopf und gab ihm zu trinken.

Er nippte am Glas und schob es dann weg. »Mein Kopf tut weh.«

»Du hast uns einen ziemlichen Schrecken eingejagt, aber der Doktor sagt, du wirst wieder. Nur in den Caisson kannst du nicht mehr. Martin kann das übernehmen.«

Plötzlich zog er an der Decke und wackelte umher, als ob er im Bett gefangen wäre und fliehen wollte.

»Wash, beruhige dich.«

»Nein! Nicht aufgeben!« Er reckte eine zittrige Faust in die Luft. »Wir haben die Kanone den ganzen verdammten Hügel hochgeschoben!«

»Das ist vorbei, Wash. Ich bin bei dir.«

Seine leuchtend blauen Augen wurden mit einem Mal groß,

fiebrig. Mit Furcht einflößender Eindringlichkeit sah er mich an und krallte sich in mein Kleid. »Dir ist doch egal … mir … Caisson … geschieht.«

Hätte mich ein Pferd getreten, es hätte nicht weniger wehgetan. Es stimmte, ich hatte ihn gedrängt, zur Baustelle zu gehen, war aber davon ausgegangen, dass er – wenn überhaupt – nur kurz in den Caisson hinabsteigen würde. Ich dachte daran zurück, wie zögerlich er am Tag des Blowouts gewesen war, überhaupt hinzugehen, welch merkwürdigen Blick er mir zugeworfen hatte, als ob für mich Arbeit vor Sicherheit ginge, ehe er hinunter zum Fluss gehumpelt war. Aber was noch schlimmer war: Er zweifelte meine Loyalität zu ihm an. Rastlos suchten seine Augen den Raum ab, und Schaum stand ihm vorm Mund, als er versuchte, Worte zu formen.

Mit einem Waschlappen tupfte ich sein Gesicht und seinen armen, geschundenen Körper ab. Wie schafften es Krankenschwestern nur, Tag für Tag Kriegsversehrte zu pflegen? Seine bebende Hand, sein steifer Arm, sein umherhuschender Blick, das alles ließ mich ebenfalls zittern. Aber Krankenschwestern wischten nicht die Lippen, die sie selbst einmal geküsst hatten, die ihnen im Fieberwahn Vorwürfe machten. Sie mussten nicht dabei zusehen, wie die große Liebe ihres Lebens mehr und mehr dahinschwand.

EINUNDZWANZIG

Mutter blieb während Washs langsamer Genesung mehrere Wochen bei uns. Schon bald kamen auch ihre Freundinnen zu Besuch, die hingerissen seinen Heldentaten aus dem Bürgerkrieg lauschten. Selten war Wash so glücklich, wie wenn er neue Zuhörer für seine Geschichten fand. Mutter, Henrietta, Carrie und Eleanor hatten sich um Wash versammelt, der auf Kissen gebettet auf der Chaiselongue im Salon lag. Andächtig zuhörend, fädelten die Damen Strickgarn durch quadratische Stoffstücke auf ihrem Schoß. Das lodernde Feuer im Kamin zauberte ein Spiel aus Licht und Schatten auf ihre Gesichter.

Ich saß zwischen Henrietta und Eleanor auf dem Diwan und bewunderte ihre Handarbeit. Eleanor steckte mir heimlich eine Handvoll neuer Haarnadeln zu, wie Schulmädchen einen Zettel herumreichten. Sie waren genauso geformt wie die anderen – die völlig verrostet waren –, aber diesmal war das Metall biegsamer. Abgesehen von den abgerundeten, mit ausgehärtetem Kleber versiegelten Enden waren sie hellblau eingefärbt. »Blau?«, flüsterte ich.

»Sind sie nicht hübsch?«, flüsterte sie zurück.

Carrie war gerade dabei, das Feuer anzuschüren, und Mutter zupfte an Washs Decke herum, als vertraute Worte erklangen. »Das erinnert mich an einen Abend, der so dunkel war, dass ich nichts sah bis auf die glühende Spitze meiner Zigarre. Ich war ganz allein, tief im Feindesgebiet …«

Da ich die Geschichte bereits zigmal gehört hatte, war ich erleichtert, als es an der Tür klopfte und ich mich davonstehlen konnte. Als ich öffnete, stand P.T. vor mir, ein breites Lächeln im Gesicht und eine Flasche Whiskey in der Hand. Neben ihm stand Henri in seiner Ausgehkleidung.

Nachdem Miss Mann und Henri sich verabschiedet hatten, bat ich P.T. herein und führte ihn in die Bibliothek. Landkarten und Diagramme pflasterten den Schreibtisch und sämtliche Ablageflächen; auf einem Tisch mit Marmorplatte lagen glänzende Stahlproben. Sein Geruch nach Kirschtabak und Nelken stimulierte und beruhigte mich zugleich.

»Entschuldigen Sie meinen unangekündigten Besuch, aber ich habe den Investoren in Connecticut versprochen, sie über den Baufortschritt zu unterrichten.«

»Und ich entschuldige mich dafür, Ihrer Bitte bislang nicht nachgekommen zu sein.«

Er wischte meine Bemerkung beiseite. »Sie hatten ganz andere Sorgen, das ist doch nur verständlich, meine Liebe.«

Als ich ihm von den Bauarbeiten und meinem Treffen mit Benjamin Stone berichtete, schlüpfte er kurzerhand in dessen Rolle. In Washs Ledersessel gelümmelt, legte er die Füße auf den Tisch, warf einen Stapel Papier in die Luft und brüllte: »Ähääääm! Legen Sie sich gefälligst mehr ins Zeug, Fräulein!«

Ich musste so sehr lachen, dass ich kaum Luft bekam. »P.T., haben Sie überhaupt keinen Respekt?«

Ein höfliches Lachen vom Flur. Mutter. Ihre Lippen waren so gespannt, dass sie damit die Giftpfeile hätte abschießen können, die sie mit den Augen auf uns richtete.

»Oh, Mutter, P.T. hat gerade Benjamin Stone nachgemacht, einfach köstlich!«

»Soso. Vielleicht möchte Mr. Barnum zu uns in den Salon stoßen, zu deinem Mann und den anderen Gästen?«

»Mit der größten Freude, aber bitte nennen Sie mich P.T. Darf ich so frei sein und Sie Phebe nennen?«

»Dürfen Sie nicht«, entgegnete Mutter.

»Ich kenne Washs Geschichten in- und auswendig, Mutter, und außerdem besprechen wir hier Geschäftliches.« Ein vertrautes Profil tauchte hinter ihr auf. Wie durch ein Wunder stand auf einmal mein hochgewachsener, gut aussehender Bruder vor uns. »G. K.!«

»Aha! Hier bist du also, Schwesterherz! Mutter, grüß dich!«

»Oh, du kommst wie gerufen!« Ich umarmte ihn und zog ihn in den Raum. »Das ist unser guter Freund, P. T. Barnum.«

G. K. schüttelte P. T.s Hand. »Angenehm.«

»Kommen Sie, Mr. Barnum, lassen wir die beiden miteinander plaudern, sie haben sich lange nicht gesehen«, sagte Mutter, doch ich vermutete ein anderes Motiv dahinter, als sie P. T. hinausgeleitete.

»Es hat ein wenig gedauert, aber zu guter Letzt habe ich sie gefunden.« G. K. schlug mit einer Rolle vergilbter, zerfledderter Pläne gegen seine Handfläche.

»Johns Originalentwürfe?« Ich nahm die Papierrolle entgegen und streifte behutsam das Gummiband ab.

»Irgendwie habe ich es nie übers Herz gebracht, sie wegzuwerfen.«

»Sehr weise von dir, angesichts der neuesten Planänderungen. Das Brückenkomitee will nun doch Züge auf die Brücke lassen.« Ich rollte das empfindliche Papier auf dem Tisch aus und benutzte einige von Washs Steinproben zum Beschweren. Als gelernter und leidenschaftlicher Hobby-Geologe hatte er eine Sammlung von Steinen und Mineralien zusammengetragen, die eines Museums würdig waren.

»Hab ich mir doch gedacht, dass die Eisenbahnmagnaten nicht so schnell aufgeben.«

»In diesen Streit mische ich mich nicht ein. Aber wir müssen überlegen, was wir machen, falls sich die Eisenbahn-Fraktion durchsetzt und sie das nötige Geld auftreiben.« Wir glichen die alten Skizzen mit den aktuellen ab und entzifferten mithilfe einer Lupe Papas verblasste Handschrift.

G. K. fuhr sich mit der Hand durch die dunklen Haare und verströmte dabei den Minzduft seiner Frisiercreme. Inzwischen war er fast genauso grau wie Mutter. Seine Anwesenheit vermittelte mir ein lang ersehntes Gefühl von Ruhe, und meine Gedanken überschlugen sich ob der Aussicht, ihn stärker involviert zu wissen.

»Sie werden sich durchsetzen, das garantiere ich dir«, sagte er. »Wieso fragst du nicht Washington, ob die aktuelle Infrastruktur auch Züge tragen kann?«

Ich blickte in Richtung Salon, wo Wash in Erinnerungen an vergangene Heldentaten schwelgte.

»Er hatte schon immer ein Talent fürs Geschichtenerzählen«, sagte G. K. »Dank ihm habe ich so manche beängstigende Nacht durchgestanden.«

»Ich fürchte, wir könnten ihn nur mit viel Mühe dazu bringen, sich auf diese Frage zu konzentrieren.«

»Ist es so schlimm?«

Ich nickte und mied seinen Blick. Bereits lange vor unserer Hochzeit war Wash wie ein Bruder für ihn gewesen, und den Schmerz in G. K.s Augen zu sehen hätte mich zum Weinen gebracht. »Lass uns mal sehen, was wir tun müssen.«

Wir fuhren damit fort, die beiden Pläne zu vergleichen, und rechneten die wenigen Abweichungen, die wir darin fanden, durch.

Zuletzt rollte G. K. die alten Pläne zusammen und klopfte sie mit der Hand auf Kante. »John hat die Pläne fast eins zu eins übernommen. Der alte Hundskerl hat es wohl nicht übers Herz gebracht, sie zu ändern.«

»Ich mache mir wirklich Sorgen um ihn.« Ich machte eine Kopfbewegung zum Salon hin, aus dem Gelächter drang.

»Ich mache mir eher Sorgen um dich.«

Mit einer Hand wischte ich seine Bedenken fort.

»Ich sage das, weil mir viel an dir liegt.« Er zögerte und legte mir eine Hand auf die Schulter. »Es wird geredet.«

»Das ist bis zu dir nach Iowa vorgedrungen?«

»Du arbeitest jeden Tag eng mit Männern zusammen; das ist immer eine Gratwanderung.«

Ich nickte, aber die Worte perlten an mir ab wie Regen an einer Ente. Ich war zu alt, um mich von meinem großen Bruder belehren zu lassen.

»Es darf nicht der geringste Anschein eines anstößigen Verhältnisses entstehen.« Er sah zum Salon hinüber. »Ich nehme an, Mr. Barnum und dich verbindet nur berufliche Wertschätzung. Und der Umzug seines Museums nach Brooklyn hat nichts mit dir zu tun?«

Ich zögerte einen Moment zu lang, ehe ich herauspolterte: »Es ist nicht …«

Er hob die Hand. »Denk daran, meine Liebe. Du ebnest den Weg für alle Frauen. Lass sie nicht für deine Fehler büßen.«

»Du wirst schon sehen. Du, Mutter, ihr alle. Wenn die Brücke erst einmal fertig ist, wird sich niemand um solche Albernheiten scheren. Und du wirst nicht mehr der einzige strahlende Held in unserer Familie sein.« Die Worte sprudelten nur so aus mir heraus und entlarvten Ambitionen, derer ich mir selbst nicht bewusst gewesen war.

»Bei dem Tempo, in dem die Brücke gebaut wird, bezweifle ich, dass Mutter oder ich die Fertigstellung noch miterleben werden.«

»Wie kommst du dazu, so etwas zu sagen?«

Er klopfte sich aufs Herz. »In unserer Familie sind wir wie Goldfische, die man sich als Haustiere hält. Höflich genug, zu sterben, bevor man unserer überdrüssig wird.«

»Jetzt bist du einfach nur schwarzseherisch. Hat das mit deinen Problemen mit der Armee zu tun? Haben sie ihren Fehler noch immer nicht eingesehen und dir deinen Rang wiedergegeben?« Ich sammelte die Blätter ein, die P. T. umhergeworfen hatte.

»Leider nein. Der alte Sheridan weigert sich, nachzugeben.

In seinen Augen bin ich nach wie vor ein Feigling, und Grant stützt ihn dabei.«

»Du darfst nicht aufgeben. Du hast das Richtige getan und vermutlich Hunderten Unionssoldaten das Leben gerettet.«

»Die Geschichte wird darüber richten, meine Liebe.«

»Die Geschichte? Du lebst heute. Du verdienst Ehre und Anerkennung und solltest nicht unter ständigem Verdacht leben müssen. Das ist nicht fair.«

Er tätschelte meine Hand, als er mir half, das Papier zu einem Stapel zu schichten. »Du machst dir um meinen Ruf Sorgen, dabei mache ich mir Sorgen um deinen! Es reicht, dass wir und die Menschen, die uns nahestehen, wissen, was wirklich im Krieg passiert ist. Konzentrier du dich lieber darauf, dass Wash wieder gesund wird und die Brücke zu Ende baut. Das ist weit wichtiger als mein Rang.«

»Komm. Wash freut sich bestimmt sehr, dich zu sehen.«

»Eines noch«, sagte G. K. in einem Flüsterton, der mich erschreckte. »Ich frage mich, ob ich einen Fehler begangen habe, damals im Krieg. Was dich betrifft.«

»Was meinst du?«

»Manchmal denke ich, ich habe dich zu sehr in Washs Richtung gedrängt. Mit den besten Absichten natürlich. Du warst ein Wildfang, und ich wollte dich instinktiv beschützen. Vor dir selbst, wenn ich ehrlich bin.«

»Sei nicht albern.«

»Ich dachte, Washington wäre perfekt für dich. Stark, zuverlässig, ein guter Einfluss.«

»Das ist er auch.«

»Aber vielleicht hätte jemand mit deinem Temperament besser zu dir gepasst. Und du wärst glücklicher, wenn ich dir erlaubt hätte, denjenigen selbst zu finden.«

»Glaubst du, man könnte jemanden mit meinem Temperament zu einer Ehe überreden?« Ich nahm ihn an der Hand und führte ihn in den Salon.

»Ich bin ziemlich überzeugend.« Er drückte meine Hand.

»Tja, du kannst dir diesen Unsinn aus dem Kopf schlagen. Ich habe den richtigen Mann geheiratet, aus den richtigen Gründen. Du hast ihn einfach nur vor mir entdeckt.«

Seine Züge wurden weicher.

»Im Augenblick ist meine Ehe eng mit der Brücke verflochten. Wash ist mit dem Brückenwesen aufgewachsen, aber für mich ist das alles noch recht neu und ziemlich komplex. Und er hat zuletzt so sehr gelitten. Aber wir lieben uns und kriegen das zusammen hin.«

Ich war froh, dass G. K. mein Gesicht nicht sehen konnte, sonst wären ihm die Zweifel aufgefallen, die ich an meinen eigenen Worten hegte. Wenn ich ganz ehrlich sein sollte, nahm P. T. einen immer größeren Platz in meinen Gedanken und meinem Herzen ein, während Wash mich von sich zu stoßen schien.

G. K. und ich erreichten den Salon, in dem ich auch Millie entdeckte, wir blieben aber im Türrahmen stehen, um die anderen nicht zu unterbrechen. Die Holzscheite waren inzwischen heruntergebrannt und glühten rot, und ein herrlich warmer, entspannender Rauchgeruch lag in der Luft.

»Eleanor, wie hinreißend«, rief Wash aus, wohl aus Höflichkeit, denn Eleanor war nicht die begabteste Schneiderin. Ihr Stoff war von braunen Knoten durchsetzt.

»Ich habe G. K. immer faszinierend gefunden«, sagte Carrie zu Millie.

»Hat er Sie nicht einmal allein auf eine Mission in feindliches Gebiet geschickt?«, fragte Henrietta.

»Ja, das hat er getan.« Wash lehnte sich auf der Chaiselongue zurück und inspizierte mit der Lupe die Handarbeiten der Damen, die sie ihm der Reihe nach präsentierten.

»War das bevor oder nachdem Sie seine Schwester umwarben?«

G. K. lachte und verriet damit unsere Anwesenheit, woraufhin die Damen uns hereinbaten.

»Ach bitte, erzählen Sie uns die restliche Geschichte«, bettelte Carrie. »Vielleicht kann ich sie in meinem nächsten Buch verwenden.«

Wash nickte und schüttelte G. K. die Hand. »Kurz vor der Schlacht bei Gettysburg sandte mich General Warren heim nach New Jersey. Mein Vater hatte Pennsylvania ausgiebig erkundet, und seine Landkarten waren von strategischer Bedeutung für unsere Mission. Nachdem ich hin und zurück sechs Tage lang, Tag und Nacht, durchgeritten war, um die Unterlagen abzuholen, verspürte ich das dringende Bedürfnis, irgendwo ein Nachtlager zu finden, um meine müden Knochen auszuruhen.« Er entzündete seine Zigarre und betrachtete ihre glimmende Spitze.

»Weiter!«, ermunterten ihn seine Bewunderer.

»Da kam ich an ein Haus an einem einsamen Straßenabschnitt inmitten der Felder Pennsylvanias. Unkraut wucherte über den Weg und zwischen den verwilderten Rosen, die hoch hinausgewachsen waren. Glasscherben lagen in Trümmern unter eingeschlagenen Fenstern. Ich klopfte, war aber wenig überrascht, als niemand antwortete. Ich öffnete die knarzende Tür zum Salon – diesem hier ganz ähnlich, nur dass dort die Möbel umgestürzt dalagen und Mäuse umherhuschten.

Ich legte mich also für ein Nickerchen auf den Boden. Obwohl es Ende Juli war, war es in dem alten Steinhaus recht kühl, und ich suchte tastend nach einer Decke, da ich zu faul war, extra eine aus meiner Satteltasche zu holen.

Ich entzündete also ein Streichholz und erspähte eine Truhe aus Zedernholz und konnte mein Glück kaum fassen, als ich sie öffnete.« Um die Wirkung zu verstärken, entzündete er wie damals ein Streichholz, das sein Gesicht in dem dunklen Salon in ein unheimliches Licht tauchte. »Aber die alte Decke, die gefaltet obenauf lag, rührte sich nicht vom Fleck. Also zog ich stärker daran, doch als sie aufflog, kam der Kopf einer Frau darunter zum Vorschein.«

»Iiiih«, schrien die Damen im Chor.

»Was haben Sie daraufhin getan? Sind Sie zurück zu Ihrem Pferd und getürmt?« Carrie hatte ihr Tagebuch gezückt und machte sich eifrig Notizen.

»Nein, ich kuschelte mich unter die Decke und schlief ein, wachte aber gelegentlich auf und fragte mich, was aus meiner lieben verschiedenen Gefährtin geworden war.« Er begegnete meinem Blick. »Aber ich fürchte, es ist schon spät, und ich sollte zum Ende kommen.«

»Bitte erzählen Sie weiter. Ich liebe Kriegsgeschichten«, sagte P. T.

»Na gut.« Wash warf P. T. einen Blick von der Seite zu. »Am nächsten Morgen verspürte ich den Wunsch, die Decke an ihren angestammten Platz zurückzulegen, und öffnete die ächzende Truhe. Doch statt eines Frauenkopfs …«

»Fand er eine hübsche Marmorbüste«, unterbrach ihn P. T. »Eine Büste von Martha Washington, stimmt's? Ein schöner Fund!« Lachend schlug er sich auf den Schenkel.

Die Damen lachten ebenfalls, nur Wash sah ihn finster an, dann mich, als ihm klar wurde, dass ich P. T. die Geschichte erzählt hatte.

Später, als P. T. und die Damen gegangen waren, räumte ich auf und packte meine Arbeitstasche. Wash, der noch immer von Kissen gestützt dalag, reichte mir das Tagebuch. Da er selbst nicht schreiben konnte, diktierte er mir seine Anweisungen. Obwohl es für die reguläre Planung nicht mehr erforderlich war, behielt ich das Ritual bei, ihn bei allen Schritten mit einzubeziehen.

»Und, warst du produktiv heute?«, erkundigte er sich.

»Einigermaßen.« Ich gähnte und tippte mit dem Stift auf das Tagebuch.

»Ist Phineas dir eine Hilfe?«

»Er gibt mir gute Ratschläge und lockert die Atmosphäre mit seinen Witzen auf.«

Wash antwortete mit einem Grunzen.

»Was?«

»Ich kann mit seinem Humor nichts anfangen.«

Schulterzuckend nahm ich die Diagramme hoch. »Hast du noch einmal darüber nachgedacht?«

»Worüber?«

»Darüber, die Leitung offiziell abzugeben.«

»Du scheinst ja alles unter Kontrolle zu haben.« Er winkte mit den Diagrammen. »Hast du endlich vollends begriffen, dass du mich nicht brauchst?«

»Das meinte ich nicht. Martin kann …«

»Das ist die Brücke meines Vaters!« Er schlug mit der Faust auf den Diwan.

»Woran du mich täglich erinnerst. Niemand wird das je vergessen.«

»Er hat sie entworfen, aber er ist nicht mehr bei uns. Dennoch wird sie gebaut. Weil ich das für ihn übernehme.«

»Du? Du sitzt hier herum, trinkst Whiskey und erzählst Geschichten, während ich die Aasgeier füttere, die uns umschwirren.«

»Vielleicht solltest du aufhören, ihn zu füttern, dann würde er auch weggehen.«

Er sah ermattet aus, und ich biss mir auf die Zunge, um nichts Verletzendes zu sagen.

Als ich das Tagebuch wegsteckte, kam mir eine Erkenntnis. Wash würde weder jemals zur Arbeit zurückkehren noch die Verantwortung an einen anderen Chefingenieur übergeben. Ich war nicht nur seine vorübergehende Botin. Der Bau der Brücke war das Kreuz, das ich tragen musste – für ihn. Meine eigenen hehren Ziele und Träume, die Frauenrechte voranzutreiben oder über die saftigen Hügel Kentuckys zu reiten, versanken wie Kieselsteine im Meer.

In jener Nacht wälzte ich mich hin und her. Die Verantwortung war zu groß. Ich besaß weder die Ausbildung noch die

Erfahrung, um diese Position einzunehmen. Ich musste jemand anderen finden. Doch dann wurde mir klar, dass ich gar nicht allein war; es gab genug fähige Ingenieursassistenten, mit denen ich mich beraten konnte. Papas Entwurf galt als Geniestreich. Insofern musste ich nur sicherstellen, dass sein Plan haargenau eingehalten wurde. Aber wie sollte ich das beurteilen können?

Am nächsten Morgen ging ich hinunter in die Bibliothek, um Papas Originalpläne zu holen. P. T.s Lachen und G. K.s Ermahnungen hallten im Raum nach. Ich roch Whiskey und Tabak, G. K.s Frisiercreme und Washs minziges Einreibemittel. Ich ließ mich auf Washs Sessel plumpsen, schloss die Augen und rieb über die runden Enden der Walnussholz-Armlehnen, wie um einen Dschinn heraufzubeschwören, der mir eine Antwort auf meine Fragen gab. Doch als ich meine Augen wieder öffnete, sah ich vor mir nichts als Washs ordentlich sortierte Bücherregale. Bücher. All seine Lehrbücher standen hier. Ich hatte mich zwar in Cincinnati in die Grundlagen eingearbeitet, aber nun besaß ich mehr Hintergrundwissen, um sie richtig einzuordnen. Ich ging zu dem Regal mit der Aufschrift »Erstes Studienjahr«, stieg die Leiter hinauf und zog das erste von Tausenden Büchern heraus.

ZWEIUNDZWANZIG

Niemand wollte den Caisson auf Brooklyner Seite mehr mit Beton befüllt und versiegelt sehen als ich. Aber die Berichte von Vorarbeiter Young waren beunruhigend. Beim Überwachen des Betonflusses über die hölzerne Materialschleuse nach unten hatte er weitreichende Brandschäden ausgemacht. Die Entscheidung, ob die Arbeit unter diesen Umständen abgebrochen werden sollte, war von immenser Tragweite und konnte nur vom Chefingenieur getroffen werden.

Ich musste in den Caisson hinabsteigen, um mir selbst ein Bild zu machen, und dann versuchen, Wash dazu zu bewegen, eine Entscheidung zu fällen. Beides riskante und Furcht einflößende Aufgaben. Da Wash nicht da war, nahm ich also all meinen Mut zusammen, zog mein Bloomer-Kostüm an und machte mich auf den Weg zur Baustelle.

Wortlos, den Arbeitern auf dem Turm nur zuwinkend, lief ich zu der nun unbeaufsichtigten Luke. Doch auch die dort angebrachte Liste mit den Sicherheitsvorschriften konnte meine Entschlossenheit nicht erschüttern. Immerhin hatte ich die meisten davon selbst verfasst.

Ich öffnete die Luke, ging ein paar Stufen in die Luftschleusenkammer hinunter und schloss die Tür hinter mir. Dann kletterte ich über eine lange Leiter durch den schmalen Schacht an zig Gesteinsschichten vorbei zur unteren Luke hinab. Nachdem ich ein Ventil geöffnet hatte, um den Luftdruck auszugleichen, entriegelte ich die Luke. Aus dem Caisson wehte mir der stechende Schwefelgeruch nach faulen Eiern und Schweißgeruch entgegen.

Aus der hintersten Ecke hörte ich Stimmen, denen ich folgte. Wie Wash beschrieben hatte, nahm man Geräusche hier unten ganz anders wahr – das Rattern von Schubkarren und das metallische Hämmern verschmolzen zu einem Kuddelmuddel, das von allen Wänden widerzuhallen schien.

Ich hatte mir die Atmosphäre im Caisson immer höhlenartig vorgestellt, aber es war mehr wie ein großer, feuchter Keller. Gitterförmig angeordnete große Stützpfeiler aus Ziegeln trugen die Decke und vermittelten ein Gefühl von Stabilität. Die Kalklichter warfen lange Schatten, sodass es unmöglich war abzuschätzen, ob sich ein Gegenstand einen oder fünf Meter entfernt befand.

Vorarbeiter Young, dessen dunkles Haar aus der Wollmütze fransig herausragte, kam auf mich zu. »Mrs. Roebling, mit Ihnen hatte ich nicht gerechnet.«

»Mr. Roebling benötigt Ruhe. Außerdem besitze ich inzwischen sein vollstes Vertrauen. Ich würde mir gerne den Brandschaden ansehen.«

Er führte mich zur betreffenden Stelle. »Hier ist das Feuer ausgebrochen.«

Die Holzdecke war von mit Beton verfüllten Bohrlöchern übersät. Ich reckte den Hals, um mir die unterschiedlich reparaturbedürftigen Deckenbalken anzusehen; einige pechschwarz und verkohlt, dazwischen hellere Ersatzbalken. »Ich glaube, der hier muss ersetzt werden.«

»In Ordnung, ich werde mich darum kümmern. Aber das ist es nicht, was mir am meisten Sorge bereitet. Schauen Sie sich das hier drüben mal an.« Er führte mich zu einer Stelle ein paar Meter weiter, nahe der Caissonecke.

Feine Rauchschwaden stiegen aus den Bohrlöchern an der Decke. Mir rutschte das Herz in die Hose. Obwohl die Männer das Dach ausgiebig abgelöscht hatten, schwelte zwischen den Schichten noch irgendwo ein Feuer.

Ich sah nach, ob noch an anderen Stellen der Decke Rauch zu

sehen war. Doch im Grunde machte es keinen Unterschied. Die komplexe Dachstruktur aus Holz war ein einziges Labyrinth, und die Flammen konnten jederzeit von einem auf den anderen übergreifen, wie wenn man mit einer Jakobsleiter spielte.

»Wir müssen den Caisson fluten«, sagte ich.

Young stemmte die Hände in die Hüften. »Auf wessen Anordnung?«

»Meine.«

»Ich bin anderer Meinung und finde, wir sollten die Betoneinfüllung beschleunigen. Das wird das Feuer ein für alle Mal ersticken.«

Einen Moment lang schwankte ich. Aber wenn ich die Leitung übernehmen wollte, musste ich Entscheidungen treffen, und der Fall war eindeutig. Tatsächlich hatten Wash und ich bereits darüber geredet, den Caisson falls nötig zu fluten. »Wenn Sie losrennen und erst die Meinung von Mr. Roebling einholen wollen, tun Sie sich keinen Zwang an. Aber vergessen Sie nicht, zu erwähnen, was hier übersehen wurde.« Ich fand eine Eisenstange und eine Leiter und zerrte beides unter eines der rauchenden Löcher. Etwas wacklig auf der vierten Sprosse stehend, hämmerte ich mit der Stange, bis ich ein gutes Stück der geflickten Decke durchbrochen hatte. »Sagen Sie ihm, dass das Feuer nicht gänzlich gelöscht wurde, sodass es wochenlang vor sich hin schwelen konnte, und Sie sich noch einmal absichern wollen …« Diesmal schlug ich ein Loch von der Größe meines Kopfes hinein. »Aber während Sie den Wutausbruch Ihres Lebens erleben, werde ich diesen verfluchten Caisson unter Wasser setzen.«

***

Nachdem alle Arbeiter evakuiert worden waren, wateten Young und ich durch hüfthohes Brackwasser, während das Flusswasser durch Schläuche hereinströmte.

»Hätten es gleich fluten sollen«, murmelte Young.

Ich lächelte in mich hinein. Ein kleiner Sieg.

Ein Knacken und Knarren war zu hören, gefolgt von unheilvoll lautem Ächzen. Nägel schossen aus den Außenwänden an uns vorbei. Ich warf einen Blick auf das Messgerät. Durch den Spalt um die Schläuche herum entwich Luft, sodass der Luftdruck sank.

»Ich weiß, warum Sie es nicht getan haben. Weil es riskant ist.«

Genug Luftdruck aufrechtzuerhalten, damit der Caisson nicht in sich zusammenfiel, und die Menschen im Inneren gleichzeitig am Leben blieben, war ein Balanceakt. Selbst kleinste Öffnungen, wie durch die in den Caisson hinreinragenden Schläuche, erzeugten einen Vakuumeffekt, bei dem Luft aus einem Bereich mit hoher Dichte in einen Bereich mit niedriger Dichte floss.

Die Seitenwände wölbten sich. Ich drehte einen Hahn an einem Ventil, um den Luftdruck zu erhöhen, doch die Nadel auf dem Messgerät fiel kontinuierlich weiter. »Wir brauchen mehr Druck! Gehen Sie nach oben und schalten Sie die Ersatzkompressoren ein«, schrie ich. »Und drehen Sie alle Wasserpumpen voll auf.«

»Sie müssen mitkommen. Ich lasse Sie nicht allein hier unten!« Young zog an meinem Arm.

»Ich muss alle Luftventile öffnen. Gehen Sie!«, befahl ich ihm, während Ziegel von den Stützpfeilern fielen und die Wände bebten. Mir wurde schummrig vor Augen, und ich holte mehrfach tief Luft. Glücklicherweise war der Großteil des Caissons mit Beton verfüllt, sodass es nicht allzu lang dauern sollte, in dem kleinen, noch offenen Teil genug Druck zu erzeugen. Aber ich durfte das Bewusstsein nicht verlieren. Also unterdrückte ich die aufsteigende Panik, öffnete den Mund und holte so tief wie möglich Luft.

Über mir hörte ich, wie der zusätzliche Kompressor rumpelnd anlief; nun hieß es: jetzt oder nie. Ich holte tief Luft und tauchte ins Wasser hinab. Eiseskälte fuhr mir in die Knochen, und das trübe Wasser brannte mir in den Augen. Ohne etwas zu sehen, drehte ich an den Ventilen, um den Luftdruck zu erhöhen, und statt ihres gewöhnlichen Quietschens gaben sie unter Wasser ein dumpfes Poltern von sich.

Als ich nach oben kam, drang ein angenehmer Luftstrom aus dem Luftzufuhrrohr, und ich atmete gierig ein, bis sich das eiserne Band der Furcht um meinen Brustkorb lockerte. Doch dann begann das hüfthohe Wasser, Strudel zu entwickeln und rapide zu steigen. In meinem Kopf kreiste ein Bild von Elizabeth, wie sie von der Strömung mitgerissen wurde. Die Panik, die ich bislang erfolgreich niedergekämpft hatte, kehrte mit doppelter Kraft zurück. Es war noch nicht zu spät; noch könnte ich gehen und das hier Young oder jemand anderem – irgendwem – überlassen. Ich spürte, wie ich in den Fluss hinabgezogen wurde, und hörte Elizabeth in Todesangst schreien.

Nein! Ich kämpfte gegen meine Angst an. Spürte, wie Wash mich in Frankreich festhielt, wie mein weißes Kleid in dem ruhigen Gewässer trieb, hörte seine sanften Worte: »Keine Angst, ich hab dich.« Meine Panik verebbte, und mein Verstand klärte sich.

Schon bald hörte das Ächzen und Stöhnen der Wände auf. Aber das Wasser reichte mir nun bis zur Brust und stieg stetig. Ich spuckte Dreck aus und hatte einen metallischen Geschmack im Mund. Mir blieben nur noch wenige Minuten, um mich in Sicherheit zu bringen.

Panisch strampelte ich mich hinunter zur Ausgangsluke und drehte das Rad, so weit ich konnte, ehe ich zum Atmen wieder hochkommen musste. Dann tauchte ich erneut ab und drehte das Rad bis zum Anschlag, sodass die Luke entriegelt war, doch sosehr ich auch zog, sie ließ sich nicht öffnen. Erneut stieg ich zum Luftholen auf. Mir lief die Zeit davon, während das Wasser rings um mich herum gegen die Decke schwappte.

Erneut zwang ich mich unter Wasser, um die Luke aufzureißen, aber der Wasserdruck im Caisson war höher als der Luftdruck an der Luke. Die Beine seitlich neben die Tür gestemmt, zog ich mit aller Kraft daran. Und tatsächlich, die Luke öffnete sich einen Spalt, fiel aber sofort wieder zu. Erneut tauchte ich an die Oberfläche. Mein Kopf stieß an die Decke, als ich meinen, wie ich fürchtete, letzten Atemzug nahm. Würgend und hustend paddelte ich wie verrückt, um den Kopf über Wasser zu halten. Meine Muskeln wurden zusehends müder, und eine neue Panikwelle vernebelte meine Sinne.

Keinen Meter entfernt hing ein Rohr von der Decke. Mit letzter Kraft stieß und strampelte ich mich durchs Wasser, bis ich es erreichte. Dann hielt ich mich daran fest und zwang mich, meine Gedanken und meinen Körper zu beruhigen; ich holte zitternd Luft. Kurz erwog ich, noch einmal hinabzutauchen, um die Ventile zuzudrehen, die das Flusswasser einströmen ließen, aber ich wusste nicht, ob ich noch die Kraft dazu aufbrachte.

Gedämpfte Geräusche wie von einem Vorschlaghammer dröhnten an der Luke. Dann hörte ich, wie Wasser in die Luftschleusenkammer rauschte. Mr. Young flutete sie offenbar, um einen Druckausgleich herzustellen. Erneutes Knarzen und Öffnen von Ventilen. Er ließ Luft und Wasser hinein. Gut so. Schneller, schneller, drängte ich ihn im Geiste, als mein Scheitel die Decke berührte und das Wasser mir bis zum Hals stand.

Als ich davon ausgehen konnte, dass der Druckausgleich groß genug war um die Luke zu öffnen, holte ich ein paarmal tief Luft und füllte meine Lungen. Dann stieß ich mich von der Decke ab und schnellte die drei Meter durchs Wasser hinunter. Ich wiederholte mein Stemmmanöver von vorhin, bis sich die Tür einen Spalt öffnete. Meine Lungen brannten, als ich an der Luke zerrte.

Von der anderen Seite wurde mit dem Vorschlaghammer dagegengeschlagen. Durch den Spalt erkannte ich eine schemenhafte

Gestalt: Young, der von der Luftschleusenkammer aus gegen die Tür drückte. Ich zog auf der anderen Seite, bis wir schließlich den Druckunterschied überwanden und die Tür zuletzt aufklappte. Sofort rauschte Wasser ein und riss mich mit sich.

Young packte mich unter den Achseln und zerrte mich an die Oberfläche, wo ich verzweifelt nach Luft rang. Mir wurde schwarz vor Augen, und ich fädelte einen Arm durch eine Leitersprosse, um nicht davongespült zu werden.

»Muss die Luke schließen!« Young tauchte hinunter.

Es dauerte eine gefühlte Ewigkeit, die er da unten war, und ich begann zu zählen. Dreißig Sekunden. Vierzig. Wieso dauerte das so lang? Mein Blick war wieder klar; ich ließ die Sprosse los und bereitete mich darauf vor, ihm zur Rettung zu eilen. Meine Arme und Beine waren schwer wie Blei. Hatte ich die Kraft überhaupt?

Aber während ich noch versuchte, mir selbst gut zuzureden, tauchte Young aus dem Wasser auf und holte tief Luft, ehe er schrie: »Wir haben es geschafft!«

Getragen von der Erleichterung zog ich mich an den Leitersprossen nach oben. Aus meinen Kleidern ergoss sich ein Schwall von Wasser, der Fluss hatte seine Macht über mich verloren, wie ein Hurrikan, der sich auf See totläuft.

***

Als ich nach diesem turbulenten Tag abends nach Hause kam, hatte ich Muskelkater, als wäre ich im Frühling nach langer Pause erstmals wieder ausgeritten. Schwerfällig stieg ich die Treppe hinauf zum ersten Stock, wo Wash am Schreibtisch in unserem Schlafzimmer saß und mit der Lupe Carries *Violets* las. Er rieb sich die Augen, legte das Manuskript beiseite und nahm zwei Hanteln hoch, mit denen er seine Muskeln trainieren sollte. Trotz seiner Caissonkrankheit strahlte er Normalität aus, während ich einer Flussratte glich.

Ohne das geringste Bedürfnis, mein Aussehen zu erklären oder von meinem Tag zu berichten, schlurfte ich leise den Flur hinunter zum Bad. Ich drehte den Warmwasserhahn voll auf, sodass dichte Dampfwolken aufstiegen, und nahm genüsslich ein Bad. Jedes Mal, wenn mir die Schreckensbilder wieder vor Augen traten und ich sah, wie ich unter Wasser eingesperrt war, umklammerte ich den gewölbten Rand der Badewanne und schob die Gedanken beiseite.

Wash kam hereingehumpelt und zog einen Stuhl heran. »Hab ich doch richtig gehört, du hast dich reingeschlichen.«

»Du warst so konzentriert, da wollte ich nicht stören. Wie geht's Johnny?« Ich spielte mit den nach Lavendel duftenden Seifenblasen. Himmlisch.

»Schläft.« Er nahm einen Schwamm, beugte sich vor und wusch mir den Rücken. Hoffentlich entdeckte er keine Algen.

»Ich habe schon wieder einen Tag mit ihm versäumt.« Entsetzt stellte ich fest, dass ich den ganzen Tag nicht an ihn gedacht hatte. »War er ein braver Junge?«

»Wie immer.«

Meine Sorge, Wash könne Algen entdecken, war überflüssig, da hätten sie schon riesig sein müssen. Sein Blick war unstet und unfokussiert. Nahe dem Fenster hing ein neues, mit einem Veilchen besticktes Bloomer-Kostüm, dessen Falten sich durch den warmen Wasserdampf glätteten.

»Was? Keine Pfingstrosen diesmal?«

»Nein, leider nur ein einzelnes Veilchen. So feine Details setzen meinen Augen zu.« Er drückte den Schwamm aus. »Als Hommage an das neue Buch deiner Freundin. Hast du es gelesen?« Als ich aus der Wanne stieg, reichte er mir einen Morgenmantel. Ich versuchte, seinen Blick zu erhaschen, doch er sah weg.

»Noch nicht. Mutter sagt, darin gäbe es eine Figur, die mich bestimmt interessieren würde.« Gemeinsam kehrten wir ins Schlafzimmer zurück, wo ich das Handtuch um meine Haare löste und das Manuskript in die Hand nahm, während Wash mit seinen Hanteln übte. »*Violets*, von Carrie Beebe«, las ich vor. »Mrs. Hamilton war eine Frau von unbändiger Energie und Ambition. Allerdings besaß sie keine Ambitionen im literarischen Sinne, da ihre Erziehung ihr dazu wenig Ermutigung geboten hatte; und, obwohl bekennende Christin, war ihr nicht besonders an ›guten Taten‹ gelegen.«

Er schmunzelte. »Aber um ihre Nachbarinnen auszustechen, insbesondere in Kleiderfragen, ging sie mit einem Eifer ans Werk, der eines höheren Anliegens würdig gewesen wäre.«

»Meinst du, sie schreibt über mich?«

»Möglich. Aber ich glaube, Carrie will damit allen Frauen eine Botschaft senden.«

»Wer hätte gedacht, dass du so scharfsinnig bist?« Ich stand hinter ihm und streichelte seine Schultern und seine Arme. Er war so muskulös wie eh und je und zuckte unter meiner Berührung nicht zusammen. »Du machst Fortschritte.«

»Jetzt muss nur noch meine untere Körperhälfte mitspielen.«

Ich küsste seinen Nacken und setzte mich auf seinen Schoß. Wir küssten uns lang und innig, und seine Hände wanderten unter meinem Morgenmantel zu meinen Brüsten. Der Schreck des Tages schwand, als ich mich von ihm wärmen, von seiner Stärke trösten ließ.

Er flüsterte in mein Ohr: »Carrie findet, alle Frauen sollten sein wie du.«

Wärme durchflutete mich. »Veilchen. Stark und treu.«

Ich zog ihm das Hemd aus, fuhr mit der Hand über die rauen, goldenen Haare auf seiner Brust. »Man kann sie zertrampeln, aber sie richten sich immer wieder auf.« Mit einer Schulterbewegung warf ich den Morgenmantel ab.

Er räusperte sich. »Mit Blumen kenne ich mich aus.« Er stieß mich sanft von seinem Schoß. »Tut mir leid, Liebling, vielleicht ein anderes Mal?«

Taumelnd ließ ich von ihm ab und zog mir den Morgenmantel über, schlimmer am Boden zerstört als jedes Veilchen.

»Also, wie ist der Stand der Dinge? Sind die Brandschäden repariert?« Seine Augen zuckten hin und her.

Ich schluckte meine Enttäuschung herunter und antwortete ruhig: »Wir sind dabei. Wir haben mehr gefunden, aber wir bereiten uns darauf vor, auch den Rest des Caissons mit Beton aufzufüllen.«

Er reichte mir einen Stapel Notizbücher und einen Stift. »Hervorragend. Das sollte in einer bestimmten Reihenfolge geschehen. Notiere Folgendes ...«

Ein kalter Schauer lief mir von meinem nassen Haarschopf bis zu den Zehen hinab.

DREIUNDZWANZIG

Wash hatte das Glück, sehr viel mehr Zeit mit Johnny zu verbringen als ich, und so beschloss ich, ihm zu zeigen, was mich so oft von ihm fernhielt. Der Frühsommer war ungewöhnlich warm, und so entschied ich mich für einen Ausflug an einem strahlenden Sonntag, wenn auf der Baustelle nicht ganz so viel los war.

Da ich nicht vorhatte, Johnny irgendwelchen Gefahren oder der derben Sprache der Arbeiter auszusetzen, gingen wir an Bord eines großen Frachtboots, das neben dem Brückenturm am Kai lag. Hier konnten wir zwischen riesigen Steinblöcken, die ein Labyrinth bildeten, Verstecken spielen. Der Pylon, der inzwischen sechs Meter aus dem Wasser emporragte und somit größer war als die meisten Gebäude in Brooklyn, warf seinen Schatten auf uns.

Nach dem Spielen setzten wir uns mit einer Schiefertafel und einem Stück Kreide in eine Ecke, damit ich etwas arbeiten konnte. Wie ich dem Brückenkomitee erklärt hatte, variierten die Granitsteine leicht in der Farbe, da sie von zwanzig unterschiedlichen Steinbrüchen kamen, sodass man sie am besten bunt gemischt verlegte, damit der Pylon am Ende nicht allzu gescheckt aussah. Mein Vorschlag wurde begeistert aufgenommen, hatte aber den Nachteil, dass man mir die Aufgabe überließ, die Steine zu kategorisieren. Ich notierte gerade den Standort einer besonders dunklen Charge, als ich nach Johnny rief: »Bin fast fertig, Schatz. So ein braver Junge …« Ich drehte mich nach der Stelle um, wo ich ihn abgesetzt hatte, doch er war fort.

»Johnny? JOHN!« Ich suchte das Boot ab, rannte zwischen Säulen aus Stein hin und her, hinter denen wir uns eben noch versteckt hatten, dann kletterte ich auf eine hinauf, um mir einen besseren Überblick zu verschaffen. Doch er war nirgends zu sehen. Mir brach der Schweiß aus. Beinahe blind vor Panik kletterte ich hinunter, als ich ein Platsch neben dem Boot hörte. Ich rannte hinüber. Johnny ruderte wie wild mit den Armen und hielt den Kopf gerade so über Wasser.

Ohne nachzudenken, sprang ich bäuchlings die zwei Meter ins Wasser hinab. Nach Atem ringend, packte ich Johnny am Kragen, als er gerade unterzugehen drohte. Er klammerte sich an mich und schlang die Arme um meinen Hals. Gegen die Strömung und das Gewicht meines Kleids ankämpfend, strampelte ich mich durch das Wasser, bis ich zuletzt eine Leiter am Hafenkai erreichte. »Halt dich an der Leiter fest, Schatz«, keuchte ich atemlos.

Johnny, der mit dem Schrecken davongekommen war, tat wie befohlen und kletterte die Leiter hoch, wo er schon bald von anderen Kindern umringt wurde. Als ich mich mühsam in meinem patschnassen Kleid hinaufschleppte, wurde ich unter den Armen gepackt und hochgezogen. Ich rieb mir das brennende Salzwasser aus den Augen und sah O'Brien.

»Alles in Ordnung, Ma'am?«

Ich nickte und blickte zähneknirschend auf meinen alten Erzfeind, den Fluss, hinab.

Johnny spielte derweil Fangen mit O'Briens sechs Kindern. Patrick und die fünf jüngeren Geschwister, das Jüngste ungefähr sieben Jahre alt, trugen alle Badeanzüge und hatten ihre Handtücher und ihre Henkelmänner mit dem Mittagessen quer über den Hafenkai verteilt.

O'Brien reichte mir das Handtuch, das ihm um den Hals hing, doch es blieb an seiner Silberkette mit dem Medaillon hängen. Dadurch kam ich ihm einen Moment lang unangenehm nah, doch er lachte die Situation weg und zog sich dann anstandshalber ein Hemd über seinen Badeanzug.

»Kleiner Tipp, Ma'am. Es is' ziemlich gefährlich, mit Kleidern baden zu gehen. Geht ruhig«, sagte er und winkte die Kinder weg, die darum baten, ins Wasser gehen zu dürfen. »Können Ihre Kinder auch schwimmen?«

»Noch nicht, nein. Wir haben nur ein Kind.« Zitternd hüllte ich mich ins Handtuch. Mir war übel und nicht nach Reden zumute. Ich wollte einfach meine Ruhe haben.

Aus dem Wasser ertönten Protestschreie, sodass sich der Vater einschaltete: »Patrick! Hör auf, deinen Bruder unterzutauchen!« Er wandte sich wieder mir zu. »Klar, Johnny is' ja auch noch klein. Wie alt isser jetzt, fast vier? Wird bald Zeit fürs Nächste, was?«

Ich zuckte zusammen, auch wenn ich wusste, dass es nicht böse gemeint war. »Ich fürchte eher nicht.«

»'schuldigen Sie, Mrs. Roebling, ich wollte nich' …« Er lief rot an.

»Machen Sie sich keine Gedanken, Mr. O'Brien. Es ist schön, Ihren Kindern beim Spielen zuzusehen.«

»Wir kommen jeden Sonntag her. Verraten Sie's bloß nich' unserm himmlischen Vater.« Er blickte gen Himmel. »Warum kommen Sie nich' auch und bringen Ihren Jungen mit?«

Von da an kamen Johnny und ich jeden Sonntag zu Schwimmstunden vorbei, wenn die Gezeitenströmung stillstand.

Unsere erste Schwimmstunde fiel auf einen herrlich warmen Tag, sodass wir die halbe Meile zum Fluss zu Fuß gingen und ich Johnny in seinem Bollerwagen hinter mir herzog. Überall standen die Ladeninhaber vor ihren Läden, um den Bordstein zu fegen, und ich grüßte oder plauderte mit einigen von ihnen im Vorübergehen.

Doch eines Tages stellte ich eine Veränderung fest. Bildete ich mir das nur ein, oder mieden mich die Leute? Eine knuffige ältere italienische Dame, die sonntags die Fenster ihrer Familienbäckerei putzte, huschte sonst immer in den Laden und brachte Johnny eine Süßigkeit. Doch seit Juli schürzte sie lediglich die Lippen und kehrte uns den Rücken zu. Je mehr Zeit verstrich, desto sicherer war ich mir, dass die Leute mich schnitten. Ich zuckte zusammen, wenn in den Hauseingängen Worte wie Dirne oder Hure gezischt wurden, gerade so laut, dass ich sie hörte.

Lag es an unseren Schwimmstunden mit O'Brien, die ich ohne meinen Mann besuchte, oder daran, dass ich es wagte, in einem Männerberuf zu arbeiten, dass man sich über mich das Maul zerriss? Ich wusste, es würde nichts bringen, sie damit zu konfrontieren. Also ging ich weiterhin hocherhobenen Hauptes an den Sonntagen zu Fuß. An anderen Tagen war ich zu Pferd unterwegs, um Zeit zu sparen, aber an unserem gemeinsamen freien Tag wollte ich Johnny die Möglichkeit geben, unser Viertel zu erkunden, egal wie frostig man uns begegnete. Sollten sie nur reden. Klatsch gab es immer; man konnte es nicht ändern, nur das eigene Leben so gut als möglich leben.

Eines Nachmittags jedoch kamen wir in Brooklyn Heights nicht weiter. Kleine Menschentrauben blockierten die Gehwege und ließen meinen Sohn und mich nicht durch, sodass wir unter Gejohle und Gelächter auf die Straße auswichen. Menschen strömten aus Häusern und Läden, die eigentlich am Sonntag geschlossen hätten sein müssen; offenbar versammelten sie sich zu Protesten.

Ein Nachbar, mit dem ich bekannt war, schlenderte auf mich zu. Ein hochgewachsener Mann mit einem freundlichen Gesicht und ergrautem Haar, das an der Stirn immer weiter zurückzuweichen und in den Nacken zu rutschen schien. Er trug einen feinen schwarzen Anzug, bestimmt hatte er gerade in der Plymouth Church eine Predigt gehalten. Der Prediger zog den Hut. »Schön, Sie zu sehen, Mrs. Roebling.«

Ich nickte ihm grüßend zu. »Reverend Beecher, was für ein herrlicher Tag für einen Spaziergang.« Dutzende Menschen, die sich ringsum versammelt hatten, verstummten. »Leider habe ich ein wenig Mühe durchzukommen, bei dem schönen Wetter wollen offenbar viele an die frische Luft.«

Henry Ward Beecher wurde allseits verehrt, hatte er doch gegen den Sklavenhandel gekämpft – nicht mit Waffen, sondern mit seiner Eloquenz, seinem Geld, seinem Einfluss. Ich bewunderte ihn zutiefst. Allerdings war er außerdem als Frauenheld bekannt; sich länger mit ihm zu unterhalten konnte die Gerüchteküche erneut anheizen.

»Wenn Sie erlauben.« Er machte eine kleine Verbeugung. Dann rief er der Menge mit tiefer, hallender Stimme zu: »Macht den Weg frei, meine Freunde und Nachbarn, und lasst diese ehrwürdige Frau und ihr Kind passieren.«

Wie Moses das Meer teilte, teilte sich die Menge, und er begleitete mich mehrere Häuserblocks den Hügel hinab. Als wir unser Ziel, den Hafenkai, wo O'Brien und seine Kinder bereits warteten, erreichten, bedankte ich mich bei ihm.

»Es war mir eine außerordentliche Freude.« Er zog eine kleine Karte aus der Tasche. Darauf war sein Name eingeprägt sowie darunter Präsident der American Woman Suffrage Association. »Wir treffen uns jeden Dienstagabend in der Kirche. Es wäre uns eine Ehre, wenn Sie dazukämen.«

Ich fuhr mir mit der Zunge über die Zähne.

»Keine Sorge, falls Sie nicht unserer Konfession angehören. Bei uns ist jeder willkommen. Juden, Katholiken ...«

»Vielleicht, wenn ich wieder mehr Zeit habe«, antwortete ich höflichkeitshalber, obwohl ich wusste, dass es mich nur noch mehr in Teufels Küche bringen würde, wenn man mich mit Reverend Beecher in Verbindung brachte. Ich verstaute die Karte in meinem Schwimmbeutel. »Ich hoffe, dass ich mich bald wieder der Bewegung anschließen kann.«

»Wunderbar. Und rufen Sie mich, wenn Sie wieder einmal in Schwierigkeiten geraten.« Er winkte der sich zerstreuenden Menge zu.

Ich nickte, und er zog den Hut, ehe er mit seinem hüpfenden Gang wieder seiner Wege ging und bei jedem, der ihm entgegenkam, anhielt, um mit ihm zu plaudern.

***

Jede Woche wuchs der Brückenturm um eine Granitschicht, und inzwischen bot der Hafenkai einen hübschen Anblick. Eines Sonntags, als die Tage wieder kürzer und kühler wurden, stellte sich der Gezeitenstillstand erst bei Dämmerung ein. Als O'Brien und Johnny schließlich aus dem Wasser stiegen, glitzerten sie im goldenen Abendlicht. Der Anblick von O'Brien, der meinen süßen Jungen in seinen muskulösen Armen trug, raubte mir den Atem.

»Wie 'n Fisch im Wasser, der Kleine!« O'Brien setzte Johnny auf dem Boden ab.

Ich schlang die Arme um meinen tropfenden, frierenden Jungen. »Mama ist so stolz auf dich!« Ich drückte ihm einen Kuss auf die kalte Wange, ehe er sich aus meinem Griff wand. »Hat jemand Hunger?«

Ich hatte Hühnerkeulen und Kekse dabei, und die Kinder umschwärmten mich wie die Fliegen. O'Brien und ich setzten uns mit unserem Abendessen ein Stück abseits an den Kai und ließen die Beine über dem Wasser baumeln.

Ich wickelte eine Serviette um das knochige Ende der Hähnchenkeule und biss in die pfeffrige Kruste. »Und Ihre Frau – schwimmt sie nicht gern?«

»Bei der Geburt gestorb'n, Gott segne sie.« Er wischte sich den Mund ab und küsste dann das Medaillon, das er um den Hals trug.

»Das tut mir furchtbar leid. Es muss schwer sein, sechs Kinder allein großzuziehen. Und trotzdem geben Sie bei der Arbeit alles.«

»Bin dankbar für den Job, Ma'am. Colonel Roebling war

äußerst großzügig. Hat mich aus'm Caisson rausgenommen. Die Jungs ziehen mich bis heute deswegen auf.«

»Sie haben sich auch um ihn gekümmert. Danke dafür.«

»Ach, ich würde alles für den Colonel tun, auch wenn er mir mal fast 'ne Kugel ins Herz gejagt hätte.«

Ich verschluckte mich an einem Stück Keks. »Wie bitte?«

»Vielleicht is' das 'ne Geschichte, die er lieber nich' erzählen wollte«, murmelte O'Brien.

»Erzählen Sie schon. Sie können nicht so eine Spannung aufbauen und mich dann hängen lassen.«

»Na gut.« Er deutete auf die rosa und lila Streifen am Himmel. »Es war bei Sonnenuntergang, so wie heute. Ich war in der Division Ihres Bruders, wie Sie bestimmt wissen.«

Wusste ich nicht, nickte aber dennoch.

»Zu dem Zeitpunkt hatte ich bereits das Gefreiten-Abzeichen, insofern war ich erfahrener als die meisten.« Er schmunzelte. »Man hatte mir 'n Pferd und den Auftrag gegeben, den Colonel – damals war er noch Lieutenant – tief in feindlichem Gebiet zu finden. Also ritt ich wie der Teufel, und nach einem Tagesritt fand ich ihn nahe York, wo General Warren ihn auch vermutet hatte.« Er hörte auf und lächelte, als sei die Geschichte hier zu Ende. »Zeit, einzupacken«, rief er den Kindern zu.

»Erzählen Sie doch weiter«, ermutigte ich ihn.

Er legte ein Handtuch zusammen und schlang sich ein anderes um den Hals. »Sein Gaul stand mit hängendem Kopf da und konnte kaum mehr gehen, und auch um ihn schien es nich' besser bestellt zu sein – er sah aus, als würde er jeden Moment einschlaf'n und vom Sattel fall'n. Mein Pferd wieherte, wodurch er aufwachte. Blitzschnell hatte er den Revolver gezückt und direkt auf meine Brust gerichtet. Ich sagte das Losungswort, worauf der Colonel – ich meine, der Lieutenant – die Waffe wieder einsteckte.« O'Brien ließ den Anhänger auf der Kette vor- und zurückgleiten.

»Der General hatte sich Sorgen gemacht, dass Roebling von seinem langen Ritt erschöpft sein könnte; deshalb hatte er nach ihm geschickt. Er trug wichtige Landkarten von Gettysburg bei sich. Der Lieutenant sagte mir, er wolle eine Nacht schlafen und würde sich nie wieder auf einen Gaul setzen, sobald der Krieg vorbei war. ›Es ist nur einen Tagesritt von hier, Sir. Sie könnten sich kurz ausruh'n und wär'n morgen Abend da‹, sagte ich. Das wär' immer noch rechtzeitig gewesen. Doch er kramte die Landkarten aus seiner Satteltasche und reichte mir eine. ›Die hier nehmen Sie direkt heute Abend mit, Gefreiter. Ich komme mit der anderen morgen nach.‹ So haben wir sie aufgeteilt, falls einer von uns überleben sollte.«

O'Brien ließ mit glänzenden Augen den Kopf hängen. »Da gab ich ihm ein Telegramm. Es war inzwischen so dunkel, dass er an seiner Zigarre ein Streichholz entzündete, um es zu lesen. ›Glückwunsch! Sieht so aus, als sollten Sie die zur Feier des Tages rauchen‹, sagte er und bot mir die Zigarre an.« O'Briens Stimme wurde sanft. »Ich sagte ihm, es wäre unser sechstes Kind, aber dass es Komplikationen gebe. ›Das tut mir leid zu hören‹, sagte er. Ich gab ihm einen weiteren Brief, diesmal vom General höchstselbst. ›Ich habe Anweisung, unverzüglich nach New York weiterzureit'n, um bei meiner Frau zu sein. Wenn Sie mich also entschuldig'n würden.‹« O'Brien nahm die Kette mit dem Medaillon ab, küsste sie und reichte sie mir. »Das war ihre.«

»Haben Sie es rechtzeitig geschafft?« Ich fuhr mit dem Finger über den abgegriffenen Anhänger, dessen eingraviertes Monogramm nur noch schwach erkennbar war.

Er schüttelte den Kopf. »Er sagte mir: ›Wir sind im Krieg, Gefreiter.‹« O'Briens Augen waren feucht und gerötet, und es war schwer, seinen Blick zu ertragen. »Er sagte mir, ich müsse die Karte dem General überbring'n. Ich wollte ihm widersprech'n, aber so erschöpft, wie er aussah, hatte ich keine Wahl. Also nahm ich die Karte entgegen und machte mich auf'n Rückweg, während er sich in einem leer stehenden Haus schlafen legte.« O'Brien salutierte einem Geist aus der Vergangenheit.

Ich gab ihm das Medaillon zurück. »Es scheint, Ihnen gebührt ein besonderer Platz in seinem Herzen.«

»Ich möchte wie jeder andere behandelt werden.« Er zog das Handtuch vom Hals und peitschte damit in die Luft. »Und Sie ham ja gesehen, was passiert ist, als er diesen Trottel Einar an meiner Stelle in den Caisson geschickt hat.«

Während O'Brien und ich in unser Gespräch vertieft waren, hatten sich seine Kinder ins Wasser geschlichen, um noch eine Runde zu schwimmen. Sie kletterten an den Holzwänden hoch, die die Baustelle umgaben, und sprangen von dort ins Wasser, während Johnny mir half, den Korb zu packen. »Haben Sie sie je wiedergesehen?«

Er schüttelte den Kopf.

»Das tut mir so leid.« Wash muss sich schrecklich gefühlt haben.

Die Kinder riefen aus dem Wasser: »Pa! Schau dir das an!«

Von Patricks Arm tropfte eine dunkelbraune zähe Masse. Wir eilten hinüber, um dem auf den Grund zu gehen und ihnen aus dem Wasser zu helfen. Die Gliedmaßen der Kinder waren mit dunklem Schleim überzogen. Sie wedelten mit den Händen und hielten sich ob des widerlichen Gestanks die Nase zu. Wir holten Handtücher und wischten das klebrige Zeug von ihnen herunter. Im Wasser neben dem Turm trieb eine schmierige Substanz. Ich schnappte mir ein leeres Glas aus dem Proviantkorb und nahm eine Probe davon.

***

Später am Abend schäumte Wash Johnny ein, während dieser mit seinen Spielzeugbooten in der Wanne spielte. »Wie kommst du darauf, einen meiner Arbeiter zu bitten, Johnny das Schwimmen beizubringen?«

Johnny blinzelte mit seinen großen blauen Augen und sah aus wie ein Elf mit einem großen weißen Schaumhut auf.

Washs Verärgerung erstaunte mich, da die Schwimmstunden bereits seit Wochen liefen. »O'Brien hat es angeboten, nachdem dein Sohn vor seinen Augen beinahe ertrunken wäre.«

»Weil du vollkommen nachlässig und unverantwortlich gehandelt hast. Bringst ein Kind auf die Baustelle! Und jetzt ein Picknick mit einem Arbeiter und seiner Familie? Emily, offenbar verschwimmen bei dir die Grenzen zwischen Beruflichem und Privatem.« Wash wusch Johnny spielerisch ab, indem er das Wasser durch ein Sieb über ihm zerstäubte.

»Das stimmt überhaupt nicht. Du kannst deine Frau und dein Kind gern zur Arbeit, zum Picknick oder zu sonst einem Ausflug begleiten, du bist jederzeit willkommen. Aber erwarte nicht von uns, dass wir die Gesellschaft scheuen, nur weil du das tust.« Johnny stand in der Wanne auf, und ich wickelte ein Handtuch um ihn. »Und die Arbeiter sind auch nur Menschen wie du und ich. Wieso sollte ich nur aus irgendwelchen überholten Standesüberlegungen nicht mit einer anderen netten Familie picknicken gehen?«

»Es geht nicht um den Stand. Es gibt einfach Grenzen im Umgang mit den Menschen, über die man Autorität hat. Es gehört sich nicht, sie um spezielle Gefallen zu bitten. Verstehst du das denn nicht?«

Ich biss mir auf die Innenseite der Wangen. »Wahrscheinlich hast du recht.«

»Es ist riskant, im Fluss zu schwimmen. Du solltest das am besten wissen. Glaubst du, O'Brien war zufällig da, an dem Tag, als Johnny ins Wasser fiel?«

»Was willst du damit sagen?«

»Nichts. Aber ich werde die Schwimmstunden selbst weiterführen, an einem sichereren Ort. In der Nähe von Trenton gibt es einen schönen See.« Mit den Fingern kämmte er Johnnys Locken. »Schwimmen kann ich nämlich noch.«

Ich schlug einen sanfteren Ton an. »Ich verstehe dich ja. Ein See wäre tatsächlich besser. Und ich versuche durchaus, eine professionelle Beziehung zu den Arbeitern zu wahren.« Ein Bild von O'Brien und Wash im Krieg stieg in mir auf. »Es scheint, ihr hegt große Sympathien füreinander. Hast du ihn gebeten, auf mich aufzupassen?«

»Er ist ein guter Arbeiter. So, Johnny, Zeit für eine Gutenachtgeschichte.« Wash führte ihn an der Hand aus dem Raum; offenbar war ihm bewusst, dass er gegen genau jene Regel verstoßen hatte, die er eben noch angemahnt hatte.

Nachdem wir Johnny ins Bett gebracht hatten, gesellte ich mich zu Wash in die Bibliothek, wo ich den Picknickkorb gelassen hatte. Als ich ihn öffnete, erfüllte ein stechender Geruch den Raum. Ich zog das Glas mit dem verseuchten Wasser heraus.

»Gott, was ist das für ein Gestank?« Wash schenkte sich Whiskey ein.

»Die Kinder haben beim Schwimmen dieses seltsame zähflüssige Zeug im Wasser bemerkt. Ich dachte, wir sollten uns das vielleicht einmal näher anschauen.«

Er öffnete das Glas, schnupperte daran, steckte dann zwei Finger hinein und rieb sie aneinander.

»Riecht wie Terpentin. Vergammeltes Terpentin«, sagte ich.

»Wo genau, sagst du, habt ihr das her?«

»Offenbar blubberte es aus dem Caisson nach oben.«

»Verbranntes Holz riecht so, wenn es sich zersetzt.« Er schraubte den Deckel wieder aufs Glas.

»Aber wir haben den Caisson doch geflutet und bis unters Dach mit Beton verfüllt.«

»Was? Ich weiß nichts von einer Flutung.« Er knallte das Glas auf den Tisch.

»Wir hatten doch darüber geredet, dass es eventuell notwendig werden könnte. Ich …«

»Darum kümmern wir uns später. Momentan müssen wir uns damit auseinandersetzen, dass sich im Caissondach verbranntes und vor sich hin rottendes Holz befindet. Je mehr sich das Holz zersetzt, desto mehr wird der feuchte Beton in die Lücken absacken und im bereits ausgehärteten Beton für Risse und Instabilität sorgen. Je mehr Gewicht darauf lagert, desto schlimmer wird es.«

»Aber zersetzt sich nicht sowieso letztlich das ganze Holz?«

»Zu einem gewissen Grad, ja. Aber das macht nichts, wenn der Beton erst einmal ausgehärtet ist.« Er ging zum Bücherregal hinüber, fuhr mit der Hand über Dutzende Bände, bis er einen herausgriff. »Da ist es.«

Es handelte sich um ein Lehrbuch, das ich zu einer Zeit gelesen hatte, als es tausend andere Probleme auf der Baustelle gab, und das ich schwer verständlich gefunden hatte. »Ich fürchte, das habe ich nur überflogen.«

»Tja, das ist eine schlechte Angewohnheit, die wir dir abtrainieren werden. Von nun an kommst du mit Fragen zu mir und machst den Test am Ende jedes Kapitels.«

Meine Laune hob sich. Er wollte mich unterrichten. So viel Interesse von seiner Seite hatte ich seit Monaten nicht mehr erlebt.

Doch meine Erleichterung schwand schon bald, als er das Buch zuschlug.

»Wir müssen den gesamten Beton in der Decke herausmeißeln und die Holzbalken ersetzen.«

»Aber das wird Monate dauern!«, rief ich entsetzt.

»Wie konntest du das nur zulassen? Ich hatte dir doch exakte Anweisungen gegeben!«

»Du ziehst voreilige Schlüsse, Wash. Vielleicht finden wir gar keine weiteren beschädigten Balken mehr.«

»Oh doch, und ob.« Er nahm das Glas mit der Probe und knallte es auf den Tisch. »Man muss nur an der richtigen Stelle suchen.«

***

Wenn ich schon den Arbeitern diese unerfreuliche Neuigkeit überbringen musste, dachte ich mir, ich könnte es ihnen vielleicht etwas schmackhafter machen, wenn ich mich selbst beim Beheben des Problems anbot. Also kletterte ich durch die Luke über die Leiter nach unten in den Caisson und dann nach oben durch die Decke in die Dachstruktur, wo die Holzbalken gitterförmig angeordnet waren. Dort traf ich Dunn, den ich mit dem Ausheben des Betons beauftragt hatte.

Überrascht riss er den Kopf zurück, als er mich entdeckte. »Mrs. Roebling! Das ist kein Ort für eine Frau.«

»Ich war schon einmal hier drin und habe überlebt, danke. Und übrigens, von meiner Anwesenheit hier darf außer den Arbeitern niemand wissen.«

»Wie Sie wünschen, Ma'am.«

»Also, wie kann ich helfen?« Ich streckte ihm die Hände hin, die in schweren Arbeitshandschuhen steckten.

Dunn fuhr sich durch sein rotblondes Haar. »Ich glaube nicht …«

»Soll ich hier anfangen?« Ich nahm eine Axt und deutete auf einen Bereich, in dem sonst niemand war.

»Na gut, wenn Sie darauf bestehen. Die Ecken sind am schwierigsten. Sie sind so eng, dass nur einer unserer Männer reinpasst. Vielleicht haben Sie mehr Glück.«

Rußverschmiert und die stickige Luft einatmend, krochen wir auf dem Bauch oder dem Rücken und hämmerten und meißelten den Beton heraus, sodass die verkohlten Balken zum Vorschein kamen. Nachdem ich die Ecken gesäubert hatte, reichte ich Eimer mit Betonbrocken und verbranntem Holz an den nächsten Arbeiter in der Kette weiter.

Dunn brachte mir eine Feldflasche mit Wasser. »Sie sind eine höchst ungewöhnliche Frau.«

»Ich nehme das mal als Kompliment.« Das Wasser kam wie gerufen, da meine Kehle sich so ausgebrannt anfühlte wie die

Balken. »Ich bin beeindruckt von Ihrer Arbeit und Ihrer Loyalität.«

Sein Gesicht strahlte. »Wussten Sie, dass ich bereits für den alten Mr. Roebling gearbeitet habe? Ich war vom allerersten Tag an dabei und hab damals von Manhattan aus mit der Signalflagge gewedelt.«

»Das waren Sie? Ich erinnere mich, ich habe es gesehen.« Ach, welch freudiger Moment das gewesen war. Ich sah die rote Fahne am gegenüberliegenden Ufer vor mir, als wäre es gestern gewesen. Doch dann der Schreckensmoment. »Ich erinnere mich, dass Sie Mr. Roebling nach dem Unfall besucht haben. Sie waren ziemlich besorgt … um Ihren Job.«

Dunn lief rot an. »Sie haben davon gehört?« Er schüttelte den Kopf. »Ich war jung und töricht.«

»Es war eine schwierige Zeit.«

»Dennoch tut es mir furchtbar leid. Und trotzdem haben Colonel Roebling und Sie an mir festgehalten.«

»Jeder sagt mal etwas, das er hinterher bereut. Genau wie bei einem sich ausbreitenden Feuer kann man Worte, die einem herausrutschen, nicht mehr einfangen. Und hinterher ist es ziemlich mühselig, den Schaden wieder zu richten.«

***

Beulen, blaue Flecken und Blasen an den Händen zeugten davon, dass ich für den Aushub nicht gemacht war, aber ich war dankbar für die Erfahrung. Allerdings hielt ich meine Mitarbeit geheim, damit ich nicht auch noch über mein skandalöses Verhalten in der Zeitung lesen musste.

Einen Monat später waren sämtliche Holzbalken ersetzt und alle Brandschäden repariert worden. Es war angenehm, zur Abwechslung mal den Duft von frischem Holz zu riechen.

Dutzende Menschen hatten sich auf dem Turm versammelt, um den Moment zu feiern, als die Arbeiter den letzten Beton in den Caisson leiteten. C. C. Martin und Mr. Young drückten ihre Handflächen in den frischen Beton und unterschrieben darin, ebenso wie die anderen Arbeiter. Mich hatten sie zwar ebenfalls dazu eingeladen, aber es kam mir falsch vor. Ich sah mich selbst noch immer als Washs Vertretung, als jemanden, der half. Wash und sein Vater hätten sich mit ihren Handabdrücken im Beton verewigen sollen. Tränen traten mir in die Augen, und ich biss mir auf die Lippe, während rings um mich gejubelt wurde, als ein Kran den untersten Stein auf dem Beton ablegte und damit die Handabdrücke und den Caisson für immer versiegelte.

Der Pylon wuchs in der Folgezeit schnell, und eine Weile lang beschränkten sich meine Aufgaben auf ästhetische Fragen rund um den Granit und andere Bauelemente. Wir hatten beschlossen, für bestimmte Schichten helleren Kalkstein zu bestellen. Dadurch würden wie bei Papas Cincinnati-Brücke hübsche Streifen entstehen, die die Stützpfeiler optisch hervorhoben und längere Turmabschnitte interessanter wirken ließen. Inzwischen studierte ich Washs Lehrbücher bereits den dritten Monat und wurde inzwischen immer vertrauter mit den Prinzipien des Bauingenieurwesens.

Der zweite Caisson, auf der Seite in Manhattan, wurde im September an Ort und Stelle verbracht. Dank unserer Erfahrung mit dem Caisson auf der Brooklyner Seite war das Absenken glücklicherweise diesmal sehr viel unproblematischer. Wash ging es inzwischen deutlich besser, und er hatte bei Dr. Smith und mir dafür plädiert, auf die Baustelle zurückzukehren. Der Caisson auf New Yorker Seite befand sich noch in der Anfangsphase seiner Absenkung, sodass der Luftdruck noch kein Problem darstellte, und wir alle waren dafür, dass Wash, wenn auch beschränkt, zurückkehren sollte.

Da ihm die Büroarbeit ohnehin verhasst war, überließ er sie mir. Es fiel mir nicht leicht, wieder auf diese weiblichere Rolle beschränkt zu sein, ermahnte mich dann aber, mich stattdessen über Washs Genesung zu freuen. Eines Nachmittags überraschte er mich mit einer Tüte frischer Brezeln im Büro. »Schau mal, was sie auf der Straße verkaufen.«

»Es scheint, jeder Straßenverkäufer verkauft etwas, was du brauchst.«

»Wie soll ich einem Lausbuben widerstehen, der Zeitungen verhökert, oder einem Mann, der Hosenträger verkauft?«

Ich schmunzelte über seine sichtlich gute Laune, als er mir das warme Gebäck hinhielt. Beim Hineinbeißen fühlte ich mich sofort an unsere Zeit in Preußen zurückerinnert. Dieses malzige Hefe-Aroma mit Salz verfeinert. Jetzt war mir klar, weshalb Wash sie mitgebracht hatte. »Wie geht es in Manhattan voran?«

»Hervorragend. Der Caisson sinkt geschmeidig hinunter wie eine Kanonenkugel in einem Brunnen. Es gibt kaum Steine, die gesprengt werden müssten, fast schon schade. Aber ich bin froh, dass du den ersten Teil verpasst hast. Offenbar war dieser Flussabschnitt lange Zeit ein beliebter Ort, um Abwasser einzuleiten.«

»Ich weiß. Das hat man bis rüber nach Brooklyn gerochen.«

»Glücklicherweise ist der Gestank jetzt weg. Aber bei diesem Caisson haben wir genau das umgekehrte Problem. Der Schlick, den wir ausheben müssen, ist so fein, dass er geradewegs durch die Zähne der Baggerschaufel fällt. Manchmal kommt die Baggerschaufel fast leer hoch.«

Die Glocke an der Tür schellte, und Farrington kam herein. Er nahm seinen Zylinder mit einer verbundenen Hand ab. »Mrs. Roebling, Colonel, haben Sie einen Moment?«

»Was ist mit Ihrer Hand passiert?«, fragte ich.

Er nahm den Verband ab und zeigte uns eine zehn Zentimeter große rote Blase auf seiner Handfläche. »Ich Tölpel habe gerade an einem Luftzufuhrrohr herumgefummelt, da gab es offenbar ein Missverständnis mit den Männern oben. Jedenfalls haben sie oben die Luke geöffnet, wodurch meine Hand ins Rohr gesaugt wurde.«

Verwirrt legte ich den Kopf schräg.

»Wenn der Kompressor aus ist und man oben die Luke öffnet, entweicht die Luft durch den höheren Druck im Caisson durch das Rohr nach oben.«

»Tut es weh?«, fragte ich.

Farrington legte wieder den Verband an. »Wird schon.«

»Hmm.« Ich sah abwechselnd Wash und Farrington an. »Wie stark ist denn dieser Sog?«

»Schauen Sie sich doch meine Hand an. So stark, dass es zwei Männer brauchte, um mich vom Rohr wegzuzerren.«

»Stark genug, um Schlick zu transportieren?«

»Klar, wieso?«

Wash deutete mit seiner Brezel auf mich. »Worüber denkst du nach, Em?«

»Der Schlick ist doch zu fein für den Bagger, richtig? Wie wäre es, wenn wir den Schlick zum Abtransport in der Nähe eines Luftzufuhrrohrs platzieren, die Luke öffnen und den Schlick samt der Luft aus dem Caisson absaugen lassen?«

Wash und Farrington blickten erst sich, dann mich mit offenem Mund an.

»Probieren Sie es aus, und erstatten Sie mir dann Bericht«, sagte Wash zu Farrington.

»Wollen Sie nicht selbst dabei sein?«

Sie tauschten erneut einen Blick. Wash zog eine Brezel aus der Tüte und reichte sie Farrington.

»Na gut, ich geh dann mal Mrs. Roeblings Idee testen.« Farrington hatte es plötzlich eilig, nahm seine Brezel und seinen Hut und verließ das Büro.

Wash betrachtete seine ineinander verschränkten Finger. »Ich habe nachgedacht.«

»Das ist dein Metier«, entgegnete ich zwinkernd. Das war ein Witz, den wir schon öfter gemacht hatten.

»Offenbar bin ich doch nicht so der große Denker der Familie.« Er hielt mir seine Hand hin. »Der Caisson sinkt so rasch, wir haben bereits neun Kilo Druck erreicht.«

Ich nahm seine Hand entgegen; das Zittern war wieder da. Das Blut wich mir aus dem Gesicht. Oh nein, nicht schon wieder. Wir waren doch so vorsichtig gewesen.

Er entzog mir die Hand und wich meinem Blick aus. Da war noch mehr. Ich schlang die Arme um den Körper.

»Sie mussten mich auf einer Trage zur Fähre bringen. Ich sollte besser nie mehr in den Caisson zurückkehren.«

Und mit einem Mal war mein Traum, Wash könnte wieder ganz der Alte werden, ausgeträumt.

VIERUNDZWANZIG

1872

Ich nahm meine täglichen Besuche auf der Baustelle wieder auf, um die Fortschritte am Brooklyn-Pylon zu überwachen, und fuhr oft auch nach Manhattan rüber. Johnny war inzwischen vier und bettelte mich oft an, mitkommen zu dürfen, doch der Schreck vom Bootsunfall saß mir noch zu sehr in den Knochen.

Meine Idee, den Schlick abzusaugen, funktionierte gut. Zu gut. Denn nun schoss er mit solcher Kraft empor, dass Wasser, Schlick und Kies meterweit herausgeschleudert wurden und leichte Verletzungen verursachten.

»Wir müssen den Schlick umleiten«, sagte ich zu Farrington.

Er war einverstanden und kümmerte sich um ein ellenbogenförmiges Eisenrohr als Deckelung, durch das das Material auf ein Boot umgeleitet werden konnte, das neben der Baustelle vertäut war. Doch die schiere Kraft des emporschießenden Strahls hatte das Eisen innerhalb von Tagen durchbohrt. Also ersetzten wir es mit einem abgewinkelten Granitstein. Dieser hielt länger und wurde nach Bedarf ersetzt.

Ich überquerte den Fluss inzwischen so oft, dass mir der Fährkapitän einen eigenen Sitz neben sich reservierte, was auch insofern sehr half, als ich leicht seekrank wurde. Der Kapitän und ich unterhielten uns auch über die Pläne, den Fährverkehr einzustellen, sobald die Brücke fertiggestellt wäre. Gab es nicht genügend Gründe und Einwohner, um beides aufrechtzuerhalten, Brücke und Fähre?

Die Antwort auf diese Frage war ebenso komplex wie verstörend. Interessante Einblicke lieferte mir P.T., als er eines Tages im Büro vorbeikam. Er war nicht der Typ Besucher, der einmal pro Monat immer am dritten vorbeikam, sondern eher der, der alle zwei Tage bis alle zwei Monate vorbeischaut. Das kam einerseits meiner Vorliebe für positive Überraschungen entgegen und stellte andererseits eine willkommene Abwechslung dar.

»Ich habe mich gefragt, wie ich dazu beitragen kann, den Baufortschritt zu beschleunigen.« P.T. lümmelte auf dem Sessel vor meinem Schreibtisch und hatte die Finger über dem Bauch zu einem Dach aneinandergelegt.

»Haben Sie etwas Bestimmtes vor Augen?« Ich klappte das Kassenbuch zu, an dem ich gearbeitet hatte.

»Nun, nicht direkt. Aber ich bin daran interessiert, dass das Projekt noch in diesem Jahrzehnt fertiggestellt wird.« Er nahm ein Geleebonbon aus meinem Glas, warf es in die Luft und fing es mit dem Mund auf. »Damit stehe ich nicht allein. Ihre Sponsoren und Unterstützer werden abspringen, wenn das Ziel in unerreichbare Ferne rückt.«

Ich runzelte die Stirn. »Wir kommen gut voran. Würden Sie den Bau beschleunigen, wenn dadurch die Stabilität der Brücke gefährdet wäre?«

Er kraulte seine buschigen Koteletten, stand auf und legte den Finger auf die Karte an der Wand. »Bridgeport, Connecticut.«

Ich gesellte mich zu ihm. Der Duft der fruchtigen Bonbons bildete einen interessanten Kontrast zu seiner würzigen Note. »Ihre Heimatstadt.«

»Genau. Und hier ist Castle Garden.« Sein Finger fuhr hinüber zu Battery im unteren Teil von Manhattan.

»Wo die Immigranten registriert werden.« Ich zuckte mit den Achseln. »Ich verstehe den Zusammenhang nicht.«

»Es gibt keinen. Das ist genau der Punkt. Immigration folgt

immer der einfachsten, günstigsten Route.« Sein Finger strebte von Battery aus in alle Richtungen. »Angehörige sowie Neuankömmlinge folgen den bereits etablierten Routen.«

»Und?«

»Offen gesagt, die Leute in Connecticut wollen kein Gesindel. Ist die Brücke erst einmal fertig, steht allen mit zwei gesunden Beinen und einem Penny in der Tasche der Weg nach Long Island offen. Je länger der Brückenbau dauert, desto mehr arme Immigranten landen stattdessen in Connecticut.«

Seine Aussage bereitete mir Magenschmerzen. »Das ist ziemlich unamerikanisch. Wir sind alle Immigranten.«

»Und ich bin absolut für eine legale und organisierte Einwanderung. Ohne die Talente aus Übersee könnte ich mein Geschäft dichtmachen. Aber wäre es nicht besser, einen Hafen zu haben, in dem Neuankömmlinge gemeinsam mit ihren Landsleuten leben und arbeiten können, bis sie die neue Sprache und andere Fertigkeiten hinreichend erlernt haben? Und dann, wenn sie bereit sind, was eine Generation oder zwei dauern kann, können sie in die Bundesstaaten ausströmen und für frischen Wind sorgen.«

»Gehe ich recht in der Annahme, dass sich dahinter ein eigennütziges Interesse verbirgt?«

»In der Tat. Durch Mietskasernen fällt der Wert meiner Grundstücke in Connecticut. Long Island ist viel besser für solche Siedlungen geeignet, und das sage ich ganz ohne jeden Eigennutz, ganz objektiv gesehen. Je schneller die Brücke gebaut wird, desto schneller werden die Immigranten entdecken, dass die Insel sich perfekt als Heim eignet.«

Er tippte mit dem Finger auf Connecticut. »Da ist noch mehr Geld zu holen. Und das werden Sie bei all den Rückschlägen brauchen.«

»Und die Menschen in Connecticut werden ausgerechnet jetzt investieren wollen, wegen all der Rückschläge?« Ich zog eine Augenbraue hoch.

»Aber sicher. Und wegen der verletzten Arbeiter. Das wird öffentliche Sympathie erzeugen. Die Zeitungen beklagen ebenfalls den langsamen Baufortschritt.« Er klopfte die Finger aneinander. »Denken Sie nur an die vielen Arbeitskräfte, die Sie mit zusätzlichen Investoren einstellen können.«

»Einverstanden. Aber die Begründung von wegen ›das hält das Gesindel fern‹ wäre gefundenes Fressen für die Zeitungen. Und negative Schlagzeilen kann ich nicht gebrauchen.«

Irgendwie kam es mir falsch vor. Nutzten wir die verletzten Arbeiter aus, oder halfen wir ihnen? Es fühlte sich an, als würde etwas kippen, als rutschte ich einen Weg hinunter, an dessen Ende mich Treibsand erwartete. »Falls es klappt, sollten wir dann nicht besser den wahren Grund für ihre großzügigen Spenden für uns behalten?«

»Sie lernen schnell, Peanut.«

***

Der Brooklyn-Pylon wuchs als solide Einheit, bis er auf Höhe der beiden Öffnungen für die Fahrbahnen ankam, wo sich das Verlegen der Steine schwieriger gestaltete. An dieser Stelle gliederte der Turm sich in drei Pfeiler auf, sodass er aussah wie eine nach oben zeigende Gabel. Eines Tages rief Einar mich zu sich, als ich gerade eine neue Steinlieferung inspizierte. Sein Gesicht und seine Hände waren von Brandnarben übersät, dennoch hatte er nicht einen Tag auf der Arbeit gefehlt. Er zeigte mir einen Stein, der nicht recht passen wollte.

»Nein, das wird nichts«, sagte ich. Der Gesamteindruck des Bauwerks stand und fiel mit der perfekten Passform. Der Granit wurde bereits nach unseren Maßvorgaben zugeschnitten geliefert, aber hin und wieder gab es Mängel.

Er fuhr mit der Hand über die hervorstehende Kante. »So viel kann ich nicht abmeißeln.«

»Dann müssen Sie ihn rausnehmen.« Ich tauchte mit der Fingerspitze in den Mörtel. »Er ist noch nicht fest.«

Einar winkte einem anderen Arbeiter, damit er ihm half. Mit großen Eisenzangen hebelten sie den Stein Zentimeter für Zentimeter heraus. Als er fast draußen war, blieb der Stein an der rauen Oberfläche haften. Einar schlang die Arme um den Steinblock und zog, während sein Helfer drückte, beide mit knallroten Gesichtern und an der Stirn hervortretenden Venen. Da endlich löste sich der Stein, doch durch das Gewicht und den Schwung stolperte Einar rückwärts, brach durch die Sicherheitsbrüstung und fiel vom Turm.

»Einar!«, schrie ich. »Gott, nein!« Wir spähten durch das Loch in der Brüstung und fürchteten schon das Schlimmste. Doch Jubel erklang, als Einar, der sicher in einem Wasserfass gelandet war, zu uns hochwinkte. Die Investoren mochten die Nase rümpfen über die Immigranten, die unsere Brücke bauten, aber jeder Einzelne meiner Männer war so mutig und wertvoll wie ein Soldat. Ich war genauso loyal zu meiner Truppe wie sie zu mir. Der Gedanke, noch einmal einen von ihnen zu verlieren, machte mich fix und fertig, und ich stieß einen langen erleichterten Seufzer aus.

***

Ich mietete das verlassene Klaviergeschäft neben meinem Büroraum an und ließ die blockierte Tür dazwischen öffnen, sodass beide Räume miteinander verbunden waren. Darin richteten wir einen Spielraum für Miss Mann und Johnny ein, und nicht selten hörte man von nebenan das Geklimper auf einem zurückgelassenen Klavier. Außerdem hatte ich O'Brien zu meinem Büroassistenten ernannt, was mir einiges an Papierkram ersparte und ihn gleichzeitig von den Gefahren der Baustelle fernhielt.

Johnny hatte sich inzwischen mit den O'Brien-Kindern

angefreundet, die nach der Schule zu uns ins Büro kamen, um mit ihm zu spielen. So bekam er die Brüder und Schwestern, die er nie hatte. Es war beruhigend, ihn so nah zu wissen und gleichzeitig eine Tür zwischen uns zu haben, sodass ich mich um die Geschäfte kümmern konnte, ohne von Kindergeschrei unterbrochen zu werden. Miss Mann gab auch Klavierstunden, und schon bald erkannte man in dem Geklimper Melodien.

Nachdem ich einen Stapel Lieferanfragen genehmigt hatte, trug ich sie zu O'Brien rüber. Dieser war gerade dabei, persönliche Gegenstände auf dem Schreibtisch wie Figuren auf einem Schachbrett umherzurücken.

»Schachmatt«, sagte ich und schob ein kleines geschnitztes Pferd in die Tischmitte.

»Nicht anfassen!« Er stellte das Pferd zurück.

»Tut mir leid. Es sah nicht sonderlich zerbrechlich aus.«

Er fegte die Gegenstände in eine Schublade.

»Wenn Sie mit Ihrem neuen Posten unzufrieden sind, können wir Ihnen auch andere Aufgaben geben.«

»Nein, nein, ich bin ja dankbar, Mrs. Roebling. Wirklich, es is' schön, so nah bei den Kindern zu sein. Aber … all diese Karten und Bilder.« Er winkte zu den vollgehängten Wänden hinüber. »Und dann die hier,« – er nickte zu Washs Dienstrevolvern und anderen Waffen hinauf, die an der Wand über Gemälden hingen – »die versetzen mich in eine Zeit und an einen Ort zurück, an dem ich lieber nicht sein möchte.«

Einige berühmte Künstler hatten Wash und G. K. lebensecht wirkende Gemälde von Schlachtszenen geschenkt. Doch beide hatten sie weder zu Hause aufhängen noch weitergeben wollen. Sie im Büro aufzuhängen erschien da der ideale Kompromiss, und die Glaskästen mit den Waffen dienten zum einen dazu, sie als historische Relikte aufzubewahren, und zum anderen dazu, sie sicher zu verwahren.

»Das tut mir leid, aber bestimmt fallen Sie Ihnen schon bald gar nicht mehr auf – genau wie Hintergrundmusik.«

»Wie Musik? Einen Scheiß verstehen Sie! Das hier?« Er holte das Holzpferd aus der Schublade. »Das hat der Colonel für mich geschnitzt. Meinte, so ein Pferd kann man ersetzen. Nachdem man mir meins unterm Arsch weg erschossen hatte.«

Ich sah zu den Kindern hinüber, die fröhlich spielten, und zog einen Stuhl heran. »Erzählen Sie es mir. Erzählen Sie mir das Schlimmste, worüber Sie reden können. Vielleicht bekomme ich dann einen winzigen Eindruck davon, was Sie erlebt haben.«

»Ach was, ich sollte Sie nicht damit behellig'n. Verzeih'n Sie mir meine Respektlosigkeit.« Er winkte ab, doch ich blieb sitzen. »Na gut, wenn Sie darauf besteh'n.« Er blickte in die Ferne. »Spotsylvania, 1864. Wir befanden uns auf einem Höhenkamm mit Blick über einen Fluss. Der Mattaponi, glaub' ich. Die Rebellen standen direkt gegenüber auf der anderen Flussseite und richteten ihre Schrotflinten auf uns wie Wildjäger; genau das waren sie auch. Ein übler, übler Ort. So viele Leichen. Nach drei Tagen Gefechten hörten wir auf, sie noch zu begrab'n. Der Mai in Virginia is' heiß genug, um in der Sonne ein Ei zu braten, nich' dass wir eins gehabt hätten. Die Hitze macht unschöne Dinge mit 'nem toten Körper. Ich zog meine Socken aus und wickelte sie mir um Nase und Mund, damit mir der Zwieback nicht hochkam.« Er sah zu mir, um zu sehen, wie ich reagierte, aber ich ließ mir nichts anmerken. »Was nich' schon von den Gewehrsalven aufgeplatzt war, platzte jetzt durch die Hitze und Darmgase auf. Der Befehl kam, vorzurücken. Aber es gab nur ein Vorwärts, und das hieß, den Berg runter, wo wir den Rebellen schutzlos ausgeliefert wären. Wir ham natürlich versucht, von Baum zu Baum zu husch'n, sind über Leichen geklettert, während wir so schnell gefeuert und nachgeladen haben, wie wir konnten. Aber es half alles nichts, alles nichts.« Er vergrub den Kopf in den Händen.

Ich legte ihm eine Hand auf die Schulter. Das waren die Dinge, über die Wash nicht mit mir reden konnte. Die Bilder waren schon in meinem Kopf so verstörend, wie sehr mussten dann erst die Männer darunter leiden, die den Krieg mitgemacht hatten. Meine Hand lag auf einer Schulter, auf der eine unendliche Bürde lastete. Genau wie bei Wash und G. K. Ich stellte mir vor, wie meine Stärke durch meine Hand auf ihn überging, und nahm mir vor, immer zu bedenken, dass manche Menschen einen unsichtbaren Schmerz mit sich herumtrugen, gerade die, die am wenigsten sagten.

Andererseits gab es auch viele, die ihren Schmerz offen zeigten. Überall im Land gewannen die Gewerkschaften an Einfluss und riefen ihre Mitglieder dazu auf, nicht länger im Stillen zu leiden.

Schon bald nach meiner Unterhaltung mit O'Brien wurde die Arbeit auf der Seite in Manhattan wegen eines Streiks niedergelegt. Der Felsuntergrund auf dieser Seite lag sehr viel tiefer, er war uneben und variierte von zehn bis über dreißig Meter Tiefe unter dem Flussbett. Der Luftdruck, der bei vierundzwanzig Metern Tiefe nötig war, um den Caisson aufrechtzuerhalten, war der höchste, den je ein Mensch ausgehalten hatte. Und so mancher Arbeiter hatte es nicht überlebt.

Die Arbeiter trugen Schilder mit Aufschriften wie *Arbeiten unter Lebensgefahr* oder auch *Ihr spielt mit unserer Gesundheit*. Als zwei Bauarbeiter versuchten, die Streikpostenkette zu durchbrechen, rotteten sich die Streikenden zu einem Mob zusammen. Die beiden Streikbrecher versuchten, zurück zur Straße zu fliehen, doch der Mob verfolgte sie. Letztlich wurden sie eingeholt, zu Boden geworfen und unbarmherzig geschlagen.

Die Schlagzeilen überschlugen sich mit Horrormeldungen. Nachbarn hämmerten an unsere Tür, um uns die Zeitung unter die Nase zu halten und uns aufzufordern, den Streik zu schlichten. Unsere finanzielle Unterstützung schwand.

Kurz vor dem Streik hatten die Arbeiter mehrere Skelette ausgegraben. Auch wenn sie vermutlich seit Jahrzehnten, wenn nicht Jahrhunderten auf dem Grund des Flusses gelegen hatten, waren sie eine düstere Mahnung für die ohnehin ängstlichen Arbeiter.

Es musste eine gewichtige Entscheidung getroffen werden, und so hatte ich Wash davon überzeugt, zur Baustelle zu kommen. Der unebene Felsuntergrund stellte uns vor ganz andere Herausforderungen als auf der Brooklyner Seite. Niemand wollte die Verantwortung übernehmen, wenn wir unter völlig unerprobten Bedingungen weiterarbeiteten. Wir würden Washs Zeit im Caisson so kurz wie möglich halten müssen, doch selbst dann behagte mir der Gedanke ganz und gar nicht, ihn überhaupt noch einmal dieser Gefahr auszusetzen.

Immerhin war die Überfahrt mit der Fähre angenehm. Der braune Fluss, der einen leichten Fischgeruch ausströmte, floss gemächlich dahin, und die Wellen schäumten mit einem beruhigenden Rauschen um das Boot. Wash erkundigte sich nach dem Befinden der Arbeiter, besonders nach O'Brien.

»Er streikt nicht. Er arbeitet im Büro.« Ich schirmte mit der Hand die Sonne ab, um seinen Gesichtsausdruck abschätzen zu können. »Traurig, das mit seiner Frau. Er hat mir erzählt, wie es passiert ist.«

»Hat er das?«, fragte Wash neutral zurück.

»Die Geschichte mit der Marmorbüste habe ich bestimmt hundertmal gehört, aber du hast mir nie gesagt, dass du O'Brien aus dem Krieg kennst.«

»Hat er nicht damals einen Brief von mir überbracht, kurz bevor ich zurückkam?«

Ich dachte an jenen Wintermorgen vor unserer Heirat zurück. »Das war O'Brien?«

»Höchstpersönlich. Er hat mir durch Zeiten hindurchgeholfen, die kein Mensch je erleben sollte. Hat er dir erzählt, dass er für einen Ordonnanzoffizier eingewechselt wurde, der von einer Kugel ins Herz tödlich getroffen wurde, die eigentlich für mich bestimmt gewesen war?«

»Nein, nicht ganz.«

»Dachte ich mir schon. Glaub mir, es gibt jede Menge Kriegsgeschichten, die du nicht hören willst und die ich nicht erzählen will.«

»Nicht nur Kriegsgeschichten. Du redest nie über die Dinge, die dir am meisten zu schaffen machen.«

Er klopfte mit dem Gehstock auf den Boden. »Ich bin nach Hause geritten, um die Karten zu holen. Vater hatte genau, was wir brauchten, da er fast ganz Pennsylvania kartiert hatte. Die Hälfte davon übergab ich an O'Brien. Dein Bruder bekam sie rechtzeitig, und wir haben die Schlacht gewonnen.« Mit schmalen Lippen und feuchten Augen sah er mich an. »War es das, was du wissen wolltest?«

Im alten China wurde der sogenannte »Tod durch tausend Schnitte« praktiziert. Daran musste ich denken, als ich Wash traurig ansah und mich fragte, was aus unserer Ehe geworden war. Obwohl er sich mir geöffnet hatte, hatte er es nur unter Zwang getan; und statt dass wir einander nähergekommen waren, war dadurch noch mehr Distanz zwischen uns entstanden. Offenbar hatten wir das Vertrauen, unsere geheimsten Gedanken und Gefühle miteinander zu teilen, verloren – oder nie entwickelt. Und jetzt trugen wir bereits so viel Ballast mit uns herum, dass wir uns nicht auch noch gegenseitig unseren Kummer aufbürden konnten. Ich wusste nicht, wie wir das hätten ändern können. Es gab kein Zurück auf dem Pfad, den wir eingeschlagen hatten, und gleichzeitig wusste ich nicht, ob ich auf diesem Pfad weitergehen wollte. Ich nahm mir fest vor, so bald wie möglich Rat bei einem weisen Menschen zu suchen. Sobald ich mal einen Moment für mich hätte.

***

Wash, C. C. Martin und ich stiegen erstmals seit Washs Besuch im Winter wieder in die Luftschleuse zum Manhattan-Caisson hinab. Meine Kehle schnürte sich zu, als mich Bilder von Wash überfielen, der auf einer Trage hinausgetragen wurde. Aber wir mussten entscheiden, wann wir das Absenken des Caissons anhalten würden, und diese Entscheidung war zu gewichtig, um sie ohne ihn zu treffen.

Nachdem ich bei Wash und anderen mit eigenen Augen gesehen hatte, wie unterschiedlich die Symptome und der Schweregrad des »griechischen Bückgangs« ausfielen, versuchte ich, ein Muster zu erkennen. Wie kam es, dass einige Männer stark, einige nur leicht und andere gar nicht davon betroffen waren? Wash, O'Brien und Young zum Beispiel hatten sehr darunter gelitten. Sie waren alle ungefähr gleich alt, mit anderen Worten etwas älter als der durchschnittliche Arbeiter. Aber Martin war älter und bekam kaum mehr als Kopfschmerzen. Alle Männer waren relativ fit, zumindest am Anfang, insofern glaubte ich nicht, dass die körperliche Konstitution eine Rolle spielte.

Was alle stark Betroffenen gemeinsam hatten, war, dass sie dazu neigten, sich keine Ruhe zu gönnen, und mehrere Male pro Tag in den Caisson hinabstiegen. Sie hatten es eilig; vielleicht kletterten sie auch schneller hinaus als die weniger Betroffenen.

»Das hellere Licht und die geweißten Wände sind eine echte Verbesserung«, sagte Wash beim Betreten des Caissons.

»Was kostet uns der Streik bislang?«, fragte Martin.

»Meinen einzigen verbliebenen Nerv«, entgegnete Wash. »Wie weit müssen wir noch runter? Zehn, zwölf Meter?«

»Das kommt auf das hier an.« Ich nahm eine Eisenstange und klopfte damit in Abständen von einem Meter auf den Boden. Der erste dumpfe Schlag traf normalen Boden, der zweite scheppernde Schlag traf Fels. »Hier befindet sich ein Felsrücken wie auf einem Berggipfel. Um den gesamten Caisson auf Felsuntergrund zu betten, müssen wir uns durch diesen Felsrücken hindurchsprengen.«

»Und dann gibt es noch die hier.« Martin kniete sich neben einen Gesteinsbrocken von rund einem halben Meter Höhe.

Wash untersuchte den Brocken mit der Lupe. »Sand ... Schlick ... Mineralien ... vorwiegend Quarz und Feldspat, zusammengepresst von einem Gletscher.«

Wash reichte mir seine Lupe, und ich sah hindurch. Ein grauer, unebener Brocken mit ein paar schimmernden Stellen. Für mich sah er aus wie ... na ja, ein Stein.

»Zwei starke Männer mussten eine Stunde lang graben, um diesen Brocken herauszuschlagen«, sagte Martin.

»Dann sprengt doch einfach beides, das hier und den Felsrücken.« Wash prüfte seine Taschenuhr, was mich beruhigte, da es hieß, dass er auf sich achtgab.

»Das erfordert aber mehr Geld, Zeit und Risiko, und es ist womöglich gar nicht nötig«, sagte ich.

»Können wir die Arbeitsschichten verkürzen?«, fragte Martin. »Der Caisson ist so tief, dass inzwischen fast alle an der Caissonkrankheit leiden.«

»Das werden wir wohl müssen«, sagte ich. »Damit sie überhaupt wieder an die Arbeit gehen.«

»Wäre sonst noch etwas?«, beendete Martin das Gespräch und ging.

Ich trat mit dem Fuß gegen den Gesteinsbrocken. »Was ist der Unterschied zwischen dem hier und dem Felsuntergrund?«

»Hauptsächlich der Ursprung.« Wash meißelte ein Stück ab und steckte es in die Hosentasche.

»Du meintest, der Stein wurde von Gletschern geformt.«

Er nickte. »Durch Druck gehärtet. Ganz anders als der Flussschlick über uns.«

Mit dem Stemmeisen brach ich ein weiteres Stück von dem Gesteinsbrocken ab. »Aber er ist fast so hart wie Fels, eher so eine Art natürlicher Beton.«

»Die Felssohle ist nicht eiszeitlich, sondern aus dem Erdmantel entstanden.«

»Wenn wir noch zehn Meter tiefer gehen, steigt die Gefahr. Was, wenn wir einfach hier aufhören?«

»Du meinst aufgeben?«, fragte er ungläubig.

»Natürlich nicht.« Ich schlug mit dem Stemmeisen gegen den Brocken; der Knall hallte von den Wänden. »Wenn der Unterschied zwischen diesem komprimierten Stein und der Felssohle lediglich im Ursprung besteht und er genauso fest und stabil ist wie Beton, ist es dann nicht egal, wenn der Caisson nicht direkt auf der Felssohle aufsitzt?«

»Es gibt keine Erfahrungen damit. Beton ist stabil und trägt die Last der Brücke. Und die Felssohle kann unendlich viel Last aushalten. Aber das hier?« Er stocherte mit dem Gehstock auf dem Boden herum.

»Vielleicht ist es genauso stabil. Und die Männer leiden ohnehin schon fürchterlich in dieser Tiefe.«

Mir rutschte das Herz in die Hose. Wir waren bereits länger als fünf Minuten hier drin. Ich zupfte an seinem Ärmel. »Du musst hier raus.«

Wir stiegen zur Ausgangsschleuse hinauf. Wash drehte die Ventile auf, um Luft abzulassen und den Druck auf eine normale Atmosphäre herunterzuregeln.

»Warte.« Ich drehte die Ventile wieder halb zu. »Lass die Luft langsam entweichen. Damit unser Körper mehr Zeit hat, sich an den Druckunterschied zu gewöhnen.«

»Meinst du nicht, wir sollten hier raus? Das ist der höchste Druck, dem ich je ausgesetzt war.« Er rieb sich die Schenkel. »Und meine Beine werden müde.«

Ich drehte das Ventil ein Stück weiter. »Lass uns kurz hinsetzen. Tu mir den Gefallen.« Ich half ihm auf den mit Brettern bedeckten Boden hinunter. Nachdem wir ungefähr zwanzig Minuten lang langsam den Druck gesenkt hatten, stiegen wir die Leiter hoch und durch die Luke ins Freie.

Wash rang nach Luft und beugte sich vornüber. Mir wurde übel. Ein stechender Schmerz durchbohrte meine Lungen, und in meinen Armen und Beinen kribbelte es, als würden Ameisen über mich herfallen. Aber an diesem Tag meinte es das Schicksal gut mit uns, und nach ein paar Minuten hatten wir uns erholt.

Die Schlange der Streikenden auf den Straßen erstreckte sich über mehrere Häuserblocks; es waren viel mehr Arbeiter, als wir beschäftigten. Wir vermuteten, dass entweder die Presse oder die Gewerkschaft oder beide ein paar Sympathisanten bezahlt hatten, um sich zu beteiligen.

Ein paar Streikbrecher wurden mit Protestschildern verprügelt. Die Polizei knüppelte die Demonstranten zurück.

»Noch zehn Meter tiefer. Wie viele Männer können wir diesem Schicksal noch aussetzen?«, fragte ich.

Wash deutete mit dem Gehstock auf die Streikenden. »Ich denke, in dieser Tiefe sterben bestimmt noch weitere achtzig Männer oder werden von der Caissonkrankheit für immer verkrüppelt.«

»Wir könnten jetzt mit dem Graben aufhören und nur sprengen, was wir müssen, um den Grund zu ebnen.« Ich legte einen Arm um ihn. »Wieso sollen wir das Risiko eingehen und den Caisson weiter absenken? Hat dein Vater in Cincinnati nicht auf ähnlichem Grund Fundamente gelegt?«

»Nicht ganz, und das war eine deutlich kleinere Brücke. Wir können nicht einfach ungeprüft Vergleiche ziehen. So ein großes Projekt darf man nicht auf Theorien stützen.«

Zwei Streikende trugen einen unter der Caissonkrankheit leidenden gelähmten Kollegen in ihre Reihen.

Wash schüttelte den Kopf, stützte sich mit beiden Händen auf seinem Stock ab und betrachtete den Fluss wie einen großen Widersacher. »Wir könnten ein paar Tests an dem Gletschergestein durchführen.«

Sobald er den Satz gesagt hatte, wusste ich, dass sein geniales Hirn das Ganze durchdacht hatte und dass ich recht hatte. Die Streikenden traten beiseite, als Wash durch ihre Reihen humpelte, und wir erreichten sicher unsere Kutsche, geschützt durch mein Geschlecht und seine Gebrechen.

»Wir sollten unbedingt das Gletschergestein testen, wie du vorgeschlagen hast. Das ist eine brillante Idee.« Ich holte tief Luft. »Es wird Zeit für ein Ultimatum.«

»Inwiefern?«

»Die Männer müssen wieder an die Arbeit gehen, oder sie werden gefeuert. Sie werden schon wieder zurückkommen, wenn wir ankündigen, dass wir sie ersetzen werden. Kingsley wird das mit der Ankündigung für uns übernehmen.«

Wash hielt mitten beim Einsteigen in die Kutsche inne. »Wo ist die liebe junge Frau geblieben, die ich einmal geheiratet habe?«

Ich drückte das Stück Gletschergestein, kalt und unnachgiebig, in meiner Hand.

FÜNFUNDZWANZIG

1873

Ich nahm mich selbst nicht als herzlos wahr, und Washs Kommentar, wenngleich er scherzhaft gemeint war, traf mich. Mir lag das Wohlergehen der Arbeiter sehr am Herzen, und gemeinsam mit Dr. Smith suchte ich nach Wegen, den Verletzungen und Erkrankungen vorzubeugen, allen voran der Caissonkrankheit.

Dr. Smith kratzte sich an seinem nahezu kahlen Kopf, um den sich eine einzelne Haarsträhne legte wie ein Lorbeerkranz bei den alten Griechen. »Ihre Symptome waren mild und haben sich schnell gelegt. Hätten Sie Ihren Körper nicht allmählich an den neuen Luftdruck gewöhnt, wären sie bei diesem hohen Druck sonst noch schlimmer gewesen.« Er reichte mir ein paar Skizzen eines Geräts, das aussah wie ein röhrenförmiger Kasten mit Messgeräten und Lüftungsschlitzen. »Allerdings kann durch eine langsame Dekompression der Luftdruck nicht präzise kontrolliert werden. Deshalb ist meine Idee, eine Kammer zu bauen – ähnlich einem Mini-Caisson – aber über der Erde. Wenn die Arbeiter aus dem Caisson kommen, verbleiben sie eine Zeit lang in dieser Kammer, in der der Luftdruck so hoch ist wie unten im Caisson. Dieser Druck wird dann schrittweise gesenkt.«

»Einen Versuch ist es wert.« Ich reichte ihm die Skizzen zurück.

Dr. Smith präsentierte seine Idee dem Vorstand. Allerdings war seine Mühe umsonst, da der Manhattan-Caisson fertiggestellt sein würde, noch ehe wir die erforderlichen Genehmigungen bekommen würden.

Nachdem im Labor chemische Analysen, Druckfestigkeitsbewertungen und andere Tests an den Gesteinsproben durchgeführt worden waren, wurde meine Theorie zum Gletscherbrocken bestätigt: dieser »natürliche Beton« war stark genug, um den massiven Turm zu tragen. Dementsprechend war Wash damit einverstanden, dass wir den Caisson bei vierundzwanzig Metern Tiefe verfüllen würden, anstatt tiefer zu graben und noch mehr Leben zu riskieren.

Nun, da beide Türme rasant wuchsen, hoffte ich, Washs Zustand würde sich ebenfalls stetig verbessern. Doch er verließ kaum das Haus, ja, an manchen Tagen nicht einmal das Bett, weil sein Kopf zu sehr schmerzte, um ihn vom Kissen zu heben. Dr. Smith konsultierte Dr. Walter Reed, einen vielversprechenden jungen Arzt am Brooklyn Hospital, der sich für die Caissonkrankheit interessierte.

Dr. Reed war freundlich zu uns beiden und diagnostizierte bei Wash »Kontraktionen und neurologische Folgeschäden der Caissonkrankheit, darunter Kopfschmerz, Augenzittern und Tremor«. Er verschrieb ihm eine Tinktur gegen die Schmerzen und die Steifheit und Morphium nach Bedarf. Aber er hatte kein Zaubermittel und nur wenige Antworten auf unsere Fragen danach, wie lange es dauern würde, bis Wash wieder zur Arbeit zurückkehren oder ohne Stock würde gehen können. Was unsere Probleme im Schlafzimmer betraf, fragten wir nicht nach.

Neben den Kopf- und Gliederschmerzen und der Sehbeeinträchtigung litt Wash noch unter anderen Beschwerden, die kamen und gingen wie die Gezeiten. Aber daneben nahm ich noch eine weniger greifbare Veränderung wahr: eine nervöse Rastlosigkeit, die durch ihre nebulöse, aber anhaltende Natur irritierte. Er war oft gereizt und hatte jegliches Interesse an seinen Haustieren, an den Nachrichten und sogar an seinem

Sohn verloren. Er klagte über ein brennendes Gefühl unter der Haut und wollte nicht berührt werden.

Eines Morgens im März wachte ich um vier Uhr morgens auf und bemerkte den Geruch von gebratenem Schinken sowie die Abwesenheit meines Mannes. Da Wash auch an einer Schlafstörung litt, war das keine Überraschung. Bereit, ihm meine Hilfe anzubieten, zog ich meinen Morgenmantel über und gesellte mich zu ihm an den Herd.

»Machst du Taylor Ham?« Ich stibitzte mir ein Stück von dem rosa Fleisch, das auf einem Handtuch abtropfte.

Scherzhaft schlug er meine diebische Hand weg und deutete mit dem Kopf zu dem kleinen Tisch mit den zwei Hockern hinüber. »Setz dich.« Er schnitt weitere Scheiben von der langen Wurst ab, direkt durch die Wurstpelle aus Musselinstoff hindurch. Chaucer, ein großer Golden Retriever, den er aus Trenton mitgebracht hatte, leckte sich das Maul und fing kleine Stückchen, die Wash fallen ließ.

»Ist dein Kopfweh besser?« Ich schob den Hocker zum Herd hinüber, um meine Hände zu wärmen.

Er antwortete mit einem Schulterzucken und schnitt kleine Schlitze in die runden Wurstscheiben, vom Rand zur Mitte hin. Dabei benutzte er seine Finger als Lineale.

»Kann ich dir helfen?« Ich befürchtete, seine eingetrübte Sicht würde zu einem blutigen Frühstück führen.

Keine Reaktion.

»Wash, das ist doch nur vorübergehend. Dr. Reed sagt, mit der Zeit wird es besser werden.« Der Schinken zischte, als er in die Pfanne glitt. »Wieso lässt du mich dir nicht bei so einfachen Dingen helfen?«

»Traditionell macht man drei Schlitze pro Scheibe, damit die Scheibe flach liegt. Aber ich finde, mit fünf entsteht eine hübsche Windradform.«

Rauch stieg von der Pfanne auf und erfüllte die Küche mit einem würzigen Duft, während das Fleisch vor sich hin brutzelte. Wash stellte den gefüllten Teller auf den Tisch, und ich schenkte uns Tee ein. Schweigend aßen wir die köstlich salzigen, knusprigen Schinkenscheiben, während meine Frage unbeantwortet in der Luft hing.

Wash räusperte sich. »Ich fahre morgen nach Trenton.«

»Ah ja? Geht dein wertvoller Vorrat zur Neige?« Ich hielt die Gabel mit dem aufgespießten Schinken in die Höhe. Die Wurst war eine Spezialität seiner Heimatstadt, und er hielt es kaum ohne sie aus.

Er lächelte und tastete nach seiner Teetasse. »So ähnlich. Ich glaube, bei meiner Familie zu sein wird mir helfen bei … nun, damit es mir besser geht. Und es wird Zeit, den Roebling's Sons einen Besuch abzustatten. Meine Brüder haben mich überstimmt. Meine Wenigkeit ist neuer Präsident.«

»Dann komme ich mit dir mit. Und Glückwunsch.«

Er winkte ab. »Dein Angebot weiß ich zwar zu schätzen, aber das ist nicht nötig, Liebling.« Er steckte den Zeigefinger durch den Henkel seiner Tasse. Die Tasse klapperte gegen den Unterteller, als würde man Muscheln aneinanderreiben. »Du wirst hier gebraucht. Ich denke, ein paar Tage werden wir auch ohneeinander aushalten.«

Seine Worte versetzten mir einen Stich, aber ich ließ mir nichts anmerken und stand auf, um abzuwaschen.

»Ich werde ein paar Monate dortbleiben. Womöglich sogar ein Jahr.« Als ich herumwirbelte, hob er beschwichtigend die Hand. »Du kannst mich jederzeit besuchen.«

»Und ich habe dazu nichts zu sagen? Das besprechen wir nicht? Du beschließt einfach, ohne mich nach Trenton abzuhauen?«

»Em, so ist es nicht. Du und Martin, ihr habt hier alles unter Kontrolle, und es ist besser, ich gehe dorthin, wo ich gebraucht werde.«

»Womit habe ich das verdient?« Eine Mischung aus Kränkung und Wut brodelte in mir hoch, und ich hatte Mühe, eine ruhige Stimme zu bewahren. »Gebe ich mir nicht genug Mühe, deine Welt zusammenzuhalten? Was willst du von mir?« Ich knallte einen Teller ins Spülbecken.

»Du nimmst das zu persönlich. Hier geht es lediglich um den Betrieb.«

»Was für einen Sinn macht ein Familienbetrieb, wenn er die Familie auseinanderreißt?«

Meine Bemerkung traf ihn sichtlich. Ich hätte wissen müssen, dass es unklug war, ausgerechnet das infrage zu stellen, was einen Roebling ausmacht.

»Na schön. Geh. Wenn die Brücke fertig ist, fangen wir noch mal von vorne an. So werde ich nicht bis ans Ende unserer Tage weiterleben«, sagte ich zähneknirschend.

Er tippte seinen Teelöffel an, ruhig und bedächtig. Er hatte kein einziges Mal gezögert, mir nicht einen Blick zugeworfen, während er mich in seine Pläne eingeweiht hatte. Wash hatte das alles genau durchdacht und meine Reaktion mit derselben Präzision kalkuliert wie seine baulichen Berechnungen, was mich nur noch zorniger machte. Am liebsten hätte ich den Löffel genommen und ihm an den Kopf geschleudert.

***

Washs Abwesenheit zog sich in die Länge, doch ich machte mir keine große Mühe, ihn zu besuchen. Es kam mir ganz gelegen, dass ich die Pflichten auf der Baustelle, im Haushalt und als Mutter vorschieben konnte. Johnny war inzwischen fünf und vermisste seinen Vater schrecklich, sodass er mich ständig anbettelte, mit ihm nach Trenton zu fahren, wo er lauter Cousins und Cousinen hatte, mit denen er spielen konnte. Mit Gewissensbissen musste ich mir eingestehen, dass mir Trenton mit seinem gemächlichen Lebensrhythmus und den neugierigen Verwandten zuwider war. Wenn ich doch einmal hinfuhr, verbrachte ich zudem die meiste Zeit nicht etwa mit der Familie, sondern damit, Hunderte Seiten zu transkribieren, die mir Wash diktierte, bis ich einen Krampf in der Hand hatte.

Davon abgesehen, musste ich jeden Schritt beim Brückenbau detailliert schriftlich dokumentieren, und wenn ich nach New York zurückkehrte, schickte er mir genaue Anweisungen, was als Nächstes zu tun war. Die Briefe hielten den Anschein aufrecht, er habe noch immer alles unter Kontrolle, und ich stünde ihm zur Seite, selbst wenn wir voneinander getrennt lebten. Während die Brücke in den Himmel wuchs, befand sich unsere Ehe an ihrem Tiefpunkt.

***

Ich versuchte, mich in Wash hineinzuversetzen, zu verstehen, wie es war, einen Familienbetrieb über Generationen aufrechtzuerhalten. Die Brücke würde schließlich eines Tages fertig sein, und insgeheim hoffte ich, dass es die letzte Roebling-Brücke wäre. Briefe und gelegentliche Telegramme waren kein Ersatz für seine physische Anwesenheit. Trotz seiner Gebrechen und Launen vermisste ich nachts seinen warmen Körper im Bett neben mir, den beruhigenden Klang seiner Stimme und seinen Humor, der in unerwarteten Momenten aufschien.

In jenem Sommer hatte Wash Johnny zu einem Familienbesuch zu sich geholt, da er zu beschäftigt war, um nach New York zu kommen. Umso überraschter war ich, als eines Tages ein Brief mit einem Poststempel aus Maine eintraf.

Liebe Em,
Johnny und ich genießen die beeindruckende Landschaft und essen köstlichen Hummer, eine wahre Gaumenfreude. Ich habe keine Ahnung, warum man sagt, er sei nur etwas für Kriminelle. Unser Sohn erfreut sich besonders an den brechenden Wellen am Strand. Ich habe unterdessen ein wenig mit Ölfarben herumexperimentiert, um einzu-

fangen, wie sich das Sonnenlicht in den Wellen bricht, doch mein Talent bleibt hinter dem spektakulären Anblick zurück. Komm uns doch besuchen, wenn du Zeit findest.
W.

Ich sah beide vor mir, wie sie Hummer aßen und am Meer malten, während ich allein vor mich hin schuftete. Meine Arme sehnten sich danach, meinen Sohn zu halten, die Salzkruste auf seinen weichen Wangen zu spüren. Ich knüllte den Brief zusammen und warf ihn ins Feuer.

Am nächsten Morgen wachte ich auf, einen Arm über die kalte, leere Bettseite meines Mannes ausgestreckt. Ich zog die Knie an die Brust und schlang meine Arme um sie. Hätte ich irgendetwas anders machen können?

Während ich mich anzog, ging ich gedanklich meine Aufgaben für den Tag durch. Dinge, die zu tun waren, nicht weil sie mir mein Mann aufgetragen hatte, sondern weil ich beschlossen hatte, dass sie getan werden mussten. Ich saß auf dem Bett und zog mir einen Strumpf über die Zehen und hielt an der Wade abrupt inne. Konnte ich einfach beschließen, auch ohne ihn glücklich zu leben? Ich zog mir auch den zweiten Strumpf und mein Bloomer-Kostüm über, das von einer bereitwilligen Schneiderin angefertigt worden war. Wieso sollte mein Dasein, mein Selbstwert von Wash abhängen?

SECHSUNDZWANZIG

1874

Eine Einladung zu einer »Gala im Monster Classical and Geological Hippodrome« flatterte uns ins Haus. Zeichnungen von Wagenrennen, tanzenden Pferden und elegant gekleideten Leuten, die Perlgetränke schlürften, zierten das überdimensionierte Pergament. P. T. hatte in seiner verschnörkelten, übergroßen Handschrift eine Notiz hinzugefügt: Liebes Nüsschen, ich bestehe darauf, dass Sie und Mr. Roebling kommen, keine Ausreden!

Washs Antwort erreichte mich ein paar Tage später. Bitte entschuldige mich und geh hin, Liebes. Du wirst die Pferde sehr viel unterhaltsamer finden als ich.

Das Hippodrome war ein riesiges Amphitheater unter freiem Himmel an der Madison Avenue und wurde wie P. T.s frühere Zirkusse von einer Zeltplane überspannt, nur war diese um vieles größer. Von den Zuschauerrängen hatte man einen guten Ausblick auf die große Fläche in der Mitte.

Ein Kellner mit weißem Frack und weißer Krawatte begrüßte die Gäste am Eingang mit Champagnerflöten, an denen jeweils eine Erdbeere steckte. Ein belebender Genuss, der nach einer ersten säuerlichen Note geschmeidig und leicht im Abgang war. Die Flöte in der Hand, spazierte ich an Tischen voller Sandwiches, witzig zurechtgeschnittenem Gemüse und, besonders spektakulär, einem aus Eis geschnitzten Boot vorbei, auf dem sich Garnelen stapelten. Während ich mir ein Meeresfrucht-Häppchen genehmigte, machte ich mir unauffällig ein Bild von den anderen Gästen: einige Vanderbilts, ihnen gehörte das Grundstück; Abram Hewitt, ein großer, hagerer Gentleman, den ich einmal in Ringwood kennengelernt hatte und der nun für den Kongress kandidierte; und ein paar andere Politiker.

Die Kleider der Damen, in allen erdenklichen Farben, gaben einen Ausblick auf die Mode des nächsten Jahres. Viele waren mit aufwendigen Tournüren ausgestattet, und die Röcke waren deutlich enger als mein eigenes, ziemlich abgetragenes Kleid. Die dazu passenden Hüte waren ein Meer aus Netzen, Perlen und Federn. Zu meinem Bedauern waren eng geschnürte Korsetts offenbar immer noch modern. Die Männer hingegen waren uniformiert: schwarzer Frack und Zylinder, dazu weißes Hemd und Krawatte.

Womöglich weil er Washs Abwesenheit vorausgeahnt hatte, hatte P. T. großzügigerweise auch G. K. und seine Frau Millie eingeladen, mit denen ich verabredet war. Doch P. T. fand mich zuerst. Mit seinem blütenweißen Frack samt Krawatte war er der Inbegriff von Eleganz, er nahm seinen seidenen Zylinder ab, ließ ihn an der Krempe auf dem Finger kreisen wie einen Kreisel und begrüßte mich mit einer Verbeugung. »Willkommen, meine liebe Mrs. Roebling. Ich hoffe, die Erfrischungen sind angemessen?«

»Sie sind vorzüglich, Mr. Barnum.«

»Hervorragend. Ich habe erstklassige Sitzplätze für Sie und Ihre Familie reserviert.« Er winkte einen Platzanweiser herbei. »Bitte besuchen Sie mich doch nach der Show.«

G. K. und Millie setzten sich Sekunden, bevor die Lampen ausgingen, zu mir. Wie versprochen, saßen wir vorn in der Mitte. Kalklicht tauchte die Arena in helles Licht. Ein Scheinwerfer war auf P. T. gerichtet, der nun einen rot gefütterten Umhang trug und das Publikum mit dramatischer Stimme begrüßte.

Alle Augen richteten sich auf ihn. P. T. hätte selbst professionelle Shakespeare-Darsteller in den Schatten gestellt. Es war, als sei er der leibhaftig gewordene Riese von Cardiff, größer als jeder Sterbliche. Nur mit dem Unterschied, dass er Kleidung trug. Waren es seine Worte, seine Stimme? Das Scheinwerferlicht? Sein Aufzug? Seine Manieriertheit? Es war alles zusammen, kombiniert mit der Anmut, mit der er sich bewegte, und der Selbstsicherheit, die er zusammen mit seinem Nelkengeruch ausströmte.

»Als Erstes werden die Wagenfahrchampions aus Europa ihren Titel gegen die Amerikaner verteidigen!« Das Publikum johlte. P. T. senkte die Stimme, damit auch das Publikum leiser wurde. Als er dann sämtliche Nummern im Programm ankündigte, wuchs seine Stimme freudig an und kulminierte in: »Und dann, liebe Freunde, werden wir die tanzenden Pferde sehen, ähnlich den Lipizzanern in Österreich. Und nun, Show ab!«

Das Wagenrennen ließ mein Herz rasen, und der Hufschlag erinnerte mich an meine wilden Ausritte als Jugendliche. Doch so aufregend es auch war, es wirbelte auch jede Menge Staub in der Arena auf, den wir uns von der Kleidung klopfen und aus dem Gesicht wischen mussten. G. K. lachte, aber die arme Millie war empört. Wir wedelten mit den Taschentüchern gegen den Staub, so gut es ging, aber das konnte sie nicht besänftigen, sodass sie sich entschuldigten und ihren Sitzplatz verließen.

Zwischen den einzelnen Nummern gingen Kellner durch die Reihen und boten Champagner und Bonbons an. Auch wenn mich der Pferdegeruch, der in der Luft lag, an sich nicht störte, verdarb er mir den Appetit. Mit den Augen suchte ich das Zelt nach G. K. und Millie ab, konnte sie aber nirgends entdecken.

Als ich gerade die elegant gekleideten Zuschauer beobachtete, ließ mich ein plötzliches Knacken auf dem Stuhl neben mir hochfahren.

»Genießen Sie die Vorstellung?« P. T. tupfte sich die Stirn.

»Sehr. Vielen Dank für die Einladung. Wird Mrs. Barnum später zu uns stoßen?«

»Gerne doch. Und nein, ich fürchte, sie ist ein wenig unpässlich.« Er beäugte den leeren Stuhl neben sich.

»Bitte richten Sie Ihrer Frau meine besten Wünsche aus.« Ich deutete mit dem Kopf zu dem leeren Sitz hin. »Ich fürchte, Millie ist nicht an Rennpferde gewöhnt. Oder an Staub.«

»Genau wie meine Frau. Ich dachte, das sei eine weibliche Eigenheit. Aber Sie beweisen das Gegenteil; Sie zucken nicht mit der Wimper, wenn Sie ein bisschen Erde abbekommen.« Er reichte mir ein sauberes Stofftaschentuch und deutete auf einen Schmutzfleck in meinem Gesicht. »Und würde man eine Wagenladung vor Ihren Füßen abladen, würden Sie einfach einen Garten damit anlegen.«

»Manche meinen, etwas femininerer Feinsinn stünde mir gut zu Gesicht.« Ich zeigte auf meinen Knöchel und enttarnte dabei den zerschlissenen Saum.

Er schmunzelte und beugte sich so nah zu meinem Ohr, dass ich erschauderte. »Erlauben Sie mir, Ihnen ein Ersatzkleid zu schicken, da es zweifelsohne meine Show war, die es ruiniert hat?«

Sein würziger Duft war beruhigend, und ich verspürte den Drang, mit dem Handrücken über seine glatt rasierten Wangen zu streichen. Seine Aufmerksamkeit rief ein Kribbeln in mir hervor. Hunderte Menschen warteten nur auf ihn, doch er gab mir das Gefühl, als sei ich die Einzige hier. »Nein, das kann ich Ihnen nicht erlauben.«

»Tja, dann muss ich zu meinen Pflichten zurückkehren. Der zweite Akt beginnt gleich.«

Reiter in blauen Uniformen standen auf ungesattelten weißen Hengsten. Die Pferde mit hocherhobenen Schweifen, fein gebürsteten Mähnen und Umhängen, die selbst in der verdunkelten Arena glänzten, bildeten einen Kreis.

»Oh, wie hinreißend!«

»Das sind sie. Wir können hinterher reden, falls Sie eines reiten möchten.«

Ich stellte mir vor, wie ich auf einem großen weißen Hengst übers Land ritt. Oh, wie vermisste ich die Freiheit, Dinge zu tun, die mir Spaß bereiteten! »Danke, Sir. Sie würden mir eine große Freude damit bereiten.«

Der Kreis löste sich in zwei gerade Reihen auf und bildete ein vom Scheinwerfer erleuchtetes Spalier. Dort hindurch ritt eine Frau in einem atemberaubenden roten Kleid, mit je einem Fuß auf zwei nebeneinanderlaufenden Pferden stehend.

»Mein Einsatz.« P.T. berührte mit zwei Fingern seine gespitzten Lippen, sprang dann von seinem Stuhl auf und eilte mit wehendem Umhang davon.

1876

Miss Mann – Muriel – war für unsere Familie unentbehrlich geworden. Seit Johnny sein Kindermädchen weniger brauchte, hatte sie die Rolle einer Köchin und engen Vertrauten angenommen. An einem besonders lauen Abend blätterten wir durch Ausgaben von Harper's Bazaar. In leichte Morgenmäntel gehüllt, amüsierten wir uns wie Schulmädchen bei einer Pyjamaparty, flochten unsere Haare, spielten Karten und sprachen über die seltsam abwesenden Männer in unserem Leben.

»Ausgerechnet Maine!«, stöhnte sie und tätschelte Chaucers goldenes Fell.

»Kannst du dir das vorstellen? Einmal hat er behauptet, es sei mein Traum, in Kentucky zu reiten und in Maine zu malen.« Reiten, ja. Aber wie kam er darauf, dass ich vom Malen träumte? Unser Gespräch damals – bevor wir nach Europa gingen – fiel mir wieder ein. Hatte Wash mir vielleicht versucht zu sagen, dass er andere Träume hatte? Ich stürzte den Whiskey hinunter, den Muriel mir anbot.

Es klopfte an der Tür. Schnell schnappten wir uns ein paar Tücher, um uns zu bedecken. P. T. und Henri standen in der Tür, was mich ebenso überraschte wie freute.

»Entschuldigen Sie die Störung, meine Damen.« P. T. nahm den Hut ab und beäugte meine ungewöhnliche Aufmachung. Ein schiefes Lächeln huschte über sein Gesicht.

»Ach herrje, das hab ich völlig vergessen!«, rief Muriel. Als ich beide Herren hereinbat, eilte sie davon.

Etwas unbeholfen nahmen P. T. und ich eine Runde Drinks zu uns, während Henri sich enthielt und ich an meinem Tuch herumzupfte, bis Muriel, nun ordentlich gekleidet, zurückkehrte. Henri nahm Muriels Arm, und gemeinsam zogen sie in die Nacht, bis ihr Lachen nicht mehr zu hören war. Ich verspürte einen Anflug von Neid, wie ich die beiden ohne Begleitung ausgehen sah. War man in ihrer Kultur nachsichtiger, was das Umwerben betraf, oder galten für sie einfach aufgrund des Alters spezielle Regeln?

»Oh, das war mir vorhin vor lauter Aufregung entfallen.« P. T. überreichte mir eine edel eingepackte Schachtel. »Kubanische Zigarren. Die werden Mr. Roebling bestimmt schmecken.« Mit vorgetäuschter Neugier sah er sich um. »Ist er denn hier? Ich würde sie ihm gerne selbst überreichen, vielleicht sogar eine mit ihm rauchen.«

»Sie wissen sehr wohl, dass er nicht da ist. Aber ich danke Ihnen an seiner Stelle.« Ich führte ihn zur Haustür.

»Wie schade. Nun, ich werde sie derweil in seinem Humidor verwahren.«

Ich folgte ihm in die Bibliothek, wo er die Zigarren verstaute, und schenkte ihm noch ein Glas Whiskey ein. Er bot mir ebenfalls eines an, doch ich lehnte ab.

»P. T., ich glaube, Sie sollten jetzt besser gehen.« Chaucer stellte die Ohren auf und strebte zur Tür.

»Ja, ja, natürlich. Aber wenn Sie so nett wären, ich fürchte, ich habe eher schlechte Neuigkeiten, und der gute alte Henri ist es leid, sich meinen Kummer anzuhören.«

»Worum geht es?« Wir setzten uns auf die Polsterbank. Er nahm einen Stapel Karten, mischte sie und ließ sie wie einen Wasserfall und bunte Bögen hin und her schnellen. Ich war so gebannt, dass ich ihm beinahe kaum zuhörte.

»Meine Frau wird – fürchte ich – bald das Zeitliche segnen.«

Schisch-schisch-schisch flogen die Karten. Chaucer legte sich murrend ab.

»Das tut mir furchtbar leid. Kann ich irgendetwas tun?«

»Mich ablenken, vielleicht. Kennen Sie Cribbage?« Ohne eine Antwort abzuwarten, gab er uns beiden ein Blatt. Seine hellblauen Augen wurden feucht.

»Möchten Sie mir von ihr erzählen?« Ich klappte meinen Kartenfächer zu.

»Peanut, das ist liebreizend, aber bitte, ich möchte lieber ein paar Minuten lang an etwas anderes denken. Es geht ihr schon seit Jahren schlecht.«

Wir spielten eine Runde. Als ich gewann, lächelte er zaghaft, und ich strich mit dem Handrücken über seine Wange. Was hatte es nur mit diesem Mann auf sich? Wir spendeten uns gegenseitig Trost, in diesen Tagen, die für jeden von uns die einsamsten waren. Bis weit nach Mitternacht spielten wir Poker und Spiele, die er erfand. Er brach in Tränen aus und erzählte mir von der Tochter, die er verloren hatte, kurz bevor sie zwei wurde. Er erzählte mir auch ein wenig davon, welche Probleme seine Frau quälten, und schien eher resigniert als bestürzt. Ihr Herz ließ langsam nach, und die Ärzte hatten sie längst aufgegeben.

Wir schenkten einander Mitgefühl, erzählten uns gegenseitig von geliebten Menschen, von den schönsten, den witzigsten, aber auch den bittersten Momenten.

»Liebe kennt keine Grenzen, weder in Form von Zeit noch Zahl«, sagte P.T.

Wir stießen darauf an und schworen, unsere Erinnerungen für immer in Ehren zu halten.

»Ich sollte aufhören, über meinen Kummer zu klagen«, sagte P. T. und schenkte mir Whiskey nach.

Ich schüttelte Erinnerungen ab und stieß mit ihm an. »Auf alles, was war, und alles, was kommt!«

»Und auf Ihre Gesellschaft, ein Funke der Hoffnung in meiner Verzweiflung.«

Irgendwann, als der Whiskey durch unsere Adern floss, war klar, dass er nicht mehr würde nach Hause fahren können. Wir spielten ein albernes Spiel nach dem anderen, und er gewann so oft, dass ich ihm Schummelei vorwarf. Als ich seinem Blick zu meinem Unterkleid folgte, denn das Tuch hatte ich längst abgelegt, fand ich dort die fehlende Herz drei.

»Wie kommt die denn dahin?«

»Getroffene Hunde bellen. Mit einer Schwindlerin spiele ich nicht.« Er warf sein Blatt hin.

Ich zupfte an einer Karte, die in seinem Ärmel versteckt war. »Aha!«, lachte ich.

Er zuckte mit den Achseln. »Ich habe noch viele mehr.«

Lachend filzte ich ihn. Er fiel zu Boden und rollte sich abwehrend zusammen. Aus Ärmeln, Socken, Hosenbund fielen Karten. Als ich an seinem Frackende zog, ergoss sich eine Fontäne an Assen. Mit jeder neuen Entdeckung lachte ich mich schlapp, ohne zu bemerken, wie still er war. Nachdem ich auch das letzte Beweismittel sichergestellt hatte, rollte er sich kapitulierend auf den Rücken.

Ich ließ mich neben ihn fallen und fächelte mir mit den Karten, die von seiner Körperwärme ganz warm waren, Luft zu. »Eindeutige Beweise Ihrer kriminellen Natur. Worauf plädieren Sie, Sir?«

»Schuldig.« Er packte mich an den Handgelenken und zog mich auf sich, sodass die Karten wie Konfetti umherflogen.

Das ist falsch, schrie ein Teil von mir, als ob in meinem Kopf Alarmglocken schrillten.

Er ließ mit einer Hand los und legte sie auf meinen Po. Seine andere Hand fand meinen Zopf und folgte ihm nach oben zu meinem Nacken. Meine Lippen sehnten sich nach seinen, mein Körper brannte vor Verlangen. Es war drei Jahre her, seit Wash zuletzt mit mir das Bett geteilt hatte.

Das ist falsch, sagte ich mir erneut. Aber lass mich wenigstens diesen Moment genießen. Lass mich die Berührung eines Mannes spüren. Ich verlor mich in seinem Kuss, der eine Ewigkeit zu dauern schien und sich dennoch zu kurz anfühlte. Sein Nelkenduft hüllte mich ein, und seine Lippen schmeckten nach Whiskey. Machtlos gegen meine Triebe bettelte mein Mund, mein Körper danach, meine leere Seele mit Leben zu füllen.

Ich bog meinen Kopf nach hinten, als er meinen Nacken liebkoste, doch dann spürte ich statt seiner Lippen nur seinen heißen Atem.

Er flüsterte: »Das ist nicht richtig. Wir sind beide vergeben.« Aber er hielt inne, als wartete er darauf, dass ich ihm widersprechen würde.

Aber ich hatte keine Kraft, seinen Einwand zurückzuweisen. Ja, er hatte eine Frau und ich einen Mann. Unser Verhalten war moralisch nicht zu rechtfertigen. Aber mein Mann hatte mich allein sitzen gelassen, und nun hielt P. T. mich, gab mir das Gefühl, am Leben zu sein, gab mir die Stärke, zu vollenden, was Wash nicht mehr tun wollte oder konnte.

Ich versuchte mir einzureden, dass unser Zusammensein, unsere gegenseitige Unterstützung genau das war, was mein Mann wollte, was er brauchte. Er hatte mich doch zurückgelassen, damit ich seine Arbeit zu Ende führte, oder nicht? Ich klammerte mich an P. T., meine Wange an seine gepresst, und spürte, wie sich sein Atemrhythmus meinem anglich. Dann merkte ich, dass seine Wange feucht war, und sah, dass ihm Tränen übers Gesicht liefen.

»Sagen Sie es mir, Emily. Lieben Sie mich oder die Vorstellung von mir?«

Natürlich liebte ich ihn. Aber es gab viele verschiedene Formen von Liebe. Mutterliebe, Geschwisterliebe, platonische Liebe. Und dann gab es noch leidenschaftliche Liebe, die hell und schnell brennt und dann entweder in eine langsame, stetige Liebe zum Partner übergeht oder aber in Langeweile und Reue. Ich versuchte mir vorzustellen, in welche Richtung sich meine Liebe zu P. T. entwickeln würde, und vor allem, ob in der Asche meiner Liebe zu Wash noch etwas Glut vorhanden war.

P. T. streichelte mir die Wange. »Sie sagen nichts. Ist das nicht Antwort genug?«

Die Alarmglocken in meinem Kopf schrillten erneut, und ich schob ihn sanft weg. »Wie Sie gesagt haben, gilt es, noch zwei andere Menschen zu berücksichtigen. Bis wir das nicht geklärt haben, steht es uns nicht zu, uns derart nahezukommen.«

Meine Vernunft hatte gesiegt. Ich blinzelte die Leidenschaft fort, stand auf und schlang mir das Tuch um.

***

Der Abend mit P. T. verwirrte mich noch mehr, was meine Ehe und meine Verbundenheit mit Wash betraf. Sein Brief aus Maine und jene Worte damals vor langer Zeit schwirrten mir im Kopf herum, zusammen mit der Angst, seine Träume missverstanden zu haben. Anfangs hatte ich so sehr um unser eigenes Leben gekämpft, bis ich es aufgab und mich mit voller Kraft dem Roebling-Traum widmete.

Aber vielleicht war es das gar nicht, was Wash wollte. Ich schluckte und ließ endlich einen lang unter der Oberfläche gärenden Gedanken zu: War mir vielleicht etwas entgangen, was er mir die ganze Zeit über zu sagen versuchte, aber aus Loyalität zu seiner Familie nicht fertigbrachte? Könnte es sein, dass er den Roebling-Traum nie wollte, mich nie wollte, oder zumindest nicht die, die ich geworden war? Vielleicht hatte er mich längst verlassen. War meine Ehe vorbei, nur mir war das nicht klar?

Aber ich hatte nie auch nur eine Sekunde lang aufgehört, Wash zu lieben, und glaubte daran, dass auch er mich noch immer liebte. Ich stand mit den Beinen auf zwei ungesattelten Pferden, die dabei waren, in unterschiedliche Richtungen davonzugaloppieren.

Mir war klar, dass ich nicht allein mit P. T. sein sollte, solange ich innerlich so zerrissen war, und es war unmöglich, den Zustand meiner Ehe zu beurteilen, solange Wash nicht da war. Also schickte ich ein Telegramm an meinen Mann:

BITTE KOMM NACH HAUSE STOP

SIEBENUNDZWANZIG

Der Pylon in Manhattan wuchs rasch, nachdem das Fundament im Juli fertiggestellt worden war. Ich hatte oft vorbeigeschaut, aus Sorge, der von Gletschern geformte Felsuntergrund sei nicht stabil genug. Doch jeder Schritt war von sorgfältigen Beobachtungen und Messungen begleitet. Der Untergrund gab nicht ein Jota nach, und Rissbildungen im Beton – die an der Oberfläche völlig normal sind – waren geringfügiger als in Brooklyn, was alle Bedenken ausräumte.

»Glatt wie ein Babypopo«, versicherte mir Martin.

Wenig beachtet, aber von immenser Bedeutung für die Stabilität der Brücke, waren die Ankerblöcke. Diese rund acht Stockwerke hohen gemauerten Blöcke standen circa eine halbe Meile landeinwärts vom Ufer und beherbergten die Ankervorrichtungen, die die Hauptkabel sichern würden, die von den Türmen herabführten.

Am 14. August war es so weit: Wir würden das erste Kabel spannen, das die beiden Türme mit den Ankerblöcken verband. Auf diesen Moment hatte ich seit Monaten gewartet. Vielleicht war etwas Aberglaube dabei, aber ich hatte das Gefühl, wenn beide Seiten physisch verbunden wären, würde mir das die Kraft geben, weiterzumachen; außerdem wäre es richtungsweisend sowie ein wichtiger Meilenstein.

Je ein Arbeiter stand in Brooklyn und in Manhattan auf dem Turm und warf ein Hanfseil herunter. An jedem Ende wurde ein verdrillter Draht von gut zwei Zentimetern Durchmesser befestigt. Förderhaspeln zogen zuerst an den Seilen, dann an den Kabeln, sodass diese höherstiegen und mittels Rollen über die Türme bis ans Ufer gespannt wurden.

Daraufhin trugen Dutzende Männer Drahtseil über hohe Gerüste landeinwärts durch die jeweilige Stadt bis zu den Ankerblöcken. Mithilfe dieser Gerüste wurde das Drahtseil über die Dächer der niedrigen Häuser hinweg verlegt, dann wurde jedes Kabel oben an den Ankerblöcken befestigt.

Als Nächstes mussten die beiden über die Türme geschlungenen Kabel miteinander verbunden werden. Dazu wurde eine Kabeltrommel mit rund sechshundert Metern Draht auf ein belastbares flaches Boot, Schute genannt, verladen, auf das ich gemeinsam mit Martin und Farrington stieg.

Im Hafen herrschte reges Treiben; schwarzer Qualm stieg aus den Schornsteinen in New Jersey, deren Gestank einen Kontrast zum Salzgeruch der in den Narrows gefischten Austern bildete. Wir benötigten Licht, was hieß, dass wir mitten am Tag arbeiten mussten, wenn die Transport- und Passagierboote sämtliche Routen verstopften. Doch um nicht Wasser auf die Mühlen unserer Gegner zu gießen, hatten wir davon abgesehen, die wichtige Handelsroute zu schließen, und warteten stattdessen auf eine Beruhigung des Verkehrs.

Die pralle Sonne schien auf uns herab, während die Arbeiter die Schute an einem Schleppboot befestigten. Mein Kleid klebte schweißnass an mir, als ich das Spektiv aufbaute. Fahrrington und Martin beaufsichtigten derweil die Verknüpfung des Drahts von der Kabelrolle auf der Schute mit dem Drahtende, das vom Brooklyn-Pylon herabbaumelte. Das kleine Boot schaukelte im Fahrwasser der größeren Schiffe. Ich war zwar hocherfreut, aber der Seegang setzte mir zu, und ich musste meinen Magen beruhigen. Also hielt ich meine Finger in das angenehm kühle Wasser, sog die Meeresluft ein und lauschte dem Kreischen der Möwen. In diesem Moment der Ruhe inmitten der hektischen Stadt deutete nichts darauf hin, welch bahnbrechender Schritt vor uns lag: Gleich würden die beiden Pylonen und die Ankerblöcke mittels Draht miteinander verbunden sein.

Ich beauftragte jemanden, das Spektiv am Bug im Auge zu behalten. Nach einer Stunde flaute der Verkehr endlich ab. Mein Herz schlug schneller; es war so weit. Ich hielt eine grüne Flagge empor, um das Schleppboot zu verständigen. Martin und Farrington standen an beiden Enden der Kabelrolle, um sicherzugehen, dass sich der Draht gleichmäßig abwickelte, und würden mich auf Zuruf anweisen, die gelbe oder rote Flagge zu heben, um das Schleppboot zu stoppen. Der Draht rutschte über das Heck und sank ins Wasser; hinter uns lag ein weiteres Schleppboot, um zu verhindern, dass sich andere Boote in dem Draht verhedderten.

Zusammen mit dem Wellengang hatte glücklicherweise auch meine Seekrankheit nachgelassen. Durch das Spektiv entdeckte ich einen großen Dreimaster, der rasant auf uns zusegelte. Ich läutete eine Signalglocke und winkte dann dem Ausguck auf dem vordersten Schleppboot mit der roten Flagge zu. Gegen die Strömung und den Wind ankämpfend, brachten wir unseren Konvoi zum Stillstand. Mir fiel ein Stein vom Herzen, als das Schiff schließlich keine zehn Meter von uns entfernt vorbeisegelte.

Als wir den Manhattan-Pylonen erreichten, wurden die beiden Kabelenden zu einem langen Kabel verbunden, das noch immer weitestgehend unter Wasser hing. Erneut benötigten wir einen Ausguck, damit unser Kabel nicht den Masten und Segeln großer Schiffe in die Quere kommen würde.

»Warum gehen Sie nicht rauf?« Farrington nickte zum Pylonen hinüber. »Der Ausblick ist fantastisch.«

»O nein.« Allein bei dem Gedanken drehte sich mir der Magen um. »Wie käme ich darauf, Ihnen diesen großen Moment vorzuenthalten?«

Lächelnd salutierte er im Scherz und begann, die Treppe zu erklimmen.

Schaulustige jubelten, als große amerikanische Fahnen auf den Pylonen gehisst wurden. Wie wohltuend war doch dieser Jubel nach all den Jahren des Spotts! Das Drahtseil war erneut an einer Förderhaspel befestigt. Farrington gab vom Pylonen allen das Okay. Daraufhin feuerte eine Kanone einen Warnschuss ab, und die Haspel lief brummend an. Nun wurde das locker ins Wasser hängende Drahtseil auf die Kabeltrommel zurückgewickelt, sodass der Eintauchwinkel des Kabels immer höher und höher stieg, bis es schließlich aus dem Wasser auftauchte und in der Sonne tropfte und glänzte wie eine riesige Schlange.

Dann wurde der gesamte Vorgang wiederholt, als man ein zweites Drahtseil aus Brooklyn herüberbrachte, das mit dem ersten verbunden wurde, sodass eine fortlaufende Schlaufe um die beiden Pylonen und von Anker zu Anker entstand. Dies würde das erste von vier Tragkabeln werden, denn die vier Kabel wurden eins nach dem anderen rübergebracht.

Dieser Moment war genauso atemberaubend, wie ich erhofft hatte, und als ich mich umsah und viele sah, die sich die Augen wischten, traten auch mir Tränen in die Augen.

Aber ich war noch immer kein Stück weiter, was meine Ehe oder meine Zukunft betraf, und das Herz schwoll mir vor Stolz und Schmerz darüber, dass Wash nicht hier war.

***

An einem schwülen Tag Ende August begab ich mich zusammen mit P. T. und rund fünfzig anderen Menschen auf den Brooklyn-Ankerblock. Um zu beweisen, dass es sicher war, an nur einem Drahtseil hängend zu arbeiten, würde Farrington die Drahtschlaufe überqueren, die sich nun über die gesamte Länge der Brücke erstreckte. Der Brooklyn Edge hatte das Ereignis angekündigt, sodass auf beiden Uferseiten und selbst auf den Fähren, oder Schrotthaufen, wie Wash sie nannte, Schaulustige staunend emporblickten.

Farrington kletterte in einen Bootsmannstuhl, der an dem gut zwei Zentimeter dicken Kabel hing. Benjamin Stone, P. T. und ich schüttelten ihm die Hände und wünschten ihm Glück.

Martin zog den Hebel, um die Förderhaspel anzuwerfen, die Farrington hinauf auf den Brooklyn-Pylon transportieren würde. Zunächst langsam, dann immer schneller rollte das Kabel mit einem Klick, Klick, Rumpel über die Seilrollen. Farrington lächelte und winkte, als sei er auf einem Karnevalsumzug. Die Presse knipste eifrig, die Menge jubelte. Kurz vor dem Ziel stand Farrington in seinem Sitz auf und winkte. Die Zuschauer hielten den Atem an, als er sich verbeugte und dann wieder zurück in den Sitz plumpste, ehe er oben auf dem Brooklyn-Pylonen ankam.

Farringtons Seilfahrt erwies sich als echtes Spektakel und gute Publicity. In nur zweiundzwanzig Minuten erreichte er den Manhattan-Pylon. Ein triumphierender Applaus ertönte zu beiden Seiten des Flusses.

P. T. klatschte begeistert. »Was für eine Show!«

Ich seufzte so erleichtert, als hätte ich mit ihm am Drahtseil gehangen. »Er hat ja auch eine Show abgezogen.«

»Ach, das hat er verdient.« Martin klatschte ebenfalls.

»Ab sofort keine unnötigen Risiken«, sagte ich zu Martin, als ich P. T.s angebotenen Arm ergriff.

»Natürlich. Die Roeblings sind ja bekannt dafür, nichts zu riskieren«, antwortete er mit einer Spur von Sarkasmus in der Stimme.

Doch das war mir egal. P. T. und ich unterhielten eine professionelle Beziehung zueinander und unterstützten uns gegenseitig. Beinahe wären wir in etwas anderes abgerutscht, aber wir waren schließlich Erwachsene und wussten unsere Impulse zu kontrollieren. Ich war stolz auf meine innere Stärke und hätte nicht gewusst, wozu ich mich schämen sollte. Außerdem ging meine Ehe weder Martin noch irgendwen anders etwas an. Ich sah Martin direkt in die Augen. »Sehen Sie lieber zu, dass niemand, angefangen beim stellvertretenden Chefingenieur bis hin zum Arbeiter, irgendetwas sagt oder tut, mit dem er seinen Job riskiert.«

»Entschuldigen Sie, Ma'am, ich wollte nicht ...«

Mein Mundwinkel zog sich beim Anblick seines panischen Gesichtsausdrucks nach oben, als P. T. mich wegzog.

Martin hatte noch nie gern etwas riskiert.

***

Ein paar Tage später kam Wash nach fast drei Jahren vollständiger Abwesenheit unangekündigt nach Hause. Befremdlich war, dass er klingelte, anstatt einfach hereinzukommen. Strahlend stand er in der Tür, eine große Reisetasche in jeder Hand. »Schau mal, wer da ist!«

Ich blinzelte. War das eine Rückkehr für immer? In den letzten drei Jahren war er ein paarmal vorbeigekommen, meist, um Johnny abzuholen und abzuliefern, war aber nie lange genug geblieben, um unsere Streitigkeiten beizulegen.

»Liebling!« Ich spähte an ihm vorbei. »Wo ist Johnny?«

»Er hatte diesen Sommer so viel Spaß mit seinen Cousins, dass wir ihm erlaubt haben, noch eine Weile zu bleiben.«

Ich biss mir auf die Lippe. Wenn ich meine Enttäuschung äußerte, würde er sich nur ärgern, überhaupt gekommen zu sein. Außerdem vermutete ich dahinter noch andere Motive, etwa eine Ausrede, nicht allzu lange bleiben zu können. Vielleicht war es gut, dass er unseren Sohn nicht mitgebracht hatte. So hatten wir mehr Zeit zu zweit und konnten endlich über unsere Probleme reden.

Nachdem ich ihm mit dem Gepäck geholfen hatte, umarmten wir uns schließlich. Seine Arme und Schultern waren fast so kräftig wie früher. Verflogen war der Geruch von Salben; stattdessen verströmte sein Kaugummi einen angenehmen

Zimtduft. Sein Baumwollhemd fühlte sich wohlig an, wie wenn man sich in seine Lieblingsdecke schmiegt.

Er hielt mich eine Armeslänge von sich, blickte mich ohne jedes Flackern in seinem Blick an und sagte: »Hervorragend siehst du aus. Ich war ohne dich völlig verloren.«

Doch offensichtlich war ihm seine Abwesenheit gut bekommen.

»Chaucer!« Wash begrüßte den Retriever, der in den Raum gerannt kam. Der Hund schob seinen Kopf zwischen Washs Knie und wimmerte aus Protest darüber, zurückgelassen worden zu sein. »Schon gut, Junge. Das nächste Mal kommst du mit.«

Verletzt und verdattert war ich kurz davor, etwas zu sagen, doch ließ seine Aussage unkommentiert.

Er führte uns in die Bibliothek und schenkte mir einen Drink ein. »Du lieber Himmel, Emily.« Er hielt die fast leere Karaffe in die Höhe. Sein Blick fiel auf den Aschenbecher, der noch immer voller Asche war und nicht wenigen ausgedrückten Zigarren.

Gute Güte, waren die noch immer von P. T.s letztem Besuch hier? Schuld und Scham brandeten in mir auf. Doch egal; wir hatten rechtzeitig aufgehört. Aber ich musste die Putzhilfe feuern.

»Oh, da kann ich dir eine lustige Geschichte erzählen. Henri und P. T. kamen vorbei, um Muriel abzuholen, und …«

»Und du hast sie in meine Bibliothek eingeladen?« Er schüttelte die letzten Tropfen Whiskey von seinem Glas auf seine Zunge. »Ich bin mir sicher, es ist eine ganz fabelhafte Geschichte. Aber vielleicht ein andermal.« Etwas zu demonstrativ wischte er sein Glas trocken. »Ich bin müde von der Reise. Bitte darum, mich zurückziehen zu dürfen.« Er drückte mir ein Küsschen auf die Wange und verließ, Chaucer treu wie immer an seiner Seite, den Raum.

Ich wartete darauf, dass er zurückblicken, eine einladende Geste machen würde. Selbst über ein wenig Kuscheln hätte ich mich nach all den Monaten gefreut. Doch er warf keinen Blick zurück, als er die Treppe hinaufhumpelte und sich schwer gegen das Geländer stützte.

Zähneknirschend unterdrückte ich den Drang, ihn zu bitten, ihm zu befehlen, stehen zu bleiben. Stopp. Ich möchte dir sagen, wie es war, Farrington dabei zuzusehen, wie er an einem Kabel über den Fluss schwebte. Ich möchte dir sagen, wie allein ich mich fühle, selbst inmitten großer Menschenmengen. Ich möchte dir sagen, dass ich dich liebe, und dass der volle Aschenbecher nichts zu bedeuten hat.

Dies war der Moment, den ich so lange herbeigesehnt hatte: Mein Liebster war zurückgekehrt. Ich wollte einen Freudentanz aufführen, doch zugleich brodelte es in mir, und ich fürchtete, meine Worte wären von Wut gefärbt und würden ihn in die Defensive drängen.

Ich brauchte frische Luft. Ziellos umherlaufend, gelangte ich schon bald zum Flussufer. Drei kleine Mädchen spielten auf dem schmalen Parkstreifen lachend mit einem Gummiball. Ich fegte ein paar vertrocknete Eichenblätter beiseite und nahm auf einer Bank Platz. Gen Norden dominierten nun die Brückentürme den Blick. Stolz wärmte mein Herz, doch zugleich wurde ein düsteres Gefühl, das ich unterdrückt hatte, stärker, die Wut darüber, dass Wash mich und die Brücke im Stich gelassen hatte.

Es schien, als würde ich mich bald entscheiden müssen. Es war unerhört für eine Frau, ihren Mann zu verlassen, aber hatte Wash mich nicht längst verlassen? Die wissenden Blicke von Martin, die Sticheleien von Mutters Freunden und Nachbarn – mein Dilemma war hinreichend bekannt. Ich war nicht sicher, wie viel länger ich die lange Trennung, nur unterbrochen von den gelegentlichen Besuchen eines Halbfremden, noch ertragen würde.

Der Gummiball rollte mir vor die Füße, und ein Mädchen mit blonden Löckchen rannte hinter ihm her. Sie erinnerte mich an Elizabeth. Ich nahm den Ball und reichte ihn ihr.

»Wieso sind Sie so traurig?«, fragte sie besorgt.

»Ich vermisse jemanden«, erwiderte ich. Ein paar gurrende Tauben stolzierten auf mich zu, doch ich hatte keine Brotkrumen, um sie zu füttern.

***

Eleanor kam zu Besuch, und da wir beide froh über ein wenig Erholung waren, fuhren wir mit der Kutsche nach Coney Island, wo einst hübsche Häuser das Ufer gesäumt hatten. Es stimmte mich traurig, mit anzusehen, wie sich dort immer mehr Badehäuser, trostlose Hotels und zwielichtige Gestalten ansiedelten. Dennoch fanden wir einen schmalen Durchgang zum Strand und schlenderten am Wasser entlang. Eine starke Brise blies in unsere Röcke, und salzige Meeresluft füllte unsere Lungen.

»Du wirkst, als wärst du mit den Gedanken woanders«, sagte Eleanor.

Ich nickte und verspürte den starken Drang, mich ihr anzuvertrauen, aber Mutter hatte mir immer davon abgeraten, familiäre Probleme mit Außenstehenden zu besprechen, da sie ja doch nur als unwillkommene Gerüchte zu einem zurückkehrten. Aber ich vertraute Eleanor, und als wir stehen blieben, um der Brandung und den Möwen zuzusehen, erzählte ich ihr davon, wie sich meine Ehe gewandelt hatte, und hoffte auf ein paar gute Ratschläge für mein Dilemma.

»Meine Liebe«, sagte Eleanor, »du kannst nicht erwarten, dass eine Ehe immer so bleibt wie am Anfang. Wenn ihr immer so sehr füreinander brennen würdet, würde am Ende nur Asche von euch übrig bleiben.«

»Aber wozu dann das Ganze? Wieso schließt man eine Ehe fürs Leben, wenn die Liebe doch zusehends schwindet?«

»Ah, aber wahre Liebe schwindet nicht. Sie verändert sich, sie vertieft sich. Manchmal scheint sie verschwunden zu sein, doch dann taucht sie in einer anderen Form wieder auf. Stell dir die anfängliche Liebe wie eine Welle vor, die immer stärker wächst, bis sie aufgrund ihrer eigenen Höhe in sich zusammenfällt. Dann werden die Wellen ruhiger, ziehen sich zurück, nur um erneut anzuschwellen und zu brechen. Wenn man erst einmal an den Brechern vorbei ist, fällt man nicht mehr herunter, sondern spürt lediglich das stetige Auf und Ab des Lebensrhythmus.«

»Wie das Perpetuum mobile, das du gebaut hast?«

»Ganz genau. Bewegung und Gleichgewicht, genau wie in uns und in der Natur. Aber nicht ich habe es gebaut, Mr. White hat es für mich gebaut.« Ihre Augen leuchteten auf, als sie von ihrem vor zehn Jahren verstorbenen Gatten sprach.

Die Sonne blendete mich, und ich rückte meinen Hut zurecht. »Ich habe das Gefühl, ich habe mich durch die Brecher hindurchgekämpft, nur um auf der anderen Seite festzustellen, dass mein Mann nicht bei mir ist.«

»Dann musst du schwimmen, bis du ihn wiederfindest.« Eleanor stieß mit dem Fuß Algen aus dem Weg der Flussläufer, die ob des heranrollenden Schaums ins Rutschen gerieten. »Aber lass dich nicht dazu verleiten, zurück in die Brecher zu schwimmen, um dir einen anderen für die Reise zu suchen, sonst spuckt dich das Meer am Ende ganz aus.«

***

Nun, da ich meine Ehe in einem neuen Blickwinkel sah, versuchte ich, die Veränderungen mehr zu akzeptieren. Ich bemühte mich erneut um Wash und stellte fest, dass er darauf reagierte, wenn auch nicht so deutlich, wie ich mir das wünschte, aber so gut er eben konnte. Zum Beispiel zog er bei Tisch wie immer den Stuhl für mich vor, legte nun aber, wenn ich saß, auch für einen kurzen Moment seine Hand auf meine Schulter. Nur ein winziges Signal, aber für mich war es das

Zeichen, dass er sich bemühte, zu einer wenn auch anders gelagerten Intimität zurückzukehren.

Meine Wut verebbte allmählich, als er nichts davon verlauten ließ, wieder nach Trenton zurückkehren zu wollen. Er schien wieder Interesse am Fortschritt der Brücke zu haben und dankte mir für meine Arbeit. Das Thema P. T. klammerten wir völlig aus. Es war eine Art Neuanfang und unsere Annäherung so empfindlich wie eine Pusteblume, deren Samen vom Wind verweht werden.

Es war nicht leicht, sich die unglaubliche Last dessen vorzustellen, was Wash in seinem Erwachsenenleben alles durchgemacht hatte: den Verlust seines Vaters, jüngst auch einer Schwester, der Krieg und die Zerstörung seines Körpers durch die Arbeit im Caisson. Konnte ein Mensch je wirklich mit einem anderen mitfühlen? Eine Mutter konnte das, weil sie besonders unter den Schmerzen ihres Kindes litt. Aber vielleicht gab es zwischen zwei erwachsenen Menschen etwas wie eine Sicherheitsbarriere, damit sie für den Schmerz des anderen nicht allzu empfänglich waren. Sonst würden sie die Kraft nicht finden, einander zu stützen.

Meine anhaltende Liebe zu Wash minderte meine Gefühle für P. T. nicht. Wenn ich Washs ewiger Litanei überdrüssig war, konnte ich P. T. bei seinen öffentlichen Veranstaltungen sehen und wieder unbeschwert sein. Wash war jedes Mal eingeladen und schlug die Einladung jedes Mal aus. Johnny hingegen war mit seinen acht Jahren genau im richtigen Alter für solche Amüsements. P. T. machte mit uns Führungen zu seinen Tierkäfigen und besorgte uns die besten Plätze bei Konzerten, Kunstausstellungen und Zirkusvorführungen. Damit erfüllte ich in jedem Fall den Pakt, den G. K. und ich geschlossen hatten, das Leben doppelt so sehr zu genießen.

Vielleicht hatte Eleanor recht; das Feuer, das P. T. in mir entfachte, würde schon bald erlöschen, genau wie bei Wash. Vielleicht erschien mir sein Leben im Vergleich zu meinem aufregender und glamouröser, aber wer weiß, vielleicht wäre ich es schon bald leid. Und dann gäbe es keine gemeinsame Familiengeschichte, keine gemeinsamen Witze von früher, keinen gemeinsamen Sohn, auf den wir uns berufen könnten.

Dennoch war es nicht so, als ob P. T. und ich keine gemeinsame Geschichte hätten. Und wenn ich ehrlich zu mir selbst war, entsprach mein neugieriges Naturell eher dem von P. T. als dem meines Mannes. Hatte meine Ehe mit Wash meine Ausgelassenheit, meine Abenteuerliebe, meine Persönlichkeit gedämpft? Eleanor schien zu glauben, außerhalb der Ehe dürfe es keine Freundschaften zu Männern geben. Vielleicht traf das auf sie, auf vergangene Zeiten zu. Aber es schien, für eine moderne Frau könnte es Raum für beides geben, wenn man es besonnen anging.

***

Offenbar war ich nicht die Einzige, die über meinen Status quo nachdachte. G. K. hatte sich nach Newport, Rhode Island versetzen lassen, um näher bei der Familie zu sein. Seine letzten Briefe verstörten mich, da er besessen davon zu sein schien, vor seinem Tod seinen Namen reinzuwaschen. Nachdem er sich seitenweise über den langsamen Armee-Apparat beschwert hatte, teilte er mir mit, was er von meiner Arbeit hielt: Washington sollte keine für Frauen unangemessenen Risiken zulassen.

Schon bald nach seiner Versetzung stattete uns G. K. einen Besuch ab und brachte mir einen Blumenstrauß und Wash ein in alte Zeitungen gewickeltes Paket mit. »Ein Auftrag vom Nichtsnutz Grant.«

Wash packte die Schachtel aus und fand darin einen schwarzen Filzhut. Die goldene Kordel mit Eicheln zeigte an, dass er einmal einem General gehört hatte.

Die Männer gingen in den Salon weiter.

»Ich stell die mal ins Wasser.« Ich ging ins Esszimmer, um eine Vase zu holen.

»Was soll ich damit?«, fragte Wash G. K.

»Er sagt, du sollst das verdammte Ding an Emilys Zirkusfreund verkaufen und schauen, wie viel du dafür noch kriegst.«

»Dieser Mistkerl.« Die Trennwand aus Holzpaneelen stand ein Stück offen, sodass ihre Stimmen durch den Spalt drangen.

»Da gehört er sowieso hin«, sagte G. K. »In den Zirkus.«

Ich wickelte das wächserne Papier vom Strauß und atmete den herrlichen Duft der gelben Rosen ein.

»Wo wir gerade von Emily reden …«

Ich stieg gerade auf einen Hocker, um die Kristallvase herunterzuholen, wurde aber hellhörig, als mein Name fiel.

Wash unterbrach ihn: »Machst du dir Sorgen um sie? Glaubst du, ich nicht? Es ist ein bisschen spät, jetzt darüber zu lamentieren.«

Ich sollte sie nicht belauschen. Aber meine widerspenstige Seite setzte sich darüber hinweg.

»Würdest du ihr auch erlauben, in den Krieg zu ziehen?«, fragte G. K. »Dir geht es doch besser. Wo soll das noch hinführen? Welcher Mann setzt die Menschen, die seinem Schutz unterstehen, solchen Gefahren aus?«

»Du weißt doch, wie sie ist«, sagte Wash. »Stur und mutig wie ein Mann.«

»Eine gefährliche Kombination«, sagte G.K. resigniert. »Aber so war sie von Anfang an.«

»Da werde ich dir nicht widersprechen.«

»Mut wird oft missverstanden. Natürlich hat auch sie Ängste, aber sie macht sich nur selten Sorgen um ihre eigene physische Sicherheit«, sagte G. K. »Als sie noch unter meiner Aufsicht stand, habe ich das für sie getan.«

»Sie ist inzwischen erwachsen.«

»Und du findest es nicht unangemessen, wenn sie von Männern mit freiem Oberkörper umgeben ist?« G. K. wurde lauter. »Oder mit Leuten wie Barnum verkehrt?«

»Du hättest sie in ein Nonnenkloster gesperrt, aber ich bin da ein klein wenig lockerer.«

Ich biss mir auf die Lippe, als G. K. vor Wut schnaubte. Er hatte mich tatsächlich in eine Art Nonnenschule gesteckt, als er für meine Ausbildung an der Georgetown Visitation bezahlt hatte.

»Ich kann nur auf unser Eheversprechen vertrauen und den Rest dem Schicksal überlassen.« Nun wurde auch Wash laut.

»Ist das so? Und wo warst du dann die letzten drei Jahre?«

»Ich liebe meine Frau, und ich respektiere dich zutiefst. Aber das geht dich nichts an.«

Offenbar hatte ich mich getäuscht, was Washs Gründe anging, sich von der Beziehung zwischen P. T. und mir zu distanzieren. Sein Vertrauen in mich, in meinen freien Willen, war größer als jedes Bedürfnis nach einem Treuebeweis. Die einzelnen Aspekte seiner Liebe zusammensetzen zu wollen war, wie ein Puzzle zu lösen und als Anleitung lediglich das Bild eines wolkenverhangenen Himmels vor sich zu haben.

Ich haderte mit mir, ob ich Wash dafür danken sollte, dass er mein Verhalten gegenüber G. K. verteidigt hatte, doch dann hätte ich zugeben müssen, gelauscht zu haben. Das hätte nichts Gutes gebracht. Stattdessen bewahrte ich diesen Moment in meiner Erinnerung, aus Liebe zu meinem fürsorglichen Bruder und meinem stets loyalen Mann.

***

Da Wash scheinbar seinen Frieden mit meiner Freundschaft zu P. T. geschlossen hatte, plante ich, den lang aufgeschobenen Besuch in seinen Reitställen nachzuholen. Da weder Wash noch Johnny Interesse zeigten, fuhr ich allein mit dem Zug nach Bridgeport.

Connecticut ähnelte dem Bundesstaat New York, war aber gleichzeitig noch beschaulicher. An meinem Fenster zogen Bauernhöfe mit roten Scheunen und saftigen Hügeln vorüber, auf denen Kühe zufrieden kauten, und dazwischen immer wieder dichte Wälder. Am Bahnhof holte mich P.T.s Kutschfahrer ab und brachte mich zu seinem Landsitz. Nervös nestelte ich am Gurt meiner Handtasche herum, da ich nicht damit gerechnet hatte, fernab von anderen Menschen allein mit ihm zu sein. Schließlich kamen wir an einer Ansammlung von Häusern an, wo P.T. vor einem kleinen Häuschen stand.

»Schade, dass Washington nicht mitkommen konnte«, sagte P.T., als ob er mein Unbehagen spürte und zu mindern suchte. »Ich hoffe, die Unterkunft sagt Ihnen zu. Es ist zwar nur eine Hütte, aber ich denke, Sie dürfte für Ihre Bedürfnisse ausreichen. Ihr Tee sollte bereits fertig sein. Die Ställe sind direkt um die Ecke; ich treffe Sie dann dort, wenn Sie zum Ausritt umgezogen sind.«

Noch immer die Umgebung betrachtend, nickte ich. Der verzierte, aber nicht zu verspielte Lebkuchenhaus-Stil war sehr hübsch.

»Dann sind wir nur zu zweit? Oder kommen noch andere?« Erleichtert bemerkte ich, dass eine junge Dame zu uns stieß. Ihre langen, blonden Haare fielen ihr auf die Schultern; sie schien Anfang zwanzig zu sein – ein bisschen zu jung, um eine von P.T.s Töchtern zu sein.

»Meine Frau vielleicht. Allerdings ist sie nicht dafür geschaffen, ein größeres Pferd als ein Pony zu besteigen.«

»Ihre Frau?« Ich versuchte, mir die Überraschung nicht anhören zu lassen, konnte aber das Herunterklappen meines Kiefers nicht verhindern. Soweit ich wusste, war seine Frau vor Monaten verstorben. »Wann haben …«

»Ah, da ist sie ja!« Das Mädchen – beziehungsweise die Frau – stellte sich auf Zehenspitzen und gab ihm ein Küsschen auf die Wange. »Mrs. Washington Roebling, darf ich Ihnen Mrs. Barnum vorstellen, meine Frau Nancy.«

»Freut mich. Emily.« Ich nickte mit dem Kopf, der mir ohnehin schwirrte. P.T. war über sechzig, und seine Frau bestimmt gute vierzig Jahre jünger. Kein Wunder, dass er sie geheim gehalten hatte.

»Um vier dann?« Damit kehrten sie in das Hauptgebäude zurück.

Verdattert winkte ich ihnen nach. Offenbar war ich für ihn nicht mehr gewesen als ein vorübergehender Zeitvertreib. Trotz meiner Ehe wollte ich P.T. für mich allein. Ich war gleichzeitig ebenso beschämt wie schockiert und enttäuscht.

Nach einer kurzen Rast zog ich mir meine Reitkleidung an: Reithosen aus Kalbsleder und darüber eine lange Jacke. Falls irgendjemandem auffallen sollte, dass es sich um Herrenkleidung handelte, hoffte ich, dass sie höflich genug wären, es nicht anzusprechen. Ich traf P.T. bei den Pferdeställen. Er sah in seinem Reitkostüm elegant aus und war ohne seine Frau gekommen, von deren Existenz ich ja unlängst erst erfahren hatte.

»Es hat mich gefreut, Mrs. Barnum kennenzulernen«, sagte ich mit einem gezwungenen Lächeln.

»Sie wundern sich bestimmt …«

»Überhaupt nicht. Das ist Ihre Privatangelegenheit.«

»Es ist an sich gar keine Ehe.«

»Ah ja? Ich wusste nicht, dass man ›an sich‹ verheiratet sein kann. Ich dachte, man ist es, oder man ist es nicht.«

»Wie Sie vielleicht bemerkt haben, ist sie recht jung.«

Ein Pferdebursche führte eine stattliche, kastanienbraune Stute mit glänzend gebürstetem Fell heraus.

»Durchaus.«

Der Stallbursche half mir in den Sattel, richtete die Steigbügel und verschwand dann wieder im Stall.

»Wir haben gewissermaßen eine Abmachung. Sie bekommt nach meinem Tod alles, was ich besitze. Beziehungsweise die Hälfte, wenn wir beschließen, uns vorher zu trennen.«

Sein Pferd wurde herausgebracht; ein karamellfarbener Wallach. P. T. stieg mit einem Satz auf, und wir ritten hinaus in die Augustsonne.

»Klingt so, als sei Ihre Ehe ein Finanzvertrag.« Das rhythmische Klipp-Klapp der Hufe beruhigte meine Nerven. Allmählich fand ich mich mit der neuen Situation ab und entwickelte ein Interesse daran, wie sie entstanden war. »Und was haben Sie von diesem Geschäft?«

»Muss ich das wirklich erklären?« Er lachte und brachte sein Pferd mit einem Tritt zum Traben. Mein eigenes Pferd brauchte etwas Ermunterung, um Schritt zu halten. Wir ritten über die offene Weide, lieferten uns kleine Wettrennen. Es war berauschend, diese Freiheit, die Geschwindigkeit, die Weite der Landschaft, der Duft von Gras und das Klappern der Hufe. Nach einer Weile brannten meine Oberschenkel und mein Atem wurde kürzer, sodass ich froh war, als wir in der Nähe eines Brunnens einen Halt einlegten.

Wir stiegen ab, und P. T. füllte mit Wasser aus dem Brunnen einen Trog für die Pferde und eine Schöpfkelle für uns. Gierig trank ich das kalte, klare Wasser und wischte mir das tropfende Kinn.

Er setzte seinen Reithelm ab, kämmte sich mit den Fingern durchs feuchte Haar und lehnte sich dann mit verschränkten Armen gegen die steinerne Brunneneinfassung. »Ich hoffe, meine Ehe ändert nichts. Zwischen uns, meine ich.«

»Wieso sollte es? Wir sind Freunde, Geschäftspartner, und nun auch Reitpartner.« Ich konnte selbst hören, wie gekränkt ich klang.

»Ja, aber ich hatte auf mehr gehofft.« Er begegnete meinem Blick. »Ich bin ein geduldiger Mann, Emily. Ich kann warten.«

»Offenbar ja nicht.« Ich lehnte mich an den straffen Hals meines Pferds, versuchte mich von seiner Wärme, seiner Kraft besänftigen zu lassen.

»Ich bin kein Heiliger. Was sollte ich denn Ihrer Meinung nach machen, solange Sie in Ihrer lieblosen Ehe bleiben?«

»Ich habe nie behauptet, sie sei lieblos.«

»Er hat Sie verlassen.«

Ich presste eine Hand auf meine Brust, als hätte er einen Pfeil auf mich abgefeuert. In meiner Ehe fehlte es momentan an physischer Liebe. Wenn man mich am Ende des Tages einmal in den Arm nehmen, meinen Rücken beim Baden schrubben und mit einem starken Handrücken über meine Wange streicheln würde, wäre ich schon zufrieden und weniger ausgehungert nach der Berührung eines anderen.

Ich hatte versucht, Wash zu diesen kleinen liebevollen Gesten zu bewegen, und ab und an gelang es ihm mal einen Tag lang. Doch dann kehrte er zu seiner Routine zurück: ein Küsschen auf die Wange beim Aufstehen, ein weiteres beim Zubettgehen. Sah so der Rest meines Lebens mit ihm aus?

»Er braucht einfach Zeit«, sagte ich, vorwiegend um mich selbst davon zu überzeugen.

ACHTUNDZWANZIG

1877

Auf den Ankerblock in Brooklyn hochzusteigen war inzwischen Routine für mich, aber das Überqueren des schmalen durchhängenden Stegs, um auf den Pylonen zu gelangen, war noch immer eine Herausforderung. Irgendwann jedoch würde ich mich dieser Herausforderung stellen müssen. Der aus mehreren horizontalen Holzplanken bestehende, mit Seilen und dünnen Drahthalterungen verbundene Steg schien untauglich für eine so große Höhe. Jedes Mal, wenn ich den Männern beim Hochgehen zuschaute, schnürte sich mir vor Todesangst die Brust zu.

Für die vier großen Hauptkabel aus verzinktem Stahl musste ein dünner Draht nach dem anderen von einem Flussufer zum anderen gespannt werden. Dazu fuhren sogenannte Kabelspinnräder, für jedes Kabel eins, auf dem Kabel vor und zurück und führten bei jeder Fahrt eine Schlaufe aus zwei unterschiedlich langen Drähten mit sich. Dann übernahmen es Arbeiter, die auf Holzplattformen hoch über dem Fluss schwebten, diese Drähte zu ungefähr acht Zentimeter dicken Bündeln zu verdrillen und einen einzigen Strang herzustellen. Neunzehn solcher Stränge mussten kreisförmig angeordnet und verbunden werden, damit eines der vier Kabel entstand. Im letzten Schritt musste dann jedes dieser Strangbündel mit Bindedraht umwickelt werden.

Die bedrohlich bei jeder kleinsten Brise wackelnde Fußgängerbrücke wurde zu einer ziemlichen Attraktion, und eines

Tages berichteten Bootsfahrer, sie hätten hoch über dem Fluss zwei Frauen darauf entdeckt.

Die Presse identifizierte sie als C.C.Martins Töchter, der daraufhin einige Kritik für seine Lichtsinnigkeit erntete. Ich empfand Schadenfreude, immerhin stand zur Abwechslung mal nicht ich in der öffentlichen Kritik.

Wash und ich führten weiterhin eine, zumindest für unsere Verhältnisse, normale Ehe. Manchmal fühlte es sich so an, als sei er eher mein Mitbewohner und Geschäftspartner als mein Ehemann. Noch immer schottete er sich ab, weigerte sich, selbst Martin oder Farrington zu sehen.

Stattdessen arbeitete er eifrig an dem Kabelplan, indem er Papas Entwurf verbesserte, und wartete begierig auf meine Berichte dazu, ob die Strangbündel in dem genauen Muster, das er entwickelt hatte, verknüpft wurden.

Martin und Farrington beaufsichtigten die Kabelverlegung, aber mit ihren Beschreibungen der bisherigen Fortschritte konnte ich wenig anfangen, ebenso wenig, wie ich sie mit Washs Skizzen abgleichen konnte. Zudem stand die Frage im Raum, wie die Sattel befestigt werden sollten, auf denen die Kabel ruhen würden. Es führte kein Weg daran vorbei: Ich würde auf den Pylonen steigen müssen, um mir selbst ein Bild von der Lage zu machen.

Dieses Szenario bereitete mir bereits seit einiger Zeit Albträume. Jedes Mal, wenn ich versuchte, mir die Aussicht vorzustellen, bekam ich nur noch mehr Angst.

Wash wischte meine Ängste beiseite. »Die Aussicht wird fantastisch sein, Em. Stell dir nur mal vor, wie weit du von dort oben sehen kannst.«

»Wie weit in etwa?«

»Das kommt natürlich aufs Wetter an. Am besten gehst du bei klarer Sicht rauf.«

»Angenommen, es ist ein wolkenloser Tag, wie weit kann ich sehen?«

Er blickte gen Himmel und rechnete. »Ungefähr dreißig Kilometer, plus/minus vierhundert Meter, sofern unsere Annahmen über den Erddurchmesser stimmen.«

»Meine Güte, das ist ja unglaublich. Willst du nicht mitkommen? Mit Farrington und Martin selbst sprechen?«

»Nein danke, ich sehe die Aussicht auch so vor mir.« Er tippte sich an die Schläfen.

Seine Berechnung war korrekt. Nachdem ich den Großteil des Nachmittags damit zugebracht hatte, Geometrie-Lehrbücher und Enzyklopädien zu wälzen und mit Bleistift Daten und Formeln zu notieren, kam ich auf dieselbe Zahl. Für die Berechnung brauchte man die Turmhöhe, die Erdkrümmung, den Satz des Pythagoras und ein paar grundlegende Rechenprinzipien. Wash hatte die Rechenaufgabe innerhalb von Sekunden im Kopf gelöst, und dennoch verspürte er kein Bedürfnis, sich mit eigenen Augen ein Bild vom Ergebnis zu machen. Es musste Segen und Fluch zugleich sein, über ein solches Zahlenverständnis zu verfügen.

***

Mein Turmbesuch war besiegelt, aber je näher der Termin rückte, desto mehr verwandelten sich die Ameisen in meinem Bauch in ein Schlangennest. Da ich wusste, dass Wash nicht mitkommen würde, fragte ich stattdessen P.T., ob er mich begleiten würde. Immerhin besaß er die magische Fähigkeit, mir meine Ängste zu nehmen. Außerdem war er bestimmt vertraut mit Hochseilakten.

An dem vereinbarten Junitag hatten wir das große Glück eines kühlen, wolkenlosen Morgens. Während wir in seiner Kutsche fuhren, redete P.T. ununterbrochen davon, welch spektakulärer Ausblick uns bevorstand. Ich erwog derweil, wie ich flüchten konnte. Ich schloss die Augen und stellte mir G.K. an meiner Seite vor. »Du ebnest den Weg für alle Frauen.«

Mir blieb keine andere Wahl, als mich der Herausforderung zu stellen, ungeachtet dessen, was mein klopfendes Herz und mein rumorender Magen davon hielten.

Wir trafen Martin und Farrington, die uns zum Eingang der Fußgängerbrücke führten. Farrington, der kurioserweise einen makellosen grauen Anzug trug, ging als Erster. Er hüpfte auf die Holzstufen und schritt dann über die schmale Brücke. Dahinter folgte Martin, der sich mit beiden Händen an den dünnen Handlaufseilen festhielt. Ich war als Nächstes an der Reihe, mit P.T. dicht hinter mir. Vorsichtig trat ich Schritt für Schritt über die Uferkante, damit die schmalen Holzbretter unter meinen Füßen nicht zu sehr schaukelten. Letztlich war es gar nicht so schlimm. Ungefähr auf halbem Weg hoch zum Pylonen geriet die Brücke ins Wanken, und ich hielt an. Unter mir stürzte die Welt in den Abgrund. Ich umklammerte die Seile, bis meine Knöchel weiß hervortraten, und erstarrte; mir brach kalter Schweiß aus, und meine Kehle schnürte sich zu. Mein Herz schlug so schnell, dass ich dachte, ich würde sicher in Ohnmacht fallen.

»Nein. Nicht weiter. Gott, bitte lasst mich runter.« Ich fiel auf die Knie und drehte mich in die andere Richtung, gleichzeitig klammerte ich mich an die wackligen Holzplanken.

Aber P.T. hinter mir blockierte den Weg und versuchte, mich zu beruhigen: »Es ist nur noch ein kleines Stück.«

Nur noch ein kleines Stück weiter rauf, und dann den ganzen Weg wieder runter. Mein Körper begehrte weiter auf. Ich schluckte meine Angst herunter und spannte die Muskeln an, damit sie nicht zitterten.

»Nicht runterschauen. Hier.« P.T. wickelte mir ein Stofftaschentuch als Augenbinde um den Kopf.

Ich holte zitternd Luft. Die leichte Brise in meinem Gesicht beruhigte mich, und die Angst schwand. Elizabeth hatte Höhenangst gehabt, nicht ich. Ihre Panik auf der Klippe hatte zu dem Unfall geführt. All die Jahre hatte ich ihre Angst mit mir herumgeschleppt. Es war Zeit, loszulassen.

P.T. führte meine Hände zu den Handläufen, und ich ging weiter, Schritt für Schritt. Schon bald drang helles Sonnenlicht durch meine Augenbinde, als wir aus dem Schatten des Turms traten. Eine Hand ergriff meine – Farrington, nahm ich an – und führte mich auf den Pylonen. Eine kleine Menge applaudierte, als P.T. feierlich meine Augenbinde abnahm, als sei es eine Show. Es waren vor allem Bauaufseher und andere Arbeiter anwesend, aber ich erkannte auch ein paar der unerschrockenen Brückenkomitee-Mitglieder. Ich rang mir ein Lächeln ab und begrüßte sie winkend. Dann trat ich so nah an den Rand, wie ich es wagte, und nahm das atemberaubende Panorama in mich auf, vierundachtzig Meter über dem Fluss.

Unter uns lag die Welt, als schwebten wir im Himmel. Als würde ich allein von dem Wind in meinen Lungen und von den Wolken getragen schweben. Gen Norden knickte der Fluss in Richtung Meer ab. Die Insel Manhattan breitete sich vor uns als ein Netzwerk aus dunklen, von langen Baumreihen gesäumten Straßen aus, in deren Mitte der Central Park ein großes, grünes Rechteck schnitt. Im Süden und Osten lagen Brooklyn und Long Island mit ihrer Mischung aus kompakten Backsteinhäusern mit Schiefer- und Schindeldächern und weißen Kirchtürmen, dahinter der graue Ozean. Hinter den Narrows lag das von Bäumen übersäte Staten Island, das nahtlos in New Jersey im Westen überzugehen schien.

»Großartig, nicht?« P.T. hatte sich zu mir gestellt, und ich reichte ihm den Feldstecher. Er blickte gen Nordosten.

»Ihr geliebtes Connecticut ist zu weit weg«, zog ich ihn auf.

»Tatsächlich. Eine andere Welt.«

Farrington zeigte mir, wie die Kabel verbunden wurden, und erzählte mir von den Problemen mit einigen Seilrollen und Verbindungselementen, die sich ungleichmäßig abnutzten.

Er nahm ein paar Maße, und ich skizzierte Metallscheiben, die wir brauchen würden.

Abgesehen von seiner Aufgabe als mein Chef-Händchenhalter wollte P.T. auch die Leistung der Arbeiter begutachten. »Ihr habt mir die besten Schiffstakler weggeschnappt«, sagte er zu Martin.

»Ach, betrachten Sie es einfach als Hochdrahtseil-Trainingsprogramm, das Ihnen kostenlos zur Verfügung gestellt wird. Ich bin mir sicher, deswegen sind Sie hier«, sagte Martin zynisch lächelnd.

Neu zu verlegende Drähte wurden mit einer Schnur an dem Tragkabel fixiert. Sobald der Draht positioniert war, war die Schnur überflüssig und musste entfernt werden, bevor die Drähte zu einem Strang zusammengefasst werden konnten. Ich sah zu, wie ein schlaksiger Takler auf einem Bootsmannstuhl, der mittels einer Seilrolle am Tragkabel hing, vom Manhattan-Pylonen quer über den Fluss langsam zu uns herabfuhr und die nicht mehr erforderlichen Schnüre durchtrennte. Einer der Tragdrähte musste gerissen sein, da er plötzlich durch die Luft schwang und im wahrsten Sinne des Wortes am seidenen Faden hing. Ich hielt den Atem an. Ein stämmiger Takler, der sich als Gegenpart auf unserer Seite befand, fuhr sofort auf seinem Bootsmannstuhl los. Er hatte den Fluss fast zur Hälfte überquert, als seine Seilrolle stecken blieb. Doch er kam nicht ran, um sich zu befreien. Nun, da das Tragkabel zum Halten gekommen war, saßen beide Takler fest.

Ein hörbares Raunen ging durch die Menge der Schaulustigen. Der Wind frischte auf, und beide Männer schaukelten hilflos in ihren Stühlen hoch über dem Fluss. Martin, Farrington und P.T. besprachen wild gestikulierend, was zu tun sei. Da fiel mein Blick auf den Akrobaten Supple, den ich mir vor einiger Zeit aus P.T.s Zirkus ausgeliehen hatte. Ich winkte ihn herbei und führte ihn zum Rand des Turms, um ihm die Situation der beiden festhängenden Takler zu zeigen.

Wortlos schwang sich Supple selbst auf den Tragdraht, schlang die Beine darum und zog sich von Hand zu den beiden Männern. Mit den Beinen den bedrohlich schwingenden Draht umklammert haltend, griff er nach der Seilrolle, schnitt die verhedderte Schnur durch und gab die Seilrolle damit frei. Dann zog Martin den Hebel zum Aufwinden des Drahts, und alle drei Männer wurden unter lautem Klatschen in Sicherheit gebracht. P.T. deutete auf mich, woraufhin erneuter Applaus erschall, den ich bescheiden fortwinkte. Innerlich platzte ich natürlich vor Stolz.

Sosehr ich meinen Besuch auf dem Dach der Welt gern in diesem Moment beendet hätte, standen noch weitere Programmpunkte an. Wie der Vorfall eben gezeigt hatte, war das Durchtrennen der Schnüre nicht nur zeitaufwendig, sondern auch gefährlich. Dennoch war Farrington fest entschlossen, die Effizienz zu steigern. Nun wurde der Grund für seinen schicken Anzug klar. Feierlich überreichte er Martin seine Taschenuhr und stieg in einen Bootsmannsitz, um sich an jenen Drahtabschnitt zu hängen, der sich ein Stück über den Fluss erstreckte und dann einen knappen Kilometer lang über die Stadt, bis er auf dem Brooklyn-Ankerblock endete, wo sich ebenfalls eine Menge versammelt hatte.

»Geben Sie mir sieben Minuten!«, schrie Farrington der Menge zu, die ihm zujubelte. Sein Messer bereithaltend, wartete er, bis die Sicherung an seinem Sitz gelöst wurde, und dann rauschte er in hohem Tempo auf den Ankerblock zu und durchtrennte in einem Rutsch mit seinem großen Messer die Schnüre; mit der anderen Hand hielt er das Seil umklammert, an dem sein Stuhl am Draht hing.

Ich beobachtete ihn durch den Feldstecher. Auf halbem Weg zum Ankerblock kämpfte er mit einer besonders dicken Schnur. Dabei fiel ihm das Messer aus der Hand, das ins Bodenlose stürzte. Farrington winkte uns um Hilfe zu. Ohne sein Messer behinderten die Schnüre seine Weiterfahrt.

Martin schüttelte den Kopf und winkte Supple herbei, bestimmt, damit er seine heroische Rettung wiederholte.

Ich hielt ihn zurück. »Nein, es ist zu weit und zu gefährlich über Land.«

»Sind Sie verrückt geworden? Farrington ist mein Chefmechaniker, Himmelherrgott nochmal!«

»Warten Sie einfach ab.«

Farrington schwang in seinem Stuhl umher, deutete auf seine verfahrene Lage und winkte und lächelte seinem Publikum zu, das vor Mitleid und Sorge den Atem anhielt.

Supple stand inzwischen bei uns, hatte unsere Unterhaltung gehört und bot an: »Ich kann's schon machen, Ma'am.«

»Danke, Mr. Supple, aber ich glaube, er wird sich schon allein aus seiner misslichen Lage befreien.«

Farrington baumelte gefühlt stundenlang auf der Stelle, bis er auf seinen Stuhl stieg und die Schnur löste, dann zur nächsten weiterfuhr, diese löste und so letztlich den Ankerblock erreichte, wo er wie ein Held empfangen wurde.

Irgendetwas veränderte sich an diesem Tag zwischen Martin und mir. Seine Loyalität hatte immer Wash gegolten, was nur richtig war, aber an diesem Tag schüttelte Martin P.T.s Hand. Dann zog er seinen Hut vors Herz und machte einen kleinen Knicks vor mir. Endlich hatte ich mir den Respekt dieses störrischen, aber kompetenten Ingenieurs erarbeitet.

***

Ich hatte nie einen offiziellen Titel. Manchmal dachte ich, er hätte Lösungsfinder für sämtliche unvorhergesehenen Details lauten sollen. Einmal kam beispielsweise Martin mit einem dicken Handbuch zu mir, das das umfangreiche Inventar aller in der Brücke verbauten Eisen- und Stahlteile enthielt. Sofort erkannte ich Washs sorgfältige Schrift und aufwendigen Skizzen wieder.

»Die Lieferanten stellen die Teile termingerecht mit einem

Kontrollvermerk her.« Martin blätterte mehrere Seiten um, auf denen spezielle Unterlegscheiben, Bolzen und Werkzeuge verzeichnet waren. »Dann gibt es noch die, die noch nie jemand verwendet hat.« Er fuhr mit dem Finger eine Liste mit Teilen entlang, für die es keinen Namen gab, nur eine Skizze. »Sie existieren schlicht nicht.«

Eine Skizze zeigte eine lange Metallstange mit einem Loch – wie bei einem Nadelöhr – an jedem Ende. »Das würde ich Augenstab nennen.«

Er notierte das Wort. »Und schon ist es benannt.«

***

Wochen später traf ich mich in meinem Büro mit einer Handvoll Lieferanten, die begierig darauf waren, Geschäfte zu machen. Ein rotgesichtiger Mann um die fünfzig zeigte mir ein Muster eines Verbindungselements aus Stahl. »Natürlich bekommen Sie die gewünschte Größe. Wie viele brauchen Sie davon?«, fragte er und stützte sich mit seinen fetten Fäusten auf meinen Schreibtisch.

Den Kopf abwendend, um seinen Mundgeruch nicht einzuatmen, rechnete ich kurz nach. »Sechsundfünfzig. Wobei, besser, wir runden auf. Nehmen wir sechzig.«

»Sechzig!« Beim Sprechen versprühte er Speichel. »Haben Sie eine Ahnung, welche Maschinen zur Herstellung von so etwas nötig sind? Wir müssen Tausende produzieren, damit sich eine Bestellung rechnet.«

»Schicken Sie mir einfach einen Kostenvoranschlag.« Ich verabschiedete ihn samt seiner Spucke und rief den nächsten Mann in der Schlange herein.

Das Getöse von Mr. Stinkeatem brachte mich auf eine Idee. Ich brauchte nicht Tausende gewöhnliche Teile; ich brauchte ein paar wenige einzigartige. Mir fiel das N wieder ein, das Eleanor mir vor einigen Jahren geschenkt hatte.

Ein Besuch in Cold Spring war ohnehin längst überfällig, und so gab ich Johnny in Miss Manns Obhut und machte Pläne für einen kleinen Ausflug mit dem Zug.

Auf dem Weg Richtung Norden, immer am Fluss entlang, dünnte sich die Stadt allmählich zu Wald aus. Als ich an dem kleinen Bahnhof von Cold Spring ankam, fühlte es sich wie ein Nachhausekommen und zugleich wie eine völlig fremde Welt an. Im Gegensatz zum Grand Central waren hier gerade einmal ein halbes Dutzend Leute unterwegs, darunter auch Mutter und Eleanor, die durch meinen Brief vorgewarnt war.

Entsetzt stellte ich fest, dass Mutter am Stock humpelte.

»Nur ein kleines Zwicken im Rücken«, versicherte sie mir.

Das Gezwitscher der Waldvögel, das mir in Brooklyn so fehlte, begrüßte mich, und ich holte tief Luft und atmete die frische Landluft ein. Die Bäume trugen noch immer ihr frühsommerliches helles Laubkleid, und Rotkardinäle und Meisen huschten durch die Zweige. Zu dritt gingen wir die vertraute Straße entlang, und Mutter und Eleanor brachten mich in Sachen Klatsch und Tratsch auf den neuesten Stand. Dabei wurden wir jedoch ständig unterbrochen, weil jeder Nachbar, der vorbeikam, gegrüßt wurde, sodass wir nicht mehr zu neuesten Skandalen kamen.

»Also, was ist dieser mysteriöse Vorschlag, von dem du nichts verraten wolltest?«, fragte Mutter, als ich mein Gepäck von ihrem Bollerwagen nahm und es die vorderen Stufen zum Haus hochschleppte. Ihr Hausmädchen kam zu spät, um mir Hilfe anzubieten, und Mutter verdrehte lediglich die Augen und schickte sie weg.

Erschöpft von der Reise sank ich auf einen der Doppelschaukelstühle auf der Veranda. »Eleanor und ich müssen ein paar Details zu Metallteilen besprechen. Du kannst gern dabei sein, aber ich fürchte, es wird eher langweilig für dich.«

»Hmpf. Ich weiß, wenn ich unerwünscht bin.« Mit gespielter Indignation stemmte sie die Hände in die Hüfte und ging.

Eleanor setzte sich neben mich, und ich holte ein Sammelsurium an Metallschrauben, Bolzen und Unterlegscheiben aus meinem Beutel und reichte sie ihr.

»Kann man vergessen … gut … rostet sofort …« Zu jedem Teil gab sie ihr Urteil ab, fuhr mit ihren geübten Fingern über Gewinde und Nahtstellen und wog sie in ihrer Handfläche.

Ich schlug derweil nach, wozu genau die jeweiligen Teile gebraucht wurden, sowie die Maße für Größe und Festigkeit.

»Die hier werden auf dem Turm eingesetzt?« Sie zog eine Fingernagelfeile aus ihrer Tasche und feilte damit an einem klobigen Bolzen.

»Genau. Die gehören zu dem Sattel, mit dem die Kabel fixiert werden. Er liegt auf einem Rollenlager auf, um die Reibung bei Beanspruchung der Kabel zu mindern. Das heißt, die Bolzen sind extremer Witterung und großer Zugkraft ausgesetzt.«

»Hmm. Was ist damit?« Sie hielt ein dünnes, ungleichmäßig geformtes Stück Metall hoch.

»Das muss flexibel, hauchdünn und wasserdicht sein.«

»Eisen geht da nicht. Und verzinkter Stahl besitzt nicht genügend Flexibilität.«

Ich dachte an die herrliche wasserdichte Ummantelung der Cutty Sark. »Was ist mit Muntzmetall? Das ist eine Legierung aus Kupfer, Zink und ein wenig Eisen, die bei …«

»Ich weiß, kenn ich. Muntzmetall würde funktionieren. Das Problem ist nur, es ist patentiert und teuer.«

»Wir brauchen nicht viel. Wenn es funktioniert, dann zahlen wir eben die Patentgebühren.«

Eleanor betrachtete mit geschürzten Lippen das Metallstück und bog es hin und her. »Ich glaube, ich hätte da eine Idee. Gib mir eine Woche.« Sie verstaute die Musterproben und Skizzen in ihrer Tasche.

»Wie soll ich dich bezahlen, wenn du dich nicht mit deinem Namen zu deiner Arbeit bekennst?« Ich fegte mir Metallspäne vom Schoß.

»Nein, nein, davon darf niemand wissen.« Sie nahm mich am Ellenbogen. »Wir brauchen nicht noch mehr Kontroversen um weibliche Erfinder.«

NEUNUNDZWANZIG

Der Sommer 1877 war geprägt von Tumulten. Eisenbahngewerkschaften traten in Streik, und in Baltimore und Pittsburgh wurden Dutzende Menschen bei Demonstrationen getötet. Das Jahr 1876 hatte mit gleich zwei Tragödien geendet: Beim Einsturz einer Eisenbahnbrücke in Ohio waren neunzig Menschen ums Leben gekommen, nur wenige Tage nachdem im Brooklyn Theatre 295 Menschen infolge eines Brands und Strukturversagens ihr Leben gelassen hatten. Das Theater war von Kingsleys Baufirma gebaut worden, was mich beunruhigte, da er noch immer einer unserer größten Zulieferer war.

Nun, da die Arbeiter motiviert waren, ihren schwierigen, aber sicheren Job zu behalten, gingen die Bauarbeiten zügig voran. Vier Kabelspinnräder fuhren ununterbrochen vor und zurück wie mechanische Spinnen, die aus einem endlos umlaufenden Seil ein Netz spannen; und es wurde damit begonnen, die Brückenrampen für die Straße zu bauen. Diese waren jeweils ungefähr vierhundert Meter lang, um die richtige Steigung vom Bodenniveau zum oberen Ende der Ankerblöcke zu erreichen. Nachdem die Baufläche geräumt und vorbereitet worden war, konnte mit dem Bau der Stützpfeiler aus Stein und Backstein begonnen werden.

Verglichen mit den schrecklichen Bedingungen in den Caissons, auf den Türmen und den Kräften der Natur im Allgemeinen, ging diese Arbeit sehr viel schneller und relativ leicht voran. Allerdings waren Maurer knapp, da überall in der Stadt wie wild gebaut wurde. Da es sich um recht einfache

Arbeit handelte, übernahmen deshalb geringfügig ausgebildete, aber motivierte Männer das Anmischen und Verlegen der Ziegel.

Der Entwurf für die Eisenbahnrampen sah Backsteinbögen vor, die größer wurden, je mehr sie sich den Ankerblöcken näherten. O'Brien, den ich lang genug ins Büro abberufen hatte, bettelte mich an, auf die Baustelle zurückkehren zu dürfen, zumal wir dringend Maurer brauchten. Auch sein Sohn Patrick, zu diesem Zeitpunkt fast zwanzig Jahre alt, war begierig darauf, das Handwerk zu erlernen. Ihre Aufgabe würde darin bestehen, die Backsteinbögen in die Steinbögen zu integrieren.

Strahlend sah ich zu, wie Patrick unter Anleitung seines Vaters den Mörtel mit einer Schaufel anrührte. Der Junge, der einst mit Johnny geschwommen war, war nun erwachsen und arbeitete Seite an Seite mit seinem Vater.

Ich unterhielt mich ein wenig mit O'Brien, der einen Eimer mit Mörtel füllte, während Arbeiter damit zugange waren, die Stützbalken unter einem kürzlich fertiggestellten Bogen zu entfernen. Als O'Brien mit seinem Eimer und seiner Maurerkelle unter einem Bogen verschwand, ging ich weiter.

»Mrs. Roebling!« Young winkte mich herbei und half mir, auf den Steinbogen hinaufzuklettern. Er war sichtlich beunruhigt, und als ich sah, weshalb, musste ich ihm beipflichten. Ein Riss im Mörtel, etwas mehr als einen Zentimeter breit, verlief quer über die Mitte des Bogens.

»Vor einer Viertelstunde war der noch nicht da«, sagte Young. Er zog sein Messer aus der Scheide und rammte es mit Leichtigkeit in den Mörtel. Als er es herauszog, sah es aus, als hätte er einen nicht durchgebackenen Kuchen getestet. »Eigentlich sollte er längst getrocknet sein, aber er ist noch feucht. Vielleicht mit zu viel Wasser angemischt, oder wegen der Luftfeuchtigkeit.«

Ich hockte mich hin, nahm eine kleine Probe und rieb die

körnige Masse zwischen den Fingern. »Wir sollten besser die Stützbalken wieder einbauen.«

Noch während wir sprachen, dehnte sich der Spalt weiter aus. »Zur Seite!«, schrien wir gleichzeitig und winkten die Maurer von dem Steinbogen hinunter. Glücklicherweise brachten sich alle rechtzeitig in Sicherheit, als der Spalt aufklaffte und spitz auf die Straße zulief.

»O'Brien ist da drunter!«, schrie ich Young zu. Er rannte zu einer Stelle, wo er von der Straße herunterhüpfen konnte; den Namen meines Freundes schreiend lief ich hinterher.

Der gesamte Bogen fiel in einer Staub- und Schuttwolke in sich zusammen. Wo war er? Todesangst ergriff mich. Lieber Gott, bitte lass ihm nichts zugestoßen sein.

Patrick kam auf mich zugerannt. »Wo ist mein Pa?«

Ich legte dem jungen Mann eine Hand auf die Schulter, konnte ihm aber nicht in die Augen sehen. »Wir finden ihn.«

Schon bald fanden sich Dutzende Arbeiter und Schaulustige ein. Young teilte sie bestimmten Abschnitten zu, und daraufhin begannen alle, mit Schaufeln, Spitzhacken und den bloßen Händen zu graben. Mehr und mehr Leute kamen herbei, neugierige Passanten ebenso wie Helfer. Die Polizei stellte Barrikaden auf, um die Menge zurückzudrängen.

Den ganzen Nachmittag lang buddelten wir. Ich hatte eine Schubkarre gefunden, mit der ich bergeweise Schutt – Ziegel, Erde, Mörtel und Steine – wegkarrte, immer darauf hoffend und dafür betend, O'Brien lebend zu bergen.

Erschöpft setzte ich mich auf einen Schotterhaufen und sah zu, wie die Arbeiter bei Sonnenuntergang die Baustelle verließen. Young saß neben mir, den Kopf in die Hände gestützt. »Es tut mir leid, Mrs. Roebling.«

»Es ist nicht Ihre Schuld, Mr. Young.«

»Nein. Wegen dem hier.«

Young öffnete seine verdreckte, blutverkrustete Faust und streckte mir mit leidendem Blick etwas entgegen, das unter einer Schmutzschicht hindurchschimmerte. Er legte mir einen Arm um die Schultern, als mir sämtliches Blut aus dem Gesicht wich und ich die Tränen zurückhalten musste. Ohne genauer hinzusehen, wusste ich, dass es ein silbernes Medaillon war. Mit bebenden Schultern weinte er still vor sich hin. Er hatte beinahe acht Jahre mit O'Brien zusammengearbeitet.

Ich musste Patrick finden. Ich tätschelte Youngs Schulter und überließ ihn seiner Trauer. Kurz darauf fand ich O'Briens Sohn. Er ruhte sich ebenfalls auf einem Schotterhaufen aus, das junge Gesicht ausgehöhlt wirkend durch die Schatten, die die untergehende Sonne warf. Ich setzte mich neben ihn, legte ihm das Medaillon in die Handfläche und drückte jeden Finger einzeln hinunter, einen für jedes seiner Geschwister. Ein paar Sekunden lang sah er mich an, dann hielten wir uns gegenseitig und schluchzten eine gefühlte Ewigkeit lang, während die Nacht über uns hereinbrach.

***

Ich konnte meinem Mann nicht gegenübertreten. Mein Herz quoll über vor Trauer, und ein tiefes Gefühl des Versagens riss mich entzwei. Wie hätte ich erklären sollen, wie wir jemanden hatten verlieren können, an dem uns beiden so viel lag. Martin oder Young mochten es riskieren, Wash zu informieren und seinen Zorn auf sich zu ziehen, aber ich war physisch und psychisch am Ende. Ich nahm die Fähre nach Manhattan und beobachtete durch einen Tränenschleier, wie das Brooklyner Ufer in der Ferne verschwand. In meinem Kopf spielte sich das Horrorszenario wieder und wieder ab.

Ich fand P. T. in seinem Büro in der Stadtmitte vor, wo er wie immer bis spät arbeitete. Dieses Büro war sogar noch prunkvoller als sein letztes, und seine geliebte Tür mit den Monogramm-Intarsien war mit ihm nach Manhattan umgezogen, was mir in meinem Zustand größter Zerrüttung zumindest etwas Stabilität bot.

Ohne zu zögern, nahm er mich in den Arm und tröstete mich, trotz meiner schmutzigen Hände und zerlumpten Kleidung.

»Ich weiß nicht, wie ich es Wash sagen soll. Er ist in letzter Zeit so sensibel.«

»Er hat den Krieg überstanden und schon einige Arbeiter bei den Bauarbeiten verloren. Ich denke, er ist stark genug, Emily.«

»Sie verstehen das nicht. Er wird mir die Schuld geben. O'Brien lag ihm besonders am Herzen. Uns beiden.«

»Ja, ich weiß um Ihre Zuneigung für Mr. O'Brien.«

»Dann wissen Sie auch, wie schwierig das ist.«

»Es tut mir leid, was geschehen ist. Aber ich kann nicht Ihr Kummerkasten sein. Sie selbst wollten keine Beziehung zu mir unterhalten, die Anstoß erregen könnte.«

»Im Moment brauche ich einfach einen guten Freund. Wash ist … Er hat so viel durchgemacht. Und nun haben wir beide sechs Kinder faktisch zu Waisen gemacht.«

P.T. zückte ein Taschentuch und wischte mir die Wangen, die bestimmt tränen- und dreckverschmiert waren. »Ich weiß, und wie gesagt, es tut mir wirklich leid. Aber begreifen Sie mein Dilemma. Ich habe Ihr Bedürfnis nach emotionaler Distanz respektiert. Und nun kommen Sie hierher und wollen von mir Trost, den ich Ihnen gerne geben würde, der aber gleichzeitig verboten ist.« Er hielt mich an den Schultern. »Aus Respekt für mich und für Ihren Mann müssen Sie das mit ihm klären.«

Ich war wie vor den Kopf geschlagen. Ich wollte, dass er mich beruhigte, meinen Schmerz linderte, wie er es so oft getan hatte. Aber er hatte recht. Es war unfair von mir, nur zu nehmen und nicht zu geben. Ich musste die Grenzen respektieren, die ich selbst gezogen hatte.

»Gehen Sie nach Hause«, sagte er sanft. »Sie sind stärker, als

Sie glauben. Sie und Washington werden das überstehen.« Er drückte mir das Taschentuch in die Hand. »Und dann, mein liebes Nüsschen, wenn das vorbei ist und Sie bereit sind, ein neues Leben zu beginnen, eines, das all die Heiterkeit bereithält, die Sie verdienen, dann werde ich da sein.«

Ich wrang das nun beschmutzte Tuch und stellte mir vor, wie Wash ganz allein damit fertigwerden musste, wenn Martin oder Young ihm die Neuigkeiten überbrachten. P. T.s Worte hatten mir meine Selbstsucht vor Augen geführt.

Ich beeilte mich, um die letzte Fähre nach Hause zu erwischen, und schleppte mich dann zu Fuß die Columbia Heights hoch. Die Straßenlaternen warfen lange Schatten, in denen ich Washs Silhouette ausmachte, der mitten auf der Straße stand und unseren Sohn umarmte. Mit keinem Deut hatte ich darüber nachgedacht, wie mein neunjähriger Schatz auf diese Tragödie reagieren würde. O'Brien war immerhin wie ein zweiter Vater für ihn gewesen.

»Es tut mir leid, mein Sohn«, sagte Wash. Beim Klang meiner Absätze auf dem Kopfsteinpflaster drehten sie sich um.

»Ich hasse sie, und ich hasse diese Brücke!« Johnny rannte ins Haus.

Wash sah mich finster an. Ich wappnete mich für die Standpauke, die er mir halten würde, ja, ich wünschte sie herbei. Nichts, was er sagen würde, konnte mein Elend noch vergrößern, und vielleicht würden seine auf mich einstürmenden Worte den tief sitzenden Schmerz lösen.

Er drückte meinen Oberarm, fest, aber nicht aus Zuneigung. »Ich war froh, zu hören, dass du unverletzt bist.« Seine folgenden Worte trafen mich wie Messerstiche: »schlechtes Urteilsvermögen«, »leichtsinnig« und kurioserweise »noch immer dieselbe wie damals, die tanzt, während die Soldaten um sie herum im Sterben liegen«.

Ich sagte wenig zu meiner Verteidigung, da er jedes Recht hatte, wütend zu sein. Wir standen noch immer mitten auf der

Straße, und einige Nachbarn öffneten neugierig die Fenster, schlugen sie aber schnell wieder zu.

Er führte mich zum Haus zurück und hielt mir seine Taschenuhr vor die Nase. »Wo bist du gewesen?«, zischte er mir zu. »Johnny ist vor Angst um dich beinahe umgekommen.«

»Ich …«

Mit verschränkten Armen blieb er vor der Haustür stehen. »Wieso musste ich von meinem Vorarbeiter davon erfahren?«

»Es tut mir leid, ich habe es einfach nicht über mich gebracht.« Ich zwang mich, ihm in die Augen zu sehen. »Ich war völlig überfordert. Aber ich habe mit jemandem reden können, der mir geholfen hat, alles klarer zu sehen.«

»Ach, wenn das so ist«, entgegnete Wash bitter. »Und wer ist dieser einfühlsame Zuhörer, wenn ich fragen darf?«

»P.T. Barnum.«

Mit angespanntem Kiefer funkelte er mich an, und der Jähzorn seines Vaters blitzte in ihm auf. »Und dafür bin ich also zurückgekommen.« Er rieb sich die Augen mit den Fäusten. »Ich bin müde. Du vermutlich auch.«

»Lass uns reingehen.« Doch ehe ich hineingehen konnte, packte er mich am Ellenbogen.

»Nach der Beerdigung fahre ich. Es ist bestimmt für alle Beteiligten besser, wenn ich mehr Zeit in Trenton verbringe.« Er humpelte ins Haus.

Noch lange Zeit blieb ich draußen stehen, blickte hinauf in die Sterne und fühlte mich verloren und bitterlich allein.

***

Wash verlor in den darauffolgenden Tagen wenig Worte über die Tragödie. Hoffentlich nur, weil er mir damit Leid ersparen wollte. Auch seine Wut über meinen Besuch bei P.T. war kein Thema mehr; eine weitere Wunde, die vor sich hin eiterte.

Als der Tag der Beerdigung gekommen war, hatte ich meine Gefühle so verdrängt, dass ich mich innerlich taub fühlte. Wash brachte die feierliche Bestattung mit Würde über die Bühne und zitierte Henry Wadsworth Longfellow:

Das Leben großer Menschen ist es, das uns mahnet
Wie man dem Leben verleiht Erhabenheit
Und beim Abschied hinter sich bahnet
Seinen Fußabdruck im Sand der Zeit.
So lasset freudig ans Werk uns begeben
Unser Gemüt von keinem Schicksal trüben
Und in stetem Vollbringen und Bestreben
In Fleiß und Geduld uns üben.

Ich trauerte, nicht nur um O'Brien, sondern auch um Wash und um mich selbst.

DREISSIG

1878

Bis zum Frühling war das Kabelspinnen bereits gut vorangekommen, und die riesigen Kabeltrommeln schrumpften beständig, während die vier Tragkabel immer weiterwuchsen. Die Arbeiter arbeiteten wie in einem Uhrwerk: zuerst die einzelnen Drähte am Kabelspinnrad befestigen, dann zweihundertachtundsiebzig Drähte zu einem Strang bündeln, dann die Stränge an den Ankerblöcken fixieren. Anschließend ein Bündel aus neunzehn Strängen mit noch mehr Draht umwickeln, sodass eines der vier großen Kabel entstand. Tatsächlich entstanden die meisten Probleme eher aus Langeweile und Unachtsamkeit, und das trotz der schwindelerregenden Höhen, in denen sie arbeiteten.

Wenn ich in meinem Bloomer-Kostüm zur Arbeit ging, registrierte ich inzwischen mehr Beifall als Spott. Johnny war inzwischen zehn und brauchte keine ständige Aufsicht mehr. Wash verbrachte die meiste Zeit in Trenton. Ich brachte die Vormittage auf der Baustelle zu, aber es wurde Zeit, mir über das Leben nach der Brücke Gedanken zu machen. In ruhigen Momenten stellte ich mir ein Leben mit P. T. vor. Würde er auf mich warten? Wir hatten nie mehr über O'Briens Tod gesprochen oder über P. T.s Versprechen, auf mich zu warten, oder mein Versagen, ihm dasselbe Versprechen zu geben. Ich träumte davon, wie mein Leben nach Beendigung der Brücke aussehen könnte, wenn ich es mir aussuchen könnte.

Das Einzige, dessen ich mir sicher war, war, dass ich mich für die Frauenrechtsbewegung einsetzen wollte. Die Zeitungen waren bis an den Rand mit Briefen von Suffragetten wie Elizabeth Cady Stanton und Susan B. Anthony gefüllt. Es schien, wir hatten die Zeit hinter uns gelassen, da man von örtlichen Polizisten bedroht und eingeschüchtert werden konnte. Es wurde Zeit, mich meinem Anliegen zu widmen.

***

Mutter und ihr Suffragettenzirkel hatten sich über die Jahre hinweg getroffen, aber die Bewegung war immer wieder ins Stocken geraten, da es keine klaren Vorgaben für die Zukunft und nicht wenige Reibereien innerhalb der Führungsriege der Bewegung gab. Ein paar Jahre zuvor war Susan B. Anthony verhaftet worden, weil sie gegen das Gesetz verstoßen und gewählt hatte. Seither waren viele Treffen abgehalten worden, aber an der Gesetzeslage hatte sich nichts geändert. Die Bewegung steckte fest.

Mein Nachbar Reverend Beecher war in einen Ehebruchskandal verwickelt gewesen, und die reißerischen Schlagzeilen über den Gerichtsprozess und fiese Rechtstricks überschatteten sein Engagement für die Frauenbewegung. Da ich selbst schon in Versuchung geführt worden war, wollte ich mir kein Urteil über ihn erlauben und hätte die Moralapostel gern an die Worte Christi erinnert: »Wer unter euch ohne Sünde ist, werfe den ersten Stein.« Dennoch hielt ich Abstand zum Prediger.

Der Zirkel meiner Mutter plante, zu einer Diskussionsrunde mit Miss Anthony nach Manhattan zu reisen, die den Kongress dringend ersuchte, die Verfassung zu ändern und Frauen das Wahlrecht zu gewähren. Gastgeberin war Mrs. Alva Vanderbilt. Ich nahm die Einladung an, nicht nur um Miss Anthony zu erleben, sondern auch um das neue Anwesen der Vanderbilts in der Fifth Avenue von innen zu sehen.

Die Diskussionsrunde stellte sich als ziemlicher Reinfall heraus. Mrs. Vanderbilt hatte zwei kleine Kinder, und ihre Schreie unterbrachen, allen Bemühungen der beiden Kindermädchen zum Trotz, häufig die Debatte. Auch das noch nicht fertiggestellte Herrenhaus enttäuschte; die Diskussion fand in einem der beiden fertiggestellten Räume statt.

Die Frauen debattierten darüber, ob mit dem Gewinn des Wahlrechts auch die Wehrpflicht und die Pflicht, an Gerichtsjurys teilzunehmen, einhergehen würden. Dies führte zu einer weiteren Debatte über die Pflichten einer Frau, einen Haushalt zu führen und Kinder zu erziehen – vorgeblich ja die wichtigste Aufgabe einer Frau, da die Erziehung der Kinder über die Zukunft des Landes entschied. Ich warf ein, dass man auch beides haben könne, wurde aber niedergeschrien. Nachdem ich genug gehört hatte, entschuldigte ich mich und streifte durch die anderen leeren Zimmer, bewunderte die kannelierten Säulen und großen Fenster, bis ich auf jemanden stieß, der ebenfalls die Flucht ergriffen hatte.

»Ein fürchterliches Chaos, nicht wahr?« Eine Frau im Alter meiner Mutter mit einem ausdrucksstarken Gesicht reichte mir eine behandschuhte Hand. »Amelia Bloomer.«

»Bloomer, wie das Kostüm? Angenehm. Ich bin Emily Roebling.«

»Ich kenne Sie.« Sie musterte mein Kleid, das ziemlich aufgeputzt war, was ich in diesem Moment bereute. »Ja und nein. Ich habe das Kostüm getragen, aber nicht erfunden. Aber aus irgendeinem Grund wurde es mit meinem Namen in Verbindung gebracht, vermutlich wegen meiner Zeitschrift. Eigentlich hätte es nach Lydia Sayer Hasbrouck benannt werden müssen.«

Erst jetzt fiel mir zu spät ein, dass Mrs. Bloomer berühmt dafür war, die erste Frauenzeitschrift, The Lily, herausgegeben zu haben. Ich hatte keine Ahnung, wer Hasbrouck war. Mutter hätte sich meiner geschämt.

»Ich hörte, Sie tragen Bloomers.« Sie verschränkte die Arme unter ihrem stattlichen Busen, den Blick auf mein Kleid gerichtet.

»Nun, nicht zu Anlässen wie diesem. Wie Sie offenbar auch.« Ich deutete mit einem Nicken auf ihr schlichtes weißes, absolut vorzeigetaugliches Kleid.

»Wir haben aufgehört, sie zu tragen, als Sie noch ein Kind waren. Nun, Lydia nicht. Aber sie war schon immer speziell.« Sie verdrehte die Augen. »Das Kostüm lenkt lediglich von den wahren Problemen der Frauenrechte ab.«

Ihre Aussage wurmte mich, und ihr herablassender Ton machte es nicht besser. Ich biss mir auf die Zunge, hätte aber am liebsten erwidert: Als ob die lächerliche Abstinenzbewegung, die ihr mit der Suffragettenbewegung verknüpft habt, keine Ablenkung von den echten Problemen wäre. Diese internen Kämpfe waren einer der Gründe, weshalb die Bewegung so langsam vorankam. Aus dem Nebenraum war lautes Gezänk zu hören. Wenn Papa und Wash so ihre Brücken geplant hätten, würden die Kutschen im Fluss treiben.

»Bloomers sind an manchen Arbeitsplätzen praktisch.« Damit entschuldigte ich mich und ging Mutter suchen.

Ich verließ das Treffen an diesem Tag mit einem tiefen Unbehagen. Immer mehr schreckte mich die Bewegung mit ihren geheimen Treffen ab – ganz zu schweigen von dem fehlenden Konsens, was zentrale Fragen und die Führung anging. Es musste noch einen anderen Weg geben.

Da ich daran glaubte, dass friedlicher Protest der effektivste Weg zu Veränderung war, versammelte ich die Damen an einem verregneten Samstagmorgen im April.

Wir trafen uns unter einem Stern – dem roten Stern der Juwelierskette R.H. & Macy Co. Inzwischen hatten sie elf Filialen an der Sixth Avenue und der Fourteenth Street in Manhattan, insofern gingen wir davon aus, dass in dieser Gegend viele Frauen lebten. In Bloomer-Kostümen, bewaffnet mit selbst gebastelten Schildern, gingen wir die Straße hinunter und ignorierten die Blicke und Rufe der Leute. Womöglich hatte ich mich bei unserer Aufmachung etwas verkalkuliert – vielleicht hatte Amelia Bloomer doch nicht ganz Unrecht.

»Emily, was tust du uns alten Weibern nur an? Können wir unsere Botschaft nicht auch anständig gekleidet rüberbringen?«, fragte Henrietta, als Schaulustige uns johlend hinterherriefen. Henrietta warf ihnen einen giftigen Blick zu, wie nur sie das konnte, und brachte die Jünglinge kurzum zum Verstummen.

Eleanor lächelte nur, fing geschickt eine Kartoffel, die jemand nach uns geworfen hatte, und hielt sie triumphierend in die Höhe. Unerschrocken zogen wir weiter und unterhielten uns, als gingen wir lediglich spazieren.

»Wir haben so viel Beeindruckendes über deine Arbeit an der Brücke gehört«, sagte Eleanor.

»Wenn du Mutter fragst, bin ich furchtbar nachlässig. Ich habe übrigens endlich Mrs. Beebes Buch gelesen. Tut mir leid, dass ich in der Hinsicht keine große Hilfe war.«

»Ach, Emily, du hast so viel um die Ohren, da musst du dir doch keinen Kopf wegen meines Manuskripts machen«, beruhigte mich Carrie.

»Dennoch muss ich wirklich etwas loswerden.«

»Was denn, Liebes?«, fragte Mutter, zugleich besorgt und mit warnendem Unterton.

Eine Frau, die den Gehweg fegte, blieb mit offenem Mund stehen. Eleanor winkte sie herbei.

Henrietta wedelte derweil mit Papieren in der Luft – ihre Steuerunterlagen. »Erinnert euch an die Worte der Revolutionäre: Besteuerung ohne politische Vertretung ist Tyrannei.« Ihre Stimme war bestimmt einen Block weit zu hören. »Wir leben noch immer in der Tyrannei. Frauen zahlen Steuern, dürfen aber nicht wählen gehen!«

Die Demonstrantinnen riefen im Chor: »Tyrannei!«

»Lydia Hasbrouck ist im Gefängnis gelandet, weil sie sich geweigert hat, Steuern zu zahlen«, sagte Henrietta. Immer mehr Frauen versammelten sich um Henrietta, die die Arme der Menge entgegenstreckte und immer lauter wurde: »Hasbrouck sagte: Solange Männer Frauen für unterlegen halten, eines Bürgerstatus und einer politischen Mündigkeit unwürdig, außer wenn die nächste Steuerzahlung ansteht, dann müssen wir fordern … in Ruhe gelassen zu werden; sollen die Männer doch den Gastwirt bezahlen, der sie so fürstlich bedient.«

Die Frau auf dem Gehweg ließ den Besen fallen und schloss sich uns an. Sie schloss sich Henrietta an, die ihre Cleverness und ihre Bekanntschaften genutzt hatte, um unter dem Namen ihres verstorbenen Gatten ein Immobilienimperium aufzubauen; und Carrie, die einen Roman verfasst hatte, der landesweit in aller Munde war; und Eleanor, die eine geniale Erfinderin war und Patente unter Pseudonym anmeldete.

Ich hingegen hatte sie im Stich gelassen und war so in meiner eigenen Welt gefangen gewesen, dass ich versäumt hatte, die Leistungen der Frauen anzuerkennen, die Seite an Seite mit mir marschierten. »Ich fürchte, ich habe genau das getan, was ich verachte. Und ihr wunderbaren, weisen Frauen habt mir geholfen, das zu erkennen.«

Sie betrachteten mich mit hochgezogenen Augenbrauen und einem schmalen Lächeln.

»Mach es nicht so spannend, Emily. Was willst du uns damit sagen?«, fragte Mutter.

Inzwischen hatten sich uns viele weitere Frauen angeschlossen, sodass ich die Stimme hob, um von allen gehört zu werden: »Seit Langem beklage ich die Steine, die Frauen in den Weg gelegt werden, die eine Karriere anstreben. Ihnen bleibt eine angemessene Bildung ebenso verwehrt wie das Wahlrecht, ja sie werden sogar gezwungen, Kleider zu tragen, die sie behindern. Gesetze werden von Männern verfasst, um Frauen kleinzuhalten.«

Passanten blieben stehen, um zuzuhören.

»Wahlrecht! Wahlrecht!«, skandierten die Frauen hinter uns.

»Ich glaube, darin sind wir uns alle einig, Liebes«, sagte Eleanor.

»Ja, ich weiß.« Ich senkte die Stimme. »Aber ich dachte, ich sei etwas Besonderes, ich sei außergewöhnlich klug und talentiert und habe deshalb einen gleichberechtigten Platz neben den Männern verdient.«

»Und andere Frauen wie wir nicht?«, rief Henrietta ohne Häme. Wir hielten an, während die Menge um uns herum weiterskandierte. Inzwischen waren wir so viele, dass wir den Verkehr hätten blockieren können. Da traf auch schon die Polizei mit ihren Knüppeln ein. Aber das war mir egal – von mir aus konnten sie mich festnehmen. Ich würde nicht noch einmal davonlaufen und unser Anliegen verraten.

Ich nickte. »Ich muss gestehen, ich habe uns Frauen unterschätzt und nicht erkannt, zu wie viel mehr wir imstande sind. Aber ich war immer der Meinung, Frauen sollten alles tun können, was sie wollen.«

Mutter legte einen Arm um mich. »Ganz recht, Emily. Wir werden viel zu schnell alt und viel zu langsam klug. Und, du bist etwas Besonderes. Schau dich doch nur mal um.«

»Emily! Emily!«, rief die Menge wie aufs Stichwort. Auch wenn mein Bild ein paarmal in den Zeitungen abgedruckt worden war, erstaunte es mich, dass man mich erkannte. Ich dankte ihnen winkend, und sie applaudierten.

Vielleicht war mein langer Umweg über den Brückenbau mein Weg zu meiner wahren Berufung gewesen. Die Frauen legten ihre Arme um mich, wie einen Mantel um eine Königin. Mutters Freunde, meine Freunde, gewährten mir sicheres Geleit.

***

Auf der Baustelle stand die nächste kritische Phase an. Das gesamte Gewicht der Straße – und alles darauf – würde an die vier beinahe fertiggestellten Kabel gehängt werden, die einen Durchmesser von je vierzig Zentimetern und eine Länge von rund einem Kilometer hatten. In jedem Kabel würden fünftausend Drähte stecken, insgesamt knapp vierundzwanzig Millionen Meter Drahtseil.

Natürlich produzierte Roebling's Sons eines der besten Drahtseile des Landes, und die Transportkosten von Trenton waren überschaubar. Aber wie Papa schon in Cincinnati angemerkt hatte, ziemte es sich nicht, einen so großen Auftrag ausgerechnet an die Roebling-Brüder zu vergeben, selbst wenn es finanziell wirklich das beste Angebot war.

Nach vielen Verhandlungen hinter den Kulissen erteilte das Brooklyn-Bridge-Komitee einem Geschäftspartner von Benjamin Stone den Zuschlag: J. Lloyd Haigh. Sein Angebot war nicht nur das günstigste, er konnte das Komitee auch damit überzeugen, dass seine Firma in Red Hook in Brooklyn liegt.

Wash war ob der Entscheidung misstrauisch. »Solange der Draht allen Tests standhält, habe ich kein Problem damit.«

Stone höchstpersönlich begleitete die Inspektoren, als sie bei einem Besuch der Fabrik eine Probe von jeder der riesigen Drahtspulen testeten, und er versicherte mir, dass er die gewünschte Qualität habe.

Wash schrieb zahlreiche Briefe und legte Belege vor, um dem Komitee und der Öffentlichkeit glaubhaft zu machen, dass er außer seinem Lohn keinen Profit aus der Brücke schlug. Auch wenn ich seine ehrenwerte moralische Haltung bewunderte, waren mir die finanziellen Konsequenzen nicht klar, bis er eines Sonntagmorgens seine Taschen packte, um erneut nach Trenton zu fahren. Er hatte die letzten zwei Monate in Brooklyn verbracht, und die Lähmungserscheinungen und Kopfschmerzen waren erneut heftig zurückgekehrt.

Um nicht zusehen zu müssen, wie seine zittrigen Hände die Hemden zusammenfalteten, starrte ich aus dem Fenster auf das sich dahinschlängelnde graue Flussband. »Wieso bist du von deinen Beschwerden geheilt, wenn du weg bist, und sobald du nach Hause kommst, treten sie wieder auf?« Ich schob das Fenster nach oben, um frische Luft hereinzulassen. »Dabei sind die Umstände doch ähnlich. Die Stadt. Der Fluss. Vier Jahreszeiten. Der einzige Unterschied scheine ich zu sein.«

»Komm her.« Er setzte sich aufs Bett und klopfte auf den Platz neben sich. »Ich kenne zwar die Antwort auf deine Frage nicht, aber du kannst dir sicher sein, dass ich nicht fahre, um von dir wegzukommen.«

Die Sprungfedern quietschten, als ich mich auf das alte Bett neben ihn setzte. Ich fuhr mit der Hand über den Quilt mit seinen ineinandergreifenden Kreisen – dem »Hochzeitsring«-Muster.

Er ergriff meine Hand mit seiner warmen, zitternden. »Ich muss Geld verdienen.«

»Was meinst du? Das Komitee zahlt dir doch fortlaufend dein Gehalt.«

»Ha! Das Gehalt deckt gerade so meine Ausgaben, um meinem Beruf nachzugehen. Aber dazu kommen die Reisen, die Anwälte, die Arztkosten hinzu. Wie, glaubst du, zahlen wir für das alles?« Er deutete auf die edle Einrichtung. »Und Johnnys Bildung, die Haushaltshilfe, die …«

»Ich verstehe. Aber was ist mit deinem Erbe? Und meinem? Das kann doch …« Meine Stirn legte sich in Falten. Über unsere Finanzen hatte ich nie näher nachgedacht.

»Liebling, alles ist unter Kontrolle. Aber es ist wichtig, dass ich mich um das Drahtgeschäft kümmere. Neue Kunden, neue Produkte und Einsatzgebiete finde.« Er entzog mir seine Hand, um die Finger zu beugen und zu strecken. »Vielleicht ist das ja ein Teil des Rätsels.«

»Wie?«

»Hier bin ich ständig umgeben von Dingen, die mir in Erinnerung rufen, was ich alles nicht mehr machen kann. Aber wenn ich wieder zu Hause bin, geht es immer nur vorwärts.« Er zupfte einen fein säuberlich gestapelten Berg Hemden zurecht. »Dort fühle ich mich wieder wie ein Mann.«

Mir war nicht entgangen, dass er Trenton als zu Hause bezeichnet hatte. Die ganze Zeit hatte ich mich zwischen der Liebe zu zwei Männern hin- und hergerissen gefühlt, dabei aber nie in Erwägung gezogen, dass ich womöglich gar nicht mehr in Washs Leben passte. Wir hatten uns schon lange auseinandergelebt. Er hatte sein Leben in Trenton, wo er von seiner Familie bewundert wurde; und ich arbeitete vor allem viel, bevorzugte aber gleichzeitig das Leben in der Großstadt mit all ihren Unterhaltungsmöglichkeiten.

Mein Mann fühlte sich also in meiner Gegenwart nicht mehr wie ein Mann – ein Gedanke, der mich bis ins Mark traf. Wie sollte ich darauf reagieren? Leugnen, dass es stimmte? Wir schliefen nicht mehr miteinander, und ich hatte aufgegeben, ihn verführen zu wollen.

Endlich hatte er sich geöffnet, hatte mir seine verletzlichste Seite gezeigt, doch ich rang nur meine Hände. Wenn ich jetzt das Falsche sagte, würde er meinen inneren Konflikt erahnen. Und so tat ich das Schlimmste. Ich tat so, als hätte ich ihn nicht gehört.

***

Mutters Freunde hatten angedeutet, dass sie gerne eine Führung über die Baustelle hätten, um die große Drahtspinnaktion mit eigenen Augen zu sehen. Natürlich luden wir hin und wieder Politiker, Würdenträger und andere einflussreiche Menschen zu sorgfältig geplanten Vorführungen ein. Aber meine Mutter und ihre Clique waren mitunter etwas unberechenbar. Nach langer Überlegung beschloss ich, dass sie eine Führung bekommen würden, aber erst nach einer ausgiebigen Sicherheitseinweisung. Keine Bloomers diesmal. Sie würden gut gekleidet kommen, so wie andere wichtige Besucher auch. Dennoch hegte ich einige Befürchtungen, als Mutter, Carrie, Henrietta, Eleanor und ich zur Brücke fuhren.

Das Dach des Brooklyn-Ankerblocks bot einen guten Aussichtspunkt. Farrington gab eine kleine Führung. »Diese Drahtstränge von je acht Zentimetern Durchmesser bestehen aus einem Bündel von über zweihundertsiebzig Drähten.« Er deutete auf die Stränge, die vom Brückenturm herabführten. »Neunzehn miteinander verdrahtete Stränge ergeben ein Kabel. Wenn man sich einen Querschnitt anschauen würde, würde er aussehen wie eine runde Honigwabe. Diese Honigwabe wird dann nochmals dick mit Draht umwickelt« – er kreiste mit dem Finger – »sodass wir vier Hauptkabel haben, die am Ende die Straße tragen. Die Stränge werden über eine Kette aus eisernen Augenstäben in dem Backsteinbau unter uns verankert und dann auf Straßenniveau an einem massiven Eisenanker fixiert.«

Supple und zwei andere Arbeiter waren gerade dabei, einen hufeisenförmigen Eisenträger zu justieren, der einen straffen Drahtstrang festklemmte. Der Eisenträger mit dem Drahtstrang wurde daraufhin abgesenkt und verschwand in einer Öffnung, die runter zur Ankerplatte führte. Auf das Signal von Farrington hin zogen die Arbeiter den nächsten Drahtstrang über eine Seilrolle und mussten enorm gegen die Zugkräfte ankämpfen, als der Drahtstrang sich straffte und die Maschine ihn festklemmte.

Ich hörte, wie unsere Besucherinnen unter sich heimlich kleine Späße trieben und Farrington »Drahtbündel« nannten. Obwohl ich fand, dass es äußerst zutreffend war, und Farrington sich bestimmt über die Aufmerksamkeit gefreut hätte, hielt ich mich an mein Skript. »Wir verwenden verzinkten

Stahldraht, kein Eisen, um ein besonders hohes Maß an Stabilität und Haltbarkeit zu gewährleisten.«

Ich hielt eine Drahtprobe hoch, als – peng! – ein Knall wie Kanonenfeuer ertönte und einer der Kabelstränge von der Maschine riss. Wie eine Schlange aus Stahl peitschte das Schwanzende zuerst über Farringtons Brust und dann den Rücken eines Arbeiters, der über den Ankerblock flog. Mit einem lauten Zischen kam der Schwanz auf uns zu und traf Supple mit solcher Wucht, dass er vom Dach gefegt wurde. Während sich die Frauen wie die Arbeiter verängstigt auf den Boden warfen, peitschte, zischte und zappelte der Strang umher und schnellte dann in Richtung Turm.

Passanten schrien, als der Strang über die Straßen segelte und Baumkronen absäbelte wie eine riesige Sense. Der Strang kappte den Schornstein eines Hauses, ehe er hinüber zum Brooklyn-Pylonen sauste. Allmählich verlor er an Geschwindigkeit, fegte nur knapp an einem Fährboot vorbei und landete schließlich mit einem lauten Platschen im Wasser.

Die Frauen kauerten dicht zusammen in einem Wirrwarr aus Reifröcken und mit weit aufgerissenen Augen. Farrington schien nicht schwer verletzt zu sein; er gab laut Befehle und sah nach anderen. Ein Schwarm Arbeiter kam mir zuvor, um sich um die verletzten Männer zu kümmern, sodass ich zum Rand des Ankerblocks ging, um nachzusehen, ob Supple den Sturz hinunter überlebt hatte. Seine unnatürlich verdrehten Gliedmaßen vierundzwanzig Meter unter uns auf dem Beton beantworteten meine Frage.

Manchmal, in Momenten großer Verzweiflung, nimmt das Hirn in einer nüchternen Analyse Zuflucht; womöglich die effektivste Methode, mit Schmerz umzugehen. Wäre dem nicht so, wäre ich weinend zusammengebrochen. Stattdessen rätselte ich: Wieso war dieser Kabelstrang gerissen? Die Zugfestigkeit der vielen Drähte hätte den Kräften locker standhalten sollen. Ein paar Drahtreste hingen noch um die Seilrolle.

Ich drehte den Draht vor und zurück, bis er riss. Ich wusste über die Beschaffenheit des Drahts besser Bescheid als über meine eigene Haarstruktur, und das war nicht, was wir angegeben hatten. Wie hatte er die Tests bestehen können? Oder war er ausgetauscht worden?

Ich war entsetzt über meine eigene Kaltblütigkeit, mit der ich über den Draht nachdachte, anstatt über den Verlust eines von mir geschätzten Menschen. Das hatte Supple, der sein eigenes Leben für andere riskiert hatte, nicht verdient. Ich tröstete meine Mutter und die anderen Damen, die vor Schock zitterten.

EINUNDDREISSIG

1879

Die massiven Türme und Ankerblöcke waren nun durch anmutige Kabelbögen verbunden, die in der Sonne glänzten und verheißungsvoll in die Zukunft verwiesen. Eine neue Ausschreibung für die Hängeseile aus Stahl lief. Diese Seile würden von den Kabeln herabhängen und die Infrastruktur für die Straße tragen. Papa hatte dafür Eisen vorgesehen, aber Wash war der Meinung, Stahl wäre weniger korrosions- und belastungsanfällig.

Roebling-Draht war Haighs Draht beigemischt worden, als Haighs Firma Lieferengpässe hatte. Der Drahtstrang, der gerissen war, hatte zum Großteil aus Roebling-Draht von guter Qualität bestanden, war aber von einer Seilrolle zerfasert worden. Nachdem der Fehler behoben worden war, versicherte man mir, dass so etwas nicht noch einmal geschehen würde. Dennoch war ich misstrauisch und hatte das Gefühl, dass noch etwas anderes schieflief. Die Art von Draht, die ich bestellt hatte, konnte kaum für den Unfall verantwortlich gewesen sein, aber dass er so porös war, bereitete mir Sorgen, außerdem vertraute ich Haigh, dem Lieferanten, nicht. Deshalb schickte ich ein Stück Draht ins Labor ein, um ihn untersuchen zu lassen.

Der Zuschlag für die Hängeseile ging an Roebling Brothers, die daraus keinen Profit schlagen wollten und deshalb das günstigste Angebot machen konnten. Ich war enorm erleichtert, und das, noch bevor die Testergebnisse da waren.

***

April war mein Lieblingsmonat. Eines Samstags nahm ich Johnny voller Vorfreude darauf, erste Frühlingsblumen zu sehen, mit in eine Baumschule. Inzwischen war er ein robuster elfjähriger Junge, und ich drückte ihm Tontöpfe, Samentüten und Wurzelpflanzen in die ausgestreckten Arme, bis er sie nicht mehr halten konnte. Nachdem wir alles zu Hause abgeliefert hatten, bat er mich, zu seinen Freunden gehen zu dürfen, und ich erlaubte es ihm, wenn auch etwas wehmütig darüber, dass mein kleiner Junge mir immer mehr entschwand.

Ich pflanzte gerade Stiefmütterchen neben unserer Veranda vorm Haus, als eine vertraute Stimme meinen Namen rief und ich vor Schreck den Spaten fallen ließ. Während ich mir eilig Erde vom Rock fegte, hielt ich Wash meine Wange hin. Erneut war er unangekündigt aus Trenton zurückgekehrt.

»Ich habe ein Geschenk für dich.« Hinter seinem Rücken holte er eine Metallstange von einem Meter Länge hervor.

»Wie aufmerksam von dir! Blumen habe ich ohnehin schon genug.« Ich nahm die Stange entgegen, als handle es sich um die Krone eines Königs. »Was ist das?«

»Ein Muster für das Hängeseil.«

Er wickelt das lose Ende eines dünnen, flexiblen Drahts auf, der ein Bündel dickerer Drähte zusammengehalten hatte, von denen jeder so dick wie eine Bleistiftmine war. Zusammen maßen sie im Durchschnitt ungefähr fünf Zentimeter, quasi eine Miniaturausgabe der vier großen Kabel. Die Hänger würden vertikal von den Hauptkabeln herunterhängen und die Fahrbahn mit den Kabeln verbinden.

»Die Fabrik läuft auf Hochtouren; die erste Lieferung ist schon unterwegs.«

Schon bald wurden die ersten Hänger installiert und breiteten sich, beginnend bei den Ankerblöcken, flott nach beiden Seiten zu den Türmen aus. Die Männer, die sie installierten, saßen mit baumelnden Beinen auf kleinen Plattformen, wie Spinnen in einem gigantischen Netz.

Das untere Ende jedes Hängers wurde an Stahlträgern befestigt. Diese Stahlträger arbeiteten sich, ausgehend von beiden Flussufern, immer weiter vor, bis sie sich in der Mitte trafen. Dann wurden zur Verstärkung zwei Schichten aus Stahlfachwerkträgern mit Querverstrebungen hinzugefügt und auf der obersten Schicht Gelbkieferholzbohlen verlegt. Oberhalb der Fahrbahn würde eine Fußgängerbrücke entstehen.

Als ich eines Tages, an dem ein Großteil der Infrastruktur verlegt worden war, am späten Nachmittag nach Hause kam, fand ich Wash am Schlafzimmerfenster vor, der seine Steinsammlung begutachtete.

»Hast du uns beobachtet?« Ich deutete mit meinem Kopf auf sein Teleskop.

»Ist das ein Problem?«

»Warum wirfst du nicht mal einen Blick hindurch?«

Er spähte durch das Teleskop, drehte, fokussierte es und war binnen Sekunden fertig. »Scheint alles in Ordnung zu sein.«

»Ist es auch«, entfuhr es mir verärgert. »Die Hänger und der Bohlenbelag wurden über beiden Landabschnitten verlegt, und nun ist der Flussabschnitt dran. Die erste Lieferung der Holzbohlen ist eingetroffen und scheint von guter Qualität zu sein, keine Astlöcher, kein Harz oder Fäulnis.«

»Ganz wie vereinbart, und wie ich mich soeben mit eigenen Augen überzeugen konnte.« Er wandte sich wieder seinen Steinen zu.

»Das alles hast du in zwanzig Sekunden gesehen?«

»Habe ich.«

Ich zog eine Augenbraue hoch. Beobachtete er uns etwa stundenlang, wollte es aber vor mir verbergen?

»Erstens, ich vertraue Martin, Farrington und dir. Zweitens, mein Auge ist darauf trainiert, kleinste Abweichungen in Sekundenschnelle zu erkennen.«

»Genau wie meins.« Eine neue Erkenntnis überkam mich, als hätte mich ein Engel gesegnet. Was spielte es für eine Rolle, ob Wash meine Arbeit guthieß? Die Brücke entschädigte mich ganz von selbst. Die anmutigen Bögen nahmen allmählich Gestalt an. Die Fahrbahn stieg langsam an. Die Mitte der Brücke würde vierzig Meter über dem Wasser schweben. Die Kabel, die zwischen den Türmen hingen und eine steilere Kettenlinie beschrieben, wären an ihrem tiefsten Punkt, in der Mitte des Flusses, mit der Fahrbahn an ihrem höchsten Punkt verbunden. Zu sehen, wie die Pläne auf Papier endlich zum Leben erweckt wurden, war, als würden einem Engel Flügel verliehen werden.

***

H.M.S. Pinafore, oder Das Mädchen, das einen Matrosen liebte, war der Kassenschlager schlechthin, und P.T. organisierte uns nicht etwa Tickets zu einer der vielen unautorisierten Aufführungen, sondern für die Original-Operette von Gilbert und Sullivan. Mittlerweile hatten wir eine für uns beide zufriedenstellende Vereinbarung getroffen. Wir trafen uns in Begleitung anderer – in seltenen Fällen mit unseren Ehepartnern, oft aber mit Freunden oder Geschäftspartnern. Und so fuhren wir in P.T.s überaus eleganter Kutsche mit der Fähre rüber nach Manhattan, um eine musikalische, heitere und fröhliche Sonntagsmatinee zu besuchen.

Auf dem Rückweg sangen wir mit beschwingten Stimmen die Lieder der Operette und improvisierten Texte. Als wir mein Haus erreichten, verließ ich die anderen inmitten von »Oh Joy, Oh Rapture Unforeseen«. Die Melodie erstarb, als ich die Kutsche hinter mir schloss.

Auf unserer Eingangstreppe saß ein Arbeiter, der aufstand und die Mütze abnahm, als er mich sah. »Entschuldigen Sie die Störung, Ma'am, hätten Sie vielleicht einen Moment?«

»Guten Tag, Mr. Dunn.« Es waren Jahre vergangen, aber ich erkannte den rothaarigen Arbeiter auf Anhieb wieder. »Was bringt Sie an einem Sonntag her?«

»Bei Mr. Kingsley arbeiten wir rund um die Uhr, aber ich kann morgen wiederkommen, wenn das besser passt?«

»Da Sie nun schon einmal hier sind, was gibt es denn?« Ich winkte P.T. zu, es sei alles in Ordnung. »Sie arbeiten für Mr. Kingsley?«

Dunn nestelte an der Krempe seiner Wollmütze herum. »Ja, Ma'am. Bei der Brücke gab's für mich irgendwann nichts mehr zu tun, aber es werden allerhand Banken und Geschäfte und so gebaut.« Er schlurfte mit der Spitze seines Stiefels über das Kopfsteinpflaster. »Und das Brooklyn Theatre.«

»Daran haben Sie mitgebaut?«

»Ja, Ma'am. War überhaupt nicht überrascht, dass alles in sich zusammengekracht ist.«

»Das passiert bei einem Brand.«

»Das schon, aber dort lief nichts, wie es sollte. Ständig wurden wir gehetzt: ›Werdet endlich fertig.‹ An allen Ecken und Enden wurde gespart. Ich weiß, wie man anständig baut … so nicht.«

»Sind Sie gekommen, um mir von den Umständen eines Brands zu berichten, der drei Jahre her ist?« Ich blickte hoch. Im ersten Stock unseres Hauses gingen die Lichter an.

»Nein, Ma'am. Die Sache ist, ich brauchte damals 'nen zusätzlichen Job.« Sein Blick huschte zu mir. »Hab beim Spielen Geld verloren. Jedenfalls hat man mir für eine relativ leichte Arbeit gutes Geld versprochen; da hatte ich natürlich nichts dagegen, zumal ich ein paar meiner alten Kumpel wiedertraf, die noch an der Brücke arbeiteten.«

»Viele unserer Arbeiter übernehmen gelegentlich kleinere Jobs für Mr. Kingsley. Das ist kein Problem.«

»Das war nicht für Mr. Kingsley. Sondern für einen Freund von ihm. Wir haben bei einem Lagerhaus in Red Hook große

Drahtspulen auf Wagons verladen und sie zu einem anderen, weiter entfernten Lagerhaus gekarrt. Dort haben wir eine andere Ladung Drahtspulen aufgeladen und die zum ersten Lagerhaus gebracht.«

»Vielleicht haben sie nur defekten Draht ausgetauscht. Der gesamte Draht wurde auf der Baustelle geprüft.«

»Vielleicht. Aber der Austausch fand um Mitternacht statt. Das hier ist von einer Spule runtergefallen, als wir sie aus Red Hook geholt haben.« Er reichte mir ein Prüfzertifikat.

»Verstehe. Sagen Sie mir, Mr. Dunn, wer hat Sie dafür angeheuert?«

»Ich weiß nicht, wie er heißt. Großer Typ, schicker Anzug. Hat mit so 'nem britischen Akzent geredet.«

»Danke. Gibt es sonst noch was?«

»Nein, Ma'am. Ich dachte nur, Sie sollten es wissen. Der Colonel und Sie waren immer gut zu mir.«

Obwohl er protestierte, drückte ich Dunn ein paar Münzen in die Hand.

Nachdem der Draht gerissen war und Supple getötet hatte, hatte ich bereits vermutet, dass der Draht irgendwie ausgetauscht worden war. Nun nahm ich zähneknirschend die Bestätigung zur Kenntnis und wusste auch genau, wer hinter diesem Verrat steckte.

ZWEIUNDDREISSIG

1880

Die Zeitungen überschlugen sich vor Meldungen über Washs baldige Absetzung: »Ingenieur Roebling geht bald« und »Roebling: Bürgermeister befürwortet Ablösung von Ingenieur, der seinen Pflichten nicht nachkommt«. Ich warf die Zeitungen in den Abfalleimer, sobald sie auf meinem Schreibtisch landeten. Zu Hause versteckte ich sie vor Johnny.

Benjamin Stone schien ein besonderes Vergnügen daran zu haben, mir jeweils die neuesten Verunglimpfungen zu präsentieren. Anfang Januar brachte er neben seinem üblichen Gepolter einen kalten Windstoß zur Tür herein. Sein aufgedunsenes Gesicht war knallrot, und er wischte sich mit einem Taschentuch die tropfende Nase, als er drei Tageszeitungen auf meinen Tisch knallte. »Ähäm.«

»Ich will es nicht hören, Mr. Stone.« Ich nahm die Zeitungen und drehte mich zum Papierkorb. Mein Hirn grübelte, wie ich Dunns Informationen am besten verwenden konnte. Ich hatte noch nicht genug Beweise gesammelt und wollte nicht voreilig meine Karten auf den Tisch legen.

»Das hier werden Sie sich anhören, Fräulein. Ignorieren Sie nicht etwas, was Ihre letzte Warnung sein könnte.«

Ich seufzte und sah auf die Schlagzeilen. »Tay-Bridge-Katastrophe – Tote vermeldet«. Das weckte meine Aufmerksamkeit. Ich überflog den Artikel. Es hatte Gerüchte über einen Brückeneinsturz in Schottland gegeben, aber ich hatte keine

Ahnung gehabt, dass es so tragisch ausgegangen war. Meine Wangen glühten, als ich weiterlas und Stone mir in den Nacken atmete.

»Furchtbar.« Ich schüttelte den Kopf. »Orkanböen von hundertzwanzig Stundenkilometern.«

»Glauben Sie, das gäbe es bei uns nie?«, brüllte er.

»Natürlich, das kann überall vorkommen, besonders an der Küste. Winde haben wir einkalkuliert.«

»Ha. Kalkuliert. Weiß überhaupt noch irgendwer, was dieser Turm an Unfähigkeit aushält?«

»Unser Entwurf ist völlig anders. Die East River Bridge mit der Tay Bridge zu vergleichen ist, als würde man ein Dampfschiff mit einem Ruderboot vergleichen.« Obwohl meine Stimme ruhig blieb, plagten mich innerlich Zweifel, wenn ich daran dachte, wie der Draht in meinen Händen gerissen war.

***

Johnny war fast schon ein Teenager, und es brachte mich schier zur Verzweiflung, wie wenig Zeit ich mit ihm verbrachte. Schon bald würde er seine Eltern nicht mehr brauchen, und seine Kindheit wäre zwischen all den Verpflichtungen im Zusammenhang mit der Brücke verflogen. Wash hatte ebenfalls nicht viel Zeit mit ihm verbracht, da er mehr in Trenton lebte als bei uns. Deshalb plante ich eine besondere Überraschung für unseren Sohn. Das britische Schiff Cutty Sark würde schon bald in New York einlaufen, und da Johnny schon immer ein Faible für Segelschiffe hatte, hatte ich für uns eine Führung über den Dreimastklipper organisiert.

Ein paar Dutzend Leute hatten sich versammelt und applaudierten, als sie durch die Narrows pflügte und mit vollen Segeln angeschippert kam. Johnnys Augen weiteten sich, als sie am Kai vertäut wurde und ihr Bug aus Holz in glänzendem Schwarz mit goldenen Schnörkeln in der Sonne schimmerte.

Wir schritten ihre gesamte Länge von über sechzig Metern ab und bewunderten ihre schnittige, auf Geschwindigkeit ausgelegte Form. Johnny deutete lachend auf die Gallionsfigur, eine barbusige Frau, die etwas wie einen Pferdeschwanz in der Hand zu halten schien.

Wir gingen an Bord und kamen in den Genuss einer umfassenden Führung durch den Kapitän. Ich hatte eigentlich erwartet, unter Deck lauter Teekisten aus China zu sehen. Doch stattdessen war der Laderaum mit Jute in unterschiedlichen Verarbeitungsstufen auf dem Weg zum Seil gefüllt. Genug für jedes Schiff und Zelt im ganzen Land. Mit seinem erdigen, muffigen Geruch roch der Frachtraum selbst wie ein Zirkus.

»Ich habe sie einmal gesehen, als sie noch gebaut wurde«, erzählte ich Johnny, als wir die Landungsbrücke wieder hinuntergingen und einen letzten Blick auf das stattliche Schiff warfen. »Ich wünschte, du könntest sehen, wie ihr Rumpf unterhalb der Wasserlinie aussieht. Er ist so golden wie mein Ehering.«

»Mama, wieso hast du mich hergebracht?«

»Weil ich dachte, es würde dir gefallen. Du hast doch immer so gerne mit deinem Vater Modellschiffe gebaut.«

Er kniff die Augen zu, als sei die Erinnerung schmerzlich.

»Oder nicht?«

Er war inzwischen so groß wie ich, und als er mich nun mit seinen hellblauen Augen eindringlich ansah, musste ich blinzelnd wegschauen.

»Hat es. Sehr sogar.« Er winkte der Crew zum Abschied.

»Ich dachte, wir sollten über deine weitere Ausbildung reden. Ich … wir … dein Vater und ich, wir wollen dich nicht in die Familiengeschäfte drängen.«

»Ich dachte, es gehe um etwas anderes.« Er verschränkte die Arme vor der Brust und starrte auf seine Schuhe. »Sind du und Pa … ich meine …« Er sah hoch, seine Stimme war kaum mehr als ein Flüstern. »Ich möchte nicht, dass ihr nur meinetwegen zusammenbleibt. Lieber möchte ich, dass du glücklich wirst.«

Mir rutschte das Herz in die Hose. Wieso konnten wir nicht einfach einen schönen Tag miteinander verbringen? »Wir haben so unsere Schwierigkeiten, Johnny, genau wie andere Familien auch. Nur dass unsere Schlagzeilen machen. Aber wir sind so glücklich, wie es uns im Moment möglich ist.« Ich schüttelte ihn sanft an der Schulter. »Mach dir keine Sorgen um uns. Hier geht es um deine Zukunft.« Ich winkte zum Schiff hinüber. »Du hast immer gerne gebastelt und gebaut, aber es müssen ja keine Brücken sein.«

Sein Gesicht leuchtete auf. »Ich mag eher Dinge, die sich bewegen können und schnell sind. Züge, Schiffe. Eines Tages werden wir Maschinen haben, die fliegen können.«

»So ist's recht, mein Junge.« Er ließ zu, dass ich mich bei ihm unterhakte, als wir den Hafenkai entlanggingen.

»Und was ist mit dir?«, fragte er. »Was machst du, wenn die Brücke fertig ist und ihr mich aus eurem Reich entlasst?«

»Dann werde ich faul herumliegen, mich mit geschälten Trauben füttern lassen und Shakespeare lesen, und Tolstoi und Nietzsche und Dickens und Flaubert …«

»Und in der Woche darauf? Was ist mit der Frauenbewegung?«

Ich seufzte. »Wenn die Zeit reif ist. Es ist nicht leicht, Johnny. Es geht nicht nur darum, einen gesellschaftlichen und sozialen Wandel einzuleiten. Es gibt auch Gesetze, die Fortschritte an vielen Stellen verhindern.«

»Dann ändere die Gesetze.«

»Ich wünschte, das könnte ich. Vielleicht werde ich mich künftig auf eine Briefkampagne verlegen.«

»Nein, ich meinte, ändere sie doch selbst.« Seine Stimme schnappte über vor Begeisterung.

Ich schüttelte den Kopf. »Dazu müsste man ein Amt bekleiden und ziemlich viel von Recht verstehen.«

»Dann studiere Jura.« Er lachte und rannte los, nachdem ich sein jugendliches Ungestüm schon zu lang gefesselt hatte.

»Das wäre eine Idee. Oder ich lass mich mit Trauben füttern.«

Natürlich wurden Frauen nicht an der juristischen Fakultät zugelassen. Aber ich kannte Männer, die mächtig genug waren, um das zu ändern.

***

Das Brückenkomitee lud mich regelmäßig zu seinen monatlichen Vorstandstreffen ein, damit ich über den aktuellen Stand berichtete, sowohl was die Brücke als auch was Wash betraf. Der Sitzungsraum war beeindruckend: Riesige Skizzen zierten die holzvertäfelten Wände, und in Vitrinen waren maßstabsgetreue Modelle und Kabelmuster ausgestellt. Üblicherweise nahmen an dem Treffen Benjamin Stone, Kingsley, Martin und der Vorsitzende Henry Murphy teil. Mit Stone stand ich auf Kriegsfuß, aber Kingsley mochte ich genauso wenig, den ich genau wie Stone prätentiös und herablassend fand.

Manchmal war auch der Kongressabgeordnete Hewitt anwesend, da er vom Bürgermeister die Aufgabe übertragen bekommen hatte, sicherzustellen, dass es keine Korruption oder unzulässige Vorteilsnahme gab. Er hatte Kingsley bereits von dem Verdacht entlastet, Tausende Dollar für unerklärliche Ausgaben in die eigene Tasche gesteckt zu haben. Wie mir auffiel, saßen die beiden oft nebeneinander und schienen dicke Kumpel zu sein.

Mr. Murphy hingegen bewunderte ich. Er war ein angesehener Anwalt und ehemaliger Abgeordneter im US-Repräsentantenhaus mit ordentlich geschnittenem grauem Haar, in dem hier und da das ursprüngliche Kupfer durchschimmerte. Sein maßgeschneiderter Anzug schmiegte sich an seine schlanke

Figur. Er war knallhart, aber fair, und ich war unendlich dankbar, dass er dem Komitee vorstand.

»Ich beantrage, den Chefingenieur ersetzen zu lassen«, sagte Kingsley so beiläufig, als ginge es ums Wetter.

»Auf welcher Grundlage?«, fragte Murphy in knappem, offiziellem Ton.

»Wie bereits seit geraumer Zeit bekannt ist, ist Mr. Roebling durch ein Nervenleiden physisch und psychisch lahmgelegt. Dass er sich diese Erkrankung beim Brückenbau zugezogen hat, ist bedauerlich, aber wir müssen die Konsequenzen berücksichtigen, wenn er weitermacht.«

»Ich befürworte den Antrag«, schaltete sich Stone ein.

Kingsley nickte.

Stone tippte mit dem Stift auf den Tisch. »Mr. Roebling ist ein Invalide, der das Baugeschehen nur noch durch ein Teleskop beobachtet. Wir können nicht wissen, wie sehr seine geistigen Fähigkeiten eingeschränkt sind, da er sich standhaft weigert, vor unserem Komitee zu erscheinen.«

»Die Sicherheit der Menschen geht vor!« Kingsley hämmerte mit seiner fleischigen Faust auf den Tisch.

»Wir sind bereit, Mr. Roebling eine angemessene Entschädigung zu zahlen.« Stone sah mich eiskalt an.

»Im Gegenzug dafür, dass er abtritt?«, schoss ich zurück.

»Nicht ganz. Er könnte beratender Ingenieur bleiben. Dann wäre da noch die Frage nach Ihrer Rolle, Mrs. Roebling. Die Belege Ihrer Qualifikation, die Sie uns vorgelegt haben, sind fadenscheinig. Wenn wir tiefer nachbohren, gehe ich zudem davon aus, dass sich Ihre Aktivitäten als höchst illegal für eine Frau herausstellen werden.«

Das Komitee murmelte; einige verbargen ihr Schmunzeln hinter einem Husten.

Stone pochte mit dem Stift. »Mrs. Roeblings Arbeit wurde nie vom Komitee genehmigt und muss weiteren Nachforschungen unterzogen werden.«

»Während Sie weitere Aufträge an Ihre Geschäftspartner vergeben?«, konterte ich.

Die Männer rutschten unbehaglich umher.

Hewitt räusperte sich. »Gentlemen, ich glaube, Mr. Stone führt uns auf Abwege. Die Rechtmäßigkeit von Frauenarbeit ist kein Thema für unsere Agenda.«

Ich blickte zu dem alternden Eisenbaron hinüber, doch der betrachtete seine Fingerspitzen. Ich hatte gedacht, dass er auf Stones Seite stand. Wash hatte Hewitt seit dem kuriosen Treffen mit seinem Vater in Ringwood nie über den Weg getraut. »Hewitt ist nicht vertrauenswürdig«, hatte Wash an Murphy geschrieben. »Er ist über alle Maßen ehrgeizig und nutzt seine Macht aus, um jenen das Geld aus der Tasche zu ziehen, die sich durch ihn Vorteile verschaffen.« Damit spielte er auf die Brooklyner Firma an, die den Drahtzuschlag erhalten hatte – Stones Geschäftspartner Haigh.

»Es gibt nur Ärger, wenn wir uns ihm entgegenstellen. Das ist nicht unsere Angelegenheit«, hatte Wash mir gesagt.

Aber ich konnte nicht länger dabei zusehen, wie ungeahndet gegen Schmiergeld Aufträge erteilt wurden. Auf meinem Schoß unter dem Tisch spielte ich mit dem Stück Draht, das ich am Tag von Supples tödlichem Unfall mitgenommen hatte.

»Wenn die Schuldfrage geklärt werden soll, müssen wir uns nur hier im Raum umschauen.« Ich warf mein Beweisstück auf den langen, polierten Tisch, und es rutschte darüber wie ein toter Fisch. »Das gesamte Projekt wurde mutwillig aufs Spiel gesetzt, nur damit einige wenige sich bereichern können.« Als ich sicher war, dass alle Augen auf mich gerichtet waren, nahm ich den Draht hoch und bog ihn zwischen den Fingern, bis er – viel zu leicht – riss.

»Was erlauben Sie sich, solche Anschuldigungen zu äußern!«, ereiferte sich Stone.

»Dann erklären Sie doch mal dem Komitee, Mr. Stone, wie es kommt, dass ausgerechnet eine Firma, an der Sie beträchtliches finanzielles Interesse haben, den Stahlzuschlag bekam. Oder wie Sie den von uns bestellten Draht durch minderwertigen ausgetauscht haben.«

»Sagen Sie es mir, Mrs. Roebling. Der Draht, der auf dem Ankerblock gerissen ist, war Roebling-Draht.«

Ein Raunen ging durch den Saal.

»Das stimmt. Aber wie sich herausstellte, lag es an einem fehlerhaften Flaschenzug, der den Draht durchscheuerte. Das Wichtigste ist jedoch, dass dadurch dieser Draht entdeckt wurde, der mit Roebling-Draht gemischt wurde.« Ich hielt das zerrissene Stück in die Höhe.

Wash hatte recht gehabt. Es war waghalsig, solche Anschuldigungen gegen jemanden vorzubringen, und es wurde wild durcheinandergeschrien, bis Murphy den Saal mit seinem Hammer zur Ordnung rief.

Stones Drohungen, Forderungen und stetes Misstrauen der letzten Jahre kochten in mir hoch. Ich nutzte den Moment der Stille, um ihn weiter zu attackieren. »Erklären Sie uns, wieso Ihnen der Profit wichtiger ist als die Sicherheit von Millionen von Menschen, die diese Brücke überqueren werden.«

»Ich beantrage, dass diese Frau sofort der Sitzung verwiesen wird!«, brüllte Stone.

»Ich möchte daran erinnern, dass diese Sitzung die Rolle von Mr. Roebling zum Gegenstand hat«, sagte Murphy.

»Mr. Roeblings Haltung dazu ist, dass er zurücktritt, sollten Sie das Vertrauen in ihn verloren haben«, erklärte ich.

»Wie er wünscht«, gluckste Stone, gefolgt vom Gelächter seiner Kumpanen.

Murphy schlug mit dem Hammer. »Mr. Stone, Sie missachten die Ordnung. Der Vorstand wird seine Entscheidung über den Chefingenieur in Kürze fällen. Da seine Frau lediglich als Beraterin und Botin fungiert, sehe ich keinen Grund, weshalb wir ihre Qualifikationen überprüfen sollten, da hat Mr. Hewitt mit seiner Bemerkung ganz recht.« Er schrieb eine Notiz und reichte sie dem Protokollanten. »Eine umfassende Untersuchung zu den Drahtaufträgen wird unverzüglich eingeleitet. Alle dafür?«

Alle hoben ihre Hand, bis auf Stone, der die Arme vor der Brust verschränkte und mir tödliche Blicke zuwarf.

DREIUNDDREISSIG

1881

Mein Frust wuchs angesichts des Schneckentempos, in dem der Vorstand den Drahtskandal untersuchte, aber zumindest kamen die Bauarbeiten wie geplant voran. Letztlich wurden zwar keine Schuldigen ermittelt, aber laut einer Mitteilung des Vorstands würden künftig sämtliche Drähte bei Roebling's Sons gekauft werden. Mit einer Mischung aus Erleichterung und Sorge las ich den relativ kurz angebundenen Zusatz: Wir, das East-River-Bridge-Komitee, möchten hiermit unser anhaltendes Vertrauen in den Chefingenieur zum Ausdruck bringen. Meine eigenen Zweifel schien niemand zu teilen.

Washs Brief aus Trenton jedoch gab mir Anlass zur Hoffnung: Erneut muss ich dir, meine Liebe, dafür danken, dass du zu meiner Rettung geeilt bist. Was ohne deinen mutigen Protest gewesen wäre, wage ich mir gar nicht auszudenken, nicht nur, was die Sicherheit der Brücke angeht, sondern auch die unseres Familienunternehmens als Ganzes. Wir alle stehen zutiefst in deiner Schuld.

***

Im Dezember konnten wir auf der Baustelle einen Meilenstein feiern: die Fertigstellung des Unterbaus der Fahrbahn. Über die gesamte Länge waren Holzbohlen verlegt worden, und es war geplant, den so entstandenen Fußweg mit einem Spaziergang von Brooklyn nach Manhattan über den East River feierlich einzuweihen.

Ich sollte die kleine Delegation anführen. Der Weg über die Fahrbahnrampe zum Brooklyn-Pylonen war mir vertraut, doch meine Aufregung machte mich so leichtfüßig, als würde ich tanzen.

Obwohl es bei Weitem nicht so hoch war wie der Pylon, wurde mir schwindelig, als ich die nach beiden Seiten offene Fahrbahn betrat und in mehr als dreißig Metern Tiefe Eisblöcke vorüberschwimmen sah. Während Arbeiter die letzten Bohlen verlegten, nahm ich all meinen Mut zusammen.

Der Bürgermeister von Brooklyn, andere Würdenträger und ich würden den Bürgermeister von New York und seine Entourage in der Mitte der Brücke treffen und dort gemeinsam Champagner trinken. Doch offenbar stieß die Idee, auf offener Fahrbahn dreißig Meter über dem Fluss an einem stürmischen Tag Perlwein zu schlürfen, auf wenig Gegenliebe. Und so führte ich unter den Blicken weniger Schaulustiger die Herren mit ihren Zylindern über die gesamte Brücke und stieß mit ihnen erst auf der anderen Seite in Manhattan an.

Ich hielt es für das Beste, P. T. nicht zur Zeremonie einzuladen, um zumindest den Anschein einer gebührlichen Distanz zu erzeugen. Als jemand, der sich nicht gern zurückgesetzt fühlt, hatte er einen großen Blumenkorb und allerlei Leckereien für unsere Ankunft in Manhattan organisiert. Die untrüglichen rot-weiß gestreiften Kartons mit Erdnüssen und gelben Schleifen mit der Aufschrift »Die größte Show der Welt« vereitelten diesen Plan.

***

Es dauerte zwei weitere Jahre, das Netz aus Betrug, Diebstahl und Korruption rund um das Drahtfiasko auszuheben. Wie Wash geahnt hatte, war der Zuschlag wegen politischer und finanzieller Mauscheleien an den bekannten Gauner J. Lloyd Haigh gegangen. Haighs Draht war daraufhin gegen einen noch minderwertigeren getauscht worden. Wie viel von dem mangelhaften Draht in den Kabeln verarbeitet worden war, war unbekannt. So wie er mit Tausenden von Meilen guten Drahts vermischt war, war es unmöglich, den falschen Draht zu entfernen.

Ich brütete über den Prüfungsergebnissen und testete so weit wie möglich die wenigen Bereiche, an denen das Kabel noch zugänglich war. Wash und ich schrieben uns hin und her, um zu diskutieren, wie wir die Tragfähigkeit gewährleisten konnten. Schließlich fanden wir eine Lösung: Zusätzliche diagonale Hängeseile, sogenannte Schrägseile, würden direkt von den Türmen an der Fahrbahn befestigt werden, sowie zusätzliche vertikale Hängeseile von den vier Hauptkabeln. Nach unserer Berechnung wäre die Brücke dann immer noch viermal so stabil wie nötig.

Bei Roebling's Sons lief derweil alles wie am Schnürchen, sodass Wash nach Brooklyn zurückkehrte, doch er verließ kaum das Haus. Sein Nervenleiden hatte sich kaum verbessert, und er benötigte rund um die Uhr Ruhe. Besuche kamen daher nicht infrage, und alle Fragen vonseiten der Reporter und Politiker fing ich rechtzeitig ab.

Ich sah seiner Rückkehr mit gemischten Gefühlen entgegen. Einerseits freute ich mich natürlich, ihn bei mir zu haben, und ich hoffte, wir würden wieder zu einem umgänglichen Eheleben zurückfinden. Gleichzeitig trauerte ich um meinen Freiheitsverlust, da mich jedes Mal Gewissensbisse plagten, wenn ich ihn allein ließ.

Meine Anwesenheit schien ihm jedoch kein Trost mehr zu sein. Als ich ihm beim Auspacken seines Koffers half und aus Versehen seinen Arm berührte, schreckte er zurück, als ob ich elektrisch geladen sei. Blinzelnd registrierte ich seine heftige Reaktion. Ich war davon ausgegangen, dass dieses Leiden längst behoben war, da es auf der langen Liste seiner brieflichen Beschwerden nicht vorgekommen war.

Murmelnd tat er die Sache ab: »Meine Haut ist momentan etwas empfindlich.«

VIERUNDDREISSIG

1882

An einem heißen Augustnachmittag fuhr ich nach Cold Spring, um die Veröffentlichung von Carrie Beebes zweitem Buch zusammen mit ihren Freunden zu feiern. Mutter, wie eh und je die vornehme Gastgeberin, servierte Tee und Sandwiches, während wir in den Exemplaren blätterten, die auf dem Esstisch auslagen. Ich als wenig vornehmer Gast, der dringend Abkühlung benötigte, schnitt ein paar Scheiben Gurke ab, die ich mir auf die Stirn legte, und zuckte ob des Gekichers der Damen nur mit den Achseln.

Die anderen Frauen waren neugierig über den Ausgang des Drahtskandals, da sie dessen tragische Konsequenzen mit eigenen Augen erlebt hatten. Deshalb hatte ich zwei Proben mitgebracht, einmal den mangelhaften und einmal den von uns bestellten Draht.

»Verwenden minderwertigen Draht, dabei hat John Roebling Draht von bester Qualität erfunden«, seufzte Mutter kopfschüttelnd, als sie die Proben an Carrie weiterreichte.

»Das Komitee hat den Lieferanten ausgesucht. Wir mussten das erst einmal so hinnehmen, Mutter.«

»Fürchterlich. Dass man in einer Nacht-und-Nebel-Aktion den Draht heimlich austauscht und damit das ganze Projekt gefährdet.« Carrie schüttelte den Kopf und bog abwechselnd mal den einen, mal den anderen Draht.

»Glücklicherweise sind in Johns Entwurf reichlich Sicherheitspuffer vorgesehen, und der Roebling-Draht wurde zumindest bei allen Hängern eingesetzt. Dennoch muss ich mich entschuldigen, dass ich euch diesem furchtbaren Anblick ausgesetzt habe.«

»Wir müssen uns bei dir entschuldigen«, sagte Eleanor.

Eleanor war immer so liebenswürdig, und ich erwartete fast, dass die anderen Frauen die Augen verdrehen würden – immerhin war es meine Verantwortung. Aber stattdessen wechselten sie Blicke und nickten zustimmend.

»Ich verstehe nicht«, sagte ich. Es war enorm stickig im Raum, und ich fächelte mir mit Carries Buch Luft zu.

»Es hätte nicht dieses schrecklichen Unfalls bedürfen sollen, damit wir aktiv werden«, sagte Eleanor, als sei nun alles klar, dabei war ich noch keinen Deut schlauer.

»Ganz recht.« Bislang hatte Henrietta Carries Buch gewälzt, bestimmt, um herauszufinden, ob sie darin vorkam.

»Mutter, was meinen sie?«

Henrietta nahm ihre Lesebrille von ihrer Höckernase und antwortete an ihrer Stelle: »Sei nicht so naiv, Liebes. Was glaubst du, wie es kommt, dass der neue Zuschlag an Roebling's Sons ging?«

»Auch Politiker verlangen ihren Preis«, fügte Mutter hinzu, als sie allen Tee nachschenkte. Die Damen fächelten sich und ihrem dampfenden Tee Luft zu.

»Ich dachte, sie hätten einfach das günstigste Angebot unterbreitet, nein? Wer hat dann das Komitee überzeugt?«

Die Damenrunde grinste mich an.

»Ihr? Aber ihr habt doch nicht einmal ein Stimmrecht!«

Carries Stimme war kaum hörbar. »Es gibt etwas, das noch mehr Macht auf einen Politiker ausübt als Stimmen.«

»Geld«, antworteten Mutter, Henrietta und Eleanor im Chor und lachten.

»Dennoch sollten ein paar Leute ins Gefängnis wandern.« Energisch schüttelte Henrietta den Kopf, wobei ihr widerspenstiger grauer Haarschopf dem Nachdruck verlieh.

»Es ist ein schmutziger Skandal, der ans Licht der Öffentlichkeit gehört«, stimmte Mutter zu. Ihre Haushälterin brachte einen Eisblock aus dem Eisfach. Mutter nahm ihr den Eispickel ab und stach selbst ins Eis.

»Ah, aber es gibt auch Skandale, die nicht ans Licht kommen sollten«, fügte Henrietta verschwörerisch grinsend hinzu und warf ein Stück vom Eis in ihren Tee.

Eleanor stieß Henrietta einen Ellenbogen in die Rippen.

»Gibt es noch etwas, das ich wissen sollte?«, fragte ich, baff über die scheinbare Unbekümmertheit, mit der sie Politiker bestachen.

Krack, krack. Mutter hackte auf das Eis ein, die Lippen zusammengepresst ob der Worte, die sie zurückhielt.

»Henrietta, ich bin deinen Klatsch leid.« Eleanor schlürfte ihren Tee mit abgespreiztem kleinen Finger.

»Wieso, ich wollte damit doch nicht …«

»Worauf Henrietta anspielt, und es wie üblich nicht einfach ausspricht, ist die Beziehung von Emily zu Mr. Barnum.«

»Wer ist denn nun hier das Klatschmaul?« Henrietta rieb sich die Stelle, an der Eleanor sie geknufft hatte.

Ich seufzte. Ich hatte gedacht, wir hätten diesen Unsinn hinter uns gelassen. »Was erzählen sich denn die Leute?«

»Ach, nichts. Nur ein paar alte, eifersüchtige Schachteln, die sich auf Kosten einer wahren Heldin das Maul zerreißen.« Eleanor versuchte mit einem Lächeln über ihre Indiskretion hinwegzugehen, doch die Atmosphäre war bereits verpestet.

Krack, krack. Das Eis brach endlich auseinander, und jede von uns schnappte sich ein Stück, um sich damit zu kühlen.

Später, nachdem alle gegangen waren, schickte Mutter das Hausmädchen weg, und wir übernahmen den Abwasch selbst. Mit den guten Familienerbstücken traute sie niemandem.

»Du kannst es mir sagen. Ich werde dich nicht verurteilen.« Sie reichte mir eine Untertasse zum Trocknen. »Pass auf den goldenen Rand auf.«

Ich tupfte das feine Porzellan mit einem weißen Baumwolltuch. »Es ist kompliziert.«

»Das ist eine Ehe immer. Liebst du ihn?«

Ich kniff die Lippen zusammen. Es war untypisch für Mutter, so offen nachzufragen. »Natürlich liebe ich Washington.«

Sie stellte das trockene Geschirr unter Geklapper in den Schrank. »Und liebst du noch einen anderen?«

»Du meinst P. T.?« Ich rieb mir die Schläfen.

Sie warf mir einen bestätigenden Blick zu. Ich erwog, ihr zu sagen, dass meine Ehe sie nichts anginge und ich kein Kind mehr sei. Aber trotz ihres Drängelns und Kritisierens wusste ich, sie hatte immer nur mein Bestes im Sinn. Die Sorge ließ die Krähenfüße um ihre Augen hervortreten. Ich wollte ihr eine ehrliche Antwort auf die Frage geben, die ich mir selbst stellte.

»Ich fürchte schon«, sagte ich und senkte den Blick. »Wenn ich das Beste von beiden kombinieren könnte, hätte ich den perfekten Mann.«

Sie faltete die Geschirrtücher sorgsam zusammen und strich mit den Händen die Falten glatt. »Von all meinen Kindern bist du die Einzige, die sich in einer solchen Lage befindet. Und weißt du, warum?« Sie legte mir eine Hand auf die Schulter und wartete, bis ich sie ansah. »Weil du nie zufrieden bist.«

»Du hattest versprochen, mich nicht zu verurteilen.«

»Ich bin es nicht, deren Urteil du fürchten solltest. Berüchtigt zu sein, hilft dir im Moment nicht. Und ich kann die Gerüchte nicht ewig aus den Zeitungen raushalten.«

»Was meinst du damit?«

»Was glaubst du denn?«

Natürlich besaß meine Mutter, die allseits als respektabel und relativ wohlhabend galt, einige Macht und Einfluss. Aber ich wäre nie auf die Idee gekommen, dass sie das nutzte. Es gab eine ganze Reihe von Klatschblättern, die einen beträchtlichen Anteil ihrer Einnahmen aus Schweigegeldern bezogen. Ich war unsicher, ob Mutters Beteiligung daran richtig oder falsch war, und war noch dabei, diese Neuigkeit zu verdauen, als ein Klopfen an der Tür die angespannte Atmosphäre zerriss. Ich rannte praktisch los, um nachsehen zu gehen.

Ein Bote in blauer Uniform mit einem Telegramm in der Hand begrüßte mich. Mir stockte der Atem. Boten waren selten ein gutes Omen. Sofort waren meine Gedanken in Rhode Island, wo Wash und Johnny sich aufhielten. Lieber Gott, bitte lass ihnen nichts zugestoßen sein. Aber das Telegramm war an Mutter adressiert. Sie kam herbei und trocknete sich die Hände am Geschirrtuch ab. Ich streckte ihr den blassgelben Umschlag entgegen. Mit einem Nicken bedeutete sie mir, ihn zu öffnen.

Es tut mir leid, Ihnen mitteilen zu müssen … tot … Gouverneur war alles, was ich sah. »Mutter, ich fürchte, es geht um G. K. – er ist tot.«

Mutter riss mir den Zettel aus der Hand, las ihn und sank dann auf die Knie, wo sie das Stück Papier mit der Botschaft über ihren Sohn fest umklammert hielt. Ich half ihr auf die Polsterbank. Wir saßen da, unter Schock, und ich weinte bitterlich um meinen Bruder, der mich stets beschützt hatte, und bereute, wie viel kostbare Zeit ich damit verbracht hatte, ihm böse zu sein. Mein lieber, gütiger G. K. hatte sich immer um andere gekümmert. Ein Bild: Er, wie er sich aufs Herz klopft und etwas von einem Goldfisch erzählt. Mein Gott, wieso war ich nicht aufmerksamer gewesen?

Todesursache: Leberversagen.

»Was, was hatte er …?«, brachte Mutter mit Mühe hervor.

»Er ist an einem gebrochenen Herz gestorben«, sagte ich.

Mir war, als hätte man mir mein eigenes Herz herausgerissen. Ich war wütend auf die Armee, besonders General Sheridan. Obwohl mein Bruder durch seinen Weitblick Tausenden das Leben gerettet hatte, hatte man ihm ungerechtfertigt Tatenlosigkeit vorgeworfen, ihn vom Dienst entlassen und degradiert. Obwohl er weitergemacht und Brücken im Westen des Landes gebaut hatte, war seine unbändige Begeisterung nie mehr zurückgekehrt.

***

Wir fuhren nach Newport, Rhode Island, G. K.s letzter Dienststelle, um ihn dort zu Grabe zu tragen. Es war für mich nicht nachvollziehbar; er hätte doch genauso gut eine ehrenhafte letzte Ruhestätte nahe des Hudson River gefunden, der in unserem Leben eine so zentrale Rolle gespielt hatte.

Vielleicht hatte er aus Verbitterung entschieden, nicht in West Point begraben werden zu wollen, aber ganz bestimmt hegte er keinen Groll gegen Cold Spring, unsere idyllische Geburtsstadt. Nein, stattdessen wollte er lieber in einfacher Kleidung, ohne militärische Ehren, in der Nähe des Strandes begraben werden. Ich musste schmunzeln über seinen Sinn für Humor und diese letzte Geste, sich über alle Erwartungen hinwegzusetzen.

Als ich eine Handvoll Erde auf seinen Sarg warf, trauerte ich nicht nur um den Verlust meines geliebten Bruders und Beschützers, sondern um das gemeine Ende seiner vielversprechenden Karriere. Ein Vergehen hatte seinen gesamten Ruf zerstört und dazu geführt, dass G. K. die letzten Jahre damit verbracht hatte, gegen ebenjene Armee anzukämpfen, die er so geliebt hatte.

Als ich an jenem tristen Augustabend nach Hause fuhr, schwor ich mir, seinen Ruf wiederherzustellen. Ich würde die besten Künstler damit beauftragen, ein lebensgroßes Standbild von ihm anzufertigen, um die nachfolgenden Generationen an seine bedeutenden Leistungen zu erinnern. Und ich würde Stipendien für angehende Ingenieure und andere talentierte Studenten einrichten, da er meine Bildung immer unterstützt hatte. Obwohl er mit seinem Begräbnis ein deutlich anderes

Signal gesetzt hatte, würde ich nicht zulassen, dass sein Mut, seine Vaterlandsliebe und seine Opferbereitschaft in Vergessenheit gerieten.

G.K. starb, noch bevor Präsident Hayes eine Sonderkommission einsetzte, die G.K. von sämtlichen Anschuldigungen freisprach. Leider kam sie drei Monate und eine Ewigkeit zu spät.

FÜNFUNDDREISSIG

1883

Die ersten Monate des Jahres, in dem ich vierzig werden würde, verbrachte ich damit, die Fertigstellung der Fahrbahn, den Farbauftrag und andere abschließende Arbeiten an der Brücke zu beaufsichtigen. Dank der zusätzlichen Verstärkungen hegte Wash keinerlei Zweifel an der Stabilität des Bauwerks, machte sich aber Sorgen, dass die Fußgänger sich von den Vibrationen gestört fühlen könnten, wenn Pferde darübergaloppierten. Deshalb drängte er mich, bei der erstbesten Gelegenheit mit einer Kutsche darüberzufahren und ihm Bericht zu erstatten.

Die Presse hatte davon Wind bekommen, sodass mein Test zu einer öffentlichkeitswirksamen PR-Aktion wurde. Also liehen wir uns zwei gute Pferde und eine Kutsche mit zurückfaltbarem Dach, wenngleich es zu P.T.s großer Enttäuschung keine mit der Aufschrift Barnum's Circus and Museum war. Für den Anlass hatte ich mir ein prächtiges blaues Seidenkleid ausgesucht und C.C. Martin gebeten, mir zur Seite zu stehen, um etwaige Brückenbewegungen zu registrieren.

Ich würde Franklin Edson, den Bürgermeister von New York, und seine Entourage auf der anderen Seite treffen. Mein guter Anstand verbat es mir, mit leeren Händen zu kommen, und so bat ich den Kutscher, unterwegs beim chinesischen Markt haltzumachen. Ich huschte in den Laden, wo mich der Inhaber mit einem freundlichen Lächeln begrüßte. Trotz der Sprachbarriere schafften wir es, uns zu verständigen.

»Einen Hahn«, sagte ich.

Er deutete auf die gerupften Vögel, die an Haken im Schaufenster hingen.

Ich schüttelte den Kopf, steckte meine Hände unter die Achseln und flatterte mit den Ellenbogen: »Kikeriki.«

»Ah!« Er nickte und winkte mich in das Hinterzimmer, wo Hühner gackerten und der Gestank von Exkrementen dick in der Luft hing. Er nahm ein Beil in die Hand.

»Nein.« Ich drückte das Beil nach unten und suchte mir unter den lärmenden Vögeln in den Käfigen einen schönen weißen Hahn heraus. »Der Hahn steht für viel Glück und den Sieg des Lichts über die Dunkelheit.«

Der Ladeninhaber sah mich entgeistert an.

»Aus der Bibel? Ach, egal.« Ich streckte ihm eine Handvoll Münzen entgegen, um Käfig und Hahn zu bezahlen.

»Ja, viel Glück.« Er nahm die Zeitung und deutete auf einen Artikel über meine bevorstehende Brückenüberfahrt. »Nichts Geld.« Er winkte mich fort. »Viel Glück!«

Draußen lief der Kutscher auf und ab.

»Würden Sie bitte das Dach runterkurbeln?«, fragte ich. »Der Hahn möchte gern den Ausblick genießen.«

Seine Augen weiteten sich, aber er tat wie geheißen.

Der Hahn krähte die gesamte Fahrt über und war die Attraktion für die Schaulustigen, die sich auf den Straßen versammelt hatten. An der Rampe zur Brücke machte die Polizei den Weg für uns frei. Unter uns schien zwischen den Holzbohlen des noch unfertigen Bodenbelags das Wasser hindurch. Ich verspürte den Drang, dem Kutscher die Zügel aus der Hand zu nehmen, da ich nicht wusste, wie geistesgegenwärtig er reagieren würde, wenn die Pferde in Panik gerieten. Wenn ich schon ins Schwitzen kam, war es ihnen vermutlich auch nicht ganz geheuer.

Doch der Kutscher stellte sich als kompetent und die Pferde als gelassen heraus. Ich lehnte mich entspannt zurück. In der

Mitte der Brücke, am untersten Punkt der bogenförmig herunterhängenden Kabel, ließ ich anhalten. Es war gespenstisch ruhig, bis auf das Schnauben der Pferde. Selbst der Hahn war verstummt.

Ein leichter Wind blies flussaufwärts, und ich saß still da, um etwaige Schwingungen der Brücke wahrzunehmen. Dann stieg ich aus der Kutsche aus und bat den Kutscher, an mir vorüberzufahren. Die Brücke war vollkommen unbeweglich; nicht einmal eine Vibration war unter meinen Füßen zu spüren. Ich drehte mich um und sah die East River Bridge zum ersten Mal in ihrer Gänze. Die schiere Größe der Türme, die Anmut der geschwungenen Kabel und die harfenförmig gespannten Hängeseile raubten mir den Atem. Ich drehte mich in die Richtung, wo unser Haus stand und Wash vermutlich vorm Teleskop saß. Ich hob den Arm zum Gruß. Ich hoffe, du bist glücklich, mein Liebster.

Kurz darauf drehte sich der Kutscher zu mir. »Ma'am?«

Die New-York-Entourage stand bereits am anderen Ende bereit.

»Danke, ich bin dann so weit.«

***

Dem Bürgermeister der drittgrößten Stadt der Welt die Hand zu schütteln war nichts im Vergleich zu dem überirdischen Gefühl, das ich kurz zuvor allein mitten auf der Brücke gehabt hatte. Bürgermeister Edson runzelte angesichts meines Geschenks die Stirn, aber immerhin lockerte der krähende Hahn die Feierlichkeiten etwas auf.

Am Abend berichtete ich Wash, dass sich die Brücke so stabil angefühlt hatte wie die Straße vor unserer Tür.

»Ich bin so froh, dass du die Erste warst, meine Liebe.« Lächelnd tätschelte er Chaucer den Kopf.

Mir wurde warm ums Herz. Ich war der erste Mensch, der

über die Brücke sowohl gegangen als auch gefahren war, und Wash hatte es beide Male extra so eingefädelt. Er hatte mir diesen Moment des Triumphs überlassen. Trotz all meiner Fehler und Rückschläge, unserer Missverständnisse und Konflikte erkannte er meine Leistung an.

»Danke«, sagte ich.

»Wohlverdient.«

Ich küsste ihn zärtlich und fuhr mit den Fingern durch sein ergrauendes Haar. »Ich liebe dich.«

Er nickte und schreckte nicht vor meiner Berührung zurück. Einen Moment lang kehrte das Leuchten in seine Augen zurück, und der Schmerz wich aus seinem Gesicht. Welch traurige Ironie, dass ein Mann, der stets im Körperkontakt Trost gefunden hatte, ihn nun nicht mehr ertrug. Ich hoffte, dass die Zeit auch das heilen würde.

***

Im April sammelten sich Menschentrauben zu beiden Seiten der Brücke. Anfang Mai schlichen die Ersten auf die Brücke, sodass zusätzliche Polizisten abgestellt wurden, um die Barrikaden zu bewachen, während die Fahrbahn für den Verkehr vorbereitet und die Beleuchtung angebracht wurde und die Gleise für die Züge verlegt wurden.

An einem schwülen Abend hatte ich es eilig, nach Hause zu kommen, und nahm genervt von den herumlungernden Leuten einen Geheimweg durch einen versteckten Durchgang seitlich der Brücke. Kleine Mädchen pflückten Blumen, die im Schutz der Brücke wuchsen – Gänseblümchen, die ihre gelben Gesichter in die Sonne streckten.

Eines der Mädchen rieb sich den Kopf und blickte zur Brücke hinauf. Die anderen Kinder hörten ebenfalls auf zu spielen und sahen gebannt in dieselbe Richtung, während Münzen und andere kleine Gegenstände um sie herum herabprasselten.

Ein Sonnenschirm purzelte von der Brücke hinunter. Wir mussten unbedingt die Sicherheitsvorkehrungen verstärken, noch mehr Polizei anfordern. Die Zeiten, da dies ein sicherer Ort zum Spielen war, waren offenbar vorbei. Ich scheuchte die Kinder weg und eilte dann schnurstracks heim.

Wash saß im Salon und studierte seine Steinsammlung. Ich nahm den Brooklyn Edge und warf einen Blick auf die Titelseite.

»Schön, zu sehen, dass du den Bloomers treu geblieben bist.« Er deutete mit dem Kopf auf mein zerlumptes Bloomer-Kostüm. »Nun, da die Brücke fast fertig ist, sollte ich mich vielleicht aufs Nähen verlegen. Ich glaube, ich bin bereit, es mit einer Tournüre aufzunehmen.«

»Es wird mir schwerfallen, mein Kostüm aufzugeben, aber schon bald ziehe ich wieder richtige Kleider an, keine Sorge, Liebster.« Auch wenn sie gegenüber den voluminösen Reifröcken früherer Jahrzehnte eine kleine Verbesserung darstellten, waren die Tournüren mit ihrem ausstaffierten Hintern dennoch eine lächerliche modische Neuerscheinung.

»Eine willkommene Abwechslung für meine müden Augen.«

Das Eis zwischen uns war seit dem ersten Abend, an dem ich mit der Kutsche die Brücke überquert hatte, geschmolzen.

»Danke übrigens für die Kostüme. Ich bin mir nicht sicher, ob ich dir je richtig dafür gedankt habe.«

»Ach was, so viel Spaß wie beim Nähen hatte ich seit dreizehn Jahren nicht mehr.«

»Schade eigentlich, dass mir das Nähen nie so richtig gelungen ist.«

»Nein, das liegt dir einfach nicht. Das hier« – er tippte auf die Zeitung in meiner Hand – »das ist es, wozu du berufen bist.«

Seine Worte umwehten mich wie eine kühle Brise an einem heißen Tag. Begierig darauf, mehr zu hören, sah ich ihn an.

»Und, was sagt die Presse?«, fragte er.

Auch wenn er gedanklich schon woanders war, lächelte ich in mich hinein. Seine Bemerkung war ein riesiges Kompliment.

Da ihm das Lesen nach wie vor schwerfiel, lasen ich oder Johnny ihm aus der Zeitung vor. Ich half ihm auf die Polsterbank, neben der mehrere Tages- und Monatszeitungen ordentlich gestapelt lagen.

»Das ist alles nur über die Brücke.« Ich zeigte ihm das atemberaubende Foto auf dem Titelblatt des Harper's, das von einem ausführlichen Artikel sowie weiteren beeindruckenden Fotos von Papa und Wash begleitet wurde. »Der Brooklyn Eagle vermeldet ›Große Vorfreude auf die große Eröffnungsfeier nächste Woche‹ und erwähnt, wie schwierig es ist, die Leute von der Brücke fernzuhalten.«

»Ich bin mir sicher, das verliert schnell seinen Reiz.«

»Nicht unbedingt. Wir brauchen mehr Polizei. Die Leute kommen sogar aus Chicago her, um deine Brücke zu sehen.«

»Die Brücke von Brooklyn, meine Liebe. Und dein Foto sollte ebenfalls in dem Artikel abgedruckt sein.«

»Du hast wegen dieser Brücke beinahe dein Leben verloren.«

»Ach was, ich stehe immer noch vor dir.«

Ich gab ihm einen Kuss und setzte mich neben ihn. »Zum Glück. Aber ich werde mir nie verzeihen, dass ich zugelassen habe, dass du den Caisson wieder betreten hast.«

Er tätschelte meine Hand. »Wir haben jede Menge durchgestanden, mein Liebling. Ich freue mich schon auf weniger abenteuerliche Zeiten.«

»Ein Ziel, um das uns alle beneiden würden.« War es möglich, dass wir gemeinsam, glücklich und vereint aus dieser Sache hervorgehen würden? Ich wagte es zu hoffen. Und ich wagte es, mit einem Abenteuer an ihn heranzutreten, mit dem er sicherlich nicht rechnete. »Wash, ich überlege, Jura zu studieren.«

»Soso. Und zu welchem Zweck?«

»Für die Frauenbewegung. Wir brauchen Frauen, die im Recht ausgebildet sind, damit wir die Gesetze ändern können.«

»Die erste Hürde wird sein, überhaupt an der Uni angenommen zu werden.« Er rieb sich den Bart, und ein Lächeln stahl sich durch seine Schnurrbarthaare. »Aber ich habe keinen Zweifel daran, dass du sie überzeugen könntest.«

»Meinst du wirklich? Ist es nicht zu spät für mich?«

»Wer, wenn nicht du? Du hast dich als überaus tüchtige Frau erwiesen.«

Mein neuer Traum beflügelte mich. Ich drückte ihm einen dicken Schmatzer auf seine kratzige Wange, als ein Klopfen an der Tür unsere Unterhaltung unterbrach.

»Ich hoffe, es sind nicht wieder Reporter«, seufzte ich.

»Das kommt nun mal mit dem Erfolg, fürchte ich.«

Ich ging an die Tür. P.T. und Martin kamen ohne Begrüßung hereingestürmt.

»Gentlemen?« Ich ging ihnen nach.

»Es gibt Probleme an der Brücke. Eine Massenpanik. Leute werden zertrampelt. Ein Albtraum«, polterte Martin heraus.

P.T. blieb ruhig. »Wir haben eine Kutsche bereitstehen, sollten Sie hinfahren wollen«, sagte er so heiter, als schlage er mir einen Ausflug in den Park vor.

Wash, der ohne Hilfe nicht von dem niedrigen Sofa aufstehen konnte, bedeutete Martin, ihm zum Fenster zu helfen.

P.T. zog mich am Ellenbogen ins Foyer. Seine scheinbare Ungerührtheit war verflogen, womöglich hatte er sich nur Wash zuliebe so gegeben. »Es tut mir so leid, Emily.«

»Was hat die Panik ausgelöst?«

»Das ist im Moment noch unklar. Irgendwelche Proteste. Womöglich hat jemand angefangen zu schubsen, oder auf einer nahe gelegenen Baustelle fand eine kontrollierte Sprengung statt. Es befanden sich zahlreiche Menschen auf der Brücke.«

Ich rief Martin und Wash. »Kommt ihr? Wash, kommst du mit?«

»Vielleicht ist es besser, wenn ich hier Stellung halte.«

P. T. zog mich am Arm zurück, als ich nach meinem Hut griff. »Ich muss Sie vorwarnen«, sagte er.

»Ich habe bereits furchtbare Unfälle und Tote gesehen, P. T.«

»Natürlich. Aber machen Sie sich auf was gefasst – einige geben Ihnen daran die Schuld.«

SECHSUNDDREISSIG

Die Pferde hatten Mühe, P.T.s Kutsche durch die vor Menschen überquellenden Straßen zu ziehen, auf denen einige zur Brücke drängten und andere von dort flohen. Ständig musste man befürchten, dass jemand stürzen und unter die Pferdehufe oder Kutschräder geraten würde. Ganze Horden schubsten und kletterten über die Barrikaden vor der Brücke. Die, die hinfielen, wurden von den anderen übertrampelt. Männer und Frauen taumelten mit blutüberströmten Gesichtern vorbei, die Arme um den Körper geschlungen, die Augen weit aufgerissen vor Angst.

Auf der Brücke zeichneten sich Silhouetten gegen den dunkler werdenden Himmel ab, als diese entweder in den Fluss sprangen oder hineinfielen. Oh nein, oh nein. Vor einem der Eingänge, einer schmalen Steintreppe, spielten sich tumultartige Szenen ab. Einer kletterte über den anderen, um sich in Sicherheit zu bringen, während wiederum andere von oben auf sie herabstürzten. Zwei Beine strampelten unter einem umgedrehten Reifrock in der Luft, der aussah wie ein umgekippter Sonnenschirm.

Sirenen heulten durch das Geschrei hindurch, und die Polizei prügelte die Menge mit Schildern und Schlagstöcken zurück. Am Rand standen Demonstranten mit Schildern wie: *Diese Brücke ist eine Gefahr für Leib und Leben! Gebaut von Gaunern für Gauner!*

Da wir nicht weiter durchkamen, hielt die Kutsche an. P.T. stieg aus und bahnte sich mit seinem Gehstock einen Weg, um sich der Brücke zu nähern. Zusammen mit Martin folgte ich ihm mit hämmerndem Herzen aus Sorge um unsere Sicherheit.

Schon bald wurde P. T. überwältigt und drohte, niedergetrampelt zu werden, sodass wir uns unterhakten und zurück zur Kutsche durchkämpften.

Als das Chaos sich gelegt hatte, stieg Martin aus, um mit einigen Polizisten zu sprechen, während ich mir gegen den Strom einen Weg zur Brücke bahnte. Ich konnte keine Schäden entdecken. Was hatte die Panik ausgelöst? Ich versuchte, einige der fliehenden Passanten anzuhalten, doch sie rissen sich sofort los. Schließlich blieb eine zerzaust aussehende Dame nach Atem ringend stehen und gab mir Antwort.

»Ich war oben, in der Nähe der Barrikade. Es waren Hunderte, womöglich Tausende auf der Brücke.« Sie holte zitternd Luft. »Alles war in Ordnung, da hörten wir plötzlich Schreie. Zuerst wurde von der New Yorker Seite geschubst, dann von der Brooklyner, sodass immer mehr Menschen hinfielen.«

»Wurden Sie verletzt?«

Sie schüttelte den Kopf. »Ich habe versucht zu helfen, aber die Menschen trampelten einfach über die Leute hinweg.«

»Aber wieso?« Ich ging neben ihr her.

»Die Brücke is' nich' sicher. Besser, Sie verschwinden von hier, wenn Sie nicht totgetrampelt werd'n wollen.« Damit eilte sie davon.

Ich wirbelte herum, in der Hoffnung, jemand anderen zu finden, der bereit war, mit mir zu reden, als eine große Frau direkt in mich hineinrannte. An der Hand hatte sie ein kleines Mädchen, das ein Protestschild trug.

»Mama, das ist sie!« Das Mädchen deutete auf mich.

Die Mutter warf mir einen finsteren Blick zu und spuckte mich an. Dann zog sie das Mädchen hinter sich her, und sie verschwanden, nicht jedoch, bevor ich mein eigenes Antlitz auf ihrem Schild entdeckt hatte.

Auch auf meinem Rückweg zur Kutsche konnte ich kaum mehr in Erfahrung bringen. Mit ihren geschwungenen goldenen Lettern, die im Schein der neuen Straßenlaternen schimmerten, war die Kutsche schwer zu übersehen. P. T. reichte mir seine Hand, um mir hineinzuhelfen. Gegenüber von mir betrachtete Martin ein Poster mit genau demselben Motiv wie auf dem Schild des kleinen Mädchens. Er warf einen kurzen Blick darauf und zerknüllte es dann mit ärgerlicher Miene.

Ich nahm ihm den Papierball aus den Händen, entfaltete ihn und hielt das Poster in den Schein der Gaslampe. Darauf war ein Foto von mir abgebildet und die Worte: DIESE BRÜCKE IST EINE GEFAHR FÜR LEIB UND LEBEN! GEBAUT VON GAUNERN FÜR GAUNER! DIE FRAU IST AN ALLEM SCHULD! und DRAHT-SKANDAL!

Ich reichte P. T. das Poster. Die Kutsche begann plötzlich hin und her zu wackeln, als die Menge von beiden Seiten dagegenschubste, bis sie sich neigte und wir alle aufschrien. P. T. läutete daraufhin die Glocke und hämmerte mit der Hand gegen das Dach. Die Pferde liefen an, und wir fuhren schleichend voran.

Immer wieder spielte sich die Szene vor meinen geschlossenen Augen ab, und meine Wangen glühten vor Demütigung und Schreck. P. T. legte mir tröstend einen Arm um die Schultern. Als ich die Augen öffnete, durchdrangen Martins Blicke erst mich, dann P. T. wie Pfeile. Die Schreie und das Sirenengeheul dröhnten in unseren Ohren wie Gewehrsalven. Jeder von uns hatte rote Spritzer auf der Kleidung, wo wir mit den fliehenden Massen in Berührung gekommen waren. Der warme, moschusartige Geruch von Blut verursachte mir Übelkeit.

***

Am nächsten Tag blieb ich bis in den späten Vormittag hinein im Bett. Der Kummer lähmte meine Brust und verhinderte selbst, dass ich Arme und Beine streckte oder auch nur resigniert seufzte. Meine sture Entschlossenheit hatte mich in diese schreckliche Situation gebracht, aber nichts und niemand konnte mich von meinem Weg abbringen.

Wash saß an seinem Schreibtisch unter dem Fenster, stellte Schecks aus und spähte durch sein Teleskop zur Brücke. Einer der Schecks war mit Sicherheit an Patrick O'Brien adressiert. Beim Gedanken an den Tod seines Vaters wollte ich mich am liebsten noch mehr wie ein Igel einrollen.

»Es sind keine Arbeiter auf der Brücke. Nicht einmal Wachleute. Seltsam.« Wash leckte an einer Briefmarke.

»Unsere Welt bricht zusammen, und du machst dir Sorgen wegen der Wachleute?«

»Unsere Welt bricht nicht zusammen. Das ist nur ein vorübergehender Rückschlag.« Er stapelte mehrere Umschläge fein säuberlich aufeinander.

»Zwölf zu Tode getrampelte Menschen sind ja wohl mehr als nur ein kleiner Rückschlag.«

»Da haben mehrere Faktoren eine Rolle gespielt, auf die wir keinerlei Einfluss hatten. Die Brücke ist stabil.«

Seine Ungerührtheit schockierte mich. »Das stimmt nicht. Auf meine Beteiligung am Projekt hatten wir sehr wohl Einfluss.«

Er drehte sich in seinem Rollstuhl um und sah mich an. »Du musst aufstehen.«

»Nein.« Ich war es satt, Befehle zu befolgen.

»Dann helfe ich eben nach.«

Ich betrachtete ihn in seinem Rollstuhl und stieß ein grausames Lachen hervor. »Das schaffst du eh nicht.« Ich wünschte, er würde einfach gehen und diesmal für immer wegbleiben.

»Und ob.«

»Ha!«

»Komm schon. Steh auf. Wir müssen unser Leben weiterleben.«

»Welches Leben? Du bist ein Wrack, und ich eine Blamage. Ich bin beinahe froh, dass G.K. das nicht mehr miterleben muss.«

Er humpelte zum Bett und zog meine Decke weg. »Sag so was nicht.«

Obwohl ich wie ein nasser Sack im Bett hing, hievte er mich hoch. Ich war überrascht über seine Kraft, als er mich fest, aber nicht ohne Zuneigung hielt.

»Wenn es darum geht, deine eigene Frau aus dem Bett zu zerren, mobilisierst du plötzlich letzte Kräfte.«

»Es gibt noch einiges zu erledigen.«

»So viel Zeit zum Trauern wird einem also im Hause Roebling zugestanden.« Ich griff nach der Decke. »Das heißt, mir. Bei anderen anwesenden Personen sieht das natürlich ganz anders aus.«

»Em, nur dank deiner Stärke sind wir so weit gekommen. Wir sind so kurz vorm Ziel. Du musst dich aufraffen und weitermachen; die Heldin sein, die in dir steckt.«

Und so machte er, genau wie die Brücke, mit eiserner Beharrlichkeit und einem Herz aus Stein meine Versuche zunichte, mich seinem Willen zu entziehen.

***

Wash hatte recht; unsere Arbeit war noch immer unvollendet. P. T. half uns durch diese schwere Zeit, indem er uns – gute wie schlechte – Neuigkeiten brachte, damit wir uns auf die nächsten Schritte konzentrieren konnten. Eines späten Nachmittags, nicht lang nach der Massenpanik, brachte er uns eine Zeitung mit der großen Schlagzeile: »Brücke geschlossen! Kompetenzgerangel sorgt für Panik.« Darunter war dasselbe Foto von mir wie auf dem furchtbaren Poster abgebildet.

»Diese verfluchten Zeitungen fördern nur die Massenhysterie«, knurrte Wash. »Die sollten lieber mal die wahren Schuldigen benennen.«

»Sie haben recht. Ich hatte kein Recht …«

»Ach was, Schuld, Schuld. Wieso reden wir immer von

Schuldigen?«, sagte P.T. »Hören Sie auf, sich den Kopf zu zerbrechen. Es waren schlicht zu wenige Ordnungskräfte für so viele Menschen da. Das ist alles. Nichts weiter.«

»Da steckt noch mehr dahinter.« Ich winkte P.T. herbei und deutete auf Stones Foto in der Zeitung. »Ich bin genauso in seine Falle getappt wie alle anderen.«

»Wessen Falle?«, fragte Wash.

»Benjamin Stone. Er hatte damit zu tun.«

P.T. tätschelte mir tröstend die Schulter. Wash blickte ihn finster an.

»Ich habe eine Idee«, sagte ich. »Wir könnten eine Demonstration abhalten, um die Aufmerksamkeit der Öffentlichkeit zu erregen, und gleichzeitig die Stabilität der Brücke unter Beweis stellen.«

»Ooh.« P.T. horchte auf. »Eine Idee ganz nach meinem Geschmack!«

Er legte mir eine Hand auf den Arm, als er auf seine Taschenuhr deutete – wir hatten schon bald einen Termin. Ich sollte an diesem Abend erneut eine Rede vor dem Vorstand des Brückenkomitees halten.

»Würde es Ihnen etwas ausmachen, auf Abstand zu meiner Frau zu gehen?«, sagte Wash.

»Wie bitte?«, fragte P.T. »Emily, wir sollten langsam gehen. Wir können auf dem Weg über Ihre Idee reden.«

»Sind Sie taub? Halten Sie sich von meiner Frau fern!«

Mir klappte der Kiefer herunter angesichts seines plötzlichen Wutanfalls.

»Na, na, wir sind alle ein wenig angespannt, nicht wahr«, trällerte P.T. und half mir in meinen Überwurf.

Wash war aufgestanden, das Gesicht verzerrt vor Wut und … ja, was eigentlich? Eifersucht? Mit einem Mal schubste er P.T. Ich blinzelte ungläubig. Männer! Ich strebte zur Tür, froh, dass es ohnehin Zeit war zu gehen.

»Kommen Sie schon, P.T.«

Doch P. T. grinste und rührte sich nicht vom Fleck. »Hmm. Da hat wohl jemand seine Männlichkeit wiederentdeckt.«

Wash rammte ihm eine Faust ins Gesicht.

»Mr. Roebling!«, schrie ich.

P. T. stolperte rückwärts, mit blutiger Nase. Ich bot ihm mein Taschentuch an, doch er hielt mich eine Armeslänge auf Abstand und sich mit der anderen Hand die Nase. Während ich ihn zur Tür hinausschob, warf ich einen Blick zurück auf meinen Mann. Er streichelte den wimmernden Hund, der offenbar von diesem Vorfall verstörter war als mein Mann selbst. Er tröstete seinen besten Freund, so wie ich meinen tröstete.

Es war sicher nicht die beste Entscheidung, in diesem Moment gemeinsam mit P. T. das Haus zu verlassen, aber vielleicht war es auch gar keine Entscheidung. Wir waren spät dran, P. T. brauchte Zuspruch und ich seine Unterstützung vor meiner wichtigen Ansprache vor dem Vorstand. Ich kümmerte mich ums Geschäft, ohne Rücksicht auf Verluste.

SIEBENUNDDREISSIG

P. T. drückte das Taschentuch an seine geschwollene Nase, und ich versuchte, mir meine Redenotizen einzuprägen, aber die holprige Kutschfahrt und meine abschweifenden Gedanken machten es unmöglich. Obwohl meine Vorsprachen vor dem Komitee beinahe Routine geworden waren, stand ich noch immer ungern in der Öffentlichkeit.

Nun kam zu meinen Sorgen hinzu, dass Wash offenbar den Verdacht hegte, meine Freundschaft zu P. T. habe sich in etwas anderes entwickelt. Wieso konnte Wash nicht verstehen, dass ich die Überschwänglichkeit des Entertainers brauchte? Und wieso konnte P. T. nicht rücksichtsvoller sein, was Washs Gebrechen anging?

P. T. zog meinen Überwurf hoch, der heruntergerutscht war, und legte mir den Arm um die Schultern. Es gab allerhand zu bereden, angefangen bei seiner Auseinandersetzung mit Wash, aber im Moment standen andere, drängendere Dinge im Vordergrund.

»Sie zittern ja. Vor Kälte oder Nervosität?«, fragte er.

»Beides, nehme ich an.«

»Wollen Sie noch mal Ihre Rede üben?«

»War es das wert?«, flüsterte ich ihm zu, mir zu, dem Himmel zu.

»Wie bitte?«

»Führe mich, Herr, und gib mir Kraft. Erst Papa, dann G. K. und jetzt Wash. Alle haben mich alleingelassen.«

»Tun Sie das nicht.« P. T. zog mein Kinn hoch und sah mir zärtlich in die Augen. »Nur Mut, Peanut. Sprechen Sie ein Gebet, wenn Sie mögen, aber ich bin bei Ihnen.«

Ich tätschelte seine Hand und spürte, wie sich die Anspannung in meinem Nacken ein klein wenig löste.

Die Kutsche hielt vor dem Backsteingebäude. Die Dämmerung setzte ein, und die neuen elektrischen Straßenlaternen gingen an und tauchten die Straße in gelbes Licht.

P. T. sah auf seine Uhr. »Wir sind ein wenig zu früh dran. Lassen Sie uns noch mal Ihre Übungen machen. Machen Sie die Augen zu.«

Inzwischen hatte ich das Ritual vor jeder Ansprache bereits verinnerlicht. Ich schloss die Augen und atmete tief ein, um Körper und Geist zu entspannen.

»Denken Sie an einen glücklichen Moment zurück.« P. T.s Hand wärmte meine, aber in meiner Erinnerung war es Wash, der mit mir auf unserer Hochzeit zu herrlicher Musik tanzte. P. T.s samtige Stimme brach jäh in meine Tagträumerei: »Woran denken Sie?«

»Ich tanze.«

»Gut, dann tanzen wir.«

Ich linste mit einem Auge. P. T. hatte nun auch die Augen geschlossen, war versunken in seinen eigenen Traum. Ich hatte mit aller Kraft meine Gefühle für ihn unterdrückt und war stolz darauf, dass wir Freunde geblieben waren. Dennoch hatte er etwas Magisches an sich, als ob er mit einer Handbewegung all meine Sorgen hinfortfegen könnte. Wie ich so neben ihm saß, berührten meine Füße nicht den Boden, und so schloss ich die Augen und schwebte über das Tanzparkett.

***

Das Brückenkomitee traf sich im Sitzungsraum. P. T. saß neben C. C. Martin, als die Sitzung einberufen wurde.

»Unser erster Tagesordnungspunkt ist von immenser Bedeutung, da er die Sicherheit der Brücke betrifft«, erklärte der

Vorsitzende Murphy. »Ich rufe den Ingenieurassistenten Martin zu seiner Aussage auf.«

Martin stand auf. Sein Anzug hing an ihm wie an einem Kleiderbügel. Er räusperte sich. »Gentlemen. Nach einer ausführlichen Prüfung durch den Chefingenieur, sein Personal und beratende Ingenieure bleiben wir bei unserer Meinung. Es gibt keinen Zusammenhang zwischen der unglückseligen Massenpanik auf der Brücke und der Stabilität der Brücke selbst.«

Benjamin Stone schüttelte den Kopf und verschränkte die Arme vor der Brust. »Wie erklären Sie sich dann die zwölf Toten und die Hunderten Verletzten? Ihre Bezeugung der Stabilität der Brücke hat keinerlei Bedeutung, vor allem nicht für die Familien der Verstorbenen.« Er erhob sich vom Stuhl wie ein Bär auf seine Hinterbeine. »Die Bürger von New York und Brooklyn verdienen eine Antwort!« Stone hämmerte mit der Faust auf den Tisch, dass die Stifte umherflogen, und riss dann die Arme nach oben, sodass die Nähte seiner Jacke spannten.

P. T. verdrehte die Augen und warf mir einen verschwörerischen Blick zu. Amateur.

Ich muss ebenfalls geseufzt oder mit den Augen gerollt haben, denn Stone brüllte mich plötzlich an: »Mrs. Roebling, haben Sie dem noch etwas hinzuzufügen?«

»Habe ich.«

Stone konnte mich längst nicht mehr einschüchtern. Dank P. T. erkannte ich, wenn jemand eine Show abzog. Das konnte ich auch. Ich stand auf und nahm mit jedem im Raum Augenkontakt auf.

»Gentlemen, ich danke Ihnen für diese Gelegenheit, zu Ihnen sprechen zu dürfen. Als mein Schwiegervater vor über dreißig Jahren erstmals den Traum einer Brücke zwischen New York und Brooklyn hegte, wusste er, dass sie mit Risiken verbunden sein würde. Die Bauarbeiten ebenso wie die Benutzung der Brücke würden Menschen das Leben kosten, und es würden unvorhergesehene Herausforderungen und Unglücksfälle auftreten, aus dem schlichten Grund, dass nun ein öffentliches Bauwerk existiert, wo vorher nichts war.« Ich hielt Murphys Blick, bis um mich herum genickt wurde. »Aber er wusste – genau wie kluge Politiker –, dass die Brücke erforderlich war, damit diese herausragende Stadt und unser Land wachsen und zu Wohlstand gelangen können. Wir konnten nicht warten, bis wir unfehlbare Kenntnisse, Techniken und Materialien besaßen, denn womöglich werden wir sie nie haben. Stattdessen beschritten wir neue Wege, indem wir unablässig studierten, prüften und in einigen Fällen erfanden, was es noch nicht gab, denn genau das macht Fortschritt aus.«

Es erhoben sich Protestrufe.

Ich hob eine Hand. »Angesichts der Größe, der Hindernisse und der natürlichen Risiken des Projekts können wir uns glücklich schätzen, dass nicht mehr Menschen gestorben sind. Die Panik auf der Brücke hatte nichts mit der Kompetenz seiner Erbauer oder der Zuverlässigkeit des Entwurfs zu tun. Dieser tragische Verlust wurde verursacht durch Angst und Paranoia, angespornt durch verantwortungslosen Journalismus und die Agenda von Feinden, deren Motivation ich nicht begreife.«

Mehrere Vorstandsmitglieder drehten sich Stone zu, der an seiner Armbanduhr herumspielte.

Alle rissen die Augen auf, als Wash plötzlich den Raum betrat, auf seinen Stock gestützt, Schweißperlen auf der Stirn. Ich schlug mir mit der Hand auf den Mund. Wie beschwerlich musste die Anfahrt für ihn gewesen sein. Beruhigt von seiner Anwesenheit fuhr ich mit neu gewonnener Energie fort.

»Es wurde viel über meine Rolle diskutiert, da ich nur die Frau des Ingenieurs bin, ohne offizielle Ausbildung oder Qualifikation auf diesem Gebiet. Aber ich möchte daran erinnern, dass der große Ingenieur Eads ebenfalls keine solche Ausbildung genossen hatte. Dennoch ist die Brücke über den Mississippi ein untrüglicher Beweis seiner Kompetenz als Konstrukteur und Erbauer.«

Wash nickte mir zu. »Die Ausbildung und Kompetenz von Frauen ist eine Debatte, die wir auf ein andermal vertagen«, sagte Wash, als er die Länge des Tischs humpelnd abschritt, bis er hinter mir stand. Seine Hände wärmten meine Schultern. »Die Stabilität der Brücke steht außer Frage. Ja, sie zeigte nicht einmal die kleinste Schwäche, selbst als Tausende Menschen auf ihr herumtrampelten. Die Frage, die sich allerdings stellt, ist die nach der Regelung ihrer Benutzung.«

Unruhe entstand, als kleinere Grüppchen von Männern miteinander zu debattieren begannen. Ich hob meine Hand, um sie zum Schweigen zu bringen. Ich holte tief Luft und achtete darauf, mein Zwerchfell zu benutzen, um meiner Stimme Kraft zu verleihen. »Aus Vorfällen wie diesem müssen wir lernen, wir müssen sie hinter uns lassen und in die Zukunft schauen. Die Bürger haben diese Brücke gefordert, und sie haben dafür gezahlt. Einige sogar mit ihrem Leben.« Ich machte eine Pause, um meinen letzten Worten Nachdruck zu verleihen. »Es ist Ihre Pflicht, Euer Ehren. Sie müssen die Brücke öffnen!«

Einer nach dem anderen stand auf und applaudierte. Alle, bis auf Stone. Dann erhob er sich schwerfällig von seinem Stuhl und stimmte mit ein.

Der Vorsitzende Murphy schlug mit dem Hammer auf den Tisch. »Das Komitee wird alle Faktoren berücksichtigen und beim nächsten Treffen abstimmen. Bis dahin bleibt die Brücke geschlossen und wird mit einem Vorhängeschloss verriegelt.«

Nachdem die Sitzung vertagt worden war, kamen die Vorstandsmitglieder zu Wash und mir, um uns die Hände zu schütteln und uns ihrer Unterstützung zu versichern. Gemeinsam mit Wash, der den Arm auf meinen Rücken gelegt hatte, verließ ich den Saal, erfüllt von Freude und Stolz über alles, was wir getan hatten. Ich wollte P. T. für seine Unterstützung und Geduld mit mir danken, aber er hatte sich heimlich vor uns hinausgeschlichen.

Während des Treffens hatte es geregnet, und die feuchten Pflastersteine spiegelten das Licht der Straßenlaternen wider oder versanken in Schatten. Die beleibte Gestalt von Stone schlurfte, gestützt auf einen Regenschirm, über die Straße, die wie ein Schachbrett gemustert war.

Ich entschuldigte mich bei Wash und holte Stone ein. »Sie abscheulicher Mensch«, keifte ich. »Man sollte Sie für Ihre Taten der Polizei melden.«

»Sie wissen genau, dass das nichts bringen würde«, erwiderte er ungerührt. »Aber ich schulde Ihnen eine Entschuldigung.« Er ließ die Schultern hängen und sah auf einmal ein paar Zentimeter kleiner aus. »Erinnern Sie sich an den schrecklichen Unfall in England, von dem ich Ihnen erzählt habe? Als die Brücke eingestürzt ist?«

Was für eine seltsame Entschuldigung. »Gibt Ihnen das das Recht, uns zu verfolgen und die Brücke zu sabotieren?«

»Ich habe damals meine Frau und meine Tochter verloren. Und Sie ähneln …« Er hielt mit schmerzverzerrter Miene inne.

Das Portrait in seinem Büro fiel mir wieder ein. »Ich ähnele Ihrer verstorbenen Frau?«

Er nickte. »In vielerlei Hinsicht.«

»Wieso zur Hölle haben Sie dann bei jeder Gelegenheit versucht, mir Steine in den Weg zu legen?«

»Es ist nicht so, wie Sie denken.«

»Dann erklären Sie es mir bitte.«

»Sie denken bestimmt, ich hätte nur den Profit im Sinn.«

»Teilweise. Mir ist klar, dass dies eine emotionale Angelegenheit für Sie ist.«

»Ich kann nicht leugnen, dass der Profit eine Überlegung war. Aber nicht die einzige.«

Wash wartete auf mich. »Kommen Sie doch bitte mit.« Ich versuchte, ihn zurück zu Wash zu lenken, doch das war, als wollte man ein Dampfboot umdrehen. »Erzählen Sie weiter.« Sollte er es doch loswerden.

»Seit ich Sie das erste Mal gesehen habe, wusste ich, dass Sie etwas Besonderes sind.«

»Ah ja? Wann war das?«

»Damals, als Sie im Haus Ihrer Mutter einen Vortrag über das Brückenprojekt hielten.«

»Eine ziemlich amateurhafte Vorstellung, befürchte ich.«

»Ach, Sie waren so jung und unverdorben. Und ich stellte mir vor, wenn meine Tochter noch leben würde, wäre sie wie Sie gewesen. Diese Fantasie ging dann ein wenig mit mir durch.«

Mein Herz blieb verschlossen, auch als er sich die Augen abtupfte.

»Ich verspürte den Drang, Sie zu beschützen, da ich bei meiner Frau und unserem kleinen Mädchen so elendig gescheitert bin.«

»Ihr Verlust tut mir leid, Mr. Stone. Ich wünschte, ich hätte gewusst, dass ich so etwas wie eine Ersatztochter für Sie war. Vielleicht hätte unser Verhältnis dann anders ausgesehen. Aber dennoch ist mir schleierhaft, wie Sie glaubten, mich oder irgendjemand anderen durch Ihre Taten zu beschützen?«

»Ich dachte, unser Draht sei genauso gut wie der genehmigte. Ich möchte Ihnen die technischen Details ersparen, aber ich hatte selbst einige Tests durchgeführt und …«

»Darüber gibt es aber keinerlei Berichte, keine wissenschaftlichen Daten, die das stützen würden. So etwas würde man ja wohl kaum geheim halten.«

»Na ja …« Er strich den geschlossenen Regenschirm glatt und räusperte sich. »Ich wusste, dass es früher oder später herauskommen würde, dass der Draht ersetzt wurde.«

»Ich fürchte, ich verstehe nicht ganz. Wenn nicht aus Gründen des Profits, warum haben Sie ihn dann ausgetauscht, wenn Sie doch wussten, dass es herauskommt.«

Er starrte auf seine Schuhspitze und klopfte mit der Schirmspitze auf das Kopfsteinpflaster.

Dann dämmerte es mir, und ich war entsetzt über diese Ungeheuerlichkeit. »Die Massenpanik. Sie wollten Panik erzeugen.«

Ich sah den Schmerz in seinem Blick, doch ich hatte kein Mitleid mit diesem Monster. »Gute Güte, wieso? Sie wussten, wie eng die Ausgänge sind. Sie mussten wissen, welch tragische Konsequenzen es hätte, wenn die Leute hysterisch werden würden. Sie haben ihren Tod in Kauf genommen, nur um Ihre eigenen verqueren Zwecke zu verfolgen.« Ich trat einen Schritt näher und sah ihm wutentbrannt in die wässrigen Augen. »Sie kämpfen gegen Windmühlen an, nur statt imaginäre Riesen abzuschlachten, haben Sie echte Menschen getötet.«

»Ich wollte nie, dass jemand zu Schaden kommt«, flüsterte er.

Ein paar Meter weiter die Straße runter hatte Martin offenbar mit Wash ein Wörtchen zu wechseln. Wütend wedelte er mit den Armen. Ich sollte dazwischengehen, aber zuerst wollte ich eine umfassende Erklärung von Stone für sein verwerfliches Verhalten. Gedanklich erwog ich die Anklagen, die wir gegen ihn erheben konnten, während ich aus dem Augenwinkel Martin und Wash beobachtete. Martin deutete mit dem Zeigefinger auf P.T., der auf der anderen Straßenseite stand und wegsah. Verwirrt von diesem Nebenschauplatz wandte ich mich wieder Stone zu.

»Es ging immer um die Züge«, sagte er. »In den von uns genehmigten Originalplänen waren Züge nicht vorgesehen. Wie Sie sich vielleicht denken können, bin ich entschieden gegen einen Eisenbahnverkehr über die Brücke. Ich dachte, wenn es den Anschein – den Anschein, wohlgemerkt – hätte, dass die Brücke nicht genügend für so schwere Lasten ausgelegt sei, würde man die Idee verwerfen.«

»Aber die Brücke ist für große Lasten ausgelegt, auch Züge, trotz des minderwertigen Drahts.«

»Ein großer Fehler, das garantiere ich Ihnen. Dahinter stecken politische Interessen. Finden Sie doch mal heraus, wem die Eisenbahn gehört. Sie werden überrascht sein.«

»Lenken Sie nicht ab.«

»Henry Murphy, zum Beispiel«, sagte er und übernahm die Recherche für mich. »Einer Ihrer Lieblinge, nicht?«

Doch so leicht ließ ich mich nicht ablenken.

Er reagierte auf meinen finsteren Blick. »Ja, womöglich hatte ich einen gewissen Anteil an der Massenpanik. Aber Sie müssen dafür sorgen, dass keine Gleise über die Brücke verlegt werden!«

»Sie kurzsichtiger, selbstsüchtiger Mann.«

»Das streite ich gar nicht ab. Aber ich bin nicht der Einzige, der für die gierigen und gleichgültigen Entscheidungen bezahlen sollte, die so viele Leben aufs Spiel gesetzt haben.« Er reichte mir einen verschlossenen Umschlag. »Nehmen Sie den. Und lesen Sie ihn morgen.«

»Ich muss jetzt gehen.«

»Ich wollte nie, dass irgendwer verletzt wird!«, rief er mir hinterher, doch ich hatte genug gehört.

Ich erreichte Wash, als Martin ihn gerade stehen ließ.

»Ich habe ein paar unschöne Dinge herausgefunden«, sagte ich zu Wash. »Was die Massenpanik angeht …«

P.T. trat zu uns. »Ich würde Ihnen beiden gerne anbieten, Sie mit der Kutsche mitzunehmen, sobald ich sie finde.« Er suchte mit den Augen die Straße ab.

»Danke, Mr. Barnum, aber ich werde meine Frau schon allein nach Hause bringen.« Trotz der Höflichkeit, mit der er das sagte, erkannte ich an der Intensität seines Blicks, dass sein

Zorn noch nicht verflogen war. Dennoch drückte er meine Hand, und ich drückte zurück.

Wash hatte P.T. zu Recht geschlagen, da dieser eine Linie überschritten hatte. Aber angesichts des gelungenen Empfangs beim Vorstandstreffen und der Tatsache, dass P.T. versuchte, seinen Fehler wiedergutzumachen, sollte Wash etwas gnädiger sein. Doch dann rügte ich mich dafür. Es war Wash nicht leichtgefallen, und dennoch war er heute Abend hierhergekommen, um mir den Rücken zu stärken.

»Du wirst nicht glauben, was mir Stone soeben gestanden hat.«

Ich brannte darauf, Wash davon zu erzählen, doch er klopfte nur ungeduldig mit seinem Gehstock. Schweißperlen standen ihm auf der Stirn, und sein Gesicht war trotz der kühlen Abendluft gerötet. Was hatte Martin zu ihm gesagt?

Wash zog mich an der Hand. »Komm, Emily, gehen wir.«

Wash führte mich zu einem Pferd, das an einem Pfahl angebunden war – Theo, eins unserer Kutschpferde. Ich begrüßte ihn und ließ ihn an mir schnuppern. Er war ein großer, starker Hengst, und das Aufsteigen musste eine echte Herausforderung gewesen sein. »Wie hast du …«

»Ich dachte, das wäre romantischer.« Er band das Pferd los. »Wurde höchste Zeit, dass ich mal wieder auf einem Pferd sitze. Du reitest doch immer noch gerne, oder?«

»Wash!« Schon zum dritten Mal an diesem Abend verblüffte er mich. »Du bist nicht mehr geritten seit …«

»Dem Krieg. Und ich hatte mir geschworen, mich nie wieder auf einen Gaul zu setzen.« Er stieg auf und reichte mir dann eine Hand, um mir hoch und in den Sitz vor ihm zu helfen. Meine gestreckten Beine und das weiche Leder des Sattels weckten schönste Erinnerungen an Jugendtage.

»Ich muss etwas gestehen.« Er rückte meinen Überwurf zurecht. »Ich habe Barnums Pferde freigelassen.«

»Was? Wieso?«

»Ich weiß, sehr flegelhaft von mir.« Er reichte mir die Zügel und legte mir von hinten die Hände um die Taille. »Da. Er gehört ganz dir.«

Es war schon einige Zeit her, seit ich zuletzt geritten war, und Theo tendierte ein wenig zum Hüpfen, aber offenbar hatte ich das Reiten nicht verlernt. »Was hat dich dazu gebracht, heute Abend zu kommen?«

»Ich dachte an den Krieg. Und an diese verdammte Kanone, und wie ich sie den Hügel raufgeschoben habe.« Er musste lauter reden, um das Klipp-Klapp der Hufe zu übertönen.

»Welchen Hügel?«

Nun, da wir die belebte Hauptstraße hinter uns ließen, wurde es etwas ruhiger.

»Little Round Top.« Er beugte sich näher an mein Ohr. »Dein Bruder hat uns die Kanone raufschieben lassen. Über den bewaldeten Hügel, über Felsen und umgestürzte Bäume. Du kennst ja die Erzählungen über den mutigen Kampf um den Hügel. Womöglich der Wendepunkt des Kriegs.«

Wir kamen an eine Kreuzung, und ich lenkte das Pferd nach links, Richtung Zuhause. Wash legte seine Hände um meine und lenkte das Pferd nach rechts. Das verdatterte Tier kam abrupt zum Halten.

»Nein. Wir reiten zur Brücke«, flüsterte Wash in einem Ton, bei dem sich mir die Haare im Nacken aufstellten.

Wir bogen rechts ab, doch da ich nicht wusste, was er vorhatte, ließ ich das Pferd im Schritt gehen.

»Weißt du, wieso wir so erbittert um Little Round Top gekämpft haben?« Washs Atem wärmte mein Ohr, seine Arme um meine Taille zogen sich enger zu. »Nicht, weil es die Strategie des Generals war, sondern weil es so anstrengend gewesen war, die verdammte Kanone da raufzuschieben. Wir wollten nicht aufgeben. Das war unser Gebiet.«

Die Erinnerung an den Abend, als er im Fieberwahn wild durcheinanderfantasiert und sich über die Kanone und den

Caisson ereifert hatte, kehrte zurück. »Ich bin froh, dass du endlich darüber sprichst. Aber wieso jetzt? Hat das etwas mit dem Vorstandstreffen zu tun?«

»Natürlich. Ich möchte hören, wie du es aus deiner Perspektive wahrgenommen hast. Martin hat mir seine Sicht bereits zur Genüge geschildert.«

»Ah ja? Was sagt er denn?«

»Er meint, der Vorstand ist Wachs in deinen Händen.«

»Da wäre ich nicht so sicher. Sie können uns noch jede Menge Steine in den Weg legen, bevor sie die Brücke öffnen. Das kann Jahre dauern.«

Wir ließen die beleuchtete Straße hinter uns und stiegen die Rampe zu der verlassenen Brücke hinauf. Der Vollmond schien an einem sternenklaren Himmel, wie um die fehlenden Lampen zu ersetzen. Theo zögerte etwas, bis sich seine Augen an die Dunkelheit gewöhnt hatten, dann ritten wir die vertraute Steigung hinauf.

»Ich habe nachgedacht«, sagte Wash.

»Das ist dein Metier.« Ich lachte, doch er stimmte nicht ein.

»Ich werde dauerhaft nach New Jersey zurückziehen.«

Ich schluckte. Trenton war sein Zuhause. Aber ich war in New York verwurzelt. »Was meinst du mit ›ich‹?«

Wir waren am Brooklyn-Pylonen angelangt, wo die Fahrbahn durch eine Barriere blockiert war. Der Wind blies uns um die Ohren und trug den Geruch von Kohleöfen und Pferdeäpfeln heran. Wieso hatte er uns hierhergebracht?

Er stieg ab und half mir herunter. Nachdem er mir seinen Stock gereicht hatte, damit er das Pferd anbinden konnte, führte er mich zur Barrikade. Auf einem Schild stand: Auf Anordnung der Brooklyner Polizei geschlossen. NICHT BETRETEN.

»Ich will nicht egoistisch sein.« Wash öffnete das Vorhängeschloss am Tor und trat durch die Barriere.

»Inwiefern?« Mein Kleid war trotz der kühlen Meeresbrise schweißgetränkt.

Er bedeutete mir, ihm auf die Brücke zu folgen. »Komm.«

Schweigend schritten wir über die hellgelben Holzbohlen. Die Lichter von Manhattan funkelten als Reflektion auf dem Wasser.

Der Mond verschwand hinter einer Wolke und ließ uns in einer surrealen Leere zurück. Als wir die Mitte der Brücke erreichten, war es, als befänden wir uns allein in dunklen Sphären zwischen zwei Welten.

Wash hängte seinen Gehstock an den Handlauf, hielt sich mit beiden Händen daran fest und schaute den Fluss hinab. Die Stille war mir unangenehm, und ich lehnte mich mit dem Rücken neben ihm an die Brüstung.

»Du machst, was du willst. Genau wie damals, als du mit mir aufs Schiff nach Europa gegangen bist, obwohl du wusstest, dass unser Kind unterwegs war.« Er sah mich an. »Aber das hielt dich nicht davon ab, solange ich mich nicht in den Weg stellte.«

»Das war nicht mein bester Moment. Aber ich habe für meinen Fehler bezahlt.« Schmerzliche Erinnerungen kamen hoch, doch ich schob sie beiseite und dachte stattdessen lieber an unseren gesunden Jungen, der inzwischen fast erwachsen war. Fröstelnd zog ich meinen Überwurf fester um mich.

»Wir haben dafür bezahlt. Oder willst du damit sagen, nur ich hätte mir mehr Kinder gewünscht?«

»Du weißt, dass das nicht stimmt. Wieso fängst du jetzt damit an? Willst du über Dinge reden, die sechzehn Jahre her sind?«

»Nein. Ich will darüber reden, was vor achtzehn Jahren passiert ist. Du erinnerst dich vielleicht an das Ereignis.«

Der Mond kam wieder zum Vorschein, und nun konnte ich ihn besser sehen: das faltige, erschöpfte Gesicht, die Strähnen im Bart, die im Mondlicht silbern schimmerten.

»Unsere Hochzeit? Ich weiß, wir haben unsere Jahrestage nicht richtig gefeiert, aber …«

»Nicht die Hochzeit. Unsere Ehe.«

Die Furcht bohrte sich tiefer in meine Magengrube.

»Ich mag vielleicht nicht mehr gut sehen, aber ich bin nicht blind. Und es wird natürlich geredet.«

»Ach Himmel, du solltest doch eigentlich wissen, dass man auf Klatsch nichts geben kann. Besonders, wenn es mich betrifft – ich bin doch ein gefundenes Fressen.«

»Mag sein. Aber es ist etwas Wahres dran. Wir haben uns auseinandergelebt.«

»Und wessen Schuld ist das?«

Wash schüttelte den Kopf. »Ich bin den hohen Erwartungen meines Vaters nie gerecht geworden. Zuerst hat der Krieg meinen Geist gebrochen, und dann diese Brücke meinen Körper. Aber eins weiß ich. Ich liebe dich zu sehr, um dich gegen deinen Willen festzuhalten … als ob ich oder irgendjemand das könnte.«

»Ich habe dich nie verlassen. Ganz im Gegenteil.« *Was hat Martin dir gesagt?* wollte ich am liebsten fragen.

»Ich bin nicht mehr der Mann, der ich vor achtzehn Jahren war, so viel stimmt, insofern hast du Grund genug, dir einen anderen zu suchen. Aber solange mir noch Reste meines Herzens und meiner Würde bleiben, musst du dich entscheiden. Ich kann – und werde – nicht zulassen, dass meine Frau die Zuneigung eines anderen sucht.«

Oh Gott. Martins verschwörerisches Flüstern, bei dem sein Blick zu mir gehuscht war. Die Auseinandersetzung auf der Straße, als er auf P.T. deutete. Die Puzzleteile fügten sich zusammen. Martin, dieser Mistkerl.

»Es ist nichts passiert.« Ich drehte mich um, sodass ich mit ihm auf das dunkle Wasser in der Tiefe blickte. Noch immer zuckte er bei Berührungen zusammen, doch ich ging das Risiko ein und bedeckte seine Hand mit meiner.

Er schob den Gehstock auf dem Handlauf vor und zurück und schob meine Hand weg. »Das sehe ich anders.«

Ich versuchte, seinem Blick zu begegnen. »Wash, da ist nichts …«

»Erinnerst du dich, als die Arbeiter gestreikt haben und du ein Ultimatum vorgeschlagen hast?«

»Natürlich, aber …«

»Sie sollten entweder zur Arbeit zurückkehren oder gehen.« Wütend und gepeinigt verzog er das Gesicht. »Tja, das ist mein Ultimatum. Es sollte dir nicht schwerfallen, dich zu entscheiden. Du wusstest immer, was du wolltest.«

»Wash …« Ich zog ihn an der Schulter, damit er sich zu mir umdrehte. »Hör mir doch zu.«

»Nein, du hörst mir zu.« Er trat einen Schritt zurück und deutete mit dem Stock nach Manhattan. »Komm mit mir nach Trenton und versprich, ihn nie wiederzusehen.«

»Wash, das kann nicht dein Ernst sein. Du verstehst nicht.«

»Oder verlass mich.« Der Mond hinter ihm tauchte seine Silhouette in Licht, doch sein Gesicht lag im Dunklen.

Ich erstarrte, unfähig, Worte zu formen. Ein Windstoß erfasste mein Kleid, das in dem blassen Licht unheimlich leuchtete. Ein paar meiner Ringellocken lösten sich und peitschten mir ins Gesicht. Ich erkannte den Mann nicht mehr, der da vor mir stand. Liebte er mich nicht mehr? Wollte er mir damit bedeuten, ich solle gehen? Zum ersten Mal in meinem Leben wusste ich nichts zu sagen und streckte lediglich die Hände flehend nach ihm aus.

»Ein Soldat verteidigt sein Gebiet bis zum Letzten. Und ich bin nicht bereit, aufzugeben.« Mit starrer Miene warf er den Stock hin und riss die Arme hoch. Er riss mich an sich. »Bei Gott, ich liebe dich.« Seine Augen glänzten ob der Tränen und des Mondscheins, und seine feuchte Wange an meiner sagte mir alles, was ich wissen musste. Er küsste mich leidenschaftlich, und ich gab mich der Wärme seiner Arme völlig hin.

Überwältigt von seinen Küssen, fiel mir kaum auf, dass er mein Kleid hochzog.

An diesem Abend schrieben wir unbeabsichtigt Geschichte, als wir uns in der Mitte der mondbeschienenen Brücke liebten.

ACHTUNDDREISSIG

Offenbar hatte sich Stone mit dem Brief, den er mir gegeben hatte, einen Scherz erlaubt, denn darin wies er mich an, auf der Brücke nach einem weiteren Brief zu suchen. Also machte ich mich am nächsten Tag, diesmal mit Johnny, auf den Weg. Er war inzwischen alt genug, um vieles besser zu verstehen, und ich wollte, dass er auf die bevorstehenden Veränderungen vorbereitet war. Wir sahen zu, wie Arbeiter die bei der Massenpanik entstandenen Schäden reparierten, und ignorierten die Passanten, die mit dem Finger auf uns zeigten und die Köpfe schüttelten.

Johnny schien das alles nicht zu bemerken; er war, wie die meisten Fünfzehnjährigen, ganz mit sich selbst beschäftigt. »Also ich möchte definitiv an der Rensselaer studieren.«

»Du musst dich nicht verpflichtet fühlen. Wenn überhaupt, müsste das alles dich doch eher abschrecken.«

»Nein, ich möchte es wirklich. Und die Noten habe ich auch dazu, zumindest bislang.«

Ich wich der Spucke eines Passanten aus. Johnny wollte sich auf ihn stürzen, aber ich hielt ihn zurück. »Das Zeug dazu hast du, keine Frage, Johnny. Wir schicken dich auf jede Universität deiner Wahl. Aber dein Vater und ich sind der Meinung, du solltest deinen eigenen Weg gehen. Außerdem weiß ich nicht, ob ich noch eine Generation diesem Leben aussetzen will.«

»Mutter.« Seine neue, tiefe Stimme überraschte mich jedes Mal aufs Neue. »Das ist aber mein eigener Wunsch. Und ich bin nicht mehr Johnny, sondern John.«

Wir trafen an der Blockade ein, die Wash am Abend zuvor wieder zugeschlossen hatte. Ich suchte nach Stones Zettel.

»Komm schon. Lass uns einfach trotzdem auf die Brücke gehen.« Er rüttelte an der Barriere.

»Nein, John.«

»Wieso bist du dann hergekommen? Um dich und mich zu quälen?«

»Du wirst es schon überleben.«

»Woher willst du das wissen?«, fragte er im Tonfall eines Jungen, der noch nicht ganz ein Mann ist.

»Weil ich dich dazu erzogen habe, stark und unabhängig zu sein.«

»Du hast mich erzogen? Ha!«

»Na ja, wir alle zusammen.« So viel konnte ich zugeben. Ich suchte die Gegend ab. »In seiner Nachricht stand, er würde mir hier eine Botschaft hinterlegen. Seltsamer Mann. Komm, hilf mir suchen.«

»Es muss ziemlich schwierig gewesen sein, alles unter einen Hut zu bringen: ein Kind großzuziehen, für Pa zu sorgen, die Brücke zu bauen. Ist das der Grund, weshalb ich keine Geschwister habe?«

»Nicht ganz.«

Er legte den Kopf schräg.

»Uns wurde nun mal nur ein Kind geschenkt. Ich wüsste nicht, wieso dich das plötzlich interessieren sollte.«

»Weil ich kein Kind mehr bin.«

»Das stimmt«, sagte ich und bewunderte meinen großen, dunkelhaarigen Sohn, der Washs blaue Augen und sein ernstes Gesicht hatte. Plötzlich wünschte ich mir einen Moment zurück. Jenen Moment im Kinderzimmer, als wir zusammen Ball spielten, ein Moment voller Perfektion und Unschuld. Ich wollte all die Momente zurück, die ich nicht mit ihm verbringen konnte. Die Stunden, die ich auf der Baustelle verbracht hatte, anstatt ihm mit den Hausaufgaben zu helfen, mit ihm in den Park oder Zoo zu gehen.

Ich wollte beide Welten und beweisen, dass eine Frau beides haben konnte. Aber vielleicht musste man sich für eine Scheibe hiervon und eine Scheibe davon entscheiden. Meine Entscheidungen hatten verhindert, dass ich noch ein weiteres Kind bekam, und zu einem Großteil, dass ich das Kind, das ich hatte, großzog.

»Eine Geburt ist mit Risiken verbunden, mein Sohn.« Vielleicht hätten amerikanische Ärzte auch nicht mehr ausrichten können, aber Wash würde mir das nie verzeihen.

John hatte sich derweil schon wieder der Suche nach der Geheimbotschaft zugewandt. »Was ist das?« Er fand eine ziemlich zerfetzte und ausgebleichte Stoffpuppe, die hinter dem NICHT-BETRETEN-Schild klemmte. Er reichte mir die Puppe. »Wieso, was ist bei meiner Geburt passiert?«

Ich presste die Lippen aufeinander; es war nicht fair, ihn damit zu belasten.

Johns Blick wurde sanfter. »Ach, egal. Ich hab dich lieb, Mama.« Er legte mir einen Arm um die Schulter. »Und die Brücke ist wunderschön.«

»Ich hab dich auch lieb. Ja, ist sie nicht eine Pracht?« Stirnrunzelnd fiel mir ein, dass ich ihm die Neuigkeit überbringen musste, dass wir eventuell umziehen würden und er die Schule würde wechseln müssen. »Aber nun, da sie fast fertig ist, wird sich unser Leben ändern.«

Ich drehte die alte Stoffpuppe um und fand einen leeren Umschlag daran befestigt. In verblasster Tinte konnte ich eine englische Briefmarke von 1847 sowie den Empfänger ausmachen: Mr. Benjamin Stone. Darüber hatte jemand die gruselige Botschaft gekritzelt: Gemeinsam gehen wir in die kalten Tiefen, unser Schicksal für immer vereint.

Stone hatte mich hergeschickt. Wartete er hier auf mich? Meine Gedanken rasten, und ich spähte an der Absperrung vorbei, ob irgendjemand auf der Brücke war. Und tatsächlich, eine Gestalt in dunkler Kleidung lehnte sich über das Schutzgeländer. Es schien, als würde sie mit jemandem reden, der auf der anderen Seite des Geländers war. Panik stieg in mir auf. Wessen Schicksal würde mit seinem vereint werden? Und was hatte es mit Washs merkwürdigem Verhalten auf sich?

»Oh Gott, Johnny, sie wollen springen!«

Johnny sprang über die Absperrung und rannte los. Mit zitternden Händen fummelte ich am Vorhängeschloss herum. Endlich ließ es sich öffnen, und ich eilte Johnny hinterher.

Ich erreichte gerade rechtzeitig die Mitte der Brücke, um noch zu sehen, wie eine Gestalt außen an der Sicherheitsbrüstung hing. Als ich losstürzte, ließen die Hände los, und die Gestalt verschwand. Ich wirbelte herum. Wo war Johnny? Das Bild, wie er als Kleinkind vom Boot gefallen war, schoss mir durch den Kopf. Bestimmt würde er nicht aus so großer Höhe ins Wasser springen, um jemanden zu retten? Außer natürlich, es handelte sich um seinen Vater … »Johnny!«

***

Wir blieben, bis die Polizei Stones Leiche auf das Rettungsboot gezogen und die Suche für beendet erklärt hatte, dann gingen wir erschüttert, aber ohne sonstigen Schaden genommen zu haben nach Hause. Johnny war auf eines der Kabel geklettert, um sich einen besseren Überblick zu verschaffen, aber ich war zu erleichtert, um ihn dafür zu schelten.

Die zerfledderte Stoffpuppe und den Umschlag nahmen wir mit. Instinktiv hatte ich ihn ins Wasser werfen wollen, aber das merkwürdige PS unter seiner kryptischen Botschaft hielt mich davon ab: *Sag Gertrude Lebwohl von mir!* Meine Finger fuhren das Gesicht der Puppe nach, und ich stellte mir das kleine Mädchen vor, das einst dasselbe getan hatte. Vielleicht sollte ich Wash davon erzählen. Stattdessen warf ich die Puppe später in den Kamin und ließ das Feuer den Schmerz auslöschen.

Als wir heimkamen, verließ ein Polizist gerade die Bibliothek. Wash saß in der hintersten Ecke und schenkte sich Whiskey ein.

»Möchtest du ein Glas?« Sein Blick fiel auf mein tränenverschmiertes Gesicht und meine zerzausten Haare. »Weine nicht um ihn. Seine Seele hat endlich Frieden gefunden.«

Er reichte mir das Glas, und ich genoss, wie die Flüssigkeit meinen Hals hinabbrannte.

»Und was ist mit deiner Seele?«

»Anders als bei Stone ist es nicht an mir, das Problem zu lösen.« Er schwenkte den Whiskey im Glas.

»Also ist das alles meine Schuld.« Ich wusste nicht, ob er die Schließung der Brücke oder P.T. meinte, nur, dass er mir die Schuld gab.

»Ich habe nicht mit anderen Frauen herumgetollt.«

Ach das. »Das war nie ein Problem.«

»Nicht möglich, meinst du.« Offenbar wollte er meine von dem Vorfall ohnehin strapazierten Nerven weiter beanspruchen. Natürlich wusste er nichts von dem Schockmoment, in dem ich befürchtet hatte, er habe sich ebenfalls in die Fluten gestürzt.

»Wash, gestern Abend …«

»Was? Bist du überrascht, dass ich noch kann?«

»Nur, wenn du wütend bist. Kein besonders gutes Timing.«

»Als ob ich etwas daran ändern könnte!« Er knallte sein Glas auf den Tisch.

»Ich verstehe deine Situation. Dreizehn Jahre lang habe ich mit anschauen müssen, wie du an einem Tag gehen konntest und am anderen ans Bett gefesselt warst.«

»Ich weiß, dass es schwer ist, damit zu leben. Du hast die Wahl.«

»Wash, ich liebe dich.«

»Das ist nicht die Frage.«

»Es ist nicht deine Situation, die ich unerträglich finde.«

»Nur mich.«

Ich zuckte zusammen. »Du weißt, dass das nicht wahr ist.«

»Dann liebst du P.T. auf eine Art, wie du mich nicht mehr liebst.«

»Nein!«

»Du streitest also ab, ihn zu lieben?«

»Nein, das streite ich nicht ab.« Ich leerte mein Glas. »Gott, es ist nicht so einfach.«

Wash verschränkte die Arme vor der Brust, wie um sein Herz zu schützen. »Dann erkläre es mir.«

»Ich bin kein Mann, insofern kann ich einiges vielleicht nicht so nachvollziehen.«

Er hob die Handflächen nach oben, wie um zu sagen: Was?

»Du hast mich verlassen. Mich im Stich gelassen, als es im Bett nicht mehr klappte.«

»Liebe Güte.«

»Ich meine nicht nur körperlich.«

»Wie soll ich mich nicht von dir abwenden, wenn du dir das, was du brauchst, woanders holst?« Er raufte sich die Haare. »Wie sehr willst du mich leiden sehen?«

Eine furchtbare Erkenntnis traf mich wie ein Schlag. »Du glaubst immer noch, ich hätte eine Affäre.«

Ein Nicken.

Wieso glaubte er mir nicht? Dieser verdammte Martin!

»Ich habe dir doch gesagt, dass nichts passiert ist. Wie lange lebst du schon in diesem Glauben?« Sanft legte ich ihm eine Hand an die Wange und drehte sein Gesicht zu mir. Nicht, dass er sich wieder in sein Schneckenhaus verkroch. Sein flüchtiger, schmerzverzerrter Blick war Antwort genug: Seit Langem.

»Du liebe Güte, Wash!«

»Täusche ich mich denn?« Endlich begegnete er meinem Blick, aber die Mischung aus Wut, Verletzung und Resignation, die in seinen Augen lag, war schwer auszuhalten.

»Ich habe in ihm ein offenes Ohr gefunden. Und ja, ich bekenne mich schuldig, ich habe dieses offene Ohr außerhalb unserer Ehe gefunden. Aber ich habe nie das Bett mit ihm geteilt!«

»Möchtest du denn?«

Ich verschränkte die Arme vor der Brust und sah auf meine Zehenspitzen hinab.

»Da haben wir es.«

»Ich bin nur ehrlich. Hast du nie eine andere Frau begehrt? Was zählt, ist doch, ob man dem Begehren nachgibt.«

»Das ist nicht dasselbe. Ganz offensichtlich liebst du ihn und er dich. Hier geht es nicht bloß um Verlangen.«

»Nein. Es geht darum, das Leben miteinander zu teilen.«

»Du schiebst schon wieder mir die Schuld in die Schuhe.«

»Nein, ich versuche, dich zu verstehen.«

Er seufzte. »Einen kaputten, gebrochenen Mann.« Er öffnete den Humidor, aus dem der süße Duft kubanischer Zigarren strömte, nahm eine heraus, legte sie in den Zigarrenschneider und trennte den Kopf ab.

»Früher hast du dich mir anvertraut.« Ich versuchte, nicht vorwurfsvoll zu klingen.

»Emily, ich wollte immer …«

Ich hob den Zeigefinger und ließ ihn dann sinken. Meine Wut war einem Gefühl von Traurigkeit und Schuldbewusstsein gewichen. »Vielleicht habe ich irgendwann aufgehört zuzuhören.« Mein Geständnis schmerzte.

»Ich habe Angst, dich zu verlieren. Gleichzeitig sollte ich dich freilassen.« Er sank in seinen Lieblingssessel und entzündete in aller Ruhe seine Zigarre, als handle es sich um ein Geschäftstreffen.

»Argh. Mich freilassen? Bin ich etwa ein Vogel in einem Käfig?« Diese Diskussion war noch nicht beendet, auch wenn er sich in seinen Komfortbereich zurückgezogen hatte. Ich würde nachbohren, bis ich die Wahrheit ans Licht brachte, egal wie hässlich sie auch wäre.

»Ach, liebe Emily. Du weißt genauso gut wie ich, dass das nicht der Fall ist. Hast du schon vergessen, wer all die Bloomer-Kostüme genäht hat?« Chaucer streifte an meinem Bein vorbei, setzte sich zu Washs Füßen und legte seine ergraute Schnauze auf seinem Schoß ab.

Ich ließ mich auf meinem angestammten Stuhl nieder. Der Whiskey betäubte meine Sinne, und Erschöpfung machte sich breit. Es wäre einfacher, unsere Situation zu akzeptieren. Wozu all diese verborgenen Emotionen hervorholen? Schau nach vorn, rief meine müde Seele mir zu. Aber Konfliktscheue hatte uns überhaupt erst in diese Entfremdung geführt.

»Wieso hast du Angst, mich zu verlieren?«, fragte ich.

Er hielt die Zigarre und sah dem sich kräuselnden Rauch nach. »Diese Angelegenheit mit Stone hat mich an etwas erinnert, woran ich seit Jahren nicht mehr gedacht habe. Was mich aber vermutlich beeinflusst hat.«

Ich streckte zwei Finger aus, um seine Zigarre zu probieren.

»Vor vielen Jahren – mittlerweile über zwanzig – gab es jemanden, der mich geliebt hat, noch bevor es dich gab. Jemanden an der Uni.« Lächelnd tätschelte er den Hund. »Wir haben uns gut verstanden und standen uns sehr nah.«

»Ich bin nicht davon ausgegangen, dass ich die Erste für dich war.«

Sein Lächeln schwand. »Es war eine unerwiderte Liebe. Und sie endete gar nicht gut.«

»Das tun solche Geschichten selten.« Ich fing an, meinen Vorsatz, besser zuzuhören, zu bereuen. »Was hat das mit uns zu tun?«

»Wie es scheint, ist er gestorben …«

»Er?«

»Selbstmord.« Er nahm die Zigarre von mir entgegen und zog daran. »Ich habe versucht, ihn freundlich abzuweisen, weil ich ihm die Art von Liebe, die er sich wünschte, nun einmal nicht geben konnte. Also hat er sich umgebracht. Das hat nichts mit dir zu tun, und das weiß ich hier drin.« Er tippt sich an den Kopf. »Aber hier drin« – er tippte sich ans Herz – »hat alles mit dir zu tun.«

»Wash, du hast mir nie davon erzählt …«

»Glaubst du, ich hätte dich einen Moment lang nicht gewollt? Aber man kann nicht an etwas festhalten, das einem nicht gehört. Ich werde nie vergessen, wie ich dich damals beim Ball sah. Du hättest an jedem Finger zehn Männer haben können. Männer fühlen sich wohl in deiner Gesellschaft« – sein Bick schnellte zu mir – »und du dich in ihrer. Damit will ich nicht sagen, dass das deine Schuld ist. Aber ich habe in der ständigen Angst gelebt, dich zu verlieren, vielleicht nicht auf so extreme Weise wie meinen Studienfreund damals, aber dennoch auf eine schmerzhafte.«

Derselbe tief verletzte Ausdruck wie damals nach dem Krieg kehrte in sein Gesicht zurück. Chaucer schien seinen Schmerz zu spüren und flehte mich mit den Augen an, ihn ihm zu nehmen.

»Ich habe dir mehr Freiheiten gelassen als üblich, als Wiedergutmachung für … ähm … nennen wir es mal, meine Defizite, und wollte sehen, wie du dich revanchierst.«

Mein Kopf zuckte überrascht zurück. Es war mir nie in den Sinn gekommen, dass er wissentlich seinen männlichen Stolz zurückgestellt hatte, um mir meine Flirtereien und mehr zuzugestehen. Nicht dieses Mehr machte ihm so sehr zu schaffen. Sondern vielmehr die Zuneigung und die emotionale Nähe, die ich zu P. T. aufgebaut hatte.

Ich machte die Augen zu, um das Gedankenkarussell zu stoppen. So viele Jahre wusste er – oder glaubte er um meine Affäre zu wissen – und hatte nichts gesagt. »Wieso jetzt, Wash?«

Er zuckte mit den Achseln. »Du hast mich doch gefragt.«

»Wieso? Wieso hast du stillschweigend gelitten, in dem Glauben, ich würde dich betrügen?«

»Ich habe dir erklärt, weshalb.«

»Da steckt doch noch mehr dahinter. Ich kenne dich, Wash.«

Seufzend klopfte er seine Zigarre im Aschenbecher ab. »Soll ich es wirklich aussprechen?«

Ja, verdammt, dachte ich. Gib doch zu, dass deine Toleranz mehr mit einem gewissen Bauprojekt zu tun hatte als mit den Schuldgefühlen aus einer unerwiderten Liebe. Aber bevor ich diesen Gedanken weniger vorwurfsvoll formulieren konnte, wandte er sich von mir ab. Einmal mehr hatte er sich samt seiner sensiblen Seele in sein Schneckenhaus zurückgezogen.

Ich fragte mich, ob ich diesen Mann noch lieben konnte. Immerhin gab es da noch einen anderen Mann – einen Freund, der mich liebte und auf mich gewartet hatte, während mein eigener Mann bereit gewesen war, meine Untreue im Gegenzug für sein blödes Projekt in Kauf zu nehmen.

***

Der Haussegen hing weiterhin schief. Washs Ultimatum und seine schockierenden Enthüllungen gingen mir nicht mehr aus dem Kopf, aber der Tross aus Journalisten, Politikern und Investoren, die bei uns ein und aus gingen, machte ein klärendes Gespräch unmöglich.

Eines Sonntagabends versuchten wir uns an einem ganz normalen Abendessen im Kreis der Familie. Bis Johnny nach P. T.s bandagierter Nase fragte.

»Du hast ihm eine verpasst?« Johnny boxte in die Luft und lauschte begeistert der leicht abgeänderten Nacherzählung der Geschehnisse jenes fürchterlichen Abends.

Warnend sah ich zu Wash hinüber.

»Ich bin nicht stolz darauf«, log er, »aber ja, hab ich.«

»Boah, das muss ich meinen Freunden erzählen«, sagte er und stocherte in seinem Fleischklößchen herum.

»Nichts dergleichen wirst du tun.« Ich wickelte Pasta mit der Gabel auf. »Diese Familie steht bereits ausreichend in den Schlagzeilen. Und sprich bitte nicht mit vollem Mund.«

»Hören Sie auf Ihre Mama, Mr. Johnny.« Muriel stand in der Tür des Esszimmers. Inzwischen leicht angegraut, war sie deutlich langsamer als früher. »Mr. Roebling, Sie haben einen Gast.«

Neben ihr stand C. C. Martin und lächelte, was eine Rarität war.

»Entschuldigen Sie die Störung, aber ich dachte mir, dass Sie das wissen sollten.«

Er reichte Wash Unterlagen, die er durchblätterte.

»Die Brücke wurde ausgiebig inspiziert. Der Vorstand und die Stadt haben sie für sicher befunden.« Der normalerweise stoische Martin jubelte und nickte mir zu. »Mrs. Roeblings Auftritt hat sie überzeugt.«

Innerhalb von Sekunden war ich aufgesprungen und umarmte Wash, Johnny, Muriel und sogar Martin. »Hurra!« Plopp ertönte es, als Muriel eine Champagnerflasche köpfte, und alle lachten über die Schaumfontäne, die hervorsprudelte.

Wash hingegen blieb gefasst, lächelte kaum. »Natürlich ist die Brücke sicher. Wann wird sie geöffnet?«

***

Es blieb nur noch ein weiteres Hindernis, zumindest was die Brücke betraf. Nach unseren Berechnungen war es möglich, dass die Gewichtsbeschränkung der Brücke überschritten wurde, wenn Menschenmassen unbegrenzt Zugang zur Brücke erhielten. Wash diktierte mir eine Nachricht an den Vorstand:

Ich werde nicht die Verantwortung für die Konsequenzen übernehmen, wenn den Menschen erlaubt wird, sich auf der Brücke zu versammeln, wie ihnen beliebt. Wenn jeder Zentimeter Platz samt Kabeln und Fachwerkstrukturen besetzt wäre, hätten auf dem Hauptteil der Brücke einhunderttausend Menschen Platz. Dadurch würde eine dreimal höhere Last entstehen, als an Lebendgewicht für die Brücke vorgesehen ist. Außerdem sind die Treppen der Fußgängerwege zu beiden Seiten – in Brooklyn und Manhattan – nicht breit genug, um mehr als ein paar Passanten gleichzeitig durchzulassen. Dementsprechend müssen unverzüglich Vorkehrungen für einen geordneten Zugang und Ausgang getroffen werden.

Diesmal handelten die Sachverwalter zur Abwechslung sofort. Eine geregelte Einlasskontrolle wurde eingerichtet sowie ein Eintrittskartensystem für die bevorstehende Eröffnung. Endlich konnten wir sicher sein, dass es nicht noch einmal zu einem Desaster bei Massenandrang kommen würde.

NEUNUNDDREISSIG

Wir planten einen großen Empfang zur feierlichen Eröffnung der Brücke und luden die Bürgermeister von New York und Brooklyn, das Brückenkomitee, Familie, Freunde und einige einflussreiche Gäste ein. Gerüchte waren im Umlauf, dass womöglich der Präsident der Vereinigten Staaten anwesend sein würde.

Da ich mich plötzlich in der ungewohnten Rolle der Gastgeberin wiederfand, konsultierte ich als Erstes meine Mutter. Sie war ganz in ihrem Element, als sie und ihr Zirkel uns hinsichtlich der Einladungen, der Erfrischungen und der Musik berieten. Wochenlang widmeten sie sich mit einer Inbrunst den Vorbereitungen, als sei es ihr Lebensinhalt.

Meine Beziehung zu P. T. war noch immer ungeklärt, aber ich beschloss, ihn dennoch zur Feier einzuladen, da ich ihn gerne sehen wollte. Das Risiko einer erneuten Auseinandersetzung schien mir bei einem so öffentlichen Ereignis gering, und angesichts der Vielzahl an Gästen war es unwahrscheinlich, dass er und Wash einander begegnen würden.

Banner, Flaggen und Wappen beider Städte zierten unsere Fassade. Entlang der Straßen auf dem Weg zu unserem Haus hatten wir aufwendige Poster und Banner aufgehängt.

Bronzestatuen von Papa und Wash wurden geliefert und auf Sockeln in unserem Salon platziert. Der Bildhauer hatte ganze Arbeit geleistet und Papas Intensität in dem kalten Metall eingefangen. Washs Ebenbild war eine Augenweide. Selbst in Bronze strahlten seine harmonischen Gesichtszüge Stärke und Mitgefühl aus. Wash schüttelte nur mit dem Kopf. All die Aufmerksamkeit war ihm höchst peinlich; ich hingegen platzte vor Stolz.

Schließlich war der Tag der Eröffnung gekommen. Wash tat sich besonders schwer mit seinen Anzugknöpfen und der Fliege. Als ich seine Fliege neu knotete, war ich plötzlich bestürzt über die Falten um seine Augen. Obwohl er gerade einmal Mitte vierzig war, war er in den letzten zehn Jahren enorm gealtert, sein einst kräftig goldenes Haar war verblichen. Der Kiefergeruch seiner Rasierseife weckte lang verschüttete Erinnerungen an Spaziergänge im Wald und magische Tanzabende.

»Du riechst gut«, sagte er, als hätte er meine Gedanken gelesen. Die Hände an meine Taille gelegt, wirkte er, als wolle er einen Kuss.

»Danke. Ich geh dann mal besser runter.«

Ich war mit Mutter, Henrietta, Eleanor und Carrie zu einem Fotoshooting in unseren schicken Kleidern verabredet. Mein Lieblingsschneider hatte mir ein hinreißendes schwarzes Seidenkleid genäht. Als es ankam, bemerkte ich, dass die Ladys ein kleines Detail hinzugefügt hatten. An der Taille war ein kleines Sträußchen seidener Veilchen befestigt. Es mochte nur ein winziges Detail sein, aber für mich symbolisierte es meine Aufnahme in ihren Kreis genau so, wie ich war.

»Wir haben eine kleine Überraschung für dich.« Mutter nahm mich an der Hand, und ihre Freundinnen folgten uns in die Bibliothek. Diese diente als Vorbereitungsraum für die Veranstaltung, und überall standen Cateringausstattung, Schnittblumen, Schachteln und Kisten. »Mach die Augen zu.«

Ich tat wie geheißen, dann war Rascheln zu hören, und kurz darauf verkündete sie: »Jetzt kannst du sie aufmachen.«

Henrietta und Eleanor hielten einen Quilt in die Höhe. Einen ganz besonderen Quilt.

»Ja, gibt's denn so was!« Ich schlug mir die Hand vor den Mund. Die Steppdecke war aus vielen Quadraten zusammengenäht, die entweder braun oder blau oder grau bestickt waren.

Alle Quadrate zusammen ergaben ein traumhaftes Bild der Brücke.

Mutter legte mir einen Arm um die Schulter. »Ich habe eine Zeichnung verwendet, die mir John senior einmal gegeben hat, um für jedes Quadrat das passende Muster zu skizzieren, und dann haben wir alle daran genäht.«

»Ich auch.« Johnny kam herein und gab mir einen Wangenkuss. »Das ist das schönste Quadrat.« Er deutete auf eine Stelle weiter unten. Ein Segelschiff war darauf zu sehen.

»Die Cutty Sark. Danke, John.« Mir wurde ganz warm ums Herz. »Danke. Ich werde ihn immer in Ehren halten.«

»Pa hat den Rand genäht.« Der Quilt war von einem goldgelben Stoff mit Veilchen umrandet. »Er meinte, Veilchen stehen für ewige Treue.«

Mein Herz setzte einen Augenblick aus, und ich suchte in seinen Augen nach einem Anflug von Hohn, fand aber keinen.

Mutter tätschelte meine Hand. »Danke dir, meine Liebe. Aber wo wir gerade von Washington sprechen, du solltest besser mal nachsehen, ob er fertig ist. Es wird Zeit.«

Ich eilte nach oben, wo Wash in schickem schwarzem Frack, weißem Hemd und weißer Fliege an unserer Schlafzimmertür auf mich wartete.

»Da bist du ja, mein Schatz. Ich habe eine Kleinigkeit für dich.« Er reichte mir eine kleine Samtschachtel.

»Oh, noch ein Geschenk? Ich bin völlig überwältigt von dem Quilt, Wash. Wie konntest du das nur geheim halten?«

»Wir sind eben trickreich.« Er tippte auf die Schachtel in meiner Hand. »Es ist mehr ein Friedensangebot denn ein Geschenk. Mach schon auf.«

Ich öffnete die Schachtel und rechnete mit einem Armband, das ich einmal bei Tiffany's gesehen hatte. Doch stattdessen lagen darin Kamee-Ohrringe. Dasselbe Paar, das er mir vor langer, langer Zeit im Zug nach Trenton geschenkt hatte. Mir stockte der Atem.

Seine Augen huschten von den Ohrringen zu mir. »Erinnerst du dich?«

»Aus dem Krieg … Du hast sie mir im Zug gegeben.« Mehr brachte ich nicht heraus ob des Kloßes in meinem Hals.

»Du hast sie nie getragen. Ich habe sie vor Jahren in einer Kiste auf dem Dachboden gefunden und mich gefragt, wieso du sie nicht mochtest. Dann wurde mir klar, dass ich damals nicht bereit dafür war. Du hattest recht, sie zu verstecken.« Er hob mein Kinn und sah mir zärtlich in die Augen. »Du hast mich gerettet. Schon das zweite Mal.«

Ich strich über die feinen weißen Silhouetten auf Korallhintergrund. Die Ohrringe hatte ich ganz vergessen. »Die wurden aber nicht irgendeiner Toten abgenommen, oder?«

Er lächelte und schüttelte den Kopf.

Es war herzerwärmend, zu wissen, dass er verstand, weshalb ich sie nie getragen hatte. »Bist du jetzt bereit dafür?«

»Das bin ich.« Er klippte sie an meine Ohrläppchen. »Kriegt ein alter Brückenbauer eine Umarmung?«

Ich streckte die Arme aus, und er umarmte mich fest und lang, als ob er mich nie mehr loslassen wollte.

Er sprach leise in mein Ohr: »Es tut mir leid, dass du dich all die Jahre mit mir und meinen Träumen herumschlagen musstest, und ich verspreche dir, das wiedergutzumachen. Unternimmst du noch einmal eine Zugfahrt mit mir nach Trenton?«

Ich war noch immer wütend auf ihn, aber die Macht seiner physischen Präsenz ließ mich erneut dahinschmelzen. Ich presste meine Hand auf seine Brust. »Lass uns diesen Abend durchstehen. Die Gäste warten.«

Als er die Schlafzimmertür für mich öffnete, erwartete uns unten eine zehnköpfige Band. Die dunkelblauen Uniformen, goldenen Tressen und glänzenden Instrumente waren ein atemberaubender Anblick. Offenbar war unser Eintreffen der Einsatz, denn sie hoben gleichzeitig zum Spielen an, und wir sahen ihnen oben von der Treppe aus zu. Die Band spielte einen lebendigen Sousa-Marsch, und die Menge jubelte, als wir Hand in Hand herunterkamen.

Die Trennwände zwischen Salon und Esszimmer waren beiseitegefaltet und die meisten Möbel entfernt worden, um eine große Fläche zu schaffen. Blumengestecke verbreiteten ihren Duft im Raum. Einige waren auf eigenen Ständern platziert und durch weiße Bänder verbunden, um die Tanzfläche abzustecken.

Präsident Arthur würde wirklich kommen. Einer der vielen Assistenten, die plötzlich auftauchten, wies uns an, zur vereinbarten Zeit vor unserem Haus zu warten. Seit der Ermordung von Lincoln und Garfield wurde eine Vorhut geschickt, um jede Bewegung derer einzuplanen, die mit dem Präsidenten in Kontakt kommen würden.

Wir begrüßten die vielen Gäste, die in einer langen Schlange die gesamte Straße hinunter standen. Es schien, als würden sie niemals alle ins Haus passen.

Die Band spielte »Hail to the Chief«, und die Gäste johlten. Dann machten sie den Eingang frei für Präsident Arthur, Gouverneur Cleveland und deren Entourage. Der Präsident schüttelte Wash die Hand und klopfte ihm auf die Schulter. Die Fotos, die ich in den Zeitungen gesehen hatte, zeigten einen robusten, gar beleibten Mann. Doch in Wahrheit war er blass und ausgezehrt. Mit beiden Händen ergriff er die meine, wobei seine raue Haut an meinem Handschuh rieb. »Danke, Mrs. Roebling. Soweit ich verstanden habe, würden wir ohne Ihre enormen Anstrengungen heute nicht hier stehen.«

»Ich freue mich, dass ich helfen konnte.«

Präsident Arthur blieb ungefähr eine Stunde, schüttelte Hände und begeisterte die Gäste durch seine Anwesenheit, ehe er ohne großes Trara wieder verschwand. »Die Feier wird nicht zu unseren Ehren abgehalten, sondern zu Ihren«, hatte er gesagt, als er den gut und gern hundertdreißig Kilo schweren Gouverneur Cleveland vor sich durch die Tür schob.

Der arme Wash war zu diesem Zeitpunkt bereits müde und fühlte sich unwohl, sodass er sich in eine ruhige Ecke zurückzog.

Wie eine Hummel schwirrte ich zwischen den Gästen (selbst die Gegner waren nun voll des Lobes über die Brücke), den Kellnern und Wash hin und her. Ich war auf dem Weg, um nach der Band zu sehen, die eine längere Pause eingelegt hatte, als ich am Rand der Tanzfläche im wahrsten Sinne des Wortes in P. T. hineinrannte.

»Glückwunsch, meine Liebe.« Er nahm meine Hand viel sanfter, als der Präsident es getan hatte, und drückte seine Lippen auf meinen Handschuh. »Sie sehen hinreißend aus.«

Die Band spielte erneut auf. Ein Walzer.

»Wollen wir tanzen?« Er bot mir seinen Arm an und wirbelte mich, eine Hand auf meinen Rücken gelegt, im Kreis. Da fiel ihm das Sträußchen an meiner Taille auf: »Wie ich sehe, haben die Veilchen es nun sogar auf Ihre Abendrobe geschafft.«

»Danke, Mr. Barnum«, sagte ich zögerlich. Es gab so vieles, was ich ihm sagen musste, aber dies war weder der rechte Zeitpunkt noch der rechte Ort. »Wir sind so dankbar für Ihre Hilfe. Ich weiß nicht, ob wir das ohne Sie durchgestanden hätten.«

»Wir sind also wieder bei Mr. Barnum angelangt? Aber ja, Sie haben ja auch einige Gäste im Haus.« Er war ein hervorragender Tänzer, der mich mühelos durch die Menge in eine etwas ruhigere Ecke führte. Er beugte sich vor und flüsterte mir ins Ohr: »Nun, da die Brücke endlich eröffnet ist, frage ich mich, was das für uns zwei heißt.«

Ich tippte ihm an die leicht schiefe Nase. »Das haben Sie sich verdient, das ist Ihnen klar, oder?«

Er zuckte mit den Achseln. »Sie wissen ja, wie ich fühle.«

»Für mich? Ach, P. T.« Ich lachte spöttisch. »Ich bin eine alte, verheiratete Frau. Und auch wenn es ein wohlgehütetes Geheimnis zu sein scheint, sind Sie ebenfalls verheiratet.«

Er sah sich um, ob irgendjemand uns beobachtete, und rieb dann seine Wange an meiner und ließ mich erschauern.

Das Stück endete, und ich trat einen Schritt zurück. »Ich muss jetzt wirklich wieder.«

»Die Gäste verlangen nach ihrer charmanten Gastgeberin.« Er verbeugte sich und warf mir eine Kusshand zu, als ich ging.

Nervös streifte ich umher und war erleichtert, als ich Johnny entdeckte, der mit dem Leiter der Band sprach. Wash hatte seine Ecke verlassen und strebte mit kurzen, stockenden Schritten auf mich zu. Als er mich erreichte, spielte der Pianist die ersten Noten von Liszts Liebestraum Nr. 3, jenes Stück, zu dem wir an dem Abend getanzt hatten, als wir uns kennengelernt hatten.

Ich sah zum Klavier. Johnny bestätigte meinen Verdacht mit einem breiten Grinsen, denn er selbst saß an den Tasten.

»Geschickt eingefädelt«, lachte ich, ergriff Washs Hand und dachte an jenen Ball zurück, daran, dass ich jünger und unbeschwerter gewesen war und mich dieselben kristallblauen Augen angeschaut hatten. Nur dass sich nun darin nicht nur das Kriegstrauma und die körperlichen Schmerzen spiegelten, die er seither erlitten hatte, sondern auch die Verletzungen, die ich ihm zugefügt hatte.

Wash zog mich zu sich. Jubelnd machte uns die Menge Platz.

»Was ist mit deinem Ultimatum?«, fragte ich.

»Steht noch immer im Raum wie angestaubte Möbel.«

»Ich habe mich vor achtzehn Jahren für dich entschieden, und dabei bleibt es auch. Solange du damit leben kannst, dass ich noch schwieriger bin als damals und ab und an Gesellschaft benötige, die du mir nicht geben kannst.«

»Ich habe kein Problem damit, wenn du weibliche Gesellschaft suchst.« Er deutete mit dem Kopf in den Raum, in dem sich unzählige Frauen aufhielten.

»Es sollte keinen Unterschied machen, ob ich Männer oder Frauen sympathisch finde. Du musst mir vertrauen. Meine Freundschaften sollten nicht nur auf Frauen beschränkt sein.«

Er blieb mitten im Tanz stehen. »Es liegt in deiner Natur, Grenzen zu verschieben, das ist mir bewusst. Wäre dem nicht so, hättest du nicht so viel erreicht.« Er führte mich von der Tanzfläche herunter. »Ich liebe dich, Emily. Daran wird sich nie etwas ändern. Aber während du deine Zuneigung verteilen kannst wie Saat auf dem Feld, ist mir diese Fähigkeit nicht gegeben.«

»Das erwarte ich auch gar nicht von dir«, sagte ich.

»Du hast ein unerschütterliches Herz. Aber du darfst darüber nicht vergessen, wie viele gebrochene Herzen du hinterlässt.« Washs Ultimatum war eindeutig: entweder er oder P. T., ein Mittelweg war nicht möglich.

Damit humpelte er davon und ließ mich allein stehen.

VIERZIG

Henri ließ mich ins Museum. Es war längst geschlossen, aber ich wusste, P. T. würde noch in seinem Büro sein. Als ich die Tür öffnete, lag P. T. auf dem Boden und spielte mit seinem Äffchen. Sein vertrautes würziges Aroma gemischt mit Tiergeruch lag in der Luft. Er begrüßte mich wie üblich überschwänglich, dann nahmen wir Platz, um über unser Projekt zu diskutieren.

»Hatten Sie Zeit, unseren Plan fertigzustellen?«

»Für Sie, meine Liebe, habe ich mir ein ganz besonderes Ereignis einfallen lassen.« Er griff nach einem Dokument. »Was Sie derzeit erleben, nennen wir im Showgeschäft ein Public-Relations-Problem. Und die Lösung dafür ist, in der Öffentlichkeit Aufregung zu erzeugen!«

»Hatten wir davon nicht schon genug?« Vielleicht war es doch keine so gute Idee gewesen, in dieser Sache ausgerechnet seine Dienste in Anspruch zu nehmen.

»Wir werden die Leute davon ablenken, was sie glauben – oder ihnen eingeredet wurde –, worüber sie sich Sorgen machen sollten.« Er reichte mir das Blatt. Mit der Stimme eines Rädelsführers rief er: »Veranstalten Sie auf der Brücke eine Show! Eine große Parade! Mit Kutschen und Kanonen! Mit Unterhaltung, Musik, Akrobatik!« Dabei lief er auf und ab und winkelte bei jeder genannten Attraktion den Bizeps an.

Ich ging seinen detaillierten Plan durch. »Wundervoll. Ein Fest für die ganze Familie auf der Promenade.«

»O nein, nicht auf der Promenade.« Er drehte das Blatt in meiner Hand um. »Direkt auf der Fahrbahn.«

»Aber dann müssten wir die Brücke für den Verkehr sperren.«

»Genau. Was ihre Notwendigkeit umso mehr unterstreicht.«

»Klingt ein wenig inszeniert.«

»Das Beste habe ich Ihnen noch gar nicht erzählt. Haben Sie je von Jumbo gehört?«

»Natürlich.«

»Jumbo, der größte Elefant der Erde, steht mir zur Verfügung.«

»Ein Elefant?«

»Mehrere.«

»Eine Herde Elefanten, die über die Brücke trampelt«, gluckste ich. »John Roebling würde sich im Grab umdrehen.«

»Eine fantastische Parade mit Ihnen an der Spitze. Und hinter Ihnen stampfen Jumbo und zwanzig weitere Elefanten über die Brücke! Die Leute werden begeistert sein!« Er kehrte zu seinem Schreibtischthron zurück.

»Ein wenig pompöser als geplant, aber es sollte funktionieren.« Ich stellte es mir bereits bildlich vor.

»Funktionieren? Es ist genial! Bei dem Gewicht wird niemand mehr die Tragkraft der Brücke infrage stellen. Jeder weiß, dass ein Elefant keinen Fuß auf unsicheres Terrain setzt.«

»Dann sind sie schlauer als ich.«

Er lachte und schüttelte den Kopf.

»Und was erwarten Sie dafür?«

»Sie meinen mein exorbitantes Honorar?«

»Inzwischen weiß ich, was man von Ihnen zu erwarten hat.«

»Allerdings.« Er zündete eine Zigarre an, zog fest daran und stieß dann eine Rauchwolke aus. »Habe ich schon erwähnt, dass ich es grandios fände, wenn Sie die Prozession anführten?«

»Ich nehme an, das ist Teil Ihrer Strategie zur Wiederherstellung meines Rufs?«

»Wieso nicht? Legen Sie einen spektakulären Auftritt hin! Zeigen Sie es allen!«

»Das klingt zwar verlockend, aber ich hatte eigentlich vor, mich aus dem Rampenlicht zurückzuziehen und ein konventionelleres Leben zu führen. Sie haben übrigens meine Frage noch nicht beantwortet.«

Er beugte sich vor. »Es gibt da eine Mission, die ich nie aufgegeben habe. Sosehr ich ihn schätze, nehme ich an, dass Mr. Roeblings … Zustand ihm gewisse Grenzen setzt.«

»Was Sie ganz sicher nichts angeht.«

Er betastete vorsichtig seine Nase. »Ich bitte Sie um Verzeihung. Das war ungehobelt von mir und auch gar nicht der entscheidende Punkt.«

»Entschuldigung angenommen. Und auch wenn mir vor der Antwort bang ist, welche Mission meinen Sie?«

»Sie möchten, dass ich es ausspreche. Nun gut, Peanut. Ich biete Ihnen mein Herz. Sagen Sie mir, was werden Sie damit tun?« Er legte die Zigarre ab. »Sollen wir Freunde bleiben, oder gibt es eine Zukunft für uns?«

Erneut übte seine Präsenz eine ungeheure Macht auf mich aus. Es war, als könnte ich jeden Moment in seine Welt hineingesogen werden, wie Treibgut mit einer Welle ins Meer. Mir wurde ganz leicht ums Herz bei der Vorstellung an ein unbeschwertes Leben voller Lachen, Spaß, Geselligkeit … und mehr. Ich holte tief Luft und ballte die Fäuste. »Nein. Das muss aufhören.«

Er besaß die Gabe, in Gesichtern zu lesen, und mein Innerstes schien unter seinem intensiven Blick bloßgelegt.

»Mein törichtes Herz«, seufzte er.

»Ich gerate selbst auch bisweilen in Versuchung.«

»Aber Sie weisen mich dennoch zurück.«

»Ich fürchte, ja. Wenn ich nicht …«

»Egal.« Er klappte sein Buch zu, und es fühlte sich an, als ginge auch in mir etwas zu.

»Ich habe so lange Ihre Unterstützung in Anspruch genommen, P. T., und nun habe ich Sie verletzt.«

»Es war töricht von mir, zu hoffen. Wie viele Jahre lang?«

Ich schluckte. Das war der schlimmste Teil. »Ich fürchte, wir müssen auch unsere Freundschaft beenden.«

Nach einer langen, unangenehmen Pause sagte er: »Ist es das, was Sie wollen?«

Da ich darauf keine faire Antwort wusste, sah ich weg.

»Verstehe. Aber die Parade sollte wie geplant stattfinden.« Verschwunden war der Entertainer, nun war er ganz Geschäftsmann. »Eine Parade für Sie und die Brücke.« Er kritzelte etwas in sein Notizbuch und klappte es dann zu.

»Sie müssen das nicht tun.«

»Wieso nicht? Es ist gute Publicity. Eine Show auf der größten Brücke der Welt. Trotz meiner verqueren Absichten ist es noch immer eine fabelhafte Idee.« Er öffnete die oberste Schreibtischschublade und zog etwas heraus. »Außerdem haben Sie das Honorar bereits entrichtet.« Er wedelte mit den zerknitterten Geldscheinen, die ich ihm vor Jahren gegeben hatte.

Mein Herz brach, als ich mich zum Gehen umwandte.

»Auf Wiedersehen, Peanut.«

Zum letzten Mal öffnete ich die schwere Bürotür.

***

Eigentlich hätte ich das gern erst einmal verdaut, ehe ich Wash meine Entscheidung mitteilte. Aber ich wollte noch vor der offiziellen Brückeneröffnung die Dinge zwischen uns klären. Meine Ehe war, wie immer, eng mit der Brücke verknüpft, ein Umstand, den ich längst gelernt hatte zu akzeptieren. Aber das Projekt kam zum Ende, und wir mussten abklären, wohin die Reise künftig gehen sollte, egal ob zusammen oder getrennt. Er sollte von meiner Entscheidung wissen vor seinem großen Tag, aber zunächst würde ich ihm mein ganz eigenes Ultimatum stellen.

Ich fand ihn auf dem Dach auf einer Bank sitzend, wie er die Lichter der Stadt betrachtete und die milde Abendbrise genoss. Er rutschte beiseite, um mir Platz zu machen.

»Wash, erinnerst du dich noch, als ich sagte, ich wolle an einer juristischen Fakultät studieren?«

»Ja, ist schon eine Weile her. Ich dachte, du hättest das Interesse verloren.«

»Nein, ich war nur anderweitig beschäftigt.«

»Hast du denn schon eine Fakultät gefunden, die dich zum Studium zulässt?«

»Noch nicht. Aber ich glaube, wir haben genug Einfluss hier in der Stadt, damit für mich eine Ausnahme gemacht würde.«

»Verstehe. Das heißt, du bleibst in New York.« Er senkte den Blick auf seine Handflächen im Schoß.

»Nein, Liebling. Ich glaube, wenn ich nicht einschreite, lassen dir die Roeblings keine freie Minute. Allerdings werden wir in Trenton ein großes Haus brauchen, für all die Familientreffen und wenn eines Tages die Enkel zu Besuch kommen.«

Er sah hoch, und ein Lächeln brach sich Bahn.

»Aber«, sagte ich.

Er schüttelte den Kopf. »Es gibt immer ein Aber.«

»Ich brauche dein Versprechen, dass ich zum Jurastudium nach New York zurückkehren kann, sobald Johnny an die Uni geht.« Ich wartete, bis er mich direkt ansah, damit er auch wirklich meine Situation verstand. »Versprich mir, dass ich nicht all meine Träume aufgeben muss.«

Er betastete meinen Kamee-Ohrring. »Das klingt nach einem guten Plan. Ich bin nicht nur einverstanden, ich bestehe sogar darauf.« Er strich meine Kinnlinie entlang. »Aber was Phineas angeht, werde ich meine Meinung nicht ändern.«

Ich holte tief Luft, damit meine Stimme nicht brach. »Das ist geklärt.«

»Dann haben wir eine Abmachung«, antwortete er schlicht.

Ich legte meinen Kopf in seinen Schoß und dachte über alles nach, was ich verloren hatte, und alles, was ich schon bald aufgeben würde. Vielleicht würde ich lernen, mein Leben in Trenton zu lieben, aber das lag noch in weiter Ferne. Und wären meine Besuche in New York noch dasselbe, wenn ich meinen lieben Freund nicht treffen durfte?

Ich ließ zu, dass mir eine Träne entwischte und auf seine Hose tropfte. Es war, wie Eleanor gesagt hatte: Wir hatten die Brecher durchquert und uns auf der anderen Seite wiedergefunden. Keine funkelnden Stadtlichter, keine Rennpferde auf dem Land konnten das, was Wash und mich zusammenschweißte, ersetzen; die tiefe Liebe, die dadurch entstand, dass man füreinander alles geopfert hatte. Und vielleicht noch wichtiger: Er verstand mich so gut wie kein anderer, kannte meine Leidenschaft für die Frauenbewegung und unterstützte sie sogar. Er war mein Verbündeter.

Die Nacht war sternenklar, und die Milchstraße schimmerte wie eine Wolke im Mondlicht. Angesichts von Millionen von Sternen und unendlichen Weiten waren wir bloß dicht gedrängte Tupfer auf der winzigen Erde, die im Rhythmus des Lebens Höhen und Tiefen durchlebten.

Wash beugte sich zu mir herüber, um mich zu küssen, und betastete gedankenverloren meine Locken. »Schau nur. Eine Sternschnuppe.« Dann begann er, sanft zu singen:

»Guten Morgen auf der Erde
heißt im Himmel Gute Nacht«,
sagte der Stern und löschte sein Licht.

EINUNDVIERZIG

Am Morgen des 24. Mai 1883 wurde ich bei Tagesanbruch wach. Vor unserem Schlafzimmerfenster hob sich die Brücke als Silhouette gegen den heller werdenden, nahezu wolkenlosen Himmel ab. Es würde ein herrlicher Tag werden, dachte ich, als sich Wash neben mir regte.

Da ich vor lauter Nervosität keinen Bissen herunterbekam, verbrachte ich die Morgenstunden damit, Briefe zu sichten und zu lesen. Meine Aufregung wuchs, als ich Glückwunschkarten sortierte, die stapelweise eingetroffen waren.

Wash saß derweil am Fenster und hörte mir dabei zu, wie ich einige Karten vorlas, während er dem Aufgehen der Sonne und dem damit einhergehenden Schattenspiel auf der Brücke zusah.

Als es Zeit war, sich fertig zu machen, ging ich meine Kleider durch. »Welches – meinst du – soll ich anziehen?«

»Nimm irgendeins«, knurrte er leicht gereizt.

»Freust du dich denn gar nicht?« Er machte keine Anstalten, sich umzuziehen. »Bitte sag nicht, dass du vom Fenster aus zuschaust.«

»Meine Arbeit ist getan. Ich brauche kein Spektakel. Du weißt, ich ertrage einzelne Besucher kaum, geschweige denn Menschenmassen.« Mühsam stand er vom Stuhl auf und ging die Kleider durch, die ich aufs Bett geworfen hatte.

»Das hier.« Er reichte mir ein hübsches cremefarbenes Kleid, das ich seit einer Ewigkeit nicht mehr getragen hatte. Hatte es irgendeinen sentimentalen Wert für ihn? überlegte ich, bis er sagte: »Es wird bestimmt warm.«

»Aber es wird ein denkwürdiger Moment werden!«, sagte ich, als ich in das Kleid schlüpfte. »Du wirst als Held gefeiert.«

Er öffnete ein altes Lehrbuch und holte die zerknitterte Zeichnung heraus, die sein Vater damals auf der Fähre angefertigt hatte. Vor langer Zeit hatte Wash in seiner kleinen, ordentlichen Handschrift darunter notiert: Wir kämpfen nicht gegen den Fluss an, wir überwinden ihn.

»Es ist vollbracht, Papa.« Er sah zu dem gerahmten Portrait seines Vaters hinüber, das auf seinem Schreibtisch stand. »Was meinst du, was hätte er getan?«

Ich hielt meine Haare hoch, damit er mein Kleid zuknöpfen konnte. »Dieser Tag wäre der ganze Stolz deines Vaters gewesen. Die Feier hätte er sich nicht entgehen lassen.«

Nachdem alles zugeknöpft war, drehte er mich zu sich um. »Geh ruhig, meine Liebe.« Er nickte zu Papas Portrait hinüber. »Wir schauen von hier aus zu.«

***

Johnny saß neben mir, als wir eine große Kutschparade aus Familie und Freunden von unserem Haus zur Brücke anführten; Dutzende Kutschen folgten uns. Auf den Straßen drängten sich so viele Menschen, dass die Pferde Mühe hatten durchzukommen. Schaulustige standen an den Fenstern, winkten uns von Dächern zu und warfen Konfetti. Einen freudigeren Tag hätte ich mir kaum denken können.

Amerikanische Flaggen und rote, weiße und blaue Wimpel säumten die Brücke und hoben sich leuchtend gegen den Stein ab. Wir stiegen unter den Bögen des Brooklyn-Pylonen aus und gingen zu Fuß unter dem Applaus von Tausenden weiter.

Die Kirchglocken läuteten. Von jeder Fabrik, jeder Lok und jedem Boot erklangen die Dampfpfeifen, die meilenweit zu hören waren. An beiden Uferseiten feuerte die Artillerie. Der

Fluss war mit so vielen Booten übersät, dass es schien, als könnte man über sie hinweglaufend das andere Ufer erreichen. Einige schossen riesige Wasserfontänen in die Luft.

Während wir von der Brooklyner Seite aus zu Fuß gingen, kam uns eine andere Parade aus Manhattan entgegen. An ihrer Spitze Präsident Arthur, Gouverneur Cleveland und Bürgermeister Edson in einer offenen Kutsche. Hinter ihnen marschierte die Musikkapelle des Siebten Regiments und spielte patriotische Lieder.

Wir trafen sie auf Höhe des New Yorker Pylons. Ein Soldat befahl »Präsentiert das Gewehr«, woraufhin ein Ehrengardist mit geübter Hand sein Gewehr durchlud. Der Präsident winkte und begrüßte die Menge mit gezogenem Hut, dann stieg er aus der Kutsche aus und schüttelte mir die Hand. Gemeinsam zogen wir mit den Musikern über die Brücke, gefolgt vom Rest der Parade.

Nachdem ich meinen Teil der Zeremonie absolviert hatte, stieß ich zu Mutter und Johnny auf der Haupttribüne, lauschte den Reden und sah mir den Rest der Parade an. Während die Bürgermeister und Würdenträger sich in blumigen Worten darüber ergingen, welch beeindruckendes Symbol menschlichen Erfindergeistes und unbedingten Willens die Brücke doch sei, fragte ich mich, wieso sie diese Begeisterung nicht auch während der schweren Zeit der Zweifel und Anschuldigungen an den Tag gelegt hatten.

Papas ehemaliger Geschäftspartner, der Kongressabgeordnete Abram Hewitt, überraschte mich, indem er auf mich deutete, als er die großen Errungenschaften der alten Griechen aufführte.

»Sie ist somit zugleich ein Denkmal des aufopferungsvollen Engagements einer Frau und ihrer Fähigkeit zu höherer Bildung, die Frauen viel zu lang verwehrt geblieben ist.«

Da ich unerwartet Gegenstand seines Monologs geworden war, spähte ich über meine Schulter – das Publikum hatte seine

Aufmerksamkeit auf mich gerichtet. Einer nach dem anderen stand auf; Männer zogen den Hut und hielten ihn hoch in die Luft. Hewitt beschloss seine Rede mit den Worten: »Der Name Mrs. Emily Roebling ist daher untrennbar mit allem verbunden, was an der menschlichen Natur bewundernswert ist, und zugleich bewundernswert an der hohen Kunst des Ingenieurswesens.«

Diesen Moment würde ich nie vergessen. Die öffentliche Anerkennung und der Applaus waren eine große Ehre. Ich stand auf und drückte ein paar Tränen weg. Tränen der Freude, nicht nur, weil meine Mühe gewürdigt worden war, sondern auch weil ein Mann in Hewitts Position die Bedeutung der höheren Bildung für Frauen anerkannt hatte. Er wäre mit Sicherheit mein Ass im Ärmel, wenn der Zeitpunkt gekommen war, mich an einer juristischen Fakultät zu bewerben.

»Und nun weiter mit der Parade!«, verkündete Bürgermeister Edson, und es erscholl tosender Applaus für P.T., der Akrobaten, Clowns, Jongleure, Schimpansen und Kamele anführte. An seinem Revers leuchtete es lila – er trug einen Ansteckstrauß aus Veilchen.

Die Prozession kam zum Halten. Dann trottete ein Babyelefant über die Brücke. Und dann noch einer und noch einer. Die Menge war völlig aus dem Häuschen. Die Elefanten wurden immer größer und größer, bis schließlich Jumbo, gekrönt mit einem scharlachrot-goldenen Kopfschmuck, seinen Auftritt hatte. Ich jubelte, als er über die Brücke trampelte, den Kopf hocherhoben und sicheren Trittes.

Als die Parade endete, waren beide Ebenen der Brücke voller feiernder Menschen, die sich zuprosteten und Lieder sangen. So ausgelassen sie auch waren, empfanden sie mit Sicherheit nur einen Bruchteil der Freude und Erleichterung, die ich empfand. Es war, als sei ich ein völlig neuer Mensch, und jeder Stein, jeder Draht stand für alles, was ich erreicht, beobachtet, angeleitet und überwacht hatte.

Als die Abenddämmerung einsetzte, wurde die Brücke geräumt und eine gigantische Feuerwerksshow von den Türmen, der Mitte der Brücke und von den Booten im Wasser aus veranstaltet. Das bunte Farbenspiel war weithin sichtbar in den nun miteinander verbundenen Städten.

Und so hatte ich meinen Anteil zum Bau der Brücke beigetragen. Wash fand die Parade zu extravagant, aber die Menschen waren begeistert, und P. T. war in seinem Element. Als die Elefanten vorbeitrotteten, schien es fast, als ob sie es wüssten – wüssten, dass die Menschen endlich ihre Brücke hatten und Papa und Wash ihr Versprechen eingelöst und ihren Traum wahr gemacht hatten. Beide würden für ihre Ingenieurskunst und ihre Beharrlichkeit in die Geschichtsbücher eingehen. Aber die Zirkusparade? Die gehörte mir.

EPILOG

1884

Nachts stehe ich allein auf der ellenlangen Brücke. Das Mondlicht wirft abwechselnd ein schauerliches Licht und geriffelte Schatten auf die riesigen Stahlkabel, die vom Brooklyn-Pylon zu mir heruntergesaust kommen, ein Stück neben mir herführen, um dann in einem großen Bogen nach oben zum anderen Pylonen und nach Manhattan zu führen.

Meine Hand umklammert die kalte, nasse Brüstung, als ich hinauf zu den Wolken blicke, die mit dem Mond Verstecken spielen. Geister von Riggern tauchen vor meinem Auge auf, die auf Plattformen hoch über mir sitzen, miteinander scherzen und sich ein Schinkensandwich teilen, während sie Hängeseile gitterförmig in sechzig Metern Höhe anbringen. Der Wind heult und peitscht mein Kleid gegen den Körper, doch die Stahlbalken unter mir vibrieren nicht einmal. Papa wäre zufrieden.

Die Große Brücke, nennt man sie. Ein Monument, eine Festung, ein Wunder der Technik. Vielleicht kenne nur ich ihre ganze Geschichte, all die Kämpfe, die ihretwegen ausgefochten wurden, all die Opfer, die lieber ungenannt blieben. In hundert Jahren wird vielleicht nicht mehr davon übrig sein als ein riesiger Haufen Steine, der kaum mehr von der immensen Aufgabe zeugen kann – zwei Städte miteinander zu verbinden, die durch einen gewaltigen Fluss geteilt wurden. Andererseits, vielleicht wird die Brücke auch noch immer stolz hier stehen, als Fels in der Bandung, als Querungsmöglichkeit für Tausende Menschen.

Es gibt nur noch eins, was ich vor meinem Abschied tun muss. Die kleinen Mädchen haben mir damals einen Blumenkranz geschenkt, geflochten aus den Gänseblümchen, die sie an dem kleinen ungestörten Fleck unterhalb der Brücke gepflückt hatten. Ich betaste die dünnen grünen Stängel, die samtigen weißen Blütenblätter. Kinder hatten zugesehen, wie ihre Häuser zerstört wurden, wie Arbeiter zusammenbrachen. Vielleicht hatten einige von ihnen ihre Väter verloren. Dennoch hatten sie mir diese Blumen zum Dank geschenkt. Sie erfüllten mich mit Demut.

Ein Bild: Elizabeth und ich, wie wir Löwenzahn und Gänseblümchen sammeln, kleine Sträußchen für unsere Mutter in den Fäusten. »Ich verzeihe dir«, sagt sie. Sie streckt mir ihr Sträußchen hin, mit der anderen Hand streicht sie sich die goldenen Locken aus dem Gesicht.

»Wofür? Dafür, dass wir gestritten haben? Dass ich dich geschubst habe?«

Sie lächelt, schüttelt den Kopf, ihre Augen so blau wie der Himmel. Ich bin fünf Jahre alt, renne am Flussufer entlang, keuchend, der Kies knirscht unter meinen nassen Schuhen. Das hohe Gras peitscht mir ins Gesicht. Ich renne immer weiter am Fluss entlang. Vor mir eine dunkle Gestalt. Sie steigt aus dem Wasser. Es ist ein Babybär. Nein. Es kriecht auf Händen und Füßen, tropfend, mit hängendem Kopf. Es bricht zusammen, liegt flach am Ufer. Ich renne, komme immer näher. Kein Bär. Ein braunes Hemd. Dunkle Haare. Ich erreiche ihn und werfe mich auf ihn.

Es ist mein Bruder, der überlebt hat.

Und ich bin froh, dass er es ist.

Die sanfte Stimme meiner Schwester: »Ich verzeihe dir.« Sie drückt mir die Blumen in die Hand. »Verzeih dir selbst.«

Die Gänseblümchenkette ist weich und duftet süß, als ich meine Nase daranhalte.

Ein Gefühl von Vergebung macht sich in meinem Herzen breit.

Dann werfe ich den Blumenkranz in die Tiefe.

NACHWORT

Der Sinn und Zweck von historischen Romanen besteht meiner Meinung nach darin, etwas über eine interessante Zeitepoche zu lernen, aber auf unterhaltsamere Art. Genau die Dinge, die eine Geschichte lebendig machen, wie Gefühle und Gespräche, sind häufig undokumentiert und haben deshalb keinen Platz in Sachbüchern. Die Herausforderung als Autor ist es, eine Balance zwischen Fakten und Fiktion zu finden und manchmal die Wirklichkeit etwas auszustaffieren, um eine Geschichte besser erzählen zu können.

Mit dieser Geschichte möchte ich eine Zeit beleuchten, die sich sehr von unserer Gegenwart unterscheidet, aber sichtbare Spuren hinterlassen hat. Die Brooklyn Bridge ist ein Wahrzeichen, ein Symbol nicht nur für New York, sondern auch ein Monument amerikanischen Stils und Erfindergeists, das weltweit bekannt ist. Ja, es vergeht kaum ein Tag, an dem mir nicht Bilder der Brücke in den Medien begegnen.

Ich hoffe, dass die Leser die Brooklyn Bridge nach der Lektüre von Die Frau des Ingenieurs mit anderen Augen sehen werden und dass sie die Menschen, die so viele Opfer gebracht haben, um dieses monumentale Bauwerk zu errichten, nie vergessen. Auch wenn die genaue Zahl nicht bekannt ist, haben von den mehr als sechshundert Arbeitern mindestens zwanzig ihr Leben gelassen, und etliche, wenn nicht gar Hunderte, haben sich schwere Verletzungen zugezogen.

Zudem möchte ich auf die enormen Einschränkungen aufmerksam machen, denen Frauen in jener Zeit unterlagen, und auf den langen Weg, den die Suffragettenbewegung zurücklegen musste, bis 1920 Amerikanerinnen endlich landesweit wählen durften. Die Damenmode des 19. Jahrhunderts, die die Frauen zusätzlich bei Aktivitäten behinderte, hat mich seit jeher interessiert, ebenso wie die Konsequenzen, die jene fürchten mussten, die sich über die Norm hinwegsetzten.

Für die Leser, die gerne einen Anhaltspunkt dazu hätten, welche Elemente des Romans fiktiv und welche real sind:

Die Zeitangaben hinsichtlich der Lebensdaten der Hauptfiguren und des Brückenbaus entsprechen vorwiegend den Fakten, mit ein paar Ausnahmen. Emilys Mutter, Phebe, starb Ende 1870. Der Vorfall, während dessen John und Washington auf der Fähre festsaßen, und der die Initialzündung für die Idee zur Brücke darstellte, ereignete sich 1853, nicht 1848 wie im Buch.

Die zeitliche Abfolge der Reparaturen, Flutung und Betonverfüllung des Brooklyner Caissons und andere kleinere Details wurden leicht verändert, damit sie besser zum Erzähltempo passen. Die tödliche Massenpanik auf der Brücke ereignete sich in Wirklichkeit eine Woche nach der offiziellen Eröffnung, nicht davor. Der Bau des Brooklyn Theatre war bereits 1871 fertiggestellt, und der Brand, von dem das Theatre 1876 zerstört wurde, konnte nur aufgrund von Fehlern bei der Löschung so große Ausmaße annehmen.

Die Cutty Sark wurde 1869 erbaut und somit ein bisschen zu spät, als dass Washington oder Emily sie noch im Bau gesehen hätten. Dennoch ist es ziemlich wahrscheinlich, dass sie Schiffe in den Werften besichtigten, um dabei Erkenntnisse für den Caissonbau zu gewinnen. Die Cutty Sark habe ich ausgewählt, weil sie damals in den Hafen von New York einlief und ein Musterbeispiel für die Schiffsbaukunst jener Ära ist. Heute wird sie überaus eindrucksvoll in einem Museum in Greenwich in England ausgestellt, direkt neben dem Königlichen Observatorium.

Washington und Emily lebten anfangs in der Hicks Street in Brooklyn, ehe sie das Haus in Columbia Heights kauften. John Roebling starb in dem Haus in der Hicks Street.

Die folgenden Figuren basieren, wenngleich fiktiv ausgeschmückt, auf echten Personen und hatten mehr oder minder dieselbe Funktion wie im Roman beschrieben: Emily, Washington, John, John Roebling II, Phebe Warren, G. K. Warren, Henry Ward Beecher, Edmond Farrington, C. C. Martin, William Kingsley, Charles Young, Amelia Bloomer, Alva Vanderbilt und Henry Murphy.

Bei dem Gute-Nacht-Gedicht, das Wash am Bett seines Sohns zitiert, handelt es sich um »The Baby's Star« von John Banister Tabb (1845–1909), einem Gefangenen der Konföderierten-Armee. Es hat für mich eine ganz persönliche Bedeutung, da ich es in einem alten Schulbuch fand, eines der wenigen Dinge, die meine verstorbene Mutter mir hinterlassen hat.

Es gibt mehrere Sammlungen von Roebling-Briefen, die der Öffentlichkeit zu Recherchezwecken zugänglich sind und in Universitäten (Rutgers, Rensselaer Polytechnic, Princeton) sowie Museen und historischen Sammlungen (das Roebling Museum in New Jersey, die Brooklyn Historical Society) aufbewahrt werden. Die Briefe im Buch sind teilweise eins zu eins aus echten Briefen übernommen, teilweise Interpretationen derselben oder frei erfunden.

Der Brückeneinsturz und das Zugunglück am River Dee sind historisch belegt, die Figuren und Details erfunden.

Benjamin Stone und seine Familie sind fiktiv, setzen sich aber aus historisch belegten Persönlichkeiten zusammen. Carrie Beebe schrieb zu jener Zeit tatsächlich *Violets* im Bundesstaat New York (erstmals belegbar 1873 veröffentlicht), aber abgesehen davon ist ihre Figur fiktiv. Die Verbindung kam dadurch zustande, dass Emily nachweislich Veilchen bei der Eröffnungsfeier trug, und durch die kuriose Passage in besagtem Buch, in dem die Autorin über das Frauenbild jener Zeit schreibt und vor allem auch über Frauen, die es wagten, anders zu sein.

John Roebling entwarf die Cincinnati-Brücke über den Ohio River, die noch heute steht, und natürlich die Brooklyn Bridge. Sein Unfall und sein daraus resultierender Tod an Tetanus sind historisch belegt.

P.T. Barnum gab es wirklich, aber seine Rolle beim Bau der Brücke und seine Freundschaft zu Emily sind frei erfunden. Zugleich gibt es mehrere Parallelen zwischen seinem Leben und dem der Roeblings, die darauf hindeuten, dass tatsächlich eine Beziehung zwischen beiden bestanden haben könnte.

Barnum war damals einer der wohlhabendsten und einflussreichsten Männer in New York, und es ist absolut denkbar, dass er an der Finanzierung und Planung der Brücke beteiligt gewesen sein könnte. Es stimmt, dass Barnum mehrere Museen in New York hatte, die abbrannten und letztlich ersetzt sowie durch eines in Brooklyn ergänzt wurden. Die zeitliche Abfolge seiner Projekte, der Tod seiner ersten Frau und seine zweite Ehe wurden jedoch abgeändert, um besser in den Erzählfluss zu passen. Barnum pachtete tatsächlich das ehemalige Bahnhofsgelände, auf dem später der erste Madison Square Garden entstand. Er war zudem einer der Ersten, die Erdnüsse als Snack für Menschen etablierten.

In seinem Museum war tatsächlich ein Hut von Ulysses S. Grant ausgestellt, auf welchem Weg dieser zu ihm fand, ist jedoch frei erfunden. General Warrens Geringschätzung für Grant war wohlbekannt, sodass es gar nicht mal abwegig ist, dass er dem Museum den Hut spendete. Es stimmt auch, dass Barnum für die Eröffnung eine Parade über die Brücke mit vierundzwanzig Elefanten plante, darunter Jumbo. Allerdings wurde sein Vorschlag zunächst abgelehnt, ein Jahr später jedoch, wie im Buch beschrieben, verwirklicht.

Auch der Einsatz von Schiffsriggern im Zirkus und beim Brückenbau ist historisch belegt. Barnum lebte mit seiner ausgedehnten Familie in Connecticut, seine Ansichten zur Immigration hingegen sind frei erfunden.

Emily stammte tatsächlich aus einer Familie in Cold Spring mit zwölf Kindern, von denen fünf bereits im Kindesalter verstarben, die Geschichte um Elizabeths Tod ist fiktiv.

Die Geschichten aus dem Bürgerkrieg sind inspiriert von historischen Ereignissen oder, wie im Fall des Kopfes in der Truhe, in der Familie kursierenden Anekdoten, deren Wahrheitsgehalt nicht nachgeprüft werden kann. O'Brien ist eine fiktive Figur; Fakt ist jedoch, dass ein Arbeiter beim Zusammensturz des Brückenbogens verstarb und sechs Kinder hinterließ. General G. K. Warren und Washington Roebling kämpften tatsächlich auf dem Little Round Top in der Schlacht um Gettysburg. Genau wie im Buch wurde Warren daraufhin wegen Fehlverhaltens zunächst degradiert und schließlich rehabilitiert.

Emily und Washington lernten sich auf einem Militärball kennen; zu jener Zeit fungierte Washington als G. K. Warrens Hilfsoffizier, genau wie im Roman. Dass Washington eine Wasserschlange hatte, die oft ausbüxte, ist dokumentiert. Emilys unerwartete Begegnung mit der Schlange in der Badewanne ist glücklicherweise erfunden.

Der Selbstmord des Studienfreunds, der Washington seine Liebe gestanden hatte, hat sich wirklich so zugetragen. Auch wenn wir über Washingtons Gefühlslage nur spekulieren können, scheint es ihn lange beschäftigt zu haben, da er erst Jahre nach dem Vorfall eine Liebesbeziehung einging.

Muriel Mann und Henri sind rein fiktiv, aber die Geschichte und die Kultur der »Mountain People« aus der Bergregion der Appalachen sind real. Ringwood wurde erst 1918 in New Jersey eingemeindet. Zuvor war die Region unter verschiedenen Namen bekannt, aber einfachheitshalber habe ich den aktuellen offiziellen Namen verwendet.

Washingtons partielle Blindheit, sein Nervenleiden und seine generellen Gebrechen infolge der Caissonkrankheit sowie seine lange Abwesenheit von der Baustelle sind gut dokumentiert. Seine sexuelle Funktionsstörung ist nicht dokumentiert, zumindest soweit mir bekannt, aber eine häufige Begleiterscheinung der Krankheit, insbesondere bei seinem Schweregrad. Dr. Andrew Smith wurde erst 1872 Betriebsarzt auf der Baustelle, allerdings konnte ich bei meinen Recherchen nicht herausfinden, wer Washs Caissonkrankheit vor dieser Zeit behandelte.

Emilys Anteil am Bau der Brücke war beträchtlich, wie auch Briefe belegen, laut denen sie bestimmte Metallteile entwarf. Zunächst fungierte sie als Kurier für Washington und übernahm immer mehr Verantwortlichkeiten, je mehr sie lernte. Bis heute gibt es an der Brücke eine Plakette, die an ihren Einsatz sowie an die Leistungen ihres Mannes und Schwiegervaters erinnert. Ihre abenteuerlichen Erlebnisse im Caisson und auf den Türmen sind fiktiv, da ich keinerlei Belege dafür finden konnte, dass sie sich dort aufgehalten hat.

Washington erholte sich von der Krankheit so weit, dass er bis ins hohe Alter den Familienbetrieb in Trenton weiterführen konnte. Die Doppelbelastung mit den Bauarbeiten und der Pflege ihres Mannes scheint Emily zugesetzt zu haben, da sie 1903 mit gerade einmal neunundfünfzig Jahren an Magenkrebs verstarb. Washington überlebte Emily um dreiundzwanzig Jahre. Obwohl er später erneut heiratete, liegen Washington und Emily Seite an Seite auf dem Friedhof in Cold Spring begraben.

Abgesehen von diesen recherchierbaren Elementen sind die Figuren, Handlungen und Ereignisse frei erfunden.

DANKSAGUNG

Es heißt oft: Der Weg ist das Ziel. Das trifft auf den Schreibprozess zu diesem Buch absolut zu. Was überraschend für mich war, da ich ursprünglich einfach nur geplant hatte, diese faszinierende Geschichte niederzuschreiben. Niemals hätte ich geahnt, was für ein großes Abenteuer vor mir lag, was ich alles lernen und welche inspirierenden Menschen ich kennenlernen würde.

Zuallererst muss ich mich bei meiner stets geduldigen Familie bedanken, insbesondere bei meinem Mann Dave, der mir in allen triumphalen wie niederschmetternden Momenten beigestanden hat sowie in den vielen Stunden, in denen ich gedanklich 150 Jahre in der Vergangenheit weilte.

Als Nächstes danke ich meiner Schreibgruppe, von denen viele inzwischen liebe Freunde von mir sind. Die Teilnehmer des Eckerd College OLLI-Schreibzirkels, geleitet von der engagierten Pat Brown, waren die Ersten, die ein paar Seiten aus meinen Entwürfen lasen und mir hervorragendes Feedback und Unterstützung gaben. Danke an Jami Deise, Tom Cuba und all die fabelhaften Autoren beim St. Pete Meetup, ihr fehlt mir, und ich bin euch auf ewig zu Dank verpflichtet. Den Biografen und Historikern, deren mühsam zusammengetragene Fakten die Grundlage meines Buches bilden, gilt ebenfalls mein Dank.

Weitere Schreib-Workshops, an denen ich die große Ehre hatte teilzunehmen, die Pitch-Wars-Klasse 2015 und Pitch-Wars-Mentors-Klasse 2017, haben mich im Überarbeitungs- und Veröffentlichungsprozess enorm weitergebracht. Danke an all die talentierten Autoren, die sich gegenseitig auf vielfältige Weise unterstützt haben. Ein besonderes Dankeschön gilt meinem Mentor Alex White sowie Brenda Drake dafür, dass sie diese Workshops ins Leben gerufen hat, von denen schon so viele profitieren konnten.

Zudem hatte ich das große Glück, an einigen Konferenzen teilnehmen zu können, auf denen ich meine Manuskripte überarbeiten und an meinen schriftstellerischen Fähigkeiten feilen konnte, etwa bei Writers in Paradise, wo ich von den Besten lernte: John Searles, Andre Dubus III, Lori Roy und Laura Lippman; die Surrey International Writers' Conference, wo ich die Freude hatte, an einem Kurs mit Diana Gabaldon teilzunehmen; sowie der Salt Cay Retreat, wo ich von David Ebershoff entscheidenden Rat erhielt.

Eine weitere wichtige Lektion, die ich gelernt habe: Man kann selbst nur schwer beurteilen, ob man mit seinem Text am Ziel vorbeischießt. Deshalb ist es ganz entscheidend, die Texte mit Kollegen auszutauschen und sich gegenseitig Tipps und Anregungen zu geben. Danke an all meine kritischen Tauschpartner, die unzählige Stunden damit verbracht haben, meine vielen Entwürfe durchzusehen oder mir bei der Recherche zu helfen. Die Liste ist nicht vollständig, aber an dieser Stelle möchte ich folgenden Menschen persönlich danken: Carol Van Drie, Stephen Maher, Anne Lipton, Joan Lander und Sue Wolfrom.

Zuletzt gilt mein ewiger Dank meiner Agentin Lucy Cleland, der Lektorin Anna Michels sowie dem gesamten Sourcebooks-Team, die meinen unmöglichen Traum Wirklichkeit haben werden lassen.